中國文學研究典籍叢刊

不敢居詩話

〔清〕佚名　撰
楊　宇　點校

中華書局

圖書在版編目(CIP)數據

不敢居詩話/(清)佚名撰;楊宇點校. —北京:中華書局,2020.1
(中國文學研究典籍叢刊)
ISBN 978-7-101-14267-9

Ⅰ.不… Ⅱ.①佚…②楊… Ⅲ.詩話-中國-清代
Ⅳ.I207.22

中國版本圖書館 CIP 數據核字(2019)第 263587 號

責任編輯：朱兆虎

中國文學研究典籍叢刊
不敢居詩話
〔清〕佚 名撰
楊 宇點校
*
中華書局出版發行
(北京市豐臺區太平橋西里 38 號 100073)
http://www.zhbc.com.cn
E-mail:zhbc@zhbc.com.cn
北京瑞古冠中印刷廠印刷
*
850×1168 毫米 1/32 · 13 印張 · 2 插頁 · 300 千字
2020 年 1 月北京第 1 版 2020 年 1 月北京第 1 次印刷
印數:1-2000 册 定價:58.00 元

ISBN 978-7-101-14267-9

《中國文學研究典籍叢刊》出版説明

中國古代學者對文學的認識、思考、研究和總結，是以多種形式書寫、流傳並發生影響的，有的是理論性的專著，有的是隨筆式的評論，有的是作品前後的序跋，有的是作品之中的評點。這些典籍數量豐富，種類衆多，涉及各個時期的不同的文學現象和文學思潮，以及不同的作家作品和文體文類。對這些典籍文獻的收集、整理，在近百年來，一直是學術界著力的重點，取得了很大的成績。

爲了進一步推動這一工作的進展，我們組織了《中國文學研究典籍叢刊》，選擇歷代具有代表性的、比較重要的典籍，採用所能得到的善本，進行深入的整理。因各類典籍情況差異較大，整理的方式也因書而異，不求一律，或校勘，或標點，或注釋，或輯佚，詳見各書的前言與凡例。《叢刊》的目的，是系統地爲學術界提供一套承載著中國古代學者文學研究成果的，内容更爲準確、使用更爲方便的基礎資料。我們熱切地期待學術界的同仁們參與這一澤惠學林的工作，並誠摯地歡迎讀者對我們的工作提出批評指正。

中華書局編輯部

二〇〇六年六月

點校説明

《不敢居詩話》，清代佚名編著，臺北圖書館館藏稿本，書體楷、行、草，共七六二頁，分四册裝訂，約二十餘萬字。有臺北廣文書局影印本。

此書内容雜論古今詩篇，其上限采自《古詩源》，下限至清代咸豐三年（一八五三）詩作。書中大多選録清詩，約佔全書十分之九，大小詩家多達數百人，其中多有它書未載者。臺北有論者認爲：著者注重吴梅村與查慎行的詩，「采二家詩達二十餘頁」。其實著者采録清代舒位《瓶水齋集》詩更多，達三十八頁；采録郭麐《靈芬館集》達三十三頁；采録趙翼《甌北詩鈔》達二十六頁，皆多于吴、查二家詩作之和。另采厲鶚《樊榭山房集》達十七頁；采陶元藻《泊鷗山房集》達十三頁等。對於清代詩話，論者認爲此書著者「推崇潘德輿」。其實著者更重視袁枚，引用《隨園詩話》内容及觀點有三十餘條，多於其他詩話。

此書特點有三：

特點一：在清詩中重視明末清初改朝换代之際的詩作，稱「詩人生當鼎革，閲歷兩朝，兵燹之慘，流離之狀，目擊身歷，發爲詩歌，風骨自殊」。如吴偉業（梅村）、屈大均（翁山）、陳子龍（大樽）及錢謙益（牧齋）等詩，多有采録；甚至對清朝「奉禁」之詩亦予評騭録存，如第一二〇頁（以下同爲此書排印本頁碼)所記「張虞山養重詩雖奉禁,而佳處不能埋没」,采録多首佳句。

特點二:重視未入主流或未入名流的詩人之作。未入主流者,如不能入選《明詩别裁集》的王彦泓(次回)詩《疑雨集》,采録達十一頁,其推崇之意與袁枚相同(袁枚對沈德潛於《别裁集》中未采王彦泓詩頗多異議)。對未入名流者,如第九六頁記詩人方柱(支亭)「有未刊稿二卷,爲余所得,擬付剞劂,以缺於貲不果,姑俟他日了此願云」,遂録方詩多首。其他所涉詩人及其作品,如饒仙洲、仇月波(傳桂)、洪桂芬(雪庵)、王度和(鼎祚)、黄承增(心庵)、楊鐸(默山)、程之駿(采山)、程振甲(也園)、潘燕邱(褎伯)、葉韻笙、殷味菘、史震林(悟岡)、周柳橋、潘瞿齋等,其中多有詩集已佚者,諸多詩作賴此書得以保存於世間。

特點三:編著者重視同時代同鄉里的詩人及詩作。如書中多次提到的「吾鄉王度和鼎祚」、「吾鄉巴蓮舫慰祖」、「吾鄉黄心庵承增」、「吾鄉方岩夫」、「吾鄉胡城東長庚」、「吾鄉程也園」、「吾鄉程采山」、「吾鄉楊默山鐸」以及「吾鄉後來之俊,首推仇傳桂月波」等等,説明編著者同爲歙縣人,書中記録他們聚會、結社、唱和、評論詩作及時政之事,其中許多詩人交誼與詩作,全賴此書記載。

整理出版此書重要價值主要有二:

價值一:根據上述三個特點,此書匯集了許多它書未載的清詩及作者,這對編輯「全清詩」及補充清代詩人小傳,是不可或缺的。此不重複例舉。

價值二:根據特點第三,此書可作詩史、野史,以補正史、方志之缺失。

如此書成於咸豐三年（一八五三）後，而咸豐三年前後歙縣正在太平軍戰火之中，詩中多作實録。在第三五六頁録歙縣饒仙洲《感事四首》云：

養癰成患任横行，塗炭生民苦戰争。濟世何人工畫策，不才如我敢談兵。哀鴻集澤天應泣，唳鶴聞聲膽已驚。堵勦並□都未得，城中虛實賊先偵。

戰塵繚繞失山青，鼓角連天不忍聽。千里轉輸糜絮餉，九重流涕悼生靈。堅城屢破官無恙，守土先逃國有刑。聞説常山能駡賊，專祠特賜慰幽冥。蒲圻縣周公祥和。

歙縣詩人所述堅城屢破、官逃兵敗、生民塗炭等戰况及周祥和死事，查咸豐後之歷次修撰《歙縣志》，其官司、武備、人物（詩林附）、藝文等各卷，統付闕如。究其原因，或因官修方志，所諱甚多。第四〇六頁更載饒仙洲詩：「民頑最喜官兵敗，國亂還須野史傳。」由此可見當時民心所向，並預知官方正史不會紀實。而此書記載可補史乘之不足。

《不敢居詩話》點校整理，以臺北手稿影印本爲底本，參校主要古籍五十餘種（校勘書目附於書後）。

詩話編著者往往詳于詩而略于史，此書亦然，如第九八頁記某詩人與杜紫綸「同舉鴻博」云云，而據《清史列傳·杜詔傳》載，雍正十三年舉博學鴻詞時，杜紫綸「未入都病卒」。詩話又常重于詞句而輕于考證，如第五三頁記女詩人「閨秀雙卿，逸其姓」，其實查一下史震林《西青散記》即可知：「雙卿姓賀，字秋碧。」這些都是閲讀或引用時應予注意的。

此書與其他詩話類似，采録之詩有的未記詩題，其原因或如第一二一頁所述「往閲名人詩集，遇有賞心之句輒識不忘，其題不及記也」。而所記詩題，或僅撮其大意而記之，或全與參校本不合，如第二八頁載李夢陽詩《渡黄河》，而《明詩别裁集》中作《秋望》，等等。有的詩作者姓名記錯，如第三七四頁「稻涼初吠蛤，柳老半書蟲」句記作者爲「祖詠」，而應是蘇軾。亦有的詩作者或有分歧，如第六九頁「江星動魚脊，山果落猿懷」一聯，沿用《隨園詩話》記作者爲「趙魯瞻」，而據《國朝詩别裁集》作者爲「嶺南七子」之一的方朝，詩題《江夜有懷》。另外，書稿中所引古體詩或成段引文，其間有的句子省略，整理中一般不加省略號；而對於所引近體詩，不相連的兩句之間則用引號劃開，以免誤爲「失黏」。所引詩句有異文者甚多，除有的因失誤予以校訂，但更多係版本不同，甚至有編著者所録版本優於當今流行本，則未予出校，讀者宜辨之。校勘訂補之處，凡底本衍文或誤字，加「（　）」標示；補文或校改之字，加「〔　〕」標示；缺文以「□」標示。

此書手稿雖不分卷，但在第一二五頁稱：「前編録唐人詩太略，茲復遴其傑句補之。」據此推測，「前編」或泛指「此前所編」；或指原稿確曾分編，且此頁以後必非「前編」。若「前編」爲第一至一二四頁，「後編」爲一二五至四〇七頁，則「後編」頁數爲「前編」的兩倍多，故可推測在前、後編之間尚有「中編」。而在第三一五頁啟首，稿上有硬筆注明「原書缺葉」，並且第三一四頁筆迹明顯比相鄰兩頁字迹小而密集，似爲原書補録者，爰將第一二五至三一四頁訂爲「中編」，第三一五至四

○七頁爲「後編」。爲讀者方便，權據原稿内容、筆迹及頁數劃此三編，顧未忤編著者原意也。

編著者未留名字，故論者認爲：「撰著者謙光過甚，連書名也要稱『不敢居』。」此論非也。「不敢居」書名宜出自《論語·述而》：「子曰：若聖與仁，則吾豈敢。」宋代陳祥道於《論語全解》中解釋道：孔子「蓋曰仁聖之成名，我不敢居」。即孔子有「不敢居」仁聖之意，而編著者亦自稱「不敢居」，豈有「謙光過甚」之意耶？書成於戰亂之中，手稿本前半多爲楷書，後半則行草匆匆，雖然編著者名字失載，但書中有二十一條資料直接或間接指向編著者，用排除法可將範圍縮小至數人之中。若能從合集、别集、史志、族譜及佚詩中分析其人，這也不失爲整理出版此書的價值之一。值得注意的是，《詩話》編著者記自己曾於「癸丑（咸豐三年，一八五三）春日以《有感四律》《重有感四律》示饒仙洲，仙洲亦以《感事四首》見示」，並録其中七律二首；可惜相關的詩集至今渺然，若在今後的古籍整理工作中有所發現，《不敢居詩話》的編著者爲誰，或當迎刃而解！

點校者

二○一九年三月

目録

不敢居詩話

前編

沈歸愚宗伯撰《古詩源》，録《擬蘇李詩》三首，其詩云：「晨風鳴北林，熠熠東南飛。願言所相思，日暮不垂帷。明月照高樓，想見餘光輝。玄鳥夜過庭，髣髴能復飛。褰裳路踟躕，彷徨不能歸。浮雲日千里，安知我心悲。思得瓊樹枝，以解長渴飢。」「鳳皇鳴高岡，有翼不好飛。安知鳳皇德，貴其來見稀。」「紅塵蔽天地，白日何冥冥。微陰盛殺氣，凄風從此興。招摇西北指，天漢東南傾。嗟爾穹廬子，獨行如履冰。(短)〔裋〕褐中無緒，帶斷續以繩。瀉水置瓶中，焉辨淄與澠。(巢父)〔許由〕不洗耳，後世有何稱。」

蘇、李詩，後人多疑爲東都作，今録李陵《與蘇武》三首云：「良時不再至，離別在須臾。屏營衢路側，執手野踟躕。仰視浮雲(飛)〔馳〕，奄忽互相踰。風波一失所，各在天一隅。長當從此別，且復立斯須。欲因晨風發，送子以賤軀。」次章云：「臨河濯長纓，念子悵悠悠。遠望悲風至，對酒不能酬。」三章云：「攜手上河梁，遊子暮何之？」又「行人難久留，各言長相思。安知非日月，弦望自有時。努力崇明德，皓首以爲期。」

「裋褐中無緒，帶斷續以繩。瀉水置瓶中，焉辨淄與澠」四語，鮑明遠樂府所祖。

《十九首》不知何人所作，《詩譜》稱其情真、景真、事真、意真，得之矣。或謂曹、王，或謂蘇、李，細翫語意，當屬蘇、李無疑。其詩如「行行重行行，與君生別離。」「胡馬依北風，越鳥巢南枝。」「人生天地間，忽如遠行客。」「一彈再三歎，慷慨有餘哀。不惜歌者苦，但傷知音稀。」「同心而離居，憂傷以終老。」「生年不滿百，常懷千歲憂。晝短苦夜長，何不秉燭遊！」「出户獨彷徨，愁思當告誰？引領還入房，淚下沾裳衣。」能使讀者悲感無端，油然善入。余最愛一首云：「迢迢牽牛星，皎皎河漢女。纖纖擢素手，札札弄機杼。終日不成章，泣涕零如雨。河漢清且淺，相去復幾許。盈盈一水間，脈脈不得語。」洵是諸篇之冠。

王昭君《怨詩》云：「高山峩峩，河水泱泱。父兮母兮，道里悠長。」極淺語，却聲淚俱下。

孟德詩時露霸氣，如「對酒當歌，人生幾何！」「月明星稀，烏鵲南飛；繞樹三匝，何枝可依。」「老驥伏櫪，志在千里；烈士暮年，壯心不已。」頗肖其人。

沈歸愚評曹子建：「八音朗暢，五色相宣，使才不矜，用博不逞。」誠哉是言。其詩如《朔風》云：「子好芳草，豈忘爾貽。繁華將茂，秋霜悴之。君不垂眷，(曷)〔豈〕云其誠。秋蘭可喻，桂樹冬榮。」《贈徐幹》云：「驚風飄白日，忽然歸西山。」《雜詩》云：「高臺多悲風，朝日照北林。之子在萬里，江湖迥且深。」《七哀詩》云：「明月照高樓，流光正徘徊。」俱不愧其語。至若「生存華屋處，零落歸山邱」，尤復言之酸鼻也。

叔夜四言，每出俊語，如「流詠太素，俯讚玄虛。」「凌厲中原，顧盼生姿。」「目送歸鴻，手揮五絃。俯仰自得，遊心太玄。」求之晉人，無與比埒。

陸氏昆弟，於士衡則賞其「京洛多風塵，素衣化爲緇。」於士龍則賞其「和神當春，清節爲秋。天地則爾，户庭已（幽）〔悠〕」四語耳。

士衡《猛虎行》起四語云：「渴不飲盜泉水，熱不息惡木陰。惡木豈無枝？志士多苦心。」亦頗不凡。

潘安仁善於言怨，如「牀空委清塵，室虛來悲風」，皆是。至於「望廬思其人，入室想所歷」，悼亡絶唱。

太冲胸次高曠，筆亦雄邁，陶鎔漢、魏，自鑄偉詞，如「弱冠弄柔翰，卓犖觀群書。」「左眄澄江湘，右盼定羌胡。功成不受爵，長揖歸田廬。」「悠悠百世後，英名擅八區。」「被褐出閶闔，高步追許由。振衣千仞岡，濯足萬里流。」讀之令人氣旺。

王正長《雜詩》云：「朔風動秋草，邊馬有歸心。」孫子荆《祖道詩》云：「晨風飄歧路，零雨被秋草。」語皆雄俊，沈隱侯稱之，有以也。

曹攄《感舊詩》有云：「富貴他人合，貧賤親戚離。」殷浩坐廢，韓康伯詠此二語，因而泣下。

元亮佳句如：「曖曖遠人村，依依墟里烟。犬吠深巷中，雞鳴桑樹巔。」「山中饒霜露，風氣亦先寒。」「逍遥沮溺心，千載乃相關。」「結廬在人境，而無車馬喧。問君何能爾，心遠地自偏。」「衆鳥欣有托，吾亦愛吾廬。」「微雨從東來，好風與之俱。」「采菊東籬下，悠然見南山。山氣日夕佳，飛鳥相與還。」「日暮天無雲，春風扇微和。」「平疇交遠風，良苗亦懷新。」「白日掩荆扉，虚空絶塵想。」「晨興理荒穢，帶月荷鋤歸。」趨向不群，所寓遂得其妙，氣體之高，晉、宋間一人而已。

康樂集中佳句如：「白雲抱幽石，緑篠媚清漣。」「首夏猶清和，芳草亦未歇。」「清暉能娱人，遊子憺忘歸。」「林壑斂暝色，雲霞收夕霏。」「海鷗戲春岸，天雞舞和風。」「暝還雲際宿，弄此石上月。」「密林含餘清，遠峰隱半規。」「池塘生春草，園（林）〔柳〕變鳴禽。」能括唐人三百年名家之美。蓋自漢迄晉、宋，體格相沿，至康樂而縋幽鑿險，詩中之豪也。

惠連《擣衣》篇前數十句皆無可觀，結云：「腰帶準平昔，不知今是〔非〕。」□□千古矣。

玄暉長於五言，沈休文見之曰：「二百年來無此詩也。」如「大江流日夜，客心悲未央。金波麗鳷鵲，玉繩低建章。」「天際識歸舟，雲中辨江樹。」「餘霞散成綺，澄江静如練。」「魚戲新荷動，鳥散餘花落。」「池北樹如浮，竹外山猶影。」「日華川上動，風光草際浮。」「春草秋更緑，公子未西歸。」「望山白雲裏，望水平原外。」「風碎池中荷，霜剪江南緑。」「寒城一以眺，平楚正蒼然。」語語警絶。

鮑明遠詩如「腰鐮刈葵藿，倚杖牧雞豚。」「馬毛縮如蝟，角弓不可張。」「食梅常苦酸，衣葛常苦寒。」得古樂府樸直之妙。許彦周謂其《行路難》壯麗豪放，若決江河，大似賈誼《過秦論》。

張正見「殘虹收宿雨，缺岸上新流」、「天路横秋水，星橋轉夜流」，亦佳句可寶。

太宗「螢火不温風」，自是佳句。

唐初不脱齊、梁之習，陳拾遺首起其衰，如《送崔融等從梁王東征》云：「金天方肅殺，白露始專征。王師非樂戰，之子慎佳兵。」寓意遥深，筆尤高健。及觀《感遇》等篇，一脱畦徑，使人有眼空四海，神遊八極之興。

杜審言自許衙官屈、宋，談何容易。然其詩如「北斗挂城邊，南山倚殿前。」「山追散馬日，水憶釣魚人。」「雲净妖星落，秋深塞馬肥。」「據鞍雄劍動，摇筆羽書飛。」「雲霞出海曙，梅柳渡江春。」俱雄健過人。至《大酺》詩云：「伐鼓撞鐘驚海内，新妝炫服照江東。」瑰偉流利，誰與爲敵？

沈、宋並稱，五言詩沈非宋敵也，沈所長惟七言，若《龍池篇》云：「爲報（褒）〔寰〕中百川水，來朝此地莫東歸。」諸家不能到也。

延清佳句如：「宿雲鵬際落，殘月蚌中開。」「抱葉玄猿嘯，啣花翡翠來。」「樓觀滄海日，門對浙江潮。」「不愁明月盡，自有夜珠來。」一時無兩。《題大庾北驛》入手云：「陽月南飛雁，傳聞至此迴。我行殊未已，何日復歸來！」一氣旋折，神味無窮。至《詠美人》云：「妬女猶憐鏡中髮，侍兒堪感路旁人」，亦新。

明皇工於詩，如「夫子何爲者，栖栖一代中。」又「豈不惜賢達，其如高尚心。」又「灌木縈旗轉，仙雲拂馬來。」又「鳴鑾下蒲坂，飛旆入秦中。」又「春來津樹合，月落戍樓空。」又「萬古一芳春。」發調既新，筆復高雋，宜唐代詩人雲蒸霞蔚也。

王灣《次北固山下》云：「海日生殘夜，江春入舊年。」張燕公手題政事堂，每示能文，令爲楷式。

至「風響傳砧不到君」，爲搗衣絶唱。

崔國輔《子夜冬歌》：「夜久頻挑燈，霜寒剪刀冷。」故是絶調。

綦毋潛之「鐘聲扣白雲」，殷璠極賞之。

薛據「寒風吹長林，白日原上没。」又「孟冬時短晷，日盡東南天。」殷璠稱爲曠代佳句。

殷璠曰：常建詩如「松際露微月，清光猶爲君。」「山光悦鳥性，潭影空人心。」此例數十句，並可稱爲警策。一篇盡善者：「戰餘落日黄，軍敗鼓聲死。……今與山鬼鄰，殘兵哭遼水。」潘岳雖云能叙悲怨，未見如此章句。其餘「仙人騎鳳披彩霞，挽上銀瓶照天閣。黄金作身雙飛龍，口啣明月噴芙蓉。」爲李賀所祖。

高達夫五十爲詩，簡練揣摩，語多胸臆，兼有氣骨，如「池空菡萏死，月出梧桐高。」「倚弓玄兔月，飲馬白狼川。」「風霜驅瘴癘，忠信涉波濤。」最爲精警。至若「未知肝膽向誰是，令人却憶平原君」，吟諷不厭矣。

岑嘉州曠世逸才，其詩雄健絶人，七古尤高。五言如：「澗水吞樵路，山花醉藥欄。」「孤燈然客夢，寒杵搗鄉愁。」工於鍊字。七言如：「到來函谷愁中月，歸去磻溪夢裏山。」曲折有致。至若「長風吹白茅，野火燒枯桑。」「山風吹空林，颯颯如有人。」非惟語奇，意亦造奇。

嘉州《登慈恩寺浮圖》云：「秋色從西來，蒼然滿關中。五陵北原上，萬古青濛濛。」四語，一篇之冠，與工部作並駕。《逢入京使》一絶云：「故園東望路漫漫，雙袖龍鍾淚不乾。馬上相逢無紙筆，憑君傳語報平安。」詩如白話，却自何等情致！

韋蘇州詩如「孤雲忽無色，邊馬爲回首。」「微雨夜來過，不知春草生。」「楊柳散和風，青山澹吾慮。」「寒雨暗深更，流螢度高閣。」「高歌長安酒，忠憤不可吞。」東坡所謂「〔寓〕〔寄〕至味於淡泊」。《初發揚子》云：「歸棹洛陽人，殘鐘廣陵樹。」氣韻殊别。

青蓮佳處人皆知之，余愛集中「前水復後水，古今相續流。新人非舊人，年年橋上遊。」又「莫捲龍鬚席，從他生網絲。且留琥珀枕，或有夢來時。」又「長繩難繫日，自古共悲辛。黄金高北斗，不惜買陽春。」又「咳唾落九天，隨風生珠玉。」又「江上相逢借問君，笑語未了風吹斷。」又「春風爾來爲阿誰？蝴蝶忽然滿芳草。」胸次高曠，吐屬無一塵凡語，任是人不能到，故曰「仙才」。

青蓮心折崔灝《黄鶴樓》詩，常思效之，如《鳳凰臺》、《鸚鵡洲》，終不逮也。至《送人》云：「白露洲前月，天明送客回。青龍山後日，早出海雲來。」又「白玉一杯酒，緑楊三月時。春風曾幾日，兩鬢各成絲。」追步崔灝矣。

青蓮「霓爲衣兮風爲馬，雲中君兮紛紛而來下。虎鼓瑟兮鸞回車，仙之人兮列如麻。」從《騷》出。「白酒新熟山中歸，黄雞啄黍秋正肥。呼童烹雞酌白酒，兒女嬉笑牽人衣。」昌黎《山石》所本也。

工部詩如「夜闌接軟語，落月如金盆。」尋常意，倍見高雅。「壯士短衣頭虎毛，憑軒拔鞘天爲高。」情狀如生。「城尖徑仄旌旆愁，獨立縹緲之飛樓。」蒼莽歷落，自成音節。「高江急峽雷霆鬭，古木蒼藤日月昏。」描繪盡致。其餘「旌旗日暖龍蛇動，宮殿風微燕雀高。」「錦江春色來天地，玉壘浮雲變古今。」「萬里悲秋常作客，百年多病獨登臺。」「海内風塵諸弟隔，天涯涕淚一身遥。」「永夜角聲悲自語，中天月色好誰看。」《閣夜》後三韻云：「五更鼓角聲悲壯，三峽星河影動摇。野哭幾家聞戰伐，夷歌數處起漁樵。卧龍躍馬終黄土，人事音書漫寂寥。」壯闊沉雄，是恁精神氣概。《蜀相》前二韻閒寫景物，後半忽振起精神云：「三顧頻煩天下計，兩朝開濟老臣心。出師未捷身先死，長使英雄淚滿襟。」將武侯一生道盡，末聯真令志士涕下。《慈恩寺塔》云：「秦山忽破碎，涇渭不可求。俯視但一氣，焉能辨皇州。」特立千秋，豈止雄視一代。

律句最争起勢，工部爲長。如《行次昭陵》云：「舊俗疲庸主，群雄問獨夫。讖歸龍鳳質，威定虎狼都。」《重經昭陵》云：「草昧英雄起，謳歌歷數歸。風塵三尺劍，社稷一戎衣。」均是高唱而入，惟王右丞埒之：《終南山》云：「太乙近天都，連山到海隅。白雲迴望合，青靄入看無。」《觀獵》云：「風勁角弓鳴，將軍獵渭城。草枯鷹眼疾，雪盡馬蹄輕。」固可相提並論。

右丞長於律句。五言如：「興闌啼鳥緩，坐久落花多。」「日落江湖白，潮來天地青。」「江流天地外，山色有無中。」「古木無人徑，深山何處鐘。」「大漠孤烟直，長河落日圓。」七言如：「雲裏帝城雙鳳闕，雨中春樹萬人家。」「九天閶闔開宫殿，萬國衣冠拜冕旒。」《酬郭給事》起四語云：「洞門高閣靄餘暉，桃李陰陰柳絮飛。禁裏疎鐘官舍晚，省中啼鳥吏人稀。」真足横行今古。

孟襄陽五言，天下稱其獨步。如：「野曠天低樹，江清月近人。」「衆山遥對酒，孤島共題詩。」

「不才明主棄，多病故人疎。」「再來迷處所，花下問漁舟。」皆氣體高峻。《與諸子登峴山》入手云：「人事有代謝，往來成古今。江山留勝迹，我輩復登臨。」《宿桐廬江》入手云：「山暝聽猿愁，滄江急夜流。風鳴兩岸葉，月照一孤舟。」《臨洞庭》入手云：「八月湖水平，涵虚混太清。氣蒸雲夢澤，波撼岳陽城。」《早寒有懷》入手云：「木落雁南渡，北風江上寒。我家襄水曲，遥隔楚雲端。」是何等飆舉！至若「微雲淡河漢，疎雨滴梧桐」，能使秘省諸公一齊閣筆。

高仲武曰：右丞没後員外爲雄。如：「鳥道挂疎雨，人家殘夕陽。」「牛羊下山小，烟火隔林深。」「窮達戀明主，耕桑亦近郊。」標準古今無愧也。他若「暮禽先去馬，新月待開扉。」「一葉兼螢度，孤雲帶雁來。」「人烟一飯少，山雪獨行深。」「曲終人不見，江上數峰青。」時有曠思特出意表。

劉長卿結體頗高，如：「得罪風霜苦，全生天地仁。」歸美君恩，何等藴藉。至若「江上月明胡雁過，淮南木落楚山多。」「孤城背嶺寒吹角，獨戍臨江夜泊船。」「家散萬金酬士死，身留一劍報君恩。」「白馬翩翩春草緑，邵陵西去獵平原。」丰骨獨别。又「幽州白日寒」，王元美劇賞之。

退之奇語如「横空盤硬語，妥帖力排奡。」「無本於爲文，身大不及膽。」「姦窮怪變得，往往造平淡。」「躋攀分寸不可上，失勢一落千丈强。」又「快劍斫斷生蛟鼉」，又「古鼎躍水龍騰梭」，又「纖雲四卷天無河」，彭儀一目爲生龍活虎之筆。絶句如《楚遊雜詠》云：「猶有國人懷舊德，一間茆屋祭昭王。」至若《祖席得秋字》一律云：「淮南悲木落，而我亦傷秋。况與故人别，那堪羈旅愁。榮華今異路，風雨昔同憂。莫以宜春遠，江山多勝遊。」何嘗不平淡，何嘗不佳也。

柳子厚「壁空殘月曙，門掩候蟲秋」，爲集中第一。《田家》云：「籬落隔烟火，農談四鄰夕。里胥夜經過，雞黍事筵席。今年幸稍豐，毋厭饘與粥。」宛然一陶。「烟消日出不見人，欸乃一聲山水緑」，則詩中有畫。《楊白花》一章：「楊白花，風吹渡江水。坐令宫樹無顔色，摇蕩春光千萬里。茫茫曉日下長秋，哀歌未斷城鴉起。」許彦周稱其言婉而情深。《江雪》云：「千山鳥飛絶，萬徑人蹤滅。孤舟蓑笠翁，獨釣寒江雪。」氣韻高逸，饒有畫意；以「千」「萬」「孤」「獨」成文更奇。

李長吉在元和中，韓吏部亦頗稱許。「蓋《騷》之苗裔，求取情狀，離絶遠去筆墨畦徑間，殊不能知之。賀生二十七死矣，世皆曰：使賀不死，少加以理，奴僕命《騷》可也。」其詩如《雁門太守行》云：「黑雲壓城城欲摧，甲光向日金鱗開。」《浩歌》云：「買絲繡作平原君，有酒惟澆趙州土。」《秦王飲酒》云：「洞庭雨脚來吹笙，酒酣喝月使倒行。」《金銅仙人辭漢歌》云：「畫欄桂樹懸秋香，三十六宫土花碧。」《秦宫》詩云：「開門爛用水衡錢，卷起黄河向身瀉。」《箜篌引》云：「女媧鍊石補天處，石破天驚逗秋雨。」恢詭譎怪，不知從何處得來。

賈閬仙詩：「樵人歸白屋，寒日下危峰。」「怪禽啼曠野，落日恐行人。」「獨行潭底影，數息樹邊身。」「秋風吹渭水，落葉滿長安。」「山鐘夜渡空江水，汀月寒生古石頭。」「無端更渡桑乾水，却望并州是故鄉。」大有精語，宜後人鑄金事之。

孟郊「長安日下影，又落江湖中」，爲時人所賞。

嚴維「柳塘春水漫，花塢夕陽遲」，永叔賞之。

李益最工絶句，《春夜聞笛》云：「洞庭一夜無窮雁，不待天明盡北飛。」《從軍北征》云：「磧裏征人三十萬，一時齊向月中看。」《曉角》云：「無限塞鴻飛不度，西風吹入小單于。」

戴叔倫在當時不以詩名，高仲武亦僅稱其「廨宇經山火，公田没海潮」之句。若《宮詞》云：「春風鸞鏡愁中影，明月羊車夢裏聲」，亦自工雅。

包佶《雙山逢信公所居》起四語云：「遥禮前朝塔，微聞後夜鐘。人間第四祖，雲裏一雙峰。」是甚氣概！

郎士元「荒城背流水，遠雁入寒雲。」高仲武稱之。他如「月在上方諸品净，心持半偈萬緣空」、「蕭條夜静邊風吹，獨倚營門望秋月」，可與前人頡頏。至「鶯花不棄貧」，尤擅絶一代也。

韓翃以《寒食》詩擅名，若「秋風疎柳白門前」，亦不失爲名句。

李郢《上裴晉(國)〔公〕》起聯云：「四朝憂國鬢成絲，龍馬精神海鶴姿。」劇有氣象。結云：「惆悵舊堂扃緑野，夕陽無限鳥飛遲」，則有諷之使去之意。

武元衡《送崔巡使還本府》入手云：「勞君車馬此逡巡，我與劉公本是親。兩地山川分節制，十年京洛共風塵。」氣格倜儻，余最愛此種律句。

元微之詩往往入人心脾，惜獲覯殊尠，未能滿意。《悼亡》云：「昔日戲言身後意，今朝都到眼前來。」又「誠知此恨人人有，貧賤夫妻百事哀。」又「閒坐悲君亦自悲，百年多是幾多時。」又「同穴窅冥何所望，他生緣會更難期。」《別友》云：「垂老相逢漸難別，大家期限各無多。」皆人意中語。余謂微之誠天機清妙者，雖其生平無足取，讀者不以人廢言可也。

白傅《望月有感》云：「時難年荒世業空，弟兄羈旅各西東。田園寥落干戈後，骨肉流離道路中。弔影分爲千里雁，辭根散作九秋蓬。共看明月應垂淚，一夜鄉心五處同。」一氣貫注，八句作一句讀，神來之作也。他如《景空寺》云：「暮鐘寒鳥聚，秋雨病僧閒。」《夜坐》云：「梧桐上階影，蟋蟀近牀聲。」《閒遊》云：「尋泉上山遠，看筍出林遲。」《晚出西郊》云：「早涼湖北岸，殘照郭西門。」《贈內》云：「寒衣補燈下，小女戲牀頭。」《連雨》云：「碎聲籠苦竹，冷翠落芭蕉。」《寄山僧》云：「白首誰留住，青山自不歸。」《題閣下廳》云：「貌將松共瘦，心與竹同空。」《逢張員外》云：「曉嵐林葉暗，秋露草花香。」《夜泊》云：「沙明連浦月，帆白滿船霜。」《晚興》云：「山明虹半出，松暗鶴雙歸。」《孤山遇雨》云：「水鷺雙飛起，風荷一向翻。」《渡淮》云：「孤烟生乍直，遠樹望多圓。」《河亭秋望》云：「晴虹橋影出，秋雁櫓聲來。」《履道春居》云：「低風洗池面，斜日坼花心。」《宴散》云：「笙歌歸院落，燈火下樓臺。」《人定》云：「翠屏遮燭影，紅袖下簾聲。」《偶詠》云：「暝槿無風落，秋蟲欲雨鳴。」《題少室東巖》云：「月留三夜宿，春引四山行。」《酬夢得》云：「老人秋向火，小女夜縫裳。」《卧疾》云：「婢能尋本草，犬不吠醫人。」《春暖》云：「鶯留花下立，鶴引水邊行。」《落花》云：「春盡老人心。」《酬崔使君見寄》云：「詩來手自書。」《江夜舟行》入手云：「烟澹月濛濛，舟行夜色中。江鋪滿槽水，帆展半檣風。」《送孟司功》云：「潯陽白司馬，夜送孟功曹。江暗管絃急，樓明燈火高。湖波翻似箭，霜草殺如刀。且莫開征棹，陰風正怒號。」《晚庭逐凉》云：「送客出門後，移牀下砌初。趁凉行繞竹，引睡卧看書。老更爲官拙，慵多向事踈。松窗倚籐杖，人道是僧居。」《除蘇州刺史別洛城東花》云：「亂雪千花落，新絲兩鬢生。老除吴郡守，春別洛陽城。江上今重去，城東更一行。別花何用伴，勸酒有殘鶯。」《西風》後半云：「淺渠銷漫水，踈竹漏斜暉。薄暮青苔巷，家僮引鶴歸。」《烏夜啼》云：「月明無葉樹，霜滑有風枝。」結云：「畫堂鸚鵡鳥，冷暖不相知。」《早朝》云：「遠坊起早常侵鼓，瘦馬行遲苦費鞭。」《與元八卜鄰》云：「明月好同三徑夜，緑楊宜作兩家春。」《偶成》云：「花如解語還多事，石不能言最可人。」《題某寺》云：「林間暖酒燒紅葉，石上題詩掃緑苔。」《庾樓曉望》云：「竹霧曉籠銜嶺月，蘋風暖送過江春。」《北樓送客歸上都》云：「京路人歸天直北，江樓客散日平西。」《西湖夜歸》云：「樓角漸移當路影，潮頭欲過滿江風。」《晚歸回望孤山寺》云：「盧橘子低山雨重，栟櫚葉戰水風凉。」又「烟波澹蕩摇空碧，樓殿參差倚夕陽。」《江樓夕望》云：「燈火萬家城四畔，星河一道水中央。」又「風吹古木晴天雨，月照平沙夏夜霜。」《寄微之》云：「未死又鄰滄海郡，無兒俱作白頭翁。」《贈侯郎中》云：「年豐最喜惟貧客，秋冷先知是瘦人。」《故衫》云：「袖中吴郡新詩本，襟上杭州舊酒痕。」《履道池上》云：「樹暗小巢藏巧婦，渠荒新葉長慈姑。」《城上夜宴》云：「風月萬家河兩岸，笙歌一曲郡西樓。」《晚桃花》云：「寒地生材遺較易，貧家養女嫁常遲。」《池上閒咏》云：「日晚愛行深竹裏，月明多上小橋頭。」《于公主舊宅》云：「布穀鳥啼桃李院，絡絲蟲怨鳳凰樓。」《閒居春盡》云：「愁應暮雨留教盡，春被殘鶯唤遺歸。」《敏中授户部員外》後半云：「長慶老郎惟我在，客曹故事望君傳。前鴻後雁行難續，相去迢迢二十年。」《敏中歸豳寧幕》入手云：「六十衰翁兒女悲，傍人應笑爾應知。弟兄垂老相逢日，盃酒臨歡欲散時。」《江樓晚眺》入手云：「澹烟疏雨間斜陽，江色鮮明海氣凉。蜃散雲收破樓閣，虹殘水照斷橋梁。」《餘杭形勝》入手云：「餘杭形勝四方無，州傍青山縣枕湖。遶郭荷花三十里，拂城松樹一千株。」《杭州》云：「濤聲夜入伍員廟，柳色春藏蘇小家。」又「草緑裙腰一道斜。」《錢塘春行》云：「緑楊陰裏白沙隄。」《題元八溪居》云：「影落杯中五老峰。」《送人之湖南》後半云：「帆開青草湖中去，衣濕黄梅雨裏行。別後雙魚難定寄，近來潮不到湓城。」《寒食江畔》云：「還似往年春氣味，不宜今日病心情。」結云：「忽見紫桐花悵望，下邽明日是清明。」《行次夏口先寄李大夫》入手云：「連山斷處大江流，紅旆逶迤鎮上游。幕下翱翔秦御史，軍前奔走漢諸侯。」《入峽次巴東》云：「萬里王程三峽外，百年生計一舟中。」結云：「兩片紅旌數聲鼓，使君艛艓上巴東。」《哭崔兒》云：「掌珠一顆兒三歲，鬢雪千莖父六旬。豈料汝先爲異物，常憂吾不見成人。」結云：「懷抱又空天默默，依前重作鄧攸身。」《初喪崔兒報微之晦叔》云：「書報微之晦叔知，欲題崔字淚先垂。世間此恨偏敦我，天下何人不哭兒。蟬老悲鳴抛蜕後，龍眠驚覺失珠時。」文章千帙官三品，身後傳誰庇廕誰？」《喜入新年自詠》云：「白鬚如雪五朝臣，又值新正第七旬。老過占他婪尾酒，病餘收得到頭身。銷磨歲月慚高位，比類時流是幸人。大曆年中騎竹馬，幾人得見會昌春？」《閨怨二首》云：「珠箔籠寒月，紗窗背曉燈。夜來巾上淚，一半是春冰。」「關山征戍遠，閨閣別離難。苦戰應顦顇，寒衣不要寬。」《春詞》云：「低花樹映小粧樓，春入眉心兩點愁。斜倚闌干背鸚鵡，思量何事不回頭。」《詠昭君》云：「漢使却回憑寄語，黄金何日贖蛾眉？君王若問妾顔色，莫道不如宫裏時。」《高相宅》云：「青苔故里懷恩地，白髮新年抱病身。涕淚雖多無哭處，永寧門館屬他人。」《舊房》云：「遠壁蟲聲秋絡絲，入簷新影月低眉。牀帷半故簾旌斷，仍是初寒欲夜時。」《梨園子弟》云：「白頭垂泪話梨園，五十年前雨露恩。莫問華清今日事，滿山紅葉鎖宫門。」《楊柳枝詞》云：「一樹春風千萬枝，嫩于金色軟于絲。永豐西角荒園裏，盡日無人屬阿誰。」《村夜》云：「霜草蒼蒼蟲切切，村南村北行人絶。獨出門前望野田，月明蕎麥花如雪。」又「蘆荻花中一點燈」，又「逆風吹浪打船聲」，又「水烟沙雨欲黄昏」，又「百花深處一僧歸」，不事雕琢，不爲鎚鑿，自然流出，熟而非滑，鍊而非砌，厨下嫗所以可解也。元、白並稱，詩境正復相近。

荆公晚喜義山詩，每誦其「池光不受月，暮氣欲沉山」、「江海三年客，乾坤百戰場」，謂雖老杜無以過也。

《韓碑》矯健奇奥，直與昌黎並駕，晚唐七古獨此一篇。

義山力争入手。《無題》云：「昨夜星辰昨夜風，畫樓西畔桂堂東。身無綵鳳雙飛翼，心有靈犀一點通。」又云：「來是空言去絶踪，月斜樓上五更鐘。夢爲遠别啼難唤，書被催成墨未濃。」《籌筆驛》云：「猿鳥猶疑畏簡書，風雲長爲護儲胥。」皆警拔。至《籌筆驛》中聯云：「管樂有才元不忝，關張無命欲何如。」《無題》中聯云：「春蠶到死絲方盡，蠟炬成灰淚始乾。」又「神女生涯原是夢，小姑居處本無郎。」各有妙境。

《擬工部蜀中離席》云：「人生何處不離群，世路干戈惜暫分。雪嶺未歸天外使，松州猶駐殿前軍。座中醉客延醒客，江上晴雲雜雨雲。美酒成都堪送老，當壚仍是卓文君。」真少陵嫡派。牧之《早雁》起四語云：「金河秋半虜弦開，雲際驚飛四散哀。仙掌月明孤影過，長門燈暗數聲來。」《題宣州開元寺》云：「六朝文物草連空，天澹雲閒今古同。鳥去鳥來山色裏，人歌人哭水聲中。深秋簾幙千家雨，落日樓臺一笛風。惆悵無因見范蠡，參差烟樹五湖東。」都是氣概非常，不善學之，便落粗豪一派。

温飛卿詩，余最愛誦之《俠客行》云：「白馬夜頻驚，三更灞陵雪。」筆力健甚。至歌行「紅粧萬户鏡中春，碧樹一聲天下曉。」「殺氣空高萬里情，塞雲如箭雙眸子。」「掌中無力舞衣輕，剪斷鮫綃破春碧。」「不盡長圓疊翠愁，柳風吹破澄潭月。」「河源怒激風如刀，剪斷朔雲天更高。」「野土千年怨不平，至今燒作鴛鴦瓦。」絶似李長吉。五律如「高秋辭故國，昨夜夢長安。」「蝶翎朝粉盡，鵶背夕陽多。」「雞聲茅店月，人迹板橋霜。」皆妙。《送人東遊》一首云：「荒戍落黄葉，浩然離故關。高風漢陽渡，初日郢門山。江上幾人在，天涯孤棹還。何當重相見，尊酒慰離顔。」奄有初、盛風格。七律則《過陳琳墓》云：「詞客有靈應識我，霸才無主始憐君。」爲集中第一。他若「鵰邊認箭寒雲重，馬上聽笳塞草愁。」「萬象曉歸仁壽鏡，百花春隔景陽鐘。」「夜聞猛雨摇花盡，寒戀重衾覺夢多。」又「畫屏無睡待牽牛」，又「九原春草妒嬋娟」，不失爲佳句也。

張籍詩：「家貧無易事，身病是閒時。」「山情因月甚，詩語入秋高。」皆和平冲淡。又「牀頭黄金盡，壯士無顔色。」人意中語也。

楊巨源有「一劍當風白日看」之句，余嘗誦之。

趙嘏詩「風雨落花夜，山川驅馬人。」「鶗鴂聲中寒食酒，芙蓉花外夕陽樓。」「殘星幾點雁橫塞，長笛一聲人倚樓。」又「蒹葭霜在雁初飛」，頗可賞。

劉得仁之「勁風吹雪聚，渴鳥啄冰開。」人不能道。

雍陶詩云：「邊人羊馬休南牧，大將旌旗在北門。」又「翠輦不來金殿閉，宫鶯啣出上陽花。」不愧前人。

薛逢《潼關河亭》云：「天地并功開帝宅，山河相湊束龍門。」雄偉至此。

馬戴最長五言，如：「猿啼洞庭樹，人在木蘭舟。」「待月人相對，驚風雁不齊。」「霜風紅葉寺，夜雨白蘋洲。」「楚雨霑猿暮，湘雲拂雁秋。」「松間山半寺，雨後佛前燈。」「高臺試延望，落照在寒波。」皆妙。

張祜亦工此體，如：「鳥啼新果熟，花落故人稀。」「地盤雲夢角，山鎮洞庭心。」「不雨山常潤，無雲水自陰。」「僧歸夜船月，龍出曉雲堂。」「野橋經亥市，山路過申州。」「風帆彭蠡疾，雲水洞庭寬。」牧之所謂「千首詩輕萬户侯」也。

祜又有「殘陽過遠水，落葉滿疎鐘」、「泉聲到池盡，山色上樓多」之句，不減初、盛風韻。

周賀詩：「歸人值落葉，遠路入寒山。」「魚鹽橋上市，燈火雨中船。」均有錘鍊。

王建小詩絶工，如《故行宫》云：「白頭宫女在，閒坐説玄宗。」《新嫁娘》云：「未諳姑食性，先遣小姑嘗。」《宫詞》云：「聞有美人新進御，六宫未見一時愁。」按《故行宫》二語或作元稹，未知孰是。

李群玉詩：「八月白露濃，芙蓉抱香死。」的是奇語。至「黄葉黄花古城路，秋風秋雨别家人」，亦有意趣。

崔珏以《鴛鴦詩》得名，人呼「崔鴛鴦」。余所賞者：「逐梭齊上玉人機」七字耳。

方干詩：「鶴盤遠勢投孤嶼，蟬曳殘聲過别枝。」象情寫物，曲盡形容，在作者亦不可多得。

張蠙《單于臺》詩：「白日地中出，黄河天上來。」爲時所稱。至「戰馬分旗牧，驚禽曳箭飛」、「牆頭細雨垂纖草，水面迴風聚落花」，亦復可誦。

韓冬郎《暴雨》詩：「雷尾燒黑雲，雨脚飛銀線。」奇語也。其餘：「四時最好是三月，一去不回惟少年。」「窗裏日光飛野馬，案頭筠管長蒲盧。」「船背雨聲天欲明。」均不得以常語目之。

曹松詩：「衰條難定鳥，缺月易依山。」又「憑君莫話封侯事，一將功成萬骨枯。」可繼賈島。

薛能《上某僕射相公》云：「朝廷有道青春好，門館無私白日閒。」氣象頗好，惜乎唐末無當之者矣。

盧允言有句云：「黄埃滿市圖書賤，黑霧連山虎豹尊。」分明甲申紀事。《晚次鄂州》中二聯云：「估客晝眠知浪静，舟人夜語覺潮生。三湘愁鬢逢秋色，萬里歸心對月明。」極頓挫沉着。《途中》云：「身賤多慚問姓名」，自是人意中語。

李嘉祐有句云：「野寺山邊斜有徑，漁家竹裏半開門。」前人謂其工秀。

李山甫《公子家二首》云：「曾是皇家幾世侯，入雲高第照神州。柳遮門户横金鎖，花擁絃歌咽畫樓。錦袖妒姬争巧笑，玉銜驕馬索閒遊。麻衣酷獻平生業，醉倚春風不點頭。」「柳底花陰露壓塵，瑞烟輕罩一園春。鴛鴦占水能欺客，鸚鵡嫌籠解駡人。腰裊似龍隨日换，輕盈如燕逐年新。不知買盡長安笑，活得蒼生幾户貧！」諷切當時，詩中箴訓。

唐彦謙《長陵》云：「長陵高闕此安劉，附葬纍纍盡列侯。豐上舊居無故里，沛中原廟對荒邱。耳聞明主提三尺，眼見愚民盗一抔。千載豎儒騎瘦馬，渭城斜日重回頭。」真是清峭拔俗。

韋端己《憶昔》一首筆力頗高，其詩云：「昔年曾向武陵遊，子夜歌清月滿樓。銀燭樹前長似晝，露桃花裏不知秋。西園公子名無忌，南國佳人號莫愁。今日亂離都是夢，夕陽惟見水東流。」端己《汧陽縣閣》中二聯云：「僧尋野渡歸吴岳，雁帶斜陽入渭城。邊静不收蕃帳馬，地貧惟賣隴山鸚。」亦雋。

司空表聖詩如「棋聲花院静，幡影石壇高。」「緑樹連村暗，黄花入麥稀。」「得劍乍如添健僕，亡書久似憶良朋。」「孤嶼池痕春漲滿，小闌花韻午晴初。」「久無書去干時貴，時有僧來自故鄉。」一例超雋。《山中》云：「全家爲我戀孤岑，踏得蒼苔一徑深。逃難人多分隙地，放生鹿大出寒林。名應不朽輕仙骨，理到忘機近佛心。昨夜山前驟風雨，晚晴獨步數溪禽。」《歸王官谷》云：「家山牢落戰塵西，匹馬偷歸路已迷。冢上捲旗人簇立，花邊移寨鳥驚啼。本來薄俗輕文字，却致中原動鼓鼙。

將取一壺閒歲月，長歌深入武陵溪。」余觀表聖在唐末嘗不感激君臣之際，特以萬難措手，退隱待時。迨哀帝既弒，唐室無復更興之望，乃不食而死，以明厥志。嗚呼，是亦可與日月争光者也！

袁簡齋言：晚唐人《辭某節度》一律，前四語云：「去違知己住違親，欲策羸騎屢逡巡。萬里家山歸養志，十年門館受恩身。」一往情深，必士君子中有至性者，余讀之果然。

周朴詩月鍛年鍊，構思尤艱，未及成篇已播人口，如：「磧浮悲老馬，月滿引新弓。」「禹力不到處，河聲流向西。」皆矯矯自立。

李洞在唐自是作手，《贈司空侍郎》云：「馬饑餐落葉，鶴病曬殘陽。」《送人歸日本》云：「島嶼分諸國，星河共一天。」頗可誦，而自來論唐人者未之及。

《全唐詩話》載李濤「掃地樹留影，拂牀琴有聲」二語，膾炙人口。又「山色不離門」五字亦佳。

王昌齡一絶云：「開門望長川，薄暮見漁者。借問白頭翁，垂綸幾世也？」自是詩中别調。

賈閬仙「長江風送客，孤館雨留人」二語，爲平生之冠，而全集不載。

少陵《望嶽》云：「造化鍾神秀，陰陽割昏曉。盪胸生層雲，决眥入歸鳥。」又「齊魯青未了。」千餘年後人不能再道一字。

五言律唐人最工，遴其尤者輯而録之，挂漏不計也。孫逖《宿雲門寺閣》云：「懸燈千嶂夕，卷幔五湖秋。」張謂《同王徵君湘中有懷》入手云：「八月洞庭秋，瀟湘水北流。還家萬里夢，爲客五更愁。」杜甫《岳陽樓》云：「吴楚東南坼，乾坤日夜浮。」《旅夜書懷》云：「星垂平野闊，月湧大江流。」

《天末懷李白》云：「涼風起天末，君子意如何？鴻雁幾時到，江湖秋水多。文章憎命達，魑魅喜人過。應共冤魂語，投詩贈汨羅。」《月夜憶舍弟》云：「戍鼓斷人行，秋邊一雁聲。露從今夜白，月是故鄉明。有弟皆分散，無家問死生。寄書長不達，况乃未休兵。」《春望》云：「國破山河在，城春草木深。感時花濺淚，恨別鳥驚心。烽火連三月，家書抵萬金。白頭搔更短，渾欲不勝簪。」李白《渡荆門送別》云：「山隨平野盡，江入大荒流。」《送人遊蜀》云：「山從人面起，雲傍馬頭生。」劉眘虛《闕題》云：「閒門向山路，深柳讀書堂。」劉長卿《秋日登吴公臺》後半云：「夕陽依舊壘，寒磬滿空林。惆悵南朝事，長江獨至今。」《餞別王十一南遊》前半云：「望君烟水闊，揮手淚沾巾。飛鳥没何處？青山空向人。長江一帆遠，落日五湖春。」錢起《送僧歸日本》云：「水月通禪寂，魚龍聽梵聲。」韓翃《酬友見贈》云：「星河秋一雁，砧杵夜千家。」戴叔倫《客舍》云：「風枝驚暗鵲，露草覆寒蟲。」盧綸《贈李端》云：「少孤爲客早，多難識君遲。」司空曙《喜外弟見宿》云：「雨中黄葉樹，燈下白頭人。」劉禹錫《蜀先主廟》云：「天地英雄氣，千秋尚凛然。勢分三足鼎，業復五銖錢。得相能開國，生兒不象賢。凄涼蜀故妓，來舞魏宫前。」張籍《哭没蕃故人》云：「前年戍月支，城下没全師。蕃漢斷消息，死生長別離。無人收廢帳，歸馬識殘旗。欲祭疑君在，天涯哭此時。」杜牧《旅宿》云：「寒燈思舊事，斷雁警愁眠。」又「遠夢歸侵曉，家書到隔年。」李廓《送振武將軍》一結云：「黄河古城道，秋雪白漫漫。」許渾《送僧歸金山》云：「秋濤吞楚驛，曉月上荆門。」《送某道人歸寺》云：「巖陰一寺雲。」《秋日赴闕題潼關驛樓》云：「紅葉晚蕭蕭，長亭酒一瓢。殘雲歸太華，疎雨過中條。樹色隨關迴，河聲入海遥。帝鄉明日到，猶自夢漁樵。」馬戴《灞上秋居》云：「落葉他鄉樹，寒燈獨夜人。」張喬《書邊事》云：「白日落梁州。」崔塗《除夜》云：「亂山殘雪夜，孤燭異鄉人。」又「轉於童僕親。」杜荀鶴《春宫怨》云：「承恩不在貌，教妾若爲容。」鄭巢《送琇上人》云：「茶烟開瓦雪，鶴迹上潭冰。」劉威《冬夜旅懷》云：「酒無通夜力，事滿五更心。」韋莊《弔麻處士》云：「詩樓冷夜蟲。」薛瑩《東巖寺曉起》云：「鐘殘數樹月，僧起半巖雲。」

絶句余最愛。于鵠《古挽歌》云：「陰風吹黄蒿，挽歌度秋水。車馬却歸城，孤墳明月裏。」通首凄黯，末五字鬼亦欲哭。他如李咸用《劍客》云：「拔劍繞殘尊，歌終便出門。西風滿天雪，何處報人恩？」許渾《塞下曲》云：「夜戰桑乾北，秦兵半不歸。朝來有鄉信，猶自寄征衣。」李端《拜新月》云：「開簾見新月，即便下階拜。細語人不聞，北風吹裙帶。」《聞筝曲》云：「鳴筝金粟柱，素手玉房前。欲得周郎顧，時時誤拂絃。」劉長卿《送靈澈》云：「蒼蒼竹林寺，杳杳鐘聲晚。荷笠帶斜陽，青山獨歸遠。」李頻《渡漢江》云：「嶺外音書絶，經冬復立春。近鄉情更怯，不敢問來人。」李白《玉階怨》云：「玉階生白露，夜久侵羅襪。却下水精簾，玲瓏望秋月。」皆有妙境。若盧綸《塞下曲》云：「鷲翎金僕姑，燕尾繡蝥弧。獨立揚新令，千營共一呼。」其二云：「林暗草驚風，將軍夜引弓。平明尋白羽，没在石稜中。」其三云：「月黑雁飛高，單于夜遁逃。欲將輕騎逐，大雪滿弓刀。」其四云：「野幕敞瓊筵，羌戎賀勞旋。醉和金甲舞，雷鼓動山川。」則光燄射人，短章而有千百言之勢。

七律如崔曙《登望仙臺》云：「三晉雲山皆北向，二陵風雨自東來。」劉長卿《過賈誼宅》後半云：

「漢文有道恩猶薄，湘水無情弔豈知。寂寂江山搖落處，憐君何事到天涯？」錢起《贈闕下裴舍人》云：「長樂鐘聲花外盡，龍池柳色雨中深。」莫非傑構！

嘗喜誦温飛卿《瑶瑟怨》云：「冰簟銀牀夢不成，碧天如水夜雲輕。雁聲遠過瀟湘去，十二樓中月自明。」温麗纏綿，一時無偶。若張繼《楓橋夜泊》云：「月落烏啼霜滿天，江楓漁火對愁眠。姑蘇城外寒山寺，夜半鐘聲到客船。」張祜《金陵渡》云：「金陵津渡小山樓，一宿行人自可愁。潮落夜江斜月裏，兩三星火是瓜州。」劉方平《春怨》云：「紗窗日落漸黄昏，金屋無人見淚痕。寂寞空庭春欲晚，梨花滿地不開門。」杜牧《秋夕》云：「銀燭秋光冷畫屏，輕羅小扇撲流螢。天階夜色凉如水，坐看牽牛織女星。」《贈别》云：「多情却似總無情，惟覺尊前笑不成。蠟燭有心還惜别，替人垂淚到天明。」韓渥《已凉》云：「碧闌干外繡簾垂，猩色屏風畫折枝。八尺龍鬚方錦褥，已凉天氣未寒時。」鄭畋《馬嵬坡》云：「玄宗回馬楊妃死，雲雨難忘日月新。終是聖明天子事，景陽宫井又何人？」皆唐人七絶之出色者。

寫小女之神者，唐人云：「見爺不相認，反走牽娘裾。」寫小女之貌者，唐人云：「髮覆長眉側，花簪小鬢旁。」寫小女之態者，唐人云：「學語渠渠問，牽裳步步隨。」寫小女之憨者，唐人云：「愛拈爺筆墨，閒學母裁縫。」

李嶠「山川滿目淚沾衣，富貴榮華能幾時？不見只今汾水上，年年惟有秋雁飛。」明皇聞歌此曲歎曰：「真才子也！」後人附和，同然一詞。余謂此詩音調既不和諧，而又絶無意趣。明皇當此時，楊妃已死，西内淒涼，興盡悲來，故不覺有觸於中而爲此語，「才子」云者，謂其實獲我心，非謂其詩之佳也。我輩好惡，當本天真，不必爲古人貢諛。

鄭工部詩云：「水暖鳧鷖行哺子，溪深桃李卧開花。」耿仙芝詩云：「淺水短蕪調馬地，澹雲微雨養花天。」詩人佳景也。黄山谷「水作夜窗風雨來」，亦頗不凡。

韓魏公罷政判西京，新進多慢之，公有《園中》詩曰：「風定曉枝蝴蝶亂，雨匀春圃桔槔閒。」

胡邦衡太史銓上書乞斬秦檜，謫新州。王民瞻《送行》詩云：「百辟動容觀奏議，幾人回首愧朝班？」

蔡〔天〕啟「城響濤頭入，江昏雨脚斜」、「柳間黄鳥路，江底白鷗天」，皆名句也。

「西風酒旗市，細雨菊花天」，當是六一居士得意句。

徐鼎臣喜李少保《卜鄰》云：「井泉分地脈，碪杵共秋聲。」

陳無己《小妓歌》云：「春風永巷閉娉婷，長使青樓誤得名。不惜卷簾通一顧，怕君着眼未分明。」山谷謂其顧影徘徊，炫耀太甚。

無己於曾子固有知己之感，故《書懷》云：「生平一瓣香，敬爲曾南豐。」子固卒，哭之云：「邱園無起日，江漢有東流。」

俞秀老有一聯云：「有時俗事不稱意，無限好山都上心。」自然妙句，不可湊泊。

東坡《題碧落洞》云：「小語輒響答，空山白雲驚。」絶類太白。後自嶺外歸，《次韻江晦叔》云：

「浮雲時事改，孤月此心明。」語意抑何高妙！

王平甫自負，《甘露寺》詩「平地風烟飛白鳥，半山雲木卷蒼藤」之句，東坡曰：「精神全在『卷』字，但恨『飛』字不稱。」平甫沉吟久之，請易；遂易以『横』字，平甫歎服。」

王直方云：張文潛謂：黄九「桃李春風一杯酒，江湖夜雨十年燈」真是奇語。胡苕溪曰：汪彦章有「千里江山漁笛晚，十年燈火客氈寒」之句，效山谷也。

文與可最喜新矯，不肯一字寄人籬下，如：「晚容變雲霞，秋意著草木。」又「掃除閒景物，健筆當大帚。」又「雪乾山色老，風烈樹聲高。」又「好禽新語圓。」自是警句。至《送子瞻出守西湖》云：「北客若來休問事，西湖雖好莫吟詩。」可謂忠告善道矣。

唐子西，人目爲「小東坡」，其詩云：「山静似太古，日長如小年。」「水裁偏岸直，雲截亂山平。」皆獨造之句。

南渡後，有西江蕭德藻者《詠梅》云：「百千年蘚著枯樹，一兩點花供老枝。」造語信是奇崛。

岳忠武，一代偉人，而詩才亦清妙，《樂光亭》云：「輕陰弄晴日，秀色隱空山。」《湖南僧寺》云：「潭水寒生月，松風夜帶秋。」

宋人律句全首可誦者尠，因仿漁洋「摘句圖」採其佳者録之。曾子固《多景樓》云：「雲亂水光浮翠紫，天含山氣入青紅。」張耒《夏日》云：「蜨衣曬粉花枝午，蛛網添絲屋角晴。」又「嘈嘈虚枕納溪聲。」范石湖《夏日》云：「短籬水面殘紅滿，團扇風前衆緑香。」王禹偁《簡友》云：「子美集開詩世界，伯陽書見道根源。」宋祁《寒食》云：「草色引開盤馬路，簫聲吹暖賣餳天。」晏殊《示人》云：「無可奈何花落云，似曾相識燕歸來。」陳無已《秋日寄人》云：「九日清尊欺白髮，十年爲客負黄花。」陳與義《懷人》云：「客子光陰詩卷裏，杏花消息雨聲中。」陸放翁《宴西樓》云：「萬里因循成久客，一年容易又秋風。」《出遊》云：「細雨僧歸雲外寺，疎燈人語酒家樓。」《遣興》云：「寒與梅花同不睡，悶尋鸜鵒説無聊。」《夜讀》云：「白髮無情侵老境，青燈有味似兒時。」《臨安春雨初霽》云：「小樓一夜聽春雨，深巷明朝賣杏花。」《村居初夏》云：「嫩莎經雨如秧緑，小蝀穿花似繭黄。」《夏夜夢遊湖亭》云：「白菡萏香初過雨，紅蜻蜓弱不禁風。」《村夜》云：「月昏天有暈，風軟水無痕。」《村舍》云：「蝶飛窗紙碎，龜坼壁泥乾。」《偶成》云：「溪添半篙緑，山可一窗青。」《秋陰》云：「菰蒲溪路暗，松竹草堂深。」《早行》云：「亂山徐吐日，積水遠生烟。」《遊西涇》云：「小雨重三後，餘寒百五前。」《遊東涇》云：「春水六七里，夕陽三四家。」王十朋《題湖邊莊》云：「夕陽茅店客沽酒，明月小橋人釣魚。」楊誠齋《春晴》云：「乍暖柳條無氣力，淡晴花影不分明。」陳無已《宿濟河》云：「潛魚聚沙窟，墜鳥滑霜林。」范石湖《途中》云：「水緑鷗邊漲，天青雁外晴。」《春晚》云：「楝花來石首，穀雨熟櫻桃。」方岳《泊歙浦》云：「人行秋色裏，雁落客愁邊。」孫覿《春事》云：「屋破蝸書壁，庭蕪鶴印沙。」劉屏山《出郊》云：「乾坤征戰久，遊宦別離多。」若陳與義《道中寒食》入手云：「斗粟淹吾駕，浮雲笑此生。」有詩酬歲月，無夢到功名。」楊誠齋《春晚即事》入手云：「欲與東風説，休吹墮絮飛。吾行正無定，魂夢豈忘歸？」則杜陵所謂「飄然思不群」也。誠齋又有「排雲數峰出，漏日半江明」一聯，與林景熙

「江截亂峰青」五字俱可喜。

文文山死宋，其弟文溪附元，文山二子道生、佛生皆以流離死，治命以文溪之子陞爲後。皇慶中，陞復仕元，爲學士，卒後有挽之者曰：「地下修文同父子，人間讀史各君臣。」

元人詩有可誦者，元遺山《濦亭》云：「一笑白鷗前，春波動新緑。」薩天錫《池上》云：「飄風亂萍踪，落葉散魚影。」鄭〔元〕祐《送友還鄉》云：「墮地作(兒女)〔男兒〕，有用須及早。」「青雲一蹉跎，鬢髮日以皓。」元遺山《遊黃華山》云：「驪珠百斛供一瀉，海藏翻倒愁龍公。」又「山木赤立無春容。」《湧金亭》入手云：「太行元氣老不死，上與左界分山河。有如巨鰲昂頭西入海，突兀已過餘坡陀。我從汾晉來，山之面目腹背皆經過。」范德機《題能遠樓壁》入手云：「遊莫羨，天池鵬；歸莫問，遼東鶴。人生萬事須自爲，跬步江山即寥廓。」薩天錫《送人之浙東》云：「風雨孤舟夜，關河兩鬢秋。」《閩中苦雨》云：「三山一夜雨，四月滿城秋。」宋子虛《銅陵山中》入手云：「樵聲聞遠林，流水隔雲深。茅屋在何處？桃花無路尋。」吴師道《題官舍壁》云：「池烟明鶴影，林雨斷蟬聲。」戴表元《苕溪》云：「漁罾挂棕樹，酒舫出荷花。」虞伯生《山水圖》云：「野水常欹樹，山雲不礙鐘。」楊維楨《訪雲林不遇》云：「萬里乾坤秋似水，一窗燈火夜如年。」元遺山《潁亭》云：「春風碧水雙鷗静，落日青山萬馬來。」郝陵川《落花》云：「桃李東風蝴蝶夢，關山明月杜鵑魂。」趙子昂《岳鄂王墓》云：「南渡君臣輕社稷，中原父老望旌旗。」于介翁《半山亭》云：「半山落日樵相語，一徑寒松僧獨歸。」陳剛中《開平即事》入手云：「天開地闢帝王州，河朔風雲拱上游。鶻影遠盤青海月，雁聲斜送黑山秋。」柳貫《次韻魯參政觀潮》云：「怒潮卷雪過樟亭，斜立西風酒旆青。日轂行天淪左界，地機激水出東溟。倒排山嶽窮千變，闔闢雲雷竦百靈。望海樓頭追勝賞，坐中賓客弁如星。」薩天錫《過贊善菴》云：「夕陽欲下少行人，緑遍苔茵路不分。修竹萬竿松影亂，山風吹作滿窗雲。」

劉青田爲一代領袖，其詩如《長門怨》云：「白露下玉除，風清月如練。坐看池上螢，飛入昭陽殿。」《釣渭圖》云：「浮雲看富貴，流水淡鬚眉。」氣格頗超。

方正學《詠嚴灘》有云：「如何廢郭后，反寵陰麗華。糟糠之妻尚如此，貧賤之交可知矣！羊裘老子早見幾，獨向桐江釣烟水。」巨眼特識，此意未經人道。

詹同文《出獵圖》云：「蒼鷹欻起若飛電，四尺神獒作人立。」又「酪漿跪進瑪瑙盤，黄面奚奴眼睛緑。」與李東陽之《風雨歎》云：「陰陽九道錯黑白，烏兔不敢東西奔。」又「水底長鯨作人立。」俱是能學長吉者。

李獻吉《石將軍戰場歌》有云：「追北歸來血洗刀，白日不動蒼天高。」二語捫之，字字俱起窪稜。

王元美極賞李崆峒《渡黄河》一律云：「長河水繞漢宫牆，河上西風雁幾行。客子過壕追野馬，將軍韜箭射天狼。黄塵古渡迷飛輓，白日横空冷戰場。聞道朔方多勇略，只今誰是郭汾陽？」他如《登泰山》云：「俯首無齊魯，東瞻海似杯。斗然一峰上，不信萬山開。日抱扶桑躍，天横碣石來。君看秦始後，仍有漢皇臺。」《内教場歌》云：「雕弓豹韔騎白馬，大明門前馬不下。徑入内伐鼓，大同耶？宣府耶？將軍者（許）〔誰〕耶？武臣不習威，奈彼四夷？西内樹旗，皇介夜馳。嗚砲烈火，嗟嗟辛苦！」皆大手筆也。

徐文長魄力雄邁，欲駕崆峒而上之。《俠客》云：「爲弔侯生墓，騎驢入大梁。」《鷹》云：「雲中作戰場，韓彭鼓天外。」《黯淡灘》云：「女媧撒餘礫，頑查攪不化。」《懷某將軍》云：「椎牛千嶂外，騎象百蠻中。」《瞻宫闕》云：「烏啼御溝柳，象散閣門花。」《壽吳宣府》云：「笑引雙椎胡女拜，傳呼萬帳令公來。」《岳公祠》云：「四海龍蛇寒食後，六陵風雨大江東。」《謁孝陵》一律云：「二百年來一老生，白頭落魄到西京。疲驢狹路愁官長，破帽青衫拜孝陵。亭長一抔終馬上，橋山萬歲始龍（吟）〔迎〕。當時事業難身遇，憑仗中官説與聽。」又《題畫》一絶云：「離宫給事小青衣，催送琵琶向瑣幃。行到蕉陰忽竚立，去年此日嫁明妃。」絶唱也。

沈嘉則於胡少保席上賦《凱歌》云：「銜枚夜度五千兵，密領軍符號令明。狹巷短兵相接處，殺人如草不聞聲。」少保起，捋其鬚曰：「何物沈郎，雄快乃爾！」

謝茂秦長於五言。《除夕示兒》云：「異鄉垂老計，春草隔年心。」《除夕和同人得年字》云：「吳歌憐子夜，潘鬢感丁年。」《楊白花》云：「長風吹日暮，春雪落天涯。」《寒食旅懷》云：「東風來燕子，落日在桃花。」其餘「雲出三邊外，風生萬馬間。」「人吹五更笛，月照萬家霜。」「夜火分千樹，春星落萬家。」可謂句烹字鍊。七言亦有佳者，《邊警》云：「戰守何人能仗策，朝廷今日始言兵。」

《明詩綜》載江陰賈客周伯英詩頗清逸，有「亂鴉千樹曉，新水一篙秋」之句。

《明詩別裁》云：趙鶴《登岱》詩：「山壓星辰從下看，海浮天地自東迴。」胸中不知吞幾雲夢。

王元美年十五《詠刀分韻得漠字》句云：「少年醉舞洛陽街，將軍血戰黄沙漠。」山陰駱行簡奇之。

浦長源如「衣上暮寒吴苑雨，馬頭秋色晉陵山。」「杏花寒食春江店，榕葉薰風瘴海船。」豈非名句？

朝鮮崔澱字彦沉，十八登進士第，嘗輕衫幅巾登鏡浦臺，倚柱而吟，大書於壁曰：「蓬萊一入三千年，銀海茫茫水清淺。鸞笙今日獨飛來，碧桃花下無人見。」國中疑爲真仙。

袁景文《京師得家書》云：「江水三千里，家書十五行。行行無別語，只道早還鄉。」《淮東逢張十(一)〔二〕》云：「少年追逐共西東，吴邁文章馬亮弓。一自干戈零落後，白頭淮海獨相逢。」殊近香山。外此若《題李陵泣別圖》，亦不失爲佳構。至於《白燕》詩，毁之者損其真，譽之者過其實，然余不甚愛誦也。

王子宣《宫詞》云：「南風吹斷采菱歌，夜雨新添太液波。水殿雲廊三十六，不知何處月明多。」高廷禮以比王龍標。

烏繼善《澤畔吟》云：「上征天無風，遠遊橐無金。種蘭蘭不芳，行吟向江潯。漁父曠達者，庶幾知我心。鶴鳴子(莫)〔不〕和，徒然有哀音。踟躕當奈何，湘水清且深。」直逼建安矣。

徐昌穀五言律，氣韻高逸。《長陵西望泰陵》入手云：「昔送宫車出，長悲西雍門。今來寒食節，獨望霸陵園。」《送友還吳》入手云：「陽月隨陽雁，遥從塞上來。北人江北望，不見隴頭梅。」遥對無痕，天然入妙。

文宗嚴《九日》詩云：「三載重陽菊，開時不在家。何期今日酒，忽對故園花。野曠雲連樹，天寒雁聚沙。登臨多少恨，無處望京華。」興到之作，不得以字句求也。

沈得輿《書事》云：「天地兵戈滿，江湖逋竄頻。布衣難許國，淚眼不逢春。玉闕悲龍馭，雄關喪虎臣。唐家靈武業，望斷素衣人。」《詠史》云：「卧薪嘗膽日，縱飲擘牋時。但識憑江險，而忘唇火危。一堂争洛蜀，四鎮角熊羆。此日王夷甫，清談或未宜。」感時撫事，嗣響杜陵，近日諸家殆難爲匹。至如「山横玄鳥外，人立晚霞邊」、「冷岸孤舟摇月白，荒村一犬吠燈紅」，皆佳句也。

陳卧子《小車行》云：「小車班班黄塵晚，夫爲推，婦爲挽。出門何所之？青青者榆療吾饑，願得樂土共哺糜。風吹黄蒿，望見牆宇，中有主人當飼汝。叩門無人室無釜，躑躅空巷淚如雨。」狀流民之苦，不減鄭監門圖。《雜感》詩云：「兵戈傳劍外，消息每差池。已失夔門險，誰言蜀棧危？雪山寒鼓角，玉壘暗旌旗。天子頻西顧，元臣實總師。」沈歸愚曰：此楊嗣昌爲帥時也，夔門失而蜀不可守矣。喪師辱國，誰之咎哉？

徐東癡《九日得顧寧人書》云：「故國千年恨，他鄉九日心。山陵餘涕淚，風雨罷登臨。異縣傳書遠，經時怨别深。陶潛籬下意，誰復續高吟？」五律中傑構也。

孫伯諧有一絶云：「爾從山中來，今喜江上遇。我家老梅花，開到第幾樹？」董君弼有一絶云：

「烟迷楊葉舟，水拍芙蓉岸。我憶南湖秋，西山暮雲亂。」俱入唐人之室。

吴鼎方之「落日在流水，遠山青不齊。」孫伯諧之「世味隨年減，浮生到夜閒。」謝在杭之「水落禽聲盡，雲崩塔勢孤。」譚友夏之「萬嶺氣如暇，一湖烟有餘。」鍾伯敬之「子弟漸親知老至，江山無故覺情生。」劉子高之「樓臺上雲氣，草木動天風。」林子羽之「夜來滄海寒，夢遶波上月。」邊華泉之「斷雲低白雁，斜日近青山。」又「山城稀見月，關樹不開雲。」又「草色亂春心。」沈子喬之「殘月忽墮水，明河猶在空。」皆公好之句。

楊升菴《送余學官》云：「豆干山，打瓦鼓；陽坪關，撒白雨。白雨下，娶龍女，織得絹，二丈五。一半屬羅江，一半屬玄武。我誦綿州歌，思鄉心獨苦。送君歸，羅江浦！」古朴似漢歌謡。《懷歸》云：「汀洲春雨寨芳杜，茅屋秋風帶女蘿。」亦未嘗不妙也。

升菴有句云：「三代後無真理學，六經中有僞文章。」余以爲知言。

薛君采《昭王臺》云：「儒生終報主，亂世始憐才。」自是名論。

楊孟載《岳陽樓》云：「春色醉巴陵，闌干落洞庭。水吞三楚白，山接九疑青。空闊魚龍氣，嬋娟帝子靈。何人夜吹笛，風急雨冥冥。」何減唐人魄力！至《春草》詩云：「六朝舊恨斜陽裏，南浦新愁細雨中。」語雖佳，非其得意之作矣。

高季迪《明皇秉燭夜遊圖》云：「滿庭紫焰作春霧，不知有月空中行。」長吉得意之句。《贈人》云：「松花酒熟何處遊，瑶草自緑春巖幽。」神似太白。《悲歌》云：「征途嶮巇，人乏馬饑。富老不如貧少，美遊不如惡歸。浮雲隨風，零落四野。仰天悲歌，泣數行下。」置之古歌謡中，無以辨也。《送沈左司分省陝西》云：「重臣分陝去臺端，賓從威儀盡漢官。四塞山河歸版籍，百年父老見衣冠。函關月落聽雞度，華岳雲開立馬看。知爾西行定回首，如今江左是長安。」何等氣骨，何等音節！至《梅花九首》句云：「薄暝山家松樹下，嫩寒江店杏花前。」「騎驢客醉風吹帽，放鶴人歸雪滿舟。」「立殘孤影長過夜，看到餘芳不是春。」皆絶妙也。後人只取「雪滿山中高士卧，月明林下美人來」一聯，何耶？

季迪《郊（墅）》云：「僧來雙屐雨，漁卧一船霜。」具見卓鍊。

周梁石《履霜操》云：「父兮兒憎，母兮兒怒。跼天蹐地，憯不知其故。父在高堂，兒在郊圻。晨興履霜，踵血淋漓。荷衣不暖，楟食不飽。不即捐溝壑，念我父母。父本兒愛，母本兒憐。一朝放逐，寳兒之愆。維鳥有鷇，維蟲有蠃。父兮母兮，其或歸我！」怨而不怒，故是孝子肺腑。

王季木《書項王廟壁》云：「三章既沛秦川雨，入關又縱阿房炬，漢王真龍項王虎。玉玦三提王不語，鼎上杯羹棄翁姥，項王真龍漢王鼠。垓下美人泣楚歌，定陶美人泣楚舞，真龍亦鼠虎亦鼠。」似此奇創，方不是板襲舊調。

申汝默《題清秋出塞圖》，通首皆妙，余最愛入手云：「生不識，醫無閭；夢不到，狼居胥。」真陡絶横絶也。

王元美《長平行》云：「鋭頭豎子何足云，汝曹自死平原君。」與何大復《易水行》云：「燕丹寡謀當滅身，田光輕生何足云，惜哉枉殺樊將軍！」皆千古鐵案也。

袁景文《客中除夕》入手云：「今夕爲何夕，他鄉説故鄉。看人兒女大，爲客歲年長。」程原道《題李典儀雲東卷》入手云：「母老今猶健，兒行久不歸。一官淹白首，萬里夢斑衣。」王元美《亂後入吳舍弟小酌》入手云：「與爾同茲難，重逢恐未真。一身初屬我，萬事欲輸人。」陳鳴野《夜坐寄友》入手云：「坐久北風起，江聲帶遠沙。客愁初到鬢，鄉夢不離家。」居士貞《晚坐》入手云：「鴉背夕陽盡，柴門暮色初。山寒暫風露，人語半樵漁。」數律力争起、承，可以爲法。

王德操之「病疎當世事，貧負故人恩。」顧寧人之「天地存肝膽，江山閲鬢華。」俱妙。

郭元登《保定途中》云：「寒窗兒女燈前淚，客路風霜夢裏家。」邊廷實《謁文山祠》云：「花外子規燕市月，水邊精衛浙江潮。」何大復《鰣魚》云：「白日風塵馳驛騎，炎天冰雪護江船。」謝在杭《送友》云：「斜日雁邊看故國，孤帆雪裏過殘年。」李賓之《岳麓寺》云：「萬樹松杉雙徑合，四山風雨一僧寒。」明人得意句也。又劉青田《會稽》云：「陰壑烟霞輝草木，古祠風雨出蛟龍。」

明人五言，如：何大復《得友書》云：「竄身天地遠，垂淚海雲孤。」胡纘宗《登天柱閣》云：「帆外收吳楚，尊前落斗牛。」徐中行《發滁陽》云：「澗水流人影，松陰散馬蹄。」沈得輿《哭友》云：「途窮天地窄，世亂死生微。」金子殿《泊淮上》云：「斷雲疎雁影，殘月亂雞聲。」都是句烹字鍊，氣逸調高。又戴緡「紅葉萬山霜」，五字亦佳。

何大復《得獻吉江西書》云：「近得潯陽江上書，遥思李白更愁余。天邊魑魅窺人過，日暮黿鼉傍客居。鼓柁湘江應未得，買田陽羨定何如。他年淮水能相訪，桐柏山中共結廬。」故是興到之作。

陳恭尹《寄友》云：「扶胥古渡水凄凄，雨後移舟望轉迷。數口寄居秋草外，一身爲客楚雲西。家無兄弟依朋友，地夾河山畏鼓鼙。知己片言應不負，亂離兒女藉提攜。」自是言由中出。至《題壁》云：「南國干戈征士淚，西風刀剪美人心。」《鄴中》云：「七十二墳秋草遍，更無人表漢將軍。」亦妙。他作多堆垛故實，吾無取焉耳。

山陰周鳳翔字儀伯，崇禎戊辰進士，官翰林侍讀，易名文介。甲申三月十九日城陷自經。《絶命詩》云：「碧血九原依聖主，白頭二老哭忠魂。」時封君與太夫人俱在堂也。

我朝開國迄今，作者輩出，得意之句往往有追配前人者。五言如：王湘客《見月》云：「風烟無市色，時令屬山秋。」曾傳燈《過峽》云：「高原無樹色，大壑走春聲。」杜于皇《江樓看月》云：「難逢今夕月，復此大江流。」《聽琴》云：「江雲飛不盡，流水上空堂。」《途中》云：「哀猿吟雪嶺，匹馬弔沙場。」《金山》云：「海氣昏南北，鐘聲變古今。」又「孤日沿波轉，遥天入海吞。」又「歲月荒龍窟，乾坤此鸛河。」又「咄哉天咫尺，消息轉茫茫。」《焦山》云：「江分神禹迹，海見魯連心。」《月夜遊焦山》云：「東方動光怪，天水盪相摩。」又「月明無賴極，化作一江烟。」《北固》云：「石壁憑空下，江天插水生。」龔半千《與友再過邗上》云：「此地又春草，吾生俱暮年。」顔遜甫《過癯道人故莊》云：「倦馬投門巷，春風長藥苗。」陸仲默《寒食》云：「羅綺驕寒食，鶯花怨夕陽。」汪舟次《江上阻風》云：「荒田飛敗葦，崩岸走饑黿。」《黯淡灘》云：「神工較分寸，鬼伯待須臾。」吴後莊《揚州夜聞杜鵑》云：「滿城歌吹歇，夜半杜鵑來。」董玉虬《淮陰廟》云：「春雨王孫草，靈風古木旗。」曹澹餘《武昌雜詩》云：「禹功江漢大，楚俗鬼神尊。」陳賡明《黄河》云：「大星垂谷口，斜日盪天門。」汪扶晨《凌雲道中》云：「流雲不相待，先上天都峰。」葉子吉《二十四峰閣》云：「開窗雲入座，卷幔月窺人。」胡稚威《哭友》云：「新鬼收才子，青天哭故人。」成我存《舟晚》云：「多愁空自曉，有月令人孤。」釋大汕《潼谷道中》云：「乳羊遮古墓，老馬立殘疆。」吴梅村《課女》云：「亦知談往事，生日在長安。」費此度《偶書》云：「大江流漢水，孤艇接殘春。」王漁洋《夏夜》云：「螢火出深碧，池荷聞暗香。」李眉山《落葉》云：「西風吹故林，一葉一秋心。」彭仲尹《田家》云：「雞豚司户牖，風雨長兒孫。」何報之《偶成》云：「江空天墮水，雲散月隨舟。」又「野緑延無際，山青拖不來。」王西樵《晚晴》云：「雄風凉大壑，雌霓貫孤城。」邱南齋《晚行》云：「晚雲摩石黑，驟雨逼天青。」《那烏山》云：「樹陰昏古廟，磵水溜殘磯。」王于一《螺川早發》云：「長江流剩夢，孤棹撥殘星。」沈方舟《邊塞》云：「沙乾奔渴馬，風急下饑鷹。」《猛虎灘》云：「舟擲波心去，人穿石罅來。」《登建陵》云：「水聲飛弩下，山勢鬬雞雄。」紀伯紫《山中》云：「寺古花爲曆，山深鳥報更。」邵薑畦《趵突泉》云：「倒翻廬阜瀑，長湧浙江潮。」《山行》云：「溪澄花影耦，山静屐聲孤。」趙仁叔《偶成》云：「蝶來風有致，人去月無聊。」儲長源《行役》云：「酒旗翻凍雪，土銼燎征衣。」徐金粟《七夕》云：「一灣河漢影，萬國女兒情。」吴修齡《舟行》云：「雁將秋色去，帆帶好山移。」《寒夜》云：「凍苦星辰白，霜明鼓角乾。」秦紫峰《道中》云：「遇馬聞沙響，拖霜看雁飛。」高雨亭《偶成》云：「懷人隨夢去，隔世帶愁來。」李鐵君《村居》云：「鬭禽雙墮地，交蔓各升籬。」徐婕園《送人出塞》云：「落日重關閉，秋風萬馬來。」許衡紫《湖上》云：「湖雲多在樹，山雨忽如烟。」邵無恙《夢中》句云：「澗泉分石過，村樹接烟生。」申笏山《小窗》云：「雨聲凉入硯，花氣潤侵簾。」汪劍潭《舟夜》云：「水定漁燈出，風驕戍鼓沉。」何在田《郊外》云：「野徑無人問，隨牛自得村。」又「樵室薪爲榻，漁舟網作帆。」《偶成》云：「近市原非隱，能詩豈是才。」唐静涵《偶成》云：「苔痕深院雨，人影小窗燈。」沈歸愚《落第詠昭君》云：「無金贈延壽，妾自誤平生。」史玉瓚《偶成》云：「好鳥鳴隨意，幽花落自然。」春臺《塞外》云：「野水吞人面，青山甕馬聲。」又「浮雲連帽起，殘雪帶鞭行。」程魚門《書懷》云：「才難問生産，氣不識金銀。」茅荆亭《舟行》云：「鄰船通客語，虚枕納潮聲。」劉企山《晚步》云：「缺月依橋斷，孤雲背郭流。」余逢豫《竹牀》云：「微吟留枕席，殘夢入瀟湘。」許光庭《病騾》云：「眠沙深有印，嚙草懶無聲。」高東井《衢州》云：「水回雙碓落，灘急一篙争。」王百朋《過李白廟》云：「氣吞高力士，眼識郭汾陽。」雷松舟《即事》云：「雲行花蕩水，風動草浮山。」胡滄來《雲共菴》云：「夕陽明似畫，僧貌古于松。」沈正侯《貴池道中》云：「犬隨人出郭，牛負鵲行田。」《聽琴》云：「花含簾外笑，鳥歇樹頭聲。」

七言如：彭磬泉《過劍門》云：「劍拔寒稜障巴蜀，氣昏陰雨失乾坤。」李芝山《和唐人羸驢詩》云：「野店斜陽山下路，小橋流水雪中天。」彭仲尹《秋晚》云：「緑盡荷塘烟晚渡，白浮葦岸鷺孤飛。」《寺中書齋》云：「蕭寺一燈長夏雨，殘書半架短籬風。」吴駿公即梅村《浙中死事六君子》云：「赤虹劍血埋燕市，白馬銀濤走越州。」《伍大夫祠》云：「玄猿夜哭荒臺月，白馬秋奔大壑潮。」周櫟園《清明道中》云：「敝車羸馬吹新火，古道荒林拜杜鵑。」胡君信《至湘潭謝友招飲》云：「楚人門巷瀟湘色，遠客歸來梅雨溪。」朝鮮金尚憲《曉發平島》云：「三秋海岸初賓雁，五夜天文一客星。」陳其年《留別》云：「東風送遠惟江水，南國銷魂在柳絲。」釋讀澈《金陵懷古》云：「六代蕭條黄葉寺，五更風雨白門鐘。」陳其年《飲冒巢民園林》云：「十隊寶刀春結客，三更銀甲夜開尊。」吴梅村《圓圓曲》云：「慟哭六軍皆縞素，衝冠一怒爲紅顏。」又「全家白骨成灰土，一代紅粧照汗青。」《塞外》云：「九龍移帳春無草，萬馬窺邊夜有霜。」二語連下二語，或云陳大樽。《懷古》云：「禹陵風雨思王會，越國山川出霸才。」唐耕鴎《亂定》云：「殘花野蕨圍荒砦，破帽疲驢避長官。」馬朴臣《醉題秦淮水閣》云：「月影分明三李白，水光蕩漾百東坡。」余文圻《五日泛舟丁卯橋》云：「小橋疎柳唐人宅，落日寒潮楚客魂。」王西樵《送友之成都》云：「白晝荒城餘虎迹，青天驛路隔蠶叢。」胡書巢《送人出守廣東》云：「江南政績新遺愛，海外文章舊起衰。」馬秋田《客中》云：「二更聞雁月在水，半夜打鐘天有霜。」蔣南莊《過瀧喉》云：「亂石磨舟泉有骨，雙橈撥霧水生塵。」徐鳳木《舟行》云：「水淺擱舟沙怒語，山彎轉舵月回眸。」趙學齋《哭項春臺》云：「文章靈氣歸何處，師弟情緣結再生。」黄埜鴻《郊外》云：「村角鳥呼紅杏雨，陌頭人拜白楊烟。」《上王虚舟》云：「兩晉而還誰翰墨，九州之内獨聲名。」方扶南《周瑜墓》云：「大帝君臣同骨肉，小喬夫婿是英雄。」結云：「一事不如張子布，墓前飛過白頭翁。」魯亮儕《黄鶴樓》云：「名勝迹隨頹浪捲，孤危身托畫欄憑。」趙雲松《述懷》云：「家無半畝憂天下，胸有千秋愧此生。」任武承《家居》云：「叠石略存山意思，蒔花聊破睡工夫。」邵厚菴《口號》云：「江山見慣新詩少，世味嘗深感慨多。」董曲江《歷城》云：「寺塔插天雲外影，人烟近市日中聲。」陳梅岑《舟中》云：「津鼓聲沉寒雨急，漁燈影亂夜潮來。」王葑亭《書懷》云：「宦情似墨磨長短，詩境如棋着不高。」汪劍潭《贈蔣苕生》云：「置酒好招鄉父老，解衣平揖漢公卿。」何在田《偶成》云：「月借日光成半面，雨收雲氣泛餘絲。」李粲圃《即事》云：「鳥聲穿樹日當午，燈影隔簾人讀書。」王夢樓《曲院》云：「烟光自潤非關雨，水藻俱香不獨花。」戚晴川《承恩寺》云：「瓦溝落月印孤榻，檐隙入風吹短檠。」秦澗泉《哭友》云：「妻子半船歸海嶠，圖書千帙付蒿萊。」汪玉珩《詠淚》云：「商婦含愁彈一曲，楚妃無語過三年。」龔(某)(友)《白門小住》云：「秋生黄葉聲中雨，人在清溪水上樓。」袁鳳儀《旅店》云：「迎面有山皆客路，問心無日不家鄉。」沈樹得《落花》云：「飛燕蹴歸簾影裏，游魚吹起浪花中。」葉聲本《送人》云：「吹酒凉風穿樹過，破烟水月隔樓生。」沈永之《寄内》云：「深院蝶嬌無語坐，小園花嫩卷簾看。」程魚門《對雪》云：「鬧市收聲歸闃寂，虚堂斂抱對寒清。」朱草衣《晚行》云：「土人防虎門書字，水屋叉魚樹有燈。」彭竹林《書懷》云：「一官手板隨人後，萬里鄉心入雁先。」鄒泰和《白雲寺》云：「飛鳥没邊孤塔見，亂山缺處夕陽明。」茅商隱《山行》云：「郭外髑髏眠野草，墳前翁仲戴山花。」徐昂發《上韓慕廬》云：「佳士姓名常在口，好官階級不關心。」汪大紳《遊穹窿》云：「星滿天壇河瀉影，月離海嶠樹生烟。」《遊栖霞》云：「雲埋大壑封秦樹，雷劈陰崖見禹碑。」劉南廬《宿隨園》云：「水影到窗知月上，松風攪枕覺秋深。」仲燭亭《莫愁湖》云：「湖影淡拖山色去，春烟冷送夕陽來。」高東井《贈方子雲》云：「門外市聲三日雨，簾前風色一牀書。」劉悔菴《贈人》云：「新稿只呈蕭穎士，長袍不謁鄭當時。」劉春池《書懷》云：「貧難好客如當日，老覺逢人羨少年。」虞景星《偶成》云：「貧不賣書留子讀，老猶栽竹與人看。」王樓村《題文遊臺》云：「落日倒懸雙塔影，晚風吹散萬家烟。」湯來聘《湖上》云：「小橋隔岸纔通馬，細柳如烟不礙鶯。」李鶴齡《上王夢樓》云：「玉堂老鳳留衣鉢，滄海長虹卷釣絲。」張星指《夜坐》云：「夜色似年難得曉，燈光如豆不成紅。」龔簪岩《飛來寺》云：「孤月晴翻江影動，亂松寒送雨聲來。」方拗堂《感懷》云：「過眼功名花在鏡，驚心歲月箭離弦。」

五七言單句之佳者，徐金粟之「樹摇餘滴亂斜陽。」蔣麟昌之「羊燈無燄秋雲碧。」沙斗初之「花氣半湖陰。」吴竹橋之「湖氣逼人將上樓。」曹淡泉之「一雨衆山緑。」邵厚菴之「老來兒女費周旋。」趙再白之「水立不動天無容。」許光庭之「攬鏡貪看背後山。」程午橋之「一年秋早爲多山。」周蓉衣之「山影壓船春夢重。」陳文水之「秋雨一湖山。」又「山爲六朝忙。」袁香亭之「樹隱放湖寬。」胡夢湘之「秋到江城枕簟知。」趙青藜之「遠山銜月挂輿前。」趙元一之「暮雨空山僧未歸。」汪梅湖之「行人楓葉冷。」何蘭庭之「一生知己不多人。」徐友竹之「夕陽人影散樓台。」錢寒齋之「饑烟無力出前村。」彭磬泉之「妒花風雨菊無光。」又「山月别來嫌客俗。」何報之之「菊花開到酒人邊。」曾傳燈之「花月及春還。」李聖一之「楚色滿蒹葭。」吴飛池之「紅蓼花深冷葛衣。」俱妙。

所録五七言佳句，嫌有遺珠，因合前明作家之片語膾炙人口者並補之，其題不録也。顔允迪云：「亂峰烟外紫，殘日樹頭黄。」王元美云：「無風盪白日，有雨失青天。」又「雨拖殘日脚，山割亂雲尖。」林子羽云：「苦霧沉旗影，飛霜濕鼓聲。」又「平臺樹色催殘照，近郭砧聲報早寒。」顧華玉云：「江横群水合，野闊萬峰開。」朱國華云：「天迴孤帆没，江空獨雁寒。」吴非熊云：「僧歸殘磬裏，客夢亂山中。」汪季青云：「夜燈千匹練，秋雨半湖菱。」魏時敏云：「雙杵搗殘千里夢，一尊傾盡百年心。」又「南畝雨添耕後草，西齋塵掩讀殘書。」羅元溥云：「月來半榻寒松影，風送滿山秋葉聲。」陳一夔云：「家貧未辦賣青山。」汪忠勤云：「倒藤懸宿鳥，絶壁挂晴霞。」張道卿云：「雁嘶江塞月，人枕戍樓霜。」王幼華云：「月明飛夜鵲，江静抱嘉魚。」又「風烟盤赤壁，波浪下黄牛。」王説作云：「曙色寒山外，秋風古渡前。」彭禹峰云：「戰壘荒城蒙叚外，華風邊月漢唐年。」又「白露蠻江凋木葉，黄沙羯鼓下營州。」邵文敬云：「半江帆影落尊前。」董曲江云：「一水雲際飛。」王耐軒云：「細雨都門酒，東風驛路塵。」莊孟暘云：「荒村細雨聞啼鳥，小樹輕風落野花。」儲玉琴云：「山氣作寒啼鳥外，春陰如夢落花初。」朱子穎云：「一水漲喧人語外，萬山青到馬蹄前。」方南塘云：「無意懷人偏入夢，有心看月未常圓。」又「積雨逢晴草怒生。」宋笠田云：「護籬小犬吠生客，曝背老翁調幼孫。」鈕聞圃云：「星沉殘水魚吞餌，月上空廊犬吠花。」童二樹云：「病閒新事少，老别故人難。」孔東堂云：「帆飽不依桅。」又「燈引秋蚊入帳飛。」廖古檀云：「山風枯硯水，花雨慢琴絃。」王卿華云：「斷香浮缺月，古佛守昏燈。」吴飛池云：「曉月光微難辨樹，西風吹冷不知衣。」李穆堂云：「雲在山無争出意，石當流有不平鳴。」史舒堂云：「掬露連衣濕，奔泉雜驥鳴。」又「斜照垂鞭影，輕陰襯馬蹄。」沈正侯云：「貪睡每教兒應客，好吟且聽婦持家。」趙元一云：「林昏星有影，江定月無聲。」又「夕陽低野樹，秋水斷河橋。」又「秋深海國梧桐老，夜静關山鼓角清。」何蘭庭云：「月冷鴉翻樹，燈昏鼠墜梁。」何春巢云：「湖邊客到花先笑，樹裏僧歸路半陰。」又「雨足田車閒架樹，日斜耕犢穩馱人。」劉悔菴云：「小蝶過牆如使至，短笻在手當孫扶。」

作絶句貪傅藻采，不如專寫性靈，略涉尖新無害也。張玉階《花殘》云：「花殘一樹繫愁思，斷送春光奈雨絲。我是主人花是客，縱留他住不多時。」何春巢《贈釣叟》云：「萍開風起水生紋，一葉飄然泛夕曛。魚在緑波竿在手，船頭閒坐看秋雲。」《秦淮感舊》云：「幾年冷落白門遊，昨日孤帆卸石頭。聞説舊人都不在，春風愁上十三樓。」馮畹廬《舟中書所見》云：「進鮮河裏布帆飛，鱸鱖秋深泛水肥。掠鬢漁娃都帶濕，太湖風雨打魚歸。」石大年《漁父詞》云：「橛頭艇子是生涯，來往苕溪與若耶。手把一竿春又老，釣絲牽上野桃花。」蔡家(瑾)〔璋〕《舟中》云：「孤客心情急去旌，榜人帶月趁宵征。去舟時共來舟語，殘夢依稀聽不明。」汪舟次《田間》云：「小婦扶犁大婦耕，隴頭一樹有啼鶯。兒童不解春何在，只向遊人多處行。」梁穆漳《垂釣》云：「一溪新漲失前汀，照見青山幾處青。香餌自香魚不食，釣竿只好立蜻蜓。」吴竹嶼《題陳莊壁》云：「一葉蜻蜓似缺瓜，年年盪槳水雲涯。叉魚射鴨嬌無力，笑入南湖摘藕花。」魯鳳藻《題新安江寺壁》云：「昨與鄰舟姊妹逢，香風暖處話從容。低頭怕有漁郎到，不看蓮花只看儂。」熊蔗泉《秦淮雜詠》云：「秦淮三月畫簾開，便有遊人打槳來。燕子不歸春又暮，幾家閒煞好樓臺。」陳楚南《題背面美人圖》云：「美人背倚玉闌干，惆悵花容一見難。幾度喚他他不轉，癡心欲掉畫圖看。」劉葛莊《漁家》云：「一家一個打魚舟，結得姻盟水上浮。有女十三郎十五，朝朝相見只低頭。」龍潭旅壁有人題四絶云：「淡黄楊柳曉啼鴉，絲雨温香濕落花。應有鱖魚吹雪上，水邊亭子正琵琶。」「水榭湘簾特地清，朝烟上與曲闌平。舊時紅豆拋殘處，只恐風吹子又生。」「籬門過雨緑莎鋪，檀板金尊俗有無。小艇已將烟月去，人間空説女兒湖。」「鱗鱗碧瓦照春萊，晉井宵深鳥語哀。第一林泉誰省得，數枝猶發舊宫槐。」張少華《蘇隄》云：「拍隄新漲碧於羅，隄上遊人盡蹋歌。笑指紛紛水楊柳，那枝眠起得春多。」「碧玻璃净夜雲輕，簫管無聲露氣清。好是柳陰花影裏，月華如水踏莎行。」徐友竹《東行》云：「驅人名利路何窮，歎息風塵浪迹同。取次相逢不相識，鞭絲帽影各匆匆。」張若駒《某日舟中偶成》云：「水窗晴掩日光高，河上風寒正長潮。忽忽夢回憶家事，女兒生日是今朝。」張詒庭《山窗》云：「空階入夜雨瀟瀟，剔盡銀燈漏轉遥。爲怕客中聽不得，小窗先日剪芭蕉。」李嘯村《泰州舟次》云：「烟汀月暈影微微，辨得宵行草際飛。垂髮女兒知盪槳，不辭風露送人歸。」《夜泛虹橋》云：「天高月上玉繩低，酒碧燈紅夾兩隄。一串歌喉風動水，輕舟圍住畫橋西。」《青溪》云：「粉牆經掃落花塵，一帶樓台樹影昏。雨細風斜簾未捲，便無人住也銷魂。」皆自然清妙也。嘯村七律亦多佳句。《却人寫照》云：「有影正愁無處匿，不才尚覺此身多。」《春日偶成》云：「春服未成翻愛冷，家書空寄不妨遲。」其餘「馬齒座叨人第一，蛾眉窗對月初三。」「賣花市散香沿路，踏月人歸影過橋。」一例可賞。沈歸愚《（今）〔國朝〕詩别裁》獨取「楊柳晚風深巷酒，桃花春水隔簾人」之句，余竊謂其以濃詞窒真氣。

余所愛絶句，此例數十首。冒巢民《小秦淮曲》云：「澹烟絲柳罥芳塘，明月清秋讀謝莊。夾岸哀箏橫笛外，誰家小立怨昏黄。」湯西厓《磁州道中》云：「夾隄柳色映泉流，滏口清源匯曲溝。二十里中荷葉洛，水風吹緑到磁州。」陳望之《題養鶴圖》云：「美人自結歲寒盟，入座雲山照眼明。料理鶴糧門盡掩，松花如雨撲簾旌。」邵薑畦詠越中南宋宫嬪墓俗傳「廿四堆」者云：「屭湖展鏡不浮苔，照出興亡事可哀。二十四堆春草緑，錢塘風雨翠華來。」張藥齋題其妹《澄碧樓》云：「小軒近對碧波澄，隔著疎楊喚欲應。最好淡雲微月夜，半簾相望讀書燈。」鄂西林《登甲秀樓》云：「炊烟卓午散輕絲，十萬人家飯熟時。問訊何年招濟火，斜陽滿樹武鄉祠。」《石橋掃墓》云：「石橋西下白楊堆，宿草新從暖氣回。一陌紙錢三滴酒，幾家墳上子孫來？」沈雲椒《午日秦淮》云：「闌干影裏綺疏橫，艾酒齊酣笑語迎。樓上衣風樓下水，一簾香霧不分明。」商寶意《憶舊》云：「鶯花庭院綺羅年，箏語琴心記不全。賸有舊時金屈戌，畫樓深鎖五更天。」余逢豫《秦淮曲》云：「燈船歌吹酒船遲，天鼓聲閒唱柘枝。石上暗潮嗚咽語，無人解拜侍中祠。」方扶南《滕王閣》云：「閣外青山閣下江，閣中無主自開窗。春風欲揭滕王帖，蝴蝶入簾飛一雙。」戴友衡《江上》云：「欲雨不雨江上霞，青帘茅屋酒人家。長年閣槳不歸去，淡月一叢蘆葦花。」毛俟園《遊邢園》云：「一溪春水一橋橫，寵柳嬌花夾路迎。儂自過橋閒處立，放開來路讓人行。」劉大觀《甘棠渡》云：「渡頭淺水繫漁船，細雨濛濛叫杜鵑。花片打門春已暮，牧童酣枕老牛眠。」夏培叔《觀象臺題壁》云：「草色荒臺過雨遲，短牆古柏暮雲垂。桃花紅引遊人去，獨自斜陽讀斷碑。」宋笠田《出京留別》云：「六年燕市聚遊蹤，酒席歌場處處同。一夕秋風人去遠，便從天上望諸公。」凌香坪《題分水龍王廟》云：「汶河西注水汪洋，南北中分界兩行。從此空彈遊子淚，隨波流不到家鄉。」郭復堂《客中秋思》云：「銷魂何處盼仙槎，客鬢逢秋白轉加。遥指斷橋垂柳岸，前年曾宿那人家。」葛筠亭《西湖夜望》云：「月光山色静窗扉，夜景空明水四圍。多少漁燈風不定，滿湖心裏作螢飛。」李松圃《曉行》云：「朦朧曙色隱林鴉，撲袂涼風一徑斜。滿地白雲吹不起，野田蕎麥亂開花。」崔嵸《遇雨》云：「葉香亂打冷霏霏，輿夢尋秋雁影稀。烟雨滿溪行不了，渡頭扶傘一僧歸。」明我齋《醉後聽歌》云：「官柳烟深石路平，歡場回首隔重城。可憐驕馬情如我，步步徘徊不肯行。」周元本《看桃花》云：「寂寞朱塵度歲華，又驚春色到桃花。五陵遊客知何限，只有漁人最憶家。」袁香亭《消夏雜詠》云：「科頭赤足徜徉過，一領蕉衫尚覺多。不信熱場人不熱，紅燈圍著聽笙歌。」龔元超《秋夜》云：「烟蘿暗處石崚嶒，瘦竹玲瓏月作燈。聽是誰家吹玉笛，畫闌清冷夜深憑。」崔念陵《鄱陽道中》云：「斑鳩呼雨兩三處，毛竹編籬四五家。流水聲中行半日，薰風不動晚禾花。」如得雋味，天然可口，願與解人共之。

金聖歎《宿野廟》一絶云：「衆響漸已寂，蟲于佛面飛。半窗關夜雨，四壁挂僧衣。」殊清妙。

李笠翁詞曲尖巧，而詩有足采者。《送周參戎之浦陽》云：「儒將從來重，君其髯絶倫。三遷無喜色，百戰有完身。灰裏求遺史，刀邊活故人。仙華名勝地，細柳正堪屯。」

吴薗次綺由水部郎出守吴興，不畏彊禦，以忤上官，投劾歸；歸而花木自娱，歷清福者二十年。長於駢儷，兼工詞，詩亦可誦。《東竹山》云：「平楚浮霽烟，山雲共秋碧。」《讀秋笳集》云：「兩行菡萏燭籠明，十斛葡萄瓮花碧。」又「冰天萬里雁頭書，雪海三年魚腹字。」《七夕》云：「星辰河漢事，兒女古今愁。」《宿西湖》云：「水雲雙塔影，花氣六橋烟。」《姜及生招飲》云：「簾陰秋樹碧，絃語夜燈紅。」《塘栖》云：「菰蒲雙岸闊，橘柚一村香。」《清凉台》云：「半江落日千帆亂，六代荒烟一壑收。」《過石公房》云：「一鉢軟烟梧子飯，半鋤凉雨菊花泥。」《夜起》云：「老樹横橋山鳥宿，新荷卷月水螢生。」《八境臺》云：「百雉遠圍秋浪闊，一鴻斜背夕陽明。」《厓門三忠祠》云：「今古何人回劫數，乾坤無地哭英雄。」《送春》云：「百年身世驪駒往，六代山河杜宇過。」《茉莉》云：「香清粉淡海南來，夏晚争持傍鏡臺。摘得含苞郎最愛，向儂頭上看花開。」《虎邱竹枝》云：「鬧掃梳頭向水窗，真娘墳畔浪淙淙。當時豈少同心侣，何不鴛鴦葬一雙。」

彭樂齋端淑古文作手，不以詩名，而詩正不凡。《秋日》云：「飆風動地來，遥山雲氣薄。」《夏日渡淮》云：「乾坤鼓大鑪，勢欲煮淮泗。」《硤石》云：「萬古剗不平，磊落争向背。」《陶然亭》云：「醉望黄金臺，悲風起天末。」《夏鎮》云：「芳草緑于藍，平湖落天鏡。」《别弟》云：「握手立長衢，相對無一語。」《望黄鶴樓》云：「黑風吹大波，天水相摩蕩。」《滄浪釣雪》云：「鳧雁濕不飛，天寒滿江雪。」《途中遇雨》云：「濃雲沉大壑，急雨失前村。」《途中秋日》云：「飆風鞭野馬，飛鳥亂浮雲。」《舟行晚眺》云：「山青雲卷岫，江白月横空。」《過舊山》云：「望雲慚俗客，聽鳥識前聲。」《晚景》云：「遥山吞落日，流水盪殘霞。」《月夜聞雁》云：「天宇何空闊，人間正寂寥。」《杜鵑》云：「深山夜月一聲啼，天地有春留不得。」《三峽吟》云：「惡灘非一狀，怪石争起赴。饑烏飛傍人，猿猱啼古木。白日慘澹雲不開，陰風怒號山鬼哭。輕舟遥下疾如矢，飛電過隙才一矚。魚龍出没蛟鰐奔，駭浪驚濤怵心目。」

樂齋與一兄二弟俱友愛，讀書樓中互相切磋。某明府贈之曰：「同心兄弟真師友，得意文章只性情。」

樂齋《贛州早秋和友》云：「輕帆南下望庾邱，大火西流過贛州。三楚雲山辭舊夏，一江烟霧接新秋。潭清穩放魚龍卧，風静閒看鳧鷖遊。我憶故鄉歸未得，茫茫萬里客心愁。」通首雄渾，可以嗣響盛唐。

順德羅履先《送友之楚》云：「雲沉衡岳白，天接洞庭青。」《晤某友歸自遼陽》云：「老尋珠海友，生自玉門歸。」《贈老友遊泮》云：「舊恨生芳草，前途問夕陽。」《粤中》云：「西京文字開秦吏，南粤江山入漢書。」《哭進士韓喬村廣文》云：「宰相不憐韓進士，廣文終負鄭先生。」《村居》云：「射鴨迴塘散夕陽。」彭樂齋稱其雄深雅健，不愧作家。

樂齋言：嘗於友人架上得殘詩一卷，警句間出。《咏雪》云：「北風吹渭水，意不向東流。」《潼關》云：「河分天地闊，嶽抱古今秋。」《遊山》云：「日月不在天，芙蓉出烟霧。」《秋懷》云：「蟬聲墜露凉回夢，月色當樓夜度簫。」《錢塘懷古》云：「馬來西北江成陸，龍到東南海盡冰。」惜乎逸其名矣。

蔡雪南《古劍四章用溉堂集中韻》，唐人《寶劍篇》所不能過，句云：「出匣劃有聲，儼與雷電語。」又「光氣入斗間，星辰失其位。」又「白氣每插空，徐收入柱礎。」又「騎驢入大梁，向人不爲禮。」至《遊青城》云：「藤蘿染日月，子午多不的」，則曠代佳句也。

吴雲岩鴻有句云：「客帆雲外白，春草雨中青。」又「全身争尺咫，拔地得千盤。」又「箕尾星懸沉夜氣，桄榔葉老颭秋風。」字字卓鍊。

張乾夫之「南山露高稜，當窗青可接。」「芳草有新意，春禽多好音。」「春風花柳南中路，香雪羅浮畫裏山。」不愧作手。

周翼皇如「殘僧歸斷壠，古佛卧寒雲。」「灘石迴奔溜，江風入斷雲。」諸句皆精語。

番禺僧一靈才力豪邁，《自白下至檇李與諸子約遊山陰》云：「最恨秦淮柳，長條復短條。秋風吹落葉，一夜别南朝。范蠡湖邊客，相將蕩畫橈。言尋大禹穴，直渡浙江潮。」超然拔俗，置諸盛唐未易優劣也。一靈最工五律，此外尚有《登魯連臺》諸作，無一不妙。

柳國祚《岳陽樓遲友不至》云：「舟小如騎鶴，乘風到岳陽。仙人多會此，君又去何方？雲鎖巫山暮，烟生湘水長。芳洲有杜若，采采莫相忘。」神來情來，一氣舒卷，名作也。

仁和沈麟洲，椒園觀察父也。《晚泊》云：「遠山明晚燒，寒水澹斜陽。」《挽查少詹》云：「浮雲消白日，舊業只清風。」《中秋月》云：「關山同一照，海碧天容青。」《南康道中》云：「急水争灘去，荒山占地多。」《書懷》云：「政平轉覺人心險，官罷争憐馬骨高。」頗可誦。

椒園詩如《送人遊嘉州》云：「一帆巫峽雨，兩岸杜鵑春。」《山行》云：「野路有亭多賣酒，亂雲藏寺忽聞鐘。」《月夜懷人》云：「幽夢落秋水。」《送人》云：「遼天寫斷雲。」《秋懷》云：「詩入秋風瘦有餘。」《真州》云：「西風寒在雁聲先。」皆有神韻。

椒園門人會稽王蕉林《上椒園》云：「文章歸大雅，師表重名臣。」《登蓬萊閣》云：「千帆影駛星辰亂，萬頃潮迴島嶼微。」《秋夜》云：「秋在雨聲中。」俱妙。

曹寅《歲暮遠爲客》起聯云：「曉燈寒無光，驅馬別親故。」令人黯然銷魂。讀惠周惕《出門》起聯云：「饑寒逼腐儒，顛倒作奇想。」則又吃吃笑不休矣。

徐芬若《大松山》詩起云：「一峰飛入雲，雲故推之出；一峰飛出雲，雲故攫之入。」恁地奇警，前人所無。

喻武功成龍所著《塞上集》，專傚少陵，如「丈夫既捐軀，豈能依骨肉。」又「立馬望黃河，天青塞雲紫。」皆是。

徐季良《塞上曲》有云：「長城陳死人，有力皆如虎。」朱竹垞稱其語多獨造，不誣也。

李容齋《曉獵》詩云：「曉獵城西好，高風遠帳開。紅塵不斷處，一騎臂鷹來。」真短章大手筆。

高續古《咏梅》云：「舍南舍北雪猶存，山外斜陽不到門。一夜冷香清入夢，野梅千樹月明村。」可謂傳神好手。

杭堇浦世駿，浙西名士，其詩以《嶺南集》爲生平極盛之作。《題陳元孝遺像》云：「南村晉處士，汐社宋遺民。湖海歸來客，乾坤定後身。竹堂吟暮雨，山鬼哭蕭晨。莫向厓門去，霜風正撲人。」「秋井苔花漬，荒廬蜃氣蒸。飛潛兩難問，憂患況相仍。拄策非關老，裁衣只學僧。凄涼懷古意，豈是屈梁能。」「巢覆留完卵，皇天本至公。蓼莪篇久廢，薇蕨采應空。劫已歸龍漢，家猶祭鬼雄。等身遺著在，泉下告而翁。」悲壯沉雄必如此種詩，纔許懷古。杭又有《哭蜀友》句云：「峨岷半天秀，烟霧九秋昏。」

陳元孝《題畫》云：「深山深處有人爭，擬寄閒身畫裏行。日掩柴門無箇事，碧溪寒葉一聲聲。」淡逸宜人翛翛之味。又有句云：「數家門掩落花中。」

沈學子《浄慈寺》云：「花氣隨雙屐，湖光納一窗。」姜西溟《野行》云：「橋欹眠折葦，檻倒坐雙鳧。」皆妙。

湯擴祖之「事當失路工成拙，言到乖時是亦非。」方子雲之「優孟得時皆貴客，英雄見慣亦常人。」吴西林之「貧士出門非易事，豪門投刺豈初心。」能使聞者首肯。

溧陽史文靖公十九入翰林，乞假完婚，畫《玉堂歸娶圖》，徐葆光題云：「華燈夾道擁鳴騶，詔許乘鸞衣錦遊。十里珠簾春盡捲，誰家少婦不登樓。」

戴〔敬咸〕進士過邯鄲，見旅壁題云：「妖姬從古説叢台，一曲琵琶酒一杯。若使桑麻真蔽野，肯行多露夜深來？」立言忠厚，惜忘作者姓名。

洪昉思《詠燕女》云：「燕姬生小習原野，春草茸茸獵城下。身輕不許健兒扶，捉鞭自上桃花馬。」

徐太史壇長名用錫，工於時文，而詩亦可誦。《贈何義門》云：「坐環耽酒客，門擁賣書車。」《幽情》云：「酒伴强人先自醉，棋兵捨己只貪赢。」

張觀察警堂襟懷淡定，《過盧生廟》云：「快馬銜風急，添衣禦曉寒。平生無好夢，醒眼過邯鄲。」

孝感程蔚亭光鉅，由翰林出爲杭州糧道，久之，仍思内用，作《閨詞》云：「青衫薄薄襯宫緋，上繡鴛鴦並翅飛。勉强著來都不稱，可身還是嫁時衣。」

乾隆庚午，江西鄉試，寫榜吏陳巨儒年七十，手寫文武試三十二榜矣。十月寫武榜，解首則其孫騰蛟，名初唱，掀髯一笑，筆墮於地。中丞阿公喜極，命牙校馳箋索藩司彭公家屏贈詩。彭方有劇務，遣吏飛馬請蔣苕生來，蔣至，濡筆立成一絶云：「榜頭題處笑開眉，六十年來鬢若絲。官燭兩行人第一，夜闌回憶抱孫時。」

梁山舟有《反遊仙》五絶，録其二云：「瑶林琪樹生來有，玉宇瓊樓望裏深。上界不聞阿堵貴，道人偏要鍊黄金。」「賺他劉阮究何人，畢竟迷樓莫當真。我是天台狂道士，桃花多處急抽身。」《晚過山菴》云：「清依古佛原無夢，老笑秋蟲尚有絲。」

盧雅雨轉運揚州，名流畢集，極東南壇坫之盛。後三十年，家籍没矣，公子雖舉孝廉，而飄泊無歸，《上渤海公》云：「城旦餘生剩藐孤，十年飄泊到江湖。桐花久墮懷中羽，香飯誰抛屋上烏。踽踽葛衣留凍骨，栖栖蹇足耐征途。年來雞鶩同争食，不是當年小鳳雛。」「拂拭知誰眼獨青，褵褷弱鳥許梳翎。量來碧海輸愁淺，嗅到黄粱感涕零。將母孰憐棲逆旅，忍饑猶勉誦殘經。簫聲吹徹吴門市，敢望山陽舊雨聽。」

番禺人言，其鄉有黎美周者，崇禎時以主事監廣州軍，死明亡之難，絶命詞云：「大地吹黄沙，白骨爲塵烟。鬼伯舐復厭，心苦肉不甜。」正史失傳，特爲補録於此。

有人《題孔廟》云：「陽虎可能同面目，祖龍空自倒衣裳。」

或有句云：「唤船船不應，水應兩三聲。」真天籟也。

江寧南城外瑞相院前之墓，人多以爲馬湘蘭，不知乃新安貞女某氏。嫁某商人爲妾，商人不歸，守志而死。陳楚筠有詩證明其事云：「古釵耿耿蝕黄土，千歲老蟾嘯秋雨。蒼茫落日掩平坡，風入黄蒿作人語。新安山高江水遥，卷葹原不生倡條。貞魂夜號月光曉，兒童莫賦西陵草。」

張嘯門遊鳩江，見鄰舟一女子題青羅帶寄人云：「扁舟一夜燈如雪，無限深情羞不説。東風何苦又天明，抵死催人江上别。」

「蕊宫仙史」姓薛氏，名瓊枝，湘潭人，年十七，才艷絶世。祥符中，父某守杭州，遂家焉。所居曰「問花樓」，俯臨西湖，雲樹烟波，凭檻可接。性愛蘭，手植千百本，衣袖裙衩恒喜綉之，或畫爲册卷，花葉左右題句殆遍，謂人曰：「此花幽香逸韻，自是我輩後身，當倍加珍護，毋令與衆芳伍也。」妝閣中置書數百函，終日焚香展對。風日清美，輒命畫舫造萬花叢中，吟賞忘倦。又於清夜易靚妝淡服乘白雪駒，侍女皆緑衫短劍，累騎從行。徙倚湖亭，自製新曲，聯袂歌之，聲振林樾，鷗鷺驚翔；興酣更拔佩劍起舞，於時劍光、月光、花光、水光交相映發，湖中一草一木皆有歌舞之態，萬舟如蟻集觀亭外，寂然無譁。翌日争傳，以爲真仙下臨，莫知其爲太守女也。久之，於湖上得畫卷一，上有題句云：「夢裏湖山是也非，向人楊柳自依依。六橋日暮花成雪，腸斷碧油何處歸。」惘然神傷，遂不復出。每值疎雨垂簾，落花委砌，對鏡自語，泣下沾襟。疾且篤，强起索筆，自寫簪花小引，旋即毁去。更爲仙裝，倒執玉如意，侍兒旁立，捧膽瓶，插半開牡丹一枝，凝視良久，一慟而絶。著有《問花小草》四卷，今無傳本。乾隆癸卯春，降乩於金谿楊孝廉英甫家，叩其生時事迹，固不肯言；請之再三，輒書曰：「憶篆烟燈穗中，隱隱有彈淚聲。」録其《懷湘君》云：「數行征雁起平沙，暮雨江寒杜若花。欲撥空舲迎帝子，濕雲封處竹枝斜。」《答黄素水表姊》云：「歸真猶許住蓬萊，回首前塵亦可哀。莫問問花樓外樹，六朝金粉漸成灰。」又有「片雲同我墜，明月向誰多」、「春日媚楊柳，野風香菜花」之句，仙乎，仙乎！

閨秀雙卿，逸其姓，故某老儒女，家貧。夫爲人傭工，好博，雙卿諫之，怒，鎖諸柴室而絶其食，雙卿無怨色。值陰雨積旬，夫登山砍濕薪，不能售也，雙卿則煮虀及芋以療饑，而私易米爲粥，進其姑與夫。有詩云：「今年膏雨斷秋雲，爲補新租又典裙。留得護郎輕絮暖，妾心如蜜敢非君？」「冷厨烟濕障低房，爨盡梧桐謝鳳凰。野菜自挑寒自洗，菊花雖好奈何霜。」「命如蟬翼愧輕綃，舊與鄰娥一樣嬌。阿母見兒還認否？苦黄生面喜紅消。」「浸透春酸一點心，病中疎夢易銷沉。鏡釵已賣酬方藥，自削楊枝照水簪。」「四屏山影遠如臺，負得寒薪下幾回。歸後勸郎晨晏起，日高低禁外人催。」「妾住衡門傍綵樓，夜香吹下隔簾愁。袖開落盡秋紅句，衰草殘陽夢遠遊。」又一絶云：「斜羅仄布零星片，自綴寒衣費針線。白烟遮夢抱梅花，繁霜夜洗佳人面。」又一絶云：「柳絮多情已化萍，素魂紅怨淡無聲。似聞燕子三更語，月過花梢又不明。」又《暮春即事·浣溪沙》云：「暖雨無情漏幾絲，牧童斜插嫩花枝。小田新麥上場時。汲水種瓜偏怨早，忍烟炊飯又嗔遲。日長酸透軟腰肢。」《望江南》云：「春不見，尋遍野橋西。染夢淡紅欺粉蝶，鎖愁濃緑騙黃鸝。幽恨莫重提。」「人不見，相見是還非？拜月有香空惹袖，惜花無淚可沾衣。山遠夕陽低。」尤工駢體，自叙云：「夕陽輾轉，甘墮蘭岑；暮雨丁寧，苦沾蓀浦。氤氳未斷，自衍殘魂；剪剪難禁，尚支微力。髻方梳而遽挽，衣臨浣而聊穿。百舌素能言，罵海棠而變啞；子規原善笑，哭芳草以成癡。病餘之午倦如綿，夢裏之曉寒似水。情倉艷庫，領鎖鑰於東皇；媚檄嬌籤，勒胭脂於西子。褒英貶萼，且修芍藥春秋；降葉升枝，浪擬牡丹封誥。鴛羞繡枕，麝怕沾衾。欲語憐聲，未忍輕穿俗耳；將行惜影，可拚略印凡身。燕披黯淡之衣，重逢依舊；蜨護凄凉之粉，細驗還新。彩雲締五色因緣，白玉結連環恩愛。餂淚痕於香頰，舌洗相思；摩汗澤於酥胸，腕醫心痛。仙郎一字，勝懷不夜之珠；月姊千齡，敢竊長生之藥？捧珊瑚而架筆，豈羨徐陵；迹玳瑁以裝書，何知逸少。願抒幽韻，忍蛀清輝。采緑終朝，空悲一匊；踏青半晌，誰惜雙卿？」與人書有曰：「意煩則褻，語煩則濫。妾守身如玉，君其惜墨如金。」可想其德矣。申志綸曰：「吾於斷劍依采，殘松卧壑，哭雙卿之命；名花困雨，新月藏雲，哭雙卿之貌；珠不升淵，玉難離璞，哭雙卿之才；梅情耐雪，菊意甘霜，哭雙卿之德。」

荆六娘者，虞拊石妻也。年二十一歸拊石，正月嫁，三月病，六月死。死之夕，賦詩八首，自爲序，與拊石别。録其二云：「夜深風驟響庭槐，花澀殘燈半未開。寂寂蘭房人去後，明朝月色爲君來。」「淚染羅衾欲盡時，憐君還復惜君癡。芳梅零落春原在，紅嫩桃花又一枝。」

女子能詩，實由天授。如皋范洛仙《聞蟋蟀有感》入手云：「秋聲聽不得，況爾發哀吟。遊子他鄉淚，空閨此夜心。」沈清友《詠漁父》云：「起家紅蓼岸，傳世緑蓑衣。」宛溪王氏《溪上》云：「小雨匀溪縠，閒花落釣絲。」洞庭山中某氏女《自感》云：「人瘦落花天。」倪瑞璿《弔方正學墓》云：「碧血一區埋十族，青山千古護孤墳。」松江徐氏女《詠岳墓》云：「青山有幸埋忠骨，白鐵無辜鑄佞臣。」胡玉亭《病中》云：「扶行驚地軟，倚臥覺頭空。」《女郎詞》云：「相呼同伴到簾幃，偷看新來客是誰。又恐被人先瞥見，却從紈扇隙中窺。」某女《寄人》云：「殘淚未消和影拭，舊書重展背人看。」袁素文《即事》云：「女嬌頻索果，婢小懶梳頭。」袁静宜《即事》云：「描花嫌紙窄，學字借書抄。」袁秋卿《七夕》云：「匆匆下顧塵寰處，如此夫妻有幾家？」鍾文貞《遊冶父山》云：「無梁〔殿冷〕石門秋，鑄劍池空水不流。苔蘚照人心自古，滿天晴雪落峰頭。」「樹裏湖光一鏡開，水精宮外有樓臺。散花不到維摩室，親捧雲珠供佛來。」王碧雲《即事》云：「鳥語亂殘夢，雞聲忙曉風。」陳〔長生〕《硤石道中》云：「樹遠作人立，山深疑雨來。」《春夜》云：「濕雲壓樹暝烟重，淡月入簾花氣幽。」李含章《慰兒下第》云：「當年蓬矢桑弧志，豈爲科名始讀書。」《望兒不至》云：「濟南秋八月，接汝數行書；報説重陽日，能迴上谷車。已驚楓落後，又到雪飛初；何事歸期誤，臨風一倚閭。」《夏晝》云：「午樓風暖試輕紗，語燕聲中日未斜。滿地緑陰簾不捲，遊絲飛上蜀葵花。」周暎青《令兒入學》云：「低鬟憐阿姊，與汝亦齊肩。且令拋針線，相隨共簡編。雙行知宛轉，坐詠愛清圓。試看俱成誦，今朝若箇先？」吴定生《詠史》云：「更有名儒莽大夫，紫陽書法勝南狐。當年奇字人爭問，曾識綱常二字無？」商長白《詠苔》云：「昨宵疑有雨，深院久無人。」高制府琦之女景芳《晨妝》云：「妝閣開清曉，晨光上畫闌。未曾梳寶髻，不敢問親安。妥帖加釵鳳，徘徊插佩蘭。隔簾呼侍女，背後與重看。」《示兒》云：「高捧名花求插髻，遍尋佳果勸嘗新。」蔡季玉因父提督毓榮平吴逆後歸空門，故詠《九華峰寺》云：「蘿壁松門一徑深，題名猶記舊鋪金。苔生塵鼎無香火，經蝕僧厨有蠹蟫。赤手屠鯨千載事，白頭歸佛一生心。征南部曲今誰是？剩有枯禪守故林。」張于湘《雨夜》云：「向晚花冥冥，獨坐理琴譜。一縷茶烟生，疎簾散春雨。」《夏日》云：「撥火鑪香颺來，卷簾梁燕飛去。吴門六月猶寒，雨在江南何處？」《江村寓目》云：「山吞將落日，風抵欲來潮。」《春夜》云：「夜吟多遺興，春夢不離鄉。」《登澄觀樓》云：「積雪明多能淡日，遠山寒極不生烟。」《接母訃》云：「黔中驛使到，腸斷血沾襟。絶域懷歸意，頻年憶女心。不曾虚藥物，猶爲寄華簪。凄絶離亭語，迢遥遂至今。」黄雅宜《詠燈花》云：「未忍輕挑私問汝：不知何喜報吾家？」曹黄門先生夫人陸氏《冬日病起》云：「病裏生涯百事賒，一弦一柱譜平沙。彈來却怪人偷聽，閒倚闌干看雪花。」《寄外》云：「烟水迢迢泛木蘭，寒風殘雪怯衣單。客裘自着江邊雨，莫作臨行淚點看。」佟氏姬人名艷雪者《和人悼亡詩》云：「美人自古如名將，不許人間見白頭。」江偉珍《對月》云：「萬户恍臨城不夜，千年惟有兔長生。」許宜媖《翫月》云：「一種月團〔圓〕，〔照〕愁復照歡。歡愁兩不着，清影上闌干。」張瑶英《書懷》云：「守貧似病醫無益，習静如禪悟却難。」《偶成》云：「短垣延月早，病葉得秋先。」張淑儀《偶成》云：「懶妝撩鬢易，私泣拭痕難。」《送人歸》云：「三月桃花憐妾命，六橋烟柳夢君家。」外此，若杭堇浦太史之妹名清芝者，寡居守志，有句云：「盡日支牀深擁被，不知户外幾峰青。」雲南按察使毛鳳韶之女鈺龍，夫死，誓不踰閾，有句云：「詩句怕題新節序，淚痕多染舊衣裳。」吳縣張淩仙以苦節聞，《歲暮感懷》云：「泉路十年音信斷，空山風雪一家寒。」佟進士濬之母趙氏早寡，撫子成名，自號「殘夢主人」，有《祭灶》一絶云：「再拜東厨司命神，聊將清水餞行樽。年年破屋多塵土，須恕夫亡子幼人。」虎關將家婦馬氏有《香魂集》，《秋閨紀夢》一絶云：「夫重封侯愛妾輕，漫欹珀枕戀寒更。夢回遠戍相尋處，芳草無言路不明。」周淑媛《哭父》云：「一夜思親淚，天明又復收。恐傷慈母意，暗向枕邊流。」讀之俱哀動頑豔。杭州曾如蘭殉夫自盡，《絶命詞》云：「鏡裏菱花冷，三年淚不乾。已終姑舅老，還咽雪霜寒。我自歸家去，人休作烈看。西陵松柏下，夫子共盤桓。」吳逆爲亂，時長沙朱氏女被掠，堅志，衆莫敢犯。舟至小孤山投江死，屍逆流三日浮至故居水濱，夢訴於父母。〔父母〕起，迹之獲其屍，懷間有絶句十首，記其一云：「狂飄慘説過雙孤，掩袖潸潸淚欲枯。葬入江魚浮海去，不留羞冢在姑蘇。」開國時，江陰最後降，一女子爲兵所得，紿之曰：「渴甚，幸取飲可乎？」兵憐而許之，遂赴江死。時積屍滿岸，穢不可聞，女子嚙指血題詩石上云：「寄語路人休掩鼻，活人不及死人香。」其人其詩皆載筆者，所不容没也。

近又見王采薇《舟過丹徒》云：「幽行已三里，村落半柴扉。隻鳥時依樹，〔孤〕螢不上衣。月高人影小，潮定艣聲稀。沿岸星星火，還驚宿鷺飛。」其他佳句如「户低交葉暗，徑小受花深。」「研墨污羅袖，看魚落翠鈿。」「蟲依香影垂簾網，蛾怯晨光墮帳紗。」「一院露光團作雨，四山花影下如潮。」皆可誦也。又王玉如《喜弟至》云：「乍見翻疑誤，凝眸各審詳。九年雲出岫，一夕雁成行。別後滄桑換，途中歲月長。舊容驚半改，鄉語歎全忘。對月秋垂淚，聽猿夜斷腸。逢人問消息，覓便寄衣裳。剪燭心方慰，回頭意轉傷。自余離故土，賴爾奉高堂。聞已調琴瑟，將毋弄瓦璋。當年送我處，今日遇君場。彼此皆如夢，依依兩渺茫。」置之《長慶集》中不能辨楮葉。又鰲紫庭之女名潔，適四品宗室魁明，年二十而寡，守志撫孤，《寄兄滄來》云：「織盡人間寡女絲，五更涕淚一燈知。近來焚却從前稿，不爲懷兄不作詩。」

青衣間亦能詩，閩中許生有三僕，一曰陳香初，《送客》云：「澄江楓葉老，斷岸菊花疎。」一曰陳竹逸，《村居》云：「古墓梨花鵓鴿雨，荒原麥穗鷓鴣天。」一曰鄭蘭子，《村居》云：「月明黃葉路，花隱赤欄橋。」又有句云：「曠地夕陽多。」又某僕有句云：「並馬忽驚人在後，貪看山色又回頭。」又某僕《哭主》云：「雙淚啼殘遺僕在，一燈青斷旅魂來。」

僧詩有絶佳者，閩僧可士《送僧》云：「笠重吴天雪，鞋香楚地花。」福州一僧有句云：「虹收千嶂雨，潮展半江天。」秀水智舷有句云：「獨樹落寒陰。」閩僧德祥《卜築》云：「草生橋斷處，花落燕來初。」瘦山僧（悦支）有句云：「薄衾寒入夢，細雨遠沉鐘。」又「客來黃葉雨，鬼嘯白楊風。」同揆僧《采石磯》云：「捲浪駭江飛。」紺池僧《夜泊》云：「春潭浴亂星。」臞鶴僧《山中寄人》云：「一溪殘雪掩荆扉。」曉亭僧有句云：「一水明殘照，孤村入暮烟。」滇南蒼雪有句云：「半春家在雪中山。」秋皋僧有句云：「鳥啼殘雪樹，人語夕陽山。」某僧有句云：「水藻半浮苔半濕，浣紗人去不多時。」澄波僧《折木樨》云：「莫怪靈山留一笑，如來原是賣花人。」懷遠僧《江行》云：「行盡斷隄楊柳岸，夕陽猶在板橋東。」棲霞僧墨禪《盤山》云：「偶來浮石上，疑是泛滄浪。一鳥墮寒翠，千峰明夕陽。無人垂釣去，有約看雲忙。即此愜真賞，蕭然世慮忘。」又有句云：「樹隨崖脚斷，山到寺門深。」又有句云：「月白鳥疑晝，山空樹欲秋。」若明僧雪江之《送王伯安》云：「蠻烟瘦馬投荒驛，瘴雨寒雞夢早朝。」則語意悲壯。宋僧道潛之「五月臨平山下路，藕花無數繞汀洲。」又「數聲柔櫓滄浪外，何處江村人未歸。」同時舡子和尚之「夜静水寒魚不餌，滿船空載月明歸。」則清絶也。

《齊東野語》載降乩女仙一絶云：「柳條金嫩不勝鴉，青粉牆邊道韞家。燕子未歸春寂寂，小窗和雨夢梨花。」亦頗幽麗。

《焦氏類林》載乩仙詩二絶云：「琳瑯宫闕迴無塵，獨跨青虬踏紫雲。怪底曉來天色淡，海霞都在玉妃裙。」「洞中一覺春風夢，落盡桃源萬樹花。灶上丹砂尋不見，騎鸞誤入阿誰家。」不似食烟火人語。

《獻徵録》載吴壽安宰新繁，坐卧一紙帳，題其上云：「紫絲步障簇春華，卧雪眠雲自一家。雪又不寒雲又暖，扶持清夢到梅花。」仙吏風流，至今想見。

偶憶某説部載一絶云：「鄱陽湖上都昌縣，燈火樓臺一萬家。水隔〔南〕山人不渡，東風吹老碧桃花。」頗可賞。

邯鄲〔葛〕璽號水村，《詠新月》云：「隔水森疎樹，依山覺晚晴。」《冗園》云：「隔屋邀山兼竹影，閉簾遮樹帶溪聲。」《招同社》云：「小窗細雨春如夢，好友孤燈話即詩。」逸致遥情，蕭然物外。

竹枝詞之佳者，王漁洋《嘉州竹枝》云：「側生一樹會江門，水遞年年進大藩。寂寞蜀宫三十載，夕陽零落荔枝園。」彭羡門《嶺南竹枝》云：「妾家溪口小迴塘，茅屋藤扉蠣粉牆。記取榕陰最深處，閒時來過喫檳榔。」徐雨亭《錢塘竹枝》云：「芳心脈脈夜迢迢，郎在江南第幾橋？欲寄別來腸斷語，西湖只恨不通潮。」程午橋《虹橋竹枝》云：「青溪碧草兩悠悠，酒地花場慣惹愁。月暗玉鉤人散後，冷螢飛上十三樓。」「米家舫子只琴書，秋水新添二尺餘。一帶管絃歸棹晚，橋邊簾幙上燈初。」黄莘田《西湖竹枝》云：「畫羅紈扇總如雲，細草新泥簇蝶裙。孤憤何關兒女事，踏青争上鄂王墳。」「梨花無主草堂青，金縷歌殘翠黛凝。魂斷蕭蕭松柏路，滿天梅雨下西陵。」李嘯村《虎邱竹枝》云：「横塘七里路西東，侍女如雲踏軟紅。纔到寺門歡喜地，一時花下笋輿空。」「仰蘇樓畔石梯懸，步步弓鞋劇可憐。五十三參心暗數，欹斜扶遍阿娘肩。」「佛座燒香一瓣新，慈雲低覆落花塵。不妨訴盡癡兒女，那有如來更笑人。」「女冠裝裹認依稀，只少穿珠百八圍。豈是閨人真好道，阿儂愛着水田衣。」楊次也《虎邱竹枝》云：「自翻黄曆揀良辰，幾日前頭約比鄰。郎自乞晴儂乞雨，要他微雨散閒人。」「斟酌衣裳稱體難，回時暄熱去將寒。侍兒會得人心意，半臂輕綿隔夜安。」「烏油小轎兩肩扶，極薄窗紗望若無。裏面有人原了了，不知人看可模糊？」「時樣梳妝出意新，鄂王墳上正逡巡。抬頭一笑匆匆去，不避生人避熟人。」「遊人魚貫各分行，就裏妍媸略自量。小婢當頭娘押尾，垂髫嬌女坐中央。」「白石敲光細火紅，繡襟私貯小金筒。口中吹出如蘭氣，僥倖何人在下風。」「苔陰小立按雙鬟，貼地弓鞋一寸彎。行轉長隄無氣力，累人攙着上孤山。」「朋儕遊興略相同，裏外湖橋〔婉轉〕通。覼面幾番成一笑，剛纔分路又相逢。」

詠古詩之佳者，嚴海珊《三垂岡》云：「英雄立馬起沙陀，奈此朱梁跋扈何。赤手難扶唐社稷，連城猶擁晉山河。風雲帳下〔奇〕兒在，鼓角燈前老淚多。蕭瑟三垂岡下路，至今人唱百年歌。」姜西溟《烏江》云：「虞歌曲盡怨天亡，潮落沙平舊戰場。千里江東羞不渡，六朝曾此作金湯。」王嚳照《平原村》云：「八王兵甲無臣主，兩晉文章有弟兄。晚節不堪思鶴唳，舊交聞已賦蓴羹。」劉大猷《岳墓》云：「地下若逢于少保，南朝天子竟生還。」周欽來《詠始皇》云：「蓬萊覓得長生藥，眼見諸侯盡入關。」姚姬傳《詠王彥章》云：「亂世烏飛難擇木，男兒豹死自留皮。」《釣臺》云：「可憐高鳥盡，回憶釣魚磯。」梁藥亭《讀史》云：「龍虎片雲終王漢，詩書餘火竟燒秦。」毛稚黃《詠西施》云：「別有深恩酬不得，向君歌舞背君啼。」袁簡齋《詠西施》云：「妾自承恩人報怨，捧心常覺不分明。」

詠物詩之佳者，周蓉衣《春柳》云：「西湖送我離家早，北道看人得第多。」李琴夫《佛手》云：「自從散得天花後，空手歸來總是香。」裴春台《牡丹》云：「百卉甘心奉盛名。」《羅江村》云：「斷無仙子不樓台。」翁朗夫《春柳》云：「一生消受是東風。」又「猜得楊枝是小名。」劉鳴玉《菜花》云：「一生不上美人頭。」熊蔗泉《蘭花》云：「伴我三春消永晝，垂簾一月不焚香。」查他山《楊花》云：「春如短夢初離影，人在東風正倚闌。」黄石牧云：「不宜雨裏宜風裏，未見開時見落時。」楊芳燦云：「願他化作青萍子，傍著鴛鴦過一生。」燕以均云：「身輕容易上樓台。」虞〔東皋〕云：「看到梅花尚覺肥。」劉霞裳《蘆花》云：「知否楊花翻羨汝，一生從不識春愁。」唐某《落花》云：「零落嫣紅歸不得，楊花相約過鄰家。」女子金櫻《夜來香》云：「知隔絳紗帷暗坐，謝娘頭上過來風。」劉春池《〔白〕牡丹》云：「神仙隊裏風流易，富貴場中本色難。」蔣用菴《白桃花》云：「亡息國因紅粉累，避秦人是白衣尊。」朱受新《白秋海棠》云：「夜静看花人獨立，水晶簾下月如霜。」某《詠萍》云：「春水剛三月，楊花又一生。」徐某《和春草詩押人字》云：「踏青渺渺前無路，埋玉深深下有人。」周青原《春草》云：「踏青微礙繡裙低。」李（某）〔炯〕云：「荒園無主自高低。」嚴冬友云：「夢去朱門又一年。」女子陶慶餘《鸚鵡》云：「一夢唤回唐社稷，千秋留得漢文章。」繆雪莊《詠雪》云：「卷簾半樹帶花落，吹燭一窗如月明。」陳明卿云：「填平世上嶔崎路，冷到人間富貴家。」袁鏡伊云：「往來人負一身花。」田實發《曉鐘》云：「雨雲魂夢初驚後，名利心思未動前。」女子吴苕華《古鏡》云：「閲世興亡疑有眼，辨人好醜總無聲。」俞鶴齡《詠鏡》云：「白髮朱顔管一生。」袁香亭《詠杖》云：「隔户聲先步履來。」吴世賢《釣竿》云：「風雪寒江應憶我，英雄末路悔抛伊。」何東甫《簾鉤》云：「高牽纏臂金無色，誤觸搔頭玉有聲。」李竹門《詠鞭》云：「一事思量轉惆悵，不能行到祖生先。」張哲士《胭脂》云：「南朝有井君王入，北地無山婦女愁。」

言情之作有絶妙者，宗介驃《别母》云：「泣惟張口全無淚，話到關心只望書。」某《出門》云：「揮手門前從此去，只彈雙淚不回頭。」汪可舟《經亡友故居》云：「可憐童僕相隨慣，未解存亡欲叩扉。」《哭女》云：「遥聞臨逝語堪哀，望我殷殷日百回。死别幾時曾想到，歲朝無路復歸來。絶憐艱苦爲新婦，轉幸逍遥入夜台。便即還家能見否？一棺已蓋萬難開。」厲樊榭《悼亡姬》云：「一場短夢七年過，往事分明觸緒多。搦管首稱詩弟子，散花相伴病維摩。半屏凉影頹低髻，三徑春風曳薄羅。十二闌干重倚遍，不禁雙鬢爲伊皤。」「病來倚枕坐秋宵，聽徹江城漏點遥。薄命已知因藥誤，殘妝不惜帶愁描。閟憑盲女彈詞話，危託尼姑祝夢妖。幾度氣絲先訣別，淚痕兼雨灑芭蕉。」廖古檀《悼亡妻》云：「合歡花襪委輕塵，風雨邊城不見春。苦憶小窗扶病起，脂殘粉褪寫遺真。」王漁洋《悼亡妻》云：「一錯誰能鑄九州，藁砧無復望刀頭。當年對泣人何在？獨卧牛衣哭暮秋。」「病中送我向南秦，感逝傷離涕淚新。長憶猿啼腸斷處，嘉陵江驛雨如塵。」「三載東西雁影分，登高淚盡隴頭雲。而今風雨重陽節，自采寒花酹細君。」「愁見新年改故年，朔風吹雪欲寒天。黄金屈戌中宵閉，長伴鰥魚夜不眠。」黄鼎《悼亡妻》云：「無多奠酒諳卿量，未就埋香諒我貧。」任東白《哭友》云：「此日曾無杯酒奠，夜臺應諒故人貧。」徐貫時《寄妾》云：「善保玉容休怨別，可憐無益又傷身。」

貧語之佳者，趙仁夫云：「短氣莫書賒酒券，索逋先畏叩門聲。」劉春池云：「三間屋僅棲兒女，一領裘還共祖孫。」陳古漁云：「雨昏陋巷燈無焰，風過貧家壁有聲。」楊思立云：「家貧留客干妻惱，身病閒遊惹母愁。」朱草衣云：「牀燒夜每依僧榻，糧盡妻常寄母家。」徐蘭圃云：「可憐最是牽衣女，哭説鄰家午飯香。」又陳古漁之「偏到荒年飯量加」，亦妙。

富貴詩之佳者，唐人云：「偷得微吟斜倚柱，滿衣花露聽宫鶯。」宋人云：「一院有花春晝永，八方無事詔書稀。」又「人散鞦韆閒挂月，露零蝴蝶冷眠花。」又「四壁宫花春宴罷，滿牀牙笏早朝回。」

元人云：「宫娥不識中書令，問是誰家美少年。」又「袖中籠得朝天筆，晝日歸來便畫眉。」本朝商寶意云：「簾外濃雲天似墨，九華燈下不知寒。」湯西厓云：「樓臺鶯蝶春喧早，歌舞江山月墜遲。」程午橋《菊屏》云：「六曲屏風花萬叠，人間何處五更霜。」又宋人一絶云：「踏青騎馬未還家，公主傳宣坐賜茶。十二闌干春似海，隔窗閒煞碧桃花。」若宋周必大在翰苑賦詩云：「緑槐夾道集昏鴉，勑使傳宣待賜茶。歸到玉堂清不寐，月鉤初上紫薇花。」本朝嚴繩孫《贈顧貞觀》云：「曈曈曉日鳳城開，纔是仙郎下直回。絳蠟未消封詔罷，滿身清露落宫槐。」二絶俱含清貴之氣。

荆州水災，畢尚書秋帆實撫其地，目擊慘劫，作《荆州述事詩十首》，録其四云：「凉飈日暮黯凄其，棺翣縱横滿路歧。饑鼠伏倉餐腐粟，亂魚吹浪逐浮屍。神燈示現天開網，息壤難堙地絶維。那料存亡門下客，萬家骨肉痛流離。」「雲夢蒼茫八九吞，半皆餓口半遊魂。鮫綃有淚珠應滴，鰲足無功極欲翻。救急城填成死劫，劈空刀落得生門。若非帝力宏慈福，十萬蒼靈幾個存。」「大工重議築方城，免使蚩氓祝癸庚。凉月千家嫠婦淚，清霜萬杵役夫聲。蟻生漸整新槐穴，虎旅重開舊柳營。我有孝侯三尺劍，誓將踏浪斬長鯨。」「江水茫茫烟靄深，紙錢吹滿挂楓林。冤埋魚腹彈湘怨，哀譜鴻鳴寫楚吟。南國鄭圖膏雨逮，西風潘鬢鏡霜侵。敢言病骨支離甚，康濟儒生本素心。」至如「人鬼黄泉争路出，蛟龍白日上城遊」，則摹狀愁雲；「金錢内府催加賑，版築冬官記攷工」，則形容甘雨。《春陵行》後又見繼起矣。

貴人工詩者，畢尚書之前有高文良公，同時則惠椿亭中丞。高《值夜》云：「驀覺新寒雨後生，宫槐黄葉下重城。意中故國偏無夢，風裏銀河似有聲。萬馬夜嘶秋待獵，一封宵奏遠論兵。杞人孤坐聽殘角，落月光中太白明。」其他佳句，則「自在騎牛今豎子，苦辛逐鹿昔英雄。」「宴罷白沉千帳月，獵回紅上六街燈。」「風鐸閒招山魅語，鬼燈紅出寺門遊。」「萬點城烏催曙鼓，一壚村酒閃風燈。」「老樹無花三月半，舊遊如夢六年餘。」「白月無聲秋漏永，紅燈有影夜樓深。」皆不入平熟。惠〔椿亭〕《過潼關》云：「百二秦關萬古雄，片帆黄水渡西風。馬嘶沙岸寒濤外，人倚山城夕照中。眼界一時窮古磧，爪痕三度笑飛鴻。來朝又入華陰道，飽看霜林幾樹紅。」《果子溝》云：「山勢嶙峋水勢西，過溝百里便伊犁。荒橋積雪迷人迹，古澗層冰礙馬蹄。驛騎送迎多舊雨，征衫檢點半春泥。數間板屋風燈裏，猶有閒情倚醉題。」《静坐》云：「夕陽留戀最高枝，簾影垂垂小困時。夢裏不忘身是客，鏡中怕見鬢如絲。黄花晚雨東籬冷，紫塞秋風北雁遲。悄爇一鑪香静坐，篆烟縷縷結相思。」《秋宵》云：「離懷輕易豈能休，打疊新愁换舊愁。宿酒大都隨夢醒，殘燈多半爲詩留。月扶花影尤宜夜，風得棋聲亦帶秋。漸覺宵寒禁不起，笑披鶴氅也温柔。」《華峰題壁》云：「主人愛客獨超群，小隊招邀過渭汾。三十六峰無所贈，隨緣分與一溪雲。」《題畫》云：「誰家亭子碧峰巔，白板橋通屋幾椽。遠樹層層山半角，杖藜人立夕陽天。」至若「柳圍雙沼水，花掩一房山」、「渡口雲連春草碧，江心浪湧夕陽紅」，可傳之句也。

學放翁者，如田實發之「鳥立樹梢徐墜果，風來簷隙自翻書。」尹似村之「鵲非報喜何妨少，雨縱澆花也怕多。」又「水去硯池防夜凍，春生布被藉鑪温。」王健菴之「因留僧話通吟偈，爲課兒功熟舊書。」又「衣因亂叠痕常綴，書爲頻翻卷不齊。」又「停足恰逢曾識寺，入門先問舊交僧。」又「徑仄鶴妨人去路，窗虚雲攬雨來天。」又「曲引急流歸遠港，微删密葉顯新花。」又「細雨如烟不損花。」一例相似。

學昌谷者，近有孫淵如《登千佛樓》云：「城東佛樓幾年閉，塞徑秋荆〔刺芒〕利。飛燐射屋鳥啄牆，鬼風吹簷斷佛臂。樓前慘碧竹作堆，逼袖寒影斜暉來。殘霖滴階漬幽血，敗粉剥壁生陰苔。迎廊一僧病枯瘠，見慣妖踪訝人迹。老莎出户曲復斜，反鎖空堂晝深黑。檐牙壓肩樓脚摇，驚起穴棟千年鴞。拜月青狸夜捧骨，嗥風山魅聲蕭蕭。原頭日落樹蒼莽，既下心神久惝恍。林端却顧寺角移，那得騰身立平壤。」

七古之奇險者，王蘭泉《舁輿短歌》云：「下山走坂丸，上山逆水船。下用四人夾，上用四人牽。長繩繫板當胸穿，舁者二耦趨而前。二十四足相後先，如魚逐隊螘附羶。如羊倒挂禽齊騫，我身托輿輿托肩。肩上尺木絙以緣，莫怪侁侁走不前，脚底千峰方刺天。」

詩中用助語字，如老杜「古人稱逝矣，吾道卜終焉。」坡公「倦客再遊行老矣，高僧一笑故依然。」皆妙。他若曾幼度「不可以風霜後葉，何傷于月雨餘雲。」王穉登「東白子中使乎吾，語汝白也近何如」，亦有致。

余雅不信風水之説，讀謝梅莊先生《郭璞墓》云：「雲根浮浪花，生氣來何處？上有古碑存，葬師郭璞墓。」先得我心矣。先生諱濟世，廣西潯州人。擢御史三日，即奏劾河東總督田文鏡，朝廷疑有指使，交刑部嚴訊。先生稱：「指使有人。」問：「何人？」曰：「孔子、孟子。」問：「何爲指使？」曰：「讀孔、孟書，便應盡忠直諫。」獄上，謫軍前効力。先生《次東坡獄中寄子由韻寄從弟》云：「嚴霜初隕陡回春，留得衝寒冒雪身。綸綍纔傳渾似夢，親朋相慶更爲人。不愁弓劍趨戎幕，已免鋃鐺禮獄神。旦晚扶歸君莫慟，媻姗勃窣亦前因。」「上方請劍心何壯，牘背書詞氣漸低。已分黄泉埋碧血，忽聞丹闕放金雞。花看上苑期吾弟，萱護高堂仗老妻。且脱南冠北庭去，大宛東畔賀蘭西。」乾隆元年赦還原職，卒於湖南糧道。

夏醴谷督學廣東，有門生鄭齊一者，少年韶秀，舟中妓醉而逼之，鄭勃然曰：「使不得！」醴谷贈以詩云：「柔情似水從頭抹，硬語如刀帶酒聽。」

袁簡齋作《隨園詩話》，采取最博，録其可誦者。杜紫綸《虎邱雨後》云：「六宫花老淚胭脂，寂寞殘紅墜晚枝。自是東風無著處，本來西子有歸時。錦帆冷落青簾舫，玉管闌珊白紵詞。雙槳緑沉留不住，半塘烟柳雨如絲。」高步瀛《晚春》云：「百花開落草芊芊，傑閣層樓白石邊。埋没春光全是雨，初長天氣却如年。客來未慣驚雛燕，人到無愁愛杜鵑。棐几一燈三徑晚，垂簾影裏見茶烟。」《寄人》云：「静裏消磨墨數升，封書遠問作詩僧。尋君曾到聞鐘後，流水村橋照蟹燈。」他如「同人催上馬，臨水廢觀魚。」「不是近霜偏愛菊，要需時日始看梅。」「燈非報喜花争結，人慣離家夢轉無。」皆妙。俞楚江《偶成》云：「戒飲原因病，村旗莫浪招。忙酬花事畢，閒養睡魔驕。霜色歸蓬鬢，秋聲上柳條。竹爐茶未熟，一縷細烟飄。」《九龍山遇雨》云：「浮生徒碌碌，冒雨渡寒津。策馬山頭過，雲横不讓人。」又有「柳倦欲眠風勸舞，鳥歌未和雨催歸」之句。劉南廬《軍山夜坐》云：「星辰夜影窗間落，江海秋潮枕上生。」《瓦官寺》云：「曲徑雲深僧笠重，閒門花落客鞋香。」結云：「弔古一尊沽未至，烟鐘風磬立斜陽。」姚念慈《哭鄂西林》云：「未報公恩徒一慟，自憐此淚亦千秋。」程夢湘《賞海棠》云：「隔著紫玻璃一片，夕陽紅得可憐生。」又有絶句云：「昨宵忘記下簾鉤，吹得梅花滿竹樓。五夜蘭衾清似水，夢凉酒醒雪盈頭。」洪進士鑾以「江山好處渾如夢，一塔秋燈影六朝」二語馳名。又有「人居客館眠常早，家寄空書寫最難」、「夕陽無近色，飛鳥有高心」、「窗邊落微雪，竹外有斜陽」諸句。方南塘有「風定孤烟直，天遥獨鳥沉」、「清風時一來，悠然復徐歇」諸句。汪可舟《聽雨》云：「簷外幾聲才淅瀝，胸中何事不分明。」萬柘坡《贈人》云：「雨中聽屐到，燈下出詩看。」陳楚南《醉後題壁》云：「貧歸故里生無計，病卧他鄉死亦難。放眼古今多少恨，可憐身後識方干。」《秋月》云：「秋月一何皎，照人生遠哀。閉門不忍看，自上紙窗來。」《鄱陽湖》云：「岸闊山沉水，天低浪入雲。」七言如：「遠水無邊天作岸，亂帆一散影如鴉。」「割愛折花因贈妾，攢眉入社爲吟詩。」頗不凡。黄仲則《觀潮行》一結云：「回首重城鼓角哀，半空純作魚龍色。」周元本《管仲墓》云：「浪説儒門羞五尺，至今江左幾夷吾。」周幔亭之「山光含月淡，僧影入松無。」魯星村之「酒中萬愁散，詩外一言無。」方子雲之「水痕圓到岸邊無。」陳古漁之「橋影横波動即無。」押「無」字俱妙。張崑南《春去》云：「月上簾鉤風太急，落花如雨不聞聲。」又有「松間細路通僧寺，花裏微風颺酒旗」之句。張興載《贈隨園》云：「海内論交皆後輩，江南何福着先生。」張興鏞《贈隨園》云：「絶地通天雙管擅，登山臨水一筇先。」李竹溪《懷隨園》云：「四海聲名雙管筆，六朝花柳一家春。」《出守廣東歸示友》云：「此行曾向貪泉過，留得冰心見故人。」朱草衣《郊外》云：「亂鴉多在野，深樹不藏村。」《與友夜集》云：「羈身同海國，歸夢各家鄉。」《大觀亭》云：「長江圍地白，老樹隔潮青。」又有「破樓僧打夕陽鐘」之句。王葑亭《平溝早發》云：「怪禽聲類鬼，暗樹影疑人。」他如「大星高出樹，殘月細流溪。」又「一肩紅葉識歸樵。」皆佳句。鮑雅堂《秋日》云：「一鳥掠溪鏡，四山明畫簾。」又「夕陽黄葉下僧樓。」又「塔鈴和月語清宵。」李竹門《贈隨園》云：「園在六朝山色裏，一筇先要問高臺。」沈子大有句云：「竹光晨露滑，池静夜泉生。」許子遜有句云：「鐘聲凉引月，江氣夕沉山。」又有句云：「明月有情應識我，年年相見在他鄉。」翟晴江《薄暮驟雨》云：「夕陽倉卒收不及，劃住半壁青天開。」江黄竹《大觀台》云：「殘夜海明知月上，隔江風遠送鐘來。」趙魯瞻有句云：「江星動魚脊，山果落猿懷。」魯星村五言云：「鳥散雪辭樹，烟消山到門。」又「雀浴乘冰缺。」七言云：「避雪野禽低就屋，忘機小鼠漸親人。」姚孔録《偶成》云：「病後精神當酒怯，静中情性與香宜。」張軼倫《華嚴寺》云：「竹外琴聲秋澗落，定中燈火石牀分。」袁香亭《哭妹》云：「無家枉説曾招婿，有影終年只傍親。」《觀雪》云：「壓白萬山巔，襯黑一湖水。」梁午樓《書懷》云：「出塞不辭三萬里，著書須計一千年。」又「洗馬清羸潘令鬢，外人剛認一愁無。」王菊莊《偶成》云：「殘雪墜仍起，如塵空際盤。」石曉堂五言云：「角聲沉暮雨，雁影起寒沙。」又「水喧村碓急，雲墮寺門低。」七言云：「窺魚淺渚翹雙鷺，待渡斜陽立一僧。」又「入店已非前度主，拂牆猶有舊題詩。」又「童嫌解橐尋詩稿，客忌登舟算水程。」張叙百《偶成》云：

「示病手揮群吏散，著書心喜好朋來。」童二樹《黄河》入手云：「一氣直趨海，中含萬古聲。劃開神禹甸，横壓霸王城。」《金山》云：「重疊樓臺知地少，奔騰江海覺天忙。」此外五言如：「早烟山際重，春霧水邊多。」「看花蜂立帽，問水鷺隨人。」「晴流鳴斷壑，山影卧空田。」「落花隨棹轉，隔樹看山移。」「山遠雲平過，天空月直來。」七言如：「風梅落紙畫猶濕，松雪撲絃琴一鳴。」「秋聲如雨不知處，月落帶霜還照人。」「茶聲響雜花梢雨，簾影晴通竹塢烟。」「花猶解媚開如笑，水不忘情去有聲。」皆可傳。范瘦生《詠梅》云：「微月雲際升，獨鶴踏花影。」又「風急衆香齊度水，夜深孤月獨當天。」《桃源》云：「樹木自生無稅地，子孫常讀未燒書。」丁貫如有句云：「江心浪險鷗偏穩，船裏人多客自孤。」明瑞《送弟》云：「渴共一刀血，寒分百戰袍。」符幼魯有句云：「寒雲添暝色，老屋聚秋聲。」又「三日不來秋滿地，蟲聲如雨落空山。」李義堂《湘上》云：「孤月無人處，扁舟先雁來。」黄星岩五言云：「雲開日脚直，雨落水紋圓。」「竹鋭穿泥壁，蠅酣落酒尊。」「釣久知魚性，樵多識樹名。」「筆殘蘆並用，墨盡指同磨。」七言云：「破菴僧賣臨街瓦，獨井人争晚汲泉。」又「古木遮天曙不知。」又「新落花時水亦香。」又「破牆難補盡糊詩。」又「有簾當檻雲仍入。」薛一瓢《嘲陶令》云：「又向門前栽五柳，風來依舊折腰肢。」尹似村《小園》云：「春草自來芟不盡，與花無礙不妨多。」陳星齋《題畫》云：「秋似美人無礙瘦，山如好友不嫌多。」某《哭顯者》云：「堂深人不知何病，身貴醫争試一方。」何孚若《感懷》云：「身非無用貧偏暇，事到難圖念轉平。」又「貧猶買笑爲身累，老尚多情或壽徵。」《偶成》云：「書因補讀隨時展，詩爲留删盡數抄。」余某《徙榻》云：「得月又愁多受露，迎風還恨不當花。」姜笠堂《晚眺》云：「晚烟都在樹，春雨不離山。」明竹岩《寄内》云：「細字含情臨洛浦，新詩掩卷愛周南。」宫霜橋《寄友》云：「人到饑寒纔作客，樹無風雨不成秋。」梁處素五言云：「怪松連石長，歸鳥雜雲飛。」「談深蟲語續，人静鼠聲來。」又「浪花入船窗，添我硯池水。」七言云：「星光墮水明于月，樹色粘雲暗似山。」「荒寺鳴鐘驚鳥起，孤村唤渡少人膺。」鮑以文《詠夕陽》云：「馬上看山多倦客，溪邊掃葉有閒僧。」徐江菴《贈人》云：「客來風簟尋琴譜，人到公庭乞法書。」慶樹齋有句云：「三代簪纓承雨露，一家機杼織文章。」馮畹廬五言云：「遠水籠烟闊，遥天壓樹低。」「饑年憎閏月，病叟厭餘生。」「懶僧遲見客，冷寺早鳴蟲。」七言則「客與寒潮共到門。」彭少鵬《澳門》云：「天上風雲全護水，海中村落總依山。」他如「濤聲歸壑急，海艇擱沙多。」「無雲天水合，有月海山清。」「日落無人處，舟行未雨前。」皆妙境。彭印古有句云：「雲深都失路，葉落不藏村。」又「竹裏敲詩隨鶴步，花間鼓瑟與魚聽。」又「窗横野色雲千里，松帶濤聲水一樓。」李仙芝《秋夜》云：「宵深寒氣重，山館劇凄清。夜月猿僵卧，秋螢鬼擁行。推窗驚鳥夢，就枕數蟲聲。寂寂孤燈燼，匡牀已二更。」儲玉函《過舅氏别業》云：「乞墅懽遊地，重來舊業存。敲冰進孤艇，曝日聚閒門。林影深藏屋，湖光冷抱村。廿年人事改，夙夢向誰論？」又有句云：「竹陰清石磴，花色淡秋衣。」「遠鐘清過水，深竹暮連山。」「春烟浮緑野，夜火滿丹陽。」某有句云：「落月鋪滿地，秋聲尋到門。」彭賁園《淮上》云：「春氣勒隄柳，水光團野烟。」《舟中》云：「長河欹枕過，片月貼帆飛。」《接家書》云：「有客來故鄉，貽我家中札。心怪書來遲，反覆看年月。」金江聲有句云：「蕭寺秋聲流夕磬，酒樓紅影上春燈。」高竹筠《壽陽》

云：「殘夢扶鞍續，愁懷對月深。」《青玉峽》云：「人隨飛鳥度，僧帶斷雲來。」《平山堂》云：「紫蝶緩隨人影去，緑楊低護畫船行。」陶篁村《閱江樓》云：「木落天空闊，鼉鳴岸動摇。」葛雲衢有句云：「巢傾争宿鳥，鞭響過橋驢。」又「秋風先瘦異鄉人。」沈方舟《下朝陽》云：「似聞風雨作，前有大灘來。一氣雙江合，孤城百粤開。鰲身移島嶼，蜃口出樓台。倚棹懷湘子，橋成力大哉。」《小泊》云：「竹喧歸鳥後，村静飼蠶時。」《天啟德陵》云：「内豎一朝祠宇遍，爰書三案士林空。」《懷宗思陵》云：「一劍割將公主愛，九門報道寺人開。」唐俊公《歸舟即景》云：「逸興忙中減，兹遊片刻清。岸蟲隨櫓急，漁火貼波明。山暗殘陽滅，江寒夜氣生。莫教驚野浦，恐散白鷗盟。」又有句云：「明月依人照異鄉。」江鄭堂《齊雲山》云：「人與鳥争路，僧邀雲住樓。」《寓樓》云：「畫圖勸客看山色，書卷留人忍夜寒。」《送王蘭泉升司寇入都》云：「民情愛冬日，朝命轉秋官。」帥蘭皋《秋信》云：「柳殘池受月，花落徑添泥。」陳望之《伯牙台》云：「人琴千古知誰在？江漢殘春照鬢稀。」此外佳句尚多，以集隘，姑從割愛。

嘗喜誦阮亭《露筋祠》一絶云：「翠羽明璫尚儼然，祠雲湖樹碧于烟。行人繫纜月初墮，門外野風開白蓮。」《真州》一絶云：「江干多是釣人居，柳陌菱塘一帶疎。好是日斜風定後，半江紅樹賣鱸魚。」《入蜀》一絶云：「沈黎東上古犍爲，紅樹蒼藤竹亞枝。騎馬青(衫)〔衣〕江上路，一天風雨望峨眉。」《入粤》一絶云：「皖公山色望迢遥，皖水清泠不上潮。青笠紅衫風雪裏，一林楓柏馬蕭蕭。」

朱竹垞《寄陸平湖》云：「主恩先後逐臣還，羡爾幽棲柳一灣。想得著書風幔底，桂花如霰落秋山。」

張蕭亭有一絶云：「桃花半放柳初生，葉底春禽送好聲。人在西園山翠裏，斜風細雨度清明。」

汪扶晨《黄山詩》云：「不見菴中僧，微雨潭上來。」氣韻何減韋蘇州！

《唐詩別裁》載韋蘇州《聞雁》云：「故國渺何處，歸思方悠哉。淮南秋雨夜，高齋聞雁來。」《禁臠》載舒王一絶云：「若耶溪上踏莓苔，興盡張帆載酒回。汀草岸花渾不見，青山無數逐人來。」高淡絶塵，余録唐人詩竟爾遺軼。

趙雲松論工部五律以「江山有巴蜀，棟宇自齊梁」一聯爲最。又自舉其《觀西廠烟火》云：「九邊塵静平安火，上苑春開頃刻花。」《滇南從軍》云：「一軍皆甲晨聽令，萬馬無聲夜踏邊。」《宿祥符寺》云：「半夜月明鴉鵲警，九霄風急斗星摇。」頗近工部「五更鼓角」、「錦江春色」等聯，惜不能切定何地。若陳恭尹《廣州鎮海樓》云：「五嶺北來山到地，九州南盡水連天。」庶幾精切，而又聲出金石。又云：元人「大地山河微有影，九天風露寂無聲」，朱竹垞「陰壑蛟龍晴有氣，虚堂神鬼晝無聲」，可配少陵。

潘彦輔德輿論長吉詩：「漆炬迎新人，幽壙螢擾擾」、「石馬卧新烟」、「紙錢窸窣鳴旋風」、「嗷嗷鬼母秋郊哭」，固鬼詩矣；其餘「瘦馬秣敗草」、「冷花寒露姿」、「霜重鼓聲寒不起」、「老兔寒蟾弄天色」、「空山凝雲頽不流」、「九節菖蒲石上死」、「劫灰飛盡古今平」、「東關酸風射眸子」、「鯉魚風起芙蓉老」、「家人折斷門前柳」，隨意拈出一語，皆夭亡徵也。至如「漏催水咽玉蟾蜍，衛娘髮薄不勝梳」、「寒入罘罳殿影昏，彩鸞簾額着霜痕」、「蘭風桂露洒幽翠，紅絃裊雲咽深思」、「麒麟背上石文裂，虬龍鱗下紅肢折」，又「花裙綷縩步秋塵」，以極豔之詞，寫極慘之色，宛如小説中荒園古殿、紅妝女魅，冷氣逼人，挑燈視之，毛髮欲竪。其所賞者：「二十八宿羅心胸」、「雄雞一聲天下白」、「涼風雁啼天在水」諸句耳。

彦輔又謂：張承吉「晴空一鳥渡，萬里秋江碧」、「河流出郭静，山色對樓寒」、「海明先見日，江白迥聞風」、「地盤山入海，河繞國連天」、「仰砌池光動，登樓海氣來」諸語，直跨元白之上。

彦輔論詩頗有見地，謂曹唐「水底有天春漠漠，人間無路月茫茫」固屬鬼詩，未若黄滔之「冢上題詩蘇小見，江頭酹酒伍員來」爲尤足哂也。於杜荀鶴只取其「月華星彩坐來收，嶽色江聲暗結愁。半夜燈前十年事，一時和雨到心頭」數絶。於司空表聖則謂其《詩品》首列「雄渾」，而五言如「草嫩侵沙長，冰輕着雨消」、「馬色經寒慘，鵰聲帶晚飢」、「破巢看乳燕，留果待啼猿」、「鳥窺臨檻鏡，馬過隔牆鞭」、「陂痕侵牧馬，雲影帶耕人」；七言如「得劍」、「亡書」、「孤嶼」、「小闌」諸聯，令人應接不暇，要於「雄渾」兩字，概乎未有聞。又謂張泌《春晚謡》云：「雨微微，烟霏霏，小庭半折紅薔薇。鈿箏斜倚畫屏曲，零落幾行金雁飛。蕭關夢斷無尋處，萬疊春波起南浦。凌亂楊花撲繡簾，憑窗時有流鶯語。」《春江雨》云：「雨冥冥，風泠泠，老松瘦竹臨烟汀。空江冷落野雲重，水村鬼火微如星。夜驚溪上漁人起，滴瀝篷聲滿愁耳。子規叫斷獨未眠，罨岸春濤打船尾。」二詩字字精潤可愛然，大可闌入《花間》《草堂》詞選中矣。又云：人恨曾子固不能詩，然其五七言古甚排宕有氣；

近體如「流水寒更淡，虛窗深自明。」「壺觴對京口，笑語落揚州。」「一川風露荷花曉，六月蓬瀛燕坐涼。」又一絶云：「紅紗籠燭照斜橋，複觀飛暈入斗杓。人在畫船猶未睡，滿隄涼月一溪潮。」皆清深婉約，得風人之旨，何嘗不能詩！又云：梅詩最難工，宋人惟黄穀城「一夜霜清不成夢，起來春意滿人間」，略可與逋仙亞耳。又云：賀方回《定林寺》詩：「破冰泉脈漱籬根，壞衲遥疑挂樹猿。蠟屐舊痕尋不見，東風先爲我開門。」風味故佳。又云：魯直「天開圖畫即江山」，語則佳矣，未爲奇也。又云：張文潛在宋當屬大家，如「星低春野路，月淡夜淮風。」「江城過風雨，花木近清明。」「春雲藏澤國，夜雨嘯山城。」又「天闊一帆西。」又「秋明樹外天。」又「身似飛鴻不記家。」又「亂紅吹盡放春歸。」無論非少游、無咎所能，山谷、後山亦當讓一頭地。又云：徐仲車詩如「醉卧不知雲到枕，吟行惟許鶴隨身。」「小艇醉眠寒夜雨，短帆閒挂夕陽風。」皆淡然自胸腹流出，不假工力雕鑿。《贈山谷》云：「不見故人彌有情，一見故人心眼明。忘却問君船住處，夜來清夢繞西城。」寥寥短章，而質實深厚之意溢於楮墨。又云：瞿宗吉詩，吾只愛「白蓮橋下暫停舟，垂柳陰陰拂水流。舞榭歌樓俱寂寞，滿天梅雨過蘇州」一絶。又云：張、秦並稱，秦詩如「林梢一抹青如畫，知是淮流轉處山」，婉宕有姿矣，較之文潛「斜日兩竿眠犢晚，春波一頃去鳧寒」、「欲指吴淞何處是，一行征雁海山頭」、「芰荷聲裏孤舟雨，卧入江南第一州」、「川明半夜雨，卧冷五更秋」、「漱井消午醉，掃花坐晚涼」，力量似遜一籌。蓋秦七自是詞典宗工，詩未專門也。諸論俱屬平允，獨惜其間以苛論繩人，余所不肯爲耳。

前所録宋、元人佳句，遺珠實多，而於劍南、遺山兩家尤甚。近取全集而繙閲之，始歎：向者何所見之狹也！陸詩如《病中》云：「忍窮安晚境，留病壓災年。」《自笑》云：「衆中容後死，險處得先歸。」《病中》云：「貧廢兒孫學，慈生僕妾頑。」《道室》云：「丹靈驅豎子，神定出嬰兒。」《小立》云：「荒陂船護鴨，斷岸笛呼牛。」《感舊》云：「霜郊熊撲樹，雪路馬蒙氊。」《夏夜》云：「燐飛乘月暗，梟語似人呼。」《永慶寺》云：「攫飯飢烏占寺鼓，避人飛鼠上經幢。」《書事》云：「雲埋廢苑呼鷹地，雪暗荒郊射虎天。」《冬夜》云：「殘燈無燄穴鼠出，槁葉有聲村犬行。」《春殘》云：「時平壯士無功老，鄉遠征人有夢歸。」《病起》云：「志士凄凉閒處老，名花零落雨中看。」《書憤》云：「樓船夜雪瓜州渡，鐵馬秋風大散關。」《溪上賦》云：「天下可憂非一事，書生無地効孤忠。」《懷南鄭》云：「史册誤人悲壯志，關河回首隔前期。」若《閒居》《遣興》諸律，有語必工，更僕難數。其餘：「地連秦雍川原壯，水下荆揚日夜流。」「早歲君王記姓名，只今顦顇客邊城。」「少日壯心輕玉塞，暮年幽夢墮滄洲。」「諸公勉畫平戎策，投老深思看太平。」「三峽猿催清淚落，兩京梅傍戰塵開。」「今皇神武是周宣，誰賦南征北伐篇。」「十月風霜欺客枕，五更鼓角滿江天。」「夷甫諸人骨作塵，至今黄屋尚東巡。」「細雨春蕪上林苑，頹垣夜月正陽宫。」「遠戍十年論的博，壯圖萬里戰皋蘭。」「緑沉金鎖俱塵委，雪灑寒燈淚數行。」「滎河温洛帝王州，七十年來禾黍秋。」此類數十章，下句既遒，全體亦警拔相稱，蓋又忠憤所結，志至氣從，非復尋常意興。至如《古離别》云：「死即萬鬼鄰，生當致虞唐。丹雞不須盟，我非兒女腸。」《書志》云：「肝心獨不化，凝結變金鐵。鑄爲上方劍，釁以佞臣血。」讀之使人養氣骨、長識力。遺山詩如「風雪貂裘暗，關山馬骨高。」「地占郫墟迴，川迴縣郭斜。」「風霜侵晚節，天地入歸心。」「百錢卜肆成都市，萬古詩壇子美家。」「來鴻去燕三年別，深谷高陵百事非。」「槐火石泉寒食後，鬢絲禪榻落花前。」《車駕遁入歸德》之「白骨又多兵死鬼，青山原有地行仙。」《出京》之「只知灞上真兒戲，誰料神州竟陸沉。」《鎮州》之「日月盡隨天北轉，古今誰見海西流。」《還冠氏》之「四更風雪短檠燈。」《偶成》之「風雨塵埃惜此身。」皆格老氣蒼。若《黃金行贈王飛伯》云：「君詩只有貧女謡，何曾夢見金縷衣。外家翁媪日有語，嫁女書生徒爾爲。」下忽接云：「昆陽城下三更酒，醉膽輪囷插星斗。一夕詩腸老蛟吼，十丈長人隨車走。」以用意變動而得之七古之丹訣也。

東坡詩如《次蔣穎叔韻》云：「江上秋風無限浪，枕中春夢不多時。」《酬黃師是》云：「舊遊似夢猶能説，遷客如僧豈有家。」在儋耳，夜過諸黎之云：「中原北望無歸日，鄰火村春自往還。」稱心而出，自然情味悠長。「令嚴鐘鼓三更月，野宿貔貅萬灶烟」，亦是雄警之句。視平生之奇警雄鶩者，殆過之。范石湖《春晚》二絶云：「陰陰垂柳閉朱門，一曲闌干一斷魂。手把青梅春已去，滿城風雨怕黃昏。」「夕陽槐影上簾鉤，一枕清風夢昔遊。夢見錢塘春盡處，碧桃花謝水西流。」聲情婉轉，恁地可人。《田園雜興》一首云：「梅子金黃杏子肥，麥花雪白菜花稀。日長籬落無人過，惟有蜻蜓蛺蝶飛。」爲六十首之冠。《州橋》一絶云：「州橋南北是天街，父老年年等駕迴。忍淚失聲詢使者：幾時真有六軍來？」沉痛不可多讀。又超大蘇而配老杜者，釋圓復二絶云：「燒燈過了客思家，獨立衡門數暝鴉。燕子未歸梅落盡，小窗明月屬梨花。」「灘聲嘈嘈雜雨聲，舍北舍南春水平。柱杖穿花出門去，五湖風浪白鷗輕。」皆宋人之玄珠也，而余遺之。

潘彦輔謂：許丁卯《詠漢武》云：「聞有三山未知處，茂陵松柏滿西風。」唤醒癡愚，雋不傷雅。《始皇墓》云：「一種青山秋草裏，路人惟拜漢文陵。」亦森竦而無發露痕也。又云：東野《洛陽晚望》云：「天津橋下冰初結，洛陽陌上行人絶。榆柳蕭疏樓閣間，月明直見嵩山雪。」筆力高簡至此，同時除退之之奥，子厚之淡，文昌之雅，可與匹者誰乎？又云：陸魯望有二絶云：「陵陽佳地昔年遊，謝朓青山李白樓。惟有日斜溪上思，酒旗風影落春流。」「且將絲綷繫蘭舟，醉下烟汀減去愁。江上有樓君莫上，落花隨水正東流。」皮襲美不能爲也。又云：喻鳧以詩謁杜紫薇不遇，曰：「我詩無綺羅、鉛粉，安得售？」然史稱牧之剛直有大節，其詩亦伉爽有逸氣，如「樓倚霜樹外，鏡天無一毫。南山與秋色，氣勢兩相高。」「寒空動高吹，月色滿清砧。殘夢夜魂斷，美人邊思深。孤鴻秋出塞，一葉暗辭林。又寄征衣去，迢迢天外心。」「長空澹澹孤鴻没，萬古銷沉向此中。看取漢家何事業，五陵無樹起秋風。」竟體超拔，俯視一切。又如《書懷》云：「北虜壞亭鄣，聞屯千里師。牽連久不解，他盜恐旁滋。臣實有長策，彼可徐鞭笞。如蒙一召議，食肉寢其皮。」骨沉氣勁，頗欲追步少陵，烏得以「玉筯凝時紅粉和，滿街含笑綺羅春」等句概其生平耶？喻詩惟「鐘沉殘月隝，鳥去夕陽村」、「雁天霞脚雨，漁夜葦條風」、「風雪坐閒夜，鄉關來舊心」數聯可喜耳，不得以此傲杜也。又云：金詩黨、趙並稱，黨非趙敵也。竹溪如「地傾濰水北，山斷穆陵東」、「潮吞淮澤小，雲抱楚天低」，自是傑句，惜不多見。閒閒則健筆縱横，鉅製不可悉數，即如集中和韋諸作：「岸幘送歸鳥，隱几見遥岑。」「不下溪頭路，坐看檐際山。」「雲蒸坐禪石，露濕行道徑。」「宿雲不歸山，野水自成塘。」「呼兒問牛飽，又向山田耕。」「近樹斂暝色，遠山猶夕暉。」未必即左司，而塵土之氣洗鍊殆盡。

子昂對元世祖詩：「往事已非那可説，且將忠赤報皇元。」哀哉，若人乃至於此！史明古《題子昂畫蘭》云：「國香零落佩纕空，芳草青青合故宫。誰道有人和淚寫，託根無地怨東風。」方良右《題子昂畫竹》云：「中原日暮龍旗遠，南國春深水殿寒。留得一枝烟雨裏，又隨人去報平安。」虞勝伯《題子昂苕溪圖》云：「吴興公子玉堂仙，寫出苕溪似輞川。回首青山紅樹下，那無十畝種瓜田。」

張光弼《感事》云：「鴻雁信從天上過，山河影在月中看。」悲凄婉篤，竹垞謂其派出西崐，以「萬斛春光金盞酒，百年心事玉人箏」、「牡丹開後春無力，燕子歸來事可憐」盡之，不知其「長空孤鳥望中没，落日數峰烟外青」、「揚州城郭高低樹，瓜步帆檣上下風」雄爽可愛，西崐無此吐屬也。

謝茂秦五律堅整如城，終以有心爲之，非其至也。郭子章者，名不甚著，而獨得唐人法外之意。《送孫良玉》云：「送君江上去，山路雨初晴。落日平淮樹，春潮帶皖城。酒因今日醉，人是故鄉情。莫説王孫怨，汀洲芳草生。」《歲暮》云：「寒月出在户，江城雁獨飛。愁人不能寐，鄉淚忽沾衣。邱隴十年别，星霜兩鬢稀。爲言叢桂老，歲暮憺忘歸。」《寄陳檢校》云：「遥想紫薇省，郎官直禁樓。瓊花天上去，清夜憶揚州。二十四橋月，玉簫吹兩頭。秋風挂帆席，幾度大梁遊。」句句字字，無非唐人聲息，而又不從刻意摹仿而來，蓋天機殊别也，可以爲五律模楷矣。

高季迪《送思上人》云：「野飯晨留鉢，城鐘夜到船。」《詠樵》云：「穿雲衝過虎，伐樹起棲禽。」

《奉天殿進元史》云：「書成一代存殷鑒，朝列千官備漢儀。」《題安慶城樓》云：「遠客帆檣秋水外，殘兵鼓角夕陽中。」《送友還梁溪》云：「春回廢苑仍芳草，人渡空江正落潮。」氣調才力不減於唐。

《明詩綜》載王世懋一絶云：「歸來雙鬢兩蕭然，見畫猶能記昔年。風雨一船曾泊處，借人燈火草堂前。」

楊忠愍椒山《送王大宗伯考績》云：「北斗光芒臨紫極，東風行色動江干。春歸吴苑晴花合，天入燕雲曉旆寒。禮樂百年開萬國，星辰八座擁千官。彤廷舊識尚書履，天下蒼生賴謝安。」的是七字堅城。此外「野樹含烟迷寺迥，晴山披雪倚雲明。」「寒欺草榻清如洗，風捲星河動欲流。」皆佳，雖詩藉人以傳，而風格亦足雄壓一代。

黄陶菴先生《野人歎》云：「野人歎息王師勞，秦賊楚賊如蝟毛。攻城掠野官吏死，大江以北民嗷嗷。昨聞死賊劫財貨，分與官軍作賄賂。亂斫民頭挂高樹，黎明視賊賊已去。野人歎息年多惡，池中掘井井底涸。飛蝗引子來蔽天，辛苦將身事田作。朝廷加派時時有，哭訴官司但摇手。歸逢吏胥狹路邊，軟裘快馬行索錢。野人歎息朝無人，朝中朋黨如魚鱗。十官召對九官默，篋中腰下皆黄銀。不知何人理陰陽，頻年日食四海荒。我欲上書詆朝士，又恐人呼妄男子。野人歎息江南苦，游手奸民勇虓虎。跳向湖心作群盗，公然持兵劫官府。四海已有微風摇，鼎魚幕燕防焚燒。城中富兒不憂恤，邨童名倡留上客。」《謁于忠肅祠堂》云：「澶淵非禍宋，代邸本安劉。力竭山河在，功成骨肉憂。草銜冤血碧，江挾怒潮流。雪涕荒祠下，乾坤正可愁。」《聞鉛山寇警》云：「十年關陝亂，江表不聞兵。稅急農民苦，年荒米賊生。斧柯誰在手，牛犢漫多驚。失涕蒼生內，何時見太平？」《舟夜》云：「大風摇獨夜，遠夢斷孤舟。不盡江濤湧，分明此夕愁。長身艱負米，柔翰想封侯。掩盡窮途涕，無端更一流。」結志剛凝，發聲雄勁，字字從肝膽中出來，「詩可以興」，於是在矣。世人毋徒以古文與制藝重先生。

山陽石石丈，明季諸生，闖賊入京，北向慟哭，鬱鬱遂卒。《弔潘明府若稚舞陽殉節》云：「舌斷常山白日斜，空教明月冷齋衙。燕臺六月猶飛雪，春到河陽不敢花。」吐詞一何激烈！又《立秋前一日飲友邸中》云：「檐鈴風響亂松聲，涼月吹人襟袖明。冷燭畫屏紅粉意，澹雲河漢故人情。潯陽舊淚絃中落，楚客新愁笛裏生。一夜清歌催木葉，明朝秋色滿江城。」又《湖居》云：「暮色湖上來，遠天東漸小。一榻坐林中，停目數歸鳥。」

潘彥輔謂郭蘧蘧「野水亂飛電，晚山齊納雲」、「綠窗深處電斜入，畫上遠山時一明」諸句，殊有清思。

吴梅村詩，神韻悉本唐人，不落宋以後腔調，而己之才情、書卷，又自能瀾翻不窮，故以唐人格調寫目前情事，宗派既正，詞藻又豐，實係大家本領。無論才氣魄力，即捶聲鍊調，近人中吾見亦罕也。《贈袁韞玉》云：「西州士女章臺柳，南國江山玉樹花。」《揚州感事》云：「將軍甲第櫜弓卧，丞相中原拜表行。」《弔衛紫岫殉難》云：「埋骨九原江上月，思家百口隴頭雲。」《寄遼左故人》云：「樂浪有吏崔亭伯，遼海無家管幼安。」又「桑麻亭障行人斷，松杏山河戰骨空。」《雜感》云：「金城將吏耕黃犢，玉壘山川祭碧雞。」又「雞豚絶壁人烟少，珠玉空江鬼哭高。」《贈陳定生》云：「茶有一經真處士，橘無千絹舊清卿。」《送永城吴令》云：「山縣尹來三月雨，人家兵後十年耕。」《送安慶朱司李》云：「百里殘黎半商賈，十年同榜盡公卿。」《送李書雲典試蜀中》云：「兵火才人羈旅合，山川奇字亂離搜。」《送顧蒨來典試粵東》云：「使者干旌開五管，諸生禮樂化三苗。」《送曹秋岳謫粵東》云：「海外文章龍變化，日南風俗鳥軥輈。」《寄房師周芮公》云：「廣武登臨狂阮籍，承明寂寞老揚雄。」《宴孫孝若山樓》云：「明月笙歌紅燭院，春風書畫緑楊船。」《西泠閨詠》云：「紫府蕭閒詩博士，青山遺逸女尚書。」《贈馬督府》云：「江山傳箭旌旗色，賓客圍棋劍履聲。」《長安雜詠》云：「奉鑾射生新宿衛，帶刀行炙舊名王。」《滇池鐃吹》云：「朱鳶縣僻輸賨布，白象營高挂柘弓。」又「魚龍異樂軍中舞，風月蠻姬馬上簫。」《送曹秋岳官廣東左轄》云：「五管秋清開使節，百蠻風静據胡牀。」《送林衡者歸閩》云：「征途鷓鴣聲中雨，故國桄榔夢裏天。」《送隴右道吴贊皇》云：「城高赤坂魚鹽塞，日落黃河鳥鼠秋。」《送友人出牧》云：「壯士驪山秋送戍，豪家渭曲夜探丸。」《送楊猶龍按察山西》云：「紫貂被酒雲中火，鐵笛迎秋塞上歌。」《送朱遂初憲副固原》云：「荒祠黑水龍湫暗，絶坂丹崖鳥道盤。」《聞台州警》云：「雁積稻粱池萬頃，猿知擊刺劍三年。」《送馮子淵總戎》云：「十二銀箏歌芍藥，三千練甲醉葡萄。」《俠少》云：「柳市博徒珠勒馬，柏堂箏妓石華裙。」《訪吴永調》云：「南州師友江天笛，北固知交午夜砧。」《觀蜀鵑啼劇》云：「親朋形影燈前月，家國音書笛裏風。」何等雄麗華贍。《贈蘇崑生》一絶云：「西興哀鬨夜深聞，絶似南朝汪水雲。回首岳侯墳下路，亂山何處葬將軍？」末句指左良玉。《極樂菴讀同年北使時詩》一絶云：「蘭若停驂灑墨成，過江持節事分明。上林飛雁無還表，頭白山僧話子卿。」「同年」謂左懋第，與梅村辛未同年進士，弘光乙酉以兵部侍郎使於我朝，不屈而死者也。

趙雲松謂：梅村古勝於律，而古詩擅長處尤妙在轉韻。如《永和宮詞》方叙田妃薨逝，忽云：「頭白宮娥暗顰蹙，庸知朝露非爲福。宮草明年戰血腥，當時莫向西陵哭。」《王郎曲》方叙其少時在徐氏園中作歌伶，忽云：「十年芳草長洲緑，主人池館空喬木。王郎三十長安城，老大傷心故園曲。」此等處關捩一轉，别有往復迴環之妙，其秘訣實從《長慶集》得來；而筆情深至，自能俯仰生姿，又天分也。

與梅村同時，而名位、聲望爲一時山斗者，莫如王阮亭。然阮亭專以神韻勝。如《秦淮雜詩》有感於阮大鋮《燕子箋》事云：「千載秦淮嗚咽水，不應仍恨孔都官。」《儀徵柳耆卿墓》云：「殘月曉風仙掌路，何人爲弔柳屯田。」蘊藉含蓄，固是絶調，要第可作絶句，而元微之所謂「鋪陳終始，排比聲韻」、「豪邁」、「律切」者，往往見絀；若求才氣開展，工力純熟，則惟查初白。當其少時，吴逆方死，餘孽尚存，官軍恢復黔滇，兵戈之慘，流離之狀，皆所目擊，故出手即帶慷慨沉雄之氣，不落小家；入都以後，角逐名場，閲歷益久，鍛鍊益深，氣足則調自振，意深則味有餘，得心應手，幾於無一字不穩愜。其他摹寫景物，脱口渾成，猶餘技也。《東山寺》云：「寺貧僧乞食，臺古佛蒙塵。」《萬壽詩》云：「萬年三月節，四海一家春。」《夜坐》云：「天孤一輪月，星散萬家燈。」《斗室》云：「一株婆律火，半榻祖師禪。」《送人宰泰順》云：「攜家千里外，得邑萬山中。」《商家林買草服》云：「蓑笠平生夢，蹉跎直至今。」《西阡焚黄》云：「有生逢聖代，無禄及親年。」《重過徐大司寇墓》云：「賤日蒙青眼，流年感白頭。」《南堂桂》云：「好風香世界，凉影月樓臺。」《世棄》云：「讀書新得少，見夢故人多。」《聞愷功没》云：「四海誰知己？ 餘生又哭君。」《胥口村》云：「地平山斷續，潮滿岸東西。」《醴陵縣》云：「一水趨湘急，孤城入楚深。」《舟泊京口》云：「舳艫轉粟三千里，燈火沿流一萬家。」《寄友》云：「英雄混迹疑無賴，風雨高歌覺有神。」《黔中接家書》云：「石光敲火三年過，銅柱無名萬里來。」《寄晉中諸友》云：「一縣葡萄秋釀酒，千家砧杵月臨邊。」《黔中寄友》云：「浴鐵甲分秋練白，蠟丸書傍劍花紅。」又「鸚鵡夢銷江上草，鷓鴣啼老日南花。」《過齊天坡》云：「人來天際斜陽影，馬踏雲邊落葉聲。」《觀夜燒》云：「赤幟千人争趙壁，火牛百道走燕軍。」《黔陽吟》指吴逆已死云：「燕雀君臣空殿宇，蜉蝣身世閲滄桑。」《送秦望兄東歸》云：「雨腥雙袖弓刀血，風静諸山草木兵。」《黔靈山》云：「草木連天人骨白，關山滿眼夕陽紅。」《送友入蜀》云：「盜賊烽銷諸郡僻，英雄祠入亂山多。」《平越道中》云：「急雨淋浪茅店外，亂山高下馬蹄前。」《賈傅祠》云：「君臣如此猶嗟命，絳灌何人乃忌才。」《同人讌集》云：「偶然不速來三客，如此相思閲五年。」《贈梨洲》云：「出處心情三聘後，滄桑人物兩朝前。」《遊西山》云：「出郭人如秋澹蕩，入山天愛雨霏微。」《石隖山莊》云：「放艇有人春載酒，打門無吏夜催租。」《次德尹弟韻》云：「失路又成三歲别，賣文何補一家貧。」《送友》云：「飽經世味貪歸路，老傍時名狎少年。」《偶成》云：「簾閣日長棋算劫，荷陰人去鶴看船。」《送聲山侄之湖口》云：「南北不堪頻送別，去留等是未還家。」《壽曲阜顏母》云：「壽母有詩存魯頌，世家無例闕班書。」《武陵楊長蒼贈別》云：「舊家春燕烏衣巷，故國秋風覆盎門。」《送楊少司馬南歸》云：「即論世道寧無補，欲報君恩況有期。」《壽梁大司馬》云：「金甌社稷銷兵裏，玉斧關河聚米前。」《泊滁縣》云：「殘冰裂石頹兼岸，春水如油滑上篙。」《聞同人登科有寄》云：「歡場易醒繁華夢，貧女羞簪富貴花。」《翁大司空請假還山》云：「宦情自領升沉外，物望同歸進退間。」《哭朱大司空》云：「餘生削迹誰知己？ 往事傷心我負公。」《渡揚子江》云：「風露一天人擁被，櫓枝摇夢過春江。」《齊門晚泊》云：「到岸帆檣烟冪冪，隔河簾閣雨濛濛。」《贈錢田間》云：「氣吞湖海豪猶昔，老閲滄桑骨已仙。」《衰至》云：「頹唐老境詩無格，汗漫遊踪累有家。」《和友人韻》云：「桂樹叢荒招隱伴，楊花風墮倦遊人。」《贈錢田間》云：「四海平交無行輩，兩朝軼事有文章。」又「語雜詼諧皆典故，老傳著述豈初心。」《別朱恒齋》云：「有此別離成我老，無多才調感君憐。」《瞿相國春暉園》云：「亂後山河非故國，記中花木尚平泉。」《渌水亭》云：「菰蒲放鴨空灘雨，楊柳騎牛隔浦烟。」《豐臺》云：「莫認園丁作園主，種花人是賣花人。」《送德尹弟》云：「雨雪暗侵摇落後，冰霜偏老別離人。」《寶婺樓》云：「一雁下投天盡處，萬山浮動雨來初。」《題某山人集》云：「亂餘賓客搜亡命，赦後英雄恥故鄉。」又「隨身一掬瀾翻淚，不哭窮途哭戰場。」《同人看花》云：「十年失計仍爲客，一醉無名特借花。」《陸澹成招飲丁香花下》云：「翠幕雲遮天四角，紅燈人在樹中央。」《新樂縣有感》云：「輿圖西漢中山國，恩澤先朝外戚侯。」《渡漳河》云：「天垂曠野名都壯，地入中原戰壘多。」《哭蔣度臣》云：「篋底有金貧肯借，人間無路老方知。」《汴梁雜詠》云：「空倉雀鼠千村賦，故壘牛羊四戰塵。」《歌風臺》云：「時來將相皆同里，淚落英雄有故鄉。」《登安慶城樓》云：「雄關地脈來千里，古郡山頭有萬家。」《樓上看雨》云：「牆缺雲流山影去，樹頭風截雨聲來。」《過徐淮江》云：「閒追昨夢驚彈指，老剩貧交幸到頭。」《喜雨》云：「一窗歸夢芭蕉雨，六月驚心蟋蟀詩。」《留別楊裕菴》云：「科名得路人餘幾，子弟能文事最難。」《山陰道中》云：「野老不知身入畫，滿田春雨自扶犁。」《西湖櫂歌詞》云：「也道城中粧束好，碧波回眼看梳頭。」《冬夜》云：「圍爐炊火兒烹藥，薄雪鉤簾婢上燈。」《白丁香花下》云：「一夜花光如積雪，誤他啼鳥到天明。」《獨行池上》云：「我與鷺鷥同照影，白頭相對立多時。」《秋山曉行》云：「露草燈明雞喔喔，風林月黑馬蕭蕭。」《贈揆院長》云：「宮中詩句元才子，天下神仙李鄴侯。」《臚傳恭紀》云：「雲開閶闔趨冠佩，風過江湖識姓名。」《古北口》云：「雉堞連雲軍角壯，虎牙憑險戍旗閒。」《陳乾齋乞假省親》云：「星漢文章唐許國，臚雲名第宋安陽。」又「館閣清才傳子弟，蓬壺歸路著神仙。」《曉過青石梁》云：「松聲落澗風泉合，藥氣浮山露草香。」《樺榆溝》云：「石吻仰噴泉作霧，雲根倒拔樹干霄。」《吳總憲請假歸里》云：「一門老去仍同爨，八座歸來只舊廬。」《隨圍塞上》云：「馬足聲乾千澗葉，雁群寒警一裘霜。」《隨獵歸途》云：「官馬散隨黃犢卧，戍兵秋較老農閒。」《至兒建東鹿縣署》云：「一家飽暖踰初望，百里絃歌盡國恩。成就汝爲無過吏，保全家是舊清門。」《大雪過瓜洲》云：「今日漁蓑堪入畫，天公原不薄歸人。」《哭聲山侄》云：「哭有餘哀何日盡，死無遺恨古來難。」《壽朱竹垞》云：「風清李泌神仙骨，帝錫張華博物名。茗椀登堂無俗客，籃輿扶路有門生。」

《湯西厓赴奉天丞》云：「居民老不知兵革，耕遍松垣舊戰場。」《陶然亭公讌》云：「燈火參差亭北面，管絃清脆月三更。」《插早梅入菊瓶中》云：「高士累朝多合傳，佳人絶代少同時。」《將移寓》云：「人情舊雨來賓客，家信秋風報子孫。」《登密雲城樓》云：「出塞雙鵰盤遠勢，入關萬馬壯秋聲。」《修書竣重入南書房》云：「舊巢天上重來燕，殘局燈前未了棋。」《題天山坐鎮圖》云：「雪點旌旗秋出塞，風傳鼓角夜臨關。」《得長孫舉子信》云：「可憐孫又爲人父，二十年前膝上雛。」《送海天植視學雲南》云：「館閣文章天上草，門牆桃李日南春。」《將歸》云：「貧思飽暖原奇福，老戀桑榆亦至情。」《次韻留别廖若村》云：「感深紈扇秋風篋，夢散宫衣舊日香。」《次汪紫滄送别韻》云：「畫裏烟波鷗境界，燈前風雨雁程途。」《遊硤石精舍》云：「兩山鐘磬東西寺，十里烟波遠近帆。」《偶成》云：「身憂天下原非分，老覺浮生亦有涯。」《許大宗伯等赴敝村齒會》云：「半月前期傳父老，一家喜氣到兒童。」又「報答朝恩還有處，白頭相見祝年豐。」《聞德尹弟秩滿將歸》云：「勞動里中羊酒賀，一家遂有兩閒人。」《書懷》云：「病不求醫吾有命，老方學易世無師。」《芥舟》云：「芥納須彌中有地，杯浮滄海四無鄰。」《到廣州贈佟陶菴中丞》云：「天上故人開府出，田間野老輟耕來。」又「兩袖有風驅瘴癘，百蠻無警静波瀾。」又「節鉞威名行地遠，文章聲價較官高。」《訪梁藥亭故居》云：「獨客遠來朋舊少，貧官没後子孫賢。」《分宜感事》云：「牛李恩讐初植黨，京攸父子互争權。」《歸家》云：「輕負嶺南三百顆，此行剛看荔枝花。」此例百餘聯，可以前躡青邱，後步梅村矣，近日諸家誰與抗手？ 世有誚余濫收者，請將初白詩平心讀之。

初白律詩勝於古詩。五言如：《韶州風度樓弔張曲江》云：「公進千秋録，開元極盛時。知幾同列少，去國一身遲。終始全臣節，安危動主思。高樓瞻畫像，風度儼鬚眉。」格律氣味何忝唐賢！七言如：《與汪紫滄同寓》後半首云：「同槽廐馬無蹄囓，典謁家僮互使令。怪底群情皆妥帖，多緣君與我忘形。」將去官歸，有笑其乘驢車者，下半首云：「得免徒行猶有愧，更爭先路欲何求？冗官只算騎驢客，老向天街閲八騶。」此種眼前瑣事，隨手寫來，不使一典，不著一詞，而情味悠然，低徊無盡，功力之深。香山、放翁後一人而已。

畢秋帆總制荆楚，流賊俶擾，發兵勦捕，未奏凱而没。趙甌北挽以詩云：「羊祜惠猶留峴首，馬援功未竟壺頭。」不特「峴首」、「壺頭」成聯，而「羊祜」、「馬援」亦屬佳對，然得之偶爾，故能如許渾脱，若有意爲之，轉不免排湊呆笨，學詩者不可不知。

趙甌北謂：《曝書亭集》「專學盛唐，格律堅勁，不可動摇，他如《玉帶生歌》等篇，推倒一世」，洵傑搆也。所謂「格律堅勁」者，大約指集中五律而言。余愛其《曉入郡城》云：「輕舟乘間入，繫纜壞籬根。古道横邊馬，孤城閉水門。星含兵氣動，月傍曉烟昏。辛苦鄉關路，重來斷客魂。」《暝》云：「暝投人外宿，桑柘藹陰陰。獨樹歸禽少，平川隱霧深。松篁初月上，鐘磬夕陽沉。漸覺微風起，寥寥山水音。」《雨後即事》云：「一雨平林外，群山倚杖前。蛙聲浮岸草，鳥影度江天。鳴磬上方寺，揚帆何處船。坐疑秋氣近，蕭瑟感流年。」《野外》云：「野外踈行迹，深林客到遲。江湖殊後會，風雨惜前期。秋草飛黄蝶，浮萍漾緑池。南樓夜吹笛，寥落故園思。」《舟經震澤》云：「澤國東南遠，樓船舊荷戈。明霞開組練，惡浪走黿鼉。横海將軍號，臨江節士歌。重來已陳迹，歎息此經過。」《劉生》云：「京華多俠客，勇略重劉生。一劍酬然諾，千金問姓名。歌鐘喧北里，冠蓋隘東平。聞道龍城戰，軍前更請纓。」《懷鄭原道客淞江》云：「連江楓樹外，烟水隔層波。歲暮飢寒逼，荒城雨雪多。故人居谷口，策馬去山阿。幾日離居恨，還應獨嘯歌。」《治平寺》云：「招提下山路，一徑轉迴塘。塔影開初地，鐘聲落上方。陰崖深樹緑，斜日亂峰黄。湖上扁舟興，沉吟意不忘。」《送十一叔遊中州》云：「木葉下亭臯，西風一雁高。驅車千里道，結客五陵豪。河水浮官渡，關門鎮虎牢。驪駒方在路，尊酒意徒勞。」其二云：「旅館凉風起，秋城畫角哀。天涯方遠客，祖道且深杯。山色陰中岳，河流繞吹臺。梁園多雨雪，歲暮好歸來。」《送屠爌入閩》云：「故人千里去，風雪上征車。南浦悲長路，西河歎索居。江猿啼遠近，天水入空虚。莫作經年别，高堂正倚閭。」《旅興呈舍人五兄》云：「舊宅烏衣巷，凉秋白苧歌。湖山歸路遠，風雨閉門多。暗壑隱松桂，深潭漂芰荷。美人日遲暮，芳草奈愁何！」其二云：「旅館三秋客，端居百慮違。張衡長不樂，王粲竟無依。夜月彈長鋏，凉風歎短衣。天涯芳草盡，我馬亦懷歸。」《送弟彝鑒之山陰》云：「别情不可道，送汝益凄其。分手悵前路，離居感後時。山中伯禹穴，江上伍胥祠。何處無芳草，池塘遶夢思。」《三水道中》云：「浦樹高原盡，人家負郭稀。夕陽明斷塔，風色上征衣。老馬長途伏，飢鷹側翅飛。寒江日西下，不送北船歸。」《别杜茶村》云：「石城烽火後，孤客轉浮沉。乞食來吴市，爲園失漢陰。襄陽耆舊傳，荆楚歲時心。還復扁舟去，凄其洛下吟。」《汎舟西湖遇雨》云：「東風吹落日，西下北高峰。欲往南屏路，中流聽梵鐘。迴船沙岸火，驟雨石門松。不覺碧雲暮，凉烟生幾重。」《太原客舍同方孝廉話舊》云：「遠戍崔亭伯，還家管幼安。千金裘馬盡，十載道塗寒。華髮同雙鬢，悲歌感萬端。平生蕭瑟意，長鋏爲誰彈？」其二云：「舊業東山下，曾經賭墅過。飄摇秋雨後，零落戰場多。避地從人問，誅茅奈老何。烏衣雙燕子，留恨滿關河。」此等氣韻，固屬罕覯。即以七律論，如：《吴山望浙江》云：「一峰高出萬松寒，磴道虚疑十八盤。近海魚龍吹宿霧，中天日月轉浮瀾。風帆岸壓明珠舶，仙樹花濃白石壇。舊是錦衣行樂地，江山真作霸圖看。」《崧臺晚眺》云：「傑閣臨江試獨過，側身天地一悲歌。蒼梧風起愁雲暮，高峽晴開落照多。緑草炎洲巢翠羽，金鞭沙市走明駝。平蠻更憶當年事，諸將誰同馬伏波？」《南鎮》云：「稽山形勝鬱岧嶢，南鎮封壇世代遥。絶壁暗愁風雨至，陰崖深護鬼神朝。雲雷古洞藏金簡，燈火春祠奏玉簫。千載六陵餘劍舄，帝鄉魂斷不堪招。」風格亦阮亭所不能到，何論餘子。絶句則《若耶溪》云：「若耶溪頭春水深，南風北風樵采音。浣紗女兒不得見，清江日暮愁人心。」《留别》云：「驪駒長路起秋塵，遠客清尊不厭頻。握手相看猶未醉，滿堂明月照離人。」《姚州酒歌》云：「曹娥江口晚潮低，兩槳春船入會稽。最憶黄冠歃倒日，夕陽山色鑑湖西。」《送孫處士還黄山》云：「蕪城客散亂烏啼，别業黄山路不迷。後夜相思秋色遠，月明三十二峰西。」《哀莫處士》云：「濃花細雨落前簷，憶别江樓暮卷簾。今日天涯同調盡，白楊荒草哭陶潛。」《送牧雲上人住持太白山》云：「越山東望路迢迢，澗口寒藤度石橋。惆悵空林飛錫遠，海門秋雨浙江潮。」俱可誦也。

《曝書亭集》中傑句，如：《雨後即事》云：「日氣晴虹斷，霞光白鳥飛。」《過吴大村居》云：「一徑野烟夕，孤村返照寒。」《夏日閒居》云：「歸鳥檐前樹，斜陽嶺上村。」《登罐山頂》云：「細雨春歸雁，深山日暮鐘。」《過光孝寺》云：「寒烟萬井外，春樹六朝餘。」《贈張五》云：「身孤百戰後，門掩萬山前。」《送曹秋岳》云：「秋風空日夜，歧路渺關河。」《晚泊西南驛》云：「獵火寒歸騎，津亭暗落帆。」《送嚴煒之惠陽》云：「晴川疎樹遠，落日亂山多。」《舟次彭澤悼萬孝廉》入手云：「涕淚千秋在，田園萬事非。悲風彭澤柳，宿草首山薇。」《贈蔡十一》云：「海月生江寺，風琴響石堂。」《柯山》云：「沙光明草樹，日氣冷江雲。」《夜過倦圃》云：「昏鐘藏古寺，深竹亂明星。」《白雀寺》云：「野雲平石磴，江日冷楓杉。」《舍弟遠訪東甌》云：「晴江空翠裏，春草亂山中。」《送袁駿還吴門》云：「遠岸楓林孤櫂入，平江秋水夕陽開。」《梅市對雨偕友賦》云：「重來賓客仍羈旅，此去鄉關又鼓鼙。」《留别董三》云：「長路烽烟驚海甸，亂山風雨暗河梁。」《秣陵》云：「萬里星霜沙塞雁，五更風雨掖門松。」《人日同紀陸周三處士集龔芝麓齋中》云：「江左文章公等在，燕臺風物客愁深。」皆妙。又《晚次崞縣》云：「百戰樓煩地，三春尚朔風。雪飛寒食後，城閉夕陽中。行役身將老，艱難歲不同。流移嗟雁户，生計各西東。」《寄顧茂倫》云：「東吴顧文學，念爾亦躊躇。留客還雞黍，傾心及釣屠。江城三歲别，書札一行無。何日能相訪，扁舟范蠡湖。」《哭萬兒》云：「提攜猶昨日，髣髴憶平生。夜火銅盤淚，春風竹馬聲。無錢輕藥物，瀕死念聰明。迢遞黄泉道，沉沉痛汝行。」《雨坐文昌閣》云：「芳草辭南浦，晨風寄北林。佳人天路隔，帝子水雲深。風雨他鄉别，羈愁薄暮心。冬青已無樹，忍向六陵尋。」《臨清州大寧寺》云：「西北浮雲過雨晴，香臺落日散高城。遠烟歸鳥忽雙下，法鼓空林時一鳴。江海幾人懸夢寐，詩書無地問柴荆。勞生擾擾成何事，目極關山萬里情。」

程芃生，歙西名諸生，鮑雙五視學中州，致之幕下，篇章月旦，倚爲左右手。生平喜吟詠，稿多不存，余從友人處得其《楚遊吟》一帙，格律未盡醇細，而豪邁雄放處已非復小才。《曉發海陽》云：「旭日滿霜磧，長溪聞曉鐘。」《浮梁道中》入手云：「貂敝不知冷，風聲逼石稜。茅檐人卧雪，樹杪馬行冰。」《渡江》云：「湖水逆江出，鐘山逼浪開。片帆飛雪轉，九派亂磯來。」《江柳》云：「江渚淡烟波，羇情奈若何。送人春意遠，昨夜雨痕多。」《舟中即景》云：「江葦寒棲雁，沙田晚飯牛。」《題東坡梅石碣》云：「龍蛇點竄前朝石，風雨高寒學士梅。」《赤壁》云：「明月夢寒孤鶴影，洞簫聲斷一江雲。」《送別》云：「馬蹄柳色春千里。」又「牡丹擎雨暮相思。」《琵琶亭》入手云：「馬首風霜不見春，孤亭遺迹大江濱。」《過梧桐嶺題太平菴壁》云：「飛鳥竟不到，奇峰上有無。客來青靄落，我倩白雲扶。崖樹含烟秀，山僧帶月沽。一聲清磬度，翹首説浮圖。」《晚泊潯陽望廬山》云：「來尋真面目，面目忽全非。石影一江瘦，雲峰五老肥。斷崖餘積凍，枯柳卧漁磯。太傅亭前立，蒼茫帶夕暉。」《詠鷗》云：「野鳥自飲啄，載沉還載浮。天機如此淡，春意逐波流。客路日千里，我行殊未休。徘徊蘆荻晚，無計繫扁舟。」《醉後賦贈吴大鶴舫》云：「發篋敝裘在，酒痕狼藉餘。大江見吾子，風雪渺愁予。目極有無際，興酣天地初。忽聞清鶴唳，嘹喨竟誰如。」《泊散花洲贈黄大》云：「野店蘆爲壁，村醪瓦作壺。我來方繫纜，之子忽相呼。江夢爲誰覺，鄉心到極無。洲前有明月，持贈滿君襦。」《途中》云：「春風兼客夢，終日繞鄉關。雲氣不離樹，濤聲多在山。野藤牽板屋，隄草滿河灣。落日平林遠，飄然獨鳥還。」《登黄鶴樓》云：「石郭遶江水，江聲天地流。曉風黄鵠頂，海日白雲樓。壁老滄洲墨，庭高棗樹秋。不知清鶴遠，一嘯爲淹留。」《懷赤壁》云：「水天碧障楚吴分，斷岸江濤晝夜聞。明月烏啼歌魏武，洞簫漁艇讀蘇文。漢南恨寄三春柳，湘浦心隨一雁雲。我待秋風重鼓棹，暮林歸鳥思紛紛。」《仙人橋》云：「秋隼摩空萬壑奔，長虹一綫度天門。洞穿江底魚龍穴，石過山頭虎豹蹲。踏破白雲人有迹，鑿開碧蘚樹無根。不知何處青猿嘯，徙倚扁舟日又昏。」《樊城》云：「蒼雲高壓楚關西，戰氣猶疑瘴碧隄。十載烽烟殘鐵壘，六朝花柳舊銅鞮。荒城終古寒流抱，野戍無人春月低。我本飄蓬不知處，頓教鄉思易凄凄。」又《黄鶴樓》云：「星辰當檻没，風雨逆江來。」又《襄陽道中》云：「斷岸餘青草，荒村補緑楊。」又《遠眺》云：「雲氣幻成峰。」

方支亭杜以軼才老於幕遊，工作韻語，唐以下風格不屑措意也。《九日》云：「殊方佳節漫相催，天際歸舟苦未回。三徑老殘籬下菊，百年登遍客中臺。步兵潦倒終身醉，供奉飄零絶世才。獨立蒼茫搔白首，今愁古恨逼人來。」《金陵懷古》云：「結綺臨春失彩櫊，珊瑚無復挂珠簾。地經五姓居黄屋，天與三分屬紫髯。鷁舸倒迎桃葉水，羊車錯逐竹枝鹽。可憐嗚鼓吹唇地，淚灑茸茸碧草尖。」《讀涂修人青山集》云：「文章枉自鏤心肝，命薄才高吐氣難。死後杜陵方免客，生前羅鄴不除官。碧雲紅樹魂千里，自注：修人有「碧雲紅樹郤關遠」之句。蔓草荒烟骨一棺。我亦天涯顛頷者，把君遺卷倍辛酸。」《寄内》云：「遥憐病骨太清癯，霜砌黄花瘦未如。有味不忘臨别語，無聊常把寄來書。

賃春廡下非良策，織屩山中有舊居。歸日定謀偕隱計，白頭相守一蝸廬。」《九日感懷》入手云：「鄉書自不到天涯，江上聯翩雁影斜。萬里重陽三在客，五更殘夢一還家。」《金陵懷古次友人韻》云：「捫蘿直上最高臺，放眼披襟酒百杯。萬古長江天設險，六朝大夢劫餘灰。」《漢上旅懷》云：「殘年仍是未歸人，鸚鵡洲前草色春。有恨但揮千古淚，無傳猶愧百年身。」又「食力真慚孺子鴻，浪攜鉛槧走西東。」《東螺峰先生》云：「空復光芒萬丈長，泉刀宇宙賤文章。」《旅夜》云：「九十日秋强半過，兩三行雁又南征。」《秋懷柬鄭四》云：「蜀坂塵沙騏驥老，湘筠風雨鳳凰飢。」《將抵襄州柬程三》云：「三年風雨羈王粲，一夕關河老杜陵。」《驚飆》云：「曠野陰雲愁鳥雀，長河白浪舞魚龍。」《楚宮懷古》云：「官馬齕殘荒殿草，民牆砌盡廢宮磚。」結云：「猶是昔年歌舞月，夜來惟照老僧禪。」又「百年幽怨蛩能語，一代興亡石不言。」《雜感》云：「萬里風塵雙涕淚，百年身世半關河。」《贈友》云：「鵠首江聲千瀨月，馬頭山色一囊詩。」《厓門懷古》云：「秋潮卷雨孤臣淚，春月啼鵑古帝魂。」《金陵懷古》云：「荒甃井遺千古辱，景陽鐘冷六宮聲。」《憶吴中舊居》云：「窗中山色吴王苑，門外江聲伍相潮。」《寄衣吟》云：「壯士玉關三載戍，美人金翦一秋心。」《滕王閣》云：「千秋帝子無歌舞，一序王郎竟古今。」《贈吴明府》云：「子能肖父真名士，奴解憐才亦異人。」《海上除夕》云：「一行曆剩愁邊日，萬里家遥夢後身。」《登鎮海樓》云：「寒笛墮江山月起，遠燈摇岸渚烟空。」《天不明》云：「牀下暗蟲微有聲，樓前寒雁時一鳴。離人終夜亂心曲，蠟淚滿盤天不明。」《詠范增》云：「殺帝坑降事業空，沐猴豈足與成功。知幾不向斯時去，翻恨鴻門走沛公。」《題畫》云：「地僻溪深少雜喧，幾家茅屋自成村。幽人倚杖對秋色，歸鳥亂飛山欲昏。」《憶故園秋日》用東坡詩爲起句云：「家在江南黄葉村，一灣流水抱牆根。秋風凋盡垂楊樹，清瘦西山正對門。」《寒食後一日書懷》云：「紙錢麥飯滿春城，上冢家家愴客情。我有膏薌無薦處，他州又過一清明。」《市汊晚泊》云：「征帆卸處日初斜，聽得舟師説市汊。記起去年風雪夜，打門沽酒到人家。」《夢中》云：「晴川閣外月如烟，黄鵠磯頭浪拍天。隔歲勝遊忘不得，夢中重放楚江船。」《雨夜夢與友出遊郊外醒而紀之》云：「絲絲冷雨不成泥，並轡看山信馬蹄。清磬一聲天半落，亂峰隔斷夕陽西。」《送友侍母北歸》云：「歸舟水上横，惆悵送君情。無際白蘋色，滿江黄葉聲。茅容能養母，季子自成名。勉矣還家後，春田且力耕。」《貴陽寄鄭蘊三》云：「艱難此遠遊，爲報鄭瓜州。灘怒浪横立，嶺高雲倒流。晨霜荒店夢，夜雨短篷愁。貴筑雖曾到，征人白盡頭。」《夜泊湖口》入手云：「暝色一帆停，明朝下洞庭。客炊分雁膳，夜氣雜魚腥。」《寄懷李良哉》云：「緑水春帆去，秋風白雁來。寄聲無一字，入夢有千回。」《送友之黄梅》云：「新蔡亦鄉國，無爲嗟轉蓬。好乘清漲遠，直下大江東。」《廿載》云：「廿載逐西東，乾坤一斷蓬。頭顱憎老大，氣概失英雄。」《旅遊》云：「江山任尉郡，風雨越王臺。」《客愁》云：「夕陽衰草外，萬事一燈前。」《南潭夜發》云：「斷崖傳戍鼓，荒葦露漁燈。」《詠鶗鴂》云：「東風寒食路，細雨落花村。」《河潭村》云：「緑樹陰中屋，青山影裏橋。」《珠江月夜》云：「遠鐘山外寺，寒笛水邊樓。」《龍門灘》云：「黿鼉翻白日，雷雨走青天。」《詠太白》云：「平生輕富貴，醉眼小君王。」《題孟襄陽集》云：「遇合乖明主，詩篇冠盛唐。」《自歎》云：「老難依弟妹，貧易涉關山。」又「鬢眉低道路，筋力憊風塵。」《晚泊》

云：「林腥風虎過，澗黑雨龍歸。」《偏橋》云：「數點過橋雨，一聲何寺鐘。」《澴川道中》云：「東風吹款段，客路入桃花。」《漁父詞》云：「鷺鷗閒伴侶，蓑笠古衣冠。」《幽州》云：「筑聲荒夜月，駿骨泣秋風。」《舟夜》云：「空江猿嘯月，孤戍角吹霜。」《將抵常德》云：「風威銷櫓力，石勢壯灘聲。」《曉行》云：「鳥驚穿樹馬，雲礙上山人。」《常德至桃源》云：「三旬愁枕浪，一路飽聞猿。」《送友遊吴門》云：「鹿遊空苑草，鶯語故宫山。」《送友歸》云：「白首難爲客，青山易到家。」《紀事》云：「藪澤龍蛇小，江湖盗賊尊。」《客路》云：「江山懷屈子，烟水弔湘君。」《聞雁》云：「白首孤舟客，青山古桂林。」《江樓即目》云：「僧歸鳴磬寺，帆翦過江雲。」又「遠江吞落日，孤鳥没蒼烟。」《憶黄山》云：「鶴巢千樹月，僧卧半峰雲。」《病中寄人》云：「破窗浮藥氣，孤枕集秋聲。」《淺瀨》云：「荒燈明古堠，寒雁下秋田。」《維舟》中二韻云：「人烟環碧嶂，漁網集紅橋。　岸黑雲歸樹，江明月湧潮。」《晚泊鹿埠》中二韻云：「村碪連戍柝，漁火亂江星。　旅鬢愁中白，家山夢裏青。」《有懷高十三》云：「良朋别來久，離思渺無極。　人在江南村，時時望江北。」《題畫》云：「群山吐晴光，有似修眉嫵。　黄葉滿漁舟，江村夜來雨。」《望白雲山口號》云：「雲影一窗間，山光盡日閒。　三年樓上客，看煞白雲山。」氣韻骨力，全自唐人得來，結調發聲，尤見掔摩之不淺。　蓋支亭弱冠即以衣食故奔走長途，寬眼界而擴胸襟，筆下大有江山之助。　所詣如此，非狹守户牖者所可幾也。　有未刊稿二卷，爲余所得，擬付剞劂，發潛德之幽光，以缺於貲不果，姑俟他日了此願云。

史悟岡進士震林教授淮安，湛深禪理，發言作事，一味率真；衙齋蕭淡如僧居，日所需者，粗糲菽乳而已。没後，有人傳其爲某邑城隍。讀其詩，若不食烟火者。《細雨》云：「麥秀龍谿細雨天，小樓西畔一灣烟。釀成楚楚鶯兒病，誤盡娟娟燕子年。春夢亂纏連理樹，曉愁寒浸衍波箋。也知霽後迷離處，原向東風怕柳綿。」《哭曹穎書》云：「榻前相問桂花初，曾勸忘機病可除。千里雙親聞遠訃，三齡一子抱遺書。每懷忠孝君難得，别有才情我不如。木落海西孤鳳去，紫凰丹淚滿方諸。」《江行即事》云：「水肥山瘦景層層，詩不能工畫可能。矮店有帘沽白酒，破船無櫓賣紅菱。老翁負手晴看碓，少婦支頤晚候罾。茅舍西邊殘照隱，草蟲啼上豆花棚。」《懷隱》云：「亂紅堆面花藏榻，浄緑拖肩樹夾門。」又「雲暗樵亭山尾白，月明漁艇水心黄。」又「沿山問路尋牛迹，隔水歸村認鶴巢。」又「船過江南見好山。」《感賦》云：「富貴蟬聯天地吝，文章狼藉古今嘲。」又「天上彩雲銷俠氣，海西明月隱仙才。」又「鵲巢生草鳩初去，蛛網沾花燕不來。」《自題小景》云：「短楊如帚密層層，醉叟垂頭唤不譍。風卷落花來水面，亂紅沾在破魚罾。」「石牀三尺倚松根，書畫雖寒尚可温。夜半月來僧又去，梅花遮路不關門。」《贈詩弟子王耘苔》云：「竹扉斜雨渡頭開，芳草沿隄不費栽。半扇遠山詩一角，野僧酬畫送花來。」又一絶云：「望雲曾是遠遊人，薄俸雖叨不逮親。昨夜夢中三見母，白頭還似舊時貧。」《贈松亭上人》云：「白門閒士隱朱門，曉伴蘭孫夜鶴孫。醉後釣師聽月影，蜉蝣無數泣黄昏。」《黄天蕩阻風》云：「候風三日阻平沙，雨積孤衾坐似蛙。夜半推篷天地黑，遶江飛電照梅花。」《柬程魚門》云：「璚扉連款渴思茶，君似青鸞我似鴉。雪市月塵歸去冷，好香吹夢枕梅花。」《題畫》云：「魚鱗雲作雉翎雲，十里秋聲夜款門。涼月滿蓑沙路白，琅玕湖上海棠村。」《題畫扇》云：「柳西新月挂蛾眉，不照花神更照誰？蝶粉膩黄螢火緑，露華今夜泠秋葵。」其二云：「劍南曾有海棠顛，黄海詩翁意更仙。半扇嫩凉吹夢醒，玉人無汗抱花眠。」《村居即事》云：「沙田高下麥青黄，雊雉鳴鳩隔野塘。暮雨半晴雲氣紫，賞花船到水仙莊。」《穀雨後漫成》云：「五更疎雨略生寒，蜂抱花鬚曉未乾。雲氣粉紅天澹碧，美人先起倚樓看。」《題墨竹》云：「遊仙詩好夜來題，碎月玲瓏步步迷。歌管未停花影動，此君無語海棠西。」《題程石園小景》云：「喫盡扶桑葉不留，巨蠶如馬繭如舟。癡龍化就梭三尺，卧佛偷來當枕頭。」《遊仙詩序》云：「白雲教授客久懷歸，歲闌多感。悶尋鷓鴣，難説無聊；寒與梅花，竟同不睡。寄愁心于明月，幾時修得長圓；望白眼于青天，何處補成離恨？摩穿墨頂，利人何惜人言；拔盡楊毛，爲我轉忘我相。三千界生前生後，蜉蝣説自在之春秋；八萬劫夢短夢長，螻蟻賀天然之富貴。身歸綉佛……」（缺）

（缺）……與杜太史紫綸同舉鴻博，奉命直南書房，詩進呈，以「墨華露染」之句見賞，拜松花研賜，詩名滿長安。《送朱草衣之松江》云：「一帆東下去遲遲，重賦真州送别詩。文酒我生皆浪迹，江山從此又相思。草肥宿櫱春申浦，潮湧寒鐘伍相祠。故里秋花待南雁，莫忘風雨倚樓時。」《海門秋日》云：「海天漠漠酒初醒，城上秋烟入杳冥。九日新霜催葉赤，五狼遥影見螺青。鄉關沙草鷗邊路，堠火風旗雁外亭。還似去年湘水别，艣聲摇月夢中聽。」《無題詩叙》云：「夢雨絲絲，人病在落花寒食；非烟漠漠，客愁仍折柳清明。盼來天上璚漿，裴卿銷渴；彈斷潯江舊曲，白傅知音。况復紅袖多情，青燈易感。李玉谿代應之作，韓冬郎憶得之詩。香草美人，惜年華之晼晚；曉風殘月，希賞翫之娜嬛。爰賦二章，用當一哭。」「十五年前夢未消，舊遊曾記録……」

（原書缺頁）

〔李攀龍《登黄榆馬陵諸山》云：「秋陰生大鹵，木〕葉下滹沱。」又「關門開落日，山路出寒星。」《寄人》云：「客居深雨雪，春夢遠漳河。」《春興》云：「返照生殘雨，浮雲矯上春。」《送人》云：「白雲尊酒盡，山色郡齋寒。」《閣夜示茂秦》云：「貧病他鄉老，交遊古道難。」《寄元美》云：「浮雲寒大漠，白日澹幽州。」又「齊名他日事，側目此時人。」《涇州》云：「人烟趨白坂，睥睨走青山。」《天井寺》云：「階危孤石倒，崖響亂泉懸。」《送人守安慶》云：「天柱西懸河漢影，海門東控帝王州。」《送人謫滇南》云：「主恩緑鬢神仙尉，客夢青雲侍從年。盤水秋帆開瘴癘，黔陽春樹隔風烟。」《送人還姑蘇》云：「入洛故人名下士，渡江寒夢雨邊舟。」《送人守慶陽》云：「大漠清秋迷隴樹，黄河落日見秦城。」《呈何司寇》云：「尚書北斗天喉舌，司寇西曹帝股肱。」《送人》云：「海嶠秋陰分越樹，人家雨色散閩天。」《送王侍御》云：「寒雨鍾山千水下，白雲秋色大江來。」《筵上懷友》云：「薄宦天涯成白首，故人江上買青山。」又「春風鴻雁書千里，夜色樓臺雪萬家。」《集友宅》云：「萬里風烟人日過，十年江海客星孤。」《寄人》云：「塞北嵐烟春浩浩，薊門山色雨冥冥。」《登樓》云：「檻外秋陰開太華，簾前樹色散漳河。」《郡齋送茂秦》云：「西署詩名干氣象，中原宦迹任風塵。」《太行絶頂》云：「地坼黄河趨碣石，天迴紫塞抱長安。悲風大壑飛流折，白日千崖落木寒。」又「地險關門銜急峽，山奇石壁挂飛泉。」又「山連大陸蟠三晉，水劃中原散九河。」《寄元美》云：「病後五陵春草色，愁中三輔使君書。」

《郡樓》云：「河朔浮雲連巨麓，太行春雪照邢州。」《送人使閩》云：「百粵大雲摇海色，九峰寒雨壯秋陰。」《送人之金陵》云：「大江雨雪孤帆下，建業風流六代論。」《崆峒》云：「萬乘東還靈氣歇，諸天西盡濁涇流。」《寄元美》云：「浮雲萬里中原色，落日孤城大海流。」《送人按湖廣》云：「江漢日高天子氣，樓臺秋敞大王風。」又「行省重臣推掌憲，中原多事盛談兵。」《杪秋太華》云：「北極風塵還郡國，中原日月自樓臺。」又「東走峰陰摇砥柱，西來紫氣屬長安。」《送人之楚》云：「王氣日隨江漢轉，方城春壓洞庭陰。」《崔正甫入對》云：「清問從容天下事，朝廷經略海方兵。」《劉侍御還臺》云：「三殿直聲推許國，九河秋色送朝天。」《謝中丞還蜀》云：「烟塵部索臨東夏，節鉞朝恩壓外臺。」《龍洞山》云：「削壁雲霞開五色，中峰日月隱諸天。」《華不注頂》云：「岱宗風雨通來往，海色樓臺入有無。」《白雪樓》云：「大清河抱孤城轉，長白山邀返照迴。」《題太霞洞天卷》云：「雲烟五色春何限，金碧諸山夜自朝。」《明溪篇贈周都閫》云：「槎動星河天半下，陣迴魚鳥鏡中看。」《錫山尊賢祠》云：「前輩風流開俎豆，南朝伏臘見枌榆。」《贈蓬萊王少府》云：「雲霞春滿千家邑，山海秋高萬里臺。」《九日》云：「二水寒陰摇落照，孤城秋色動清霜。」《病中懷人》云：「寒雪千山雙鬢老，浮雲萬里尺書無。」《贈劉山人》云：「説劍夜高湖海氣，鳴琴秋入薜蘿心。」《病閒答人》云：「夢回滄海風雲色，春落黄河雨雪聲。」《送人之潞》云：「山勢西臨三晉險，地形東控兩河遥。」《送人之江都》云：「雙峽迴分滄海氣，孤城秋壯廣陵濤。」《送人按楚中》云：「五雲過郢朝佳氣，三峽吞江擁上游。」《寄别元美》云：「風塵雙淚綈袍盡，湖海扁舟白髮閒。」《寄元美廣川道中》云：「雙龍夜敞星文動，匹馬秋深嶽影寒。」

《寄友按山東》云：「病客世疑中散傲，故人官起外臺尊。」《答寄俞仲蔚》云：「一疏中原高病色，千秋吾黨見詩名。」《閱兵海上》云：「萬櫓軍聲開島嶼，千檣陣影壓波濤。」又「桔槔氣迸流烏火，組練光摇太白天。」《送人按貴陽》云：「百蠻擁節開雄鎮，萬里登車覽大荒。」《海憲蔡公開府》云：「霜威瘴癘三山盡，兵氣波濤萬嶼開。」《贈劉將軍》云：「白馬從軍明月塞，黄金結客少年場。」《獻吉瓠子》云：「虎戰仍三晉，龍遊失九河。」《朱僊鎮》云：「萬古關河淚，孤村日暮笳。」《朱僊鎮廟》云：「風霜存檜柏，陰雨見旌旗。」《冬日仁和門外》云：「廡暝牛羊聚，林風鳥雀呼。」《黄花鎮》云：「水湧石梁斷，溪吞山郭斜。」《元日汴上》云：「歲月高兒女，行藏老蕨薇。」《清風河》云：「暮雨津城樹，春帆水國樓。」《九日薛樓》云：「楓村疊暗浦，霜日抱孤峰。」《南康除夕》云：「星河挂嶽樹，燈燭熨歸顏。」《元夕》云：「軟塵欺月散，繁火奪星懸。」《清明東郭》云：「草木梁園在，山河宋殿非。」《九日上方寺》云：「天地疎秋色，樓臺敞客歌。」《宜春臺》云：「人倚楚天盡，風驅湘色來。」《古城》云：「野色吹寒立，林鴉逆雨歸。」《東陂秋汎》云：「宿禽喧亂葦，飢獺竄空梁。」《中秋》云：「竹風秋聽力，松雨夜留寒。」《望極》云：「古城飢雀啄，長路斷蓬沉。」《歸沐》云：「陰陽争歲色，江海蓄春聲。」《登臨》云：「孤城四戰地，斜日兩河陰。」《南征》云：「地勢吞淮泗，山形包鄧樊。」《野泊》云：「山鐘天外落，林火雨中微。水立黄龍鬭，沙寒白鷺飢。」《徐汊風阻》云：「密雲寒夜柝，流霰灑舟燈。」又「立水遥吞雨，飛沙半逆風。夜檣扶岸集，漁火亂波空。」《江州雨》云：「地轉濤聲逆，城空山氣流。」《七夕泊宜城》云：「孤城古塞月，一葉楚門潮。」《覃園》云：「江漢歸舟迴，關河落日低。」《吴莊》云：「落日銜春嶠，飢鴻集暮洲。」又「海日連波動，江鴻帶雪回。」《宿江莊》云：「客語喧莊犬，風燈靜夜扉。」《秋夜》云：「林堂下微月，風色暗疎燈。」《河上秋興》云：「河洛來天地，人烟接渺茫。」又「野曠寒烟白，沙鳴暮雨懸。」又「暗水斜穿竹，孤雲晚抱樓。」《汴城東樓》云：「王屋千峰伏，黄河一綫流。」《繁臺》云：「隴樹迷關道，吴山蔽一樓。」《送鮑生》云：「秋風吹獨馬，落日照征衣。」《晚過序上人》云：「萬古風塵地，三生水月鄉。」《發貴溪》云：「長風驅暝色，密霰響寒洲。」《偕友晚步》云：「楚月寒鮫淚，燕山溜雁書。」《鏡光閣》云：「霜色諸天月，窗風四海濤。」《繁臺秋餞》云：「日落杯光動，樓空海色連。」《繁臺冬餞》云：「風霜當夜急，樓閣近星寒。」《過張舍》云：「秋驚洞庭葉，雪壓貴州嵐。」《繁臺餞何子》云：「杯光摇弱草，庭色下飢禽。」《送人還金齒》云：「白髮南荒路，秋風北宋臺。」《送人遊淞江》云：「寶劍寒無色，蒼然海上行。異書探戰伐，高論動公卿。」《小圃》云：「砌紅殘芍藥，園緑半荼蘼。」《送人之茂》云：「虎風生萬壑，蛇徑動千盤。」《吹臺觴月》云：「天地劃然皎，山河相盪迴。」《西園》云：「草夕鳴蛩動，天秋過雁知。」《鳳陽》云：「海吞淮水白，天插楚峰青。帝宅精靈聚，陵宫虎豹扃。」《寄鮑生》云：「水國乾侵夏，田風莽帶沙。」《送人》云：「塞雲迎老鬢，河色戀征衣。」《君山别業》云：「秀孕江心月，雄吞海面雲。」《京口》云：「樹擁江聲斷，潮生山氣陰。」《出塞》云：「磧沙浮落日，邊霧宿疎墩。」《繁臺》云：「宋朝四帝國，禹廟九河濤。」《五老峰》云：「秀色彭湖浴，諸峰廬嶽尊。中宵見海日，南斗豁天門。」《鉛山》云：「一峰晴冒雪，兩水晝蒸雲。」《豐城夜泊》云：「江船逼新月，沙色亂疎燈。」《曉至鄖驛》云：「數家依獨樹，落月隱春洲。」《金山》云：「吴楚地形伏，江淮秋氣來。」又

「狂瀾日東倒，此嶼忽中流。蜃學樓臺結，龍專澒洞遊。光涵天上下，影變地沉浮。」《先大夫誕辰》云：「西雲白蒼莽，灑血望松梧。」《哭張僉都》云：「虎豹威邊日，龍蛇哭爾年。故人今若此，吾道合潸然。部曲歸旌擁，風雲舊國連。薊門秋草遍，何處是新阡？」《平台先生墓》云：「劍舄收殘草，山河抱古原。」《哭鄭生》云：「墓草親朋隔，山松舊業蕪。」《赴郊觀宿》云：「萬户烟花臨複道，九天宫殿鎖南郊。」《秋懷》云：「天清障塞收禾黍，日落谿山散馬群。」《歲暮》云：「湖海合冰龍晝立，谿林壓雪虎宵號。」《無題效義山》云：「秦柳日斜傷渭曲，楚蘭春暮怨湘皋。」《晚秋明遠樓》云：「冠裳四海追遊地，霜露中原感慨年。」《追舊寄人》云：「日黑魚龍陻夢澤，草青麋鹿上姑蘇。」《贈人》云：「爲客老年今歲月，告歸春日復江湖。」《別人》云：「燕地雪霜連海嶠，漢家鐘鼓動長安。」《友人見過》云：「鴉雀孤亭雲竹裏，蒹葭寒水瀻江東。詩名海内逢高適，人物吴中有阿蒙。」《青雲峰示諸生》云：「禮樂衣冠先此地，綱常簪組愧斯文。」《南康至日送人任湖州》云：「吾道百年逢小至，雪江千里屬安流。」《龍沙餞人》云：「平風岸壓鼋鼉窟，倒日江明鸛雀樓。」《明遠樓》云：「地平嵩嶽窗中出，天倒黄河檻外流。」《京師聞諸友消息》云：「當日應劉俱老健，揭來燕趙自風烟。」《秋日赴飲》云：「賓客百年梁氏苑，河山雙鬢李仙杯。」《詠懷》云：「哀壑暮雲埋虎豹，大江春浪變魚龍。」《諸公見過》云：「桑麻事業陶公徑，鳥雀人情翟氏門。」《熊監察至自河西》云：「崑崙壯壓胡塵斷，弱水清翻漢月流。」《生日》云：「雙淚弟兄揮酒日，寸心關隴望鄉餘。」《南康元夕》云：「三晉樓臺違夜月，五湖鷗鷺伴風湍。」《于廟》云：「金匱山河丹券在，玉門天地翠華歸。」《吹臺》云：「天留李杜詩篇在，地歷金元戰陣來。」

《象山書院》云：「山雀石林迎旆散，野狐風草怒人啼。」《瀑壑晚坐》云：「峰高瀑布天齊落，峽靜星河夜倒垂。」《華山》云：「四海風烟殘日外，萬山閩越酒杯前。」《楚望》云：「地轉江淮浮遠戍，木齊巴峽塹雄軍。」《清明後見燕》云：「去住溪山他日夢，主賓天地世人情。」

侯青甫雲松《楊干寺》云：「一綫白知山下路，四圍青擁隖邊莊。」又「净土吹回千嶂雨，人家低傍一坳雲。」

潘汝龍《西湖》云：「秋風雁響錢王塔，暮雨人耕賈相園。」程風衣有句云：「乾坤著意窮吾黨，途路難言仗友生。」鄭板橋喜之。

板橋詞膾炙人口，詩亦有性靈不可磨滅者。《揚州》云：「千家養女先教曲，十里栽花算種田。」又「文字豈能傳太守，風流原不礙隋皇。」《真州道中》云：「麥秀帶烟春郭迥，山光隔岸大江深。」《寄許生》云：「雨細窗明火，鴉棲柳暗城。」又「雲揉山欲活，潮橫雨如奔。」《鄴城》云：「銅雀荒凉遺瓦在，西陵風雨石人愁。」《贈某上人》云：「雨晴千嶂碧，雲起萬松低。」又「烟雨江南夢，荒寒薊北田。」《寄人》云：「食眠消減緣花瘦，鶯燕商量怨水流。」《喜雨》云：「一徑濕雲蒸日出，滿船新緑買秧歸。」《別某上人》云：「雲山有約憐狂客，鐘鼓無情老比丘。」《偶成》云：「江晴春浩浩，花落水平平。」《上晏方伯》云：「虎旅萬人排象闕，鵷行九品拜龍顔。」又「六代烟花迎節鉞，一江波浪湧文章。」《訪仁公》云：「風鈴如欲語，松鶴不成眠。月轉山沉霧，花深鳥入烟。」《村居》云：「村艇隔烟呼鴨鶩，酒家依岸扎籬笆。」《感懷》云：「歌舞樓頭暮影催，雪霜門户黯陽回。蘇秦六國都丞相，羅隱西湖老秀才。游説寂寥齊市哭，文章光怪越山開。」《破屋》云：「庭花開扁豆，門子卧秋苔。」《范縣城樓》云：「西風漳鄴水，落日魯鄒天。」《邯鄲道上》云：「幾處斷橋支破板，一溝折葦卧秋蘋。」《懷揚州舊居》云：「謝傅青山爲院落，隋家芳草入園蔬。」《泊瓜洲》云：「葦花如雪隔樓臺，咫尺金山霧不開。慘澹秋燈漁舍遠，朦朧夜話客船偎。」《真州雜詩》云：「曲岸紅薇明澗水，矮窗白紙出書聲。衙齋種豆官無事，刀筆題詩吏有名。」《和盧雅雨紅橋脩禊》云：「薄倖春光容易老，遷延詩債幾時酬。」《漁家》云：「賣得鮮魚百二錢，糴糧炊飯放歸船。拔來濕葦燒難著，曬在垂楊古岸邊。」《哭犉兒》云：「墳草青青白水寒，孤魂小膽怯風湍。荒塗野鬼誅求慣，爲訴家貧楮鏹難。」《某上人精舍》云：「山門夜悄不能呼，冷燭秋船宿葦蒲。殘月半天霜氣重，曉鐘雞唱滿東湖。」《贈張蕉衫》云：「淮南又遇張公子，酒滿青衫日已曛。攜手玉勾斜畔去，西風同哭窈娘墳。」《燕京雜詩》云：「偶因煩熱便思家，千里江南道路賒。門外緑陽三十頃，西風吹滿白蓮花。」《平山宴集詩》云：「閒雲拍拍水悠悠，樹遶春城燕遶樓。買盡烟花銷盡恨，風流無奈是揚州。」「春風細雨雷塘路，旭日明霞六一祠。江上落花三十里，令人愁殺冷胭脂。」「江東豪客典春衫，綺席金尊索笑談。臨上馬時還送酒，寒鴉落日滿淮南。」《紹興》云：「丞相紛紛詔勅多，紹興天子只酣歌。金人欲送徽欽返，其奈中原不要何！」《文章》云：「唐明皇帝宋神宗，翰苑青蓮蘇長公。千古文章憑際遇，燕泥庭草哭秋風。」

國朝詩，歸愚采之最博，要不無濫收，就其中佳句論之，亦有無愧前人者。慎郡王《村夜》云：「山兼寒月静，葉帶暗霜飛。」《雙徑》云：「客去自掩關，林深鳥聲静。冷立夕陽中，秋烟澹孤影。」

《野寺》云：「僧罷夕陽鐘，客懷正孤絶。山鳥下空林，自啄茅簷雪。」塞爾赫《荆卿墓》云：「身入虎狼國，心空百二州。壯懷生死外，易水古今流。」又有句云：「宋朝南渡君稱侄，周室東遷帝是侯。」魏裔介《送人》云：「秋盡寒山出，羈人不可留。劍光衝暮雨，霜氣冷征裘。」魏象樞《哭友》云：「海浪鱷魚驕白日，庭風鵩鳥下黄昏。」趙賓《海口》云：「積水流天外，茫茫萬里秋。估船經島國，潮響到城樓。」《逢彭禹峰》云：「倜儻指揮天下事，才華驅使古今書。」《送友僉憲蜀中》云：「驛亭虎鬭驚鄉夢，棧道蛇盤怯馬蹄。」王紫綬《送人内陟宗伯》云：「錢穀暫煩蕭相國，儀文終藉叔孫通。」宋琬《華嶽》云：「扶桑萬里天雞曙，箭括三更石馬鳴。」《慧光閣》云：「山色淺深隨夕照，江流日夜變秋聲。」宋徵輿《下灘》云：「亂山皆曲向，飛渡却迴看。」李敬《泊瓜步》云：「停雲連野色，過雨挾江聲。」沈永令《秦中》云：「水落渭河諸派合，天圍華嶽萬峰低。」《登華》云：「烟杪一丸關百二，河流如綫路三千。」程可則《虔州城樓》云：「馬耳群山歸睥睨，虎頭全郡攬崆峒。」顧大申《歌風臺》云：「一劍收秦鹿，秋風萬里心。悲歌誰掩泣？壯士已成禽。」《友還大梁道》云：「鼓角北風凉，雙旌入大梁。十年悲瓠子，萬馬散敖倉。少府新沉〔璧〕，中原古戰場。君行能卧治，未許薄淮陽。」《平定州》云：「山連雁門外，地出井陘西。」《發良鄉》云：「地隨督亢依山盡，河控桑乾入塞來。」《移酌櫟園舟中》云：「荒城野戍鳴秋柝，海嶠孤臣冷葛衣。」王士禛《夔府東城樓》云：「魚龍夜偃三巴路，蛇鳥秋懸八陣圖。」《渡河西望》云：「高秋華嶽三峰出，曉日潼關四扇開。」《皖城》云：「鶴化千年非故國，雞鳴十廟不同時。」《趙承旨畫羊》云：「南渡銅駝猶戀洛，西歸玉馬已朝周。牧羝落盡蘇卿老，五字河梁萬古愁。」

邱象升《清遠峽》云：「曉昏雲氣變，雷雨石痕崩。」《苦竹渡》云：「樹暗驚人語，溪寒避虎風。」嚴沆《春日漫興》云：「虛名慚諫草，薄禄慰慈闈。」又「生成看燕雀，戰伐剩豺狼。」汪琬《送人》云：「秋風吹遠道，落日在孤舟。」某《至寓齋》云：「身受才名誤，文從患難真。」《贈吴門某》云：「家臨緑水長洲苑，人在青山短簿祠。」丁澎《初至靖安》云：「雁聲孤斷磧，虎氣動空城。　淚盡慚兒女，身危仗聖明。」《東岡》云：「鸛鳴三殿雨，猱挂二陵松。」《送人備兵保寧》云：「猿聲苦霧城西急，虎迹荒原戰後多。」曾畹《雞頭關》云：「燒荒熊出壙，樹密虎窺人。」陳廷敬《沁水》云：「濤聲春晝外，寺影夕陽西。」《闕樓》云：「塞風春不斷，邊日晝常昏。」高皞《寄答友見懷》云：「自笑子長牛馬走，誰憐杜甫鳳凰飢。」張一鵠《辰龍關》云：「五丁開絶塞，二酉抱神龍。」許虬《河西關》云：「尾箕斜絡星千里，恒衛中分水二條。」王又旦《贈人》云：「舊業六盤秦北地，臣軀九尺漢東方。」《太史祠望孤山》云：「絶巘連雲出，秋風隔水多。　韓原中缺處，山翠壓黄河。」崔華有句云：「溪水緑于前渡日，桃花紅似去年時。」馬世俊《季子挂劍處》云：「死生同白日，然諾豈黄金。」孫蕙《秦川》云：「千盤鳥道歸隆準，百戰鴻溝割沐猴。」王維坤《蜀中寄人》云：「三巴二月鶯千囀，萬里雙魚淚一封。」褚篆《仙霞嶺》云：「天南氣象開蠻府，嶺上風雲動越山。」沈道映《潮音閣》云：「湖面日翻荒岸白，海門天入亂山青。」陸元輔《送人》云：「尊前故舊凋零半，亂後文章感慨多。」《送某還滇南》云：「三江花月孤臣老，六詔風烟萬里歸。」徐波《落花》云：「野水斷村路，孤烟生竹籬。」侯涵《送別有感》云：「十載黄壚豪士骨，千秋青史黨人名。」吴嘉紀《僻壤》云：「海雲千里黑，塞雁一聲寒。　老至謀生拙，時危作客難。」李鄴嗣

《繡州李孝女》云：「遠我父母，事人父母；誰無父母，誰有父母？一解少慕事親，十年不字；長慕事親，終身不字。二解謂我女子，謂我男子；宛然孝子，宛然處子。三解有父子倫，無夫婦倫；嬰兒于後，有此一人。四解暮雨梨花，年年寒食；麥粥一盂，父母之側。五解」郁植《客曉》云：「兩岸茭蘆千里雁，五更霜月一村雞。」韓純玉《漢陽渡口》云：「一江分二郡，三國鬬群雄。」魏際瑞《諸葛墓》云：「三尺孤墳猶漢土，一生心事畢秋風。」《金山》云：「龍窩燈火千星動，蜃氣樓臺一點寒。」舒忠讜有句云：「英雄銷馬迹，天地感雞聲。」夏煕臣《施州衛寄人》云：「刀劍生睚眦，衣冠列附庸。」蔣泩《登岱》云：「山界魯齊盤地軸，禪隆秦漢鎮仙臺。」吴綺《虎邱》云：「七里水環花市緑，一樓山向酒人青。」潘高《寄友》云：「緑過孤村雨，青浮隔縣山。」《雜感》云：「隴上空歸都護馬，城南盡哭羽林妻。」柴紹炳《喜友歸》云：「春雨草連村市没，曉風花傍戰場開。」沈謙《晚眺》云：「落日大荒遠，平沙秋雨來。」《送友北上》云：「驅馬河冰滑，聽雞夜雨深。鼓鼙孤客淚，書札故人心。」盧元昌《哭李在湄》云：「薄宦天涯客，頻年幾箇回。挑燈搜鬼録，釃酒話泉臺。後死青山在，餘生白髮催。羊城李少府，丹旐早歸來。」又「薄宦嗟無禄，投荒竟各天。老魂霑旅雪，客夢叫孤鳶。」《北塘》云：「江寒魚罟静，月黑虎踪多。」王孫晉《南閩》云：「極天圍萬嶺，平地落千灘。」魏麐徵《送子彪》云：「我已無親侍，兒行又遠親。」王掞《望岱》云：「風定天門懸日月，雨收石角挂虹霓。」王士祜《憶洞庭》云：「洲邊子戍三春緑，樓外君山一帶青。」許孫荃《潼關》云：「兩邊峽束黄河去，萬仞根連太華蟠。」葉燮《大庾嶺》云：「險分南服界，雄見越王心。」《送人祭海還朝》云：「挹泉酬主眷，探袖出民艱。」《京口作》

云：「朔風動地大江鳴，猶説南徐北府兵。鐵鎖幾人籌異代，布衣終古悔成名。」《中秋後》云：「晚蘗侵階秋得氣，倦螢入户冷無依。」《括蒼道中》云：「啼鵑花信他鄉老，瘦馬衫痕落照寒。」《偶成》云：「無處避愁難擇地，有山送老不嫌貧。」《示人》云：「勞生歲月官橋柳，終古人琴斷坂霜。」《憶故人》云：「文章涕淚仍聲價，冰雪關河竟死生。」《偕友登浮圖》云：「名士登高雙淚下，故人回首亂峰多。」徐倬《贈人》云：「花柳坐催名士老，湖山約與酒人看。」徐元夢《三屯鎮城樓》云：「一聲南雁去，萬里北風來。」李因篤《潼關》云：「河經百二開天地，華枕西南鎖雍梁。」《望嶽》云：「曉雲東抱關河紫，秋色西來天地青。」尤侗《蘄王廟》云：「英雄短氣莫須有，明哲保身歸去來。」《生日志感》云：「蕭瑟江關哀庾信，飄摇風樹泣皋魚。何年燕市尋屠狗，灑酒荒天弔望諸。」陳維崧《留别》云：「遊子衣邊雪，慈親地下心。都將苴杖淚，併作苦寒吟。」《捧讀石齋黄公所撰先少保神道碑》云：「哀誄南朝顔特進，碑銘東漢蔡中郎。」《送友出關》云：「祖母秦州父錦州，盧家少婦又邗溝。百年骨肉抛三地，萬死悲哀併九秋。」朱彝尊《送人備兵大同》云：「黄河天上三城戍，畫角霜前萬馬風。」《雲中至日》云：「城晚角聲通雁塞，關寒馬色上龍堆。」潘耒《金山》云：「水分天作塹，地坼海爲門。」《峽江》云：「峽江山對鎖，不覺有江來。船逶羊腸出，城臨虎穴開。」《贈人》云：「久矣泥塗書亥字，淒其哀白感丁年。誰憐靈武麻鞋叟，老向空山拜杜鵑。」《羊城雜詠》云：「窮海不春猶正朔，孤航無主自君臣。」《浴日亭》云：「孤亭臨望極滄溟，天水相摩不斷青。日躍半洋皆紫電，潮來大地一浮萍。」《廣武》云：「蓋世英雄項與劉，曹姦馬譎實堪羞。阮生一掬西風淚，不爲前朝楚漢流。」李澄中《大悲閣望滇池》云：「杯底嵐光浮太華，簷前秋色挂昆明。」陸棻《萬安江漲》云：「櫓聲來木杪，帆影度城樓。」高詠《過皋羽墓》云：「龍髯墮海三宫淚，馬鬣封山異代愁。」李孚青《自遣》云：「鄭家婢妾如師弟，梁氏夫妻似主賓。」《稻孫樓》云：「拜石人何在？孤城氣逼秋。郊原禾黍盡，愁上稻孫樓。」王材任《夜泊》云：「江湖夜静逾空闊，星斗風來欲動搖。」史夔《弘濟寺》云：「石頭依法座，佛足上江痕。」《高郵》云：「三十六陂秋，孤城水上浮。魚龍尊窟宅，鴻雁亂汀洲。」《淮安》云：「西風下淮泗，潮落見三洲。」《宋故宫》云：「山鬼夕陽迷古道，銅駝陰雨泣蒼苔。」《涿鹿道中》云：「七月早歸彭蠡雁，一山横斷太行天。」馮廷櫆《張華宅》云：「人亡劫火群書散，屋老秋風一劍飛。」尤珍《鄴都懷古》云：「五官事業埋荒隴，七子才名付酒壚。」丁煒《新淦舟行》云：「柳邊過雨鷺窺網，花外夕陽人倚樓。」吴秉謙《觀戰場》云：「白骨未銷春戰血，青燐空聚夜歸魂。」顧有孝《贈友北上》云：「舊京珠履三千客，荒冢冬青二十秋。」許旭《過弘濟寺》云：「崖罅插江懸棧閣，洞門鑿石走平沙。」王撰《贈杜于皇》云：「人驚夔府貧來句，世重樊川亂後名。」王抃《揚州》云：「百年洛蜀關時運，六代烟花兆甲兵。」王攄《伍相祠》云：「報父有心終覆楚，殺身無計可存吴。」金侃《湖上觀梅》云：「烟中人語前村樹，雪裏雞聲隔岸山。」《寄兄》云：「寒深笠澤愁中雨，春老吴宫夢裏花。」張實居《大游仙》云：「霜清玉斧催修月，水冷銀河看種星。」張篤慶《詠明史》云：「北寺獄成傾俊乂，西園例在鬻冠裳。」又「秘殿遺音憐赤子，大荒披髮訴高皇。九原龍劍沉王氣，二月烏號哭國殤。」吴雯《憶栖岩寺》云：「河流迴郡白，山勢入關青。」楊岱《棧道》云：「鳥道與天齊，盤雲萬壑低。層巒飛瀑下，空木亂猿啼。」邵長蘅

《江急》云：「江急雨冥冥，江豚吹浪腥。濤奔遠岸白，峰逐去帆青。」《望鍾山》云：「汗馬北騰穿碣石，長虹南倚劃吴天。」結云：「帳望寢園今寂寞，牧人秋卧孝陵烟。」《吴城》云：「湖勢北摇匡嶽動，江聲西擁豫章浮。」《題楊忠愍贈冀梅軒梅花詩卷》云：「當關虎豹糜軀易，畏路風波仗友難。」張宫《送人》云：「從官諭蜀通三峽，大將平蠻下五溪。」陸次雲《白溝河》云：「厲鬼依殘骨，耕人拾斷戈。」《天下大師墓》云：「病虎無心看北固，潛龍有恨遜南都。」章静宜《京口》云：「人烟都會地，風雨大江聲。」《雜感》云：「風急雙鵰辭塞口，天清萬馬浴江心。」《金陵》云：「草滿故陵埋石馬，月寒荒徑淚銅駝。」《京口》云：「天清瓜步中流見，風起長江動地來。」陶窳《冬草》云：「世態看蓬轉，孤心感鬢絲。」《送人》云：「高文朋輩重，落葉客程寒。」潘鏐《金山》云：「天清江作帶，地闊海爲門。塔影魚龍卧，潮聲日月奔。」《寄顧茂倫》云：「著書歲月窮愁老，對酒湖山感慨多。」洪昇《衢州雜感》云：「一帶夕陽横白骨，江楓紅作戰場花。」《釣台》云：「千秋一箇劉文叔，記得微時有故人。」陳學洙《燕京雜詠》云：「關鎮居庸當北面，河流滄海抱中原。」黄庭《送陸徵君》云：「山中大隱徵弘景，海内奇書問鄴侯。」梁佩蘭《京口》云：「地形山勢截，天塹海門開。」《閣夜》云：「哀壑有光星在底，明河無影月當空。」湯右曾《山海關》云：「地接長城險，天浮渤海寬。」《峴山亭》云：「一磴自穿雲氣入，萬峰争送雨聲來。」《荆州》云：「接天波浪三江口，横地風雲百戰場。」又「妖樹禍生天北極，怪風寒捲郡南門。」唐孫華《諸葛祠》云：「卧龍潛下國，逐鹿走群雄。」史申義《南海雜詩》云：「四時山葉緑，五夜海霞紅。　日月摇溟渤，星河浸祝融。」《南昌》云：「星寒牛斗雌雄氣，風偃魚龍日夜聲。」《朝雲墓》云：「散盡泥金蛺蜨裙，雲藍小袖劇憐君。傷心白鶴峰前路，一樹榕陰蓋古墳。」吴暻《贈人》云：「將軍競病詩無敵，弟子丹青筆有神。」《題顧亭林遺集》云：「避吏趙岐誰共語，離家王粲不思歸。」《和東海公山居》云：「白髮乞湖狂道士，青山思穎老尚書。」徐賓《遊梁》云：「地控燕秦開闔域，天分南北鎖咽喉。」孫致彌《江行雜詩》云：「江潮晴湧月，山火夜燒雲。」又「波光能奪月，灘勢欲驅山。」《福州道中》云：「曉烟榕葉暗，春雨蔗田肥。」《秋感》云：「一戰龍旂勞汗馬，廿年貝錦怨藏弓。」《訪人》云：「滄桑廿載衣冠在，猿鶴三軍事業非。」查昇《訪人》云：「林影溪邊屋，鐘聲雲外山。」陸寅《自笑》云：「白日從愁盡，青山入夢非。」惠周惕《夏日寫懷》云：「旅舍微涼來好雨，竹林昨夜夢青山。」《棹歌》云：「秋光瑟瑟半江紅，花事闌珊到水葒。昨日芙蓉今日老，一年生怕鯉魚風。」陳鵬年《春感》云：「蛟螭蟠地軸，豺虎踞天關。」高孝本《贈王山史》云：「山尊秦二華，名重漢三君。」程文正《錢王廟》云：「三千客自知羅隱，四十州空問貫休。」姚士陛《泊慈水》云：「岸蟲秋老急，江月夜深高。」《送弟》云：「早歲負薪廉吏後，重來衣葛故人前。」顧圖河《天平山》云：「偉石皆人立，欹崖忽鳥驚。」吕履恒《早發褒城》云：「林敞前村白，天迴遠岫青。」《梁州》云：「岷嶓蟠北戒，江漢導南條。」《嚴陵祠》云：「故人無意驕同卧，天子何能屈一官。」《山海關》云：「山盤落日千峰紫，海瀉遥空一氣青。」陳璋《秋獮應制》云：「獵火燒原秋草黑，陣雲圍磧暮山黄。」《西出居庸關》云：「山如屏合窺天小，水作虹流入耳寒。」高其倬《古北口》云：「城頭一抔土，黎庶九州血。」《曉行》云：「木葉落衣裾，馬蹄踏人影。」《劍門》云：「無人戰鬼啼清晝，不夜於菟到驛門。」何梅《接笋峰》云：「鉤梯仙鬼半，鐵索死生交。」沈育《雞頭關》云：「風御千盤磴，雲遮一握天。」《江都祠》云：「一代師儒崇道義，諸王子弟斂驕矜。」嚴虞惇《酒闌漫興》云：「悲歌燕市尋屠狗，寥落江潭解佩纕。」陳莀《發南陵》云：「秋從黄葉聲中老，人向青山缺處行。」《夢中》云：「春風隴上新寒食，夜雨燈前舊鏡臺。」汪繹《寄人》云：「秋風鱸膾江南味，春雨梅花處士魂。」徐昂發《揚州》云：「辱井有魂哀玉樹，仙都無夢餉金蛇。」《城南》云：「刀圍玉帳觴公瑾，花簇珠屏舞大喬。」又「人弔夕陽花作雨，鳥啼初月水平篙。江陵故老憐蕭銑，隴首荒宫記隗囂。」徐永宣《竹垞夜話追憶故人》云：「鄉曲公憐楊狗監，天涯吾悼李龜年。」黄任《西湖雜詩》云：「珠襦玉匣出昭陵，杜宇斜陽不可聽。千樹桃花萬條柳，六橋無地種冬青。」于養志《不寐》云：「秋風吹白帝，枕上落江聲。」方登峄《經前明宦寺葬地》云：「餘威剩碑碣，流毒在衣冠。」結云：「東京喬固墓，鬼哭北邙寒。」毛世楷《秋感》云：「同學少年悲杜甫，美人遲暮感靈均。」陳炳《漢上》云：「山盤青入蜀，江合白吞天。」李必恒《月上》云：「草蟲浮夕響，木葉識秋心。」王丹林《白桃花》云：「流水有情空蘸影，春風無色最銷魂。」沈廉《苦雨》云：「吴儂愁送日，蜀國雨爲年。」《連雲棧》云：「百道斜飛天外瀑，千峰亂插馬頭雲。」《劍門》云：「怨鳥三春悲望帝，井蛙當日笑公孫。」徐用錫《關峽》云：「蛇紆危壁路，雷走大河聲。」《早梅》云：「淺瀨影疎人小立，曲簾香動鳥先知。」張大受《送人》云：「三年皮骨空人役，千載文章奈命何。」《呈朱竹垞》云：「斯文如一髮，此老不三公。」《題湖鄉小景》云：「鳥背嵐光過夕汀，碎萍魚唼水花腥。青山一角湖三面，記是塘西乙未亭。」張照《觀海》云：「乾坤浮一氣，今古浸雙丸。」《蓬萊》云：「天上星辰歡會少，壺中日月别離多。」吕謙恒《望嶽》

云：「馬首三峰近，林端萬壑封。青山迴落雁，赤日抱蒼龍。」《寧鄉》云：「雪峰藏白日，雲谷東青天。」《望吴嶽》云：「衆壑雲雷生白晝，中峰星宿落黄昏。」吴翊《呈徐健菴》云：「嶽瀆遺經搜禹穴，金鑾舊記録吴船。」又「江左文章分史局，山中宰相起經樓。」張景崧《渡平望》云：「細雨殘鐘荒驛夢，斜陽衰草故人墳。」王世琛《途中寄兄》云：「江岸草萋萋，愁懸落日低。天涯兩兄弟，客路各東西。」《靈山峽》云：「崩崖飛颶母，落日嘯猿公。」杜詔《戲馬臺》云：「一戰快心惟鉅鹿，三分失策在咸陽。」《送友》云：「飽嘗世味初歸客，寒到征衣又送人。」任蘭枝《宿劍門》云：「寒山風落石，殘夜虎窺村。」顧陳垿《古北口》云：「馬頭懸漢月，山背絡秦城。」《渡錢塘偕友弈》云：「星辰雙手握，吴越一江分。」《瓜州曉渡》云：「宿雨漸收遥岸出，海雲初落怒潮平。」鄭江《常山》云：「一縣江聲裏，四山雲氣中。」《殘柳》云：「六代離宮鴉數點，滿天疎雨不勝愁。」葉士寬《上黨》云：「三輔真肩脊，河東舊股肱。」許廷鑅《采石》云：「江山無太白，寥落幾千年。」《黯淡灘》云：「山鬼荒啼雨，江黿怒蹴波。」《蕪城感舊》云：「雷塘春盡草如烟，落拓江湖又一年。吟過吹簫橋畔路，無人知有杜樊川。」《東園感舊》云：「午橋莊閉少追遊，樹色波光帶雨愁。今日羊曇頭白盡，重零衰淚過西州。」沈懋華《途中》云：「山影落空翠，濤聲生夜寒。」《渡江》云：「山色南朝寺，鐘聲北固樓。」《東湖秋月》云：「笛裏關山清夜怨，鏡中樓閣美人居。」費錫琮《北固山》云：「潮來徐福島，山出寄奴泉。」費錫璜《湖上》云：「烟光隨地盡，水色到天無。」陳玉齊《秦皇》云：「入海雲迷徐福島，封山雨濕李斯書。」沈用濟《燕山》云：「皂鵰如車輪，飛來立人旁。」又「生當爲冠軍，死當爲國殤。」《大同道中》云：「雲形隨列嶂，山響應琱弓。馬踏黃河雪，鷹呼白草風。」《太行山》云：「千盤拔河內，一折走遼東。」《八達嶺》云：「夕照沉千帳，寒聲折萬松。」《潼關》云：「窺關如在井，立馬一峰高。」又「沙蟲迷白日，陵谷徙洪濤。」《昭平道中》云：「瀑流爭一石，人力盡千篙。」《泊小孤》云：「高帆轉湖口，片石奠江心。」《花田》云：「雪中香不散，烟外月無痕。」《泰山絶頂》云：「四嶽齊推青帝長，一峰還占丈人尊。」《望西嶽》云：「海日夜從金掌出，蓮花春向石盆開。宮臨白帝三峰立，城遶黃河九折來。」《湘江道中》云：「烟開沅水雙流合，帆轉衡山九面青。」《抵北流》云：「猺洞千盤攀嶺怯，鬼門一綫入天愁。」毛序《輓友》云：「燈暗匡衡壁，塵淹子敬氈。」又「黃壚感存没，回首邈山河。」陳培脉《登慈恩塔》云：「三輔山河天外盡，五陵雲樹望中平。」《恒山》云：「雲霞隱見金銀闕，昏旦盤旋日月輪。」張錫祚《冬夜懷人》云：「野塘無暮柝，燈暗識深更。溪盡斷人語，月明聞櫓聲。」《謁韋刺史祠》云：「道心棲野寺，詩思冷秋塘。」殷譽慶《玉山亭》云：「窗收吴楚千帆白，座揖金焦兩點青。」李嶟端《寶積山懷古》云：「南渡衣冠慚小國，北人臣妾視高宗。」《春興》云：「疎幕婢留飛燕路，小窗童挂護花鈴。」張元昇《舟中》云：「江雲昏對雨，市火細明樓。」《贈别》云：「亂山孤客影，斜日欲離天。」《度隴》云：「邊雲昏古堞，嶂月冷清笳。」《高秋》云：「西風吹鬢老，落葉入詩清。天地孤鴻影，關山畫角聲。」《客夜》云：「半天霜墮杵聲急，一院月明人影單。」《秋感》云：「窮海天高寒鬢影，空山木落老秋心。」夏弘《秋夜讀九歌》云：「湘皇淚雨斑叢竹，山鬼悲風帶女蘿。一夜霜砧催木葉，洞庭今已起微波。」《春寒》云：「梨花落地半窗雨，柳絮入簾三日風。」王文潛《留别》云：「烟水夢魂千里月，乾坤吟嘯一頭霜。」黃河澂《送人從軍》云：「野燒明虛帳，秋聲落戰旗。可能聞笛夜，相忘在家時。」《邊馬》云：「殁無文梓槨，身有僕姑痕。」《南海神祠》云：「凌虚臺榭光初日，排仗魚龍候早潮。」錢良擇《途中》云：「鳥隨落葉下枯樹，人帶夕陽穿亂山。」《寄内》云：「九陌鶯花情緒少，十年夫婦别離多。」顧紹敏《秋夜》云：「竹梢露下鶴微警，牆角月明蛩有聲。」《秋感》云：「楚國有人憐息嬀，蜀箋無信報秦嘉。」《贈人》云：「駿骨可能招樂毅，狗屠從此識荆卿。」《渡江》云：「人歸冀北衣仍素，山到江南眼更青。」陳祖范《贈歸愚》云：「宫中久識元才子，明主終收孟浩然。」徐以升《關山月》云：「鼓角無聲霜氣肅，山河流影鏡光寒。白頭漢將占星立，紅淚胡姬倚馬看。」李重華《五丁峽》云：「雙崖翠影侵天合，萬竅雲根入地空。」《劍閣》云：「泉聲獨引雷車落，峰影雙扶日馭回。」《居庸》云：「九土横分雄地軸，三邊總會扼天關。」俞荔《草堂》云：「不速到門惟夜月，無私惠我有春風。」張鵬翀《長沙》云：「碧湘門外渺寒波，欲采芙蓉晚奈何。今夜黄陵廟前月，茜裙誰唱竹枝歌。」馬樸臣《七夕》云：「别離隔歲仙難免，飄泊經秋客可憐。」張一鳴《金山》云：「飛樓倒瞰真無地，危磴高盤别有天。」賽音布《贈人》云：「合圍秋射虎，聚讌夜椎牛。」《出塞》云：「風定樹含怒，日高霜罷飛。嘯陰山鬼過，鳴月野駝歸。」徐夔《贈人》一起云：「吾友永夫古狷者，不義與之弗受也。」《聞笛》云：「回樂峰高胡地管，洞庭波冷楚人砧。天涯一種秋聲急，雪滿江南孤客簪。」《（清）〔秦〕淮雜詩》云：「半山堂址草凄迷，介甫聲華認舊蹊。欲紀元豐天子聖，天津橋上杜鵑啼。」鄭鉽有句云：「日糴桃花米五升，秋聲只在荳花棚。」劉震《襄陽》云：「當塗典午事紛紜，西蜀山川付暮雲。我到峴山無淚灑，秋風曾拜卧龍墳。」徐洪鈞《過梁溪》云：「東風作意送歸艘，舟子吴歌盡短腔。孤枕夢回天已曙，九龍峰影落篷窗。」朱奕恂《荷珠》云：「江姝唾逐天風落，仙掌晴分曙月過。」《五人墓》云：「屠沽能碧千年血，松檜猶飛六月霜。」《贈別》云：「吟魂清遠道，堅骨鍊長貧。」侯銓《清明作》云：「璞玉無言空自衒，蛾眉已老爲誰容。」宋樂《答喬子》云：「病餘纏縛似春蠶，詩酒風情亦尚堪。日落離心滿揚子，知君江北望江南。」《蘇臺柳枝詞》云：「十里珠簾映碧流，絲絲金線拂船頭。閶門過去盤門路，一樹垂楊一畫樓。」鄭玉珩《渡江》云：「天教設險分南北，水識朝宗自古今。」方朝《藐姑山》云：「一角青天缺，孤峰補白雲。」又「日月愁關鎖，風雷亂見聞。」《峽口》云：「衆山風落木，深洞月歸猿。水併星河瀉，雲兼石壁翻。」周遠《京師城南登高》云：「天清萬丈秋潭影，風急三關落木聲。雙闕參差連御苑，亂山合沓入邊城。」謝芳連《溪村早起》云：「早起杏花白，飯牛人出門。」《密雪望行人》云：「人行犬寒吠，密雪迷村影。欲叩酒家扉，山橋一蓑冷。」孫宏《倪雲林祠》云：「破産放情多難日，無家投老太平年。」曹煐曾《病中雨夜》云：「疎燈孤榻影，衰草亂蟲吟。病骨秋花瘦，愁懷暮雨深。」又有句云：「殘歲斜陽促，輕寒落葉知。」又「酒力緣愁薄，詩情到枕工。」趙關曉《踏雪》云：「踏雪訪山樵，山樵踏雪去。一路草鞵痕，尋入松深處。」湯懋統《歲暮接家信》云：「一燈遊子夢，雙淚老親書。」《除夕》云：「僅支鶴俸能供歲，輕擲魚竿自取貧。」趙虹《書感》云：「飄零淮楚踰河朔，轉徙幽州更大梁。迢遞關河雙去雁，古今歧路幾亡羊。」余京《秋暮登北固木末樓》云：「江山曠劫争棋局，燈火光陰促酒杯。萬井人烟秋慘淡，百年戎馬地蒿萊。」《十四夜水晶菴》云：「山夢好經三宿看，月光圓到九分天。」《蒜山》云：「天晴烟樹分瓜步，春漲波濤拓海門。」

徐翔鵾《途中》云：「古樹夕陽鴉影瘦，亂山殘雪馬蹄寒。」包彬《錢塘》云：「黄龍出海朝廷小，白雁横江戰血腥。南國無家歸燕子，西臺有淚哭冬青。」倪承茂《錢塘》云：「錦衣木石沾恩幸，鐵券山河誓始終。」舒瞻《别人》云：「人生難得惟知己，天下傷心是别離。」《題杏花春雨圖》云：「淺深春色幾枝含，翠影紅香半欲酣。簾外輕陰人未起，賣花聲裏夢江南。」夢麟《哀歌行》云：「諠者勿諠，歌者勿歌，嗚呼我哀，我哀奈何。一解父知兒寒，母知兒飢。我無父母，飢寒誰知？二解親在戀親，親没戀墳。魂斷難招，草荒復新。三解夜坐秉燭，兄右弟左。同爲孤兒，哀哉生我。四解抱女置膝，忍涕中悲。兒亦無母，我懷痛之。五解燭短夜寒，予心之酸。男兒低頭，顧影自憐。六解」《江樓》云：「落日萬古色，長江千里秋。」孫貽武《吴越王》云：「潮回黿赭三千弩，地湧金湯十四州。」吴檠《彭城》云：「三齊驛路連天闊，萬里河流動地來。」金綎《送人》云：「木落嶺猿愁，江帆開素秋。」周京《褒斜谷》云：「地隨秦塞盡，山自漢中來。」《代州》云：「冷磧雨收秋草緑，大荒日落塞雲黄。」《楊花》云：「一年春事拋流水，半醉心情付别筵。」陳葉筠《湞陽峽》云：「烟横雙岸合，水劃萬峰開。」蕭掞三《溪橋候月》云：「星辰秋在水，河漢夜無聲。」《弔周瑜城》云：「亂鶯公瑾曲，遠岫小喬眉。」李鍇《聞歸雁》云：「畢竟家何處？而云北是歸。高城殘照下，萬里一行飛。」陳景元《山夜》云：「人依山鬼宿，星代月華明。」邵岷《送友出塞》云：「離笛作邊聲，君今萬里行。雪埋光禄壘，雲動赫烏城。」《秋戍》云：「殘旗孤壘月，哀角五更霜。榆雪明金甲，邊風裂箭瘡。」黄子雲《仙霞嶺》云：「峰盤三百級，身入萬重雲。」《大洋》云：「潮來天宇白，日照海門青。」《望海》云：「一氣涵諸夏，層波走百蠻。」《孟廟》

云：「戰國風趨下，斯文日再中。」《太白樓》云：「六代詩壇餘此席，一江春色獨登樓。」翁照《蓑衣》云：「烟波雙鬢老，風雨一身秋。」《帆影》云：「殘月半痕巫峽曉，夕陽一帶洞庭秋。」李進《贈人》云：「抱膝目中無管樂，苦心句裏有陰何。」過春山《題石湖烟雨圖》云：「小樓人宿水聲中，一枕溪雲孤夢冷。」周永銓《西崦舟夜》云：「身落五湖濱，孤舟夢松雪。」《義卒行》云：「彼少年者，色何黯然，娶婦未三月，昨來黄紙到官，行將出戍南滇。歸告阿母，阿母叫天，新婦口噤目眵，倀倀不能前。一解 小弟前致詞：母兄且勿悲，阿母生我二人，兄今有嫂未有兒，何得遠去，存没未可知；弟當代兄役，門户兄主之。二解 阿母兄嫂聞言，涙下如綆縻，大兄前致謝：此事甚非宜，感君區區懷，我心已再思，熟知此別異苦樂，何乃反累吾弟爲。切切相勸止，但言兄嫂勿復疑。三解 翻然出門去，意氣何慨慷。別我先人墓，辦我征人裝。佩刀三尺餘，挽弓兩石强。弓刀暨戎服，羅列東西厢。親朋走相送，酌酒歌同裳。四解 晨興拜堂上，骨肉相悲切。瀕行囑兄嫂，欲語復嗚咽。但得兄嫂一心善事阿母常喜悦，萬里羈人慰愁絶。五解」周準《行經拂水山莊》云：「孝穆荒齋還竹石，總持故宅尚鶯花。」《晨渡太湖》云：「半篙日氣霧中白，萬點浪花烟外青。」盛錦《峽夜》云：「斷崖開四壁，深井落孤蓬。」《曉發》云：「亂鴉僧閣外，殘月女牆西。」《老將》云：「白髮枕戈眠，黄沙帶甲穿。風雲經百戰，筋力盡三邊。」《白帝城謁昭烈武侯廟》云：「天祖式臨傳詔夜，風雲色變出師秋。」《抵瀘州》云：「萬里親朋勞夢寐，十旬餐宿托風濤。」《任城晤人》云：「酒徒半散荆卿市，詞壘孤懸李白樓。」閨秀王慧有句云：「海中若木何嘗夜，天上桃花不計春。」朱柔則《寄外》云：「入世逢迎拙，依人去住難。癡兒啼向我，昨夜夢長安。」倪瑞璿《閱馬阮傳》云：「賣國仍將身自賣，姦雄兩字惜稱君。」《金陵懷古》云：「峙鼎三分吳大帝，渡江五馬晉東京。」《憶母》云：「暗中時滴思親淚，只恐思兒淚更多。」蔡琬《江西坡》云：「鬼燈掩月團青血，野冢淒風嘯白楊。」袁機《有鳳》云：「有鳳荒山老，桐花不復春。」又「燈影三更夢，曇花頃刻身。」僧南潛《招魂曲》云：「夢魂夜逐青桐葉，飛落秋園作蝴蝶。一星鬼火入筵青，法王院榜招魂帖。靈旛剪紗錢剪紙，月黑松搖古鬚鬣。高僧咒開枉死城，精靈隱隱啼秋怯。嘯聲認得故人魂，猶帶生前舊豪俠。」宗渭《酹友》云：「烏啼黃葉寺，僧語夕陽橋。」《過海印菴》云：「烏背斜陽微帶雨，寺門衰柳漸迎秋。」願光《送人之楚》云：「樹色寒雲夢，秋聲老洞庭。」元璟《三忠祠》云：「匡山傾一旅，柴市接三仁。」《一覽樓》云：「天清鶴孤唳，地盡海東流。」《平陽寺》云：「鐘自萬松陰裏出，人隨一雁影邊來。」《蛟門》云：「兩拳石束波爭立，一隙門開天忽東。雲壓鼇頭山影黑，日翻魚眼柁樓紅。」《答人》云：「入夢幾人飛白鳳，登臺終古弔黃金。」然修《金山》云：「飛去斷雲雙白鳥，浴成寒浪一青螺。」德亮《龍泉關》云：「塞雲昏客路，虎氣伏山隈。風土猶三晉，人烟自五臺。」佛暘《夜過雷塘》云：「寒樹著霜還是綺，廢塘埋玉尚名鉤。」

張虞山養重詩雖奉禁，而佳處不能埋沒。《囦溪道中》云：「纜走懸崖險，舟穿亂石斜。」又「聞鵑春淚滴，防虎夜心驚。」《汀州道中》云：「左顧潮陽右贛州，新羅高處萬山頭。番瑶接地蟠關隘，烽火連天起戍樓。日夜鄉心皆北向，古今汀水獨南流。可憐滿眼崎嶇路，惟有清猿伴客愁。」其餘：「沙老磯横出，灘高水亂流。」「稻花蒸日晚，瓠葉動風涼。」「樹喧山雨過，燈暗草蟲飛。」「秋泥三尺雨，古樹萬重山。」「樹垂官岸老，山壓縣樓低。」「烟光一鳥白，秋色萬山明。」「枕殘孤棹月，山瘦五更霜。」「魚窺人影散，鴉抱夕陽歸。」「南樓楚雨三更遠，春水吴江一夜生。」「署臨黑水邊雲暗，歌動梁州漢月高。」「高樹寒烟孤鳥過，太湖凉雨一天收。」「磬寂鳥聲喧佛座，簾開花氣入詩龕。」「詩客暮雲笻竹杖，美人秋水木蘭舟。」「萬里瘡痍增客淚，千山烽火動邊聲。」「風吹鐵甲鳴駝背，雲捲牙旗斷岸行。」何等氣韻。

往閲名人詩集，遇有賞心之句輒識不忘，其題不及記也。五言如：「暮雨一庭葉，秋聲四壁蟲。」「亂山争夕照，萬木互秋聲。」「去馬斜陽路，歸鴉落葉聲。」「緑酣鶯語澀，紅瘦蝶魂癡。」「溪雨蛙聲夜，山風槲葉秋。」「草緑人千里，燈紅雁一聲。」七言如：「往事醒殘蝴蝶夢，新詩消盡海棠魂。」「雙樹昏鴉盤古屋，一鞭殘雨落孤村。」「賓客已忘新草莽，鬼神猶泣舊文章。」「夢斷茗和花有味，月高人與鶴無聲。」「滿杯月色游龍筆，兩袖荷香放鶴船。」「夜雨燈前愁蟋蟀，西風江上冷菰蒲。」「雙柑春雨黄鸝酒，兩岸梅魂翠羽聲。」「十年旅况他鄉夢，萬里天涯一劍身。」「烟横古渡寒沙白，露冷荒原野燒紅。」「小驛孤城風一笛，斷橋流水路三叉。」「玉笛吹殘烟一樹，金鈴語碎月三更。」「鄂渚荻花沿岸白，漢陽楓樹隔江紅。」「雨風客夜分心憶，歌管情宵過眼虚。」「櫓摇背指月迷岸，簾捲人眠霜滿天。」「名士才華能壽世，美人風韻不關年。」「濕烟色重山迷脚，冷月光纖屋露頭。」「閣雨韶光迷白晝，釀春凉影促黄昏。」「風雨有聲雛鳳舞，雲雷奮角籜龍飛。」「掃石寒添山磵月，隔林疎認寺門橋。」「半束烟蘿雙屐水，滿身風葉一肩冰。」「萬里琴絃悲故舊，兩年劍術客諸侯。」「逶徑瓣香山月静，出林孤磬水風微。」「半樓明月詩中酒，十畝梅花夢裏山。」「惆悵緑梅花下路，半襟斜月不知寒。」「不是讀書燈一點，更無人影伴梅花。」單句如：「犬吠落花中。」「月上一樓霜。」「秋風秋雨夢江南。」「一簾疎雨濕春愁。」「豆花半架蟲吟雨。」「滿林黄葉報霜鐘。」「雁下寒蘆雪滿汀。」「隔岸人家種緑雲。」「一犂花雨課春耕。」「心力一生雛倦哺。」「落日凉蟲鳴亂葉。」「白雲吹雨落前湖。」「潮落荒江夜有聲。」「吹雨寒潮夜月高。」「荒徑聲乾樵子屐。」「十年風雨冷青燈。」「滿地梨花月有痕。」「乾雪一肩歸晚樵。」「夾岸落花紅夕陽。」「秋雨一湖紅藕花。」「杏雨溪村飯落花。」「六朝烟雨殘山外。」「曉露扶花放釣船。」俱妙。又「高士門庭雲亦懶，荷花世界夢俱香。」

劉在園官括蒼時，有句云：「官舍夜深曾過虎，人家日午不聞雞。」自是山僻景況。《調友納妓》云：「閒花只好閒中看，一折歸來便不鮮。」

《明詩餘論》載張靖之「溪流殘白春前雪，柳折新黄夜半風」，頗雋。

李空同在京口遇人故自矜重，元夕飲楊文襄宅分賦，王鴻漸得《老人燈》云：「形骸憔悴不堪描，還覺心頭火未消。自分不知年老大，也隨兒女鬧元宵。」空同默然。

孫太初詩才清逸，有「山根晴亦濕，湖氣夜難昏」、「長天下遠水，積霧帶巖扉」、「僧歸虹外雨，雲抱水邊樓」、「浪花迎棹尾，山影上人衣」、「清流梳石髮，遠霧着山市」、「遠江天入星河濕，高木谿迴風露稀」諸句。

《鶴林玉露》云：農圃家風，漁樵樂事，唐人絶句摹寫精矣，摘數首録壁間，每菜羹豆飫，啜苦茗一杯，偃卧松窗竹榻，令兒童吟誦數過，勝於吹竹彈絲也。韓偓云：「聞説經旬不啟關，藥窗誰伴醉開顔。夜來雪壓前村竹，剩看溪南幾尺山。」又云：「萬里清江萬里天，一村桑柘一村烟。漁翁醉着無人唤，過午醒來雪滿船。」長孫左輔云：「獨訪山家歇還涉，茅屋斜連隔松葉。主人聞語未開門，繞籬野菜飛黄蝶。」陸龜蒙云：「雨後沙虚古岸崩，漁梁攜入亂雲層。歸來月落汀洲暗，認得山妻結網燈。」鄭谷云：「白頭波上白頭翁，家逐船移浦浦風。一尺鱸魚新釣得，兒孫吹火荻花中。」李商隱云：「城郭休過識者稀，哀猿啼處有柴扉。滄江白石漁家路，薄暮歸來雨濕衣。」張濱云：「鵝湖山下稻粱肥，豚栅雞栖對掩扉。桑柘影斜春社散，家家扶得醉人歸。」

《青箱雜記》載：楚僧惠崇工詩，《題郊居》云：「河分岡勢斷，春入燒痕青。」《塞上》云：「河冰堅瘦馬，漠雪密藏鵰。」《東林寺》云：「鳥歸山墮雪，僧去石沉雲。」《濠梁夜泊》云：「夜闌潮動舸，天迥月臨城。」《贈人》云：「花漏沉山月，雲衣起海風。」《途中》云：「關河雙鬢白，風雪一燈青。」《書杲上人房》云：「松風傳夕磬，谿霧擁春燈。」《贈人》云：「坐石雲生袖，添泉月在瓶。」《西齋》云：「雪殘僧掃石，風動鶴歸松。」《池上》云：「竹風驚宿鶴，潭月戲春魚。」《送人》云：「月露疎寒柝，雲濤暗畫旗。」《贈戴殿前》云：「劍静龍歸匣，旗開虎遶竿。」《送人》云：「地遥群馬小，天闊一鵰平。」《談苑》載蜀僧希晝《送僧》云：「帆影先寒雁，經聲隱暮潮。」《贈某學士》云：「曉天金馬路，晚歲石霜心。」《春山》云：「遠樹侵雲老，孤泉落石危。」《送人歸南海》云：「落日横秋島，寒濤兀夜船。」《送人之鄞江》云：「江聲鰲背出，帆影斗邊飛。」皆妙。

龔芝麓「花月江南夢可憐」，不減「江上青山送六朝」一語。

戚价人《雲林寺》云：「寺連滄海朝烟白，塔入澄湖夕照陰。」「一鳩啼午寂，雙燕話春愁。」子瞻謂是唐人得意句，不誣也。

不敢居詩話

中　編

前編録唐人詩太略，茲復遴其傑句補之。常建《塞上曲》云：「百戰不能歸，刀頭怨秋月。城下有寡妻，哀哀哭枯骨。」岑參有句云：「馬走碎石中，四蹄皆血流。」《送人》云：「五月火雲屯，氣燒天地紅。」杜甫《奉先寺》云：「天闕象緯逼，雲卧衣裳冷。」《慈恩塔》云：「七星在北户，河漢聲西流。」《出塞》云：「落日照大旗，馬鳴風蕭蕭。悲笳數聲動，壯士慘不驕。」《新安吏》云：「白水暮東流，青山猶哭聲。」《新婚别》云：「嫁女與征夫，不如棄路旁。結髮爲君妻，席不煖君牀。妾身未分明，何以拜姑嫜？勿爲新婚念，努力事戎行。婦人在軍中，兵氣恐不揚。」《龍門閣》云：「長風駕高浪，浩浩自太古。」《劍門》云：「連山抱西南，石角皆北向。」劉長卿《從軍行》云：「單于古臺下，邊色寒蒼然。」錢起《題西峰蘭若》云：「返照亂流明，寒空千嶂净。」韋應物《淮上即事》云：「秋山起暮鐘，楚雨連滄海。獨鳥下東南，廣陵何處在？」《寄人》云：「喬木生夏凉，流雲吐華月。」又「獨尋秋草徑，夜宿寒山寺。」《東裴處士》云：「草木雨餘長，里閭人到稀。」《遊精舍》云：「緑陰生晝静，孤花表春餘。」孟郊《遊終南》云：「南山塞天地，日月石上生。」《送蕭鍊師》云：「閒于獨鶴心，大于高松年。」李群玉

《紫邏山居》云：「鶴聲夜無人，空月隨松影。」綦毋潛《春泛若耶》云：「晚風吹行舟，花路入溪口。」岑參《走馬川行》云：「半夜軍行戈相撥，風頭如刀面如割。」王維《送人歸山》云：「忽山西兮夕陽，見東皋兮遠村。平蕪緑兮千里，渺惆悵兮思君。」李白《贈裴十四》云：「黄河落天走東海，萬里瀉入胸懷間。」杜甫《驄馬行》云：「青絲絡頭爲君老，何由却出横門道。」《醉時歌》云：「清夜沉沉動春酌，燈前細雨簷花落。但覺高歌有鬼神，焉知餓死填溝壑。」《劉少府新畫山水》云：「元氣淋漓障猶濕，真宰上訴天應泣。」《收京後作》云：「三年笛裏關山月，萬國兵前草木風。」《題雙松圖》云：「白摧朽骨龍虎死，黑入太陰雷雨垂。」《短歌行贈王司直》云：「王郎酒酣拔劍斫地歌莫哀，我能拔爾抑塞磊落之奇才。豫章翻風白日動，鯨魚跋浪滄溟開。」《花卿歌》云：「子章髑髏血模糊，手提擲還崔大夫。」《冬狩行》云：「草間狐兔盡何益，天子不在咸陽宫。」李賀《高軒過》云：「殿前作賦聲摩空，筆補造化天無功。」《金銅仙人辭漢歌》云：「衰蘭送客咸陽道，天若有情天亦老。」王勃《送杜少府》云：「海内存知己，天涯若比鄰。」杜審言《過山齋》云：「薜蘿山徑入，荷芰水亭開。日氣含殘雨，雲陰送晚雷。」《襄陽城》云：「楚山横地出，漢水接天回。」宋之問《扈從登封》云：「谷暗千旗出，山鳴萬乘來。」張九齡《對月》云：「海上生明月，天涯共此時。」崔顥《贈張都督》云：「風霜臣節苦，歲月主恩深。」《題潼關樓》云：「山勢雄三輔，關門扼九州。」陶翰《新安江行》云：「雪晴山脊見，沙淺浪痕交。」王維《酬張少府》云：「松風吹解帶，山月照彈琴。」《輞川閒居》云：「渡頭餘落日，墟里上孤烟。」《辨覺寺》云：「窗中三楚盡，林外九江平。」《送人赴河西》云：「沙平連白雪，蓬卷入黄雲。」《送趙都督赴代州》

云：「天官動將星，漢地柳條青。萬里鳴刁斗，三軍出井陘。」《送韋明府》云：「高鳥長淮水，平蕪故郢城。」《送梓州李使君》云：「萬壑樹參天，千山響杜鵑。山中一夜雨，樹杪百重泉。」《初出濟州》云：「執政方持法，明君無此心。」《冬晚》云：「隔牖風驚竹，開門雪滿山。」《登小臺》云：「落日鳥邊下，秋原人外閒。」《秋夜獨坐》云：「雨中山果落，燈下草蟲鳴。」孟浩然《禪房》云：「夕陽連雨足，空翠落庭陰。」《夜渡湘水》云：「榜人投岸火，漁子宿潭烟。」岑參《送張子任南海》云：「不擇南州尉，高堂有老親。樓臺重蜃氣，邑里雜鮫人。海暗三山雨，花明五嶺春。此鄉多寶玉，慎勿厭清貧。」《送李節度》云：「上公周太保，右相漢司空。弓抱關西月，旗翻渭北風。」《林亭送別》云：「砌冷蟲鳴座，簾疎月到牀。」《寄杜拾遺》云：「白髮悲花落，青雲羨鳥飛。聖朝無闕事，自覺諫書稀。」《總持寺》云：「檻外低秦嶺，窗中小渭川。」《邱中春卧》云：「竹深喧暮鳥，花缺露春山。」崔曙《明堂火珠》云：「夜來雙月滿，曙後一星孤。」李頎《望秦川》云：「秋聲萬户竹，寒色五陵松。」張謂《送人》云：「江月隨人影，山花趁馬蹄。」祖詠《泊揚子》云：「林藏初霽雨，風退欲歸潮。」李白《宮中行樂詞》云：「宮花爭笑日，池草暗生春。」又「宮中誰第一？飛燕在昭陽。」《塞下曲》云：「五月天山雪，無花只有寒。笛中聞折柳，春色未曾看。」又「邊月隨弓影，胡霜拂劍花。」《送人》云：「碧雲浮海色，流水折江心。」《謝朓北樓》云：「人烟寒橘柚，秋色老梧桐。」《太原早秋》云：「霜威出塞早，雲色渡河秋。」杜甫《兗州城樓》云：「浮雲連海岱，平野入青徐。」《宴左氏莊》云：「暗水流花徑，春星帶草堂。」《對雪》云：「亂雲低薄暮，急雪舞迴風。」《送張司馬》云：「冠冕通南極，文章落上台。」《秦州》云：「水落魚龍夜，山空鳥鼠秋。」又「無風雲出塞，不夜月臨關。」又「風連西極動，月過北庭寒。」《送遠》云：「帶甲滿天地，胡爲君遠行？親朋盡一哭，鞍馬去孤城。」《春夜喜雨》云：「隨風潛入夜，潤物細無聲。」《江亭》云：「水流心不競，雲在意俱遲。」《懷李白》云：「世人皆欲殺，吾意獨憐才。」《禹廟》云：「荒庭垂橘柚，古屋畫龍蛇。雲氣生虛壁，江聲走白沙。」《刈稻畢》云：「寒風疎草木，旭日散雞豚。」《瞿塘兩崖》云：「入天猶石色，穿水忽雲根。」《遣憂》云：「受諫無今日，臨危憶古人。」《泊岳陽城下》云：「岸風翻夕浪，舟雪灑寒燈。留滯才難盡，艱危氣益增。」劉長卿《望洞庭》云：「疊浪浮元氣，中流没太陽。」《新年作》云：「老至居人下，春歸在客先。」錢起《南門對月》云：「鵲驚隨葉散，螢遠入烟流。」郎士元《送人》云：「河源飛鳥外，雪嶺大荒西。」皇甫冉《送人》云：「驛路收殘雨，漁家帶夕陽。」《渡洛水》云：「暝色赴春愁，歸人南渡頭。渚烟空翠合，灘月碎光流。」《贈人》云：「春歸江海上，人老別離中。」皇甫曾《送人往荆州》云：「水傳雲夢曉，山接洞庭春。」司空曙《與韓紳宿別》云：「乍見翻疑夢，相悲各問年。孤燈寒照雨，深竹暗浮烟。」《送人》云：「他鄉生白髮，舊國見青山。」盧綸《寄人》云：「兩行燈下淚，一紙嶺南書。」《題園林》云：「抱琴看鶴去，枕石待雲歸。」耿湋《即事》云：「家貧僮僕慢，官罷友朋疎。」李嘉祐《和人》云：「漏長丹鳳闕，秋冷白雲司。」嚴維《荆溪館》云：「野燒明山郭，寒更出縣樓。」劉方平《新春》云：「一花開楚國，雙燕入盧家。」鄭錫《關山》云：「水聲分隴咽，馬色度關迷。」于良史《冬望》云：「風兼殘雪起，河帶斷冰流。」李益《喜見外弟又言別》云：「十年離別後，長大一相逢。問姓驚初見，稱名憶舊容。別來滄海事，語罷暮天鐘。明日巴陵道，秋山又幾重。」竇叔向《擔石湖》云：「日銜高浪出，天入四空無。」戴叔倫《山居》云：「養花分宿雨，剪葉補秋衣。」韓愈《和人》云：「暖風抽宿麥，清雨捲歸旗。」賈島《宿山寺》云：「流星透疎木，走月逆行雲。」李商隱《燕集擬杜》云：「虹收青嶂雨，鳥没夕陽天。客鬢行如此，滄江坐渺然。」《蟬》云：「五更疎欲斷，一樹碧無情。」《題隱居》云：「石梁高瀉月，樵路細侵雲。」《即事》云：「天意憐幽草，人間重晚晴。」温庭筠《西池》云：「柳占三春色，鶯偷百鳥聲。」《池上遇雨》云：「萍皺風來後，荷喧雨到時。」許渾《宿村家》云：「谷響寒耕雪，山明夜燒雲。」紀唐夫《送人》云：「野橋喧碓水，山郭入樓雲。」周朴《哭友》云：「野烟孤客路，寒草故人墳。」張喬《送人》云：「夜火山頭市，春江樹杪船。」李咸用有句云：「危城三面水，古樹一邊春。」李昌符有句云：「曙分林影外，春盡雨聲中。」崔道融《梅花》云：「香中别有韻，清極不知寒。」僧處默《聖果寺》云：「到江吴地盡，隔岸越山多。」賈曾《春日出苑》云：「渭水晴光摇草樹，終南佳氣入樓臺。」祖詠《望薊門》云：「萬里寒光生積雪，三邊曙色動危旌。」王維《積雨輞川莊作》云：「漠漠水田飛白鷺，陰陰夏木囀黄鸝。」孟浩然《安陽城樓》云：「樓臺晚映青山郭，羅綺晴驕緑水洲。」岑參《和人早朝》云：「金闕曉鐘開萬户，玉階仙仗擁千官。」《杜相〔公〕發益州》云：「朝登劍閣雲隨馬，夜渡巴江雨洗兵。」杜甫《送人》云：「黄牛峽静灘聲轉，白馬江寒樹影稀。」《賓至》云：「豈有文章驚海内，漫勞車馬駐江干。」《寄别》云：「路經灔澦雙蓬鬢，天入滄浪一釣舟。」《白帝城樓》云：「峽坼雲霾龍虎卧，江清日抱黿鼉游。」《秋興》云：「江間波浪兼天湧，塞上風雲接地陰。」又「同學少年多不賤，五陵車馬自輕肥。」又「瞿塘峽口曲江頭，萬里風烟接素秋。」又「回首可憐歌舞地，秦中自古帝王州。」《諸將》云：「獨使至尊憂社稷，諸君何以答昇平。」又「滄海未全歸禹貢，薊門何處盡堯封。朝廷衮職雖多預，天下軍儲不自供。」《黄昏》云：「返照入江翻石壁，歸雲擁樹失山村。」《九日》云：「殊方日落玄猿哭，舊國霜前白雁來。」陶峴《西塞山下》云：「鴉翻楓葉夕陽動，鷺立蘆花秋水明。」劉長卿《贈别》云：「日斜江上孤帆影，草緑湖南萬里情。」《送人任袁州》云：「五柳閉門高士去，三苗按節遠人歸。」《題某僧故居》云：「六時行徑空秋草，幾日浮生哭故人。」韋應物《舟行》云：「寒樹依微遠天外，夕陽明滅亂流中。」《寄人》云：「身多疾病思田里，邑有流亡愧俸錢。」韓翃《仙遊觀》云：「山色遥連秦樹晚，砧聲近報漢宫秋。疎松影落空壇静，細草春香小洞幽。」《送人》云：「蟬聲驛路秋山裏，草色河橋落照中。」司空曙《酬贈》云：「建水風烟收客淚，杜陵花竹夢郊居。」李端《淮浦憶人》云：「秦地故人成遠夢，楚天凉雨在孤舟。」武元衡《送澹公歸龍潭葬本師》云：「雙樹爲家思舊壑，萬花成塔禮寒山。」韓愈《朝回》云：「金鑪香動螭頭暗，玉珮聲來雉尾高。」《和晉公》云：「將軍舊壓三司貴，相國新兼五等崇。」劉禹錫《望峽》云：「十二碧峰何處所，永安宫外是荒臺。」《送李僕射赴鎮》云：「郡人重得黄丞相，童子争迎郭細侯。」《始聞秋風》云：「馬思邊草拳毛動，鵰盼青雲倦眼開。」《感吕衡州》云：「遺草一函歸太史，孤墳三尺傍要離。」《蘇州酬别樂天》云：「二南風化承遺愛，八詠聲名躡後塵。梁氏夫妻爲寄客，陸家兄弟是州民。」元稹《夸州宅》云：「我是玉皇香案吏，謫居猶得住蓬萊。」又「繞郭烟嵐新雨後，滿山樓閣上燈初。」賈島《寄韓潮州》云：「峰懸驛路殘雲斷，海浸城根老樹秋。」朱慶餘《南湖》云：「野船著岸偎春草，水鳥帶波飛夕陽。」杜牧《題商於青雲館》云：「四皓有芝輕漢祖，張儀無地與懷王。」又「枕邊泉聲客夢涼。」李商隱《聖女祠》云：「一春夢雨常飄瓦，盡日靈風不滿旗。」《贈人》云：「夜卷牙旗千帳雪，朝飛羽騎一河冰。」《曲江》云：「死憶華亭聞唳鶴，老憂王室泣銅駝。」《安定城樓》云：「永憶江湖歸白髮，欲迴天地入扁舟。」許渾《東樓》云：「溪雲初起日沉閣，山雨欲來風滿樓。」《白雲樓》云：「山翠萬重當檻出，水光千里抱城來。」《村舍》云：「山徑暮雲收獵網，水亭涼月挂漁竿。」《卧病》云：「病中送客難爲別，夢裏還家不當歸。」薛逢《送某尚書》云：「霜中入塞琱弓響，月下翻營玉帳寒。今日路旁誰不指，穰苴門户慣登壇。」《漢武宫詞》云：「茂陵烟雨埋冠劍，石馬無聲蔓草寒。」《夜雨》云：「壓樹早鵶飛不散，到窗寒鼓濕無聲。」李群玉《黄陵廟》云：「野廟向江春寂寂，古碑無字草芊芊。東風近暮吹芳芷，落日深山哭杜鵑。」方干《舟行》云：「仰看青壁開天罅，斗轉寒灣避石稜。」李郢《江亭》云：「蜀客帆檣背歸燕，楚山花木怨啼鵑。」鄭谷《甘露寺》云：「飲澗鹿喧雙派水，上樓僧踏一梯雲。」《鷓鴣》云：「雨昏青草湖邊過，花落黄陵廟裏啼。」羅隱《憶故居》云：「黄菊倚風村酒熟，緑蒲低雨釣船歸。」《夏州城樓》云：「萬里山川唐土地，千年魂魄晉英雄。」《緜谷寄人》云：「芳草有情皆礙馬，好雲無處不遮樓。」《泊淮口》云：「秋涼霧露侵燈下，夜盡魚龍逼岸行。」韓偓《春盡》云：「細水浮花歸別澗，斷雲含雨入孤村。」譚用之《湘江秋雨》云：「秋風萬里芙蓉國，暮雨千家薜荔村。」張泌《泊洞庭湖港》云：「青草浪高三月渡，緑楊花撲一溪烟。」「芰荷翻雨潑鴛鴦。」亦是晚唐雋句。

李文饒謫官南去或賦詩云：「八百孤寒齊下淚，一時回首望崖州。」即汲引一端，可以知其生平矣。

宮人入道，唐人賦是題最多，絶無佳構。本朝汪太史琬句云：「此生無復昭陽望，猶爲君王夜祝釐。」忠愛之思溢於言表，足以跨越前人。

孔東堂有「燈寒雨一樓」之句，余頗喜誦之。

嘗謂《陌上桑》「使君自有婦，羅敷自有夫」二語，讀之能使蕩子收心、狹邪猛省。

古歌古語，今人從事者鮮，然質厚婉至，尋常片語，俱使人吟諷不厭。如《越人歌》云：「山有木兮木有枝，心説君兮君不知。」杞梁妻《琴歌》云：「樂莫樂兮心相知，悲莫悲兮生别離。」韓憑妻《烏鵲歌》云：「南山有烏，北山張羅；烏自高飛，羅當奈何？ 烏鵲雙飛，不樂鳳凰；妾是庶人，不樂宋王。」《湘中漁歌》云：「帆隨湘轉，望衡九面。」《易緯》引語云：「躓馬破車，惡婦破家。」漢武《李夫人歌》云：「是耶非耶，立而望之，翩何姍姍其來遲。」《落葉哀蟬曲》云：「羅袂兮無聲，玉墀兮塵生。」卓文君《白頭吟》云：「今日斗酒會，明旦溝水頭。躞蹀御溝上，溝水東西流。凄凄復凄凄，嫁娶不須啼。願得一心人，白頭不相離。」班婕妤《紈扇歌》云：「出入君懷袖，動摇微風發。」漢人《飲馬長城窟行》云：「枯桑知天風，海水知天寒；入門各自媚，誰肯相爲言。」《善哉行》云：「來日大難，口燥脣乾。今日相樂，皆當喜歡。一解 經歷名山，芝草翻翻。仙人王喬，奉藥一丸。二解 自惜袖短，内手知寒。慚無靈輒，以報趙宣。三解 月没參横，北斗闌干。親交在門，饑不及餐。四解 歡日尚少，戚日苦多。以何忘憂，彈箏酒歌。五解 淮南八公，要道不煩。參駕六龍，游戲雲端。六解」《古詩》云：「步出城東門，遥望江南路。前日風雪中，故人從此去。」《古歌》云：「高田種小麥，終久不成穗。男兒在他鄉，焉得不憔悴。」《悲歌》云：「悲歌可以當泣，遠望可以當歸。」麗玉《箜篌引》云：「公無渡河，公竟渡河；渡河而死，當奈公何！」蔡文姬《悲憤詩》云：「感時念父母，哀歎無終已。有客從外來，聞之常歡喜。迎問其消息，輒復非鄉里。」又「兒前抱我頸，問母欲何之？人言母當去，豈復有還時？阿母常仁惻，今何更不慈？我尚未成人，奈何不顧思？」竇玄妻《怨歌》云：「煢煢白兔，東走西顧。衣不如新，人不如故。」辛延年《羽林郎》云：「男兒愛後婦，女子重前夫。」孔融《雜詩》云：「生時不識父，死後知我誰？」均不可不讀其切中情事者。《桓子新論》引諺云：「人聞長安樂，則出門而西向笑；知肉味美，則對屠門而大嚼。」《牟子》引諺云：「少所見，多所怪，見橐駝言馬腫背。」《山經》引《相冢書》云：「山川而能語，葬師食無所；肺腑而能語，醫師色如土。」最奇奥者《三秦記民謡》云：「武功太白，去天三百；孤雲兩角，去天一握。山水險阻，黄金子午。蛇盤烏欘，勢與天通。」

《蘇耽歌》有云「青山舊時」，純是徐、庾吐屬，應屬六朝人擬作。

魏文《善哉行》云：「憂來無方，人莫之知。」《燕歌行》云：「秋風蕭瑟天氣凉，草木摇落露爲霜。」曹植《聖皇篇》云：「車輪爲徘徊，四馬躊躇鳴。」《贈白馬王》云：「丈夫志四海，萬里猶比鄰。恩愛苟不虧，在遠分日親。何必同衾幬，然後展殷勤。憂思成疾疢，無乃兒女仁。倉卒骨肉情，能不懷苦辛？」王粲《贈人》云：「風流雲散，一别如雨。」《七哀詩》云：「路有飢婦人，抱子棄草間；顧聞號泣聲，揮涕獨不還。未知身死處，何能兩相完！」徐幹《雜詩》云：「自君之出矣，明鏡暗不治。思君如流水，何有窮已時。」阮籍《詠懷》云：「湛湛長江水，上有楓樹林。皋蘭被徑路，青驪逝駸駸。」又「邱墓蔽山岡，萬代同一時。千秋萬歲後，榮名安所之？」又「徘徊蓬池上，還顧望大梁。緑水揚洪波，曠野莽蒼茫。」又「駕言發魏都，南向望吹臺。簫管有遺音，梁王安在哉？」張華《情詩》云：「巢居知風寒，穴處識陰雨。」傅玄《明月篇》云：「浮萍本無根，非水將何依？」《雜詩》云：「志士惜日短，愁人知夜長。」左思《雜詩》云：「高志局四海，塊然守空堂。壯齒不恒居，歲暮常慨慷。」張協《雜詩》云：「房櫳無行迹，庭草萋以緑。」范蔚宗《樂遊應詔》云：「蘭池清夏氣，脩帳含秋陰。」郭璞《遊仙》云：「潛穎怨青陽，陵苕哀素秋。」又「神仙排雲出，但見金銀臺。」謝靈運《晚出西射堂》云：「曉霜楓葉丹，夕曛嵐氣陰。」《彭蠡湖口》云：「春晚緑野秀，巖高白雲屯。」《南樓》云：「杳杳日西頽，漫漫長路迫。登樓爲誰思？臨江遲來客。」謝惠連《秋懷》云：「寒商動清閨，孤燈暖幽幔。」謝瞻《答靈運》云：「夕霽風氣涼，閑房有餘清。開軒滅華燭，月露皓已盈。」謝朓《同謝諮議銅雀臺》云：「繐帷飄井幹，尊酒若平生。」《郡齋閑坐》云：「窗中列遠岫，庭際俯喬林。」《卧病呈沈尚書》云：「珍簟清夏室，輕扇動涼飈。良辰竟何許，夙昔夢佳期。」《夜發新林》云：「秋河曙耿耿，寒渚夜蒼蒼。」《晚登三山》云：「白日麗飛甍，參差皆可見。喧鳥覆春洲，雜英滿芳甸。」《直中書省》云：「風動萬年枝，日華承露掌。」《和王主簿怨情》云：「花叢亂數蝶，風簾入雙燕。」《移病還園示親舊》云：「停琴佇涼月，滅燭聽歸鴻。」陶潛《始作鎮軍參軍》云：「弱齡寄事外，委懷在琴書。」又「望雲慚高鳥，臨水愧遊魚。」《夜行塗口》云：「涼風起將夕，夜景湛虛明。」《雜詩》云：「秋菊有佳色，裛露采其英。」又「日入群動息，歸鳥趨林鳴。」《讀山海經》云：「孟夏草木長，繞屋樹扶疏。既耕亦已種，時還讀我書。窮巷隔深轍，頗迴故人車。歡言酌春酒，摘我園中蔬。」顔延之《贈王太常》云：「玉水記方流，璇源載圓折。」又「側同幽人居，郊扉常晝閉。庭昏見野陰，山明望松雪。」鮑照《出自薊北門行》云：「投軀報明主，身死爲國殤。」《東門行》云：「居人掩閨卧，行子夜中飯；野風吹秋木，行子肝腸斷。」《白頭吟》云：「清如玉壺冰，直如朱絲繩。」《代君子有所思》云：「蟻壤漏山河，絲淚毁金骨。」江淹《李都尉從軍》云：「尊酒送征人，踟躕在親宴。日暮浮雲滋，握手淚如霰。」魏文帝《遊宴》云：「緑竹夾清水，秋蘭被幽崖。」又「高文一何綺，小儒安足爲。」陶徵君《田居》云：「歸人望烟火，稚子候檐隙。」鮑參軍《戎行》云：「寒陰籠白日，太谷晦蒼蒼。息徒税征駕，倚劍臨八荒。」《休上人怨别》云：「西北秋風至，楚客心悠哉。日暮碧雲合，佳人殊未來。」氣體一例高峻，不從此種求之，終屬下乘。世人目不覩漢魏六朝，而高談唐宋，多見其陋也。

安仁「歸雁映蘭時，遊魚動圓波」，意趣好；玄暉「江南佳麗地，金陵帝王州」，氣局好。「空梁落燕泥」，是自然句；「庭草無人隨意緑」，是聰明句。

友人見示無名氏詩一帙，頗有可采。《懷亡姊》云：「朔風横空來，愁雲紛萬變。悠悠我心傷，寒天叫征雁。」《春暮書懷》云：「門掩蒼苔静，閒居感此心。病隨春事減，愁共落花深。啼鳥下疎竹，斜陽明遠林。有懷渾莫語，惆悵緑楊陰。」《聽雨》云：「燈影寒疎牖，秋聲咽遠雞。」《秋夜》云：「秋聲涼雁語，山月淡人心。」《晚眺》入手云：「落日數峰出，松聲相與閒。」《書懷》云：「道心春水活，身世落花催。」《秋夜有懷》云:「柴門深掩白雲邊,獨倚闌干思悄然。迢遞天涯不相見,月明無語立寒烟。」又有「亂山無語日西沉」之句,才力雖不甚厚,在晚近亦屬罕覯。

錢起「二十五絃彈夜月,不勝清怨却飛來。」竇鞏「日暮東風芳草緑,鷓鴣飛上越王臺。」二絶純以風調勝。

光武「崇山幽都何可偶,黄鉞一下無處所」;子陵「懷仁輔義天下悦,阿諛順旨要領絶」,絶好古樂府也。

程魚門《落第》云:「也應有淚流知己,只覺無顏對俗人。」陳梅岑云:「得原有命他休問,壯不如人後可知。」袁香亭云:「共説文章原有價,若論僥倖豈無人。」又「愁看童僕凄凉色,怕讀親朋慰藉書。」某云:「鄉連南渡思菰米,淚滴東風避杏花。」俱妙。

某《擬古》云:「莫作江上舟,莫作江上月;舟載人别離,月照人離别。」

周道士鶴雛有句云:「大道得從心死後,此身誤在我生前。」禪機玄理俱在箇中。

「湘妃危立凍蛟脊,海月冷挂珊瑚枝」、「過牆新水滴夢鶴,壓屋冷雲眠定僧」,新則新矣,毋乃槎枒,不若奇麗川云:「淡影是雲還是夢,暗香宜雨亦宜烟」,爲梅花傳神,而風調亦好。

虎邱山坡五十餘級,婦女坐轎下山心怯其墜,每倒抬而行。鮑步江《竹枝》云:「妾自倒行郎自看,省郎一步一回頭。」

「友如作畫須求淡,山似論文不喜平」,翁朗夫詩也。近有出題試士作「文似看山不喜平」者,直是點金成鐵手段。

徐金粟「不待雨來先地濕，並無雲處亦天低。」余遇黄梅時節輒喜誦之。

徐貫時《過平原有見》云：「玉面珠璫坐錦車，蟠雲作髻兩分梳。春風解下貂回脖，露出蝤蠐雪不如。」燕趙佳人風流如見。

嘗與葛鐵生師論詩，師謂：漁洋《秋柳》膾炙人口，如「江干黄竹女兒箱」等語，究是何題？余曰：詠物貴不脱不粘，漁洋先生但解「不粘」，未解「不脱」二字。其年先生和作若「有人樓上怕開箱」諸句，妙處在不粘，尤在不脱也。師又極賞隨園《嗣侄爲子》詩云：「妻妾無功兄弟補，林園有主水雲安。」余謂出語較勝。

隨園「英雄第一心開事，揮手千金報德時。」余讀之慨然。

鮑海門《陪尹元孚汎海口》云：「蓬萊清切逢仙侶，蛟鱷威稜避顯官。」

唐人詠僖宗幸蜀云：「地下阿環應有語：這回休更怨楊妃。」楊誠齋詩云：「但願君王誅宰嚭，不愁宫裏有西施。」巧爲美人開脱。

蔣南莊有句云：「人原是俗非因吏，仕豈能優且讀書。」何其冲和蘊藉也。

唐太史赤子《端午竹枝》云：「無端鐃鼓出空舟，賺得珠簾盡上鉤。小玉低言嬌女避，郎君倚扇在船頭。」

馮古浦《西林相公席上詠牡丹》云：「詩到清平能動主，花雖富貴不驕人。」

王載揚《讀梅村集》云：「百首淋浪長慶體，一生慚愧義熙民。」

顧奎光《過沅江》云：「名場似弈無同局，吏道如詩有別才。」

喬慕韓句云：「夢回枕上窗微白，知是天明是月明？」人意中語。

許衡紫「龍沙掃雪秋馳馬，兔魄凝霜夜卷旗。」「邊丁日課屯田麥，使者星馳屬國瓜。」絶似七子。

厲樊榭《崇先寺》云：「花明正要微陰襯，路轉多從隔竹看。」

王次回《過婦家感舊》云：「歸寧去日淚痕濃，鎖却粧樓第二重。空剩一行遺墨在：丙寅三月十三封。」真天籟也。

劉霞裳《鄱陽湖》云：「風能扶水立，雲欲帶山行。」善狀難狀之景。又有句云：「風停乾鵲喜，雨過濕雲忙。」

吴玉亭《嘲牡丹》云：「蝶使蜂媒齊用力，萬花叢裏看擒王。」較之宋人此題何如？「路長難算日，書遠每題年。」唐人能爲之，今人無此真詩矣。

趙雲松《哭友》云：「久客不歸無異死，故人入夢尚如生。」

王介祉落第，賦《無題》云：「盼得纖兒還蕩子，傳來小婢又夫人。」

陳古漁《路上》詩云：「年來一事真堪笑，只見來船是順風。」

李少鶴《哭人》云：「世緣猶有子，死日始無詩。」

明武宗南巡，翰林謝政少年韶秀，迎駕西江，見宫眷船誤爲御舟，跪迎報名；適宫人開窗潑水，見之一笑。謝賦詩云：「天上果然花絶代，人間竟有笑因緣。」

永太守用五《吴興竹枝》云：「練裙如雪浣中單，五月風多草色寒。片雨過窗紅日現，家家樓上曬衣竿。」

儲潤書《六月菊》云：「秋士偶然輕出處，高人原不解炎凉。」

隨園極賞沈石田《落花》云：「美人天遠無家别，逐客春深盡族行。」

王穀原《看白蓮》云：「船窗六扇拓銀紗，倚槳風前落晚霞。依約前灘凉月曬，但聞花氣不看花。」

薛中立《詠蝴蝶》云：「佳人偷樣好，停却繡鴛鴦。」

江賓谷《寄信栽樹》云：「老去菟裘身後冢，他年都要此中來。」

劉耕南《獨宿》云：「江村黄葉飛，猶掩蕭齋卧。時有捕魚人，艣聲窗外過。」詩境清絶。《哭弟》云：「死别漸欺初日諾，長貧難作託孤人。」

張映山《妙高臺》入手云：「海門中折大江開，浩浩風濤白雪堆。樓閣自盤飛鳥上，淮徐争送好山來。」何等氣概。弟慕蘧亦能詩，《途中》云：「人家屈曲棲山腹，客騎盤旋走樹頭。」

趙再白《仙霞嶺》云：「萬竹掃天青欲雨，一峰受月白成霜。」《自嘲》云：「名士本來如畫餅，古人原不好真龍。」

詠古詩要有言外意。唐人《詠息夫人》云：「至竟息亡緣底事？可憐金谷墜樓人。」近人則云：「無言空有恨，兒女粲成行。」

「十里亭臺通畫舫，一年簫鼓到深秋。」盧雅雨《留別》詩也，真是廣陵圖畫；結云：「爲報先疇墓田在，人生未合死揚州。」一何婉約。

柴耕南《夜遊孤山》云：「月行疑踏水，花坐當熏衣。」

李琴夫「未許園林終晚節，不妨風雨到重陽。」的是瓶菊。

程魚門《覆舟》云：「絶叫已驚身在水，舉頭猶見月如弓。」情景最真。又「戚友來時話再生。」

王介祉《落梅》云：「驛使再來休問信，美人已嫁莫相思。」《無題》云：「衣上石華新唾迹，帳中霞采舊丰神。」

陶庭珍《盤豆驛》云：「叢山如破衣，人作虱緣縫；盤旋一綫中，欲速不得縱。」趙秋谷《雨》云：「油雲潑濃墨，天額繫廣帕。風過日欲來，艱難走雲罅。」此種詩可免庸熟矣。趙《大雨》云：「日月争歸海，蛟龍亂上天。」

趙雲松《和錢嶼沙》云：「前程雲海雙蓬鬢，末路英雄一卷書。」

隨園有「立名最小是文章」之句，實獲我心，輒爲諷誦不置。

望海詩，朱草衣云：「地影全無着，天形轉不高。」沈子大云：「天水無邊孤月在，魚龍欲起大風來。」皆善言狀。

陳燭門《贈顧俠君》云：「鼓鐘清廟元和筆，簫管揚州大業花。」《贈李天山》云：「老人吹火窺劉向，天子臨軒問長卿。」姚姬傳《贈陶生》云：「貧無素業彈長鋏，行入朱門着小冠。」俱投贈詩之佳者。

徐水鄉《弔韓蘄王》云：「宋家還有西湖在，且自騎驢遣暮年。」

汪明府山樵獻南巡詩，召入南書房。聖祖嘗謂諸臣曰：「汪俊詩字俱佳。」其受知如此。胡少霞贈之云：「幾年著作直承明，萬壽詩章御榻横。見説九重親賞識，是何年少有韓翃。」

李仙芝《客中見新燕》云：「上苑喬林遷不到，生成薄命是依人。」

閨秀姚雲卿《百花洲》云：「小苑牆低弱柳長，綺羅香散緑池塘。花洲一曲吴江夢，依約風迴響屧廊。」陳玉瑛《送别》云：「欲别難爲别，吞聲古渡頭。妾心如此水，相送下渝州。」柯錦機《自題小影》云：「焚香合受檀郎拜，一幅盤陁水月身。」

楊學基《吴門雜詠》云：「行春橋畔水雲凉，萬頃琉璃浸夕陽。霧穀衫輕紈扇薄，卷簾低唤賣花郎。」莊元燮《無題》云：「鬟雲撩亂不曾梳，先向池邊看飼魚。露滴翠荷擎不定，戲分小妹當珍珠。」一例旖旎。

唐人因古樂府「羞澀佯牽伴」而有「强語戲同伴，希郎聞笑聲」、「從來不墜馬，故遺髻鬟斜」諸句。王疑雨因唐人「小膽空房怯，纖眉滿鏡愁」、「密約臨行怯，私書欲報難」而有「體自生香防姊覺，眉能爲語任郎參」、「含毫愛仿簪花格，展畫羞看出浴圖」、「翻成繡譜傳人畫，會得琴心允客挑」、「窗下有時思夢笑，燈前長不卸頭眠」諸句。張詒庭因疑雨而有「不敢當階愁月掩，未曾卻扇怕花羞」、「去後情懷憑酒遣，來時歡喜有燈知」諸句。袁香亭因疑雨而有「他日悲歡憑妾命，此身輕重恃郎心」、「常防過處留燈影，偏易行來觸瑟聲」、「勸君莫結同心結，一結同心解不開」、「形迹怕教同伴妒，囑郎見面不相親」諸句。又三律云：「迴廊百折轉堂坳，阿閣三層鎖鳳巢。金扇暗遮人影至，玉扉輕借指聲敲。脂含垂熟櫻桃顆，香解重襟荳蔻梢。倚燭笑看屏背上，角巾釵索影先交。」「碧桃花下訪臨邛，含笑開門有病容。帶一分愁情更好，不多時別興尤濃。枕衾先自留虛席，衣釦遲郎解內重。親舉纖纖偎頰看，分明不是夢中逢。」「惺惺最是惜惺惺，擁翠偎紅雨半停。念我驚魂防姊覺，教郎安睡待奴醒。香寒被角傾身讓，風過窗櫺側耳聽。天曉餘溫留不得，隔宵密約重丁寧。」魏學濂亦有句云：「帳鉤觸柱人初起，奩粉吹香撲未收。開箔先籠金約臂，插花仍露玉搔頭。」

戴思任《題文選樓》云：「七步以來誰抗手？六經而外此傳書。」熟精選理，深有望於來茲也。程春海司農恩澤《懷褚中令》云：「龍漦豔后貪天醉，鵬臆孤臣哭日斜。」《春鳥》云：「繡闥渠儂兒女語，畫船風日管絃聲。」《題問津圖》云：「問渡從來不繫船，誰教越客此停鞭。江潭柳色春如許，帳觸名場二十年。」《題黃小谷畫》云：「楚楚丹黃壓樹鮮，疏疏籬落帶花妍。緯蕭亦有江干屋，風雨吹破西風已十年。」《西平道中》云：「功名上蔡犬，歲月汝南雞。」《贈嚴麗生》云：「干戈淹蜀碧，風雨敝秦貂。」《武勝關》云：「淮漢背流收亂水，申黃終古鬬雄才。」《邯鄲》云：「豈有壽陵能學步，斷無厮養解憐才。」《雪後經冰沼》云：「潛魚黑失琉璃夢，遠鷺明投罨畫天。屋角火温雙墜筯，塔輪風急四馳烟。」《途中口占》云：「踏碎月華花款段，摇殘燈影錦屠蘇。」《途中即事》云：「敗柳人支殘瓦爨，荒蘆鬼守亂棺啼。」《題林暘谷遺照》云：「菽水長留勝鼎鍾，枯魚銜索感何窮。十年一樣孤兒淚，付與蘇耽叫朔風。」《魚山二絶》之一云：「神弦各奏豔歌長，佳傳還留銕研香。西晉才人多似鯽，不知何事悦絃郎。」《汶上》云：「燕披松雨屑，鵝助葦風聲。」《懷邢氏園》云：「枕簟通魚夢，茶瓜付柳風。」又「人語穿楊柳，樓陰壓芰荷。」又「好花圍竹肉，嘉樹覆兒孫。」《粤東雜感》云：「豪士萬金銷夜月，乞兒九死醉春風。」《題蘭竹卷子》云：「妙香無定相，斜雨有奇聲。」《爲鮑馨山題課子圖》云：「我亦孤惸仗母憐，折葼畫荻度霜天。而今賸有牽衣夢，哭倒青山又七年。」《淶水道中》云：「山光西劃飛狐口，水勢東趨拒馬河。」《懷田議郎》云：「公孫樓上没苔痕，袁紹筵前罷酒尊。只有劉虞真死友，西風鬼語到黄昏。」《九邊》云：「星鐔一指九邊收，何止燕雲十六州。鐵勒南來皆屬國，大宛西去半通侯。渠彌有陼龍魚睡，甌脱無烽虎豹秋。自古得人亭鄣治，長城萬里要深謀。」《聞趙城警》云：「猾吏野心窺肘腋，老兵瞠目枕刀環。」又「帝錫九河湔苦淚，天留一廟鎮孤城。」《題錢舜舉梨花卷子》云：「習懶菴中半醉時，戲拈璚管寫瑶姿。六陵烟樹春來否，寒食東風夢折枝。」「玉兒風貌雪兒姿，薄粉慵妝小立時。萬蝶分香渾不管，溶溶好月在横枝。」「酤酒花前雪壓枝，王孫佳句稱清姿。人間多少瀛洲雨，粉墨飄零又一時。」《曹太傅青鐙有味圖》云：「佛光初祖地，相業讀書人。」《憶春》云：「鈿轂金鞍競五都，衣香鬟影仿三吳。海棠庭院春如繡，燕子年光雨似酥。畫裏遊絲難捉搦，夢中佳句半模糊。誰憐讀易扃扉客，看取蕪菁繞砌鋪。」《顧南雅畫梅》云：「林逋老去圖佳婦，摩詰生前定畫師。」《贈徐星伯》云：「小策青驪顧盼奇，刀光如雪擁新詩。材官伏地先生笑，勒馬天山自打碑。」《題石夢詩畫》云：「倪黃一角付烟家，我亦追隨丙相車。淺絳峰頭歸夢遠，玉池温水養丹砂。」《題金粱夢月詞》云：「僊山蓂草已辭根，塵夢稠桑盼返魂。十步珠簾三步柳，添行情淚哭天孫。」真吾鄉之儁也。又《春寒》云：「電光灼冰冰欲熱，疾雷驅下五更雪。」亦是奇語。又《懷淩仲子》云：「鞶帨六朝花十色，秕糠兩宋帚千金。」

春海嘗得明鞏駙馬書句云：「畫眉夢暖花生筆，詠絮人歸月滿樓。」想見當時貴遊風調。鞏，殉甲申之難者也。

陽湖洪稚存太史亮吉長於古風、近體，如《別人》云：「木葉暗天地，雨聲速曉昏。」《弔亡友》云：「公子才名終不達，故人歌哭總無端。」《夜行》云：「破澗怒雷分雨勢，斷崖高樹勒風聲。」《過泳溪》云：「小市人聲亂，危橋馬影高。」《嶧縣道中》云：「夜氣沉殘月，天風動大星。」《曉行》云：「四野月明迷向背，一山雲出定陰晴。」《霸王墓》云：「十載通侯酬項伯，千秋大義戮丁公。」《重陽偕友作》云：「九日一尊同濩落，十年三見話辛酸。」《題莊四行障》云：「入世偶然成短翮，長松如此亦雙龍。」《偶成示友》云：「新月如眉過寒食，東風吹雨作清明。」《望中條》云：「雲色吞秦晉，河聲走暮朝。」《緱山道中夢游仙詩》云：「童顏如玉髮齊肩，自守丹鑪五百年。笑跨石牛偷下世，一生不願做頑仙。」「怪得雙成玉手温，摶桑三日弄朝暾。鯨魚死後滄溟漲，添出天南緑一痕。」《友招飲》云：「天放薄寒醒宿酒，人傳太白是真仙。」《杏花》云：「倚牆臨水只疑仙，豔絶東風二月天。要與春人鬬標格，有花枝處有鞦韆。」《懷勝遊》云：「閒來時傍女牆行，半里蘇蘇草欲平。蝴蝶滿樓人不信，日烘花氣上春城。」「溯流歸去路偏賒，欲到溪南被柳遮。時有鵓鴣啼一雨，墨雲如夢罨千家。」《郊宿》云：「樹疎涼意定，塔古夜光生。」《劉氏花圃》云：「小閣四圍巢燕棟，夕陽三面響魚叉。」《確山》云：「雨肥山郭蘚，風瘦驛樓燈。」《朱仙鎮元夕》云：「殘燈憑半壁，春夢入中原。」《永寧道中》云：「淵光黄奪月，山勢黑吞州。」《夜行山中》云：「虎風腥撲面，榴火豔擡頭。」《遠望》云：「上冢船歸鴉咒雨，築毬人去馬嘶風。」《海棠庭院》云：「孤柳無言偎檻緑，萬山如夢壓簾青。」《歲歉篇》云：「母病逋師俸，兒長着父衣。瘦憐親串識，貧覺館僮譏。」《初三》云：「蛛絲黏鏡濕，鼠淚滴燈昏。」《樓高》云：「禽迷窺鏡影，竹隱上梯聲。」《園居》云：「上樓人影瘦，吹燭雨聲寒。」《亦園即事》云：「銀燭樹寒人病酒，紫薇花暖月當樓。」《顯慶寺次韻》云：「古寺踏歌春黯黯，亂山入夢晝冥冥。」《黄大夜話》云：「山色連晨雨，江聲入暮笳。」《念亡友》云：「參苓欺命薄，萁豆感時煎。」《憶弟》云：「歲火周榆柳，年辰卜桔槔。」《偶作》云：「地冷疎門禁，年荒減市租。」《客舍》云：「窺燈鼠怯穿衣桁，緣壁蟲驚落畫叉。」《寄人》云：「酒魂沉盞緑，春夢壓燈紅。」《白紵山》云：「破冢愁尸氣，荒村散犬聲。」《從西山渡湖》云：「海雲天半立，山雨月中飛。」《夢游仙詩》云：「誰從天上號詞宗，淡寫新篇墨不濃。一朵絳雲環一字，笑他人世碧紗籠。」「下弦殘月訂幽盟，青鳥傳來誤已成。記有玉妃來世約，眼波回處定三生。」「挈伴時來阿母家，采蓮艇子住雙娃。神仙一例嬌羞甚，不折天池並蒂花。」「出世情懷絶世姿，冥濛香氣散如絲。紅雲一瓣邀同坐，奇福難消是此時。」《焦山》云：「夜帆明蝃蝀，秋浪狎黿鼉。」《懷花提督》云：「生戴頭來知秀實，死餘膽在説姜維。」《輓彭尚書》云：「編集會昌名一品，蓋棺光政贈三公。」《和黄天綺憶詩》云：「小閣珠簾動影紋，别離消息悵初聞。記煩小玉燒心字，枉乞麻姑看手文。籠袖紙燈行怯怯，牽衣花刺觸紛紛。兒家一片横塘水，只到門前派已分。」「氍毹廳北揖新正，碧玉多時羡長成。乍語便知留後讖，相逢都尚識前生。消沉楚雨三更夢，來往鄰雞第一聲。剪罷燭花裁罷句，玉釵原不墮塵情。」「紅牆一角露薔薇，日晚人來唤闔扉。説夢故教聲悄悄，傷春合着影依依。清修篋底裁番勝，密約樓頭毁嫁衣。最是玉釭凄冷處，蒲團真欲證忘機。」「華年作客此蕭辰，已覺凉秋勝好春。鸚鵡偶離前度劫，芙蓉須認再生人。浪從碧落傳私語，要向金僊乞病身。殘月一鉤幽夢醒，笑他還墮軟紅塵。」皆不凡也。先生詩尤工狀山水，若《太華淩門》、《持節黔陽》等集，幽思險筆，足以副形勝矣。

金陵承恩寺僧某有「破樓鬼拜自鳴鐘」之句，孫淵如賞之。

俞雕花孝廉《詠萬全火鍋會》云：「簪得山花鬢亦香，腰肢綽約傍垂楊。不須比較蓮鉤小，都是前生鄭窈娘。」「眼花落地醉模糊，紅燄吹來尚滿爐。軟語屬郎休酩酊，今朝歸路要人扶。」「阿婆雙鬢久蕭蕭，也貰花前酒一瓢。倘憶少年三五日，落紅滿地㲄魂銷。」「衣香人影過紛紛，坐久山坳又夕曛。要仿水嬉亭子例，眼前誰是杜司勳？」

雕花言詠古之佳者：《望思臺》云：「求仙下策成巫蠱，開塞荒兵到子孫。」《馬季長》云：「花底有人呼狎客，傳中無地著儒林。」《桓温》云：「生前枉自呼英物，死後誰來歎可人。」《梁孝王》云：「禁網初寬到賓客，人才一變起詞章。」《宋太祖》云：「可憐光義難爲弟，不及朱三尚有兄。」《姚少師》云：「空登北郭詩人社，難上西山老佛墳。」《嚴東樓》云：「黄閣階前跨灶子，青詞燈下捉刀人。」《吴梅村》云：「搜才林下程文海，作賦江南庾子山。」令人不厭百回讀。

道光庚子，江南闈中登藍榜者最多。海州某於卷面書集唐一絶云：「小廊迴合曲闌斜，遥指紅樓是妾家。燕子不來春欲去，瀟瀟風雨隔牆花。」蓋失足於温柔鄉者，而詩甚幽麗。

偶讀前人句云：「千古艱難惟一死，傷心豈獨息夫人。」悵望千秋，不禁淒然淚下也。

錢塘吴穀人祭酒才名傾一時，其詩如《瑞石洞》云：「雲衣如鶴白，石氣得松青。」《南潯舟中》云：「敗齒印沙沽酒屐，橛頭抄路送租船。」《南湖》云：「漁船攆過水邊扉，明滅湖光潑釣磯。荷葉已高花尚欠，一痕乾雪鷺鷥飛。」「老僧頭白話張家，捨宅碑荒壞樹遮。消受一竿烟水活，黄梅雨過叫蝦蟆。」《宗陽宫》云：「道人丹訣調龍虎，老輩詩壇斂鸛鵝。」《西湖夜泛》云：「蟲聲千葉雨，月氣一湖烟。」《春草》云：「十日雨晴熏蛺蝶，一江水暖長蘼蕪。」又「酒杯寂寞澆寒食，燕子荒凉認夕陽。」又「一徑牛羊風笛亂，六朝金粉砌臺荒。」《天寧寺》云：「江山過眼鷗同夢，鐘鼓無聲佛坐禪。」《蘄王將臺》云：「一星此地先生客，半壁誰家老將驢。」《江岸晚行》云：「雨霽江無烟，滿岸秋瑟瑟。老翁打魚歸，一蓑挂殘日。」《秋感》云：「一條江闊明蘆絮，九月風高上鯉魚。天地蒼茫窮鳥賦，寒暄鄭重故人書。」《寒曉》云：「鼃鼉跧蟄霧，星月落虚烟。」《春赴嚴江》云：「遠樹霽寒雪，孤帆明夕煙。」《晚渡》云：「江船來橘柚，人影雜樵漁。」《湖上感懷》云：「故國可憐天水碧，好山依舊佛頭青。」《葛嶺》云：「青山蝴蝶飄仙蜕，丹灶蟾蜍養肉芝。」《讀明史》云：「丹藥荒唐求上壽，青詞絡繹覬高官。」又「名溷黨碑人玷石，利窮礦税户淘金。」又「史縱能言聲亦淚，天何此醉問難知。衣冠慘酷同文獄，市井喧呼博浪椎。」又「淚盡孤臣遺翰在，梅花如雪夜魂招。」又「水火外朝轟穴蟻，風雷北寺煽城狐。」又「一樣匡山波浪裏，幾人不負趙家孤。」《横山道中》云：「溪雲飛挾雨，山葉走爭樵。」《丁家山桃花》云：「寒食光陰宜白舫，春風顔色在青山。」《五月四日恭紀》云：「仙露飛來沾小草，天風引到即三山。」《景州》云：「雪没短橋人認路，燈明小店馬奔槽。」《看牡丹》云：「如此色香纔絶世，平生富貴不因人。」《奔牛道中》云：「暝色前山來，平林織烟縷。荒草長于人，牧兒卧秋雨。」《揚州》云：「慳風澀雨錢刀會，人影衣香士女圖。」《東昌》云：「漯水一支微子國，夕陽終古魯連臺。」《移居》云：「菰水光陰南去夢，妻孥消息北來船。」《杜文貞遺像》云：「千里麻鞋豺虎險，一身飯顆鳳凰飢。君臣正氣存風雅，妻子空山哭亂離。」《紀事》云：「死聲酸送衣冠白，兵氣寒來草木秋。」《哭程魚門》云：「百年天地誰非客，六代江山欠此人。」《春湖晴泛圖》云：「蘋香在水水浮空，十里黄吹菜隴風。啼煞新鶯忙煞燕，寫晴寫得夕陽紅。」《哭施藕塘》云：「柳巷雲荒秋燕壘，柏臺霜老夜烏天。」又「鶯花世界情爲累，鰕菜妻兒祭亦愁。」《秦郵上巳》云：「芳草天涯三日禊，桃花春雨一湖寒。」《志别》云：「百畝稻田酬此願，一言江水涖吾盟。」《嶧陽》云：「烟光到樹水先白，雪意在雲山轉青。」《懷何春渚》云：「遊子飢寒歸日少，酒人涕淚古來多。」《懷黄相圃》云：「枯桐爨急才人泣，破硯秋荒季女飢。」《懷羅兩峰》云：「萬點寒螢酸鬼趣，二分明月瘦詩人。」《廣仁嶺》云：「松聲吹水入，雲氣壓山低。」《河屯》云：「馬蹄穿石角，虎迹躡松根。」《送友出守銅仁》云：「冷詩燈暗桄榔雨，賣劍民耕木箐烟。」《光嶽樓》云：「曉日闌干浮海色，高原草樹散秋聲。」《邀友小飲》云：「繁華逝水前程换，著述名山舊鬢皤。」《北固山樓》云：「二月鶯花愁作客，六朝人物感憑闌。」《觀荷》云：「南北東西魚戲葉，百千億萬佛分身。」《春望》云：「水光沿柳活，烟力入天微。」《哭姚春漪》云：「如此年光同水逝，相思哺啜亦風流。」《石門道中》云：「片席漁樵支酒局，廿年仕宦悔詩名。」《宿晏城》云：「月光低壓市，人影瘦穿城。」《晚泊》云：「草根月入留蟲語，樹杪風行起鷺濤。」《輓阿文成》云：「兒童一口稱君實，福命千秋替令公。」《夢游圖》云：「酒風吹緑髮，詩格老青山。」《題黄陶菴先生遺迹》云：「中原廿盜賊，大節殉科名。」《新城》云：「春水野塘花鴨暖，夕陽山壟紙鳶晴。」《驛柳次韻》云：「折腰情態羞津吏，過眼輪蹄認故侯。」《唐子畏畫像》云：「東風妒芳草，老屋住桃花。」《拜陳卧子先生墓》云：「勁草百年留故隴，正聲一代殿詩人。」《踏雪》云：「酒燈雙屐軟，樵路四山明。」《哭鮑雅堂》云：「宿草幾人澆白酒，舊遊如夢剩青山。」《吾園》云：「到門春水緑平岸，夾路野花紅過橋。」《送陳參戎》云：「横海新聲馳上將，羽林舊隸感孤兒。」《重到南園》云：「老藤盤石瘦，春水上魚肥。」又「燈火桑三宿，光陰黍一炊。」《壽友》云：「宦途手版黄塵夢，詩客頭銜白水盟。」又「詩狂酒渴雙青眼，女嫁男婚兩白頭。」《馮實庵移講》云：「管絃落日催詩舫，花鳥春風問字尊。 小别贈言彈古調，諸生流涕話師恩。」《瓜州》云：「煙華資水竹，潮色閃風蘆。」《題畫》云：「秋欑群樹瘦，雲納一峰明。」又「板橋平壓斷溪横，矮塔斜銜夕照明。竟有幽人看竹去，一條莎路草鞵聲。」《邗溝王廟神弦曲》云：「如荼如火兮雲旗，導神來兮江之湄。駕余皇兮行遲，泝烟波兮渺瀰。沼吾國兮吾將安歸？一解望射陽兮北滸，眷合瀆兮延佇。淮有三洲兮作門户，飛芻絡繹兮神力普，欲去此兮何處所？二解朝迎神兮不來，滯千里兮蘇臺。花草歇兮春須與栽。三解夕迎神兮不返，戀美人兮吴苑。羅綺單兮寒須與暖。四解嗟白露兮梧樹滋，倏西風兮梧葉飛。好冠來兮曾幾時，流水去兮夢又迷。君不見烏喙兮誰酹之？曷不潭潭兮樂此棲。五解刲羊兮擊豕，燭光兮摇紫。徵無百牢兮神亦喜。六解帶藻兮衣苔，魚頭兮告災。種無稻蟹兮神爲哀。七解願自今兮降祜，俾時暘兮時雨。宜爾禾兮載宜黍，飯可甑兮酒可酤。睨而笑兮褐之父，請酹神兮白紵舞。八解」八十年來無此秀思膩筆矣。《慈雲寺後尋宫人斜故址》云：「吠蛙唤客招提入，徑轉牆根陰氣襲。古柳通鐫蟲篆明，暮花側掩蘿帷泣。傳聞此地葬宫人，瘞玉埋香最愴神。八寶灰殘千度劫，九華鏡冷一奩春。當時新被良家選，强步丹階猶靦覥。稱體紗輕淺絳裁，承壺淚膩餘紅泫。委身從此隸長秋，踏草攤錢不自由。屈膝銅鋪牢閉合，守宫麝印枉綢繆。外家何日承恩澤，麗色可憐投火宅。十種楞嚴仙趣稀，一條銀漢星期隔。石榴剖子子多酸，黄蘗匀衣衣未乾。妝學内家纔有樣，絲如寡女已愁彈。催人容貌今非故，長信長門春又度。那有黄金賂畫工，肯容紅葉傳詩句。鉛水澆衾夢不成，凉風早在殿西生。竹枝未許羊車引，日影難從鴉翅争。初心本爲門楣計，惜寵憐私奈何帝。素面來朝號國姨，新聲詔進延年弟。香霧惺忪月影嬌，清歌唱到洛陽橋。遠聞隔院添龍笛，遥想當墀顫鳳翹。傷心獨看階蓂發，閲歷寒暄忘歲月。舊人天寳剩青娥，樂府上陽添白髮。頗有恩榮往日專，一朝失意孰爲憐。投竿痛哭前魚棄，掩篋淒涼故扇捐。翻雲覆雨徒延佇，警夜提鈴歷酸楚。秦苑遥羈卅六秋，唐宫誰放三千女。骨削香桃瘦可傷，玉魚無復腋生涼。青霞室裏辭同伴，金粟堆前認故鄉。兆安門啟靈風颯，半具銅符倉卒合。野火吹回螞蟻墳，情絲罥住蜘蛛塔。年來宿草長萋萋，過往中官見亦迷。幾摺羅裙飄蛺蝶，一盂麥飯欠棠梨。沙彌導我穿荒緑，子夜如聞歌響續。往例難援瘞鶴銘，舊聞合補焚椒録。即看陵寢亦誰家，一樣垂楊有暮鴉。十斛冷螢無照處，瓊花吹上玉鉤斜。」《隋苑行》中幅云：「荒涼隋苑夕陽斜，彈指光陰記那家。苔緑只憐埋翡翠，月寒無復唱琵琶。」又「自古女戎能召禍，荒淫從此人間播。春燈小市賣紅羊，夜色闌干放螢火。」又「蘭心蕙質如烟滅，杜宇無聲暗嗚咽。遠岸山明五斛螺，荒臺花作千年血。」集中此體皆不減君家梅村，惜乎集隘不能備録也。

前録梅村詩，僅就《甌北詩話》采取，未免罣漏。近始得其集，輒取佳句遺録者補之。《穿山》云：「勢削懸崖斷，根移怒雨來。洞深山轉伏，石盡海方開。」《元墓》云：「經聲清石骨，佛面冷湖光。」《送人入天台》云：「屐侵盤磴雪，衣濕渡江雲。」《溪橋夜過》云：「茶香消積雨，人影話長宵。」《王瓜》云：「弱藤牽碧蔕，曲項戀黄花。」《晚泊》云：「沙深留豕迹，溪静響魚叉。」《題儆上人代笠》云：「樹陰休灌叟，蓑雨滴漁翁。」《送友人還楚》云：「客心分暮雨，寒夢入江樓。」《夜坐》云：「一燈殘酒在，斜月暗窗虚。」《送王子彦》云：「失意獨焉往，自憐歸計非。無家忘别苦，多難愛書稀。白首投知己，青山負布衣。秋風秣陵道，惆悵素心違。」《遇舊友》云：「已過纔追問，相看是故人。」《歲暮送人》云：「燭影欹寒枕，江聲聽夜眠。」《曉發》云：「江村荒店月，野戍凍旗風。」《海溢》云：「龍魚居廢縣，人鬼語荒村。」《野望》云：「白骨新開壘，青山幾合圍。」又「殘村秋水外，新鬼月明中。樹出孤帆霧，江橫一笛風。」《高郵》云：「湖長城入岸，塔動樹浮村。」又「霜清見江楚，山斷入淮徐。」又「柳營當午道，水柵算丁男。」又「種荷泥補屋，放鴨柳成陰。」《遠道》云：「裝綿妻子線，致藥故人書。」《東平故壘》云：「重鎮銅龍第，雄邊珠虎牌。柳穿驍騎箭，花落美人釵。」結云：「將軍留戰骨，狼藉洛陽街。」《黃河》云：「河聲天上改，地脉水中來。」《古城三義廟》云：「舊俗傳香火，殘碑誤鬼神。」《項王廟》云：「情深存魯沛，氣盛失韓彭。」《送兄之浙》云：「粉壁僧寮畫，烟隄妓舫聲。」《贈趙友沂》云：「門高輕仕宦，才大狎樵漁。」《别弟》云：「客遊三月病，世路一生難。」又「州郡羞干請，門庭簡送迎。」《送人往河南》云：「北邙空有骨，南渡更無家。」《代州》云：「河來非漢境，雪積自堯年。」《贛州》云：「百灘爭二水，一嶺背孤城。」《韓蘄王墓》云：「詔起祁連冢，豐碑有賜亭。挂弓關塞月，埋劍羽林星。百戰黃龍艦，三江白石銘。趙家金盌出，山鬼哭冬青。」又「松風吹北固，碑雨洗南朝。」《宿沈文長山館》云：「焙茶松灶火，洗繭竹籬泉。」又「漁舟帆六面，橘井樹千頭。」《包山寺》云：「石毛仙蜕冷，雲影佛衣輕。」《七夕即事》云：「今夜天孫錦，重將聘雒神。黄金裝鈿合，寶馬立文茵。刻石昆明水，停梭結綺春。沉香亭畔語，不數戚夫人。」「仙醞陳瓜果，天衣曝綺羅。重臺吹玉笛，複道入銀河。曼倩詼諧笑，延年宛轉歌。江南新樂府，齊唱夜如何。」《遥别》云：「馬頭辭主淚，雁足覆巢書。」《秋夜》云：「鄰雞殘夢斷，窗雨一燈深。」《雜感》云：「兒女關餘劫，干戈逼小年。」《京口對月》云：「江聲浮戍鼓，人影出漁竿。」《趙凡夫居今改爲寺》云：「古佛同居住，名山即子孫。飛泉穿樹腹，奇字入雲根。」《寄陳直方》結云：「向來兄弟輩，裘馬自輕肥。」《訪友郊居》云：「曉吟寒入市，晚食雨歸村。」《則公出詩見示》云：「道心黄葉澹，勝事白雲忘。」《夜發破山寺》云：「暗泉隨去馬，急葉捲歸人。」《茸城旅館》云：「鴉啼殘夢樹，客話曉樓風。」《友赴大名》云：「參軍雄鎮地，上客相公家。酒盡河聲合，燈殘劍影斜。」《細林山館》云：「橋痕穿谷口，亭影壓溪頭。」《西佘山莊》云：「烟開孤樹迥，霜落一峰真。路曲山迎杖，廊空月就人。」《陳徵君西佘山祠》云：「地高卿相上，身遠亂離前。」《夜遊示人》云：「舟行人影動，橋語月明空。」《過吴江》云：「塔盤湖勢動，橋引月痕生。」《贈家園次》云：「京洛虚名誤，江湖懶病真。」《蠹簡》云：「秦灰招鼠盗，魯壁竄鯫生。」《殘畫》云：「童懶犀從墮，兒頑墨誤描。」《舊劍》云：「此豈封侯日，摩挲憶往年。恩仇當酒後，關塞即燈前。」結云：「不逢張壯武，辜負寶刀篇。」《破硯》云：「一擲南唐恨，拋殘剩石頭。江山形半截，寶玉氣全收。洗墨池成玦，窺書月仰鉤。記曾疏闕失，望斷紫雲愁。」《寒山深處》云：「松顛湖影動，峰背夕陽開。」《梅村》云：「不好詣人貪客過，慣遲作答愛書來。」《和王太常西田雜興韻》云：「蔬圃草深凫雁亂，水亭橋没芰荷圍。」又「潮没秋田孤鷺遠，閣含山雨斷虹圍。」又「一卧溪雲見面稀，繫船枯柳叩斜扉。」又「積暑空庭鳥雀稀，泉聲入竹冷巖扉。」又「苦竹黄蘆宿火稀，渡頭人歇望歸扉。」又「夜凉卷幔深更話，已御秋來白袷衣。」《壽王子彦》云：「二十登車侈壯游，軟塵京雒紫驊騮。」又「筍輿芒屩春山路，故舊相逢總白頭。」《次姜如須越中韻》云：「漂泊江湖魯兩生，亂離牢落暮雲平。秦餘祀日刊黄縣，越絶編年紀赤城。南菊逢人懷故國，西窗聽雨話陪京。」《嘲友》云：「馬融絳帳仍吹笛，劉向黄金止讀書。」《追悼》云：「君親有愧吾還在，生死無端事總非。」《范少伯祠》云：「艤棹滄江學釣魚，五湖何必計然書。山川禹穴思文種，烽火蘇臺弔伍胥。浪擲紅顔終是恨，拜辭烏喙待何如。却憐愛子猶難免，霸越平吴事總虚。」《題西泠閨詠》云：「神女新詞填杜若，如來半偈繡蓮花。」又「晴樓初日照芙蕖，姑射仙人賦子虚。」又「自寫雒神題小像，一簾秋水鏡湖居。」又「五銖衣怯鳳凰雛，珠玉爲心冰雪膚。緑屬侍兒春祓禊，紅牙小妹夜樗蒱。璚窗日暖櫻桃賦，粉箑風輕蛺蝶圖。屧蹙翠蛾人不識，自封書札問麻姑。」《海市》云：「金馬衣冠蒼水使，石鯨風雨濯龍臺。」又「激浪崩雲壓五湖，天風吹斷海城孤。」又「蒲類草荒春徙帳，滄溟月冷夜探珠。誰知曼衍魚龍戲，翠蓋金支滿具區。」《別三丁》云：「湖山意氣歸詞苑，兄弟文章入選樓。」《贈馮子淵》云：「令公專閫擁旌旄，鵰鶚西風拜錦袍。」《壽陸孟鳧》云：「入市蹇驢晨賣藥，閉門殘酒夜横琴。舊遊烽火天涯夢，銅鼓山高冷暮砧。」《壽申青門》云：「相門三戟勝通侯，兄弟衣冠盡貴游。白下高名推謝朓，黄初耆德重楊彪。」又「世事烟霞娱晚歲，黨人名字付殘編。」《琴河感舊》云：「却悔石城吹笛夜，青驄容易別盧家。」又「五陵年少催歸去，隔斷紅牆十二樓。」又「記得横塘秋夜好，玉釵恩重是前生。」《元旦試筆》云：「舊事都非還入夢，畫圖金粉碧闌干。」《雜感》云：「雪深六月天圍塞，雨漲千村地入湖。」又「秋風砧杵催刀尺，江左無衣已十年。」又「居庸千尺薊門低，八部雲屯散馬蹄。日表土中通極北，河源天上接安西。」又「急峽天風捲怒濤，穿雲棧石度秋毫。」又「縱火千村驅草木，齎糧百日棄弓刀。」又

「取兵遼海哥舒翰，得婦江南謝阿蠻。」又「禁垣遺直傳封事，絶徼孤忠誓佩刀。」《題北歸草》云：「蹇驢風雪蘆溝道，一慟昭陵恨未能。」《題鴛湖閨詠》云：「粉本留香泥蛺蝶，錦囊添線繡鴛鴦。」《送人歸閩》云：「五月關山樹影圓，送君吹笛柳陰船。」又「無諸臺上休南望，海色秋風又一年。」《鄧元昭奉使江右相遇吴門》云：「黑貂對雪潯陽樹，緑酒看山茂苑花。」《齋中夜飲》云：「窗櫺燭影花前酒，籬落雞聲雪裏山。」《虎邱禊飲》云：「筍屐鶯花忙士女，羽觴冠蓋會神仙。」又「十年故國傷青史，四海新知笑白頭。」《國學》云：「四庫圖書虚訪問，六堂絃管聽銷沉。」《功臣廟》云：「走鹿三山争楚漢，鳴雞十廟失蕭曹。」《玄武湖》云：「六代樓船供士女，百年版籍鎮山河。」《秣陵口號》云：「車馬垂楊十字街，河橋燈火舊秦淮。」又「易餅市旁王殿瓦，换魚江上孝陵柴。無端射取原頭鹿，收得長生苑内牌。」《過淮陰》云：「天邊故舊愁聞笛，市上兒童笑帶刀。」《郵壁次友韻》云：「數卷殘編兩石弓，書生摇筆壯懷空。」又「江上化龍圖割據，國中指鹿詫成功。」《朝日壇》云：「曉日曈曨萬象鋪，六龍銜燭下平蕪。石壇爟火燔玄牡，露掌華漿飲渴烏。」《送友之淮安管餉》云：「中原河患魚龍窟，江左官租粳稻年。」《送趙友沂》云：「鄉關兵火哀王粲，京國才名識杜欽。」《送友》云：「客中書劍愴離群，貰酒新豐一送君。」又「瘦瓢量水僧燒筍，拳石分泥客買蘭。」《壽座師》云：「解衣白日消棋局，岸幘青山入釣船。故國風塵淹晚歲，天涯歌舞惜流年。篋中别有龍沙記，不許旁人唤謫仙。」又「錦箏士女飛觴夜，鐵笛關山舞劍秋。」又「江湖有夢争南幸，滄海無家記北歸。烟水一竿虚舊隱，兵戈十口出重圍。」《即事》云：「柳營江上羽書傳，白馬三郎被酒眠。」又「秋盡黄陵對落暉，長沙西去不能歸。」又「老臣裹革平生志，往事傷心尚鐵衣。」《弔蒼雪》云：「白社老應空世相，青山我自哭詩人。」《送友出塞》云：「聖主起居當日慎，小臣忠愛本風聞。」又「塞馬一聲親舊哭，焉支少婦欲從軍。」《送友備兵山西》云：「父老壺關迎節使，將軍廣武耻封侯。」《送人憲副固原》云：「萬里河源通大夏，六盤山勢控新秦。」又「苜蓿金鞍調白馬，梅花鐵笛奏青羌。」《宿蒙陰》云：「蒙嶺出泉茶品味，龜田如火穀占年。」《贈遼左故人》云：「短轅一哭暮雲低，雪窖冰天路慘悽。青史幾年朝玉馬，白頭何日放金雞。」又「路出西河望八城，保宮老母淚縱横。」又「盡室可憐隨將吏，生兒真悔作公卿。」《石榴》云：「絳樹憑闌看獨笑，緑衣傳火照梳頭。」《茄牛》云：「老圃盤飧夸特殺，太牢滋味入常羞。」《蟬猴》云：「薄鬢影如逢越女，斷腸聲豈怨齊王。」《贈袁韞玉》云：「曉日珠簾半上鉤，少年走馬過紅樓。五陵烽火窮途恨，三峽雲山遠地愁。盧女門前烏桕樹，昭君村外木蘭舟。相逢莫唱思歸引，故國傷心恐淚流。」又「湘江木落洞庭波，杜宇聲聲喚奈何。萬騎油幢麾虎節，扁舟鐵笛换漁蓑。」《贈李笠翁》云：「家近西陵住薜蘿，十郎才調歲蹉跎。江湖笑傲容齊贅，雲雨荒唐憶楚娥。海外九州書志怪，坐中三疊舞迴波。前身合是玄真子，一笠滄浪自放歌。」《雲間帥坐中事》云：「青尊有恨攀他手，白削無情笑者頭。」《哭趙友沂兼柬洞門都憲》云：「長沙才子九江船，御史臺西月半圓。兩省親朋歡笑日，一官詩酒亂離年。朱樓有淚看楊柳，白髮無家聽杜鵑。太息賈生歸未得，湘花湘草夕陽邊。」《贈松江别駕》云：「二水淄澠杯酒合，三山樓觀畫圖裝。」《送人》云：「十年走馬向天涯，回首關河數暮鴉。」又「夜半酒樓羌笛起，軟裘衝雪踏鳴沙。」《孫山人太白亭》云：「招隱起亭吟社客，散仙留冢醉眠身。」《東風》云：「油壁馬嘶羅袖影，緑塘波皺畫簾聲。」《南風》云：「師曠審音吹不競，鍾儀懷土操難傳。」《西風》云：「隴坂征人蘆管怨，玉關思婦杵聲愁。」《北風》云：「野火燒原青海雪，驚沙擊面黑河冰。」《贈友》云：「孺仲清名交宦絶，彦方高行里閭傳。」又「萬事夢中稱幸叟，一家榜下出門人。」又「青箱世業高門在，白髮遺經半席分。」《壽韓中丞》云：「八公草木登高宴，九日茱萸置酒臺。兵食從容經久計，江淮安穩濟時才。」《題歸元恭僧服像》云：「金粟山人道者裝，玉山秋盡草堂荒。劫灰重作江南夢，一曲開元淚萬行。」《聽朱樂隆歌》云：「開元法部按霓裳，曾和巫山窈窕娘。見説念奴今老大，白頭供奉話岐王。」《過曹植墓》云：「小穀城西子建祠，魚山刻石省躬詩。君家兄弟空摇落，惆悵秋墳采豆枝。」《贈寇白門》云：「曾見通侯退直遲，縣官今日選蛾眉。窈娘何處雷塘火，漂泊楊家有雪兒。」《贈蘇崑生》云：「樓船諸將碧油幢，一片降旗出九江。老看龜年吹笛卧，暗潮打枕泣篷窗。」《偶得》云：「金城少主欲還家，油犢車輕御苑花。望斷龍堆無雁字，黑河秋雨弄琵琶。」《出塞圖》云：「玉關秋盡雁連天，磧裏明駝路幾千。夜半李陵臺上月，可能還似漢宫圓。」《偶成》云：「關河蕭索暮雲酣，流落鄉心太不堪。書劍尚存君且住，世間何物是江南。」《輓冒辟疆姬人》云：「江城細雨碧桃村，寒食東風杜宇魂。欲弔薛濤春夢斷，墓門深隔更侯門。」

梅村五言古，洋洋灑灑，直抒所見，雄深雅健，於李杜韓蘇外自成壁壘。《塗松晚發》云：「孤月傍一村，寒潮自來去。人語出短篷，纜没溪橋樹。」《謝皋羽西臺慟哭記》云：「文山竟以殉，趙社終爲屋。海上悲田横，國中痛王蠋。門人蒿里歌，故吏平陵曲。相國誠知人，舉事何顛蹷。丈夫失時命，無以辭碌碌。」《吳門遇劉雪舫》云：「漁陽股肱郡，千里無堅城。嗚呼四海主，此際惟一身。彷彿萬歲山，先后輜軿迎。辛苦十七年，欲訴知何因。今纔識母面，同去朝諸陵。我兄聞再拜，痛哭高皇靈。烈烈鞏都尉，揮手先我行。寧同英國死，不作襄城生。我幼獨見遺，貧賤今依人。」又「舊時白石莊，萬柳餘空根。海淀李侯墅，秋雁飛沙汀。博平有別業，乃在西湖濱。富貴一朝盡，落日浮寒雲。走馬南海子，射兔西山陰。路旁一寢園，御道居人侵。碑鐫孝純字，僵石莓苔青。下馬向之拜，見者疑王孫；詢是先后侄，感歎增傷心。落魄遊江湖，蹤迹嗟飄零。不圖風雨夜，話舊同諸君。已矣勿復言，涕下沾衣襟。」《避亂》云：「月出前村白，溪光照澄練。放楫浮中流，臨風浩歌斷。天塹非不雄，哀哉日荒燕。嗟爾謀國徒，坐失江山半。長年篙起舞，扁舟疾如箭。可惜兩河士，技擊無人戰。孤篷鐵笛聲，聞之淚流霰。我生亦何爲，遭時涉憂患。昔也歷九州，今來五湖畔。麻鞋習奔走，淪落成愚賤。」《哭志衍》云：「慷慨天下事，風塵慘河朔。諸將擁重兵，養寇飽鹵掠。背後若有節，此曹急斬斮。自請五千騎，一舉殲首惡。餘黨皆吾人，散使歸耕穫。」又「再拜蜀王書，流涕傾葵藿。請府發千金，三軍賜酺醵。賓旅給犀渠，叟兵配騮駱。此地俯中原，巨靈俯鎖鑰。水櫃扼涪江，石門防劍閣。」又「有子踰十齡，艱難孰顧託；闔門竟同殉，覆卵無完殼。一弟漏刃歸，兩踝見芒屩。三峽奔荆門，魚龍食魂魄。夢斷落滄江，毋乃遭搏攫。郫筒千日酒，泉路無寂寞。」《閬州行贈楊學博》云：「敢辭道路艱，早向妻兒訣。一身上鳥道，全家傍虎穴。君自爲尊章，那得顧妻子；分攜各努力，妾當爲君死。凄凄復切切，苦語不能答。好寄武昌書，莫買秦淮妾。

巴水駛若箭，巴船去如葉。兩岸蒼崖高，孤帆望中没。二月到漢口，三月下揚州。揚州花月地，烽火似邊頭。」又「五内爲崩摧，買舟急迎取。相逢齊一慟，不料吾見汝。拭眼問舅姑，雲山復何處？淚盡日南天，死生不相遇。」又「悠悠彼蒼天，于人抑何酷！城中十萬户，白骨滿崖谷。官軍收成都，千里見榛莽。設官尹猿猱，半以飼豺虎。」《題河渚圖送人》云：「馬背話江南，春山吾負汝。」《遊石公山》云：「萬竅凌虚無，一柱支毫末。刻鏤洪濛雲，雕鎪大荒雪。或人而痀瘻，或馬而蹏齧。或負藏壑舟，或截專車節。或象神鼎鑄，或仿昆吾切。地肺庖丁解，月窟工倕伐。石囷封餱糧，天厨甃涓潔。皚皚黄河冰，炎炎崑岡爇。峆岈舞辟邪，毯毹張饕餮。」又「酈桑二小儒，注書事抄撮。陋襲李斯碑，闕補周王碣。」又「京江吸金焦，漢水注大别。流峙合而匯，奇氣乃一發。」《天王寺》云：「花將舞而笑，石則落猶怒。澆之以杯酒，娟然若迴顧。」七言古，則以元白叙事之體，儗王駱用事之法，調既流轉，語復奇麗，允爲千古高唱。《永和宫詞》云：「揚州明月杜陵花，夾道香塵迓麗華。舊宅江都飛燕井，新侯關内武安家。」又「本朝家法修清讌，房帷久絶珍奇薦。勅使惟追陽羡茶，内人數減昭陽膳。邗溝服製擅江南，小閣爐烟沉水含。私買瓊花新樣錦，自修水遞進黄柑。中宫謂得君王意，銀鐶不妬温成貴。早日艱難護大家，比來歡笑同良娣。」又「君王内顧恤傾城，故劍還存敵體恩。手詔玉人蒙詰問，自來階下拭啼痕。外家官拜金吾尉，平生游俠多輕利。縛客因催博進錢，當筵便殺彈筝伎。班姬才調左姬賢，霍氏驕奢竇氏專。涕泣微聞椒殿詔，笑談豪奪灞陵田。有司奏削將軍俸，貴人冷落羊車夢。永巷傳呼暮玩花，景和門裏誰陪從。天顔不懌侍人愁，后促黄門召共游。初勸官家佯不應，玉車蚤到殿西頭。」又「碧殿淒凉新木拱，行人尚識昭儀冢。麥飯冬青問茂陵，斜陽蔓草埋殘隴。昭邱松檟北風哀，南内春深擁夜來。莫奏霓裳天寶曲，景陽宮井落秋槐。」《琵琶行》云：「坐中有客淚如霰，先朝舊直乾清殿。穿宮近侍拜長秋，咬春燕九陪游讌。先皇駕幸玉熙宮，鳳紙僉名唤樂工。苑内水嬉金傀儡，殿頭過錦玉玲瓏。一自中原盛豺虎，煖閣才人撤歌舞。插柳停搊素手箏，燒燈罷擊花奴鼓。换羽移宮總斷腸，江村花落聽霓裳。龜年哽咽歌長恨，力士淒凉説上皇。白生爾盡一杯酒，繇來此伎推能手。岐王席散拾遺窮，五陵召客君知否？獨有風塵潦倒人，偶逢絲竹便沾巾。江湖滿地南鄉子，鐵笛哀歌何處尋。」《洛陽行》云：「詔書早洗洛陽塵，叔父如王有幾人。先帝玉符分愛子，西京銅狄泣王孫。白頭宮監鋤荆棘，曾在華清内承直。遭亂城頭烏夜啼，四十年來事堪憶。」又「鄴枚客館栖狐兔，燕趙歌樓散烟霧。茂陵西築望思臺，月落青楓不知路。」《聽卞玉京彈琴述選妃徐氏事》云：「聞道君王走玉驄，犢車不用聘昭容。幸遲身入陳宮裏，却蚤名填代籍中。依稀記得祁與阮，當時亦中三宮選。可憐俱未識君王，軍府抄名被驅遣。漫詠臨春瓊樹篇，玉顔零落委花鈿。當時錯怨韓擒虎，張孔承恩已十年。但教一日面天子，玉兒甘爲東昏死。羊車望幸何誰知？青冢淒凉竟如此！」《東萊行》云：「天顔不懌要人怨，衛尉捉頭捽下殿。中旨傳呼赤棒來，血裹朝衫路人看。」又「三年流落江湖夢，茂陵荒草西風慟。頭顱雖在故人憐，髀肉猶爲舊君痛。司空平昔耽佳句，千首詩成罷官去。戰鼓東來白骨寒，二勞山月魂何處。左氏勳名照汗青，過江忠孝數中丞。孺卿也向龍沙死，柴市無人哭子卿。」

《蕭史青門曲》云：「當年故后婕妤家，槐市無人暮宿鴉。却憶沁園公主第，春鶯啼殺上陽花。」又「粉碓脂田縣吏收，天街破帽迎風雪。賣珠易米返柴門，貴主淒凉向誰説。苦憶先皇涕淚漣，長平嬌小最堪憐。青萍血碧它生果，紫玉魂歸異代緣。外戚周郎曾入選，中宫秦女遽登仙。年年寒食東風柳，彰義門邊冷墓田。昨夜西窗仍夢見，樂安小妹重歡讌。先后傳呼促卷簾，貴妃笑折櫻桃倦。玉階露冷出宫門，御溝春水流花片。」《雁門尚書行》云：「尚書得詔初沉吟，蹶起横刀忽長歎：我今不死非英雄，古來得失誰由算。椎牛誓衆出潼關，墟落蕭條轉餉難。六月炎蒸驅萬馬，二陵風雨斷千山。」又「烏鳶啄肉北風寒，寡鵠孤鸞不忍看。願逐相公忠義死，一門恨血土花斑。故園有子音書絶，勾注烽烟路百盤。欲走雲中穿紫塞，别尋奇道訪長安。長安到日添悲哽，藺足荆榛見眢井。轆轤繩斷野苔生，幾尺寒泉浸形影。複壁藏兒定有無，破巢窮鳥問將雛。時來作使千兵勢，運去流離六尺孤。旁人指點牽衣袂，相看一慟真吾弟。訣絶難爲老母心，護持始識遺民意。回首潼關廢壘高，知公于此葬蓬蒿。沙沉白骨魂應在，雨洗金瘡恨未消。渭水無情自東去，殘鴉落日藍田樹。青史誰人哭蘚碑，赤眉銅馬知何處！」《海户曲》云：「雄圖開國馬蹄勞，將相風雲劍槊高。帳殿行城三十里，旌旗獵獵響鳴鞘。」《贈文園公》云：「歸來卧疾五湖雲，垂死干戈夢故君。緑綺暗塵書卷在，脊令原上戴顒墳。雍門歌罷平陵曲，報韓子弟幾湛族。竺隖祠堂鬼火紅，閶門池館蒼鼯宿。汝念先人供奉恩，抱琴長向荒江哭。滿目谿山入舊圖，只今無地安茅屋。誰將妙迹享千金，後人餒死空山麓。」《銀泉山》云：「銀泉山下行人稀，青楓月落魚燈微。道旁翁仲忽聞語，火入空壙燒寶衣。五陵小兒若狐兔，夜穴紅牆縣官捕。玉盌珠襦散草間，云是前朝鄭妃墓。」《臨淮老伎行》云：「消息無憑訪兩宮，兒家出入金張屋。請爲將軍走故都，一鞭夜渡黄河宿。暗穿敵壘過侯家，伎堂仍舊調絲竹。禄山裨將帶弓刀，醉擁如花念奴曲。倉卒逢人問二王，武安妻子相持哭。熏天貴勢倚椒房，不爲君王收骨肉。」《悲滕城》云：「日暮雞犬慘不鳴，鬼馬踏霧東南行。」《打冰詞》云：「河伯娶婦三日眠，霜紈方空張輕烟。一聲裂帛素娥笑，玉盤銀甕傾流泉。」《贈陸生》云：「黄金白璧誰家子，見人盡道當如此。銅山一旦拉然崩，却笑黔婁此中死。」又「江花江月歸何處，燕子鶯兒等飄絮。紅豆啼殘曲裏聲，白楊哭斷齋前樹。」《悲歌贈吴漢槎》云：「人生千里與萬里，黯然銷魂别而已。君獨何爲至于此？山非山兮水非水，生非生兮死非死。十三學經習文史，生在江南長紈綺。詞賦翩翩無與比，白璧青蠅見排抵。一朝束縛去，上書難自理。絶塞千山斷行李，送吏淚不止，流人復何倚？彼尚愁不歸，我行定已矣。八月龍沙雪花起，橐駝垂腰馬没耳。白骨皚皚簇戰壘，黑河無船渡者幾？前憂猛虎後蒼兕，土穴偷生若螻蟻。大魚如山不見尾，張鬐爲風沫爲雨。日月倒行入海底，白晝相逢半人鬼。噫嘻乎悲哉！生男聰明慎勿喜，倉頡夜哭良有以。受患只從讀書始，君不見，吴季子！」

梅村五言律有「船移隔縣雪，屋遶半江晴」、「秋風臨廣武，夜雨宿成皋」、「久遊鄉語失，獨客醉歌難」、「一帆灘響急，落日滿黄州」、「白頭雙淚在，相送日將斜」諸句，録時遺之。《古意》云：「歡似機中絲，織作相思樹。儂似衣上花，春風吹不去。」《讀漢武帝紀》云：「岱觀東迎日，河源西問天。晚來雄略盡，巫蠱是神仙。」《南苑應制》云：「熊館發雲旌，春蒐告禮成。東風吹紫陌，千騎暮歸營。」亦梅村五言絶之特出者。

劉雪舫文照，新樂侯文炳弟也。甲申之難，侯闔門殉，雪舫年十五，逃回海州，變姓名浪遊以終。吴嵩三贈之云：「王孫徒寂寞，芳草自萋萋。故苑遊麋鹿，滄江厭鼓鼙。人情隨世變，風氣逐年低。念子凝神久，微陽可共攜。」劉有《河口夜泊詩》云：「孤舟離渚又清明，一挂蒲帆萬里程。去住共誰商出處？飄零到我負平生。雲連海氣天無色，沙鼓河流夜有聲。襆被春寒眠不穩，凄然雙淚落深更。」

雁門孫白谷先生傳庭，崇禎十六年殉秦難，一代偉人也。有《歸興》一律云：「風塵事事不堪論，回首雲山斷客魂。四海勞民皮已盡，三年傲吏骨猶存。倦難縮地尋南墅，愁欲呼天賦北門。奄忽故園春又暮，空教青鬢負華樽。」惻怛之思，骯髒之氣，想見其人。

孫退谷得龔聖予山水卷，上有題句云：「谷口長松澗底藤，石橋山路晚登登。囊琴斗酒來何暮，孤負寒齋昨夜燈。」

嚴子餐《送龔孝升使粵東》云：「灞陵衰柳偃平蕪，持節争看汲大夫。元老風霜標冀闕，清時雨露下番禺。千山象郡蠻烟合，萬里羊城塞月孤。此去那論河内火，流民應上使臣圖。」

黄庭表《金陵雜感》云：「敕選良家降墨封，玉車輕幰進昭容。花開並蒂鴛鴦暖，酒醉同心琥珀濃。蕭寺鼓笳飛翡翠，蔣山風雪葬芙蓉。飄零故劍秋江上，回首長干冷暮鐘。」「鍾阜盤龍百戰雄，朔風吹浪下艨艟。雕戈壓陣黄塵斷，鐵鎖沉江赤燒空。鳷鵲觀荒春草緑，鳳凰臺冷暮山紅。由來帝業終榛莽，銅狄何曾戀漢宫。」胡孟綸云：「建業曾傳半壁安，秦淮嗚咽暮濤寒。六朝寂寞青山在，十廟陰沉粉壁殘。禾黍故墟屯鐵馬，烟花南部失雕闌。隔江玉樹歌聲斷，還有哀絃對月彈。」汪右湘云：「龍盤虎踞石頭城，跋扈親麾漢水兵。相國臨戎防北伐，將軍卷甲急南征。華林秋草蝦蟆語，葛嶺西風蟋蟀聲。燕子春燈韜略在，不須司馬更連營。」包文在云：「萬峰青拜故宫前，王氣收時總黯然。西下戈鋋飛畫鷁，北來笳鼓駴啼鵑。春風熱淚桃花扇，夜月殘腔燕子箋。彈盡凄涼天寶曲，江南愁殺李龜年。」

周子俶《送卞玉京入道》云：「卞家碧玉總傾城，别様雲鬟别様輕。一捻蠻腰拋細舞，半簾嬌燕話長生。蕃釐花暖裙無恙，桃葉潮來暈不平。我自蹉跎君未嫁，薛濤箋尾署瑶京。」婉麗芊綿，可俾二八女郎檀板歌之，雖於「入道」二字似落空，而就詩論詩，躊躇滿志矣。李武曾《送黄皆令歸吴》一絶，差堪伯仲，其詩云：「盛名多恐負清閒，此去蘭陵好閉關。柳絮滿園香茗坼，侍兒添墨寫青山。」

鄧孝感《聽白生琵琶》云：「白狼山下白三郎，酒後偏能説戰場。萬瓦霜風齊颯颯，人間何處不昆陽！」

江南某家一樓，爲狐所據，一日，啟視之，几案上塵皆寸許，畫作字云：「十二闌干閒不掃，東風吹盡落花痕。」風致如此，狐也何害？

張湘曉先生九徵，素存相國之父也，乞休後，郝恭定將薦舉鴻詞科，以詩謝云：「壯不如人何況老，身將終隱又焉文？」又《貽友人》云：「京洛少年争獻賦，伏生接武賈生難。」

阮吾山司馬過桃源驛，見壁上有詩云：「走馬張弓四十年，封侯無分且歸田。芭蕉夜雨梧桐露，注到孫吴第幾篇？」

前録梅村七律，尚遺三聯佳句。《壽李太虚》云：「風清鐘鼓吴山出，雲黑帆檣楚雨來。」《寄周芮公》云：「晉客衣冠依嶺嶠，越王刀劍閉林邱」。《即事》云：「謁者北衙新掌節，郎官西府舊乘驄。」又《送楊猶龍》云：「北地詩名三輔少，西風客淚五原多。」亦佳。

武伯英《剪燭刀》云：「啼殘瘦玉蘭心吐，蹴落春紅燕尾香。」甚爲時輩稱賞，見《遺山集》。

詩人生當鼎革，閲歷兩朝兵燹之慘、流離之狀，目擊身歷，發爲詩歌，風骨自殊，殆天特生此開山巨手，卓然爲一代領袖也。梅村之前，吾得二人焉：元則有若遺山，明則有若青邱。《青邱集》近始得讀，《遺山集》向日曾讀，而不免忽略看過，今復録得若干，則並補之。遺山《范寬秦川圖》云：「亂山如馬争欲前，細路起伏蛇蜿蜒。」《赤壁圖》云：「馬蹄一蹴荆門空，鼓聲怒與江流東。曹瞞老去不解事，誤認孫郎作阿琮。」《西園》云：「梁門回首繡成堆，滿面黄沙哭燕月。」《贈答張教授》云：「秋燈摇摇風款席，夜聞歎聲無處覓。疑作金荃怨曲蘭畹辭，元是寒蟾月中泣。世間刺綉多絶巧，石竹殷紅土花碧。窮愁入骨死不銷，誰與渠儂洗寒乞。東坡胸次丹青國，天孫繅絲天女織。倒鳳顛鸞金粟尺，裁斷瓊綃三萬疋。辛郎偷發金錦箱，飛浸海東星斗濕。醉中握手一長嗟，樂府數來今幾家。剩借春風染華髮，筆頭留看五雲花。」《望歸吟》云：「寒雲一抹平如截，塞草離離卧榆葉。長城窟深戰骨寒，萬古牛羊飲冤血。」《南原》云：「清溪鳴石齒，暖日長藤芽。」《落魄》云：「雨聲孤館夜，樹色故鄉秋。」《得侄書》云：「夢中憂凍餒，意外脱艱危。」《懷人》云：「日月淹書尺，江山入鬢絲。」《夜飲》云：「月凉衣有露，風細酒生鱗。」《舊國》云：「舊國分崩久，孤兒展省初。客衣留手線，驛傳失肩輿。」《栖雲道院》云：「開窗納山影，推枕得溪聲。」《懷益之》云：「牢落關河雁一聲，干戈滿眼若爲情。三年浪走空皮骨，四海相望有弟兄。」《寄人》云：「顛頷京華苜蓿盤，南山歸興夜漫漫。長門有賦人誰買，坐榻無氈客亦寒。蟲臂偶然煩造物，麞頭何者亦求官。故人東望應相笑，世路羊腸乃爾難！」《贈蕭漢傑》云：「射虎將軍右北平，短衣憔悴宿荒亭。」《縣齋》云：「飢鼠遶牀如欲語，驚烏啼月不堪聞。」《題幽居》云：「世外衣冠存太古，雲間雞犬亦長生。」《懷別業》云：「高樹有巢鳩笑拙，空牆無穴鼠嫌貧。」《與張杜飲》云：「山公倒載群兒笑，焦遂高談四座驚。」《夢歸》云：「貧裏有詩工作祟，亂來無淚可供愁。」《新衛》云：「行帳馬嘶塵澒洞，空村人去雨淋浪」。《雪霽東龕看月》云：「微雲河漢非人世，太古鴻荒自典刑。」《追懷樗軒》云：「秘閣圖書疑外府，謝家蘭玉記諸郎。」《留別》云：「來時兒女拜燈前，此日壺觴是別筵。」又「嚴城鐘鼓月清曉，老馬風沙人白頭。」《汴梁除夜》云：「鬢雪得年應更白，燈花何喜也能紅。」《送人》云：「寒鄉況味餘雞肋，清鏡功名屬虎頭。」《昭烈廟》云：「一縣山陽堯故事，三年章武魏長編。」《呈中庸先生》云：「通德里門傳故事，安平韻語到兒童。」《高御史夜話》云：「九日萸香藍澗酒，十年朝馬景陽鐘。」青邱《玉波泠雙蓮曲》云：

「金風暮剪雙頭蕊，啼臉辭秋嫣血紫。宫女三千罷喧笑，錦雲障冷鴛鴦死。滿江烟玉流古香，尋魂弔影愁茫茫。吴天墜露晴紅濕，一夜波凉小龍泣。」《吴鉤行》云：「吴鉤若霜雪，吴人重游俠。尊前含笑看，上有仇家血。」《相逢行》云：「沽酒渭橋邊，平陵俠少年。相逢各有贈，寶劍與金鞭。」《神弦曲》云：「秋燈晝壁熏烟埃，石馬汗流神下來。花衫婆娑絃切切，旋風吹幡愁百結。雌狐學拜戴髑髏，鬼箭射創血灑秋。老鴉飛散巫嫗泣，苦篁嘯雨溪幽幽。」《壯士行》云：「無險非高山，無勇非壯士。半夜殺風來，劍寒燈欲死。」《迎神曲》云：「薦芳兮奠醑，斵冰爲梁兮葺荷以爲宇。神不來兮孰與處，空山愀兮暮多雨。渺吾望兮瀟湘，雲冥冥兮水茫茫。有美人兮在堂，盍歸來兮故鄉。」《送神曲》云：「導赤鯉兮從玄黿，冷風迴兮水驚波。儼靈旗兮來下，巫拊節兮安歌。安歌兮未極，倏迴輈兮山之側。南有淵兮北有湫，神不來兮我心憂，願歲來兮惠我秋。」《登邱(行)〔操〕》云：「驅車兮與馬，蹇君行兮胡爲乎在中野。登彼兮崇邱，下茫茫兮九州。思君子兮不得與駕以遊。山有出雲兮木亦有柯，我將歸兮憂之如何。」《黑河秋雨引賦趙王孫家琵琶》云：「胡冰夜裂天垂泣，雲壓鷹低翻翅濕。髯王醉影抱寒驚，氈殿嘈嘈箭鳴急。紅冰淚落青燈下，倒卷河流入絃瀉。瘦駝卧磧歇鈴車，撲朔陰沙鬼行野。漢魂私語鬟風凄，都護營荒咽凍鼙。蘭山木葉連愁起，散入塞門塵萬里。夢斷金蟾隔烟小，青冢埋聲秋不曉。」《送人》云：「城臨秋水渡，樹帶夕陽亭。」《園亭》云：「林争移樹鳥，池響食萍魚。」《題溪山小隱》云：「晚風攜鶴子，春雨種魚苗。」《亂後出郭》云：「民歸鄰樹在，兵去壘烟空。」《送人》云：「客散春城酒，人歸暮雨船。」又「濁流河驛雨，高樹嶽祠雲。」《桓簡公廟》云：

「飢鴉迎祭客，走鼠駭巫童。」《送陳則》云：「愁邊長夜雨，夢裏少年春。樹引離鄉路，花驕失意人。」《送人之吴興》云：「草深湖帶雨，花暗驛藏春。」《京師寓廨》云：「緑樹城通苑，青山寺對扉。」又「鼠迹塵浮帳，蛙聲雨到池。」《徐山人别墅》云：「樹凉池過雨，苔潤石生雲。」《江上雨》云：「鳥啼叢竹嶺，人卧落花村。」《送賈二進士》云：「晨裝歸路雨，春酒别筵花。」《谿上》云：「萍開天倒影，蓮墮水流香。」《永定寺》云：「晝昏秋蠹老，齋斷午禽飢。」《過海昌》云：「陰風潮動郭，晴日地生鹽。」《寄人》云：「山雲秋郭暗，江雨夜樓空。」《送孫主簿任德清》云：「道逢迎吏拜，田雜戍人耕。地遠知邊信，家貧稱縣名。」《留别》云：「鐘卷横江雨，車盤出峽雷。」《冬夜獨坐》云：「雁聲隨雨到，鬢色與年侵。」《和人夜坐》云：「梁空雙鼠墮，簾暗一螢來。」《郊墅》云：「浣衣江動月，繫艇岸垂花。」又「犬隨春饁女，雞喚曉耕人。」又「密雨侵蓑重，微風過網腥。」《臨頓里》云：「薄雲還露月，小雨不妨花。」又「微風蘇病鶴，驟雨禁鳴蟬。」又「折花摇樹影，踏藕損蓮根。」《送人》云：「寒食杏花江店雨，春衣柳絮驛亭風。」又「踈柳一旗江上酒，亂山孤棹道中詩。」《涵空閣》云：「萬杵秋聲荒苑樹，一帆暝色太湖船。」《次張水部園居》云：「官曹自古皆詩客，家世當年本釣徒。」《宿張氏江館》云：「客中得酒銜悲喜，亂後逢人説死生。」《望家人不至傚西崑體》云：「畫舫遠波迷柳樹，翠衾孤館怨梅花。」《送人之松陵》云：「一路雨香聞杜若，四橋波暖見王睢。」《次韻友人見寄》云：「吴苑舊遊山色在，楚江歸夢月明知。」《寄倪元鎮》云：「寒池蕉雪詩人畫，午榻茶烟病叟禪。」《上巳有懷》云：「閒園細雨梨花落，廢苑平蕪燕子飛。」《答人》云：「遠江帆影秋蕪外，故苑砧聲晚樹中。」《舟中》云：「醉中遠夢欺長夜，亂裏窮愁折壯年。」《次友韻》云：「劇愛積書緣有子，不愁聽雨爲無花。」《寄人》云：「山川寂寞衣冠淚，今古銷沉簡册塵。」《送人往海上》云：「麥氣曉晴田雉鬬，蘐香春暖野鵝眠。」《題山居》云：「半屋圖書春落蠹，一村花柳晝聽鷄。」《伍相祠》云：「魂壓怒濤秋雨白，劍埋冤血夜風腥。」《聞舊教坊人歌》云：「渭城歌罷獨凄然，不及新聲世共憐。今日岐王賓客盡，江南誰識李龜年。」《江上》云：「家家魚網映迴橋，春水初生没樹腰。客路江南烟雨裏，緑蕪芳草夢迢迢。」《管夫人墨竹》云：「晨開妝鏡有青鸞，寫得當年舞影看。零落彩雲何處夢，鷗波亭子正春寒。」《挽栗瀆翁》云：「誰憐野鶴一長身，去作窮泉萬古塵。他日重來牀下拜，襄陽耆舊是何人？」

海陽胡熙蘭進士暉吉與弟芑田茂才暉祥皆能詩，熙蘭《山寺》云：「鳥銜飛瀑下，僧踏亂雲歸。」《渡江》云：「雨餘山勢重，風急浪花高。」《山中》云：「懶雲呼不起，秋落一聲鐘。倦鳥窺新栗，枯藤絡古松。」《和留别韻》云：「落日寒林無奈别，孤篷零雨可憐宵。」《送人》云：「東風昨夜吹紅雨，南浦三春怨緑波。」《訪友途次作》云：「垂楊門巷緑陰肥，傍水誰家白板扉。芳草斜陽寒食路，落花如雪上人衣。」《元慶山房》云：「一龕燈火留初地，三徑鶯花要主人。」又「湖波三日雨，花氣一簾雲。」《溪橋》云：「草堂連日雨瀟瀟，晚踏新晴上畫橋。亂竹垂楊溪路細，一肩斜日賣魚苗。」《對月》云：「夜寒蛩語後，人瘦菊花前。」《秦淮雜憶》云：「石城依舊長秋潮，金粉飄零怨六朝。記得柔腸初斷處，斜風細雨一枝簫。」「紅燈催放木蘭舟，十里珠簾盡上鉤。記得年時文戰罷，萬花叢裏過中秋。」「爲兒沉醉索兒扶，神女高唐事有無？記得珊瑚留枕在，繡衾香暖夢模糊。」「臂痕戲驗守宮砂，碧玉嬌癡未破瓜。記得新詞乞紈扇，要儂親爲寫簪花。」《新豐道中》云：「人聲趨曉市，風力飽征帆。」《江行》云：「一線大江流，金焦日夜浮。烟波瓜步月，風雨秣陵舟。」《莫愁湖》云：「四座粲花才子筆，一簾香草美人魂。」《荒墳》云：「髑髏人語秋無影，贔屭碑殘鬼不雄。」芑田《雜感》云：「閒中思骨肉，病後悔風塵。」《和人》云：「垂楊門巷鶯三月，細雨樓台笛一枝。」《大觀台》云：「十圍樹影横殘照，四壁江聲走暮潮。」《咽嶺寺》云：「危樓懸佛火，古壁走松聲。」《出郭》云：「山雲諸澗水，溪雨一橋烟。」《乞吴小阮作畫》云：「名山難買到吾廬，畫裏園林轉勝居。五百梅花三百竹，中間着個病相如。」《雜興》云：「渡口緑歆雙柳暗，水心紅暈一燈圓。」《夜坐》云：「仰屋和書坐，一燈花正紅。辭杯愁有力，欠夢睡無功。暑氣淡微雨，秋心催亂蟲。添衣向深夜，凉透隔簾風。」《送人》云：「低篷殘夜雨，遠火暮江星。」《遣懷》云：「功名妻嫂笑，文字鬼神疑。」

鳳齡姓金氏，袁簡齋姬之妹，幼鬻吴門作婢，簡齋贖歸，嫁隋氏，爲大妻所虐，雉經而亡。楊蓉裳有《鳳齡曲》云：「汝南太史人中傑，文采風流世無敵。羊侃筵前舞袖圍，馬融帳外金釵列。我是彭宣到後庭，隔幃絲竹許同聽。酒酣棖觸平生事，向我低徊説鳳齡。鳳齡本是蘇台女，貧向豪家傍門户。牙郎那解惜娉婷，寵妾由來耐辛苦。攜出汙泥一瓣蓮，青衣乍脱便登仙。漫拈郭璞三升豆，判費初明十萬錢。關情三五韶年紀，逋髮初齊試羅綺。碧玉嬌癡未有夫，桃根宛轉長依姊。愛惜盈盈掌上身，恐教辜負永豐春。誰言絡秀堪同老，願把西施别贈人。堂前文讌多賓從，隋郎風貌偏殊衆。照影人誇城北徐，嬉春女愛牆東宋。珍偶相看已目成，許將紅粉嫁書生。重重錦幔憑私語，叩叩香囊易定情。蘭期初七銀河度，啼痕滿面登車去。從此茫茫萬劫塵，回頭迷却仙山路。銅街別館貯嬌姿，踪迹難教大婦知。綃帳香濃檀枕暖，一勾絲絡幾多時。宜城郡主威名重，搜牢驚破巫山夢。浪説王家九錫文，短轅長柄成何用。架上拋殘金縷衣，篋中奪去紫鸞篦。粉痕狼藉雲鬟卸，扶入車中不敢啼。檀郎隔絶無由見，秋雨秋風閉空院。九轉柔腸對暗燈，萬行愁淚吟團扇。絶粒非關愛細腰，典衣何計度涼宵。膚凝寒玉心還熱，口嚼紅霞怨不消。忍苦含辛經半載，九死窮泉更何悔。只是難忘舊主恩，留將一線殘魂待。更念同根兩地分，蘭帷應亦痛離群。一朝噩夢花辭樹，百種癡情泥憶雲。豈知路比蓬山峻，更無青鳥通芳訊。繐幰來迎那許還，黄柑遥贈知無分。絮果蘭因去住難，棄將弱息自摧殘。腰間三尺冰文練，百轉千回掩淚看。黄昏人静重門閉，逡巡竟向南枝繫。紅蠟纔灰輾轉心，冰蠶永斷纏綿意。鬱鬱埋香土一抔，長干西去板橋頭。空林鵑語三生恨，幽壙螢飛獨夜愁。浮花浪蕊消彈指，畢竟韶顔爲誰死？殺粉親書墮淚碑，然脂好續傷心史。只悔當初作鴆媒，生將珠玉委蒿萊。便教采盡中州鐵，鑄錯無成劇可哀。」詞調體格全從梅村脱胎。余嘗謂：七古歌行詞曲等體，不能爲長吉之險語破鬼膽，亦當爲梅村之綺語雜仙心。

徐方虎《贈冒辟疆》云：「人逢滄海遺民少，話聽開元舊事多。」

郭頻伽《彭城中秋》云：「西風聯袂鹿城秋，舊侶偕行話舊遊。羅襪雙鉤人半臂，夜深誰立板橋頭。」幽豔而含鬼氣。

林鐵簫《看海棠》云：「萬朵仙雲嬌欲滴，多情紅向白頭人。」

前録舒鐵雲孝廉詩，已有一臠之嗜，近得《瓶水齋集》讀之，才氣横溢，望而知爲不羈士也。《東泉旅夜》云：「澗猿流月響，野虎負風趨。」《江行雜詩》云：「長檣眠鐵鹿，澀浪踏銀鼉。龍水翻千偈，漁燈畫一蓑。」《鮓虎行》云：「左手提鐵叉，右手打銅鼓。虎聞鼓聲見叉影，竿尾箕睛怒而舞。是時虎意已無人，人亦不復目有虎。劃然一嘯當一叉，一叉虎口開血花。抽叉捽虎四山響，月破風腥一虎仰。雙杖椎鼓雨點塵，沉沉九地追虎魂。天明曳虎歸茅屋，不寢其皮食其肉。」《遊七星山棲霞洞》云：「四山轉如圜，一洞鑿其空。日月所不到，操炬以動衆。照見諸變相，鬼神恣搏弄。黑伏石萬尖，青瀉天半縫。蛇行曲竇細，狐聽冷泉滃。迤邐三里餘，人語聚一甕。」《初發樊城》云：「新婦可憐三日閉，陳人同此百年忙。」又「人面沾塵如敗鼓，客心薄暮抵懸旌。繩牀投宿燈摇夢，葱肆加餐餅噉名。」《邯鄲道》云：「春愁宛轉隨車轍，古意蒼茫付酒杯。未熟黄粱唐小説，已埋青草趙叢臺。」《空谷》云：「記得紅鐙待曉初，春痕深淺十眉圖。問渠小麝丁香印，銷盡宫螺五斗無？」「三年風月夢行雲，腸斷金泥蛺蝶裙。一串明珠留不得，雙題紅淚寄還君。」《春晚》云：「隔嶺音書飛雁少，閉門風雨落花多。」《小游仙》云：「紫泥小海別經時，青綺疎窗忽見之。如此紅泉不能渡，十年春夢老華芝。」《讀長恨傳》云：「玉體匆匆見小憐，六軍無暇請遊田。紫茵裹後難回首，紅藥開時記並肩。客寄雙釵雲滿鬢，嫗留一襪月初弦。無因更問樓東笛，燈暗長門背雨眠。」《桃源圖》云：「阿房宫中三月火，函關一丸不能鎖。火光迸入武陵谿，烘出桃花紅萬朵。秦人避火聞花香，漸入佳境非故鄉。外間蛇鹿内雞犬，一十七史龍玄黃。」《艾鍾馗》云：「南山白石老鬼家，一劍緑繡菖蒲花。三年之艾五日福，風聲鶴唳齊驅邪。爲誰蒿目但相視，猶有蓬心遽集此。褦襶觸熱到人間，小草出山成進士。」《南西門柳枝詞》云：「春城風雨路旁枝，郎馬青驄去幾時。放下珠簾三十里，一時楊柳盡成絲。」《緑陰》云：「竹色上簾皺作畫，茶烟吹鬢裊成絲。」《佛》云：「百日清齋飢欲死，三生結習老難忘。」《仙》云：「王母西池環一水，麻姑東海見三田。」《神》云：「他生雲雨荒臺夢，昨夜星辰別殿秋。」《長吉集》云：「天上宫樓徵著作，人間塲屋避嫌名。」《義山集》云：「作客悲歡聊寄託，依人恩怨苦牽連。」《子美集》云：「八代起衰風雅變，百年多病別離遲。」《牧之集》云：「感恩事久私成黨，薄倖名贏豔費才。」《古劍》云：「棱棱匣中劍，揮手落秋雪。殺氣開土花，中有古人血。」《霸王墓》云：「君不見驪山魂斷宫車出，泉下魚鐙照枯骨；又不見漢家陵闕莽蕭蕭，西風落日鼯鼪號。紛紛蛇鹿同淒絶，匿魄收魂古離別。知誰士壟與王頭，雨打秋墳野花血。」《弔美人虞》云：「大江終古惟流水，香草前身是美人。」《濟州七夕》云：「月子彎彎秋有信，星辰落落夜無邊。」又「失笑南飛烏鵲尾，爲誰辛苦又今年。」又「豈有牽牛笑妃子，只應顧兔悔嫦娥。」《京口寄人》云：「思君令人老，作客幾時休？」又「濕螢隨雨散，凉雁逼秋聞。」《秋集》云：「烏帽沾塵幾城市，白衣摇艬忽江湖。」又「催租人去償詩債，載麴車過賜酒泉。」《梅仙圖》云：「東風澹蕩羅浮邨，玉鱗霏霏還客魂。夜唤花魂伴花骨，花影人身共明月。雲鈿霞佩千秋妙，小影分明箇人貌。含情無語坐花中，銀海迴瀾作濃笑。」《鬬蟋蟀行》云：「開月城，臨高臺，陣雲片片紅玫瑰。霹靂一聲玉龍舞，從天飛下將軍來。將軍來，奈何許，邯鄲之蝨口中語。背城借一慘不驕，雙翅梅花落香雨。」《眉生小印歌》云：「秦淮美人怨芳草，夕陽勻染紅蘭槁。芙蓉齋頭素練鋪，香痕石罅胭脂濡。匆匆流水青山夢，陽羨書生彈別鳳。」《河東妝鏡曲》云：「紫珍一出神仙境，銅紙摩挲緑香冷。應作當年如是觀，莫教照見蘼蕪影。早聞仙姥好樓居，錦檻香臺接太虛。薄怒犀杯棋劫後，吹春螺椀酒香餘。一朝梓樹黄羊見，破鏡飛天樂昌怨。花落江南紅豆邨，雨荒東澗青槐院。笑態啼痕春復秋，鸞吪鳳靡緑珠樓。碧仙瘞土三生恨，金背銘詩五字愁。」《玉鉤斜》云：「埋香還記鬟邊鴉，未抵青谿有麗華。清夜西園來殿脚，錦帆南國即天涯。十圍汴水眠殘柳，一畝雷塘葬落花。便化春魂雙燕子，阿麽歸去已無家。」《書四絃秋樂府後》云：「烏絲紅袖丁年集，檀板金尊子夜歌。」又「烏帽春塵三館夢，青衫秋淚四絃絲。」《題阜城驛》云：「樂府衣裳秋白紵，旗亭燈火夜黄昏。」《白溝河次壁間韻》云：「曉夢淒涼迷蛺蝶，夜絃生澀譜琵琶。」《過戴松南別業感懷》云：「青尊呼月山花笑，黄土停雲宿草肥。」《魏塘歸舟》云：「湖天三面水，春雨一城花。」《題出塞録》云：「白馬長城窟，黄龍古戰場。春風三萬里，吹夢過遼陽。」《憶故園緑萼梅》云：「燕迷舊壘春來去，鴉暗前村雪有無。」《讀阿房宫賦》云：「萬里山河鶉首醉，二陵風雨鮑魚香。」《楊花》云：「三月水流春太老，六朝人去雪無聲。」《觀演長生殿樂府》云：「奉詔慚高熲，題詩怨鄭畋。佛堂埋玉樹，仙海寄金鈿。客譜霓裳序，人輸錦襪錢。江南花落後，重見李龜年。」又「酒緑鐙紅夜，春風舞一場。亂離唐四紀，優孟李三郎。」又「白髮談天寶，琵琶唤奈何。」又「青山啼杜宇，何處雨冥冥。」《太湖歸舟》云：「天地正秋色，江湖多雨聲。」《一聲》云：

「朝鏡家山愁外緑，夜船燈火夢中青。」《雨夜懷人》云：「黄花三徑暮烟瘦，落葉半牀秋夢乾。」《蘆溝橋行》云：「蘆溝橋，來去路；舉子忙，關吏怒。青袍中央坐麁官，兩廊吏役圍春寒。公車歷碌止橋側，一一呈取文書看。彼官肉食不識字，以目上下僞作觀。衣裳在笥書在腹，公雖無税私有然。爲言客囊久羞澀，恰有二百青銅錢；供君一飽如律令，君其努力頻加餐。麁官睆錢如未足，買菜拾矢再三瀆。增之一分笑口開，車聲隱隱過橋來。」《三家店》云：「店名誤三家，客夢争一宿。歌者倚市門，君子在板屋。爲言且勿歌，歌長不當哭。彼若罔聞知，向客再三瀆。或彈伎人箏，或擊酒徒筑。鳩面而鴂舌，皇然駴耳目。客誠無計施，回首屢顧僕。僕云阿堵物，與之則不復。且上李斯書，不鄣祖約篋。持錢出門去，四座罷絲竹。」《茗香夜話約爲金陵之遊》云：「山水癖從今夜起，江湖燈向故人挑。」《毘陵贈别》云：「出門西笑春如夢，此水東流客不來。」又「生本多情寧獨我，歸當失意又逢君。」《送人之秦淮》云：「湖山青峭詩人壘，絲竹黄昏蕩婦樓。」《姨生王仲瞿話舊》云：「湖上鴛鴦多識我，江東鸚鵡不逢卿。」《分明》云：「名士文章成畫餅，神仙爐竈有疑丹。」《瓶中芍藥》云：「杏花怒而飛，人唱東風惡。」又「相對話春深，花神笑曰諾。」《秋草》云：「妃子青三尺，王孫緑一年。」《謁文丞相祠》云：「厓山浪花白，燕山血花碧。鬼火陰房五百年，春風又緑銅駝陌。君不見零丁洋中海水飛，又不見萬年枝上挂僧衣。六陵夜月暗于漆，白骨瘦盡冬青肥。」《遲友不至》云：「酒聲隨雨瀉，花氣得風驕。」《送沈小如》云：「三生舊雨如流水，兩點春星各鬢絲。」又「燒殘春夢三條燭，再踏紅塵兩宰官。」《古意》云：「叢菊黄憐他日淚，桃花紅記此門中。」《題仲瞿金陵有贈詩》云：

「玉女紗窗枕水開，夜深燈火下樓臺。生憎名士癡無福，難得佳人冷愛才。緩帶輕裘誰忍俊，亂頭粗服又呼回。一聲檀板干何事，莫喚分司御史來。」《吕翁祠》云：「員海方壺路渺然，當時何苦便酣眠。三生香火春無主，一枕功名夢有權。黄犬東門牽將相，紅牙北里老嬋娟。匆匆輸與樊川杜，豆蔻梢頭住十年。」「宰相紗籠一飯餘，秀才文選半飢驅。本來富貴原如夢，未有神仙不讀書。塲屋摭言成脈望，洞天真誥入華胥。槐花忙過榴皮濕，賺得英雄證太虚。」《汴梁宋故宫》云：「踏破宫牆萬瓦烟，夕陽紅似靖康年。」又「彼黍茫茫乾净土，此都渺渺别離天。」《王孝子篇》云：「清潁從西來，流何湯湯；南岸北岸乃欲濟，而無梁。一解無梁有舟，放乎中流。以左右望，有若風馬牛。二解舟小兮人衆，風之來兮澒洞。一壺千金，上下如夢。三解嗟嗟孝子，負父上岸眠。父出于泉，子入于淵；子身雖死父身全，無情者水有情天。四解天能死孝子于水，而不能死孝子之父。維孝子之故，嗟嗟孝子公無渡。五解」《羊太傅祠》云：「雙淚不如臺上伎，一山愁殺眼中人。」《清浪灘》云：「谿聲驕作雨，人語亂成雷。」《夜抵白溶》云：「亂山天外夢，怪石水中人。」《貴陽作》云：「蘆笙吹月花如霧，茆屋臨谿樹當橋。」《桂王從臣十八先生墓》云：「藐諸孤，蕞爾國。天荒荒，地窄窄。可憐蟲，亡賴賊。十八人，罹此厄。同日死，異代惜。田横島，孟嘗客。彼三千，此五百。黄土黄，碧血碧。秋風楊，春雨麥。我從軍，弔遺迹；短歌行，長太息。」《燐祭行》云：「月黑葉落十五蓂，雲帷霧屋山篺篁。鬼車嘯過紅杉廳，麥飯一盂水一缾。老僧點燈來誦經，撐霆泣雨不可以悉聽。閃者鬼眼碧，冷者鬼手馨；新鬼故鬼相掣甹，山魈虎倀立肉屏。老僧牢坐雙眥瞑，左鐃右鼓中摇鈴。始言慘儈，中言慷慨，終焉丁寧；骨則有時而朽，魄則有時而化，所不可泯滅者，惟此國殤點點哀伶仃。君不見，閣可畫像，山可勒銘；殺賊而爲厲，成神而爲靈。七尺之軀一尺面，生爲三軍，死爲五丁。將軍戰馬野花紫，愁城萬雉寒不扃。泰山鴻毛，今古一邱貉；曷爲鬱塞自苦，有類蜾蠃螟蛉。紙錢索索，邨醪泠泠；去此鐵圍山外十萬八千又奇里，中有極樂世界度諸苦厄敻無坰。厲聲一咒萬響停。石犖確，箐瓏玲。去來倏忽不知誰，使令毛風血雨鐙花腥。」《相見坡》云：「山腰高束日，馬首下窺雲。」《落花坡弔花將軍連布》云：「鼻端出火耳生風，難向扶桑挂此弓。橫草功名千古事，落花消息萬山中。水聲嗚咽流殘雪，土語函胡唱斷虹。正是杜鵑啼老處，春光九十太匆匆。」《芷江道中》云：「雪撐山骨立，風打浪花開。」《黃獅灘》云：「急流橫放槳，飛渡倒移山。」《屈大夫》云：「十萬荊臺留宋玉，八千奇字畔揚雄。」《江山船櫂歌》云：「蘭谿女兒蕩蘭舟，小語牙牙當舵樓。故向鯉魚風下立，碧綃裙底一雙鉤。」《杭州關紀事》云：「杭州關吏如乞兒，昔聞斯語今見之。果然我船來泊時，開箱倒篋靡不爲。與吏言，呼吏坐。所欲吾肯從，幸勿太瑣瑣。吏言君若然，青銅白銀無不可；又言君不然，青山白水應笑我。我轉向吏白：百貨我無一，即有八斗才，量之不能盈一石；但有萬斛愁，賣之未嘗逢一客。其餘零星諸服物，例所不征君其勿。却有一串飛青蚨，贈君小飲黃公壚。吏睨視錢搖手呼，手招樓上之豪奴。奴年約有三十餘，庸惡陋劣鬑有鬚。不作南語作北語，所語與吏無差殊。我笑語奴休怒瞋，我非胡椒八百元宰相，亦非牛皮十二鄭商人。且非販茶去浮梁，更非大賈來瞿塘。況不比西域之胡，珊瑚木難生輝光。問我來何國？但作賓客，不作盜賊。身行萬里半天下，不記東西與南北。問我何所有？笛一枝，劍一口，帖十三行詩萬首，爾之仇敵我之友。我聞榷酒稅，不聞搜詩囊；又聞報船料，不聞開客箱。請將班超所投筆，寫具陸賈歸時裝。看爾意氣頗自豪，九牛何惜亡一毛。爾家主人官不小，豈肯悉索容汝曹。矧今尺一除礦稅，捐棄黄標復紫標。監察御史開口椒，爾何青天白日鹿覆蕉。奴聞我言慘不驕，吏取我錢纏在腰。斯時吏去奴欲行，檳榔滿口聲嚌嘈。彼嚌嘈，我欸乃，見奴見吏如見鬼。作歌當經自懺悔，輶軒使者采不采？」《贈王仲瞿》云：「梁鴻杵臼容偕老，賈誼文章誤少年。」又「黄絹碑陰楊德祖，絳紗帷後鄭康成。」《呈沈觀察》云：「門外牛車逢沈約，枕中鴻烈乞徐陵。」《白桃花》云：「三月飄零沾柳絮，一錢羞澀買胭脂。」《倉山詩集》云：「開拓詩城功自在，調和世味老難支。」《文集》云：「才子名成循吏傳，樓臺春住謫仙人。」《外集》云：「萬古江河流不廢，六朝風雨劫無灰。」《武昌渡江雜詩》云：「鶴黄仙一笛，草緑鬼千秋。」又「鐘磬閒僧夢，干戈老霸才。」又「細浪魚吹槳，斜陽鳥下邨。」《黄鶴樓》云：「乾坤工遠勢，風雨卷空江。」《題桃花夫人廟》云：「漢水鴨頭緑，東風吹落花。可憐好顔色，日暮傍誰家。小弩三年雉，靈旗一樹鴉。細腰宫在否？腸斷楚江霞。」「烽火傾城笑，香烟賽社春。掃眉長樂老，没齒未亡人。横草思前事，留花作後身。分明雲雨峽，朝暮冶遊神。」又「中原牛耳血，凄絶敗莘時。」《詠陶元亮》云：「五株柳樹羲皇上，一水桃花魏晉前。」《衡山景行圖》云：「殘碑碧落山如笑，故里紅闌草有聲。」又「十年芋火仙無骨，一卷茶烟鬢有絲。」《雪夜柬人》云：「山入西天寒有影，水流北渚老無波。」又「色相近窗狐拜月，音塵著樹雁彈沙。」又「上客琴絲彈别調，都官蓑影畫空江。」《徐孺子墓》云：「蒲輪委巷來遲暮，絮酒天涯隔死生。」《宋宮人餞別汪水雲處》云：「來時荆棘卧銅駝，天上星辰一刹那。別淚可能填碧海，夢魂從此渡黄河。南朝詩史青山在，北鄙琴聲白髮多。爲問會稽唐義士，冬青花落近如何？」又「金臺秋老視刀鐶，醉殺斜陽上酒顔。四塞山河新杜宇，六宫詞賦舊陽關。」《楊忠愍祠》云：「九廟灰飛無劫火，兩楹血食此斜陽。」又「仙籙荒唐天左右，朝衣慘澹市東西。」《懷登州守王疏雨》云：「後堂絲竹餘房老，東海神仙入部民。」《題仲瞿落花詩後即送南還》云：「衣袖無香帽有塵，風風雨雨見花神。中年絲竹銷魂曲，下第文章薄命人。帶水拖泥非昨日，亂頭粗服是前身。柳眠杏鬧干何事？添得愁來減却春。」「留春無路送春還，悵望千秋不可攀。刁斗敲殘猿臂將，琵琶彈出雁門關。人間兒女癡三月，天上神仙老一班。手寫江潭枯樹賦，杜鵑聲裏有青山。」「菱歌還在若耶谿，來是空言去或迷。十里蘼蕪山上下，一溝楊柳水東西。尊前藍尾逡巡醉，鏡裏朱顔逐漸低。三十六天空讚歎，不曾留此一枝棲。」《答仲瞿留別》云：「江聲悲謝朓，花樣送盧仝。」《辛酉六月紀事》云：「墨雲連天黑到底，南西門外龍掉尾。折而左者三十里，國人皆曰水至矣。」《建安七子圖附甄夫人》云：「更無繡虎儷驚鴻，高宴南皮感未窮。才子佳人齊下拜，淚痕鉛瀉此圖中。」《寄仲瞿》云：「月色到船江水白，風聲轉轂市塵紅。」《題仲瞿祭穀城霸王墓詩後》云：「彈斷琵琶一曲銅，小娘雲雨大王風。酒澆黄土魂來黑，詩咽烏江浪打紅。帳下美人歌駿馬，天涯兒女拜英雄。九原若有重瞳子，又見龍門太史公。」「烟香灰劫閉佳城，未死千秋萬歲情。海内文章留杜默，江東子弟送田横。龍蛇故國成何戀，雞犬新豐自可營。

一谷泥丸三月火，果然草草殺韓生。」「過橋三步舊東阿，鬼唱秋墳客渡河。宿草風沙吴地盡，亂山絲竹楚聲多。招魂宋玉荒凉字，墓爲宋太守修，有碑紀事。拔劍王郎慷慨歌。最恨神叢傳檄客，雌朝讕語太蹉跎。」《昭明閣内史蘭扇》云：「禊事新修扇影多，天花香散墨池波。阿儂家近蘭亭子，吹慣春風晉永和。」《示唐六》云：「上國春風三月底，東山零雨十年前。」又「山水有功詩敗事，文章無福酒成名。」《題紅豆圖》云：「四壁芙蓉乾緑綺，一箱鸚鵡老紅紗。」又「軟紅風土花遮影，慘緑衣裳酒借澆。何不鴛鴦香火社，人天色相大家描。」《落花》云：「紫玉衣裳碧玉簫，浪傳生日是花朝。殘燈飄蕩難成夢，冷酒淋漓不受澆。一窖冬烘元氣盡，九邊春信笛聲驕。不如捉住青鸞尾，萬斗香塵一擔挑。」又「井底胭脂門外虎，林間裙屐閣中牛。」《呈别法庶子》云：「北斗四星韓吏部，東風三月杜樊川。」又「户限功名多失意，選樓詞賦易銷魂。鶯花天上成千里，烟水江南又一邨。」《答示仲瞿話舊之作》云：「苦竹關山細柳營，中間篝火有狐鳴。兵符夜避紅娘子，天榜春歸白玉京。海外東坡傳九死，人間南斗注三生。傷心墨子回車地，冷聽霜鐘十八聲。」「漸漸秋風上短衣，東曹菰菜一舟飛。杜陵廣厦今無恙，彭澤迷途昨更非。五角六張天外夢，千山萬水客中歸。浪遊不厭腰纏重，爲問揚州鶴可肥？」又「半部離騷山鬼讖，一聲檀板水仙灰。」又「紅男緑女花三昧，玉笛銅弦土一邱。」又「三轉男身新緑裹，一雙鬼眼舊紅紗。」又「十種神仙逃赤籍，半房兒女累青山。」《題仲瞿重過霸王墓詩後》云：「一樹白楊風，開門葬魯公。馬魂三日汗，牛血兩轅紅。」《兗州城樓》云：「亂世姦雄漢丞相，破牆絲竹魯諸生。」《讀本事詩》云：「百年花月傷心語，一夜烟雲過眼禪。」《贈别》云：

「駒白光陰都老大，鱗紅消息各淒迷。」又「前宵風雨輪生角，後會江湖鬢有絲。」又「衣裳遠夢催刀尺，風雨深談接屐裙。」《平山堂》云：「園林鐘鼓無常主，烟月文章賸此身。」《相逢行贈陳髯》云：「倮蟲鑿混沌，凡事逢其適。未必賢不肖，一一造尺籍。三年一甲科，天亦不甚惜。百年一胎生，人亦不甚積。佛家論感應，弱者懍衮戟；仙家語飛昇，强者服金石。或然或不然，可責可無責。殊塗而同歸，數百千萬刻。聖人有憂之，乃章甫縫掖。創造名利字，成就智愚癖。始但損精神，終必奪魂魄。定例衆倮蟲，死年不滿百。爲善不肯死，毒之以飲食；爲惡不肯死，勸之以刑辟；善惡皆不爲，生死聽自擇。檜下無幾焉，水火刀兵疫。鬼神妖怪奇，聊取備一格。富貴與貧賤，令彼互相役；恩愛與冤仇，令彼迭相嚇。細數萬牛毛，横爭一駒隙。娟娟飾髑髏，汲汲待窀穸。庶數十寒暑，男女不勝劇。否則太寬閒，何術消遣釋。乃知四無常，羅列在几席。所以三不朽，猶賢乎博弈。」《巢雲閣》云：「畫舫風歸三弄笛，夕陽簾卷一樓山。」《虎邱竹枝詞》云：「春隄風嫩草纖纖，緑上裙腰一道黏。不信山塘真七里，弓弓量過繡鞵尖。」「低頭小立寺門陰，未了齋僧舊願心。放下禪堂三十棒，幾時羅漢請觀音？」《蓑衣仙肉身塑像》云：「叢祠香火日平西，南宋衣冠賸此奚。立地神仙生斗柄，薰天富貴死夫妻。半窗殘夢癡人説，一路燒香餓鬼啼。定有蒲團公案在，鐵鞭聲裏過泥犁。」又「六陵霹靂冬青樹，一笛氍毹地藏王。」《寄法祭酒》云：「祭酒善言情，以詩爲情室；祭酒善言詩，以情爲詩驛。」《寄别陸杉石》云：「别離滋味中山酒，飄泊功名上水船。」《示林海珊》云：「離别與君疑有約，飄零如我况無才。」《驛柳次韻》云：「雪來小雅詩無敵，人去陽關酒有聲。」又「黄土三家茆葉店，青帘一面杏花邨。」《月夜出西太湖》云：「星星漁火近吴江，聽唱流人水調腔。一角紅樓深樹杪，爲誰風露夜開窗。」《秋草》云：「厭聽蟲豸千聲碎，饞送牛羊一嚼肥。」又「一握紅蘭分手去，四邊黄葉打頭來。」《惠山道中》云：「艣聲隱紅樹，塔影卧青山。」《聽俞五琵琶》云：「雪不醉党將軍，月不抱王昭君。賀老琵琶定場屋，彈不破玉樹後庭花一曲。初彈春鳥碎，再弄秋烟翠。青山鏡六朝，紅露花三昧。回身急抱琵琶腰，盟心暗貼琵琶背，使我低頭欲向琵琶拜。十指玲瓏一指挑，四弦惆悵半弦搔。此時神女傳瑶瑟，此際宫人記洞簫。璧月夜三更，瓊樹春雙聲。都官鬢絲黑，妃子眼波青。恨不見馮小憐，彈得春風值一錢。却待秦淮新月上，留與隔江商女唱。中弦盈盈張麗華，么弦子弦玉樹花。老弦變宫如拍鼓，可憐門外韓擒虎。斜捺小弦約半黍，井底嘍嘍紅鬼語。凄凉三十六封書，秋菊春松淚如雨。安公子，去不還；關別駕，何當彈。安西折楊柳，南唐念家山。燕市擊筑筑聲裂，吴市吹篪篪口缺。亦不是蜀國絃、齊門瑟，自有紅粱醅酭緑蠡杯，彈到枇杷花下東方白。」《偶成》云：「花飛春管領，酒散夢安排。」《筵上有贈》云：「楊柳斜扉蟾齧鎖，梧桐深院鳳吹簫。」《隨園作》云：「等身詩卷留天地，彈指園林付子孫。」《中秋夜泛》云：「一水軟雲環畫舫，萬花冷霞潤歌叢。」又「笛裏宫商人記曲，山前鐘梵佛銷災。」《海紅瀟碧之圖》云：「唱斷雞聲折柳條，收將鳳紙寫蘭苕。十年杜牧誰家夢，一卷崔徽昨夜潮。彩筆朝雲烹鯉讀，素紈秋月悵鸞飄。分明濃笑書空字，手自薰香意也消。」「都將竹子伴鸚哥，紅暈胭脂緑借螺。日暮天寒人獨自，鐙明香炷夜如何。別離地有微塵起，歡喜天從色界過。留得一重公案在，奈他臨去轉秋波。」「詩無題目畫無聲，況有驚才絶艷名。芍藥新香偷六代，珍珠密字换三生。風吹水上干何事？月墮懷中了此情。萬一夜深真夢見，浣花箋是妙花城。」《報謝張元卿》云：「遼海文章紅勒帛，齋厨香火碧紗籠。」《得仲瞿山中書却寄》云：「一屋莊嚴妻子佛，六時經濟米鹽花。」《歌風臺》云：「楚也猴，秦也鹿，鹿逐猴乃沐。信也狗，籍也兔，兔顧狗不悟。妻也雉，妾也豕，豕死雉啄矢。父也龍，子也鵠，鵠飛龍失繳。星聚于井，天下乃靖。風歌于臺，天子乃來。天子乃來，故人一杯。天下乃靖，大將五鼎。君不見夜斬大蛇作天子，晨聽牝雞殺猛士。天子萬歲猛士死，大風蕭蕭吹不止。西望長安四千里，亭長還家偶然耳。離别故鄉從此始，魂魄雖歸竟誰是。酒亦不能飲，淚亦不能已。種悠悠之枌榆，别茫茫之桑梓。彼可取而代也，吾亦從此逝矣。擊筑慷慨聲齒齒，乃使爾父老子弟，泣下數行而皆莫能仰視。吁嗟乎，世間失意有如此！」《長卿故里》云：「識曲佳人真絶代，愛才天子况同時。」《破山和尚》云：「酒肉穿腸葉打頭，破山和尚老于牛。去來縹緲誰千古，人鬼須臾此一州。七廟牲醪張惡子，萬船風火洞庭侯。不知隻笛吹何處，殘夢無聲水自流。」《黄鶴樓》云：「百戰河山漁笛外，三層樓閣酒杯初。」《弔禰正平》云：「大兒北海罹前劫，老子南樓弔一抔。」《宋玉冢》云：「路入荆臺千萬家，陽城下蔡渺天涯。文章飄泊無心緒，雲雨荒唐有鬢華。黄土半鉤風弄草，青琴一柱雪開花。相思欲唱招魂曲，早被驚才擅楚些。」《木蘭花》云：「西風嫋嫋盪湘烟，弄粉調脂又幾年。種樹書留海嶠石，詠花人坐洞庭船。女郎春夢芳無賴，遷客朝飢露泫然。觸迕水精簾下事，亂鴉飛在鬢絲邊。」《挂劍臺》云：「一物留連天地老，千秋悵望死生訛。」《琵琶亭》云：「舊時杜曲花無賴，此地桓伊笛奈何。九派風烟纔送客，一場春夢漸成婆。」《曲阜拜聖人林下》云：「四尺崇封雷雨避，兩楹殘夢地天荒。」又「半部功名輸吏牘，一堂歲月誤儒冠。」《東海》云：「東海三年雨，南山一笛風。金銀疑有氣，刀筆竟無功。馬夢同槽齧，蛇妖賃廡春。讀書還讀律，毋乃哭途窮。」「種樹河陽笑，輸薪瀚海行。可憐出關酒，何處閉門羹。公案參茶事，私書落雁聲。當年定婚店，只隔一長城。」《懷伊甫秦淮》云：「丁字簾前水，秋來緑似裙。動摇團扇月，停泊洞簫雲。」又「舊怨花難替，新愁草未刪。腰量三殿柳，眉鎖六朝山。」《贈藕雪校書》云：「鳳凰絃上細如塵，酒地詩天一種因。芳樹當風新樂府，梅花生日小陽春。」《折梅》云：「歡喜因緣情供養，別離消息夢丁寧。」《玉延秋館圖》云：「古樹著花餐似玉，淡烟添墨畫成秋。」《無題》云：「簪花蠶及第，鬬草蝶藏鉤。」《栖霞》云：「夢隨秋水來千里，人與青山別四年。」《題陳雲伯碧城仙館詩》云：「洞天福地三生業，賸水殘山七品官。主客圖中詩派在，英雄記裏酒杯寬。」又「美人香草癡于夢，流水桃花別是禪。」《寄彭甘亭》云：「傍誰門户雙飛燕，渺此江湖一點鷗。」又「文字因緣香火社，功名身世馬牛風。」《蘼蕪香影圖》云：「殘山賸水黄天蕩，豪竹哀絲白練裙。」又「紅妝末路鉛華盡，青史名山劫火譁。」《寄沈小如》云：「車笠舊盟人有約，江湖殘夢酒無邊。」《雪夜雜詩》云：「白馬三更豪士骨，黄河一笛酒人心。」《留別全謝山》云：「十載青春狂杜牧，一城殘雪老袁安。」《酬別》云：「客去花無賴，愁來筆有神。半年歌舞地，一日別離人。」《良鄉》云：「凍禽飢嘯雪，老樹醜開花。」《内邱》云：「荒雞讐遠夢，枯樹戰狂烟。」《湯陰》云：「欹橋霜滑馬，禿樹月窺禽。」《江都》云：「銷魂何水部，落魄杜司勳。」《丹陽》云：「波平帆影重，山遠墨痕麁。」《青藤古意詩》云：「史筆青删仙鬼佛，酒杯紅入畫書詩。」又「跛扈千秋窮措大，揣摩八月爛時文。」又「上客文章祥得鹿，中年絲竹慘啼猿。」又「老屋百年三易主，名山萬卷一懷人。」《移居詩》云：「下第文章似招隱，滿城風雨況催租。」又「小人近市門非海，秋水當窗屋似船。」《柴》云：「炊桂交遊三倍利，熟粱殘夢一灰乾。」又「失笑阿奴真下策，青琴燒尾不能彈。」《米》云：「萬里山川論馬援，一橋杵臼賃梁鴻。」又「消受百年粗糲事，短簫吹入市當中。」《油》云：「蠟淚堆殘歌舞地，鐙花開老讀書窗。」《鹽》云：「養成竈下中郎將，煮出人間富貴家。　黑白一盤空幻虎，官私兩部各鳴蛙。」《醬》云：「名重葫蘆依有樣，病欺芍藥贈難馨。」《醋》云：「神仙位業饒留棗，宰相羹湯渴望梅。　悵觸後園私語處，風旛不動萬花開。」《茶》云：「開花日日鶯啼樹，飲水家家鼠滿河。」《寄别》云：「會合因緣天最吝，别離消息歲將闌。」《吴王濞鑪鞴》云：「西京几杖輸棋局，東市朝衣失智囊。」《昭明讀書堂》云：「一家詞賦名山緑，六代烟花戰血紅。」驚才絶艷，揮霍縱横，下筆應論五百年，彭甘亭、郭頻伽諸君瞠乎後矣！

《詠鶯》一絶云：「玉梭珠串太丁寧，夢斷遼西未忍聽。　一夜櫻桃簾外雨，阿誰收却護花鈴。」

孫子瀟《贈别鐵雲》云：「緑竹春聲簫協律，樓臺曉夢杜司勳。」又「此去江山如畫好，向來花月並愁看。」

王仲瞿曇《懷鐵雲》云：「南樓花富貴，西母月聰明。」《答贈》云：「吴下名儒無後輩，燕南才子是先生。」又「江湖到處無家住，風雨相逢有贈詩。　兩姓中衰諸舅説，半生家難母姨知。」又「海内英雄餘子在，南中骨肉幾人全？」《話舊》云：「戍鼓喧天一柱銅，蠻鄉兵幕瘴鄉風。書生汗馬髀無肉，妖女囊仙血自紅。才子文章山鬼泣，婦人荼火大王雄。中年空橐從戎筆，不乞平夷一字功。」「些些招魂不到家，青山白面又長沙。三閭血祭叢祠宇，太傅承塵破廟花。賀老琵琶怨場屋，禰衡鸚鵡戀天涯。巴江烽火瀟江月，愁夢湘娥十二鬘。」「神黿風雨殺豬婆，送我南船拖白鼉。下第書生留大命，公車舉子踏天河。水官解厄城三版，仙女療飢米一螺。留得姜肱粗布被，大牀纔被惡龍拖。」《西楚霸王墓》云：「穀城山曉黛蒼蒼，弦酌相逢拜憤王。百戰三年空地利，一身五體竟天亡。明分天下資劉季，誤讀兵書負項梁。留部瓠蘆全漢在，英雄成敗太淒涼。」「黄土心香一匊塵，英雄兒女我沾巾。生能白版爲天子，死到烏江剩美人。壁裏沙蟲親子弟，烹餘功狗舊君臣。戚姬脂粉虞姬血，一樣君恩不庇身。」又「秦人天下楚人弓，枉把頭顱送馬童。天命何曾私赤帝，大王失計戀江東。」《重過》云：「大雞山後小雞前，馬血人燐一冢烟。白帝山河五十步，羊公碑版二千年。伯才遇主談何易，轅下無牛祭不虔。亦有烏江歸去客，穀城鞭影夕陽邊。」孫子瀟同作云：「一杯熱血奠幽宮，空際靈旗颯楚風。死有人爭分五體，生無天命枉重瞳。」又「鬼馬怒嘶陰夜雨，山花紅作戰場春。霸陵弓劍長陵土，一代匆匆萬劫塵。」

青衣孫福《和仲瞿落花詩》云：「韶華一度蜂含蜜，心事三春燕剩泥。」又「中原無地葬明妃。」

陳迦陵有絶句云：「輕紅橋上立逡巡，淥水微波漸作鱗。手把柳絲無一語，十年春恨細如塵。」

廣順金鶴皋明府，兄弟皆以甲榜通籍。潘實夫贈詩云：「四進士開兄弟榜，一書生現宰官身。」

王漁洋曰：唐人五言絶往往入禪，有得意忘言之妙。予少在揚州亦有數作，如「晨雨過青山，漠漠寒烟織。不見秣陵城，江亭坐秋色。」「蕭條秋雨夕，蒼茫楚江晦。時見一舟行，濛濛水雲外。」「雨後明月來，照見下山路。人語隔溪烟，借問停舟處。」「山堂響法鼓，江月挂寒樹。相送江南人，雞鳴峭帆去。」皆一時佇興之言，知味外味者，當自得之。

「海雪畸人死抱琴，朱絃疏越有遺音。九疑淚竹娥皇廟，字字離騷屈宋心。」謂鄺湛若也。

偶閲《精華録》，擊節「島夷紛破碎，天水倒空青」二語，浴日亭作也。

劉仲尹爲贊皇尉，晨至山寺，見壁上有詩云：「長梢疊葉故颼颼，枕底寒聲爲客留。野鶴不歸山月墮，獨眠滋味五更秋。」

前人題畫詩率皆清絶，雲林自題山水云：「霜落蒹葭水國寒，浪花雲影上漁竿。畫成未儗人將去，茶熟香温且自看。」又「秋潮夜落空江渚，曉樹離離含宿雨。咿軋中流聞櫓聲，卧聽漁人隔烟語。」柯九思自題山水云：「相逢何事且徘徊，澤國閒花岸岸開。見説衡陽南去路，秋深無雁寄書來。」徐青藤自題枯木石竹云：「道人寫竹並枯叢，却與禪家氣味同。大抵絶無花葉相，一團蒼老莫烟中。」

《春柳》云：「燕子南來剛細雨，故人西去是陽關。」又「流水板橋鄉夢短，夕陽村店酒旗寒。」《太白樓》云：「狂士一生耽麯蘖，詩人終古薄功名。」

畢甸峰鍔遊京師，無所遇，歸經邗上，賦《白牡丹》云：「淮海三春紅粉豔，洛陽五載白衣歸。」

舒鐵雲《瘧》云：「冷暖不自知，厥疾名曰瘧。西風颯然來，間日乃一作。嗟余本無辜，與爾似有約；或不寒而栗，或非火而灼。心兵互勝負，眼花自開落。病也吾非貧，謔兮殊近虐。或言求良醫，藥石苦相託；其次驅厲鬼，史巫用紛若。是二皆非然，請試言其略：人生天地間，寒暑競相薄。諒非金石堅，又被利名縛。飲食失厥時，風雨與之搏。是氣所鬱積，寒熱之媒妁。受病有淺深，得病無善惡。去則不可留，來則豈能却。翩翾翻金鴉，襹褷眠白鶴。極目照五藴，游心絶六鑿。蘧蘧秋夢醒，汗出於是霍。」余生平不知瘧作何狀，詢之過來人，皆云摹寫盡致也。

法梧門謂：鐵雲七古，非浸淫於三李二杜者不能。兹特取集中傑構補録之。《沂州七夕》云：「青天碧海庚庚列，倒瀉銀潢萬堆雪。中有靈匹三千年，參媒氏妁索聘錢。兩點星辰一條水，欲語不語心茫然。玉皇夜開紅雲居，三十六天秋色虚。金符九道檄飛鵲，背毛腹毳成朱彴。天孫身披無縫衣，清風浪浪橋不飛。暫詣牽牛囅然笑，將子無怒秋爲期。汝南雞唱層藍曉，别淚浮波紅裊裊。梁清侍側悄無言，惟見河心秋月小。君不見人間乞巧癡無數，那知天上相思苦。姮娥倚樹罵逢蒙，王母偷桃擲漢武。」《雨夜》云：「青鐙開出雙扉秋，夜雲濕上詩人頭。」《高安道上》云：「風輪繅雨如浣紗，雷鼓破霧如催花。四圍野色何所見？見首見尾龍衙衙。玉女投壺天大笑，霹靂急作漁陽撾。亂頭粗服雨師妾，手彈十面銅琵琶。」《南樓》云：「烏雲接日日含雨，風掃青天雲不許。一鱗一爪雲中龍，雄雷雌雷相爾汝。」《仙蝶謡》云：「東海桃花紅兩靨，南海仙人放蝴蝶。水精簾下抄道書，屋裹衣香花不如。花非花兮花解語，細漏丁冬碧紗雨。水風愔愔山冥冥，有人讀破南華經。

牽雲曳雪班騅送，殺粉調鉛寫春夢。」《戊辰七夕》云：「一年一度癡兒女，別淚如鉛瀉秋雨。星娥月姊兩般愁，風馬雲車不相語。」《途中》云：「亂山四圍峽一條，月旁死魄風調刁。黑雲漆天天投膠，不可破者上下牢。忽躍玉女蓮花驍，雄雷雌雷抱龍腰，銀河倒瀉秋瀟瀟。」《別歌行》云：「江南江北兩點烟，歸人夜夜啼杜鵑。仰天大笑出門去，一十六州三萬年。」《中秋夕泛放歌》云：「青天不可以梯，碧海不可以舟。忽飛海底月，照見天上樓。金風珠露美清夜，冰壺玉鑑懸高秋。我從闌夕揚空舲，浪花參差吹綠腥。天半之月水中月，兩岸人家眠瑟瑟。有酒渴則飲，盛以綠玉瓢；有曲狂則歌，和以紫竹簫。纖雲四卷風不驕，橫渡百尺紅闌橋。悄然舉首睨絳霄，恍惚娥宫萬瓦櫛櫛排青瑶。問娥靈藥幾時竊？太虛密邇不能説。惟見歷歷粲白榆，霏霏落黄雪。蝦蟇背老兔口缺，水精刻桷銀鑄闕。我欲跨紺鸞驂翠虬，明霞十色華漢流，星衢霜殿爛不收。平視月姊倚飛閣，高寒笑振青鳳裘。歌復歌，愁更愁，瓊斤玉斧修合四萬八千户，去作東華西靈南離北貢逍遥遊。」《南山松皮歌和龍雨樵》云：「我不能窮走鄧林逐日三萬里，又不能飽餐伏靈御風五百歲；此樹婆娑不可見，山不信魚之大，海不信木之怪，橐駝矗矗以爲馬腫背。雨樵先生仰天大笑冠絶纓，曰爾不見南山松（樹）〔皮〕年老能成精。我讀松皮詩，一讀再擊節。詩又奇於松之皮，松又古於山之雪。豹皮留皮無其人，牛則有皮僢不倫。瓜皮李皮茫茫墜緒不入世系稱曾孫，松花萬斛散作瀛洲塵。松釵一股聘天女，此其家不貧。死無枝葉生無根，海水倒卷飛崑崙，紅桐十番今尚存。神農不敢製爲衣，倉頡不敢造作紙，吉祥菩薩開爐煉石不敢取作薪。又何况一天王、三君子，五大夫及百蟲將軍！先生曷不去吟御溝楊柳都堂槐，或者曲江杏、孤山梅，而獨短衣匹馬過輪臺？田園將蕪胡不歸，濡染大筆題此抑塞磊落之奇材。其奇也若此，客有歌於南山之北、北山之南者，余焉能屬而和之哉？客曰否，余曰諾。皮之不存存此作。」《豐城劍池行》云：「鑄劍鬼神泣，埋劍蛟龍愁。雌雄夜相語，后土夫人不肯收。上訴真宰九萬里，斗牛之間矗然起。鬱鬱古花緑，英英元氣紫。電絲霜片射眸子，石破池空劍光死。干將莫邪翦鸕鶿，龍泉太阿秋水飛。華陰山前一色土，天風砉砉妃呼豨。奈何一躍襄城馬，再化延津龍。車乾海水見底空，黑灰慘澹雙芙蓉。陰陽不濡髑髏血，上天入地無分别。」《鐵簫歌贈人》云：「鐵厚一寸射而洞，驚起秦臺紅尾鳳。天風吹度廣寒橋，霓裳法曲傳靈簫。生不逢東坡居士遊赤壁，清風明月無聲色；更不見淮南書記吟青山，二十四橋春夢殘。鑪火温暾唾壺缺，不鑄黄金鑄白雪。深山大澤無人踪，一斛珍珠六州鐵。四壁成都小垂手，玉律春寒消九九。吹參差兮續離騷，爛嚼紅霞口戕口。節之以岑牟金石漁陽摑，和之以大江東去銅琵琶。銀河吹笙小兒女，矧乃人世雙紅牙。」《斷牆老樹歌》云：「朱公示我斷牆老樹圖，石公索我斷牆老樹詩。之二人者我所思，之二物者我所知。西門極樂寺，南城太清觀。不斷不老不詩畫，彼牆彼樹在彼岸。牆如殘碑，樹如枯柴。牆斷若坐，樹老而卧。客之來兮秋凉，羌俛仰兮斷腸。嶝丹青兮韻宫商，合則雙美兮離則兩傷。蓬萊清淺須彌小，嗚呼牆斷樹亦老，無有牆樹無有諸煩惱。胡爲畫之題之不肯休，一牆一樹名一愁。宿泥剥剥鬼所謀，孤根盤盤匠所讐。屐齒不到風馬牛，烟花點綴蟲雕鎪。咄嗟乎嘻吁！鐵圍山，攔不住；紅桑花，種何處？神仙换劫佛滅度，如是因緣不知數。極樂寺中牆，太清觀裏樹！」《破被篇》云：「讀書萬卷讀不破，走入破被堆中卧。雞既鳴矣凡幾聲，蝨其間者凡幾個。或曰屣可棄，我不忘其敝；或曰衮可補，我非五雜組。不相離別轉相親，我用我法横自陳。芙蓉城裏蒙頭入，鸚鵡洲邊伸脚出。一年又一年，春秋冬夏無不然。萬里復萬里，南北東西而已矣。蜀錦重重無片段，吴錦團團逸其半。參來羅漢五百尊，幻出觀音十一面。彈斷銅琵琶，披老鐵袈裟。石破天驚逗秋雨，中有殘夢恒河沙。君不聞湖州唐六歌有口，又不見揚州朱八畫有手。西風襆被春明門，車如雞栖馬如狗。被兮被兮可奈何，世間破被有許多。安得盡遣朱八作畫唐六歌，我乃化爲蝴蝶夜夜飛天魔。」《團扇夫人曲爲仲瞿作》云：「渡江桃葉春潮緑，腸斷青團扇子曲。秋風吹鬢又雙飛，明月墮懷才一握。誰家蝴蝶過牆東，銜出飛花一面紅。謫來天上氤氲使，留得人間憔悴容。櫻桃樹底相思路，一撲流螢有人妒。只應花裏送郎歸，胡爲泥中逢彼怒。此事分明寶月團，此情惆悵彩雲端。阮家人種追無馬，秦女衣裳畫有鸞。班姬才調明妃色，却扇千金傾一國。夢向烏衣巷裏遊，歌從白紵詞中得。琅邪才子舊情癡，曳雪牽雲有所思。十萬鴛鴦兩團扇，婢學夫人君不見。」《雪夜懷仲瞿》云：「北風生雪雪殺風，玉山峥嶸銀海空。西湖南湖三百里，君住西湖頭，我住南湖尾。三十六天花影麁，八十一點消寒圖。生不願鄭公騎驢灞橋上，歇後詩成作宰相。又不得（李）〔裴〕公夜入蔡州城，打起一池鵝鴨聲。徑須去貰旗亭酒，羌笛年年怨楊柳。忽憶會稽山樵朱百年，送婦還家無一錢。悄聽蟹沙沙，仰視龍銜銜。坐燼銀荷葉，開出白符花。姮娥抱鏡避三舍，玉女投壺粲左車。瀛洲玉塵不論屑，天公歡喜人離別。我住南湖尾，布被冷于鐵。夢中七十二鴛鴦，撲帳楊花春不熱。君住西湖頭，西湖老梅愁更愁。前身一箇紅藤杖，曾向孤山絶頂遊。青山一點芙蓉落，比似林逋太漂泊。妻當梅花子當鶴，君亦草泥吟郭索。」《興更生篇》云：「書生不能大殺賊，賊殺書生亦不得。殺而未殊賊之技，殊而不死神之力。獨不見曹縣書記興於詩，賊入縣堂官不知。賊衆劫官官死之，遂殺官之妻孥親弗慘積屍。興生父子驟聞變，開門見賊當賊面。子先逸出，求父復入。賊並斫之，烏白鷺黑。如是死者凡四日，九月初八至十一。子蘧然醒，父僵不能起立。忽然賊去神乃來，似夢非夢神光開。手撫其面合其骨，骨者肉之肉者血。血亦不復流，骨亦不復收。伐毛洗髓戴吾頭，陰房鬼火吹髑髏。自頂至項一十有二處，傷痕宛然血光注。不知不神所以神！我作此詩，名其篇曰『更生』，且爲之徵。」皆奇情勃發之作。又《欒城道上》云：「車馬慁東風，塵沙怒相語。土花飛上天，無萬下紅雨。」《柳》云：「春波天際遠，朝雨笛中消。」《瞻園》云：「烟中孤塔出，天際大江來。」《康山》云：「歌舞逢場戲，文章絶代才。」《別周太守》云：「中年仕宦棋留局，下士文章餠噉名。」《贈人》云：「一篇思舊船邊笛，千古飢驅市上簫。」又「功名户限居何等，文字輪回結此緣。」《次韻感舊》云：「有界色天塵易積，無邊苦海底尤深。玉壺楚楚盛紅淚，珠樹迢迢暗緑陰。」又「簾開落葉愁如片，衫點餘花唾是痕。」《胭脂井》云：「六宫秘計生同穴，九地游魂死戀家。」《題汪至山室人遺挂》云：「分明夫壻是秦嘉，一別詩人感木瓜。少女風吹他日淚，孝廉船去此天涯。填平精衛三生石，放下文殊兩手花。正是軟紅塵撲面，年年金線費韶華。」又「十年甥館如前日，半世妻宫有短星。」《酒樓別送》云：「山色不知昏嫁累，水聲從此別離難。」又《青谿》云：「城依山勢轉，花聽水聲開。」

曹寅谷進士之升，文壇宿將也，宰蒲城，有善政，没即爲其地城隍。《闈中分校次同年韻》云：「卅載功名羞拾芥，叁房衣鉢許窺班。」又「千里莼鱸虚越夢，三年栗犢學秦歌。」又「平生心迹菊花知。」

揚州曹春漪焯《落花三十首》警句云：「果然不作泥中絮，大抵都成水面文。」「强扶病態難窺鏡，怕露羞容不捲簾。」又「人對殘紅感鬢絲。」

金筠泉讀張船山詩，忽告其所親，願化作絶代麗姝，爲執箕帚。馬雲題贈船山詩，亦有「我願來生作君婦，只愁清不到梅花」之語，以船山夫人有句云：「修到人間才子婦，不辭清瘦似梅花」也。船山戲作二律以謝云：「飛來綺語太纏綿，不獨青娥愛少年。人盡願爲夫子妾，天教多結再生緣。累他名士齊求死，引我痴情欲放顛。爲告山妻須料理，典衣早蓄買花錢。」「名流争現女郎身，一笑殘冬四座春。擊壁此時無妬婦，傾城他日盡詩人。正愁隔世紅裙小，未免先生白髮新。宋玉年來傷積毁，登牆何事苦窺臣。」謔亦雅矣。

船山《感事》云：「白小凌波也是魚，影娥池上好家居。秋星翦鏡眉如黛，春笋扶釵髮有腴。樂府可憐劉碧玉，才人多事馬相如。幕巢那更談金屋，只論華年已誤渠。」《舉第三女》云：「連年生女杏花初，也覺春風繞敝廬。世上漸添新姊妹，老來分付舊琴書。徵蘭有待閨人懶，懸帨無聊賀客疎。最是高堂難報與，抱孫深望未銷除。」

船山詩才清雋，語皆入人肺腑，如《示友》云：「故山有夢歸何日，浮世無端着此人。」《哭四妹》云：「似聞垂死尚吞聲，二十年人了一生。」又「死戀家山難瞑目，生逢羅刹早低眉。」又「人到自憐天亦悔，生無多日死如何。」又「日下重逢惟斷冢，人間謀面剩來生。」《送人》云：「志違難作吏，年少悔登科。」皆使人欲唤奈何。七古尤清氣，往來彈丸脱手，無聱牙佶屈之病。前編兩録船山詩，都遺古體，兹特補收數首，以抵一斑之窺。《冬夜紀事》云：「勝侶偶然合，何妨一舉杯。南鄰朱老聲如雷，大呼僮僕無遲回。曼卿亦復隱于酒，錢郎濯濯如春柳。閉門歡笑成一家，掃除賸客揮大帚。何處微風入，開簾若有人。羊裘氈履五柳巾，莊嚴妙相如天神。大叫取酒來，四座皆逡巡。疑是唐朝酒人李太白，不然定是荷鍤劉伯倫。屋漏之神忽大笑，公等無鑿混沌之七竅。尊有餘瀝且澆之，乾坤浩浩知爲誰，吁嗟乎！乾坤浩浩知爲誰？醉中各化飛雲飛。」《醉後和稚存》云：「讀君兩生行，涕笑一時作。黑夜關門讀不休，打窗奇鬼争來攫。懷詩急走心茫然，遠登雲棧如登天。人言彼土即吾土，藏詩可以經千年。我方欲西行，一星墜我前。戴尊衣甕佩龍勺，俗客驚駭疑真仙。莫驚鬼奪詩，我爲公呵護。且復立斯須，和此好詩去。是時下界冬已殘，風狂雪虐天漫漫。一生牽衣不忍訣，一生和詩嘔出血。城南柳秃空無枝，天詔酒星縮離别。重讀兩生行，如見兩生情。一一若吾語，大叫難爲賡。翩然一躍入杯底，小地萬人呼不起。雙丁二陸偏同時，萬古之名今已矣。酒星抱月來，擲入兩生杯。兩生驚起糟邱臺，歡聲轟作隆冬雷。忽聞門外征馬語，兩僮泣下紛如雨。馬聲高朗僮聲俯，似訴兩生離别苦。一生聞之悲，一生聞之喜。兩生悲喜人不知，天外浮雲地中水。君不見開天盤古氏，其情最可憐，九州莽莽無人烟，獨坐獨行二萬年。又不見高真之居亦孤寂，舉酒招人人不暱。九天費盡百神謀，僅奪唐朝一長吉。兩生把盞同軒眉，居然日日相追隨。一生偶送一生去，臨歧何必吞聲悲。我馬莫憐君馬獨，我僮莫向君僮哭。雲天萬里好聯吟，浩浩長空是詩屋！」《小除日紀事》云：「萬爆如雷送除夕，萬人醉倒兩人惜。不爲殘冬留不住，惜此一年詩欲去。中夜不敢眠，攤詩陳向天。祭之以酒脯，慰勞心拳拳。一杯沃詩腸，一杯遥奠北斗邊。却如老農索饗貓虎水庸郵表畷，三揖百拜何其虔。禮成而退各大醉，恍聞門外神荼鬱壘嘖嘖稱詩仙。自從大唐司户參軍賈島去塵世，此典不舉忽已千餘年。兩人矍然驚，頓作千秋想。寧遭俗人駡，必索名人畫。畫成可以傳天外，鬼護神呵長不壞。牛腰大卷七尺偉丈夫，何妨片紙圖之小如芥。人能狂，天爲癡，翩然飛來一畫師，軒軒鶴背仙人姿。傳神不以貌，下筆如有詩。收取殘宵眼前景，一一變化神明之。酒酣伸紙不停手，但見房帷廬舍一庵人物著指來參差。繡佛齋，本無佛，詩如山，燈如月。拜者誰？洪稚存；立者誰？張柳門，傴僂向詩如乞恩。願祝此圖傳之萬古萬萬古，兩人丰神奕奕常如生。懸圖一笑春風驚，誰爲圖者王子卿。」《日本刀歌贈陳瀚》云：「斫地起舞爲君歌，我輩自視當如何？藏刀不用亦神王，請君一日三摩挲。書生戴頭不敢近，死手毛錐剛一寸。那知烈士多苦心，文人好武原非病。嗚呼，君不見，鄉曲小儒無血性！」《題過海圖》云：「君不見，估客縮頭漂大洋，死抱金錢安敢狂。又不見，澳門鬼子作洋畫，畫人如鬼人争挂。番錢一（圜）〔圓〕畫一紙，差足關門媚妻子。人生到此真可憐，只恐天吴一笑人羞死。我有一尊酒，澆入萬里風，請將此詩此圖吹入南海中。不許俗手污一字，不許俗眼開雙瞳。萬年長挂蛟龍宫，使彼海若愕然驚拜腰如弓，知我人世未始無英雄。」《酆都山》云：「死人大笑生人哭，浪指酆都作地獄。鑿山起殿山爲縮，殿中沉沉暗如櫝。人來驚拜僧滅燭，閻羅怖人悍雙目。鬼卒猙獰頭有角，長枷大杻堆成屋。毒冰滿河蛇食肉，男躍女跪嬰兒伏。照眼髑髏千萬束，九州茫茫人鬼畜，一山收之無不足。殿前古井誰敢黷？紙錢下飛如轉轂，通神使鬼罪可贖。鬼無心肝神有欲，大杖年年易新竹。聚人無算供敲撲，山僧踞寺狠如蝮。王不答之訝其禿，吁嗟乎，九幽功罪無榮辱。土偶安知作威福，方平洞口仙雲緑。」《鐵棺峽》云：「女手卷然滑且膩，長風萬里吹尸氣。特揀浮雲作墓田，猿啼鴟笑皆游戲。任人指點無人學，那愁高岸爲深谷。世上骷髏盡九泉，獨眠天半真奇福。過客何須識姓名，彭殤過眼總平平。空中大笑桓司馬，石椁三年鑿不成。」《送王椒畦》云：「禪中作鬧鬼如蝨，枕席衾裳聲瑟瑟。打牀一笑人夜驚，病起維摩散花室。宣南塵熱風沙沙，中有我輩如烟霞。關門且吸三鍾酒，走筆還開數種花。君不見大棺丹漆小棺白，新鬼今年多似客。白馬馱醫快欲飛，黄金買藥輕於擲。疫氣蒸人成毒霧，昨日歌筵今日賻。市上芻靈價已昂，道旁乞丐堆無數。君獨抽身赴陵縣，還鄉漸逐秋風便。破帽籠頭去不辭，一車生氣如奔電。」《天慶宫觀劉鑾塑像》云：「我遊天慶宫，讙譁覓土偶。登堂見上帝，嚇醒千年酒。仙吏如麻各叉手，相看轉覺生人醜。」《墨幻圖》云：「十二萬年若流水，骷髏滿地無靈鬼。朱棺黑夜響琤琤，一束枯骸細于葦。」《今夕何夕歌》云：「大撓夜半製甲子，鬼聲烏烏哭倉史。七竅玲瓏渾敦死，十二萬年一彈指。黄土摶人摶不止，千頭濈濈穿泥滓。」《寒夜吟》云：「月色墮烟秋不曉，勾闌弔月啼蛄老。秦筝絃柱十三行，鈿蟬金雁彈伊涼。一夜凍痕生緑井，簾紗如霧花枝冷。」《蟋蟀吟》云：「明星熒熒大于月，一燈欲死東方白。」

石琢堂殿撰《刻船山詩草成書後》云：「文園遺稿歎叢殘，手爲刪存次第刊。名世半千知己少，寓言十九解人難。留侯慕道辭官早，賈島能詩當佛看。料理一編親告奠，百年心事此時完。」蓋船山身後之傳，琢堂力也，此種風義，今之古人乎！

松江名諸生：葉湘秋蘭、劉玉蒼清淳、袁廉叔瓚、袁淳甫瓛，皆負翰苑之才，所作詩古文辭，沉博絶麗，軼絶儕輩，肄業雲間書院。松守練廷璜刻《雲間小課》，所收多數君作。湘秋《擬吴梅村永和宫詞》云：「隋隄柳綰春絲緑，七寶香車畫橋曲。列仗呼騶騎若雲，籤名進御人如玉。承恩初入上陽宫，展拜天家禮數工。鏡鳳移奩窺夜月，山螺簇黛倚春風。瑶光毓秀偏聰慧，心是芳蘭質香蕙。彩筆纔書玉筯文，繡針還刺金仙偈。勤政君王屏燕歌，宵衣屢問夜如何。常憂邊塞勞蒼兕，暇昵宫闈戀翠蛾。禮妃沉默寡言笑，寵深獨被君王召。夜值時陪蠟淚乾，晨興每待雞籌報。爲念天家數減餐，親調羹臛捧金盤。似聞瀛國前宵夢，恰得中宫舉箸歡。但厭高閎意不適，低房別構塗金碧。曲閤深安翡翠牀，亞闌平貼琉璃槅。寵極憨生不自知，象生遍插好花枝。可憐宫婢争妍日，正是官家拂意時。况經隙啟朝元節，偶仆中宫帝心惄。合賜貂裀解宿嫌，肯教鳳輦循前轍。等閒一度月三圓，冷抱秋衾思悄然。淚揾玉顔空寂寞，愁牽絲緒枉纏綿。有金難買長門賦，詞唱回波屢成誤。只傷妾命似輕塵，敢把君恩比朝露？外戚何堪更佚遊，六街玳轂駛如流。熏天勢燄嗔丞相，炙手威稜繫督郵。脂田粉碓供湯沐，金埒銅鋪競修築。方道椒房藉寵專，誰知草檄敗權速。自分餘生寘敢祥，那思陪從入昭陽。當筵賜果虛成憶，隔院聞歌獨斷腸。景和門外群花媚，聽説宸游往娱戲。忽承中使詔同看，喜極翻教淚先墜。却理修蛾朝至尊，至尊含笑與温存。爲言此會重相見，宜謝中宫促召恩。從此猜疑兩消釋，貴妃肅奉宵裯職。徽蘭燕姞自多男，振羽螽斯頌蕃息。菩薩俄聞現九蓮，金枝玉葉萎連年。看花簾冷秋憔悴，思子臺高泣涕漣。洛陽金鼓喧天地，白日黄埃走魑魅。吮血争磨猰貐牙，揮戈孰斷蚩尤臂。墋黷烽烟駭掖庭，玉妃殗殜病魔經。喘絲欲斷和愁續，漏滴將殘帶雨聽。香桃骨瘦支衾懶，化蝶魂隨彩雲散。惆悵秋墳葬玉衣，凄凉香冢埋金盌。妖氛一瞬逼天閶，倉卒官家趨急裝。丹鳳闕邊叢戰壘，白狼河口失浮梁。十萬羽林齊解甲，可憐馬上纖腰怯。故宫望斷杳難歸，翻幸先亡翳松翣。何處遺宫問永和，傷心殘址蔓荒蘿。興亡一代悲青史，譜就新章薤露歌。」《送春》云：「無賴心情偏中酒，不多時節況斜陽。」《南漢宫詞》云：「蕉林成幄緑雲肥，翠蓋曾經駐六飛。新賜扇仙名最雅，至今人説李蟾妃。」「蓋海承劉事果真，皈心龍竺悟前因。白天雨至宫娃散，只賸金剛不壞身。」玉蒼《清明上河圖》云：「初過寒食一百六，汴宫回首蘼蕪緑。有人和淚寫丹青，不減東京夢華録。上河舊俗競繁華，軟繡街頭小鈿車。暖烟榆火家家燭，香雨梨雲處處花。恍從人海偷身立，笑指梯航一時集。外臣西北貢琛來，文吏東南押綱入。天上人間此玉京，貴游雅愛出郊行。錦韉小駐流觴地，彩幟齊開射柳棚。

此卷規橅獨稱最，五百餘年傳海内。臨安宫殿今如何？古道西風黄野菜。」廉叔《采菱詞》云：

「細雨吹香入水窗，朱絲素腕木蘭艭。緑雲凉壓鴛鴦夢，翡翠飛來又一雙。」「衫紅鬢緑共徘徊，皺縠清漪淬鏡臺。一笑撩波擎不定，累人真箇折腰來。」「雙鉤軟玉瘦纖纖，七出花明翠一奩。比似箇儂簾畔立，緑羅窣地露紅尖。」「沿溪畫槳總回舟，眉黛波光一色秋。歸坐梧桐陰底月，凉蛩無語豆花愁。」淳甫《漳河疑冢歌》云：「招不得老夫魂，全不得少子愛；護不得穹壤崩，救不得朽骨碎。漳河之水緑于黛，洗不盡阿瞞萬年穢。」馮樹卿晉昌亦雲間錚錚者，《儗昌黎鄭群贈簟》云：「夜夢清凉卧玉闕，碧雲平碾琅玕滑。足垢不韤乘天風，吾欲因之踏明月。」又「篾穿金縷雙文嵌，縠皺銀漪五花捽。」

吾鄉曹竹虚宫保，所作多學人之詩，讀之令人不歡，録其稍可誦者。《送人》云：「鐵甕秋潮霜葉寺，珠湖亂荻夕陽船。」《病中雜詠》云：「松風閒古鼎，花影暗凉琴。」《别友》云：「三春聽雨夢，兩地望雲人。」又「琴聲雙屐雪，帆影半江烟。」又「櫓聲摇客夢，花影惜江春。」《涿州》云：「橋偎殘雪立，塔劃凍雲開。」《淮口守歲》云：「臘市三更人語鬧，霜天萬里斗星高。」《素心蘭》云：「虚白室中皇古夢，軟紅塵外太初民。」《陶然亭》云：「窗外風聲凉作雨，樹頭山影淡于烟。」《戲馬臺》云：「西楚軍聲先捲土，南徐鞭影一登臺。」《臨淮》云：「排岸簹笭漁子市，聯檣鹽米估人歌。」《兩河口》云：「蓼葉汀洲雙鷺雨，豆花籬落亂雞聲。」《舟雨》云：「途長成倦客，波漲失危灘。」《江村草堂圖》云：「樹杪嶙峋古塔圓，披圖我憶舊游韉。吴江一角寒山影，花落楓丹十四年。」《與十六弟言懷》云：「談深杯斷酒，夜短鼓催街。」《邗溝》云：「風片雨絲芳草路，衣香人影木蘭橈。」《竹溪即目》云：「碧漲草痕春水渡，緑雲松影夕陽橋。」《南旺分水》云：「地脊分南北，人心各利名。」《歲暮書懷》云：「村巷兒童忙臘鼓，市門魚鳥富春燈。」又「拙宦牽纏薪米累，薄遊促縮雪霜程。」《挽鄭丈》云：「十年宦轍關津夢，六載親闈水竹家。」《門神》云：「終日木偃癡拱立，一年瓜代老催歸。」蓋合《石鼓硯齋詩鈔》爲卷三十有二，而所采只此數則，觀者得毋議余之苛乎？

黄山奇秀甲天下，歷代名人多有紀遊之句，兹從山志中采録近體可誦者。鄧宗度《桃花峰》云：「劉阮辭世塵，桃花誰復主？無計殢東風，一夜零紅雨。」《石牀峰》云：「似非人力建，造化琢磨成。一枕遊僊夢，蟾波白晝生。」《祥符寺》云：「雲水最饒處，輪蹄無到時。夜蟾生佛面，春雪印僧眉。」葉秀發《龍吟寺》云：「簾影殘燈暗，鞵痕落葉深。」《古城山觀》云：「水聲高下澗，山色去來雲。」焦本心《黄山留題》云：「怪石矬松名嶽上，神仙天子一人傳。」黄汝亨《自松谷還上石筍矼》云：「石危山子屐，雲濕道人衣。」謝肇淛《軒轅寺》云：「溪聲寒到榻，峰影近窺人。」吴文潛《祥符寺》云：「松雨寒侵多病客，溪花瘦到絶糧僧。」許楚《蓮花庵聽慈光梵唄》云：「五百僧埋黄葉脚，一雙鴉出白雲腰。」屈大均《送汪扶晨奉益然大師靈龕歸黄山》云：「君家主政事真乘，日夕焚香禮孝陵。一代遺民金粟佛，兩朝高士雪庵僧。」程謙《桃花源》云：「山鐘聽過寺，澗石立如人。」吴荃《祥符寺》云：「鐘聲經霧濕，人影入松寒。」《至文殊苑》云：「人行空翠上，僧出亂雲根。」程義《蓮花峰》云：「遠天滄海水，明月雪山鐙。」

偶見友人摺箑書三律云：「雅慰探幽興，追陪爲謝公。秋尋人境外，僧訪菊香中。良會陰須惜，高談謔亦工。渾忘蕭瑟意，杖履自春風。」「秋草尋荒冢，穿松翠滿襟。亂山黄葉路，高鳥白雲心。身健忘公老，情多弔古深。烟鐘動遠寺，如助客悲吟。」「偶藉迎官暇，來游湖上亭。亂煙圍水白，一塔出城青。野鳥歸林急，斜陽爲客停。塵襟坐來息，餘興託遥汀。」

某説部載有句云：「水清魚可數，林静鳥無聲。」

唐陶山仲冕宰吴，重修六如居士祠墓，與同人紀事有花隝聯吟之刻，陶山云：「縱酒便爲澆酒地，看花原是種花人。」又「半偈悟禪空電逝，小樓讀畫尚花明。」萬啟場云：「半龕舊雨聯仙館，一瓣心香問佛乘。」沈木庵云：「木榻一燈明古佛，桃花三月拜仙人。」吴蒔香云：「金粉地鈔才子賦，瀟湘人續大招詞。」張遠春云：「世法挈花皈净土，佳緣薙草得宗人。」又「畫中山好貧難賣，鏡裏眉愁熨不平。繡佛功夫歸夢幻，灌園心事怕分明。」汪秋白云：「春雲冷覆花如夢，舊雨宵來月自明。」馬湘洲云：「蓑袂笠簷胥口舫，曉風殘月柳家詞。」盧湘槎云：「疎鐘野梵栖鴉院，芳草斜陽化蝶身。」王孟鄰云：「詩酒靈緣畸士録，燕鶯知己乞兒身。」李松雲云：「一第才華終掾史，四家書畫説前明。」汪研公云：「湖海舊游雙鬢雪，江山勝迹一枝藤。」林桐崖云：「慧業生天如謝客，花源避世有秦人。」王仲瞿云：「吾輩功名空喝雉，君家文字兩傳人。憐才守宰悲枯骨，薄命桃花哭替身。」又「中酒文章狂杜牧，愛才兒女嫁陳平。」又「清明野火唐衢血，黄土碑文幼婦詞。闌雨殘風居士塔，衣香人影水仙祠。」汪孏仙云：「絲竹鶯花三月社，文章金粉六朝人。參禪白骨抛前案，賣畫青山老此身。」盛百堂云：「狼藉雲山邨店墨，風流竿木乞兒詞。」閨秀金雲門云：「世間兒女憐才子，地下蒼蠅弔酒人。」末路青衫窮措大，老來紅粉送終身。」又「胡粉梨園嫻舊曲，烟花吴女豔新詞。」又「桃花死占仙源福，金粉生參佛地乘。」又「一様繡鞋尖上土，踏青時節拜書生。」戴竹友云：「旗亭紅粉尊前曲，游屐青山畫裏人。」宋薌南云：「紅雨半簾春夢墨，青山一榻晝焚香。」唐菊谿云：「埋骨有無春夢客，上墳多少夏畦孫。」曾賓谷云：「青山賣盡畫圖中，占得荒庵地幾弓。昨日清明澆酒去，小桃殘照墓門紅。」先是，商邱宋中丞修解元墓，名人多有題詠，陶山此舉亦風流佳話之續也。韓慕廬云：「荒邨翁媪秋前税，才子牛羊笛裏風。」沈客子云：「玩世羞爲齷齪官，六如遺墨比琅玕。他家未乏高麟冢，香殺才人土一丸。」「狂應識我亦飄零，新草傷心似有靈。買盡吴姬猩血酒，澆君不到九原青。」胡幼鴻云：「棠梨開落幾經年，古墅苔封認舊阡。絃管春風吹易盡，冷烟淡月葬詩仙。」

陶山修祠墓落成，復輯刊六如全集。余録其《送人春試》云：「雨雪關河晚，風沙鴻雁來。送君將寶劍，攜手上金臺。」《祝允明等同賦》云：「梅梢三鼓月，柳絮一簾風。」又「五陵通俠逸，四姓號神仙。」《題畫》云：「澗花浮水出，松鶴帶雲飛。」《偶成》云：「功名蝴蝶夢，家計鷓鴣巢。」《焦山》云：「水從西北開天塹，山到東南缺地維。」《遊金山》云：「人間道路江南北，地上風波世古今。」《送春》云：「一番櫻筍江南節，九十光陰鏡裏塵。」又「酒和香篆送花神。」《和石田落花》云：「六代寢陵埋國媛，五侯車馬鬥家嬛。」又「五更風雨葬西施。」又「瓦竈酒香燒柿葉，畫梁燈暗落塵絲。」《保俶寺》云：「晨課梵迎前殿雨，夜漁燈散滿湖星。」《散步》云：「賣酒當鑪人裊娜，落花流水路東西。」《歲朝》

云：「鳩車竹馬兒童市，椒酒辛盤姊妹筵。」《漫興》云：「杜曲梨花杯上雪，灞陵芳草夢中烟。前程兩袖黄金淚，公案三生白骨禪。」又「短夢風烟千里笛，多情絃索一牀塵。」又「時事百年蝸角國，酒杯三月鳳頭燈。」《感懷》云：「鏡裏形骸春共老，燈前夫婦月同圓。」《贈徐昌穀》云：「十年掩骭青衫敝，八口啼飢白稻荒。草閣續經冰積硯，布衾栖夢月登牀。」《寄孫思和》云：「青衫白髮老癡頑，筆硯生涯苦食艱。湖上水田人不要，誰來買我畫中山。」「荒邨風雨雜鳴雞，燎釜朝厨愧老妻。謀寫一枝新竹賣，市中筍價賤如泥。」《自題小景》云：「青藜竹杖尋詩處，多在平橋緑樹中。紅葉没鞋人不到，野棠花落一溪風。」《作鶯鶯圖》云：「扶頭酒醒寶香焚，戲寫蒲東一片雲。昨夜隔牆花影動，猛聞人語唤雙文。」

桐城劉畊南大槐爲方望溪高弟，程魚門讀其集，謂其「詩勝於文」。《送兄》云：「萬里滇南路，長驅冒塞塵。斷烟江館夢，殘月野橋人。爲客不辭遠，居家無奈貧。臨歧更何語，執手淚盈巾。」《山行》云：「萬里空青孤日影，一林濃緑亂鶯聲。」《泛舟》云：「把我蘭陵醅，傾君白玉杯。荷花三十里，相對一時開。」《山寺》云：「長夏不知暑，白雲多在山。梧陰日色薄，松際鶴儀閒。」《夜坐》云：「淡烟雙樹古，荒月一庭空。入漢星光迴，防身劍氣雄。」《曉過京口》云：「江聲夜雨聽悲壯，海色朝霞接混茫。」《寄友》云：「雨雨烟烟望不分，海天羈思日紛紛。夜深潮落江光白，月挂船窗忽憶君。」《泊牛渚》云：「高秋征雁幾行分，牛渚江空落木聞。夜泊寒沙弔烟月，不知誰是謝將軍。」《山寺》云：「山寺多白雲，青松復盤互。犬吠隔花陰，爲問門開處。」《雨晴》云：「飛雨過空邨，宿雲猶莽莽。人家深樹中，水落山田響。」《春興》云：「燕歸逢暮雨，花落帶春泥。」《溪橋》云：「岸芳經雨茁，山響應人來。」《友至》云：「酒熟花當甕，山深客到門。」《春日有懷》云：「河聲依瀨碎，鳥語隔雲遲。」《雨中小飲》云：「細雨不成泥，江雲覆檻低。柳根春水漲，花外午鳩啼。」《村居杪夏》云：「驚電乍明滅，奇雲疊遠空。雷聲不作雨，日氣幻成虹。」《夜泊》云：「卧聞柔櫓一聲聲，篷底斜陽射枕明。泊岸語喧殘夢醒，月華寒上皖公城。」《登迎江寺塔》云：「三峽倒流春水去，亂帆低挂夕陽來。」《隔牆桃花》云：「女垣低處見桃花，傅粉施朱故故斜。閉户雨中三日卧，一年春事屬東家。」《楚江送客》云：「楚天賓雁起汀洲，江水無情自北流。一曲驪歌山月小，白蘋花落晚風秋。」《晚……

（原書缺葉）

〔史悟岡云：「□□〕彌勒袋，暫捨蠅頭詩。」《和遊仙子晉笙交吹鶴背》云：「爾扶桑東訪同心，月爲徘徊不肯沉。花散海西歸去曉，天風吹冷辟寒簪。」「八琅靈曲萬年歡，鳳子生孫尚未冠。合取妙香成世界，碧雲無級有闌干。」「海棠無恙水仙存，重雨輕雲總是恩。且放蟾蜍〔光一〕半，與他蝴蝶破黄昏。」「手題香柬寄蓬萊，新種紅梅□□□。〔弱水〕到今如有力，好浮花片海西來。」「鶴半春……何稀。封姨只道嫦娥富，又向錢神……局楸枰兩不輸。夜對明珠修□□，……」「〔佛函佛笈〕記曾譚，大地如毬繞看〔三。天外有天君到否？楊花都不異江南。〕」「曉寒吹上衍波箋，……住幾千年。」又……碧天……

李雨村《峽山舟中》云：「帆回山背風無力，櫓剪江心月有聲。」

趙雲松詩不可以格律拘，筆舌所奮，如諧如莊，令人驚心動魄。近體如《曉行》云：「大星明似月，古堠立如人。」《陶然亭上巳》云：「城中如野外，酒客盡詩人。」《鎮安》云：「四時無落葉，一雨或披裘。」《江行》云：「遠帆如不動，寒月故相隨。」《舟夜》云：「孤燈殘夢蝶，落月遠村雞。」《即事》云：「人少將兒使，家空恣犬眠。」《屏迹》云：「杜門閒客散，攤卷古人來。」《洛陽梓澤園》云：「美人絶色原尤物，亂世多財是禍根。」《分校同門》云：「十數名分新雁塔，一家人聚小龍門。」《鄴城懷古》云：「從古英雄多好色，最難子弟是能文。」《哭兒》云：「可憐眉目清如畫，生把參苓毒死他。」《桂平》云：「遠嶺路高人似豆，空江水落岸如山。」《懷傅忠勇》云：「郭令身原兼將相，潞公名久重華夷。」《遣興》云：「積歲刻成新楮葉，過時身比舊桃符。」《江干》云：「枯樹萬鴉棲似葉，荒蘆群雁宿爲家。」《歸田》云：「詩就多兼唐小説，客來與作晉清談。」《故居》云：「老再來時惟後輩，舊曾遊處似前生。」《漫興》云：「家貧婦或勞兼婢，身老兒還小似孫。」諸語出古體之上。又《青燈》云：「爲人嘗盡寒窗味，有女曾分夜績明。」《感懷汪文端》云：「先生在日曾青眼，弟子如今也白頭。」《贈沈南雷》云：「投刺到門無俗客，讀書滿屋有佳兒。」《贈袁子才》云：「作宦不曾逾十載，及身早自定千秋。」《歸里》云：「散遣傒僮佳處住，收藏袍帶祭時披。」《哭蔣心餘》云：「屢移家去無黔突，再出山來已白頭。」又「久將身作千秋看，如此才應幾代生。」《懷錢司寇》云：「科名一代尊沂國，絲竹千年屬謝家。」《六十》云：「才子聲名徒嚇鼠，好官滋味略如黿。」又「尚未成僧緣食肉，久辭作吏且伸腰。」《定軍山》云：「與賊勢終難兩立，斯人功竟限三分。」《汴梁雜詩》云：「得國也從孤寡手，傳家難料弟兄腸。」《美人風筝》云：「但愁神女來行雨，恰喜封姨肯借風。」又「挽住倘煩紅線手，倦飛或墜緑珠樓。」

吴頡雲殿撰《鴻瓊臺覽古》云：「横海樓船出漢家，南荒一髮啟朱耶。地穿絶島圍龍窟，山壓群黎樹虎牙。颶母有風飛鐵浪，天孫無路接銀槎。名香十斛氤氲集，吹遍璚臺四季花。」

徐太史昂發有「草聲飛蚱蜢，（巷）〔山〕氣下牛羊」之句。張太史大受絶句云：「數家籬棘帶斜暉，七十翁攜長鑱歸。牽引吴牛亭子下，刺人花脚野蚊飛。」顧太史嗣立《題元百家選》云：「樂府歌新古意存，蛇神龍鬼語銷魂。竹枝聽唱西湖曲，南北傾心拜鐵門。」王太史圖炳《渡江》云：「雲自孤飛月自明，蒲帆十幅剪江行。君聽濁浪金焦外，淘盡英雄是此聲。」十五子中矯矯者也。

晏中丞斯盛詩如「城迴江樹合，驛近市聲喧」、「遠浦浮僧寺，疎林入酒家」，尚無道學氣。

于清端成龍《有感》云：「書生終日苦求官，到做官時步步難。窗下許多懷抱事，何曾行得與人看。」純臣語也。

趙損之、吴鑑南皆以主事監軍殉金川之難，李雨村《哭鑑南》云：「縹緲魂歸深箐月，嶙峋尸裹亂山雲。」趙雲松《哭損之》云：「偶翻書札猶前日，忽憶鬚眉已古人。」又「遊魂血污空山裏，知化猿身化鶴身？」

黎城靳進士榮藩刊有《吴詩集覽》，其詩如《夜氣》云：「歸雲棲灌木，遠岫帶疎星。」《平順》云：「隔灘遥問路，入郭始知城。」《除夕》云：「鐘聲開曙早，人語入春喧。」俱妙。又《蠶豆》云：「筥分羊角異，盤祀馬頭歸。」

朱篔谷有句云：「天空來雁小，江遠去帆遲。」

施瞻山有「人如多恨生何益？鬼果無愁死不難」、「橫議紛如咻衆楚，除愁難似定三秦」諸句，迥不猶人。

紀曉嵐《題王菊莊種菊圖》云：「東籬千載後，癖嗜似君無。以菊爲名字，隨花入畫圖。秋深人共淡，香晚韻逾孤。可要王宏輩，重陽送一壺？」阮吾山云：「雙丫奴子灌清泉，秋在籬笆老樹邊。一卷殘書數枝菊，南山不見也悠然。」

李覺塘《象州》云：「地貧家賣竹，人苦婦撑舟。」《融江》云：「鷓鴣深箐伏，蝴蝶異花眠。」《曉行》云：「亂山稀見樹，平地半生田。」

張又益祖詠《芝江》云：「楚王夢裏神爲賦，黃祖刀頭血是才。」《途中雪》云：「在我固宜潘岳鬢，于人何盡馬良眉。」人目爲浣花才子。

董樗齋《病中》云：「夢裏天讒何處問？命中月孛幾時消。」《病起》云：「似鶴清癯惟有我，除僧來往更無人。」《舟中》云：「往事漫論翁失馬，此時誰道子非魚。」

陳蒙仙「落月誰家笛，西風昨夜樓」二語，抵一篇《秋思賦》。

許水南《觀風巖》云：「茶山細路人如蟻，野店當門樹蔽牛。」又有「帶雨馬如寒夜犬，穿雲人似早秋鷹」之句。

丁鶴泉有句云：「卵色晚天彈欲破，縠紋春水熨難平。」

朱子穎有句云：「飛鳥與人争道路，啼猿知我助悲吟。」

趙雲松《校汪文端遺集》云：「真草源流王内史，文章臺閣李東陽。」

李賓夫《懷友》云：「十年歸夢水雲鄉，彷彿西湖醉夕陽。一頃荷香衣袖冷，又移鴨嘴過菱塘」。

奚大蒙有句云：「鬼神無禍福，詩酒有乾坤。」

英夢堂《漫興》云：「不飲慣能留客醉，愛閒偏有和詩忙。」《舟夜》云：「河聲怒欲驅舟轉，夜氣嚴能禁酒温。」《誌痛》云：「十載僅存慈母線，一生未食小人羹。」

吴朴庭有句云：「心無恩怨分牛李，世有炎凉薄藺廉。」《過安肅》云：「鴻泥覓遍總微茫，如夢如痴柳數行。一夜城烏頭已白，將雛飛過涴衣塘。」蓋尊甫曾任安肅也。

吕陶村《灌口》云：「皺山號怒雪，叠石卧寒雲。」

茅少菊《晚村》云：「帶聲鴉易樹，偶語客歸村。」又一絶云：「傍晚步墟落，殘暉隔疎雨。谷口不逢人，山禽學人語。」《山家》云：「山銜夕照竹扉斜，一徑苔香野老家。臨水有株紅柏子，自横疎影學梅花。」

傅莫菴《贈陶式南》云：「四壁生涯數卷書，倦遊無地曳長裾。接羅破碎藍輿賣，五柳門前自釣魚。」想見高人風致。

越僧石庭《送人之燕》云：「天末美人多塞北，長安名士半江東。」

鄔亦范《題秦淮水閣》云：「嫩金宫柳好栖鴉，細雨無聲潤杏花。十二闌干春似水，秦孃船到正琵琶。」

張超然《松濤》云：「月明何處雨，風定一聲鐘。」

許子遜《粤中吟》云：「迢迢五嶺雁來遲，越女含情唱竹枝。灕水月明三萬丈，到今流不盡相思。」時以比李供奉。

費滋衡《杜鵑》云：「斷送落花三月後，驚回殘夢五更前。」馬韞玉《落花》云：「六代鉛華蝴蝶夢，一林烟雨鵓鴣聲。」李岩山《梅》云：「遠寺僧歸烟滿壑，小橋人去雪封苔。」趙子明《硯》云：「賴女相隨消日月，磨人到老是雲烟。」皆不粘不脱。

李雨村於涿州旅邸見題句云：「寒雞初唱已中宵，獨擁銀釭耐寂寥。一月不將奩具理，侍兒猶道黛痕嬌。」後書「雲間月移題」。

梅花詩須言外有神。嚴海珊云：「自入山來皆雪意，最無人處有烟痕。」許幼文云：「村橋五里天如水，僧磬三更月在門。」

陳山堂太史詩擲地金聲，由其雄整而出以流麗也。《晤白處士》云：「千金輕季布，一諾死臧洪。」《長干里》云：「人歸桃葉渡，家近緑珠樓。」《古意》云：「盤中芍藥調新婦，山下蘼蕪問故夫。」《邊詞》云：「沙苑馬肥青苜蓿，凉州人醉緑葡萄。」《江村》云：「殘雨白銜雲外樹，落霞紅帶晚來潮。」

杜閑古力争入手。《客夜》云：「風雨暗孤城，邊愁入雁聲。」《山行》云：「黄葉落如雨，山深秋氣陰。」

王熷倫《菜花》云:「細雨霑黄犢,輕風上緑蓑。」王霖《山宿》云:「哀倀穿徑過,怪鳥瞰燈啼。」許尚質《聽笳》云:「秋深鴉谷口,月黑雁門關。」王倩《感秋》云:「荆土歲時俱説鬼,醉鄉日月即登仙。」俞文樵詩學義山,《邊詞》云:「内苑驊騮多苜蓿,邊城婦女盡胭脂。」

李晃塘《野望》云:「霜催秋樹瘦,雲補遠山肥。」又「不飲書堪醉,無朋僕共遊。」《寄兄》云:「江山吴越畫,風月魯齊詩。」又「還家三畝宅,送老五車書。」

商寶意句云:「黠鼠欺貓全不避,寒雞似鳳杳難鳴。」長夜漫漫,有此情景。

李嘯村《臈月十五》云:「故國有人終夜望,今年只此一回圓。」

夏大田有「溪魚小躍摇山影,沙鳥低飛避櫓聲」之句;丁芝田有「碧梧生是秋風客,紅藥老爲春夢婆」之句,人稱「二田」。

陶篁村《六如亭》云:「斷石闌干薜荔垂,夕陽亭外認荒碑。春風吹落朝雲墓,一路空山叫畫眉。」又有「竹香圍鳥夢,人影過潭心」句。

厲太鴻《菜花》云:「連畦金粉雌雄蝶,十里斜陽子母牛。」《和商寶意悼環娘韻》云:「今日烟波司馬淚,當年風月翰林家。」蓋没於江防同知任所也。

王述菴《寄甌北》云:「鐵甲連雲戰未收,毛錐何意雜兜鍪。浮蹤約略同齊贅,假面分明作楚優。天入南溟窮鬼宿,地過西濮盡神州。小人有母知同感,望斷孤雲萬里愁。」何減唐賢律句。

張石颿句云:「交從貧賤得,詩到别離工。」王青山句云:「相逢佳客少,懷舊死人多。」皆從至理中寫出。

王阮亭有《記得》二十首，罷官後贈妓月僊作，其詩不載集中，記其二云：「班班車又到河間，越燕辭巢幾歲還。記得畫堂紅燭下，有人和淚唱陽關。」「風迴曲陌漾遊絲，新作浮萍綠漲池。記得去年今日見，石闌西畔牡丹時。」

王舜舉「草明微見露，馬疾但聞聲」，寫長途曙景逼肖。來北河句云：「賣魚供晚爨，養犢待春耕，」可以想其高尚。方爾止《（北道）〔京師〕竹枝》云：「清晨旅舍降嬋娟，便脱紅裙上炕眠。傍晚起來無箇事，一回小曲一筒烟。」亦可笑也。

李雲崖《雜詠》云：「池臨新婦帖，鼎爇女兒香。」

黄千人句云：「性僻只嫌難諒友，愁多自恨不爲僧。」

鍾則文《大闈寺》云：「厨香猿看火，燈綠虎窺禪。」徐寄亭《村居》云：「野花隨蝶放，水草近鷗生。」姚三山《落花》云：「瘦損啼痕偏帶雨，生成薄命不因風。」皆會稽詩人得意句。

陶石湖，篁村兄也，著有《秋佳詩存》，《武昌》云：「夢敢欺人緣别久，酒能爲病感年衰。」《蓬萊閣》云：「島中樹帶炊烟白，潮後天兼海氣黄。」又「酒力雖雄争似海，歸期無準不如潮。」

徐敬璲長於詠古，《臨安》云：「杭州争似汴州雄，南渡當年宋故宫。一聖春秋抛腦後，六陵風雨怨窗東。玉兒湖底魚痕在，金亮山頭馬迹空。笛鼓君臣遊宴地，江濤嗚咽月明中。」《白帝城》

云：「一棹西來攬舊都，夕陽滿地死蘼蕪。英雄魂魄三分業，辛苦江山六尺孤。丞相表忠長有漢，夫人捐節早無吴。斬蛇漫論興亡案，白帝稱名亦偶符。」

童二樹《五人墓》云：「直道行吾是，危機中爾身。自能成節俠，不必在經綸。」《西興》云：「愁絶落花聲，行經第一程。關山牛馬走，風雪蟪蛄鳴。」《曉起》云：「風雨忽驚起，不知天已明。霜深虧月影，江凍縮潮聲。遶樹烏三匝，依人馬一鳴。誰憐衰草苦，猶戀道旁生。」《太白樓》云：「山川長護此精靈，百尺高樓應紫冥。倚馬才華標絶調，騎鯨心事感頹齡。目中原可無詩聖，天上何曾有酒星。莫詠王孫舊時句，夜深恐觸卧龍聽。」《自題畫册》云：「縛竹編橋自一村，幾間茅屋浸雲根。此中便與塵凡隔，只許荷花開到門。」尤工流水對，《小吴趨》云：「沼吴今已矣，平楚正蒼然。」《劍池》云：「斗間猶虎氣，雨後忽龍吟。」《春歸寄友》云：「招隱桂之樹，歸來桃始華。」《弔劉戢山》云：「可憐文信國，不及武鄉侯。」

岑青岩《春遊》云：「天容如薄醉，人意怯新晴。」

吴覺先《晨發天臺》云：「一徑入雲氣，千山皆雨聲。」《金山》云：「江聲趨海斷，塔勢入雲平。」《五人墓》云：「千秋憤氣成冤獄，兩字公平定亂民。」《懷唐纈紋》云：「蘼蕪青遍越王宫，懷古登臨感慨同。自昔文章憎命達，才人原是可憐蟲。」《懷孫雨田》云：「塵海茫茫歎一毛，樂人争唱鬱輪袍。不知誰是真知己，夜雨寒釭讀楚騷。」《書朱竹垞鴛湖櫂歌》云：「曝書亭子題詩句，不減徐熙寫畫屏。賸水殘山都入拍，如何單脱女兒亭。」《泊湖州》云：「烟艇雲帆艤小橋，寒山叠叠水迢迢。白蘋洲上秋蕭瑟，只有斜陽似六朝。」弟橡村《小雨》云：「東風吹衆緑，一夕遍湖山。」《新城》云：「一路入飛雨，不知山幾重。」《讀南史》云：「九子鈴摇玉鏡塵，蓮花滿地步生春。宫中趁市朝來鬧，坐把山河販與人。」

何希顔《入峽》云：「亂猿昏月色，殘葉冷江聲。」

朝鮮李德懋撰《清脾録》，皆彼國人詩話，亦間有采中國人者。毛西河云：「平田千蝶舞，深店一驢鳴。」又「酒旆青垂丹棗下，廟門紅閉緑楊邊。」彭羨門云：「溪魚時自擲，水鳥慣卑飛。」李雨村《梅關》云：「松杪人行雲氣外，梅花僧定日光前。」

張賓門詩學放翁，五言云：「避喧憎燕語，貪睡怕雞鳴。」七言云：「鳥迹篆成蝌蚪字，笛聲吹出鷓鴣天。」

方敏恪詩有奇句。《洞庭》云：「雲影白無岸，浪花飛上天。」《冰牀》云：「有綏如馭馬，無地與支龜。」《夜來香》云：「釵影半横人倦後，衣香徐到晚凉時。」《雨後》云：「隴樹迴風吹野水，人家倒影浸前溪。」

王樓山《舟中》云：「扁舟載暝色，歸鳥破寒雲。」《雪遊虎邱》云：「石平能受月，池暖不成冰。」《燕子磯》云：「石底灰餘秦代劫，檻前風動楚江雲。」

岳大將軍鍾琪有《送侍兒巫雲詩》云：「漫化巫山入夢雲，向人重着海榴裙。年來杜牧風情減，襆被無香夜不熏。」

黃菊隱《歸農》云：「我愛騎驢婦坐車，兒肩書籍僕擔花。出城未到青羊市，先問橋西賣酒家。」

傅濟菴《永安宮》云：「孺子不才君可取，老臣如此罪當誅。」以是得名。其他佳句則《大同》云：「三山盤塞出，一水夾河來。」《薊門》云：「寒鵰驚月落，陣馬刷雲來。」《秋雲》云：「晚樹陰從天外合，寒江色向雨中分。」《出塞》云：「營銜苦霧旗猶濕，陣壓陰雷鼓不鳴。」

李敬伯《七盤關》云：「山割亂雲分蜀地，寒針孱面帶秦風。」

李藝圃《秋江》云：「澹澹秋江落日斜，水清沙白下寒鴉。舟人收網行沽去，一路漁歌入荻花。」

李甯德《寄人》云：「荀君坐處香三日，潘令行來果一車。」《聞官軍捷》云：「已分歸無計，朝來涕淚新。誰傳今日信，吾是再生身。月冷瘡痍色，花殷鼓角春。安危爭撫虐，跂望轉傷神。」李楚材《滕王閣》云：「五更江湧初生日，十里潮青未了山。」

楊東子《送友》云：「野水斜舂碓，山猿啼向人。」《大慈寺》云：「青苔荒石馬，昏月宿寒鴟。」《夜泊》云：「拍隄秋水四無涯，吹笛樓邊起暮鴉。舊寺僧殘江樹盡，一丸寒月萬蘆花。」楊周子《雪》云：「遠塞孤城沒，空山暮影寒。」楊葛山《看荷》云：「細雨低雙鷺，微風咽一蟬。」

許水南《夜坐》云：「月明小院清于水，人坐空齋冷似僧。消受夜涼窗不掩，秋蟲飛上讀書燈。」

何元鼎《冬日作》云：「酒沽林外野人家，霽日當簷獨樹斜。小飲呼朋三面坐，要留一面與梅花。」

溫周翰《廣東竹枝》云：「踏青一隊過橫塘，插鬢山花別樣妝。惱却春來雙燕子，郎家不見送檳榔。」

厲太鴻「人影不離春水舫，詩愁多在夕陽山」，最爲細膩。謁廟詩，一字落空，則他處可用。許幼文《考叔祠》云：「尚祀封人廟，空嗟蔓草盈。村巫分社肉，野鳥伺盃羹。谷暗重泉咽，山摧大隧平。小人家有母，淒切計歸程。」

紀曉嵐《題姬人遺照》云：「幾分相似幾分非，可是香魂月下歸？春夢無痕時一瞥，最關情處在依稀。」

王霖《仙霞嶺》云：「怪石攔人蹲魍魎，巨崖奔浪舞天吴。」凌大田云：「灘分石齒波清淺，雲斷山腰徑有無。」

車養源《南河道中》云：「三月春陽淡不濃，老冰如石漱寒風。蹇驢覓路人家遠，日暮山坳虎眼紅。」

陳古漁《春草》云：「失路可能無壯士，登樓何處不斜陽」，爲方敏恪所賞。又《偶成》云：「得句渾疑前輩語，登筵初僭少年人。」

鄭板橋「山茗未賒將菊代，學錢無措喚兒回。」「得句愛拈花葉寫，看書倦當枕頭眠。」「樹裏燈行知客到，竹間烟起喚茶來。」諸語殊近放翁。

齊雨峰句云：「蝴蝶有情春入夢，杜鵑無語夜開花。」

袁香亭「雲光烘客路，鳥語碎春懷。」「山頭見塔知城近，樹裏聞鐘覺寺深。」「月明歌管常無夜，水長燈船欲並窗。」不讓乃兄。

施小鐵詩如「鳥從幽處宿，泉入定中聞。」「遠火深無影，空江静有聲。」「春星兼鳥落，山雨接潮來。」殊耐想。

嚴太乙《山行》云：「水碓舂山藥，晴帘曬杏花。」《秋山》云：「雲開歸嶺腹，月定戀溪心。」陳紫瀌《九日》云：「山銜落日青相對，鳥度長空白作雙。」張漁村《天津》云：「關口船聯高下火，岸頭人雜楚吴聲。」江汝舟《桐廬》云：「空江足風雨，荒縣缺屠沽。」皆挪移不得。

李再來有「鷗隨帆影去，人負夕陽還」之句，「負」字最佳。

詩中説詩者，徐雨峰云：「交論古道原須淡，詩到能傳不在多。」關蘿岑云：「老猶多累難言達，詩未能工早得窮。」

顧響泉以入蜀詩爲勝，句云：「燒痕空樹腹，雲氣束山腰。」又「雲根穿地白，石色冒天青。」又「水能穿石下，山不放秋高。」

吕光禄謙恒有句云：「月遲群宿動，天迥一峰孤」，兄少農履恒爲之神懾。少農亦有句云：「亂山争隙地，一徑入高天。」

劉此亭有句云：「秋風瓜架酒，夜雨竹簾燈。」

馬秋田《赭山夜歸》云：「入夜路難辨，葉聲疑鬼神。山荒鵋叫月，村黑犬欺人。」與倪鴻侶「荒雞啼野水，獨犬吠寒星」，皆工狀夜景。

李雪樵《懷弟》云：「家業似星當曉日，世情如草易秋霜。」袁保侯《莫春》云：「天遠望窮飛去鳥，春寒誤盡早開花。」張時升《晚泊》云：「野水小橋沽酒肆，短籬秋樹賣魚家。」嚴桐園《寒夜》云：「夜消簷雪聲如雨，火剩鑪灰燼類螢。」釋明中《泛湖》云：「青落船頭山影重，紅行波面岸花明。」所謂寫難狀之景如在目前，含不盡之思見于言外。

王葑亭《方正學墓》云：「十族同時無姓字，一言終古有君臣。」壓倒前人。

周羽士鶴雛《閒居》云：「雨中破壁蝸題篆，醉後餘腥蟻起兵。」又「暑雨驟來雲似馬，凉風徐到水生鱗。」《榆錢》云：「風落榆錢點碧苔，花間細數且徘徊。多因未鑄開元字，浪擲春光買不回。」

俞楚江句云：「水流明月亂，風静白雲痴。」又「春風甦讀平聲凍柳，殘雪老青山。」又「岸闊村浮水，天低鳥負雲。」周含卉句云：「薄霽天如人醉起，獨行雲讓鳥先飛。」此等語，前人未有。

陸豫庭《過平望》云：「網魚船小風無礙，賣酒帘高雨不收。」李雪樵《夏日》云：「風墮蟬聲盤樹脚，日移水影篆簷牙。」《燈花》云：「窺人圓有暈，擲地碎無聲。」《曉起》云：「樹凉團夢鳥，窗曙觸痴蠅。」袁翠圃《山宿》云：「空潭沉夜色，落葉走秋聲。」鄭荔莊《舟中》云：「日脚斜攔雨，潮頭轉鬪風。」皆錢塘作手也。

江松泉《送人》云：「失路危檣偏阻淺，字人老女慣愆期。」工於鍊意。

洪阮溪《落花》云：「芳草有愁色，小樓多雨聲。」《春草》云：「經雨過時應更緑，無人種處忽然生。」

崔筠谷《崑山早發》云：「雞聲鄉市遠，鷺影水田多。」陳他山云：「鼠乘人靜鬭，雞爲夜闌鳴。」向霞栖《醉翁亭》云：「是真山水原無價，最好文章只近情。」

方子雲詩如「逢世自憐强弩末，思鄉空說大刀頭」、「平田入野排棋局，遠嶂排空展畫屏」，皆奇句。《春郊獨吟》云：「青袍如草自年年，薄命瓊樓未有緣。蘋葉緑回三月雨，桃花紅入一村烟。家書路遠愁難達，鄉夢宵長記不全。苦戀清時歸去否，鑑湖孤負釣魚船。」

甯文山《桃花》云：「淡烟濃露浣朝霞，誰過天臺問妾家。江左女郎多薄命，只名根葉不名花。」

費滋衡《燕山》云：「鐘聲寒似雨，燈影白如霜。」《房山》云：「村亭僧買酒，山縣馬馱煤。」《旅館冬夜》云：「近江晴亦冷，積雪夜常明。」《雨霽》云：「雲過山争出，潮歸水亂流。」《黄溢阻雨》云：「雨聲收入何朝寺，殺氣蒸爲半夜潮。」《蝶》云：「香中昨夜知何國，夢裹前身是落花。」

吴澹川《贈隨園》云：「不負碧山張學士，最憐紅粉杜司勳。」

萬柘坡《坐兜過玉山》云：「山行雨後净無泥，篌竹輕于木駃騠。一霎草平街易過，鷺鷥飛處見江西。」頗類誠齋。

馬秋藥《滄浪亭》云：「湖壓烟光白，山吞雨氣蒼。」

温莊亭《姜平襄祠》云：「信國歸元心有宋，包胥復楚哭無秦。」《張曲江祠》云：「劍請胡雛悔欲追，凄凉雒谷笛風吹。姚崇宋璟開元相，死後君王記得誰？」頗不拾人牙慧。祖青雲《有憶》云：

「義士肝腸同白日，美人顏色屬黃金。」

嚴麗生《悼亡》云：「顧我在家如在客，憐卿歸骨不歸人。」又「冷雨西風瘁玉芽，難憑錦牒問仙家。寄聲令史司香國，休種朝開暮落花。」《聞官軍捷音》云：「西方太白氣全銷，鐵騎生風萬馬驕。天子大開都護府，將軍新得霍嫖姚。甲齊熊耳諸山伏，池走鵝聲夜雪消。好泐摩崖碑十丈，扶桑銅柱並高標。」「諸路連營錯犬牙，陣雲高處不飛鴉。地形隴蜀謀三窟，天險雍梁本一家。拔幟全師過枕席，銷烽故壘話桑麻。大江襟袖黃河帶，玉牒催封萬里沙。」《金陵》云：「山作興衰色，江流今古聲。」《牛溪》云：「山好須搜誰是賊，石奇當拜我非顛。」

某科南闈，一生入號舍，鄰舍生聞其與女子話繡蝴蝶事，意其密約時語也。生竟卒號中。姚春木賦《蝴蜨哀》云：「花間蜨宿魂栩栩，花底雙雙作私語。牆陰語密人不聞，罡風吹送九天去。家人招魂夢中哭，團團紙錢飛上屋。」節短韻長，可風可鑒。又有句云：「夜雨能愁客，秋風欲瘦人。」

張若泉詩多靡靡之音，《宜昌竹枝》云：「彝陵城下水連天，人影亭亭看過船。日暮臨風簾下立，高掀紅袖理花鈿。」「郎君白馬是誰家？入座盈盈笑語譁。少待合歡醪就熟，爲儂先試女兒茶。」《有見》云：「司馬橋頭驛路斜，無端情蔓繫天涯。東風着甚閒多事，吹出江村豔豔花。」「一尺吴綾三寸釵，烏雲髻子小安排。生愁雨後新泥滑，彎煞腰肢拔繡鞋。」「惜花心事要誰傳，不許吆呼窄徑邊。小隊無情偏撞去，驚他扶倚阿孃肩。」「故故低頭背轉身，秋波依約弄精神。笑儂衛玠殊無分，不怕嬌娃看殺人。」

周熊占《成都竹枝》云：「月藍衫子不穿裙，水鬢長長兩面分。笑喚賣花人站住，這籃花值幾多文？」

張水屋《重陽》云：「不可以風輪落帽，未能免俗悔彈冠。」

張文和廷玉少年入館，有《春日侍直暢春園》一律云：「錦石橋邊路，簪毫日日過。柳陰春水曲，花外暮山多。雨洗檀欒竹，風梳窈窕蘿。銀河天上瀉，下界沐洪波。」後遂大拜，由其骨秀也。

隨園有女嫁蘇州某氏，甫二年，婿亡，哭之云：「埋玉新房舊館甥，女兒擎藥等雞鳴。情癡屢向庸醫拜，力竭空餘禱佛聲。宛轉檀奴難訣別，彌留叔寶尚神清。禁他十七紅顔婦，斷雨零風了一生。」後二年到蘇，孀女出見，喪服將終而年纔十九。又云：「漠漠風寒錦瑟絃，飄飄髽髮尚垂肩。傷心三載成孀婦，猶是人間未嫁年。」

孫補山《寄隨園》云：「不遞鄉書不遣媒，闖然直爲荔枝來。文章澤國蛟龍避，裙屐仙山蛺蝶陪。」其時袁將遊粵而公適督粵也。

隨園《贈劉霞裳》云：「觥觥問字子雲家，奕奕風神動絳紗。似汝瓊枝來立雪，一時愁殺後堂花。」《約遊天臺山》云：「負笈從師意獨殷，向禽心願許平分。天臺結個劉郎伴，定有桃花認得君。」後就婚汪氏，而子才又約遊黃山，賦詩調之兼呈新婦云：「入市羊車久擅名，今宵燈下見卿卿。佳人不語低頭笑，消受檀奴過一生。」「戲題花葉寄粧樓，好作羹湯代束脩。應惱袁絲太無賴，奪人夫婿出山遊。」

隨園《生女》云：「墮地無人賀，遥知瓦在牀。爲誰添健婦，懶去報高堂。妄想能招弟，佯歡且爲孃。江干有黄竹，慣作女兒箱。」

諸女弟子隨園雅集紀事云：「紅妝也愛魯靈光，問字争來寶石莊。壓倒三千桃李樹，星娥月姊拜門牆。」「掃眉才子盡璚枝，自署門生遠致辭。不怕程門三尺雪，兒家情願立多時。」亦佳話也。

程山公《登焦山》云：「滄江如此急，亂石自中流。」魏叔子見之遂與定交。

宋小巖銑，長洲人，入館時年甫弱冠，美丰姿，有「宋小姐」之稱。詩極葱蒨，《贈李雨村》云：「林月森疎磬，山風耿遠燈。」

李雨村《題清化旅壁》云：「人家團竹色，客路盡蘆聲。」

王阮亭極賞費此度「大江流漢水」一聯，其實「故國不可到，春風吹閉門」氣韻較勝。

吴壽庭《泛舟葑湖》云：「水激橋唇吹雨白，日銜城角見山青。」

閔實甫《田家雜興》云：「黄葉溪橋村路長，挫鋮負局客郎當。草花插鬢偎籬坐，知是誰家新嫁娘？」

張鐵珊《春草》云：「櫓摇細緑過芳渚，簾捲遥青入畫樓。」還淳方文輈見之，呼爲「張春草」。

阮芸臺《揅經室詩録》從《琅嬛仙館詩略》《文選樓詩存》中擇録而出近體可誦者：《鐵太保祠》云：「兵戈驅石佛，風雨挫真龍。」《小滄浪雅集》云：「濠梁宜客性，山水願人歸。」《渡河》云：「西風新雁起，落日大河高。」《上虞》云：「石橋多似路，山縣小于園。」《曉登吴山》云：「萬家殘夢歇，五月曉寒生。草木宣山氣，江湖納雨聲。」《石門》云：「淺瀨平春漲，澄潭受遠風。」《漪園晚眺》云：「萍開魚影亂，松静鶴巢凉。遠水交平岸，秋山耐夕陽。」《沂州道中》云：「農心愁晚旱，客夢怯長郵。」又「曉凉蟲語響，新雨豆花肥。」《甬江夜泊》云：「遠颿連海氣，短燭接寒宵。」《抵縉雲》云：「鳩啼新雨後，馬踏亂泉中。」《度梅嶺》云：「雲氣更成嶺，星光能照山。」《豐湖書院》云：「橋通釣魚艇，山抱讀書樓。」《日出洞庭湖》云：「星河隨夜去，雲夢入天無。」《夜步》云：「岸草萬蟲響，山松纖月凉。」《月夜過趙北口》云：「露草清香蟲語細，水楊疏影馬蹏多。三更蟹舍明簾火，十里虹橋壓鏡波。」《萊州試院》云：「山風入院旆初動，潮氣滿城關未開。」《過東山》云：「蒼生寄託傷温浩，青史功名冠石元。」《湖心亭看月》云：「風裏雲霞無定色，水中星斗落高天。」《秋桑》云：「淇水秋期貧婦怨，晉廷九月餓人來。」《次張子白》云：「屐齒溪山閒裏夢，燈花詩句客中情。」《謁文丞相祠》云：「朱鳥西臺人盡哭，紅羊南海劫新收。」《國清寺》云：「六朝山色禪光定，雙澗泉聲客性閒。」《題西湖第一樓》云：「人與峰嵐争氣象，窗收湖海入心胸。」《上虞道中》云：「夏氣出山雲莽莽，晴烟歸壑水浪浪。」《海寧州迎潮》云：「虹影化爲秋水立，日光曬倒雪山來。」《晚過西湖》云：「雲影遠浮雙塔動，水光閒浸一山孤。」《樊榭墓》云：「多分神仙無子在，但憑天地有詩留。」《英德道中》云：「孤城古塔三叉水，遠雨斜陽半截虹。」《偶得》云：「得閒心氣如雲淡，向老年華似水流。」《桂林東郊》云：「石壁嵐光生翡翠，水田天影凍玻瓈。」《東園》云：「三徑有苔皆步鶴，一年無日不看花。」《瓶中碧蓮》云：「帶得明湖水氣清，窗前兩日碧雲横。粉衣零落青房小，研水簾風一段情。」《巡西邊曉發》云：「西風曉起拓邊樓，霜氣初來雨氣收。繞過昆池三十里，碧雞關外萬山秋。」《梅園》云：「園林薄暝鳥初眠，遶屋看梅思悄然。月色淡黄花淡緑，半朦朧處是春烟。」古體尤多佳構，不能備録。

吴園次《送人》云：「浪穩恬鷗夢，雲高出雁聲。」《長椿寺》云：「草聲來鳥雀，燈影話藤蘿。」又「白月留僧定，青山恕客貧。」《雜詠》云：「飢驅方朔米，愁損少陵杯。」又「拙寧甘馬走，貧不愧蟬清。」《法相寺》云：「佛容人乞子，僧强客題名。」又「客筇隨亂水，僧磬出寒雲。」《月榭小集》云：「夕陽高樹見，春色大江來。」《賦得月上净疏林》云：「兔寒千里曉，鴉夢一天秋。」《舟行》云：「風烟迷故國，花月夢春江。」又「山風秋舞鶴，潭雨夜歸龍。」《送友》云：「風雨十年黄葉夢，鶯花三月白門書。」《友人小集》云：「皂帽有塵人滿座，青山無事月當門。」《莫愁湖聽雨》云：「一夜汀鷗遊子夢，百年海燕美人堂。」《長橋夜聽度曲》云：「一夜流雲隨客住，六朝明月奈人何。」《友歸檇李》云：「禾黍晚風彈筑市，芙蓉秋雨落帆亭。」《筵上作》云：「江山對酒逢高會，櫻笋行厨憶故鄉。」《送人從軍》云：「青海射雕金箭落，紅樓繫馬錦衣香。」《感事》云：「湖海有人高卧榻，江山何地穩漁磯。」《孝豐》云：「山郭静開秋色裏，人家雜住水聲中。」《無題》云：「將萍入水前身絮，種藕當橋兩處蓮。」又「一世不成如意事，兩邊齊作斷腸人。」《彈子磯》云：「樹從崖腹石中出，鳥向山腰雲裏歸。」《宿良田》云：「殘燈弄壁争鼯鼠，細雨連山叫鷓鴣。」《猶記》云：「獸環金蝕繡苔斑，頭白監門盡日閒。零落上陽花滿地，宫鶯啣不到人間。」《題畫枕》云：「十八年來一欠伸，而今穩向釣魚津。扁舟仰睡桃花下，不怕槐安告密人。」皆余前編所遺也。

偶閲前人詩話，論古處頗有見解，爰節録之。其論曰：儲光義田家詩絶有似陶處，最愛《牧童詞》「所念牛馴擾，不亂牧童心」，又「大牛隱層坂，小牛穿近林」，樸直有味，至如「東風吹大河，河水如倒流」，可謂警絶。又曰：孟郊如「太行聳巍峩，是天產不平；黄河奔濁流，是天生不清」，未經人道語。又曰：許渾詩，東坡詆爲小兒，未免太過，獨愛其一絶云：「海燕西飛向日斜，天門遥望五侯家。樓臺深鎖無人到，落盡東風第一花。」又曰：張籍「長因送人處，倍憶別家時」，淡語自然。又曰：李商隱《衛公》一絶云：「絳紗弟子音塵絶，鸞鏡佳人舊會稀。今日置身歌舞地，木棉花暖鷓鴣飛。」詞意兼妙。又曰：「十歲裁詩走馬成，冷灰殘燭動離情。桐花萬里丹山路，雛鳳清于老鳳聲。」傾倒於冬郎者至矣。又曰：僧可朋《洞庭》云：「水涵天影闊，山拔地形高」，歐陽炯以比郊、島。又曰：「村邊竹樹多于草，江上塵埃別是雲」、「女蘿力弱難逢地，桐葉心孤易感秋」，皆唐人佳句。又曰：温公云：鄭工部「杜曲花香醲似酒，灞陵春色老于人」，是詩人佳景。又曰：坡詩「酒力如過雨，清風消半途」、「峰多巧障日，江遠欲浮天」、「溪邊古路三叉口，獨立斜陽數過人」，可匹太白仙才。又曰：范石湖「春水渡旁渡，夕陽山外山」，二語高下共賞。又曰：明詩如魯鐸「病常如影在，日未及愁長。」廖孔説「老愁看落葉，貧不厭青山。」鄒亮《古意》「妾如江邊花，君如江上水；花落隨水流，東風吹不起。」僧宗泐詩「明月不可招，流光入堂中；白雲不可約，挂我屋上松。」僧守仁詩「人因久病交遊絶，士到成名出處難。」貝瓊「野花作雪都辭樹，溪水如雲欲到門。」陳鶴「近海潮通郡，連山瘴入樓。」張肖甫《黄牛峽》「楚雲高不落，巴水去無聲。」區正伯《懷友》「書緣多難絶，月在異鄉看。」皆足高視一代。

蔣虎臣《過舊院》云：「荒園一種瓢兒菜，獨占秦淮舊日春。」余喜噉此蔬，而過金陵未得一嘗滋味也。

彭湘南詩有佳致，《橘燈》云：「莫笑奴無實，今朝盡相皮。」《冷泉亭晚步》云：「林影篩堂階，身在月之上。」《春暮》云：「春去雨中人不惜，杜鵑啼與落花聽。」《宿邯鄲》云：「此生未了天涯夢，來抱黄粱舊枕頭。」

林茂之《嘉善寺》云：「松聲流夜雨，草色積春烟。」邢孟貞句云：「潮生兩岸白，天入衆峰青。」曾傳燈《逢友》云：「蜀道無長轂，征衣有棧雲。」杜于皇《冬夜》云：「北風今夜急，吹月已成霜。」吴長庚《洞濮站》云：「樹疊雨常泣，山重雲不流。」汪扶晨《上蓮花庵》云：「意想不到處，峰巒忽盡開。」釋涵可《晚步》云：「客心在秋水，微月出空山。」程孟陽《桐廬道中》云：「迴峰凍雨皆成雪，出霧危巒半是雲。」周漁璜《滕王閣》云：「江山一代詞人手，樓閣千秋帝子名。」沈椒園《劉李河》云：「前人力戰遺銅弩，往事訛傳紀鐵槍。」某集句《詠雁字》云：「蠹魚欲食原非偶，鸚鵡能言不及群。」又「天入中原籌筆驛，文成都護望鄉臺。」可以頡頏古人。

彭樂齋《途行》云：「秋風清渭水，衰柳霸陵橋。」《嘉陵舟中》云：「巖廊千佛子，風雨一征帆。」《江干別弟》云：「湛湛長江水，茫茫悵別離。孤帆從此去，萬里爲誰思？」《紫雲寺感舊》云：「一衲老無齒，曰余鬢似絲。悲懽何限意，人事不堪推。」《臨邛懷古》云：「南宋真君子，西京作賦才。鶴飛烟冷院，鳳去草侵臺。往迹今如此，古人安在哉！邛山千載秀，斜日獨徘徊。」《寄弟》云：「夜寒姜氏被，夢入謝家池。」《得弟書》云：「故國干戈靖，巴人歲月舒。行歸三畝宅，裝載一囊書。」《金山》云：「烟銜千艇渡，潮湧大江東。」《登五層樓》云：「勢闊海山壯，樓高天地空。千帆通外内，兩粤劃西東。」《蒼梧道中》云：「朝别大雲樓，輕帆上急流。」《渡鄱湖》云：「巨浪破殘夢，舟人趁早風。」《暮春》云：「鵑聲來夜月，春色散楊花。」《九月八日作》云：「年光催白髮，風雨妒黄花。」《清明》云：「花殘寒食雨，春老杜鵑聲。」《武連驛次放翁韻》云：「人間雞黍尋常事，匍匐歸來已後時。」《白帝城懷古》云：「劍閣有銘真作鑒，瞿塘無德豈能争。」《龍泉山》云：「耕人雲際盤千仞，茅屋星分各一村。」《入秦》云：「險扼秦人帝，雞聲薛客還。昇平無鎖鑰，帶月過函關。」《題畫》云：「竹樹高于雲，孤村傍山塢。日暮獨歸人，滿徑瀟瀟雨。」

阮芸臺有《春夜江上聞角》云：「南國春情多在夢，古人心事重防秋。」林庾泉劇賞之。

龔素山《送弟》云：「貧賤纔教身作客，文章終望爾成名。」《寄友》云：「年壯漸悲分手易，家貧纔覺讀書難。」《留别》云：「人生知己多歧路，客子歸心入暮秋。」《客中除夜》云：「殘歲來朝成過客，故園今夕亦天涯。」《謝人招看桃花》云：「重來只恐花惆悵，依舊劉郎未得仙。」皆極纏綿悱惻之致；亦有幽豔跌宕者，《不寐》云：「蝴蝶夢醒花得月，蝦蟆更斷雨兼潮。」《夜坐》云：「花影得秋纔有韻，竹聲如雨不生愁。」《焦山梅花》云：「花開太古雪，香動大江潮。」《棲霞》云：「松根分石瘦，山勢抱江圓。」又「夜從花影轉，秋帶樹聲聽。」十字殊妙。

孫蓮水《永濟寺》云：「江光搖佛面，石色上僧衣。」《望九華》云：「殘雨吹風斷，遥青渡水來。」《贈王夢樓》云：「風雨迷離雙管筆，江山歌舞兩船花。」集名「春雨」，以《春雨》詩爲隨園所賞故也，句云：「入夜最宜新種竹，卷簾可惜早開花。」又「遠烟如夢迷山影，新緑和愁上柳痕。多少樓臺圖畫裏，玉鞭敲遍不開門。」又「小樓人坐一燈聽。」

張雪濤有「沙白照成雪，江空寒到衣」之句，余特賞之。

高爽泉《梅莊餞别徐惕庵》云：「古洞春深龍有氣，澄潭秋老水無波。」又「庭宇不除高仲舉，英雄已去弔蕲王。」《春草》云：「連天緑意迷酥雨，一片紅心葬落花。」

錢金粟《懷袁蘭村》云：「欒家石瀨響潺潺，文杏幽篁静掩關。吟罷五言斑管膩，背他春鳥畫春山。」

阮芸臺以「養蠶詞」試士，江鑑云：「美人莫惱秋羅薄，一箔紅蠶兩鬢絲。」陳甫云：「記得前溪寫簾箔，鳩聲梯影畫江南。」又以「鴛鴦湖詠鴛鴦」命題，張霖云：「阿儂生小湖邊住，見慣雙飛雙宿時。」楊蟠云：「曾記數來三十六，果然十八對成行。」

金匱錢梅溪泳有《養蠶贈内絶句》云：「支持兒女眠初穩，十萬生靈正待餐。」吐屬故自不凡。

孫五封《蘋花》云：「五字風流在，江南日暮春。」施應心云：「數點輕鷗閑似爾，一秋凉水淡于前。」芮寅云：「細雨清香通欸乃，晚烟深影立蜻蜓。」郎遂鋒云：「江南花事日應晚，湘水故人殊未來。」

徐雪廬《蓮花莊懷趙松雪》云：「花時鶴徑仍芳草，門外鷗波易夕陽。」俞雲莊《小遊仙》云：「夢入仙宫賦曉寒，黄金爲屋玉爲闌。衍波箋上唐人韻，記得銜名署彩鸞。」龔素山云：「猶憶當年舊謫居，詩巢花護未攤書。有人獨折芙蓉立，多少神仙總不如。」

蔣徵蔚《秋桑》云：「東海塵乾仙客話，西虞寒重穆王來。」又「少女年華憐欲老，寒禽户牖不禁飛。」端木國瑚云：「雞豚影散村陰寂，秔稻風寒社事秋。」又「月冷機聲停露老，鳥空梯影閣烟寒。」

童槐云：「千户侯門殊冷暖，一時仙侣説滄桑。」龔煛云：「兒女生涯渾似夢，田園風景不如歸。」閨秀方芷香云：「樓頭雪箔人今昔，海上冰絲事有無。」又「黄蝶飛來梯影老，紅蠶夢斷剪刀閑。」

童萼君槐詩賦皆名雋甬上，《雜詠》云：「桃花風細魚苗賤，幅幅漁蓑入畫圖。」阮芸臺稱之。童，鄞縣人。

吴大本《焚香夜坐》云：「一簾花影不宜夢，半榻鬢絲閑似禪。」

謝照《芳草曲》云：「一道裙腰雙屐齒，和烟和雨踏青來。」車同軌云：「裙腰一道湖南路，片片飛來有落花。」

蔡應襄《方干别墅》云：「暮雨題詩客，孤雲下第人」，絶似三拜風調。

周桐《畫櫓》云：「紋開新緑水，聲隔小紅橋。」陳承然云：「花氣一奩摇曉鏡，練痕雙綬落春波。」沈王臣《烏篛》云：「浴争鴉背浄，糁受柳花輕。」陳應坡《布帆》云：「不知春雨重，但見遠山移。」周桐云：「三分花月夜，一幅水雲秋。」

端木子彝國瑚爲阮芸臺作《定香亭賦》，逸思古藻，壓倒時流。秦小峴試敷文書院《木棉花詩》，子彝有句云：「詩人庵老吟何苦，遊子衣寒綻可憐」，最爲雅切。

阮芸臺謂：由靈隱至韜光，山徑迂折，如行緑雲海中，曾紀以句云：「泉竹石分雙寺地，江湖海共一僧窗」，並以課士。王仁云：「嵐翠下侵苔磴濕，竹光深擁寺門圓。」林成棟云：「靈泉百道飛涼雨，古磴千盤入亂雲。」汪繼培云：「門擁晴雲分樹色，泉穿寒澗落峰陰。」

余天櫨云：「鷲嶺飛雲因檻入，蛟門湧雪截江來。」

何孫錦《晚泊湖心亭》云：「醉後詩情和月湧，夜闌涼夢約雲歸。」程邦憲云：「散葉林光疑月碎，濕衣烟翠覺山空。」張若采云：「紅衣瑟瑟白衣涼，并作秋宵一段香。搖動緑雲風萬柄，潑翻荷露洗鴛鴦。」若采字子白，少年登第，才筆清麗，有《蕭山泊月》二絶云：「柁樓晚飯放扁舟，却趁涼宵載月遊。無數彩雲闌客住，一杯先酹苧蘿秋。」「山光月色兩徘徊，曾見千絲越網來。此是浣紗人去路，柔波還膩好青苔。」是恁風調，想見其人。

阮芸臺《金華夜泊》有「遠山連野色，淡月下灘聲」之句；《遊石梁洞》有「橫空規日影，分罅洩雲根」之句，録時皆遺之。

陽湖陸邵聞，詩人祁生從子也，才不讓季父，《桐江夜泊》云：「螺烟抹水浮新月，漁火沿江出遠星。」《謁文丞相祠》云：「故國山河無半壁，新亭涕淚此中川。」《宿芙蓉村》云：「暗風通野氣，初月淡烟痕。」《華頂》云：「雲根石路行如織，草背天風響似絃。」《白雲》云：「白雲流不盡，山影動如潮。我欲乘風去，吹笙落碧桃。長歌招李白，仙路揖王喬。明月生東海，方壺不計遥。」《贈僧》云：「過雨龍歸鉢，看雲鶴守關。」《竹兜詞》云：「半規斜月曙光分，同認芳題小篆文。膩緑無聲眠最穩，軟扶殘夢過仙雲。」

王邁人《踈林》云：「濕鳥乍隨風去重，殘花自怪蝶來稀。」《山園》云：「十畝垂陰新種樹，千年立石老爲山。」《鄭州河》云：「岸柳千絲分雨緑，堤沙十里走風黄。」《臨洺道中》云：「茅屋人家千畝雪，板橋行迹一溪冰。」《舟行》云：「過雨洗山緑，落花然澗紅。」《殳山》云：「愛從溪叟棹，閑喫野僧茶。」《東關》云：「一艇獨歸雨，千山相對雲。」

朱近修一是有句云：「野泥初坼未抽筍，溪雨欲流將盡花」，可謂自在流出。

彭羨門《未央宫瓦歌》云：「猶是阿房三月泥，燒作未央千片瓦」，此意未經人道。

宗正蕣《子規詩》云：「曾爲越旅與吴棲，惆悵春風怕汝啼。今日老歸茅屋下，要啼啼到日初西。」客中人讀此，應爲破顔。

彭仲謀七言效放翁，如「社中人少宜添燕，春半花多要讓梅。」「插槿預爲蘭定界，補泥還與燕移家。」「却病烟霞爲藥物，忘憂姬妾是名花。」「山林送客猿司户，村落無官柳放衙。」皆新句也。

毛西河詩如「三月暮春行海畔，兩年寒食渡江東」、「歲暮他鄉還作客，春來何處不思君」，最近李頎。

陳山堂詩，前録其數聯，兹復見其《登大尖山》云：「萬壑收江雨，千花護佛燈。」《馬將軍移鎮羊城》云：「漁陽都護新持節，横海將軍早受降。」《晚泊蘭溪縣》云：「沙郵白舫横官渡，瓦閣紅燈出女牆。」雄秀深蔚，宜毛西河亟賞之也。

沈厚餘《吴興竹枝》云：「儂家自有樊川約，判守春風十四年。」詩人忠厚之意也。

嚴海珊詩如「骨堆石勒漚麻嶺，血浴高歡避暑宫。」「盧龍早賣防秋塞，上谷虚傳突騎名。」「弓懸屋角秋防虎，旗閃城頭夜舉烽。」造句雄奇。至《桃花》云：「怪他去後春如許，記得來時路有無」；《蓮花莊》云：「無數垂楊遮不住，好風吹出讀書聲」，則又言情旖旎矣。

林庾泉《鳳陽城》云：「眠弓水勢如纏束，勒馬山容似打圍。」《懷錢魯思》云：「花間病鶴應逢我，座右名書最憶君。」

林季修《奉華堂硯》云：「大劉妃子奉華堂，宫禁留傳研一方。淚雨流珠孤鴝鵒，苔花殘瓦老鴛鴦。代書玉詔頒諸將，閒寫蘭亭侍上皇。南渡江山空半壁，墨池天水自滄桑。」又有《落葉》句云：「秋影至今無可瘦，春情到此也應銷」，真是工於賦物。

錢塘陳雲伯文杰才名冠江浙，其詩舒和雅健，自然名貴，歌行尤擅勝場。由其才力有餘於詩之外，故能人所不能，洵堪與舒鐵雲並駕也。《緑鳳樓(草)〔詩〕》美不勝收，《鐵笛歌》云：「梅根飛出仙雲黑，不鑄清簫鑄頑笛。玄冰一握朱脣寒，青天吹作芙蓉色。螺文百結螺花束，草堂秋雨開金粟。水仙夜舞雌鳳鳴，淚痕洗盡湘江緑。」《漢宫詞》云：「九雛釵壓雙鬟重，紫雲帳掩流蘇夢。漢家火德正靈長，連臂深宫歌赤鳳。年年相見張公子，倉琅燕啄王孫矢。白頭博士淖方成，唾向披香悲禍水。」《齊宮詞》云：「趙鬼西京工讀賦，玉壽芳華起無數。夜夜風摇九子鈴，玉兒穩踏蓮花步。一雙寶釧摩紅肌，重樓新換青琉璃。開市西園販花雨，早有吴儂憐貨主。」《隋宮詞》云：「大業垂楊初賜姓，迷樓面面宮腰凭。錦帆行樂不思歸，零落故宮仁壽鏡。三千殿脚扶龍舟，香風吹暖長淮流。寒螢青作二分月，景華夜照仙人遊。十斛甲煎鑠香靄，别院瑶枝天女隊。紅迎鳳輦寶兒花，緑寫蛾眉絳仙黛。長星勸汝酒一杯，李花已逐楊花開。麗華含睇歌玉樹，紅梁未醒吴公臺。璚花歸去春魂蹙，金合同心葬寒緑。十年歌舞劇繁華，可憐南部烟花録。紫泉宮殿冷栖鴉，曾是當年帝子家。太息阿麼墳畔草，年年青到玉勾斜。」《昭勇將軍寶刀歌》云：「風稜滿堂秋氣來，寶刀出匣驚龍雷。星辰摇摇海水立，白虹一劃青天開。狼烟夜舞瘦蛟起，鵜膏如雪洗龍子。霹靂在手陰風旋，髑髏墮地輕于烟。刀光爭拜苗心死，從此苗人不反矣。」《太平鏡》云：「玉匣沉沉秋水冷，芙蓉欲睡青鸞醒。菱花黯淡暈苔痕，墨雲蝕盡凉蟾影。帝子風流建業城，太平年號紀昇平。摩挲鏡背回環字，知是蕭梁舊鑄成。百鍊寒光玉臺老，江心不數唐天寶。瓊膏拂拭璧輪新，寫翠傅紅嬌上春。留得六朝明月在，曉妝仍照六朝人。」《烏栖曲》云：「美人進酒雙玉壺，燭花黯照紅氍毹。銀河珊珊珠斗小，老烏一聲天下曉。蟲聲唧唧鳴東壁，回文小字當窗織。銅龍夜轉雙蛾低，欲栖不栖烏夜啼。」《贈吴澹川》云：「馬首秦關雪，樓船大海風。平生奇絶處，都在一編中。草檄驚戎幕，横刀揖上公。歸來何所適？湘漢待征篷。」《春暮》云：「樓閣半斜暉，開簾待燕歸。落紅飄畫扇，新緑上春衣。竹露和烟滴，楊花貼水飛。静中忽聞響，梅子墮階肥。」《京口》云：「北去雲帆通楚越，南來戰壘剩齊梁。」《邗江》云：「邗江流水學羅裙，歌吹聲遥不可聞。山色緑沉禪智寺，草心紅上阿麼墳。蕪城鴉散春隄雪，隋苑螢飛日暮雲。莫向珠簾問消息，年年愁煞杜司勳。」《康山》云：「六代名山留姓氏，二分明月弔詩魂。」《春草》云：「南朝烟雨重三節，北里鶯花第五家。小院空階迷蛺蝶，荒陵新水問蝦蟆。」又「客路有人愁細雨，天涯無地不斜陽。玉關消息知何限，緑遍前朝舊戰場。」《秋桑》云：「似我也曾歌陌上，有人對此話江南。」又「五畝微風飛野雉，四衢殘照隱歸鴉。」又「西河舊夢紅蠶月，南陌新寒白雁天。」又「箏絃秋月羅敷宅，琴譜西風漢相家。」又「獨有扶桑倚東海，一枝仙椹四時紅。」《擬曹堯賓小游仙》云：「曾向紅雲侍玉皇，羽衣長染御鑪香。海棠萬樹愁春雨，夜夜通明問緑章。」《塞下曲》云：「長城萬里接陰山，老戍荒邊未許還。倦枕髑髏眠不醒，夢魂飛度玉門關。」

同時才略亞於雲伯而峭拔秀逸過之者，則有陳曼生鴻壽。《夢遊羅浮吟》云：「羅浮四百三十有二峰，峰峰落月香芙蓉。芙蓉欲殘冷紅瘦，碉底盤雲澀苔繡。梅花如雪一萬株，花酣月大來仙姝。羅裙豔妬五色蝶，蝶夢如烟罥花靨。青鸞舞采喚不醒，玉簫一曲愁娉婷。月姊偷窺動銀押，花奴解事防金鈴。碧海横影，玉龍含腥。滕六睥睨吹鵝翎，虚空敲碎琉璃瓶。寒氣憀慄不可以久處，仙之人兮向我語：斯是朱明曜真之天，上接清虚廣寒府。」《白蓮花》云：「縞衣仙人顔如花，凌波緩步飛素霞。晴香不散墮入水，縠紋冷浸銀蟾死。無情有恨離離重，天末相思誰與共？記得南山第一橋，鐵簫聲破閒鷗夢。湖頭女兒打槳迎，折花欲贈珠淚傾。花枝低彈嬌凉泣，鉛華洗盡春痕澀。一雙翠羽背人飛，十隊霓裳向風立。」《湖樓夜集》云：「風水摶不起，悄然雙白鷗。」《文橋小園》云：「平江足烟水，送客渺愁予。」又「冷花晴蝶外，秋草夜蟲餘。」《湖上餞春》云：「一雨失春紅，亂山如夢中。不知芳草路，緑過畫樓東。」又「人兼色香味，船載畫書詩。」《訪吴澹川》云：「步兵餘白眼，從事有青州。」《敝裘》云：「故交吾與汝，歲晚不勝情。策蹇江南夢，投竿富渚盟。清貧人跌宕，奇暖酒縱横。俗眼空皮相，披襟爲不平。」《題朱吟陔齋壁》云：「蕭蕭兩三个，不减萬篔簹。疊石卧清影，開簾受細香。雨絲寒酒盞，花片黦琴囊。遲我十年到，春橋舊草堂。」《葛嶺》云：「蟋蟀聲驕蘋草捷，鬼車啼斷木棉秋。」《渡揚子江》云：「落日銜霞上柁樓，大江烟水赴鄉愁。風兼鸛鶴盤雲度，浪蹴蒹葭帶岸流。吴楚横分瓜步月，金焦直送秣陵秋。牙檣錦纜紛如織，可羨忘機自在鷗。」《題畫》云：「萬縷千條織晚春，溪烟如夢月如塵。落花夜送扁舟去，行盡江南不見人。」

陳雲伯《題阮芸臺九里洲觀梅詩册》云：「春水緑春洲，春風上柁樓。梅花三萬樹，香入大江流。有客看山去，因之載鶴游。詩情同浩蕩，三十六閒鷗。」

郭頻伽《鳳皇山登高》云：「朝暾欲上浮雲走，好事天公作重九。青山入夢呼起來，萬朵芙蓉一招手。冬青樹老鳥呼風，早霜微帶秋林紅。寒鴉落葉紛紛而來下，白日忽墮蒼烟中。」《觀潮》云：「老黿窟中自打鼓，殷殷薄雷催作雨。天山萬馬夜合圍，緣邊四郡色如土。兩岸聚觀數千指，鼻息不聞面灰死。呼吸深愁立不牢，脚底饞鯨白齒齒。」《莫釐峰望太湖》云：「一峰明一峰，七十二芙蓉。遠水欲浮去，暮烟相與濃。斜陽糝金碧，人影亂魚龍。便擬移家俱，因之買釣篷。」《書吴蘭雪近作後》云：「閉户何年著此身，天涯風雨感良辰。出爲小草能如我，夢有名山肯待人。」應俗文章遊子淚，及時鰕菜異鄉春。憑君早晚匡廬住，海内相望亦比鄰。」《湖上雜詩》云：「油壁車輕緩不妨，暮烟澹澹水生光。雷峰一塔頹唐甚，只替游人管夕陽。」《雨中放舟》云：「晴即登山雨放舟，看山冒雨坐船頭。可憐樵子不知滑，脚下白雲如水流。」皆極幽秀生峭之致。此外佳句，則《友人過訪》云：「故人舊約梅花記，遠客歸心小草知。」《即事》云：「月與梧桐尋舊約，秋將蟋蟀作先聲。」《仰蘇樓》云：「樹摇殘滴有時響，雲與暮烟相間生。」《小集》云：「滿眼青山秋士老，打頭黄葉酒人來。」《謝人餉梅花水仙》云：「詩人冰雪陳無己，寒女神仙謝自然。」《西湖春感》云：「湖山跌宕朝廷小，花月平章蟋蟀秋。」「二月落花如夢短，一湖新水比愁多。」《偶成》云：「山低風急兼疑雨，夢醒月明如有人。」《夜發》云：「水當殘夜自然白，我與露蟲同此凉。」《夜潮》云：「吹水魚龍秋有力，側身天地夜初長。」《述昏》云：「郤月横雲張遇墨，宜男長壽阮修錢。」

王夢樓謂吴蘭雪爲豔才，余讀《香蘇館詩》而歎此言不謬也。《靈澤夫人祠》云：「虚堂劍珮肅無聲，門外青山遠黛横。宫女如花猶列陣，洞房燒燭記論兵。銷魂萬古黄陵廟，遺恨三分白帝城。比似湘靈心更苦，寒江嗚咽暗潮生。」《舟中自訂詩卷述懷》云：「燕市蹉跎百感侵，歡場未散已沾襟。吹笙易醒游仙夢，擊筑難銷壯士心。海氣青蒼連碣石，岱雲浩蕩接淮陰。支離病鶴籠初放，隻影江湖瘦不禁。」「盛名何敢匹鄒枚，一代公卿盡愛才。幕府高秋張讌出，元戎小隊送詩來。座中跌宕麾金戟，花裏沉酣進玉杯。午夜軍門還未掩，記從湖上櫂歌回。」「平生襟抱托青霞，泊鳳飄鸞亦可嗟。十載論文交海内，群公傾蓋慰天涯。放翁團扇摹詩社，賀監金龜擲酒家。曾許俊游陪杖履，山陰夜雪鏡湖花。」「石溪春暖燕南飛，誰誦新篇入翠帷。五色繡絲傳唱滿，千金賦價倦游歸。盧儲知己贏紅袖，羅隱逢人問白衣。孤負瘦吟樓上句，才兼仙佛古來稀。」「建業姑蘇又廣陵，當筵彩筆最飛騰。樓臺春晚聽鶯舫，絲管宵闌剪雨燈。年少風懷花正綺，天寒離緒酒初冰。那堪縱飲酣歌地，銷却唐衢淚數升。」「寶幄鈿車白玉驄，瓊花璧月錦帆風。山横北固斜陽裏，寺在南朝細雨中。越水浣紗誰絶豔，吴門乞食有英雄。登臨休抱千秋感，身世茫茫亦斷蓬。」「富春江色釣臺邊，朵朵芙蓉浸碧漣。素鯉上竿鱗未損，紅妝照水影纔妍。經過雲樹都無恙，我與溪山最有緣。二十四鷗相識久，往來不避載書船。」「屐印衫痕翠未消，湖山入望又迢迢。西泠花信遲三載，南渡風流訪六橋。疊雪樓頭天漠漠，湧金門外柳蕭蕭。錦袍鐵弩今安在？請爲錢王賦射潮。」

吴澹川《入關》云：「前山復後山，莽莽樹頭月。古人復今人，纍纍山下客。朔馬當風嘶，征車夜中發。星河落人面，冰雪棱馬骨。壁立上蒼蒼，雞鳴關影白。」又「太華青濛濛，三峰開芙蓉。聳身踏落雁，危步攀蒼龍。窅然天地始，六合惟清風。黄河走碧海，攬結衣帶中。」又「我行越陝州，清曉望潼關。終南散霜氣，衣上峰影寒。風雲起四塞，渭洛交我前。東北横大河，中斷龍門山。」又「九嵕何巑岏，涇水注其麓。山風吹野色，霜草寒無緑。去鳥戀餘暉，流雲動疏木。當時祀畤上，佳氣連黄屋。炎精颯已遥，神物代相屬。鬱鬱松柏林，下有狐兔宿。立馬意蕭條，秋山問樵牧。」又「太乙下深黑，雷霆駐虚空。有龍宅其湫，飛雨白日中。南游女媧谷，北上銅人原。荒岡翳叢楚，古闕生墟烟。山河美如此，人壽速若彼。去去且爲歡，沽酒新豐市。」又「藍田美山水，渼陂秀蘭杜。蒼然紫閣雲，暮入終南雨。漠漠藤裊村，梢梢竹團圃。荷篠過前林，歸漁聞別浦。藹此父老情，爲我致清酤。久客憶江南，興盡非吾土。」直逼古作矣。

澹川《觀侯生舞劍》云：「飛出芙蓉亂青紫，海濤無聲老蛟死。虚堂白日走精靈，夾電穿空血人皆。」《昭勇將軍寶刀歌》云：「將軍手提三尺鐵，夜半横行入虎穴。飛落空中霹靂聲，白是刀光赤人血。」《吴大帝廟》云：「殿角響琅璫，松陰壓畫廊。神鴉寒觸火，石馬夜窺霜。山色金陵在，江流玉殿荒。飛揚懷古意，烟月墮茫茫。」《落雁峰》云：「黄河洗秋色，太華削青金。飛雁不到處，白雲吹滿襟。天清玉女下，日出蓮花深。我欲此爲宅，蒼然萬古心。」《三原夜發》云：「馬背江南夢，春星滿客衣。可憐楊柳月，空照故園扉。累歲依人活，全家坐食稀。老親應倚望，無米亦來歸。」《登華山》云：「二華中天積翠開，巨靈高掌壓雲臺。無邊紫塞秋風起，一片黄河落照來。」《琅邪臺》云：「琅邪臺古穆陵秋，指點金銀十二樓。天地東來横碣石，滄溟北去抱神州。秦皇功德誣三季，夏諺諸侯勸一游。往事浮雲向空盡，老懷蹀躞不能休。」《未暝》云：「未暝見斜月，獨行聞遠鐘。秋風先我至，江上落芙蓉。」阮芸臺目爲浙中詩士之冠。

山陰邵無恙詩學極深，《蕉雪齋》一編，皆精金美玉也。《京江晚渡》云：「遠海淡無色，微風夜潮長。陰霞江面生，新月渡頭響。」《發龍潭》云：「捨舟踏亂山，一路入空碧。村墟方曉霽，屋帶斷雲濕。」《題望雲思親圖》云：「白雲東南來，招摇西北馳。親舍隔萬里，眠食何由知。朝得父母書，長跪讀書詞：得歸慎莫羈，不歸慎莫思。煢煢父母心，淚下如綆縻。仰視南歸雲，猶在天一涯。」《送章芝崖出塞》云：「男兒既不能脅肩濫吹王門竽，又不能赤脚歸荷南山鋤，短衣揖客上馬去，北游直踏醫無閭。我聞路出飛狐道，朔方健兒身手好；箭血秋紅幕下麈，鬼燐夜碧原頭草。陸海自昔稱不毛，十年生聚成腴膏。如花女兒十五六，晝騎橐駝夜炰羔。送君曉度居庸口，夕陽繫馬關前柳。一夜新霜篳篥寒，行人爛醉邊城酒。城上黃雲如水流，松岡白月桂城頭。西風吹起遼東雁，無限關山望越州。」《題唐陶山岱覽圖》云：「旭日躍海危巒紅，九土色破青濛濛。活雲如虬踏雙足，嘯聲吹墮松風中。」《望岱》云：「陡擁層雲起，蒼然見嶽形。勢盤平野闊，天攝萬峰青。草樹浮春氣，烟霞降帝靈。東封七十二，時有翠華經。」《出都》云：「此去猶爲客，何方是故鄉？獨憐霜雪甚，其奈道途長。雲氣屯空塞，河聲走夕陽。回瞻關路晚，烟樹極蒼蒼。」《長干塔》云：「聳身窺萬仞，一鳥上雲來。日月摩空得，江山劃地開。松藏靈谷寺，草歇雨花臺。滿目南朝迹，憑誰話劫灰？」《泊棲霞》云：「不到棲霞麓，蒼茫已八年。一帆涼月下，重泊寺門前。高樹開秋霽，空山響夜泉。幽居聞最勝，應探翠微巔。」《履海》云：「雲橫成列嶂，潮白失青天。戍屋懸魚網，沙田藝木棉。」《送李雪帆》云：「萬木變秋聲，西風滿帝城。高樓一夜雨，曉送故人行。」《逢婁鑑塘》云：「北風吹雨雪，深夜故人來。」《錢唐懷古》云：「鐵騎長嘶薄建康，議和議戰總淪亡。鸛鵝春散將軍壘，蟋蟀秋開宰相堂。海上孤兒沉趙氏，夢中故土索錢王。須知天意成南渡，艮嶽山先號鳳凰。」《天后廟》云：「闕下銀濤萬里來，霞宮遠對紫溟開。月高旌旆排雲出，風定魚龍拜浪回。千炬神鐙飛遠艦，百花香樹擁層臺。明禋願獻安瀾頌，秋雨秋潮静九垓。」《故關》云：「朝暉遠射嶺烟開，烏壘高盤漢將臺。山勢劃天分岸立，河聲驅石過關來。戍樓雲擁旌竿滿，戰地風迴畫角哀。今日時清仍設險，少年誰是棄繻才。」《渡河》云：「燕臺畫角動邊歌，木末平原見大河，皂帽烏裘歸上黨，黄沙雪浪渡滹沱。荒村日落收蘆荻，空磧風寒飯駱駝。獲鹿城頭西指去，暮雲紅裏亂峰多。」《永濟寺題壁》云：「客夢破孤磬，漸聞啼曉鴉。山風一夜歇，僧掃門前花。」《舟行》云：「遠戍空濛接吕城，微風料峭半帆行。一江春雨絲絲暮，卧聽吴孃轉柂聲。」《出白門》云：「杏花如雪柳絲輕，渡口濛濛細雨生。惆悵行人過江去，十三樓畔正清明。」此外佳句，五言如《陶然亭》云：「秋聲千樹盡，霜意萬山來。」《宿舊縣》云：「霜樹寒生野，天河静對門。」《清凉山》云：「泉聲松頂落，花片竹陰飛。」《吼山》云：「石隨雲過水，樹對屋飛泉。」《夜發秣陵》云：「水門沉夜月，山影上秋河。」《渡太湖》云：「雲懶眠孤嶺，湖平立遠帆。」《自吴門旋白下》云：「古岸生春水，長江擁夜雲。」《栖霞》云：「山花眠麝暖，池月照魚凉。」七言如《燕臺》云：「雲覆黄沙吞朔塞，河流白日下燕山。」《北固看雪》云：「雲痕四合沉諸島，雪色中開見大江。」《永濟寺》云：「莎草緑盈三月雨，桃花紅入六朝山。」《姑蘇》云：「四時花月吴趨曲，兩國兵戎越絶書。」《晚泊石城》云：「荒壘齊梁猶上月，大江吴楚自分星。」《禹陵》云：「風雨鬼神趨古殿，鶯花士女拜春山。」《蕺山》云：「婦女同仇兵氣合，山川重秀霸圖開。」《九日通州城》云：「霜下邊聲來朔塞，日斜河色上城樓。」又「地夾關河三輔合，天無風雨萬山開。」《燕子磯晚望》云：「霜中草樹聲難静，月下江山影倍寒。揚子暮潮空自落，秣陵秋色幾回看。」《雨泊三塔灣》云：

「大江殘夜生新水，微雨扁舟夢故人。」《晚過邗上》云：「烟際白帆浮甓社，雪中紅樹認揚州。」《渡江》云：「丹徒城郭烟中影，白下江山雪後天。」《栖霞放舟》云：「青山入夢曾知己，明月同舟當故人。」《蘇堤曉步》云：「一湖静卧群峰影，小雨香生百草花。」《秋夜》云：「鶴影倦依凉月立，雁聲寒帶夜霜飛。」才調既新，益以研鍊，越中商寶意後僅見此君。

施小憨以近體作鐃歌横吹諸題，舊錦新裁，頗爲奪目。《上之回》云：「萬騎向回中，蕭關野燒紅。樓臺望行月，笳鼓警邊風。西極來天馬，前軍拂彗虹。甘泉故宫在，落葉滿秋空。」《將進酒》云：「終日勸君醉，良工未可觀。江河杯酌盡，天地酒人寬。對月金尊滿，圍風繡幕寒。放歌心所作，得意且爲歡。」《石留》云：「流黄搗錦石，石上水曾經。南浦春波緑，西洲蓮子青。寒沙明遠渚，凉雨散繁星。載酒何人過，蘭橈不肯停。」

丁子復《銀河篇》云：「烏雲一抹起銀浦，灑作承平洗兵雨。」

南屏僧主雲工詩，畫習北苑皴法。阮芸臺贈詩云：「南屏秋色歸詩版，北苑春山證畫禪。」

宋茗香詩，余謂其宗法青蓮，非虚語也。《天台道中見梅花》云：「二石一高峰，飛流入萬松。中藏太古雪，香冷青芙蓉。有客何年隱，攜瓢欲往從。言尋明月去，無奈白雲封。」《月夜石梁觀瀑》云：「我欲持北斗，酌泉獻高穹；道人但摇手，其上横蒼龍。須臾玉女鏡，已挂瓊臺東；照見水晶簾，空明千萬重。天風不吹卷，夜護神仙宫。仙樂奏何時，千春猶未終。寒生五銖衣，去去莫留踪。」《珠簾泉》云：「香爐峰頭生紫烟，玉京朝罷歸群仙。群仙咳唾不直錢，隨風抛珠落澗邊。是珠是簾泉非泉，空濛長挂青山巔。清風明月入簾去，簾中似有人翩翩。招之不出，欲入無緣。桃花含笑而未語，白石無情而自憐。簾兮簾兮如不卷，吾將坐待三千年。」《自華頂至桐柏觀》云：「萬山皆水聲，水接天空明。昨對月中酒，誰吹花下笙。龍湫大風起，雲海亂峰平。樓閣疑飛去，飄飄到玉京。」置之瓊台石梁間，疑爲謫仙人語。

陸祁生《病負阮芸臺閣學師皋亭看桃花之約》云：「西陵春色慵如許，衙齋一月聽春雨。雙栖燕子亦無聊，盡日雕梁作蠻語。花朝五日是清明，一樣簫聲喚賣餳。金鴨香銷留麝篆，玉鉤風悄下簾旌。仙官曉策探春騎，賞花不減憐才意。一路流鶯引出城，萬雨嬌紅亂峰翠。作客平生第一春，感公清讌慰酸辛。他時雅集應圖畫，添我花前小病身。」

讀袁簡齋《續同人集》頗有佳句可采。王友亮《過隨園》云：「海岳奇情惟拜石，河陽餘事到栽花。」陳熙《隨園謁夫子不值》云：「記我姓名憐舊僕，念公眠食問佳兒。」俞瀚《宿隨園》云：「山邀雲入夢，天放月登樓。」李棠云：「老知離別重，凉怯水雲深。」李廷敬云：「泉聲新雨漲，鶴語片雲歸。」李賡芸《小倉山房》云：「几有金軫琴，案有玉柄麈。曉起下簾鉤，花霧濃于雨。」《蔚藍天》云：「泉石碧翁翁，都向窗中列。短塔影如針，插向青山缺。」《蓮沼》云：「風約緑萍開，倒浸雲羅濕。款款紅蜻蜓，飛上藕花立。」李斗《呈簡齋夫子》云：「才語從知千古少，宦情應悔十年多。」何承燕《隨園》云：「風幔當花卷，茶香待月生。」劉夢芳云：「兩部笙歌花世界，一山燈火夜樓臺。」莊宇逵云：「林嵐獨絶贏青眼，福慧雙兼到白頭。」趙翼《湖上初晤子才》云：「蘇隄二月春如海，杜牧三生鬢有絲。」

又「與我相逢三竺路，此翁大似六朝人。」又「海内神交無作合，古來名士各成家。」沈本陛《呈子才子》云：「獨起斯文高八代，何妨此老不三公。」何道生云：「小草例歸春長養，瓣香初荷佛矜憐。」汪汝弼云：「紅粉有人稱弟子，青山到處屬先生。」黄鼎燮《虎邱送簡齋先生》云：「花柳争迎人健在，湖山還要筆平章。」蔣惠華云：「櫻筍山廚三月酒，枌榆舊社六橋花。」畢沅《壽隨園前輩》云：「緑字養心花養性，青山同壽鶴同年。」又「六朝風骨餘金粉，五岳真靈作主賓。」儲國鈞《春草和隨園太史韻》云：「小雨匀成殘燒地，好風吹就踏青天。」又「遠卧平山一桁低。」劉錫五《和隨園自輓》云：「死悟來因仍是月，生無一日不看花。」又「一片長江六朝月，先生頭白萬山紅。」釋清恒《焦山晤簡齋先生》云：「緑雨聲中參玉版，青山影裏喫鰣魚。」邵颿《隨園看梅》云：「萬竹抱山静，到門聞鳥聲。徑松蟠石立，池柳卧波生。」又「風過樹摇水，雪晴香滿山。」《看芙蓉》云：「鳥銜殘雨過，菊抱小山開。」又「燒燭照花影，卷簾移月痕。」《雙湖》云：「怪石吞孤艇，流雲吐亂山。」潘煐《隨園觀燈》云：「樓壓星辰天在下，池摇烟樹地浮空。」楊芳燦《題隨園》云：「石古苔成篆，花香蝶换衣。」又「藥欄行鶴子，萍渚鬧魚苗。」又「晚風猿蝨落，新雨樹蛾生。」郭麐《生挽隨園》云：「隨園先生愛説死，生索歌詞到弟子。弟子輓歌如祝嘏，皆言且住爲佳耳。我曰唯唯否不然，如先生者可死矣。先生弱冠作詞臣，筆花四照開陽春。金門玉堂無比倫，天教歸作羲皇民。倉山一卧今將老，始信當年挂冠早。千秋之事七十身，白髮多于書帶草。男兒不必定作鶴鬢翁，亦不必官職皆三公。生能快意死亦得，不爾真乃可憐蟲。先生得天何獨厚，生在人前死人後。天台山中兩女兒，有人入山曾見之。

胡麻飯熟待公喫，定容軟嚼如牛齝。待來不來行遲遲，山桃花開紅滿枝。豈知先生久未有行意，但是狡獪形于詩。嗟我識公今五年，鬼才長吉蒙公憐。天上差樂良不苦，有阿嬭在何敢先。立言無體語太戇，觸犯忌諱騁狂顛。先生笑曰子來前，我生不有命在天，一詛億祝何損焉。」林鎬《贈劉霞裳兼呈隨園主人》云：「阿難結習昔未空，天花亂落袈裟紅。摩登伽女攝入室，摩挲戒體施神通。爾時佛坐須彌頂，放大光明照諸境。咒誦楞嚴秘密章，拔歸香界心悲哽。妙諦傾聽祇樹前，洗心皈佛佛心憐。至今號佛大弟子，白皙朱唇最少年。劉郎前身無乃是，玉貌人天盡歡喜。面藥香囊青雀船，六朝金粉秦淮水。淫女圍成肉陣遮，臉光不數摩登伽。五百毒龍争一寶，三千魔樂獻諸花。劉郎身入燕支窖，日向空明抱花笑。不願同心錦瑟張，從他聒耳蒼蠅鬧。隨園先生今如來，海潮音動鳴春雷。驚起鴛鴦浴才罷，唤將蝴蜨夢初回。蔚藍天上琉璃界，三匝兜羅重膜拜。絳帳親傳自著經，旃檀略授能持戒。新婚匝月促登程，當作璚枝一杖行。黄嶽蓮花凌海笑，羅浮仙蝶下山迎。歸來新詩滿囊橐，隨手明珠拋落索。先生袖出青牟尼，笑與兜頭作纓絡。揭來吴苑看花過，虎邱玉蘭花正多。立向花前無一語，玉光蘭氣奈郎何。招邀側帽來遊讌，繡閣朱門争識面。荀令新熏衣上香，風姨恨不多吹遍。却愛芸窗坐校書，嬉春懶上小羊車。要知心地清凉後，已是人天分界初。從此聲華殊不朽，名山事業居然有。衣缽真傳不二門，拈花長侍瞿曇叟。笑我頹唐色界天，修羅剛學大乘禪。願分一勺醍醐水，灌出心頭智慧蓮。」

每讀唐人「一騎紅塵妃子笑，無人知是荔支來」，輒歎爲何等吐屬也。

趙雲松詩，向於《隨園詩話》《雨村詩話》中見之，不免罣漏近句，坊友借讀《甌北詩鈔》而後，翕然意滿也。《紅梅》云：「高人多倚醉，仙女亦施朱。」《五牧鎮》云：「一軍忠義鬼，兩水戰争場。」《僧寺》云：「夜色高樓月，秋聲落木風。」《客興》云：「布衾寒展鐵，名紙敝生毛。燈火蟲聲唧，風霜馬骨高。」《出古北口》云：「千盤蛇陣勢，十萬馬蹄聲。」《南天門》云：「地形愁倒馬，風力稱盤雕。」《飲倪太僕寓齋》云：「酒監三約法，鬮戲七稽疑。」又「作婦公孫衍，爲卿子叔疑。」又「荒園三畝地，明月兩間人。」《古北口》云：「飲馬長城窟，呼鷹古戰場。」《達巴罕》云：「人行飛鳥上，馬踏亂雲中。」《感賦》云：「舊游如夢短，新鬼比人多。」《贈楚雄守秦岵齋》云：「人地標秦望，江山得楚雄。」《遮放》云：「妖星天狗落，毒蠱夜蠶飛。」《干溝》云：「瘴氛頭痛國，瘦俗頸粗人。」《平江道中》云：「山牛多似蝨，沙鷺立如人。」《祭海禮成》云：「工歌翔鸖鶂，人立拜魚龍。」《贈陳望之》云：「中州詩派嫡，前代黨人孫。」《遊羅浮》云：「月華凉在水，山影濇于雲。」《過儀真》云：「浪隨殘雨盡，船趁退潮歸。」《曉發》云：「江雲殘夜黑，海日五更紅。」《觀競渡》云：「歲華交夏五，戲事到秋千。」《老少年》云：「雞皮三少候，鶴頂百年功。」《贈汪時齋》云：「十年同筆研，兩世互師生。」《廢寺》云：「古佛蛛牽網，殘僧蝨滿衣。」《馬迹山》云：「漁歌秋水杳，人影夕陽高。」《野泊》云：「疎砧秋巷杵，遠火夜船燈。」《爲長兒娶婦》云：「何時畢婚嫁，從此學癡聾。」《太湖》云：「白浪無人渡，青山似馬來。」《村居》云：「新詩多杜撰，舊帖有唐臨。」《納凉》云：「霞色來孤鶩，秋聲在一蟲。」《謝叠山賣卜處》云：「滄桑爻象變，薇蕨課錢貧。」《食荔支》云：「肌膚姑射白，風味玉環肥。」《冲祐宫》云：「丹竈錙銖火，茶經粟粒芽。」

《哭瘦銅》云：「死有飛蠅弔，生常借馬騎。」《宿栖賢寺》云：「不眠同佛醒，無語覺僧高。」《庾樓》云：「吴楚天南界，江山國上游。」《贈内弟》云：「腐儒爲吏拙，貧宦事人難。」《西湖紀遊》云：「暮竹無山鬼，春祠有水仙。」又「天心孤有月，水面四無風。」《焦山》云：「有天無地處，過暑未寒時。」《西干故里》云：「晚風牛背笛，秋水鴨群竿。 山樹紅黄緑，村醪苦辣酸。」《祥符寺》云：「秋山黄葉雨，古寺白頭僧。」《喜雨》云：「世無郇伯久，天怕杞人多。」《渡江》云：「已抛文字蠹，猶作子孫牛。」《暑雨》云：「頽雲張破敗，重霧呂糊塗。」《鶿鶴》云：「姓丁非故我，去乙是前身。」《宵行》云：「嘯聲何處鬼，村影尚非城。」《梅花》云：「單身立雪程門弟，素面朝天虢國姨。」又「衆芳皆後真香祖，同調無多只水仙。」又「古寺月明僧定夜，空林雪滿鶴歸時。」又「一到歲寒誰伴我，每逢月落倍思君。」《新霽散步》云：「春留紅藥拖殘尾，雲放青山出一頭。」《黄天蕩懷古》云：「小朝氣象偏安局，半壁江山百戰圖。」《謁明太祖陵》云：「千秋形勝從三國，一樣江山陋六朝。」《呈座主松泉公》云：「杜門客少心如水，謀國年深鬢有霜。」《王舍人小飲》云：「倦後客懷叢桂樹，瘦來人似古梅花。」《哭杭應龍先生》云：「我歸但有徐君墓，公在曾憐趙氏孤。」《修敝廬》云：「陋稱簞瓢居巷内，貧真樓閣造空中。」《元旦早朝》云：「玉燭星雲三殿曉，珠杓雨露九天春。」《同邵耐亭郊行》云：「柳絮前身原蕩子，桃花對面是佳人。」《軍機夜直》云：「鑾箋書剪三更燭，神索風傳萬里兵。」《秋獮應制》云：「九天秋肅貙劉信，萬帳宵嚴虎衛兵。」《汪文端故宅》云：「人物百年思老輩，主賓十載感前遊。」《木蘭較獵恭紀》云：「夜火千屯山氣紫，秋風萬騎塞塵黄。」又「獲雋呼燈山外火，割鮮行酒馬前杯。」《文信國祠》云：「半生聲伎勤王散，一代科名死事尊。滿地白翎人換世，空山朱噣客招魂。」又「死堅獄吏囚三載，生享門人祭一卮。」《贈張吟薌》云：「花影得名張子野，井泉到處柳屯田。」《大雨牆傾》云：「故人來訪應排闥，鄰女如窺免上梯。」《南苑大閱恭紀》云：「千步廣開盤馬路，一旗高颭晾鷹臺。」《修史》云：「千秋於我宜何置，寸管論人固不難。」《分校》云：「九還可煉誰功到，一筆能勾奈哭聲。腕力袖穿風兩肘，眼花燈眩鼓三更。」《封門》云：「粧閣但聞簷馬響，圍城不遞紙鳶音。」《號簿》云：「先後就編魚入貫，妍媸待判鬼投胎。」《薦條》云：「品題未便無雙士，遇合先成得半功。」《藍筆》云：「欣賞情同青眼客，別裁權亞黑頭公。」《撥房》云：「未妨蜾蠃艱生子，笑比琵琶別過船。」《填榜》云：「星斗光連千炬火，魚龍氣動五更鐘。」《悼友》云：「兩邊夾食黥奴面，半夜呼囚獄吏聲。」又「褫後儒冠人貯溺，春來城旦鬼催薪。」又「衣糧搜括書驢券，兒女流離拾馬通。」《引見恭紀》云：「文章似惜楊無敵，骨相兼憐廣不侯。」《送心餘》云：「春歸織錦新花樣，老疊登場舊舞衫。」《夢亡内》云：「從我正當貧賤日，與君多半別離時。」《陶然亭》云：「南浦緑餘人柳老，西山青出女牆高。」《弔董東亭》云：「春夢一場慳富貴，秋風無處哭文章。」《同年話舊》云：「著述關心揚子宅，寒暄回首醉翁門。」《漫興》云：「漸老鬢毛攙黑白，積勞筋骨驗陰晴。」又「絶頂樓臺人倦後，滿堂袍笏戲闌時。」《鄴城懷古》云：「亂朝土木輕民命，劫運河山入賊才。」又「英風馬上鮮卑語，老淚尊前敕勒歌。」又「三拳狗脚親遭侮，一乘牛車出就封。」又「紫闥謀臣盲宰相，黄纚保母女英雄。」《曉出西便門》云：「月斜西嶺如歸客，柳識東風似故人。」《寓齋小集》云：「五鼎食中無我輩，千秋亭外幾癡人。」《哭兒》云：「痛絶骷髏餘一副，舊曾夜貼老夫身。」《歌風臺懷古》云：「負心事竟烹功狗，出手威原斬路蛇。百敗河山終造國，千秋魂魄尚思家。」《西湖詠古》云：「綺閣簾櫳紅杏雨，畫船簫鼓緑蘋波。」又「千秋英氣潮頭弩，三月風情陌上花。」又「夢華碎録孤嫠緯，沉陸神州一錯棋。」又「三竺峰巒非艮嶽，兩隄燈火似樊樓。」又「去國狼胡非帝意，隔籬犬吠是人聲。生前珠翠千行繞，死後頭顱萬里行。」《鄱陽湖懷古》云：「天下英雄窺此舉，興王事業定崇朝。」《蓮花九峺》云：「赤立太窮山露骨，倒懸不死樹盤筋。」《滇城》云：「南紀河山標重鎮，前朝湯沐守通侯。」《合江舖》云：「人共馬牛眠一屋，月隨風雨湧三更。」《大覺寺》云：「馬行危磴蹄磨鐵，佛守荒龕面落金。怪石僂如奇鬼搏，古楓幻作老人吟。」《永昌弔徐楊》云：「妓粉劇憐名士氣，將星空負故侯身。」《作家書》云：「一紙寄家言有盡，萬山圍路夢難歸。」《潞江》云：「不老青餘霜後葉，無名紅煞日南花。」《軍營夜坐》云：「犀甲霜寒千帳曉，魚腸夜嘯百蠻秋。」《猛卯》云：「秋入黄茅人避瘴，月寒白骨鬼思家。」《虎踞關》云：「陰雲匝地諸山黑，夜火烘天萬竈紅。」《駐軍螽達》云：「千燈夜閃星河影，萬馬秋騰鼓角聲。」《勦賊回》云：「熱落河烹生鹿血，赫連刀挂死番頭。」《留别經略》云：「一江沉鎖公無渡，千里持糧士有飢。」《驛舍》云：「空廚薪濕炊無火，破屋椽稀卧見星。」《鎮安》云：「俗有鬼神蠶放蠱，夜無盜賊虎巡街。」《夜坐》云：「池荷十裂秋將老，堂鼓三嚴夜正中。」《哭阿果毅》云：「使相旌旗開幕府，上公劍履畫雲臺。」《花田》云：「美人死後爲香草，醉守來時正好花。」又「亶娘頭上微風過，勾盡游人是鬢鴉。」《浴日亭》云：「雞聲欲白三更月，漁火猶紅半夜潮。」《厓山》云：「六更漫續庚申帝，一旅難支甲子門。」《永福陵》云：「窮海運移朱鳥噣，空山人拜杜鵑魂。」《挽傅文忠》云：「問牛相業三台地，汗馬勛名百戰場。」又「廿年宰相黑頭公，一德堂廉帝眷隆。劍舄雲臺身入畫，河山鐵券策論功。勛親人地關休戚，恩禮君臣見始終。」《紀恩》云：「天上除書明主眷，風前殘燭老親年。」《孫補山話舊》云：「絶徼秋聲諸葛鼓，戰場夕照魯陽戈。」又「光陰過客雙丸速，婚嫁牽人五嶽遲。」《詠史》云：「抵鵲不聞輕用玉，割雞也要辨何刀。」《贈哈總戎》云：「將門世佩三邊印，蠻徼身經百戰場。」《碧雲觀》云：「井華曉碧僮澆藥，爐燄宵紅鬼瞰丹。」《途中述懷》云：「按部聲名歸物論，去官風味見人情。」《除夕》云：「一官已似殘年盡，舉世猶争此日忙。」《晚泊》云：「遠火晚迴龍伯馭，荒蘆寒打雁奴更。」《赤壁》云：「烏鵲南飛無魏地，大江東去有周郎。」《采石太白樓》云：「白浪一江銷醉骨，青山萬古屹詩名。」《金川門懷古》云：「削藩禍起書生計，員宸圖慚叔父名。」又「折矢不臣黃鷂子，打鐘竟帝白鼂翁。」《歸田》云：「老境逼來將白髮，宦途盡處是青山。」又「短檠燈火長鑱柄，閒與諸雛話舊風。」《館娃宮》云：「此地春常留屧響，有人夜正卧薪寒。」《哭璞函》云：「灑血隻身衝矢石，招魂萬里葬衣冠。傷心馬革殊無分，留與烏鳶啄肉殘。」《落花》云：「更無一語歸何處，再欲相逢動隔年。」又「啼到子規剛别我，夢爲胡蝶也尋君。」《漫興》云：「村如老杜東西瀼，書有蒙莊内外篇。」又「看戲人歸談古事，負暄叟坐述前聞。」又「詩不與人争險韻，字常倚老作行書。」又「觀書眼漸訛三豕，導氣身將學五禽。」《五十初度》云：「犬足有氂忘夜吠，牛胡無喘健春耕。」又「一代文章誰作者，古來出處幾完人？」又「妻妾無争兒互乳，弟兄垂老爨同炊。」《題小倉山房集》云：「斯人斯筆兩風流，紅粉青山伴白頭。作宦不曾逾十載，及身早自定千秋。」又「富貴不如名有味，聰明也要福能消。」《寄芷塘》云：「禁中才子微之句，年少仙人子晉笙。」《鏡》云：「誰從對面偷描我，忽漫分身作化人。」《杖》云：「青山獨往誰同伴？ 白首相依剩此君。」《哭徐肇璜》云：「白鶴化憐君不返，青蠅弔與我同來。」《戊戌春日》云：「從此遂無爲子日，初心長負去官時。」《寄李欽齋使相》云：「將相官兼韓魏國，華夷地控蜀韋皋。」《德定圃話舊》云：「青史勳名公作督，白頭著述我歸田。」《贈莊似撰》云：「傀儡身閒催戲鼓，琵琶人老到商船。」《畢秋帆遠致厚賻》云：「孤子餘生桐削杖，故人高誼麥連舟。」《浙遊口占》云：「南浦一篙新漲水，東風三月落花村。」《寄秋帆》云：「千騎上頭雙纛肅，九州西面一關尊。」《渡江》云：「潮定未分消長水，風橫兼使往來帆。」《蔡節婦詩》云：「舉案恩情三歲了，避人涕淚九原知。 冷灰畫荻孤兒字，宿火鳴機寡女絲。」《哭外舅程文恭公》云：「老去香山猶望子，病來疏廣未歸田。」《入都留別》云：「有幾故人皆白髮，多年老婦再紅妝。」《患風痺》云：「曉泅瘴水羊渾脱，夜枕腥皮虎髑髏。」《書感》云：「老我頭顱將壓雪，看人圖畫到凌烟。」《哭杏川》云：「誰料汝爲長夜客，可憐吾亦暮年人。」《雜詠》云：「歌舞戲場無樂地，英雄歸路有儒門。」《題梅村集》云：「仕隱半生樗散迹，興亡一代黍離歌。」《拂水山莊》云：「空山竟不生薇蕨，破屋難爲補薜蘿。」《蕃釐觀》云：「遂勞下水風帆錦，此亦南朝玉樹花。」《和棕亭》云：「數十暑寒吾輩老，萬千著述幾人傳？」《秋思》云：「凉生旅館孤燈雨，秋在高樓一笛風。」《哭心餘》云：「貧官身後惟千卷，名士人間值幾錢。」《寄述菴》云：「往事眼前如未遠，故人海内已無多。」《即事》云：「梅花瘦我疑孤鶴，菜把驕人食萬羊。 門館漸稀留客飯，奴童竊誚減軍糧。」《菜花》云：「莊嚴老圃三春菊，富貴田家滿地金。」《金山詠蘄王事》云：「南渡君猶能將將，中權帥竟出卿卿。」《答友》云：「年命魯陽揮後日，功名鄧禹笑中人。」《即事》云：「一夕綠尊重作會，百年紅粉遞當場。」《弔湯緯堂》云：「絕徼嚴疆城守責，名場詞客陣亡身。」《海上》云：「炎徼無村非瘴癘，戰場有鬼是英雄。」《擬老杜諸將》云：「閩人夢去飄羅刹，野鬼魂歸哭髑髏。」又「諧價苞苴官判牘，曼聲絲竹妓傳觥。」《寄顧北墅》云：「載酒生徒揚子宅，焚香書畫米家船。」《灞橋》云：「詩思一天驢背雪，離情兩岸柳條風。」《乾陵》云：「臣僕不妨居妾位，英雄何必在男身。」《書懷》云：「時平吏醉笙歌月，事起兵寒草木風。」《汴梁雜詩》云：「南牧金戈奴叛主，北來玉册帝稱兒。」又「可憐一片青城月，又照蛾眉出故宮。」《王西莊話舊》云：「江湖游釣餘青笠，人世推排到白頭。」《書閩游草後》云：「醉後語言無忌諱，老來詩筆漸頽唐。」又「春蠶嚼葉行間草，野鶴歸山物外身。」《遊紅橋》云：「並舫笙歌垂柳岸，隔簾金粉畫樓人。」《過淮哭友》云：「重來風雨聯牀地，悽斷江湖載酒船。」《感懷心餘》云：「死有佳兒應瞑目，去爲才鬼又撚髭。」《贈廉船》云：「風雨雞聲逢故友，關山馬迹老才人。」《哭錢璵沙》云：「碩果枉教生並世，束芻仍欠死登門。」《晤錢竹汀》云：「兩漢淵源劉貢父，歷朝金石趙明誠。」《題心餘遺詩》云：「死疑靈運先成佛，生本青蓮是謫仙。」又「於世僅增倉一粒，斯人已彀弩千鈞。」《聖壽恭紀》云：「重譯萬方胥象表，一堂五代衮龍袍。」又「膜拜共尊天可汗，唄音齊頌佛如來。」又「金銀宮闕仙人島，錦繡江山織女絲。」又「燈火樓臺城不夜，琉璃世界月長圓。」《橋公墓》云：「生有隻雞留戲笑，死猶兩女嫁英雄。」《和錢竹初移居》云：「別墅王維經一卷，小園庾信竹三竿。」《壽全鹺使》

云：「百年士女春游地，千里江淮月進錢。」《壽松坪前輩》云：「官餘藜火歸猶讀，妻有梅花老不鰥。」《金陵》云：「流水不湔金粉氣，故宮已見採樵人。」《留别子才》云：「卿亦流連中一物，我無文字外相知。」《贈樹齋》云：「故人天上班卿月，野老田間候使星。」《唐荆川讀書處》云：「並世文章無北地，當年聲望此東山。」《白桃花》云：「武陵流水春無色，露井東風月有痕。」又「渡江船上人如玉，息國軍前淚泣瓊。」又「月明台洞無尋處，春過羅浮有替身。」又「劉郎今亦頭如雪，别與流連結凈因。」《杭州謁全鹾使》云：「楊柳西湖三月暮，梅花東閣十年交。」《寄蔣立崖》云：「近來風氣輕前輩，老去聲名仗後賢。」《遣興》云：「不識字人真快活，但求錢處必艱難。」《泊金山下》云：「山憑江洗磯千尺，水與天分月兩輪。」《感事》云：「鄒忌妻孥工媚語，翟公門巷見交情。」《題諸友集》云：「臨流欲唱公無渡，及席先愁某在斯。」《傷陳制府玉亭》云：「垂死故人傷白髮，未歸新鬼哭青山。」《七十自述》云：「壯心有劍雞催舞，浪迹無枝鵲亂飛。」又「盛世文章臺閣體，清班官職鳳麟曹。」又「謬忝作兄諸弟上，頗難爲婦兩姑間。」又「人命死生三寸筆，軍儲贏縮五更籌。」又「閒中讕語談天口，老去雄心弔古詩。」《題散賑詩卷》云：「萬家感泣鮮于路，一幅流亡鄭俠圖。」《書感》云：「江湖憂國迂何補，戰伐稽時禍恐深。」《答子才》云：「死生於世何輕重？詩卷憑人説短長。」《挽阿文成》云：「相業已歸青史傳，軍諮今亦白頭人。」《芸浦復撫江南》云：「重來天果從人願，小别公如作客歸。」《揚州遇朗夫子》云：「廉吏可爲兒作客，故人已死鬼成神。」湖南人傳公爲全省城隍。《晤馮星石》云：「福地湖山歸養日，戲場袍笏倦遊人。」《湖舫游讌》云：「畫舫烟波人在鏡，行廚櫻筍客開尊。」《贈夢樓》云：「閒以聰明修浄業，老憑歌舞耗雄心。一堂璈管游仙曲，四海苞苴賣字金。」《金山感賦》云：「落日壯心千里目，秋風老淚百年歌。」《擬老杜諸將》云：「風腥滿路尸陀氣，月黑千山杜宇聲。」又「刮地搜殘深窖粟，連營炊散畫梁灰。」又「好片平疇荒不種，清泉淲淲浸蒼苔。」《華墅》云：「朽株葉借藤牽蔓，崩岸泥懸樹絡根。」《讀史》云：「謝傅圍棋雖故事，曹參醇酒是何時？」《牡丹》云：「大家氣象無寒態，本色胭脂有醉痕。」《隨園弔子才》云：「勝會不常今宿草，名園無恙尚青山。詩文一代才人筆，花月平生散吏班。」《喜廉船至》云：「斯世憖遺猶有我，頻年索處正思君。」《誌喜》云：「薪炊鄖嶺枯骸白，刀洗巴江熱血紅。」又「背糧木杪分猿果，隝壁山巔俯鳥巢。」《壽全織造》云：「南國威名英蕩節，尚方經費水衡錢。」《城外》云：「野花地僻無人賞，廟樹年深有物憑。」《五日》云：「小閣杯盤冬釀酒，滿河燈火夜游船。」《感興》云：「過來富貴邯鄲夢，老去英雄敕勒歌。」《散步》云：「蝶不乞糧花作飯，蟲能識字葉鏤符。」《旅窗》云：「柝盡荒雞催客起，燈殘飢鼠瞰人眠。」《泛舟出郊》云：「知我忘機鷗不避，爲人引道鷺先飛。」《艤舟亭》云：「紅萏挺生剛有骨，紫薇怕癢嫩無皮。」《幽事》云：「瓶花浸水無根活，爐火烹泉有竅鳴。」《一院》云：「巢燕語梁將別主，野鳩呼雨似憂民。」《新春讌集》云：「儒餐野味無官鮓，翰苑虛名漸餼羊。」《新春即事》云：「死盡故人成魯殿，占先春色有唐花。」《牡丹》云：「詞客文章惟宋豔，美人姿態有環肥。」《途中偶見》云：「卸鞍跑馬歸芻棧，脱軛耕牛放草坡。」《西干故里》云：「驚吠烏尨疑是客，舊留黃犢已生孫。」《壽劉可行》云：「夜月琴聲單父宰，春風帶草鄭公鄉。」《懷白秋齋》云：「可惜將兵程不識，未逢薦士魏無知。」《挽王惺園相公》云：「素風到老如寒士，公論同聲説正人。」《寄述菴》云：「湖海論交無輩行，文章傳世即兒孫。」《出郊》云：「待渡馬嘶芳草岸，歇涼人語緑楊邨。」《夜醒》云：「燈光照夢犀然渚，爐沸驚魂蟻撼牀。」《荒景》云：「無米可炊徒巧婦，有播能乞即良人。」《應酬》云：「老避聲名三退舍，閒看今古一炊粱。」《悼亡》云：「得死夫前原是福，相逢地下料非遲。」《書明末事》云：「東林點將罡兼煞，南渡浮江馬不龍。」《題蜀難叙略》云：「君后支糧須計口，金銀沉水不翻身。」《觀獵》云：「鼻尖出火鈴追犬，耳背生風箭叫鴟。」《紀夢》云：「帳下練兵皮蹴踘，筵前擁妓肉臺盤。」《喜雪》云：「雞聲誤認三更月，狗迹工摹五瓣梅。」《亡室忌辰》云：「別來形影空相弔，夢裏悲歡只自知。」《自愧》云：「年老慣爲人送死，才疎難與世争名。」《放言》云：「千古棋枰無定局，一時竿木且逢場。」《感蜀亂遺事》云：「後房奏樂身無首，白晝騎牆鬼瞰人。」《重宴鹿鳴》云：「青雲一榜新先輩，黄髮三朝古老人。」《題畫》云：「沿溪一茅齋，老樹出屋頂。采藥人未歸，野鷺踏孤艇。」《香山夜歸》云：「鬢絲秋老杜樊川，那復風情似少年。慚愧驚魂偏照影，誤人春夢小游仙。」《感念亡兒》云：「簾鈎風動月西斜，彷彿幽魂尚在家。呼到夜深仍不應，一燈如豆落寒花。」《席上作》云：「解唱陽關勸別筵，吴趨樂府最堪憐。一班子弟俱頭白，流落天涯賣戲錢。」《西湖》云：「葛嶺南園一代狂，欲尋遺迹已滄桑。賈堂蟋蟀韓莊犬，留與游人話夕陽。」《調夢樓》云：「花開緩緩到餘杭，正值清齋學太常。今夜河魁須禁忌，可憐天壤此王郎。」《納涼》云：「矮机無藤坐月陰，桔槔聲寂夜沉沉。西瓜大字芝麻鑑，閒聽邨翁説古今。」《山塘》云：「半塘橋北好陰涼，殘醉扶來蕩小航。臨水數家門半掩，更無人處有垂楊。」《湖舫雅集》云：「一樣風光二月春，林亭點染倍鮮新。畫家小李將軍派，金碧山川粉黛人。」「花魂欲睡隱蒼烟，重結清游異日緣。風露峭涼人半醉，滿湖燈火夜歸船。」《煉丹臺》云：「藥鑪已廢冷無烟，傳是丹成此上天。煉汞燒鉛吾不耐，英雄撒手即神仙。」《和子才告存詩》云：「割肉偷桃狡獪才，九閽都怕此人來。故應天亦難安頓，纔召巫陽又赦回。」《夢樓宅即事》云：「怕將寒儉惹人嫌，特與新裁綺縠纖。蓮步出堂嬌顧影，傲他窣地夏侯簾。」《探春》云：「何處探春作冶遊，教人指説老風流。影娥池上凌波步，初月梅花第一樓。」如是等句，故應與袁、蔣鼎足而三。

録雲松詩意猶未盡，爰取傑句補之。《呈家謹凡》云：「款户屨聲人問字，隔簾經義婢傳書。」《延壽寺宋徽宗寓處》云：「削瓜疆土蝸爲國，厝火君臣燕處堂。」《寄人》云：「竿頭展步無多子，飯顆催吟太瘦生。」《舟中示友》云：「帆外汶流歸棹水，尊前吴語故鄉人。」《遊金山寺》云：「落葉漸多秋欲老，青山如故我重來。」《答友》云：「少不如人將老大，才原有限况蹉跎。」《郊行》云：「亂蝶衣香芳草路，飢鴉祭肉夕陽墳。」《美人春睡圖》云：「香篆碧縈魂一縷，枕痕紅暈肉三分。」《山行》云：「老樹自焚根出火，斷崖被嚙石穿泉。」《嶽廟》云：「白晝陰森神鬼氣，丹楹宏麗帝王居。」《讌坐》云：「肉屏曲半修眉史，拇陣燈前戰酒兵。」《浪花》云：「水面文章添一種，波心綺縠幻三分。」《哭友》云：「元凱生平書有癖，次公意氣醒而狂。」《蘗菴遺像》云：「小臣涕淚批鱗疏，易世衣冠削髮僧。」《送陳玉亭》云：「三十歲人新太守，二千石吏古諸侯。」《臚傳恭紀》云：「四海人才文一等，十年場屋蠟三條。」《魏明芳林園》云：「繡轂千蹄官負土，紫綾半臂帝登臺。」《西陽門石勒禽劉曜處》云：「兩陣間分誰盗賊？ 六經外另有英雄。」《哭門人》云：「生無薄産常依婦，才可名山未著書。」《黄連舖》云：「荒燈野戍三更火，積雨深山六月裘。」《黄陵岡》云：「挂枝下飲猿連臂，藉草潛眠麝養臍。」《呈傅經略》云：「頻年聖主籌良將，多少蒼生望相公。」《凱旋誌喜》云：「鐵橋波静蠻江白，銅鼓春喧社火紅。」《陸賈》云：「三寸舌功高汗馬，一千金餽富歸駝。」《祭南海》云：「龍魚作禮春潮白，神鬼居歆夜火青。」《呈德中丞》云：「腐儒文字俱芻狗，薄俗師生已餼羊。」《别筵》云：「南國尊前紅豆曲，東風江上緑楊花。」《官齋》云：「雞羽當花翹插髻，羊皮帶血冷拖肩。」《谷崗》云：「野禽五色仙裙蝶，山黛千盤佛髻螺。」《十八先生成仁處》云：「衰朝黨禍黄門獄，此輩清流白馬津。」《去官》云：「板輿潘岳閒居賦，茶竈天隨甫里船。」《寄璞函》云：「冰霜寒信催歸路，書記才名老戰塵。」《夜泊漢口》云：「繁星歷亂千檣火，幻市青紅萬瓦烟。」《禰正平》云：「一刺不曾輕出袖，三撾何事戲當筵。」《漢口發舟》云：「舟車北瞰長安道，風雨西來大别山。」《臨皋亭》云：「海内經年傳死信，宫中深夜歎奇才。」《余忠宣墓》云：「世亂揭竿成巨寇，時危横草出書生。」《漫興》云：「詩酒閒爲終老計，江湖高卧太平人。」《送友之官》云：「老漸關心兒女計，貧難撒手簿書緣。」《歸舟》云：「疎簾對弈多今雨，名酒看花在故山。」《春來》云：「風動竹梧相揖讓，花留蜂蝶與温存。」《近園雅集》云：「舊家餘澤還池館，前輩流風到子孫。」《扇》云：「隔影紅妝姑女面，前身明月婕妤宫。」《校文端師集》云：「公有文章兼事業，我無鍾鼎竟山林。」《送别》云：「穿花香染蜂隨客，剪燭談深鼠惱人。 兩月琴尊成舊雨，一堂履舄又前塵。」《寓齋》云：「茗香人睡起，雨細燕歸來。」《高郵弔毛惜惜》云：「胭脂香慘花爲血，環珮魂歸月葬屍。」《題湯蓉溪家慶圖》云：「富貴還鄉娱白首，神仙攜眷住青山。」《十年》云：「兒女滿堂催我老，斗升開口告人難。」《贈伊鹾使》云：「五色雲開新篛節，二分月到古梅花。」《答孫補山》云：「節鉞百蠻天外鎮，鬚眉千叟會中人。」《送姚秉璋》云：「詩篇李嶠真才子，風貌王昌是美人。」《即景》云：「榕樹蔭門人面緑，山泥範瓦屋鱗紅。」《三垂岡》云：「家國恨留三矢賜，英雄淚落百年歌。」《開元寺》云：「多年殿閣簷無瓦，新歲城坊店有燈。」《分水嶺》云：「春泥山虎迹，曉市海魚腥。」《宿能仁寺》云：「塵外茶瓜天六月，雲中金碧殿三重。」《送人宰平樂》云：「酒樹尚人稱壽斝，弓衣蠻女繡詩鍼。」《憶舊》云：「逝駒歲月陶絲竹，嚼蠟心情狎綺羅。」《雜興》云：「官罷逢人多醉尉，老狂乞食到歌姬。」《湖海》云：「作詩新意少，入夢死人多。薄俗羶螻蟻，浮名疥駱駝。」《戊午元日》云：「世事漸成雞肋味，詩情還剩虎頭癡。」《揚州哭瀓野編修》云：「十年浪迹繁華地，一箇知心冷淡交。」《擬老杜諸將》云：「時平宦橐窮民力，亂起兵塵費國威。」又「城空官已同疣贅，賊過兵皆拾唾餘。」又「萬騎無聲秋入塞，千盤有路曉搜山。」《漫興》云：「食脾健爲持齋淡，詩格低因屬對工。」《驟雨》云：「雲團天界窄，風挾海聲驕。」《回舟》云：「潮落沙痕攙水出，日斜山影渡河來。」《挽夢樓》云：「蔬筍持齋將送老，碑銘賣字未全貧。」《凱歌》云：「驅犢歸犂荒地草，課蠶重理故園桑。」又「裹屍馬革三壇祭，錫命龍章五等封。」《金山》云：「山勢蓬壺仙境地，江聲桴鼓女英雄。」《壽范洽園》云：「壇坫名高輕仕宦，江湖身遠念痌瘝。」《戊辰元旦》云：「荒後人情皆望麥，臘前花信暗催梅。」《題稚存百日賜環集》云：「才子例嘗遷客味，聖朝不忌直臣名。」《夜坐》云：「詩句鍊教生處熟，才名排到短中長。」《慰友》云：「殘更無月夜，荒野獨行人。」《雜興》云：「宵怕不眠惟强酒，晝嫌無事又看書。」

閒居無俚，選録查初白詩，補首編之遺漏也。《落齒》云：「舌在柔何益，唇亡想更寒。」《泊舟》云：「雲拖風脚黑，天逼浪頭青。」《萬壽》云：「堯階三尺土，舜樂五絃琴。」又「不息天行健，無私帝好生。」《賜扁額》云：「數椽天一角，萬歲字中央。」《山行》云：「細泉冰底咽，枯草燒餘萌。」《耳聾》云：「少聞差省事，多笑豈無情。」《送張景韓》云：「事關同列忌，公視一官輕。」《晚上人贈杖》云：「健添居士足，高出老僧頭。」《趙北口懷姜西溟》云：「老友他鄉盡，吾生去日多。」《重經金山》云：「爲報江神道，無田我亦歸。」《飲海棠下》云：「好花如子弟，笑擁白頭人。」《祭竈》云：「晨餐甘脱粟，夕爨付勞薪。此意天應諒，吾非媚竈人。」《家事》云：「婢牽蘿補屋，奴縛草爲船。」《元旦喜晴》云：「兒孫粗識字，兄弟繼歸田。此外非吾事，隨人望有年。」《南郡城樓》云：「天寒落日千屯馬，葉盡疎林萬點鴉。」《北溶驛》云：「尸陀林黑烏争肉，瘦棘花青鬼瞰燈。」《沅州》云：「參天有勢松争健，肖物能工石亦妍。」《銅仁》云：「鵝鴨池荒餘棄壘，漁樵人少但空村。」又「超石諸營兒作戲，射生别帳妓成圍。」《黄晦木乞資買山》云：「菜把恩羞叨地主，薦章名幸脱徵君。」《伴城》云：「沙磧凉生蕎麥雨，茅檐香過棗花風。」《魏環極予告歸》云：「身名似此真無忝，進退何人綽有餘？」《黄晦木至都》云：「同來我亦辭巢燕，暫止人猶愛屋烏。」《寄園》云：「花氣清如初過雨，樹陰濃愛未經霜。」《壽梁司馬》云：「贊皇世業平泉記，樞密新堂晝錦詩。」《别徐淮江》云：「人間尚有君憐我，每到南湖輒小留。」《竹溪書屋》云：「兩家前輩多凋謝，又對兒孫感白頭。」《樅陽旅店》云：「青山繞屋無修竹，紅袖當壚有杏花。」《秋暑》云：「氣蒸遠水浮天動，血染殘霞照夜明。」《題陳揚言小照》云：「同是庚寅吾獨老，始憐衣上十年塵。」《清苑道中》云：「青旗賣酒竿竿影，紅袖騎驢幅幅紗。」《門神》云：「國門他日曾懸慣，駔儈何人敢賣官。」《青龍橋》云：「殘荷落瓣魚鬚顫，高柳飄絲鷺頂涼。」《碧浪湖》云：「岕山客到茶如雪，箬水船移酒似淮。」《示揆愷功》云：「三年刻楮閑焉用，一技雕蟲壯不爲。」《料絲燈》云：「巧穿針孔玲瓏影，吹透冰肌綽約風。」《豆腐》云：「倒篋易償鄰叟值，顧名原合腐儒餐。」《邯鄲》云：「貧兒好作游仙夢，怪事曾傳小説家。」《任可話別》云：「豪除湖海陳登氣，老傍江關庾信名。」又「萬事到頭難逆料，獨行何地不相思。」《山中》云：「紅葉晚燒諸寺赤，碧天秋縱兩峰青。」《王家營》云：「勞人相傍貪同伴，客路頻經漸少詩。」《傷庭前牡丹》云：「夜月魂歸吾望汝，半年猶護種花泥。」《垂橐而歸家人告米盡》云：「雞争野老場邊粟，鼠嚙先生案上書。」又「篋空笑貯加餐字，吾老羞爲乞米人。」《即事》云：「此理年來看爛熟，建蘭盆上稗花開。」《桃葉渡江圖》云：「慇懃聽唱公無渡，不爲風波也合休。」《綉谷》云：「絳樹好風鶯歷歷，緑陰微雨燕雙雙。」《吴船花燭詞爲友作》云：「借取薰香衣一瓣，識余成佛爾成仙。」《閱舊時小照》云：「故交大半成黄土，剩爾人間作白頭。」《賜眼鏡》云：「明珠吐暈沙泥外，爛火分光日月邊。」又「潭空秋水清無底，壺貯春冰薄有痕。」《賜數珠》云：「循環豈易充臣數，祝聖惟當轉佛名。」《興安嶺》云：「牛羊白散千屯雪，草木青回萬竈烟。」《紫藤花》云：「蔓引龍蛇皆上走，花披纓絡總交垂。」《賜雨衣》云：「燥濕推恩慚厚庇，短長稱意荷終身。」《賜新刻御製》云：「耕鑿萬方民擊壤，簫韶九奏帝垂裳。」《紀事》云：「今日重蒙天一笑，白頭還戀舊青氈。」《密雲大雨》云：「四山雷轉車聲外，萬帳燈浮水氣中。」《隨園塞上》云：「沙磧人歸黄落後，山家烟起翠微中。」《清江》云：「夜雨一篙平岸水，春蒲十幅渡河帆。」《龍潭道中》云：「驛路馬嘶泥滑滑，野田雉雊麥漸漸。」《過玉蝀橋》云：「鷗鷺慣消風露味，自遮荷蓋領雛眠。」《甲秀園》云：「緑野天開裴令墅，冶城人識謝公墩。」《郊壇侍祠》云：「閣道風清千步輦，慶霄日麗九層壇。」《汪紫滄出獄》云：「累朝不乏文章禍，聖主終全侍從臣。」《孔彝仲守平陽》云：「傳家曲阜先師學，領郡陶唐古帝都。」《壽胡東樵》云：「人指所居爲福地，天留此老應文星。」《德尹弟六十生子》云：「便作小同呼也得，可憐花甲一周天。」又「慚愧比渠多兩世，滿頭白髮望曾孫。」《歲暮將歸》云：「樗本不材良匠棄，屠非絶技善刀藏。」《次韻留别》云：「萬事蹉跎羊視後，一帆迢遞雁争先。」《和許大宗伯》云：「高人入社同招隱，大老還鄉例好禪。」《村家四月詞》云：「一片緑陰行不到，家家門外有黄鸝。」《齒會》云：「陋邦笑我詩同鄶，雅量輸君酒到齊。」《禿筆》云：「折磨毛遂囊中穎，零落江淹夢裏花。」

劉長卿《送裴晉公留守東都》云：「天子旌旗分一半，八方風雨會中州。」陳堯佐詩云：「雨網蛛絲斷，風枝鳥夢摇。」陳無己詩云：「壞牆得雨蝸成字，古屋無人燕作家。」李詡詩云：「美酒飲教微醉後，好花看到半開時。」葉唐夫詩云：「家住夕陽江上村，一灣流水遶柴門。 長成松樹高於屋，借與春禽養子孫。」東坡述鬼詩云：「流泉涓涓芹努芽，織烏西飛客還家。 深村無人作寒食，殯宫空對棠梨花。」東坡《有美堂暴雨》云：「天外黑風吹海立，浙東飛雨過江來。」《江漲》云：「龍捲魚鰕兼雨落，人隨雞犬上牆眠。」《偕友同遊有憶》云：「人似秋鴻來有信，事如春夢了無痕。」《送人赴史館》云：

「門外想無千斛米，墓中知有百年人。」《挽陸謏》云：「屬纊家無十金産，過車巷哭六州民。」《夜直玉堂》云：「醉眼有花書字大，老人無睡漏聲長。」《新城道中》云：「東風知我欲山行，吹斷檐間積雨聲。」《入贑》云：「七千里外二毛人，十八灘頭一葉身。」《與宗同年飲》云：「黄雞催曉不須愁，老盡世人非我獨。」放翁《骨相》云：「病侵强健日，閒過聖明時。」《遂初》云：「出尋鄰叟語，歸讀古人書。」《寫照》云：「貧憂償酒券，懶悔許僧碑。」《寒甚》云：「酒盡瓶枵腹，爐寒客曲身。」《夜歸》云：「天回河絡角，海闊斗闌干。」《夜坐》云：「公路晚悲身至此，令威歸歎冢纍然。」《北窗》云：「病酒相如無奈渴，清言叔寶不勝羸。」《讀書》云：「文詞博士書驢券，職事參軍判馬曹。」《縱筆》云：「千艘衝雪函關曉，萬竈連雲駱谷秋。」《贈道士》云：「虹穿道室爐丹熟，龍吼空山匣劍歸。」《閒賦》云：「身外不關吾輩事，鏡中暗换昔年人。」《冬暮》云：「折除富貴惟身健，補貼光陰有夜長。」《開歲》云：「賣困不靈仍喜睡，送窮無術又來歸。」《村居》云：「造物與閒兼與健，鄉人知老不知年。」《志學》云：「風勢槁面寒無褐，雷轉飢腸飯有沙。」《歲暮》云：「穀賤窺籬無狗盗，夜長暖足有貍奴。」《郊行》云：「霜野草枯鷹欲下，江天雲濕雁相呼。」《曉坐》云：「瓶花力盡無風墮，爐火灰深到曉温。」皆詩人佳句，得之趙甌北云。

甌北又謂：青蓮《擬古》云：「蟪蛄啼青松，安見此樹老？」《上雲樂》云：「女媧戲黄土，摶作愚下人；散在六合間，濛濛如沙塵。」《横江詞》云：「一風三日吹倒山，白浪高於瓦官閣。」奇警，而揮灑出之不見痕迹，較之韓、杜諸家，有天與人之别。又謂：少陵「四更山吐月，殘夜水明樓」、「暗飛螢自照，水宿鳥相呼」等句，若不甚經意而已十分圓足，東坡賞之有以也。又謂：東坡舉永叔「萬馬不嘶聽號令，諸番無事樂耕耘」二語，以爲集中傑作，其實《崇徽公主和番》云：「玉顔自昔爲身累，肉食何人與國謀」，何等議論，鎔鑄於十四字中。《送杜岐公致仕》云：「貌先年老緣憂國，事與心違始乞身。」意更沉鬱深摯，皆是此翁直逼古人處。

《雲溪友議》：張祜向徐凝誇其「地勢遥尊岳，河流側讓關」；凝亦自負其《瀑布》詩「萬古長疑白練飛，一條界破青山色。」又祜《甘露寺》云：「日月光先到，山河勢盡來。」

《摭言》載李濤詩有「落日長安道，秋槐滿地花。」任濤詩有「露團沙鶴起，人卧釣船流。」吴融詩有「暖漾魚遺子，晴遊鹿引麛。」李洞詩有「藥杵聲中擣殘夢，茶鐺影裏煮孤燈。」

雍陶有「江聲秋入寺，雨氣夜昏樓」之句，每自稱譽。

楊徽之有詩名，太宗選其佳句録於御屏。《元夜》云：「春歸萬年樹，月滿九重城。」《塞上》云：「戍樓烟自直，戰地雨長腥。」《江行》云：「犬吠竹籬沽酒客，鶴隨苔岸洗衣僧。」《東林》云：「開盡菊花秋色老，落遲梧葉雨聲寒。」

晏元獻言：富貴氣象不必金玉錦繡，如「梨花院落溶溶月，柳絮池塘淡淡風」、「樓臺側畔楊花過，簾幙中間燕子飛」，貧家有此景否？又「舞低楊柳樓心月，歌罷桃花扇底風」，亦妙。

長公謂：「意中流水遠，愁外舊山青」、「樂意相關禽對語，生香不斷樹交花」，曼卿胸次豪邁，而詩縝密如此。

陸士規謁秦檜，檜問近作，陸誦《黄陵廟》一絶云：「東風吹草緑萋萋，路入黄陵古廟西。帝子不歸春又去，亂山無主鷓鴣啼。」檜爲擊節。

汪水雲元量留北數年，黄冠南歸，有詩一帙，叙宋亡事，記其一云：「亂點傳籌殺六更，風吹庭燎滅還明。侍臣奏罷降元表，臣妾簽名謝道清。」

謝叠山之北行也，賦詩别親知，有「天下豈無龔勝潔，人間何獨伯夷清」之句。張叔仁和云：「此去好憑三寸舌，再來不值一文錢。」

李西涯以厓山詩示謝方石，讀至「廟堂遺恨和戎策，宗社深恩養士年」，笑曰：「微吾子，不到此。」

西涯與程篁墩過采石，李得句云：「五風十雨梅黄節」，程應曰：「二水三山李白詩。」李服其巧麗。

楊孟載《詠七姊妹》云：「紅羅門結同心小，七蕊參差弄春曉。盡是東風兒女魂，蛾眉一樣青螺掃。三妹娉婷四妹嬌，緑窗虚度可憐宵。八姨秦虢休相妬，腸斷江東大小喬。」

彭華《題淵明像》云：「解組歸來雪鬢飄，呼兒滴露寫前朝。丁寧莫取江頭水，恐是金陵一夜潮。」沈石田云：「典午山河已莫支，先生歸去自嫌遲。寄奴小草連天緑，剛剩黄花一兩籬。」宋子虚《詠王介甫》云：「投老歸耕白下田，青苗猶未罷民錢。半山春色多桃李，無奈花飛怨杜鵑。」劉文靖云：「當時一綫繫匏穿，直到横流破國年。草滿金陵誰下種？天津橋上聽啼鵑。」四詩各有韻致，而宋、劉二詩尤是詩史。

元人《題戛羹圖》云：「婦人心計太奸深，冷飯殘羹值萬金。早識叔爲天子貴，添鹽添醋也甘心。」語雖俚恰盡世情。

林子羽「一鳥鏡天净，萬花潭雨香」、「檄雨古壇暝，禮星寒殿秋」，爲瑶華洞主所賞，詩能通神，異哉。

洪武初，木生涇遊武清有所見，以佩刀削樹題詩云：「隔江遥望緑楊斜，聯袂女郎歌落花。風定細聲尋不見，茜裙紅入那人家。」

洛陽李中書煐贈仙女詩云：「花深竹塢傍幽蹊，葉上秋光泫露低。歌舞留人天半月，玉真何事楚雲歸。」

周芝田有「草香花落後，雲黑雨來時。」之句。或《題慈仁寺東廊》云：「新甃湯泉咽不流，繚垣欹側野棠秋。月明深鎖長生殿，夜半無人誓斗牛。」詞意悽惻，實傑作也。

前録木生詩，尚有一絶，其詞云：「異鳥嬌楊不奈愁，湘簾初卷月沉鉤。人間三月無紅葉，却放桃花逐水流。」後成姻眷。婦田氏娟娟，妍秀工詩，有寄生詩云：「聞郎夜上木蘭舟，不數歸期只數愁。半幅御羅題錦字，隔牆裏贈玉搔頭。」生還贈之云：「碧窗無主月纖纖，小影扶疎玉漏嚴。秋浦芙蓉間叢葉，半粧斜倚水精簾。」明年生以母憂歸，娟留武清病劇，又寄生云：「楚天風雨暗陽臺，種種名花次第開。難遣一番寒食信，合歡廊下緑莓苔。」

王耐軒詩號便利，然其《送人入都》云：「鶯啼細雨中，一騎發城東」，亦自矜竦。

胡彭舉自誇其「寒星徹夜疎，明月爲我至」，以爲神來之句。

徐昌穀「松陵不隔東南望，楓落寒塘露酒旗」，阮翁賞其風味。

田綸霞《病愈早起》詩，入手云：「雨過庭翠滋，一鳥發清籟。」歸愚稱其寫病起入神，蓋亦「池塘生春草」意也。

杜小山詩「釀雪不成微有雨，被風吹散却爲晴」，直述其事，意脉貫通，亦詩家一體也。

鄭世元《觀舞槍》云：「光芒團白雪，風雨散梨花。」雅而能切。

于少保社稷之臣，而詩特婉秀，有句云：「天外青山圍故國，雨中黄葉下空潭。」

王季重《少保祠》云：「社稷留還我，頭顱擲與君。」語特激壯。

張愈含詩「銅柱蒹葭鴻雁響，鐵城烟雨鷓鴣啼」，非雕飾曼語。

朱升之時有新語，《對雪》云：「風急仍含雨，天低欲墮雲。」

莫如山「天闊一聲何處雁，江平千里獨歸舟」，翛然拔俗。

浦文玉「池萍漲雨青浮岸，鄰樹分陰緑過牆」，語亦秀潤。

裴晉公《夏日對雨》云：「對面雷嗔樹，當階雨趁人」，「嗔」字「趁」字句眼也；吴子華詩「林風移宿鳥，池雨定流螢」，「移」字「定」字句眼也，學詩者不可不知。張又新詩「湖光迷翡翠，草色醉蜻蜓」，「迷」、「醉」字皆工。

邱南齋詩「雨昏埋古驛，榕老逼危樓」，腰用着力字，精神自見。

嘉興某一聯云：「病嫌賓客滿，貧覺子孫多。」藝林稱名句。

董玉虬遷隴右道，别同人云：「逐臣西北去，河水東南流」，用魏孝武「此水東流而朕西上」語。

楊誠齋《晚景》云：「暮天無定色，過雁有歸聲」，從劉賓客《晚泊牛渚》詩化出，而意更深遠。
《瀛奎律髓》云。

趙紫芝詩「滿地緑苔看不見，細花如雪落冬青」，筆意一何婉秀。

劉改之《詠雪》云：「功名有分平吴易，貧賤無交訪戴難。」使事特新。

蕭山苧蘿村有西施廟，邑中屠某題壁云：「紅粉溪邊石，年年漾落花。五湖烟水闊，何處浣春紗？」

王弇州「蒼然萬山色，忽擁岱宗來」，壓倒一切。

某《題二喬觀兵書圖》云：「千古周南風化本，晚涼何不讀關雎？」語雖迂而筆特婉。

韓君望《詠鐵馬》後幅云：「當世正多事，吾儕方苦兵；那堪檐宇下，又作斷腸聲！」下半忽然推開詠物，詩中别有天地。

高季迪《塞下曲》云：「得地不足耕，殺人以爲功」，爲邊將下一針砭。

高明道有一絶云：「天外陰風透骨寒，地爐無火酒瓶乾。男兒慷慨平生事，夜雨挑燈把劍看。」可以想見氣概。

長歌之哀，過於慟哭。微之在江陵聞樂天降江州，作絶句云：「殘燈無燄影幢幢，此夕聞君謫九江。垂死病中驚起坐，暗風吹雨入寒窗。」樂天以爲此句「他人尚不可聞，況僕心哉！」楊士凝《不如歸去》云：「不如歸去，省我墳墓。十年萬里白頭親，腸斷縫衣無寄處。五鼎歸來拜墓前，淚痕不達重泉路。」不堪卒讀。

湯賓尹弔同年云：「三年地下君安否？人世風波不可言。」何言之激也。鍾伯敬謂有忿恨聲。沈山子有「梅花高閣落，春草斷垣生」之句。

楊蟠《金山》詩「天末樓臺横北固，夜深燈火見揚州」，的是切句，而王平甫以爲「牙人量地界」，殊不可解。

宋人「窺魚光照鶴，洗鉢影摇僧」，工於摹狀。

商寶意句云：「明知愛惜終須改，但得流傳不在多」；毛俟園句云：「名須没世稱才好，書到今生讀已遲」，二詩能令箇中人首肯。

陳文簡《題畫》云：「墨花吹徹緑差差，小景分明太液池。白鷺不飛蓮不謝，摇風立雨已多時。」

慶樹齋、雨林兩公子過蘇皆有所眷，雨林賦詩云：「天河落向碧窗紗，十二瑶臺霧不遮。香暖繡幃春似海，一鴛鴦抱一枝花。」

鄭所南井中《心史》載四言詩一首云：「今日之今，霍霍栩栩；少焉矚之，已化爲古。」

紹興中，正甫之冤不減鵬舉。袁中郎《宿朱仙鎮》云：「祠前簫鼓賽如雲，立石争鎸弔古文。一等英雄含恨死，幾時論定曲將軍？」王阮翁《書魏公墨迹後》云：「淮西白骨接苻離，三十年來幾喪師。太息長城君自壞，軍中空卓曲端旗。」嗚呼，性刻才疎，蘇翁譏之。余論南渡人物不取張德遠，有以也。

尤悔翁《閱美人圖》有傷秋意，云：「淚洒湘紋風片濕，夢回冰簟月華凉。」《秋懷》云：「燈火草蟲人歎息，池塘夜雨夢闌珊。」又「九秋公事一爐藥，五柳先生三徑花。」又「不如歸去鳥頭白，何處飛來雁淚紅。」《美人圖》云：「金井梧桐催贈字，繡籠鸚鵡喚彈棋。」《獨夜》云：「寒蟲抱火啼空壁，飢鼠銜書走破牆。」《旅懷》云：「小閣燕歸人獨語，大隄花老夢微來。」《詠薔薇》云：「紅玉唾壺脂貯淚，緑羅衫子月催粧。」《無題》云：「碧山萬里思青鳥，紅葉三生惜翠鈿。」《哭湯卿謀》云：「漫言無病不成秋，君病誰歸僕病留。夜雨半牀詩訊少，藥烟影裏泣西州。」「王楊盧駱舊文壇，半卧牀頭半蓋棺。地角天涯生死隔，青衫有淚各偷彈。」《秋夜》云：「殘燈熒淚影，落葉動哀絃。」《棄置》云：「江山多逐客，風雨半欺人。」《夜行》云：「空山啼鬼鳥，古墓落松花。」《病信》云：「雨鳴秋草静，人語夜堂虛。」《詠蕉》云：「水仙招扇影，山鬼翦襦痕。」《靈巖》云：「萬樹涵湖白，孤鴉帶日黄。」《偶歎》云：「生憎狡兔謀三窟，倦看醯雞鬬七雄。」《病起》云：「秋來景物難爲夜，愁裏山川易覺寒。」《吴宫》云：「萬簇土花飛碧燐，雙鉤羅襪卧青苔。」《哭友》云：「木彊西漢士，寒瘦晚唐詩。」《渡錢塘》云：「潮來舟夜沸，風過枕寒生。」《歸興》云：「霜露催殘夜，家園就早春。」《除夕書懷》云：「古道白雲應笑客，異鄉青草漸愁人。」《秋興》云：「曉風征雁去，夜火獵禽歸。」又「愁鬢孤燈老，悲歌濁酒深。」《塞外》云：

「獵罷健兒吹觱篥，燈殘怨婦泣琵琶。」《景忠山禮碧霞元君》云：「夜月靈旗招五嶽，春風社鼓走千村。」《憩石洞贈僧》云：「鉢龍夜静歸山雨，野鶴秋高起海烟。」《夜飲》云：「孤館殘更星在户，萬家哀杵月當天。」《同人夜集》云：「聚影天涯同候雁，斷腸人事半飄蓬。」《夢》云：「萬户邯鄲金玉相，六宫巫峽雨雲緣。」《程翼蒼枉飲草堂》云：「好風深樹交黄鳥，小雨荒亭長碧蘿。」《早發》云：「鄰檣連暗火，岸草遞鳴蟲。」《博興除夕》云：「客衣寒獨夜，佛火了殘年。」《贈内子》云：「芳草年華愁易老，杜鵑心事淚偏多。」《贈彭駿孫》云：「奕代衣冠傳越絶，少年車馬滿燕臺。」《有遲不至》云：「孤客無言彈燭淚，美人如夢隔烟紗。」《閩海》云：「萬嶺黄泥荔子國，三春黑雨鷓鴣天。」《普慶寺》云：「水聲晴澗落，雲色晚山陰。」《哭侯研德》云：「四海量交誰急難，半生通隱獨憂貧。」《詠鏡》云：「嫦娥月影分身現，姊妹花枝對面生。」《梳》云：「釵分飛燕烏雙股，春卷垂楊緑萬絲。」《粉》云：「新樣當風描蛺蝶，淡粧和雪靧桃花。」《脂》云：「指痕一捻粘花片，香氣三分入玉簫。」《丙午除夕》云：「文章招隱去，山海倦遊歸。」《贈楊長公》云：「司馬世家青史在，九嶷尚書，明末殉難。雕龍文字錦囊餘。」《生日志感》云：「家事幾何三管筆，官差無奈一邱田。」《贈方邵村》云：「杜曲亂離妻子在，朗陵凋謝弟兄孤。」《陽和樓》云：「巖關百雉山河壯，戰壘千年草木秋。」《贈孫赤崖》云：「白月龍沙春似夢，青山木葉雨如塵。」《謝别王宗伯》云：「大老威儀三代古，先生書策六經尊。」《途中》云：「關河閲歷黄塵在，歲月消磨白髮非。」

陳耦漁《蜀中竹枝》云：「鄰姑昨夜嫁兒家，會宴今朝鬬麗華。咂酒醉歸忘路遠，布裙牛背夕陽斜。」情態可哂。

某《題杜麗娘像》云：「白描真色亦天然，欲問飛來何處仙？閒弄青梅無一語，惱人殘夢落花邊。」

紅顔薄命，自古歎之，讀《小青傳》而泫然掩卷也。或曰「小青」二字合成乃「情」字，特有心人設此一事，爲千古落花寫照耳。其中六絶純是凄音：「稽首慈雲大士前，莫生西土莫生天；願爲一滴楊枝水，灑作人間並蒂蓮。」「春衫血淚點輕紗，吹入林逋處士家。嶺上緑梅三百樹，一時應變杜鵑花。」「新妝竟與畫圖争，知在昭陽第幾名？瘦影自臨秋水照，卿須憐我我憐卿。」「西陵芳草騎轔轔，内使傳來唤踏春。盃酒自澆蘇小墓，可知妾是意中人。」「冷雨幽窗不可聽，挑燈閒看牡丹亭。人間亦有癡于我，豈獨傷心是小青！」「百結迴腸寫淚痕，重來惟有舊朱門。夕陽一片桃花影，知是亭亭倩女魂。」

沈乎中有句云：「有情花笑無情客，得意山看失意人。」

某説部有《秋夜聯句》云：「寒塘度鶴影，冷月葬詩魂。」《供菊》云：「隔坐凉分三徑雨，抛書人對一枝秋。」《簪菊》云：「鬢影冷沾三徑露，葛巾香染九秋霜。」《蟹》云：「眼前道路無經緯，皮裏春秋共黑黄。」《葬花》云：「儂今葬花人笑癡，他日葬儂知是誰？」《夾竹桃》云：「之子自然能免俗，此君何可遂無花。」《美人笑》云：「裂繒宫暖千金價，射雉場開一面春。」《姜尚釣渭》云：「賣漿市冷罷紛紜，鐘鼎山林兩不聞。解向烟波收拾得，半鉤明月一蓑雲。」《顔回陋巷》云：「巷頭風雨日瀟瀟，車馬何心肯見招。不爲閑情高遯節，人間無處着簞瓢。」

「還君明珠雙淚垂，恨不相逢未嫁時」，語雖決絶，而情極深。

湯卿謀傳楹，古吴世家子，生而美風姿，眉目如畫，芳蘭竟體，每出，道旁人嘖嘖争目之。成童後，補諸生。婦丁氏，才色雙麗，伉儷若形影。所居館娃里，老屋三間，花木扶疏，圖史參錯。良朋造門，輒延入，捉麈清談。薄暮登南樓，與婦焚香煮茗，剪燭夜話。體羸多病，婦亦如之。藥烟半牀，惆悵相憐惜也，生平一往情深。喜作詩，多驚人句，類長吉，時發穠豔倣西崑體。詞亦奪花間、草堂之席。古今文則縱横恢詭，伸紙衮衮不能休。甲申三月聞變，悲憤發疾，强起哭臨三日遂卒，年二十有五。丁夫人越一宿而没。其遺墨，兵燹後僅有存者。徐立齋相國其婿也，與尤悔菴(葺)〔輯〕而刊之。記其《泰山吟》云：「魂魄億千，聚如市賈。靈衣飄星，倚此梧檟。鬼氣一吹，萬象瘖啞。怪物來朝，光芒若赭。」《悲哉行》云：「南山碣根老辭髮，空林鬼氣成宫闕。悲風嘯出青松梢，石馬脱韁卧肥蕨。」《巫山高》云：「春風吹魂落香草，千年鬼火啼哀紅。」《水仙謡》云：「碧綃美人枕溪眠，漪紋瀉淚摇湘絃。鏡裏踏萍剪秋色，團團紅玉浮紫烟。」《紫玉歌》云：「玉琴枕冷，燕支土沉。烟花骨撑，棠梨東飛。」《伯勞歌》云：「春魂一束凝香紅，迴光擲地花玲瓏。碧窗深閉江南雨，伯勞喁喁相思語。西鄰有女如儂年，學成新婦歡可憐。儂愁阿母不分曉，回頭打折宜男草。含嗔去繡紫鴛鴦，夢中化作誰家郎。」《十索詩》云：「簾卷梧桐烟，鉤月梢頭掛。抱瑟枕秋風，瀟灑人如畫。湘紋度小螢，從郎索閒話。繡幕生微霜，影與燈花懶。私語卸鬟初，翠袖籠寒滿。薰篝薄不温，從

《放歌》云：「東風偶窺簾，藥烟相對裊。」《婦病》云：「歸鳥去不已，暮烟方有餘。」《薄暮》云：「郎索香暖。」

《野老哀》云：「男兒不遇漢天子，長楊賦盡無人憐。」《霖雨篇》云：「西樓美人怨長夜，蕭然一葉驚簾鉤。」《野老哀》云：「沿溪芳草啼曉烟，春去江南鷓鴣死。」《風雨歎》云：「北山落葉飛南山，鬼雨從之渡溪曲。」《出郊》云：「人同高樹静，山出遠天餘。」又「野色圍天住，河流繞地奔。」又「漁棹斜陽渚，鴉歸獨樹村。」《閨夏》云：「榴裙紅粉汗，萱帶緑窗紗。」又「晝長無底事，晝卷供新茶。」《無語》云：「無語對芳樹，羅衣入暮寒。問愁佯不解，倚病若爲歡。」又「聞言有新月，纔一傍闌干。」《山中思》云：「青霜采菊徑，黄葉釣魚灣。」《竹下》云：「忽然開户笑，俯首入琅玕。」《秋思》云：「庭氣常宜雨，草痕微有香。」《風雨晦》云：「草間聞落葉，風裏遞鳴蛩。」《贈人》云：「酒情千里外，詩境五更前。」《靈岩》云：「怪石迎人立，香魂藉草扶。」又「人影銜烟去，蛩聲雜屐呼。」《舟中歎》云：「落花空有淚，飛燕不能歌。」又「拔劍斫河水，魚龍共一窩。」《卧雨》云：「竹雨彈虚壁，溪雲照小樓。」《擬王家少婦》云：「粉合承花淚，羅衫揾口脂。」《曉望》云：「初烟濛獨樹，宿雨亘前山。」《秋杪虎阜》云：「烟從野外立，鳥入磬中聞。」《可菴吟》云：「紅藥守魂魄，碧雲生性情。」又「大地蒲團定，諸天齋鉢盛。」《平遠堂晚眺》云：「晚鐘松外墮，斜日閣中冥。」《昨夢》云：「昨夢一何杳，想來秋水間。鶴飛江月下，人度石林還。」《春事》云：「一闌晴色上簾鉤，卷盡江南入小樓。」《静夜》云：「蛩語雜彈金井瑟，苔痕初長石牀衣。」《時事》云：「青燐白骨將軍樹，紫綬緋魚仕宦袍。」《步月》云：「人静隔牆聞葉落，夜長深院抱箏彈。」《荒祠》云：「廡曲山魈時弔月，歲凶野老不焚香。」《秋盡》云：「沙邊雁鶩矜枯草，霜後芙蓉怯小花。」《送友遊武林》云：「油幕吹笙掛曉風，十年春夢畫樓中。」又「處士花神殘月下，美人雲氣大江東。」《感事》云：「芳草青燐生野燒，夜臺白骨富年租。」《納涼》云：「到階碧水分蕉雨，卷幕青（山墮）竹樓。」《話愁》云：「一秋心事遠于烟，相對如卿亦惘然。」又「室中香茗依人冷，門外風霜知我賢。」《高樓》云：「西風一夜白蘆花，人在高樓怨歲華。」又「湘簾半卷吹横笛，翠袖初擎寫落霞。」《曉寒》云：「立殘一鳥霜凝瓦，望盡千家葉滿簷。 昨夢微憎風色擾，曉妝初怯水痕黏。」《夜話》云：「半鉤眉月當窗瘦，一縷心香出袖遥。」《弔吴宫》云：「一徑尋魂秋老去，孤鴉聽梵暮歸來。」《贈人納姬》云：「新調鸚舌工私語，僭畫蛾眉閉曲房。」又「未諳閫令趨承懶，初解衾情笑語莊。」《傷亂》云：「兵火十年生氣盡，滄洲千里夢游虚。」《暑夜坐月》云：「團扇薄陳秋有氣，湘簾微展夜無言。」《閨中坐月》云：「羅袖氣凉初罷浴，笑聲風墮不聞言。」又「憶得夜深山雨至，殢人猶自怨黄昏。」《田家》云：「新市村醪迎歲臘，晚樵溪荻拍吴歌。」《志憤》云：「闕下佩珂連角起，關中烽燧渡河飛。」又「建康風雨清塵待，長樂鶯花後乘充。」《望京》云：「野老盡隨山鬼没，禁軍猶勝夜郎尊。」《邊警》云：「宰相倉皇傳急旨，監軍匍匐乞寬恩。」《感懷》云：「九塞量沙中帑寔，六卿聚訟直言稀。」《閒話》云：「白頭尚索侏儒米，黄口多求校尉兵。」《偶歎》云：「差許圍棋看勝敗，不堪把酒論英雄。」《把酒》云：「清嘯敢輸老子興，中書齊拜大王風。 塵埃何處堪張目，拔劍出門西復東。」《七夕》云：「漢宫紈扇凉兜月，秦女衣裳澹卷烟。」《真娘墓》云：「哭染繡襦眠獨夜，笑持金盌向前村。」《弔小青》云：「雨梳香草渾留黛，燕剪晴烟似隔紗。」《虎阜》云：「流鶯入座參鐘磬，畫鷁開簾擁珮環。」《秋懷》云：「五夜青霜生竹屋，四山黄葉滿溪橋。」《獨對》云：「青山片影出明月，白鳥孤飛下遠汀。」又「暗香入户花微落，殘照當樓雁自過。」《君山》云：「萬里風烟山載酒，百年樓閣鬼吟詩。」《自君之出矣》云：「自君之出矣，羞折青青柳；願作落花飛，隨風入君手。」《渡口别》云：「一水盈盈便渺然，夕陽摇落渡頭船。長隄燈火人歸後，回首西樓盡暮烟。」《西施迹》云：「當年羅襪此盤桓，暮雨行來淺淺寒。偎捻君王消不盡，故將鸞印蹴人看。」《贈花史次乩韻》云：「花神聯隊迎佳客，風幡不動雲幢立。微吟吹墮口脂香，散作江南紅雨濕。」又《曉行》云：「清露曉寒聽話少，微烟初起見村來。」

休邑某詠海陽八景頗佳，《鳳湖烟柳》云：「小雨披蓑人放鴨，斷橋沽酒客騎驢。」《竹汀烟雨》入手云：「萬枝扶不起，緑壓一溪雲。」又有句云：「人影畫斜陽。」

余嘗謂：典午之交，詩之淵藪，元亮高俊無論矣，越石清剛，景純儁上，孰非矯矯出群者乎！即降而宋而齊，亦自作者輩出。閒居無俚，雜取所賞識者録之。劉琨《贈盧諶》云：「功業未及建，夕陽忽西流。時哉不吾與，去乎若雲浮。朱實隕勁風，繁英落素秋。狹路傾華蓋，駭駟摧雙輈。何意百煉鋼，化爲繞指柔。」《扶風歌》云：「揮手長相謝，哽咽不能言。浮雲爲我結，歸鳥爲我旋。」郭璞《游仙》云：「閶闔西南來，潛波涣鱗起。靈妃顧我笑，粲然啟玉齒。蹇修時不存，要之將誰使。」又「淮海變微禽，吾生獨不化。」又「長揖當塗人，去來山林客。」曹毘《夜聽擣衣》云：「清風流繁節，迴飆灑微吟。」王羲之《蘭亭集詩》云：「寥閬無涯觀，寓目理自陳。」陶潛《時運》云：「襲我春服，薄言東郊。山滌餘靄，宇曖微霄。有風自南，翼彼新苗。」又「清琴横牀，濁酒半壺。黄唐莫逮，慨獨在予。」《和劉柴桑》云：「弱女雖非男，慰情良勝無。耕織得其用，過此奚所須。」《歸田園居》云：「漉我新熟酒，隻雞招近局。日入室中闇，荊薪代明燭。」《乞食》云：「饑來驅我去，不知竟何之？行行至斯里，叩門拙言辭。」《擬古》云：「山河滿目中，平原獨茫茫。」《詠貧士》云：「量力守故轍，豈不寒與飢。」謝混《游西池》云：「水木湛清華」，「褰裳順蘭沚」。無名氏《獨漉篇》云：「獨漉獨漉，水深泥濁；泥濁尚可，水深殺我。雍雍雙雁，游戲田畔；我欲射雁，念子孤散。翩翩浮萍，得風摇輕；我心何合，與之同并。空牀低帷，誰知無人？夜衣錦繡，誰別僞真？刀鳴鞘中，倚牀無施。父冤不報，欲活何爲！猛虎斑斑，遊戲山間；虎欲殺人，不避豪賢。」《三峽謡》云：「朝見黄牛，暮見黄牛；三朝三暮，黄牛如故。」謝靈運《從遊北固應詔》云：「事爲名教用，道以神理超。」《述祖德》云：「達人貴自我，高情屬天雲。」《初去郡》云：「野曠沙岸净，天高秋月明。」鮑照《代放歌行》云：「蓼蟲避葵堇，習苦不言非。小人自齷齪，安知曠士懷。」《代春日行》云：「兩相思，兩不知。」《擬行路難》云：「瀉水置平地，各自東西南北流。人生亦有命，安能行歎復坐愁。酌酒以自寬，舉杯斷絶歌路難。心非木石豈無感，吞聲躑躅不敢言。」又「對案不能食，拔劍擊柱長歎息。丈夫生世會幾時，安能蹀躞垂羽翼。」《學劉公幹》云：「胡風吹朔雪，千里度龍山。」《銅山》云：「松色隨野深，月露依草白。」《秋夜》云：「江介早寒來，白露先秋落。」《翫月城西》云：「歸華先委露，別葉早辭風。」鮑令暉《代人作》云：「芳華豈矜貌，霜露不憐人。」謝朓《玉階怨》云：「夕殿下珠簾，流螢飛復息。長夜縫羅衣，思君此何極。」《金谷聚》云：「華樽送佳人，玉杯邀上客。車馬一東西，別後思今夕。」《郡齋閑望》云：「日出衆鳥散，山暝孤猿吟。」《孫權故城》云：「炎靈遺劍璽，當塗駭龍戰。」又「江海既無波，俯仰流英盼。」王融《渌水曲》云：「日霽沙溆明，風泉動華燭。」

詩至蕭梁，漢魏遺軌無存，然武帝《逸民》云：「如壟生木，木有異心；如林鳴鳥，鳥有殊音；如江游魚，魚有浮沉。巖巖山高，湛湛水深；事迹易見，理相難尋。」淵淵渾渾，頗不類當時風格。此外佳構則《西洲曲》云：「憶梅下西洲，折梅寄江北。單衫杏子紅，雙鬢鴉雛色。西洲在何處？兩槳橋頭渡。日暮伯勞飛，風吹烏桕樹。樹下即門前，門中露翠鈿。開門郎不至，出門采紅蓮。采蓮南塘秋，蓮花過人頭。低頭弄蓮子，蓮子（青）〔清〕如水。置蓮懷袖中，蓮心徹底紅。憶郎郎不至，仰首望飛鴻。鴻飛滿西洲，望郎上青樓。樓高望不見，盡日闌杆頭。闌杆十二曲，垂手明如玉。卷簾天自高，海水摇空緑。海水夢悠悠，君愁我亦愁。南風知我意，吹夢到西洲。」簡文《臨高臺》云：「草樹無參差，山河同一色。」元帝《野望》云：「落星依遠戍，斜月半平林。」柳惲《擣衣》云：「亭皋木葉下，隴首秋雲飛。」北人《企喻歌》云：「男兒可憐蟲，出門懷死憂。尸喪狹谷中，白骨無人收。」《幽州馬客吟歌辭》云：「快馬常苦瘦，勦兒常苦貧。黄禾起羸馬，有錢始作人。」《瑯琊王歌辭》云：「新買五尺刀，懸著中梁柱；一日三摩挲，劇于十五女。」《木蘭詩》云：「唧唧復唧唧，木蘭當户織。不聞機杼聲，惟聞女歎息。問女何所思，問女何所憶？女亦無所思，女亦無所憶。昨夜見軍帖，可汗大點兵。軍書十二卷，卷卷有爺名。阿爺無大兒，木蘭無長兄。願爲市鞍馬，從此替爺征。東市買駿馬，西市買鞍韉；南市買轡頭，北市買長鞭。朝辭爺娘去，暮宿黄河邊。不聞爺娘唤女聲，但聞黄河流水鳴濺濺。旦辭黄河去，暮至黑水頭。不聞爺娘唤女聲，但聞燕山胡騎聲啾啾。萬里赴戎機，關山度若飛。朔氣傳金柝，寒光照鐵衣。將軍百戰死，壯士十年歸。歸來見天子，天子坐明堂。策勳十二轉，賞賜百千彊。可汗問所欲，木蘭不用尚書郎；願馳千里足，送兒還故鄉。爺娘聞女來，出郭相扶將；阿妹聞姊來，當户理紅妝；小弟聞姊來，磨刀霍霍向猪羊。開我東閣門，坐我西閣牀；脱我戰時袍，著我舊時裳。當窗理雲鬢，對鏡帖花黄。出門看火伴，火伴始驚惶。同行十二年，不知木蘭是女郎。雄兔脚撲朔，雌兔眼迷離；兩兔傍地走，安能辨我是雄雌？」

詩至於陳，專工琢句。陰鏗《開善寺》云：「鶯隨入户樹，花逐下山風。」徐陵《出自薊北門行》云：「天雲如地陣，漢月帶胡秋。」江總《贈人》云：「露洗山扉月，霜開石路烟。」蕭慤《秋思》云：「芙蓉露下落，楊柳月中疎。」庾信《步虚詞》云：「漢帝看桃俠，齊侯問棗花。」《山池》云：「荷風驚浴鳥，橋影聚行魚。」《法筵》云：「佛影胡人記，經文漢語翻。」《和人》云：「早雷驚蟄户，流雪長河源。」《夢入堂内》云：「日光釵影動，窗路鏡花摇。」《夜度砥柱》云：「馬色迷關吏，雞鳴起戍人。」其餘「春水望桃花，春洲藉芳杜。」「地中鳴鼓角，天上下將軍。」「野戍孤烟起，春山百鳥啼。」「悲傷劉孺子，悽愴史皇孫。」「哭市聞妖獸，頽山起怪雲。」「關門臨白狄，城影入黄河。」「雖言異生死，同是不歸人。」「無機抱甕汲，有道帶經鋤。」「樹動懸冰落，枝高出手寒。」「秋風吹木葉，還似洞庭波。」以及隋人「鍾儀悲去楚，隨會泣留秦。」「劍花寒不落，弓月曉逾明。」置之唐人集中，亦復何辨！

水部「夜雨滴空階，曉燈暗離室。」「露濕寒塘草，月映清淮流。」淺語俱深，較之陰鏗似勝。

方樸山《贈潘晴皋》云：「經術湛深千古事，文章流别一家言。」某説部有句云：「冷憂重絮少，貧厭隻身多。」

徐文長《卓女琴臺》云：「寡鵠芳心不自持，求凰舊事冷多時。琴臺一夜山花血，月上峨嵋叫子規。」

孔東堂演《桃花扇》中有數詩頗佳，《秦淮》云：「梨花如雪柳如烟，春在秦淮兩岸邊。一帶妝樓臨水蓋，家家分影照嬋娟。」《媚香樓》云：「美人香冷繡牀閒，一院桃開獨掩關。無限濃春烟雨裏，南朝留得畫中山。」《武昌》云：「漢陽烟樹隔江濱，影裏青山畫裏人。可惜城西佳絶處，朝朝遮斷馬頭塵。」「大江滚滚浪東流，淘盡興亡古渡頭。屈指英雄無半個，從來遺恨是荆州。」《傷亂》云：「戎馬消何日？乾坤剩此身。白頭江上客，紅淚自沾巾。」「日淡村烟起，江寒雨氣來。年年經過路，離亂使人猜。」

王苹《題桃花扇》云：「水天閒話付漁樵，一載南都抵六朝。羌笛檀槽收不盡，濛濛柳色白門橋。」唐肇云：「栖霞山色白雲空，梅嶺春殘亂落紅。六十年來啼杜宇，桃花如夢倚東風。」朱永齡云：「青溪楊柳兩行秋，粉冷脂殘簫管收。不是石巢歌舞處，年年風雨媚香樓。」

秋日晤饒仙洲，問：「有新詩否？」述其《書懷》云：「拙爲人所棄，貧況病來侵。」又「行艱疎友輩，病久怨醫人。」時嬰足疾未瘳也。

史悟岡請僊洮湖，仙至，曰清華君也，留詩而去，詩曰：「琅玕消息近來聞，鶴語丁寧夜漸分。

滄海西頭裙自浣，樓臺一半濕秋雲。」趙闇叔聞之賦詩云：「嫩霞銜斷紫光連，又值鴛紅鏡水前。波黯風幽烟動月，夜魂如霧立青蓮。」

蔣鳴宇設乩叩仙，降者稱白羅天女，賦詩云：「吹笙夜過碧蘇菴，洗珮孤臨玉女潭。家住洞天渾似繭，滿懷絲緒學春蠶。」「玉殿朝真駕紫雲，百花春帔九華裙。妙成天上逍遥事，好待秋風訴與君。」「銅官山色翠重重，蝦虎城邊第五峰。洞裏三千花姊妹，娉婷都道不如儂。」「珠爲簾幌玉爲房，築得秦樓鎖鳳皇。夜半方諸清有淚，太湖千里月如霜。」「琳窗自剪白鮫綃，月下穿來色更嬌。曾在青蓮花上立，至今香氣未全消。」「會仙巖上控飛鸞，重整連珠百子冠。惆悵碧天時獨倚，暮霞盤屈似闌干。」「琴譜新翻十二樓，仙家無事只多愁。太清夜召彈神雪，恩賜人間一度遊。」後數年，綃山張夢覘扶鸞，乩運如環，云是「阮生生」也，未喻，題云：「白羅天女阮生生，自畫雙眉下太清。」更題云：「也只紅塵事可哀，雪衣無暑爲君來。多情竟有癡仙子，又累書生半晌猜。」自和原韻，其一云：「生生仙子白羅菴，自買鴛鴦放紫潭。删盡亂霞留一朵，海西籠袖看紅蠶。」越七日，瑯玕神女降乩和云：「妾家新住水仙菴，十萬青蓮碧玉潭。自織藕絲衫子嫩，可憐辛苦赦春蠶。」又十日，碧夜仙娥降乩題云：「月無清恨水無愁，不到紅塵又五秋。今夜有心尋舊夢，花魂如影出西樓。」取白羅、琅玕倡和詩求步韻，即和云：「曾向觀音借小庵，木香村外橘花潭。春絲已斷秋蛾冷，顛倒三生笑緑蠶。」「紅粉秋來化彩雲，西風吹淡石榴裙。嫦娥不是藏明月，一夜相思瘦似君。」「補清香債幾千重，領得青螺髻子峰。金碧滿天霞瑣碎，萬花遮路不知儂。」「猶記堆金起洞房，鳳兒初長便求凰。忍拚夢裏三更雨，要換眉梢九月霜。」「鴛鴦江上浣生綃，萬劫修成第一嬌。造次東風春誤嫁，冷妍寒媚病來消。」「喚取多情玉鏡臺，病中私照兩三回。從今不費天心妬，淡盡春紅雨又催。」「烏鴉無淚泣青鸞，金匣重開剩寶冠。一笑上元前稽首，海心來凭玉蘭干。」

馮繹陽工五絶，如「夜静舟遠響，湖空人語來。褐衣微有月，雲色半天開。」「何處緑蓑翁，松風吹白髮。脚踏樹根霜，斜望曉來月。」善畫者多求其句爲稿。

趙鳳岐好爲四言，《南隍六章》，哭故人也，記其三云：「憯兮憯兮，于彼南隍。我友之子，晤彼一方。自冬來歸，慊慊不忘。於彼昊天，彼于以亡。天之悠也，地之久也；彼我之遠，還而覯也。廼冬載冬，不以其通。後來于朋，獲之訊凶。胡憯于與同，惟哀是恫。載自今日，群燕于郊；載自來日，送我乎橋。今夕何夕，誕降介雪。我乃爾友是卒，黯如泣，黯如泣，胡底于予恤！」

史悟岡《里巫行》云：「竹間異聲夜如撲，藥甌一串塵絲落。病翁畏死促迎神，瀝酒陳牲向林壑。野烟結塊團欒來，回風卷起蓬根灰。醉巫旋舞歌激壯，主人匍匐蛙蹲苔。山凹月没陰火白，敗鼓濕露聲魄魄。老婦空房守病翁，燈爆寒煤風入隙。西鄰小兒逢鬼箭，仆地不甦顔色變。神前刻日誓迎賽，願賣東厨瓦千片。」

史悟岡設乩而鬼至，大書曰「各各先生」也，作詩云：「土窗月死漆燈繡，野鼠偷油盤脚坐。篠花細白棘花紅，鬼母踏歌鬼公和。紙錢吸吸響空巢，寒鴉閉目烟中餓。白獾人立呼子孫，三更掘穴腥沙簸。」

蕭紅者，蘭陵女子也，降乩賦律句云：「香絲欲斷渺牽衣，認是君家恐尚非。月榭語生鸚鵡瘦，雪屏春膩牡丹肥。花孫自媚何須笑，鳳乳初嬌未肯飛。薄命三千輕被謫，有情無怨玉人稀。」「晚妝徐換玉簫終，夜伴蘭陵姊妹工。自揀銀絲縫嫩白，暗吹金斗熨嬌紅。圓朝水面玲瓏月，寒背花梢嫋娜風。只有夢娘心半醉，細香微火倚薰籠。」夢娘姓唐，梅花神，居太湖西。「翠袖佳人井臼操，洞天無力敢辭勞。片時萬里攀龍角，一疋三年織鳳毛。烘雪教炊靈碧飯，搗霜親製廣寒糕。黃昏奉勅裁宮錦，夜半躊躇下剪刀。」「半痕香雪照前身，多少纏綿病後春。蝴蝶暗挑尋夢女，杜鵑私哭浣紗人。租虧王母催偏急，衣就嫦娥典已貧。便使長生仍有恨，近來都願謫紅塵。」「碧玉光深後院凉，卷簾隨月過西厢。琴聲隱約陪公主，花影參差喚小孃。袖底拭乾珠子淚，枕邊燒斷線兒香。三更細算愁人遍，定是鴛鴦免斷腸。」「簾幙重重護晚寒，碧霜濃著石闌干。病中嬌汗胸長濕，夢後香津口易乾。瑶草盡欺楊柳弱，錦雞誰問鳳凰安。相逢也是傷春客，暮雨心情未忍瞞。」「葉短幽蘭凍紫芽，春光又比舊年差。冷囚月姊蜂王宅，夜祭花神燕子家。救月疏成忙未奏，醫花方漏苦難查。何人爲寫蕭紅影，坐斷青天一縷霞。」又「粉郎獨睡冰花冷，玉女相思蜜味甜。」

後數日設乩，各各先生又至，賦詩云：「白巾仰坐青灰壩，黑燈短立紅茅罅。水楊空腹内藏人，無聲有聲暗相罵。山腰野火樹根焦，石泉滴沙響如醉。栗房多刺難療飢，草針兩尖易攢袴。老翁持飯兒挈壺，柴門忽開肉香乍。紙銀未攫風已旋，熱烟炙鼻犬嗥怕。西鄰寡婦牆夜崩，積薪遮牀哭初罷。青霜稜稜雞不鳴，黃花女郎夢中嫁。」簫紅侍兒降乩書霞村殷文莪句云：「惜花誰解惜分陰，暗賽花神禱未靈。好鳥不來春欲盡，癡風猶響護花鈴。」又書棲鸞趙闇叔句云：「小樓前後雨紛紛，花落花開總不聞。伴我春寒蕭瑟甚，淺衣輕袖薄羅裙。」

鄭松蓮《贈人》云：「鑿井是泉通黑水，補天非石煉黃金。」

曹震亭《贈段玉函》云：「自憐舊夢依香草，多恐前身是彩雲。明月影中團紙扇，落花風裏薄羅裙。」《贈王澹園》云：「玲瓏夢立花陰月，清迥胸藏瀑布山。骨傲世情多自忤，句奇天意不能慳。」《疊浪巖》云：「長松拔地骨，險石墮天膽。神鞭驅黿鼉，跳盪不敢懶。蜿蜒西北來，大小相吞啖。」

趙闇叔有四言詩云：「月兮山静，泉其細永。詢彼幽人，踈踈竹冷。」又五言云：「茶烟冷不起，冰罅泉斷續。山雪照村寒，茅居凍殘竹。」

趙鳳岐有四言詩云：「菀彼平林，有葉維陰。菀彼平陵，有集維陰。六月徂夏，我行其野。率彼征夫，莫此曠野。其風瀌瀌，其陰招招。其鳴交交，載遊載翺。」

張夢覘有二絶云：「暮雨初收洗碧天，半牆新月一池烟。緑陰簷下聞殘滴，孑孑春紅淡可憐。」「鬐山尖暗兩留痕，樹色如雲覆半村。相約柳塘看碎月，夜深西圃喚開門。」弟仁趾亦有二絶云：「月影西階潤未收，薄烟横樹鳥棲幽。楊花飛盡荷錢嫩，微醉東風倚小樓。」「溪邊草短迸蘆芽，萍葉初生聚落花。隔岸緑陰啼鳥亂，漁人載酒過山家。」

黄松石館揚州，婦梁梅君寄《梅花集句》一帙。玉勾詞客吴震生題云：「古松奇石冷黄昏，一卷氤氲袖出雲。字字沁心春透骨，夢中和月拜香君。」「德曜當年嫁與梁，梁家新學孟家妝。玉山頽向梅花雪，十萬羞纏鶴背黄。」

玉勾詞客婦安定君《題彭祖張蒼像》云：「苦惜年光戀幻身，白頭私擅夢邊春。兒家酹酒淒然問：可有齊眉耦齒人？」

惲寧溪尋父於河南。《辭祖母》云：「念與孫俱逐，心期子共回。萬端那可説，只道早歸來。」《見父》云：「乍見渾如夢，徐言問阿婆。六年音曠絶，一夕話偏多。」字字樸摯。

曹震亭《哭程詒昆》云：「梧桐無葉暮啼鴉，草滿城南落照斜。流水板橋人斷處，春寒相倚看梅花。」《贈吴峴山》云：「桑麻雨足耕黄犢，蘆荻烟深夢白鷗。」

長沙陳散樗，恪勤公第八子也，有絶句云：「碧緘幽思附歸驂，細雨春殘濕翠嵐。夢裏折花香未謝，滿身明月到江南。」曾述恪勤公詩云：「捧檄翻遲負米愁，歸雲南望路無由。吴山楚水三千里，正憶高堂雪滿頭。」嗚呼，忠臣孝子之詩，不工亦傳，况工也哉！

百花生日，龍女阿音下婚人間。張夢覘設乩，仙降題詩云：「紅是相思緑是愁，春情如水向君流。含香嫩蕊供飢雀，再勸荼蘼一世修。」自稱「四維女子」，言阿音爲書附詩，寄碧夜仙娥，云：「杏邊紅減，柳上青來。雨繞江南，一夜落花泥遍；安得嫩日烘乾，軟風呵醒。倩蜂娘蝶女，招盡芳魂；使怨粉長生，啼珠巧笑。普願蓬蒿懺悔，諷念彌陀；荆棘慈悲，皈依大士。草離顛倒，花慶團圓，方是阿音歡喜時也。洞天别淚，雙落人間；元夜承恩，重煩笙鶴。華燈焰歇，錦帨香存。感至悲生，醉於心腑。所憾青天乏土，莫種忘憂；明月無梯，難奔薄命。乃至鶴遺丹粒，飢餐螻蟻之糧；鳳失醴泉，渴飲蜉蝣之水。雖嬌情半是，而柔韻全非。更不須夜惜蘭芬，嫌郎木偶；一任彼曉鶯梅豔，疑妾花妖者矣。猶憶碧夜樓前，與夫人坐評淑女，笑取阿音，顧阿音歎曰：痛女身似珊瑚，將被俗人敲碎。阿音聞言嗚咽，暗祝東皇；冀遣情魔，希逃豔劫。不意堆花成獄，竟鎖朱蛾；編柳爲圈，遂枷黃鳥。曷維其已，何日忘之？旬月以來，心神凄隕。記三訛五，握兩尋雙；就暖非温，嘗甘每澀。恭承嘉惠，私饋芝丸。凡夫見之，强取吞嚼，化爲堅石，毀齒穿脣。此皆癡骨無香，頑胎有穢；便使璚漿灌頂，瑶草薰心，終是泥中漆箸耳。烟氛滿目，費我春華；墨與愁研，箋隨恨展。意擾而詞兼狼藉，束慌而書帶蟬聯。雲魂之不斷空生，月魄之重蘇未死。只歎迷樓十二，亂牽妄想微緣；欲界三千，苦結相思大會。新詩無次，幽緒所宣，莫訴與傷春人也！」「霽色薰梅樹欲空，雪痕香片綴蘭叢。春前領得愁先起，浪算花神第一功。」「春風無力杏花遲，細剪春幡挂好枝。阿母勸添元夜酒，半春還是未醒時。」「暖輕寒重勒花天，喜著單衫又著綿。荒草漸肥人漸瘦，一分酥雨二分烟。」「小字銀屏淡墨題，背簾重束繡裙低。踏青夢冷忘頭尾，翠閃紅扶怕軟泥。」「曉枝圓露瀉花尖，舊懶新慵事事嫌。匀遍畫橋楊柳色，候他鶯語勸人甜。」「三尺烏綾裹鬢雲，嫩寒衣袂戀爐薰。洞房夜鎖天香暖，暗與多情燕子聞。」「海天難認路悠悠，燈暗江南細雨樓。蝴蝶身邊紅最濕，滿衣新月曬春愁。」「自掃西階待落花，午陰無縫匝天涯。飄零不敢嫌風雨，願葬觀音水月家。」「夢裏生前事易忘，惜春誰似阿音忙。夜深雨過郎酣睡，潛起挑燈照海棠。」「香重柔梢翠玉彎，蜂喧人静乳鶯閒。一池春水東風皺，亂灑胭脂滿鏡斑。」「晝永庭空遠恨微，半階遲日掩雙扉。小梅生葉花成子，好趁新晴自浣衣。」「陌頭芳草細吹香，社後春濃是緑楊。飯插桃花忘帶酒，鷓鴣墳上祭鴛鴦。」

夢覘於西園拾花盈斗，浴以清水，覆土成塚葬之，焚詩以祭云：「燕子歸來不見卿，莫修紅粉誤他生。夕陽庭院春濃夜，黄透胭脂病已成。」

王澹園《哭故人》云：「野水秋蒼茫，魂魄何處所？颯颯葭菼青，恍惚隱女語。咄此掩殯宫，落景皦禾黍。瀟散光天霄，餘霞慘步武。」

馮繹陽有絶句云：「毵毵垂柳蘸溪痕，天半雲紅日未昏。對岸孤村聲款款，野夫亂打落花門。」

殷霞村詩云：「一枝穠豔逗新叢，昨夜深紅又淺紅。零落芳心休自怨，蕩花原是養花風。」可謂温柔敦厚矣。

趙闇叔詩云：「海棠豔冷心微熱，忍暈禁吹春未洩。豈如秋草斷腸魂，欲語嬌持咽淚痕。柔情昨夜輕烟裹，香重羞多頭不起。銀燈微照蝶回時，只恐厭厭病少支。紅輕力薄難勝醉，況有幽懷寄濃睡。春風那得怨飄零，相思點點胭脂碎。」此詩蓋有爲言之。又五言古三首云：「修竹密且新，霧雨曖而集。鳩婦哭溟濛，山村霍難識。溪漲欲平橋，石梁溜聲急。漁子笱蒹葭，榴花滿蓑笠。」「斜照緑郊雨，新烟團人家。明滅耀林滴，濕暈酣桑麻。清風窈然動，數點來殘花。蘼蕪起烟色，淡月螻蛄嗟。」「梅天晴雨鬭，氣罨夕陽下。溪林一聲雷，嫩緑皎雲罅。」

夢覘《放蛙詩》云：「獨樹橋西遇釣翁，買蛙歸放曲闌東。莎庭細雨朦朧夜，修得蟾蜍到月宫。」雙卿和云：「蓮葉層開水面樓，暗香生喜便生愁。仙郎爲解無情網，夜雨春恩説到秋。」

夢覘《送張石鄰》云：「海棠含暑抹新紅，人去綃山小院東。幽夢夜驚花未睡，畫中羅袂起秋風。」時方爲雙卿繪小影也。

闇叔《題綃山澹香堂》云：「日雨日雨，湛湛花竹。曳彼長霞，斷伊山緑。君子樂思，受天之穀。日雨日雨，湛湛花竹。有鳥友聲，曷吟予獨。于以期之，于霞之牧。日雨日雨，葉陰新密。日雨疎花，翠明閃濕。候我柴門，影花欲失。」又一首云：「竹半兮斜陽，影翳兮寂照。彼霞皺之疎林，有鴉聲兮投廟。」《采菱》爲四言云：「有曀其陰，維暮之枕。彼壑瞑翳，以潔我肱。漾漾葉鮮，采采盈襟。來歸子稚，載奔載欣。」

趙鳳岐夜起治田，賦詩三章曰：「耿彼小星，東方未明。我田遥止，征亦勞止。少不事耕，黽勉習之。邛有苦心，昊天鑒之。」「溥彼有湖，鴻雁于呼。我出我塗，造我農夫。溥也天止，降于晴止。既穫播止，我心寧止。」「毋風其南東，禾稼既叢，四原隆隆。毋俾于土中，來年其豐。」

有道士白髮垂肩，棕衣芒履，負葫蘆遊於綃山，題石上云：「天台高路碧鄰鄰，一個葫蘆伴此身。拾得丹砂無處賣，但醫仙鶴不醫人。」

史悟岡《下第賦菊花詩》云：「添衣初怯曉寒新，内院藏花過小春。最是西風霜易重，來生須做牡丹身。」

張夢覘《八月六夜賦詩》云：「早禾争秀細芳菲，露重秋山月漸低。冷語不成蜻蛚少，碧玲聲在桂花西。」取碎瓷尤薄者，雜懸簷端及竹林下，風宵雨夕，相觸成聲，謂之「碧玲」。歎曰：「人間之詠，無以浣煩。」乃設乩而仙不至，將撤，社神來言：「有過土山之巔者，若神非神，若仙非仙，皎如白玉，蒙彼蒼烟。」試往延之，良久乃至，題七言古一首云：「袖拂烟光見月鉤，晚涼吹面嫩幽幽。人間剩得愁多少，一概收來貯小樓。　昔邪瓣硬秋甎濕，渴紅生斑古蟲泣。屋朽長玄蟙蠌飛，竹枯久白蜻蜓立。　繡被焚香未忍眠，燈前題恨字娟然。輕羅襯腕嫌金串，淡墨如烟不滿箋。　山阿土卸孤泉滑，雌熊抱樹頭披髮。墮羊聲啞嘶半明，石毛濺血刀難刮。　月影穿簾夢恰醒，玉笙哀怨隔花聽。香津暖潤檀郎筆，倩把春容畫素屏。　厠旁野柩灰堪掬，紙人衣破貓猶哭。裸身相遇君莫驚，骷髏錚錚響金玉。　自揀良辰自剪衣，愛穿水碧厭紅緋。滿窗金粟秋山影，静念觀音禮翠微。　松杈鼠穴填槐葉，土神不靈瘦無頰。雨氣陰陰細菌生，繭中紫蛹成黄蝶。　清漏綿綿夜漸央，素娥齊著白衣裳。瑶妃醉坐長生殿，笑進延年雪藕漿。　缺唇黑媪蝦蟆癩，冢頭夜習妖狐拜。削樟刻柳浪呼靈，啾啾鬼語藏裙帶。　偶向瑶臺望彩霞，美人須借月爲家。恐還帶却春愁去，又在青天怨落花。　墻匡亂竹螢光聚，荒苔有腥蟻争據。軋查軋查啼水鳥，雹東雹西照歸去。」叩姓名，不可得；問社神，曰：「淡粧人耳。」

殷霞村幼能詩，族兄璧公語人曰：「吾家又得一『野花成子落，江燕引雛飛』矣。」蓋以擬殷遥也。霞村《訪友》云：「醉後能欺酒，尊空更遣沽。興高删禮數，人熟便稱呼。夜色瓶花冷，秋聲水雁孤。湖村歸路近，帶月入平蕪。」又「一徑沿溪去，迎涼夜款關。茶清貪坐久，燈燼惜光慳。欲別情難遽，臨行話且删。歸途何處認？漁火正當灣。」《九日》云：「釀雨午陰濃似暮，惜花秋思痛于春。」史悟岡遺以詩，有「月色滿橋詩送客，雨聲一枕夢尋春」、「霞氣淡時雙鳥去，湖光明處一人來」

之句。

張石鄰詩最真率，有一絶云：「偶逢樵者爲傳神，白箬黄蓑背負薪。明日雨晴花已死，東風怒我不傷春。」

趙鳳岐《寄史悟岡》云：「敬之敬之，其懼爾止；明有肅心，兆維于此。是以爾予而用憂，貧憂病憂，時之旱憂。嘻嗟乎，予視天下，微我有憂。厥土維田三畝，亟其來牟。播之以棉于豆，瓜瓠苴芋，亦具爾有。自我農夫，日往于鉏。厥草維蕪，是僕是痡。閔予室痞，奚謀于徂。告之皇土，茲予其疢乃苦。」

趙闇叔欲識雙卿而不可得，乃爲詩曰：「自憐新瘦怯輕羅，燈影希微病與和。睡去可知還是别，夢寒秋雨耐聲多。」

雙卿題七言律于秋海棠葉上云：「更曬秋衣就晚晴，好山能照病容清。離魂附草爲螢火，幽恨如冰化水晶。燕後新鴻連復斷，雨邊殘月死還生。小窗夜色從來淡，便爲燈花坐到明。」又于金鳳花朶書絶句云：「淡寫涼紅叩玉皇，碧雲吹下斷腸霜。嫩愁細印黄金粟，一夜花神又費忙。」

陳散樗《贈史悟岡》云：「斯人誰復分雞鶴，世事吾今走馬牛。」

曹震亭《贈畢柯山》云：「雪市禿毫題墨竹，雨菴殘竈煮山薇。」聽葉壽青述四屏山事，爲詩云：「斗笠辭家上四屏，亂峰人静讀仙經。渴龍吸澗秋烹月，癡虎窺壇夜祭星。參术爲糧醫入悟，烟霞如譜畫通靈。竹西歌吹來應悔，騎鶴何煩下杳冥。」

惲寧溪飲親串家，方進蝦，索寧溪詩，滿引一盃吟曰：「長鬚突眼口含鋒，熱鬧場中慣足恭。直道不存腰易折，惜君頭角枉如龍。」人以是狂之。

王澹園《贈人》云：「止楫踐晤夕，菊致潔露紅。野月截簷照，燈窗秋溶溶。曠遇所未及，萃歡追前蹤。幸展素寤寐，款情兼霜鐘。」又「霜霄淡無影，千里曙凜冽。悠悠道路遐，後會未可決。況余歲已晏，落木一飄忽。睹此奚爲情，浩渺葭菼雪。」

雙卿《和白羅詩》云：「未許焚修閉小菴，冰心無皺似澄潭。泥遲枉怪飢時燕，繭薄誰憐病後蠶。」「細紉麻輟線幾重，采樵明日上西峰。乍寒一夜風偏急，莫向郎吹盡向儂。」「家雞雙宿笑棲鸞，比翼齊肩並紫冠。燈暗結花光變緑，竈稜堪倚勝闌干。」自題《浣衣圖》云：「月魂滴豔綃山側，細切霞膏嚥冰臆。紅粉蒸爲窈窕雲，青天盡變芙蓉色。」「家住華陽第八天，舍西流水舍南田。香絲着手嬌如雨，欲繫鴛鴦問可憐。」「妾容憔悴郎顔老，小庭土白塵難掃。牡丹貧賤不成花，却將富貴輸芳草。」「曾記桑陰學種瓜，與郎消渴餉郎茶。夜凉帶病開窗坐，放月吹燈暗績麻。」「書生空負憐才癖，妾在田家静安帖。雨後黄鸝乍一聲，春愁喚上青青葉。」「雪意陰晴向晚猜，牀前無地可徘徊。縱教化作孤飛鳳，不到秦家弄玉臺。」

趙閬叔九歲能詩，往來滆湖上，日或不食，所至必題詩。暮投古廟，題壁上云：「秋陰兼晚色，前路漸迷濛。蓼暗孤舟隱，松高野廟空。客情逢節異，旅况逐年同。古道無人語，蕭蕭黍稷風。」避瘧古窑中，取石灰題壁云：「感慨誰同我？孤懷每似秋。此生非不達，情重則多愁。」《贈友》云：

「命薄憐嬌婦，家貧痛小兒。愛當多難日，情到欲離時。」嘗至僻處，其地十餘里無居人，多野渚，土山如甑，一茅店臨水，山之左有亭，題柱上云：「荒舟渡頭客，遠水意遲留。細語前橋晚，疎花野店秋。」又遺雙卿詩云：「蜨羽因因細草馨，霜枝丹去又回青。藤橋夜雪相思夢，春滿桃花尚未醒。」「夜魂微與月初湮，春影懨綿夢影巡。病裏瘦枝香浸否，斷愁迷霧憶花神。」「爨烟低與野烟宜，細柳氤氳起夢思。惆悵一枝春寂寞，杏花風雨燕來遲。」

曹震亭《栖霞西山》云：「雲秋山淡碧，烟晚水空蒼。獨立無言處，鐘疎帶夕陽。」鄭癡菴畫《栖霞圖》，題《栖霞寺》云：「金鎖夜開如意月，玉釵春叩斷魂琴。」《縹緲峰》云：「暗雨弔殘山鬼夢，曙霞吟破野仙雞。三吴水市堆紅葉，六代花房碎紫泥。」《禹王碑》云：「遺文誰落典謨篇，半付詩僧半酒仙。凍裂野香荒雪冷，抱雛黄鶴護苔眠。」《西山》二首云：「萬壑寂靈響，峰乾草半蔫。赤苔交虎迹，黄石挂龍涎。寺古殘僧老，雲荒野客顛。夕陽江色冷，樵唱起山田。」「翠暗披趺坐，敲花野磬邊。鶴凉千澗月，魚暖一溪烟。徑險樵呼佛，僧憨牧戲禪。不知山色裏，可有秀嬋娟？」巢訥齋題《最高峰》云：「寺緑半莓苔，無僧花未開。曉凉聞鶴唳，人在亂雲堆。」《桃花澗》云：「猿静鶴無語，此心方渺然。山虚荒月冷，細水自娟娟。」《栖霞庵》云：「銀杏不生花，霜皮出秋草。殿黑磬微微，婆娑一僧老。」

荆振翔和人云：「參差魚網向山田，新暑初蒸雨後天。白露滿蓑清月墜，袖沾螢火下空船。」

鄭癡菴《詠荷》云：「紫府因緣鎖翠宵，月中並蒂最難描。開時若比燈花確，一瓣心香再拜燒。」

「玉房新暈寶珠多，光照驪龍認欲訛。曉趁吴姬輕蕩槳，滿身紅雨滴晴蓑。」畢柯山亦有四絶，記其三云：「夜半秋聲起嫩蛩，紅衣凉透緑裙鬆。人間一事心常憶，香滿西湖月露濃。」「幽情脈脈彩霞知，冷處相逢不語時。願募黄金三百萬，海心監造祭花祠。」「碧天襯水點雲無，嫌殺遊人肯怨孤。青女三千齊下剪，藕絲雖斷不曾枯。」

癡菴《詠秋蟲》十絶，采其二。《蜻蜓》云：「小塘風曳釣絲驚，翼比寒蟬脆更明。雨過荇梢新水嫩，緑環重叠點時生。」《螳螂》云：「一蟬吟處上林梢，葉戰秋聲怯雨敲。碧翅漸黄雙臂冷，花尖微嚙瓣痕坳。」

史悟岡《送柯山》云：「竹間村酒勸微醺，甘苦天涯我對君。野寺客中孤送客，夜深扶病看秋雲。」「白露初濃蟋蟀寒，渡江遥上碧雲端。人間萬事君休憶，春到梅花再到看。」

雙卿《和秋荷詩》云：「錦鱗無信泣秋蛩，心似芭蕉卷未鬆。幽性耐霜霜不忍，梅花猶淡菊花濃。」「菊意梅魂兩自知，夕陽人去鷺回時。仙郎肯祭花神否？願配人間怨女祠。」「女郎清怨曉凉吹，露滴魚兒冷眼窺。蓮子有心秋正苦，不憐明月更憐誰？」「月明如水蜨全無，微豔初消凛凛孤。夜雨又來紅欲碎，鮫人相見淚珠枯。」「淚盡鮫珠不願開，前生香孽此生猜。一枝遠寄千絲斷，七月江南雁早來。」「霞邊新雁月邊人，菱芡争欺菡萏貧。黄鳥可知憐白鳥，野塘花賤不如春。」「淡影羞春鏡裏看，水心摇曳夜難安。葉遮猛雨花遮露，香護鴛鴦夢最寒。」「癡鴛無夢攪芳年，愁在銀蟾桂子先。補遍西湖花五色，傷心未是女媧天。」「五色天邊寂寞宵，淚研秋粉月中描。細收花瓣輕輕碾，搓就香丸卷帳燒。」「香丸燒盡碧烟多，萍水因緣簿豈訛。從此並頭分不得，裂紅裁翠補漁蓑。」

史悟岡卧疾，雙卿賦《秋吟》九律以悲之，有「飢蟬冷抱枯桑葉，病蝶低尋老韭花」、「生死朦朧忘壽夭，悲歡清楚記干支」之句。

悟岡《家居》有句云：「紅轉夕陽芋葉路，碧圍秋水蓼花村。」又「村舍稻收船有客，山家書廢塾無師。」又「野水風摩微皺活，暮山雲抹小尖平。」「夢中贈友生生句，病後逢花淡淡情。」

惲寧溪有「顛草瘦來神似鶴，古詩淳後味如琴」、「客嫌病酒辭嚴令，生愛題屏索小詩」之句。

巢訥齋有「竹陰水暗魚行緩，虹尾烟明鳥去遲」、「雲母生花思寫照，琅玕成樹欲題詩」之句。

玉勾詞客吴比部震生有一絶云：「五尺花冰睡恐消，潛鱗無意躍秋潮。一官技短違爲國，卧看紅塵廿二朝。」

史悟岡《留别李于亭》一律後半云：「魂夢去從螻蟻樂，文章封與鳳凰憐。裴航生謫繁華地，静憶藍橋五百年。」

儀徵李餘中有《贈雙卿》句云：「愛憐字句貞淫辨，珍重風詩鄭衛删。」

毘陵劉孟川工詩，有《探友》絶句云：「獨轉溪沙日影斜，隔烟遥見白雲家。行經和靖題詩處，踏碎空山一路花。」曹震亭以爲清絶。

震亭和雙卿《秋吟》云：「緑華謫後世緣新，絲亂風鬟不受塵。秋水自香微照影，菊花多病略傳神。滿盤鮫淚天應老，一顆珠胎海未貧。翠袖好牽藤補屋，白羅私許結仙鄰。」「柳罩蓬門雨後開，半痕香迹印秋苔。鏡枯紅粉都成霧，月死玄霜已變灰。餉黍倦當林外立，浣衣寒向渡頭來。天涯誰寄生綃影，待我瓊漿酹一杯。」「寫遍烏絲貴洛陽，仙郎金盡滯他鄉。縱横雁字無奇句，寂寞蛾眉有俠腸。八月靈槎天贈石，七哀幽怨錦成章。何由珍重藏花葉，剩粉全消淡亦香。」「回首瓊樓路尚遥，天香飛盡晚寥寥。青蕉覆鹿偏逢犬，紅葉藏鶯且避鵰。懺月不圓蛩自泣，祭花難活酒猶澆。斷腸留得秋吟在，怕與朝雲暮雨消。」「蕭然四壁女相如，月府將空墮望舒。絶句雙花蘭可佩，心經一葉桂能書。病憐游子難親療，瘧苦仙娥强自除。世上姻緣休更説，鴛鴦多半鎖因諸。」「曾約仙郎占地靈，高吟時與老猿聽。弄雲已悟人情幻，煮石方嫌世味腥。夢訪故山松窈窕，雨淋殘粉字伶仃。那知弱骨珊珊韻，也識天邊太白星。」「宛轉尋花歎蝶癡，娟娟幽谷自芳時。秋風易猛無言受，夜雨多寒着意支。蠛蠓陣交天地淡，蟪蛄聲斷古今遲。西青幸有玲瓏管，寫出生香第一枝。」

玉勾詞客婦轉華夫人有句《贈閨淑》云：「鸞帳玉山人起未，他生相覓我惟君。」兩雌相憐有甚於雄，嗚呼然哉！

曹震亭有句云：「游子浮雲千里夢，故人宿草百年心。」震亭遊燕都之西山詩最夥，《獅子巖》云：「半隖石烟尋酒旆，數峰霞影問樵人。」《贈僧》云：「雲迷圓澤三生石，月冷牟尼一串珠。」《慧聚寺》云：「埋没龜趺積草生，數行殘字未全平。北朝聽偈天龍喜，南渡窺邊牧馬驚。裂土旋歸塵海夢，挂弓難到化人城。老僧不記閑興廢，花落蒲團又晚鶯。」寺有遼、金二碑也。《諸天閣望渾河》云：「飛閣出松梢，境高生衆妙。天落小黄河，劃沙環夕照。」《伏虎巖》云：「日暈失炎威，谽谺裂岩腹。樹亂佛燈微，雲多僧影獨。負嵎一悲嘯，魈夔膽俱縮。野霧腥濛濛，月死鵂鶹哭。古窟聚精靈，倒棲藏白蝠。髑髏夜僵立，宛轉看星祝。」《松塔》云：「細樹碎交陰，半露安禪窟。石罅鳴高泉，仰汲清煩暍。塔頂風悲旋，千年寒梵骨。野火祭群狐，濕螢争出没。」《觀音洞》云：「石霜滴就海濤紋，破磬依稀似識君。老樹作橋崖嵌屋，前生曾此戒香焚。」《贈朝陽洞僧》云：「手種山蔬汲水澆，碎雲和絮一肩挑。」又「錦護長安金似土，花圍滄海酒如潮。」《潭柘寺》云：「馬蹄礙亂石，鞭鐙不敢敲。夢中叫天關，百神戲鉦鐃。疑將夜隕星，細碎和沙抛。行行勢彌惡，石裂雲相膠。」《再題觀音洞》云：「風樹響調刁，碎緑扶孤塔。矮洞挂低雲，土花寒在榻。泉平讚佛心，石老諛僧臘。人過蟬聲中，一帶松陰匝。」《龍湫奇石》云：「潭龍蜕骨飛，鬬罷殘鱗敗。疑披白澤圖，狰獰噉百怪。袍笏逢顛仙，驚喜不勝拜。天皴赭墨山，可有支公賣？」《題澗壁》云：「一峰兩峰陰，三更四更雨。冷月破雲來，白衣坐幽女。」又「菰蒲風濕吹茅笠，藤花滿地流泉急。潭底閒雲獨去遲，瀨淺莎深暗蟲泣。」《姚少師菴》云：「金川無限忠魂哭，定識蒲團夢不甜。」《和垣上女郎韻》云：「醒眼濃如夢，春懷淡似秋。洛神何處賦，新月一彎流。」《摩天崖》云：「雷雨劈開千仞聳，星辰壓倒五丁扶。」《羅睺嶺》云：「敝裘走長安，馬尾積飛煤。何如老僧坐松影，衲破薜荔親剪裁。」《贈戒壇僧》云：「雙松一榻静跏趺，石鼎香微半有無。東海寒光來佛地，西山晴翠到皇都。閒忘日月羅睺嶺，冷看風烟督亢圖。幸與宗雷同結社，夜探經藏謁毘盧。」又「詩情似茗渾忘苦，僧味同儒喜帶酸。」《三會洞》云：「觚稜聚金碧，佛技不可思。至今風雨黑，荒狐拜虚祠。石牀冷枯僧，閉目同伏雌。巖花懶未吐，坐笑行雲癡。」又「豐隆破巖腹，面潠飛龍沫。樹石緑衣衫，秀色亞瓶鉢。曠望懷伊人，孤霞渺天末。」《贈澤潞僧》云：「伏虎巖前坐，山虚萬樹羅。秋雲辭碣石，落葉渡汾河。世外心猶苦，人間事更多。數盤松影路，應憶客高歌。」

錢凌霄《題雙卿浣衣圖》有「淚點湔還惜，香痕去尚微」之句，王澹園稱之。雙卿一絶云：「零雲欲正吹還側，隙送殘暉印孤臆。卞和雙淚落荆山，百花暗帶消魂色。」又一絶云：「風吹細雨濕柴扉，十畝溪田事業微。歲旱木棉花未發，杼閒梭冷倚空機。」

殷霞村《夜泊》云：「孤店正當船繫處，秋蟲齊作雨殘聲。」

王澹園《懷木樗僧》云：「蕭然鳥雀息，竹雨滴梅花。出户念伊人，眷言在天涯。仰眄西飛雲，孤立徒咨嗟。燈影落前溪，希枝交闌斜。」

澹園又有《懷宇亭》詩云：「出帆對星分，月荒雞聲墅。華影含霜虚，片水一無與。款款風歌遠，悠悠怨如訴。杖履將何之？脱葉皓篷櫓。」《園曙》詩云：「炯炯啟明出，起視霄蒼然。落月淡燈緒，荒深浩窮園。星辰半未没，思心益悁悁。蹙蹙安所騁？獨行履冰堅。」《訪墨萍》詩云：「水盡片寒山，數椽帶烟緒。斂履窮莢隄，而與孤鷲遇。久立天蒼茫，對之莫能去。去去欲何之？雲西是僧處。」

史悟岡《爲張拙園書素屏》云：「雲濺飛泉冷欲舒，草堂清夢近何如？先生不吝煙霞色，願借名山讀異書。」

月華仙女鎸二十字於梅花琴云："清結人間夢，香涵月裏村。滿懷來訪意，深影閉柴門。"

王澹園詩品清穆，前已録其數首，茲復見其《暮興》云："天水碧與永，晶秋日溶溶。至暮暝霞綺，龍氣團晴峰。爪甲連風雷，洩處聲鴻濛。峭壁焰裂石，雨覆已萬重。脱然奮雙飛，晴餘鋭長虹。"又"登陟躡萬緑，盛夏濃亭樓。絢至淡蓮暮，鮮雲獨晶秋。桑竹伏簷色，曖曖風柯柔。顧望蓬室居，吾生行焉休。"

閽者陳三字逸文，事于太史待園，恭静有文士風。史悟岡記其《城南懷古》云："黄雲漠漠風蕭蕭，城樓白烏雜鳴梟。野火吹入蘅蕪宫，荒霾滿目芻與蕘。旋馬僅容古所尚，衡蓽環堵何囂囂。司閽老人無可言，和之者誰歌且謡。"野老詩云："灼灼芙蕖花，可玩不可久。猗猗原上竹，歲寒常不朽。竹下有流泉，竹中聞舂臼。老翁脱帽迎，親爲煮泥藕。大兒能力作，今出種豆南山右；小兒學析薪，强欲代父傷其手。植桑可治蠶，植葵可充口。耄期復何言，杖藜每沽酒。昔時歌舞地，惟見牧馬牛。惡草雜芳葩，蜂蝶奚所投？高低鳩舌鳴，鸜鵒言足羞。吁嗟道旁李，雖苦人亦求；眷念空谷蘭，惻惻誰與儔。惻惻誰與儔？山僧野客適其幽。"又有《詠魚》句云："淺深咸自得，涇渭又何争。"蓋自況也。

玉勾詞客與轉華夫人賦《送春聯句》，玉勾云："思如草嫩正氤氲，役眼柔肢總是君。"轉華云："相送往無情路去，誰家蝴蝶瘦三分。"

饒仙洲爲余述《楊花詩》云："化作浮萍終聚會，不知儂可有來生？"余劇賞之，未識何人作也。

吳春齋《訪菊》云：「三徑霜寒如待我，一籬人遠不知秋。」高頗愚《畫菊》云：「影浮淡墨人俱瘦，神到秋毫筆有霜。」胡湘南云：「枯管勾花傳瘦骨，素屏受月點微霜。」顧南雅《種菊》云：「一鋤細雨約秋來。」又「野人踈澹諳君性，他日辛勤報酒杯。」董琹南《晚菊》云：「高人風骨貧方見，名士文章老更成。」《菊枕》云：「化蝶夢尋三徑月，眠花冷壓一牀秋。」《菊屏》云：「九曲燈光工寫影，四圍秋色不知霜。」《菊品》云：「三徑傳神惟夜月，一生知己只秋風。」《菊態》云：「入畫描摹三徑影，插瓶斟酌一枝秋。」張白華《養菊》云：「天留蘊藉與西風。」《葬菊》云：「九秋風雨五更多。」《弔菊》云：「到此儽人應化鶴，附君名士半如蠅。」李子仙《灌菊》云：「汲來秋水同君淡，灑過踈籬當雨肥。」

隨園女弟子詩，向鄙夷不屑視，近日無俚，取而閱之，頗有足采者。席韻芬《寄衣曲》云：「欲寄寒衣下剪難，幾回冰淚灑霜紈。去時寬窄無憑準，夢裏尋君作樣看。」《三橋春遊曲》云：「不是矜嚴不是莊，梵王宮殿拜鸚王。兒家自了燒香願，一晌拈花已夕陽。」《十四夜月》云：「萬事將圓未圓好，此情説與素娥聽。」《祝隨園夫子八十壽》云：「白首還家如寓客，金釵換酒有門生。」《古鏡》云：「對君原是我，知爾閲多人。」孫碧梧《巫峽道中》云：「秋風三峽水，暮雨百蠻烟。」又「晚風牛背笛，殘雨馬頭雲。」又「瘴起頹雲合，灘鳴驟雨來。」《山行》云：「蟲聲黄葉路，人影夕陽山。」《聞蟲》云：「西風半牀葉，涼雨一燈秋。」《樊城驛》云：「雨深山霧重，樹亂野雲多。」《峽中》云：「插天雙壁峭，入峽一江深。」《常德》云：「籃影到漁市，茶烟認草亭。」《征程》云：「地卑城郭多臨水，縣小人家半住山。」《和抱經學士重遊泮宮詩》云：「海鶴還鄉認城郭，雪鴻留爪印文章。」金纖纖《和外曉游鄧尉作》云：「樹頭殘月白墮水，湖上曉山青入船。」《病起》云：「碧桐移影上林扉，西院無人曉日微。病起名香焚不得，花陰小立當薰衣。」《采蓮曲》云：「蒲葵扇冷不知秋，花外清歌何處樓。十二雛鬟嬌小甚，鴛鴦飛過也回頭。」《夜話》云：「眉諱新愁有鏡知。」《秋詞》云：「瑤階浸月華，心怯花鈴響。鴛鴦知未眠，不定枯荷影。西塘明水烟，幽夢閒來去。隔牆刀尺聲，冷答秋蟲語。」《憶姊》云：「賭繡當窗隨卧起，種花隔夜費商量。」《春步》云：「桃卧東風柳卧烟，晚晴隨步過村前。柘塘一夜催花雨，新水如雲緑上天。」《獨坐》云：「落花都怨雨，枯樹易成秋。」《湖濱》云：「游絲落絮午風催，春盡探春此溯洄。林外酒旗紅不定，隔花櫓響一船來。」《讀郭頻伽近作》云：「莫言生小愁爲累，不是情多不解愁。」《靈岩》云：「獨鳥拖雲埋樹白，亂峰挾雨過湖青。」《與外聯句》云：「花痕偎曉夢，蟲語訴秋心。」《閨中雜詠》云：「繡院微風不隔簾，瘦來小字稱纖纖。自量只有腰盈尺，一著春寒病要添。」《夜話》云：「貧無長物償花債，冷怪秋風尋病人。」駱佩香《木末樓》云：「江光初過雨，山意欲成秋。」《寄懷鮑茝香》云：「花院養姑春奉酒，篝燈課子夜鈔書。」《題金纖纖遺詩》云：「東風弱柳損纖腰，道韞牆邊緑暗消。一縷藥烟簾不卷，强扶殘夢詠花朝。」張玉珍《偶書》云：「滿地桐陰扶月上，一聲蟲語報秋先。」《看蠶詞》云：「閒聽食葉最關情，仿佛詩人下筆聲。懊惱鵓鴣偏喚雨，箇儂心事要春晴。」孫蘭友《秋夜》云：「客懷當夜永，鄉思入秋多。」《旅樓》云：「暮色隨烟起，春寒逼雨來。」《宮詞》云：「綃衣披月立瑶臺，何處簫聲夜半來。三十六宮門盡掩，露螢吹影過秋槐。」王玉如《書事》云：「東皇愛惜牡丹深，費盡量晴較雨心。雨恐太寒晴太暖，爲花連日作春陰。」《夜坐》云：「爐烟細裊碧窗紗，人静天空北斗斜。滿院蟲聲一簾月，夜深風露落桐花。」鮑茝香《湖上》云：「垂柳和烟欹水影，亂鴉如雨入林聲。」《北固》云：「影亙樓臺千嶂合，勢吞吴楚一江分。」王楳卿《湖樓題壁》云：「臨湖小閣望迢迢，一瓣香烟禮佛燒。稽首慈雲休做雨，阿儂生日是花朝。」《落花雙蝶便面》云：「緑蕪如夢酣春色，紅雨無聲送夕陽。」吴珊珊《寫韻樓對月》云：「薄寒如此春三月，殘夜分明水一簾。」《同麗卿作》云：「日長倦繡倚紅闌，一縷茶烟午夢殘。鈴語緑窗風不定，梨花吹雪作春寒。」《寄懷夫子》云：「閒情難諱愁鸚鵡，薄病無端負海棠。」《哭妹》云：「遺真須我畫，他日付兒看。」《螢》云：「天涯芳草前生夢，水榭書聲昨夜燈。」巾幗中有此才，今之館閣諸公亦應羞死。

某《詠落葉》詩有云：「誰爲多情憐婉晚，無媒惆悵御溝紅。」又「江南有路邨如畫，薊北無人柳亦髡。」又「空山斷磵無人徑，流水殘鴉第幾橋。」又「聽罷翦燈聯榻雨，立殘待漏滿韡霜。」

吾鄉某《遊廣陵》云：「十里烟波名士舫，六橋風月美人簫。」

徐昌穀《簡唐六如》云：「麻紙功名笑浪傳，如今袖手了塵緣。交朋零落看書札，花月蕭條問酒錢。數里青山騎犢醉，一牀黄葉擁秋眠。心期兀兀成幽病，誰與高人辦草廛。」又「一龕碧火蒲團夜，十畝黄柑酒瓻車。」

唐六如廢黜後有句云：「一失足成千古恨，再回頭是百年身。」又有一絶云：「五陵鞍馬少時年，三策經綸聖主前。零落而今轉蕭索，月明胥口一江烟。」又《壽王守溪》云：「緑蓑烟雨江南客，白髮文章閣下臣。同在太平天子世，一雙空手掌絲綸。」傲慢特甚。又《詠帽》詩云：「堪笑滿中皆白髮，不欺在上有青天。」

錢唐厲太鴻徵君以長短句名天下，詩才尤極清妙，《樊榭山房集》中所稍絀者古體耳。《秋夜宿葛嶺涵青精舍》云：「書燈佛火影清凉，夜上重樓看海光。蕉颭暗廊蟲弔月，無人知是半閑堂。」《晚秋》云：「水減舊痕魚上後，霜傳新信雁來初。」《宿山房》云：「背窗棲鳥影，當燭聽松風。」《冬日雜詩》云：「水邊僧屋刹竿雙，飢鳥窺人上石幢。解向西風吟落葉，黄金合鑄賈長江。」《遊南湖慧雲寺》云：「蓮莖芰葉卧欹斜，水外經寮記鬭茶。劫火南朝四百寺，一袈裟地屬張家。」《北郭》云：「藤花當户落，荷葉並橋齊。」《游河渚飲沈晴川書齋》云：「到來知不易，遠近引漁謳。野水中開閣，交蘆外倚舟。峰陰含古色，梅凍得清愁。漫比平原酌，高人肯見留。」《西山道中》云：「高冢多風松落子，空田無雪稻生孫。」《冷泉亭》云：「木落殘僧定，山寒歸鳥稀。」《晚步》云：「水光知月出，花落見風行。」《遊皋亭山下》云：「駘蕩年光挑菜渚，支離身事看花人。」《病目》云：「細字難拋工作祟，好花飽看已過春。」《訪長興鮑明府》云：「落魄自憐仍楚製，荒唐多分續齊諧。」《蘋洲曲》云：「朝乘采菱艇，蕩漾出湖趺。羅裙十二摺，摺摺似青蒲。」《吴興歸舟》云：「風俗家多具畫船，苕山浮碧在門前。自牽塵務匆匆去，不爲蘋花住一年。」《秋夜》云：「微雨宜幽鳥，初凉健酒人。」《讀書城西雜興》云：「世路淹回魚上竹，歲華飄忽鳥驚弦。」《寓齋》云：「危檣依水立，踈樹向門開。」《湖上》云：「愛來湖上作浮家，艇子衝波一道斜。日晚水仙祠下去，青山影裏話蘋花。」《蕭山》云：「樹紅迎北幹，江白隔西興。」《寶應舟中》云：「蘆根渺渺望無涯，萬點圓沙雁影排。明月墮烟霜著水，行人今夜宿清淮。」《渡河》云：「一綫黄流奔禹甸，兩涯殘雪接徐州。古今沉璧知何限，天地浮萍各有謀。」《晚次齊河》云：「山趨野寺斷，烟入戍樓深。」《題蘭亭圖》云：「水色曲如蘭上里，山光青似永和年。」《永康道中》云：「秋衾夢落前龕磬，晚飯詩尋破壁塵。」《留别張梁友》云：「十日琴堂住，天涼抱病歸。偶游嗤索米，臨别感傳衣。社鼓聞茅店，谿春隔竹扉。心期還不負，久薄世輕肥。」《晚秋齋居》云：「貧憐圓菊仍分豔，静覺凉蛬自減喧。干世策堪黄口笑，背時詩待素心論。」《看梅》云：「苔皴微冒雪，花側半吹風。」《春日北郭》云：「遠水浮春寺，青山落晚罾。」《雨後孤山》云：「小艇净分山影去，生衣凉約樹聲來。」《送友》云：「作客畏逢秋，君今詎不愁。五湖飛一葉，七夕在孤舟。殘暑過江少，凉螢逐暝流。歐公堂外柳，爲訊舊同游。」《中秋》云：「秋來南國宜高卧，月傍東城得早看。」《遊鳳凰山》云：「江山迎小雪，竹樹逼清寒。」《雨後寫望》云：「風敲病葉入疎欞，雲破寒山數峰青。十日鼓琴晴始出，夕陽依舊滿迴汀。」《閑居》云：「鄰燈明處先穿樹，山雨來時自打扉。」《哭人》云：「平生師友十年間，雪月花時記往還。原季長貧成白首，應劉俱逝託青山。篋留遺稿從人取，室少孤兒信命慳。北郭西橋同此恨，笛中先後淚潺湲。」《瓶菊》云：「影畫銘心燈耿耿，夢香養鼻蝶蘧蘧。」《湖上》云：「岸痕倒樹生新水，塔影留人戀夕陽。」《題冷泉亭圖》云：「好山招隱貧難買，妙畫通靈久亦飛。」《宿雲栖》云：「本色住山深有味，清詩呈佛豈無緣。」《梅雨》云：「龍公一匊破慳多，即漸空原展緑波。十角吴牛三尺箠，楝花成點響烟蓑。」「舊種垂楊緑掃磯，北風將雨上漁扉。前村半入空濛裏，雲帶炊烟濕不飛。」《嶧縣道中》云：「僕夫通馬語，行客抱山心。」《宿郯縣》云：「月來郯子國，人宿孟家鄰。」《和東阿旅壁韻》云：「斷岫層巒似玦環，客亭挂策夕陽閑。重來柳髮疎於我，滿眼寒雲話故山。」《茸屋》云：「檢校豳詩小經濟，蹉跎寒事舊林塘。」《答友》云：「蹤迹前身三事衲，英雄晚計百金魚。」《集葭白齋》云：「夢語蟬連同短榻，鄉心鶴望遶閑階。」《蕪城小春》云：「早梅門巷如人白，殘柳旗亭作酒黄。」《丹陽》云：「陂暖初青麥，沙明上信潮。」《筍》云：「雨緑依山市，泥香供佛廬。」《秋半苦雨》云：「蛤潮傷楚稻，魚唸賤吴羹。」《歸雲菴孫太初墓》云：「雨昏苔石字，僧護鶴田糧。」《皋園》云：「莎亭通客僦，花徑割鄰租。」《冷泉亭》云：「泉喧石頭雨，亭壓樹身秋。」《友送漳蘭》云：「垣侵薜荔徑蓬蒿，零落幽叢夢想勞。忽見微波小翹楚，勝歌二十五離騷。」《題周兼南唐小周后寫真》云：「已識君王尚待年，新詞側豔外邊傳。銷魂貌出提鞵樣，壓倒南朝步步蓮。」「群花偃亞小亭孤，卯酒朝酣倦欲扶。可記畫堂南畔見，背人無語問流珠。」《雨後》云：「蘆梢分渚響，瓜蔓過牆生。」《皋園》云：「澄陰交翳樹，風色曲通壕。」又「黑蝶秋棠睡，青蟲敗葉書。」《東皋》云：「淡日青門菘葉圃，凉風白屋槿花籬。」《天龍寺》云：「寫經某甲存荒壁，迎客單丁到上方。」《散花灘》云：「烟外有山渾入夢，月中著句未曾書。」《慈雲嶺》云：「霧窺山半面，水照鶴雙身。」《趙谷林以看梅詩見示》云：「甕頭香熟莫逡巡，到處蜂鬚鬭色新。自笑先生東郭宅，冷雲堆硯不知春。」《上巳集友齋》云：「老催花事來心上，醉戀朋歡在客中。」《舍弟生男不舉》云：「落落衰門慳雀賀，迢迢貧境想熊祥。」《鄭妃書普門品經》云：「巧笑由來雨露偏，佛恩遺在聖人前。開函稽首無他願，一筆泥金壽一年。」《泊滸墅》云：「道存衣食内，人老别離中。」《南湖》云：「横塘秋水明菰葉，老屋殘陽上薜花。」

《宿友齋》云：「地主能詩忻會宿，旅人貪話廢高眠。」《天然圖畫閣》云：「春深村郭殊如畫，定裏鶯花不屬僧。」《冒辟疆姬人秋葵〔圖〕》云：「金箋橫欹醉不勝，墨痕秋暈一奩冰。西園老盡佳公子，看畫花枝學信陵。」《過青浦將訪故人》云：「草草衝寒路，船窗西日餘。潮痕上城古，蟹穴入沙虛。飄泊青萍梗，艱難黄耳書。故人今夕見，杯酒惜居諸。」《七夕效西崑體》云：「鸞影周旋秦女扇，蛛絲辛苦漢家樓。」《哭吴尺凫》云：「文陣推排歲屢遷，蕭閑臺遠便登仙。秋湖小醉無期別，老筆新詞後世傳。公等莫追王武子，夢來猶見石延年。平生一掬知交淚，斗酒相和滴到泉。」《哭沈樂城》云：「廿載交情蘭韻在，一生文采玉塵銷。」《歲暮題南湖居》云：「佛粥近分林外寺，竈餳新賣水邊人。」《玲瓏館冬集》云：「留歡短日侵簾額，隔坐疎枝並石稜。」《臈日汎湖》云：「寺鼓漸催沙草動，船窗才放雪峰青。」《宋石刻劉商觀弈圖》云：「殘楮人間無二本，一枰松下有長生。」《吴山春游》云：「燈市暖收三日雨，酒樓遠接一湖春。」《吴興舊游》云：「好事故人分茗供，高情太守借山看。」《白桃花》云：「盧女後時鉛粉薄，劉郎重到鬢絲多。」《晚眺》云：「湖雲倒破山一角，水葉亂摇風四圍。」《答友》云：「雨久蠙衣生壁早，夜凉螢火入簾遲。」又「鷗邊信誓明如日，菊候風流欠此杯。」《廣陵鐵佛寺》云：「樹壓平岡碧殿孤，我來何處弔楊吴？佛從劫火銷時見，秋到遥天盡際無。草亂難尋朱瑾墓，鴉歸還學黑雲都。淮流不洗當年恨，誰與英雄酹一壺？」《冬窗小集》云：「笑伴近來雲易散，吟情豪甚雪争飛。」《南湖殘雪》云：「轉巷山光猶涴粉，入樓柳意半銷冰。」《哭友》云：「緇塵別後山河隔，白社生前笑語疎。」《南湖中元夜》云：「野寺酸文招薜荔，水樓隱語託芙蓉。」《寒食汎湖》云：「香飛花片來杯面，寒遮東風抹櫓腰。」《七月下澣》云：「樹留晚雨兼簷滴，蘭卧秋花亞石斑。」《玉泉寺》云：「春來古寺聚輜軿，魚樂魚驚鏡裏天。去盡游人寒食雨，和花流出鮑家田。」《夜坐》後半云：「行夜坊隅微有月，潑寒時節竟無冰。向來朋舊空吟卷，閑裏溪山付瘦藤。坐對梅花不成語，十年孤負短檠燈。」《除夕》云：「出籬水影梅烟動，隔屋春聲燭燄銷。慈母行年開八秩，太平生世見三朝。」《種瓜圖》云：「十畝青山新户口，一牀斑管小生涯。」《藥山招集湖舫》云：「鬢絲似我追今昔，山色如君忘主賓。」《白秋海棠》云：「當户金星開曉靨，下階凉月曳秋衣。」《偶出》云：「凉雲竹枝外，秋水槿花邊。」《水陸寺追步髯仙韻》云：「笑指東坡宿處村，卅年重打老僧門。詩中修竹還依舊，劫外疎花又返魂。」《鄭筠谷招飲》云：「湖上青山如此瘦，京華白髮幾人歸。」《過横山》云：「寒香接天影，嵐色上花鬟。」《贈筠谷》云：「舊日掌痕驚夢草，老來脚疾愛尋花。」《立秋苦熱》云：「呼雩故事煩官長，病渴心情夢石泉。」《答沈椒園》云：「八月星河虚賣卜，三山風浪負乘船。」又「藥樹班行依曉日，茶廳滋味汎輕花。」《悼亡姬》云：「無端風信到梅邊，誰道蛾眉不復全。雙槳來時人似玉，一匳去後月如烟。第三自比青溪妹，最小相逢白石仙。十二碧闌重倚遍，那堪腸斷數華年。」「門外鷗波淡染藍，舊家曾記住城南。客游落拓思尋藕，生小纏綿學養蠶。失母可憐心耿耿，背人初見髮鬖鬖。而今好事成彈指，還賸蓮花插戴簪。」「悵悵無言卧小窗，又經春雪撲寒釭。定情顧兔秋三五，破夢天雞淚一雙。重問楊枝非昔伴，謾歌桃葉不成腔。妄緣了却都如幻，居士前身合姓龐。」「東風重哭秀英君，寂寞房櫳響不聞。梵夾呼名翻滿字，新詩和恨寫回文。虚將後夜籠鴛被，留得前春簇蝶裙。

猶是踏青湖畔路，殯宮芳草對斜曛。」「零落遺香委暗塵，更參繡佛懺前因。永安錢小空宜子，續命絲長不繫人。再世韋郎嗟已老，重尋杜牧奈何春。故家姊妹應腸斷，齊向洲前泣白蘋。」「郎主年年耐薄游，片帆望盡海西頭。將歸預想迎門笑，欲別旋成滿鏡愁。消渴頻煩供茗椀，怕寒重與理熏篝。春來憔悴看如此，一卧楓根尚憶不？」「除夕家筵已暗驚，春醪誰分不同傾。銜悲忍死留三日，愛潔耽香了一生。難忘年華柑尚剖，瞥過石火藥空擎。只餘陸展星星髮，費盡愁霜染得成。」「舊隱南湖淥水旁，穩雙棲處轉思量。收燈門巷忺微雨，汲井簾櫳泥早涼。故扇也應塵漠漠，遺鈿何在月蒼蒼。當時見慣驚鴻影，才隔重泉便渺茫。」《春暮志感》云：「燕識簾空全不語，花因人去故藏春。」《謝桑弢甫》云：「授經力養分華黍，裹飯深情過子桑。」《集慶寺弔閻妃冢》云：「香門零落水松牌，一種承恩事已乖。差勝鸞綃燕地去，蓮花國裏葬金釵。」《靈隱》云：「高林行障日，陰洞坐侵苔。」《中秋感舊》云：「疎簾仿佛見明姿，碧浪湖頭月出時。正泬寥天無處覓，最團圓夜覺來遲。鍾陵甲帳淪前謫，魚嶺遺衫斷後期。折得秋花香在手，鬢雲猶記一枝垂。」《西馬塍》云：「天清山色近，曉冷葉聲齊。」《種蘆》云：「筍抽春味無過淡，葉戰秋聲只守孱。」《村齋圖》云：「書聲穿樹響，人影過橋知。」《酬查蓮坡》云：「宵來半面通清夢，海內詞人問敝廬。」又「驟雨新荷催度曲，青天明月惜同群。」《集友齋》云：「詩過人日陰猶在，簾受東風雨易生。」《羅浮丹竈泥》云：「九轉已成仙歲月，一丸猶帶晉陽秋。」《次韻顧月田卧病遺懷》云：「臭味相憐同故疾，心期取次得佳眠。」《訪魯秋塍山長》云：「詩國芳情花作骨，儒門淡味水回甘。」《天然圖畫閣用前韻》云：「林氣暖時濛似雨，湖光空裏淡于僧。」《懷堇浦》云：「上書北闕身無補，祖道東門鬢有絲。」《秋夜》云：「小室青燈和月暗，滿空凉雨挾潮鳴。」《清凉寺》云：「吴帆如鳥白，楚樹入烟紅。」《秦淮懷古》云：「南都近事鬬妍華，北里妝成勝若耶。妙妓新裙吟蛺蝶，君王特勑問蝦蟇。匆匆時節争鉤黨，草草兵戈散内家。贏得渡頭殘柳在，瘦腰無力倚風斜。」又「荒畦緑甲瓢兒菜，舊譜紅牙燕子箋。」《廣陵紀事》云：「古香夢驗消寒夜，爲客心酬舊雨聲。」《邗溝廟》云：「祭餘稻蟹猶風俗，夢斷梧桐有劫灰。」《元夕瓶花齋》云：「聽雨簾櫳燈影颭，衝泥巷陌屐聲來。」《湖舫賦》云：「鷗鳧不語偎前浦，烟雪相和畫數峰。」《宿蘆菴》云：「春風花渚響，夜火佛堂深。」《秋雪菴贈耆上人》云：「與客談秋水，開窗照白頭。」《春日游鳳皇山》云：「社火明神樹，宫花冷佛袍。」又「紅雨尋歸路，青山著小齋。」《晚步》云：「近日幽尋屢出郊，竭來山館燕新巢。斜陽一抹風廊影，葵寫圓花竹寫梢。」《篠園》云：「沙柳侵天影，風蒲學水聲。」《汎舟鑑湖》云：「柳姑廟俯蓼花洲，獨處無郎俗誤愁。烟縷緑餘漁市散，一峰臨鏡學梳頭。」《南屏山房看紅葉》云：「十日晴光連樹醉，數峰寒影上樓青。」《花朝河干草堂小集》云：「故國雲山遲社燕，高樓風雨誤朝雞。」《清溪寓樓》云：「日落收漁市，宵分過櫓聲。」《德清縣齋》云：「烟樹摇書碧，溪風入酒清。」《遺懷》云：「僮奴決意辭貧主，醫匠收功試古方。」《小雪日書》云：「無兒北宇猶栽竹，有句南簷待問梅。」《吴志行從軍圖》云：「草檄手閑秋巷冷，淅矛語險暮雲愁。」《九日游城東報國院》云：「蔬圃蟲鳴秋境界，竹房人語佛家風。」《七寶山》云：「竹暗青藏磴，江春緑抱城。」《宿南屏》云：「禪燈照影詩皆瘦，客枕和雲夢亦閑。」《寒食湖上》云：「茶香僧舍催新火，花片湖隄落小風。」《吴江夜泊》

云：「對月心情多往事，阻風滋味又今年。」《淮陰城北》云：「誰家林際小園亭，過盡豪華物態零。幾折虛廊通淺渚，壞橋無柱上浮萍。」《杜少陵祠》云：「文章羈旅賤，身世腐儒輕。」《東昌》云：「災後名區絲竹少，病餘舊僕語言低。」《集友齋》云：「萬里征帆勞似鵲，一宵情話碎于蛩。」《題查蓮坡雙鳳圖》云：「瑶水生來千百媚，彩雲飛下一重春。」《阿城鎮》云：「十六巫兒兩手摻，相攜女伴話詀諵。生來阿縞何曾識，自剪秋燈吉貝衫。」《朱玉耶畫扇》云：「從來名士悦風流，小筆蕭疎在扇頭。一笠空亭行迹少，石城烟樹冶城秋。」《炙硯爐》云：「清霜古怨辭宫瓦，茅屋春風夢石田。」《次友韻》云：「安穩鉢單僧過夏，蕭條風雨客迎秋。」《哭友》云：「乾坤劉尹誰知我，湖海陳登未易才。」《秋懷》云：「無官張祜詩名賤，多病休文藥力賒。」《答沈椒園》云：「冬堂贈疾煩村覡，曉寺安禪禮導師。」《南屏》云：「梅雪分湖緑，茶烟出竹青。」《和堇浦悼亡姬》云：「夢斷畫簾微有雨，歸來錦瑟但如人。」《展故人墓》云：「百年大雅存吟草，二月東風滴酒花。」《城曲》云：「池萍生縠雨，牆竹翳桑雲。」《感興》云：「白日似年娱我老，緑陰如水送春歸。」《次陵口》云：「舊事六朝殘夢外，客程十載夜燈前。」《（和）〔爲〕商寶意悼環姬》云：「茫茫愛水正無邊，曾説芳名玉字連。解後那堪成夜恨，循來猶記困春眠。依稀朱鳥窗中事，短折霓裳曲裏年。倒瀉天河作平地，人間争不罷相憐。」「騎去青鸞入杳冥，檀郎從此號商星。草尋懷夢真成幻，衣借招魂豈有靈。弟子尚留吹了笛，侍兒忍捧誦殘經。扁舟共汎尋常事，腸斷東風檇李亭。」「從來薄命是佳人，槿豔珠漚浪認真。歸葬稽山終化土，前生瑶島本無塵。可能消領詩中意，何限低迷畫裏身。官路多辛頭早白，知君不復更尋春。」《謁餘不亭侯廟辭》

云：「餘不水兮粼粼，涵芳茝兮白蘋。侯之封兮水濱，廟食此兮爲明神。軀左顧兮何之，繄侯德兮民思。民思兮寓象車，〔車〕兩轓兮船兩旗。侯山下兮欲旋，風出廟兮泠然。巫歌兮雩舞，隨侯來兮靈雨。」《西溪天曹廟迎送神詞》云：「水瀺灂兮山嶕嶢，神朝游郭文之宅兮暮泝尹公之潮。上湖月出兮下湖風飄，望神之來兮吹洞簫。下西溪兮極浦，拜蠶媪兮茶户，竹掃壇兮花代舞。絜玉几兮雲罍，炎靈歆兮神享恢。千金堨兮千頃陂，兩黄鵠兮繄我思，割雞釁門兮麗牲樹碑。肸蠁兮靈威，無沴兮無飢。昔黄綬兮今衮衣，吁嗟令兮吾誰與歸！」

汪水蓮《和樊榭留别詩衾字韻》云：「徙倚閒齋辭竹簟，商量江路定綿衾。」太鴻爲吟諷不去口。沈椒園《别母》云：「雲影有心隨望眼，線痕和淚綻征衣。」《遣懷》云：「秋來紅豆懷南國，春到青銅赴朔方。」

周穆門有句云：「白鷗導我有閒意，青柳笑人成老夫。」胸次可想。

潮鳴寺僧大圜有句云：「雨深苔到榻，糧欠鶴辭籠。」

陳授衣《懷吴興》云：「四月桑陰門巷緑，半城溪色市橋寒。」

戴緑疇《除夕感懷》云：「單寒覓館支殘臘，富貴移家避故鄉。」

郎蘇門葆辰好寫俳語詩，有句云：「有屋三間開宅子，無車兩脚走京官。」

王次回《疑雨集》不可謂爲詩之正音，然才藻之豔近今尠矣。《無題》云：「千蝶帳深酣午夢，九雛釵重困初笄。」又「一榻茶烟清似水，金釵劃作斷腸紋。」《吴行紀事》云：「燒殘絳蠟啼千筯，碎嚙冰蠶攬萬絲。水國不生紅豆子，贈卿何物報相思？」《無題》云：「粉迹著書新指暈，翠痕沾袖舊眉圖。」《春晴》云：「柳弱不堪扶，春愁劇鷓鴣。翠烟三月盡，紅雨一庭蕪。曉日鳩呼婦，晴風燕引雛。東鄰踏青女，晌午過南湖。」《贈人》云：「香盤膩髮春雲滑，酒熨寒肌夜玉憐。」《感懷》云：「駿價有誰沽死骨，鯨波無分活枯鱗。」又「朋歡散盡清談絶，家信來疎惡夢仍。永夜獨醒如露鶴，他年相弔只秋蠅。」《强歡》云：「閲世已知寒暖换，逢人真覺笑啼難。」《寄懷》云：「檀槽急語三生怨，蠟燭嬌啼此夜心。」《秋詞》云：「殘陽歸去若爲情，將息臨歧有一聲。想得碧紗攜手地，月痕長見淚波生。」「所思迢遞隔三湘，爲繡長幡供法王。但是有情皆滿願，妙蓮花説不荒唐。」《代答》云：「憑將書問報微之，瘦減容光苦自支。衣上燭痕多未浣，是儂蹤迹是郎詩。」《藥》云：「靈妃下士偶相憐，却擣玄霜與駐年。故是雙文心愛好，願郎風貌只如前。」《有詠》云：「兜鞋意態無人見，攬鏡心情只自憐。」《夕秀詞》云：「羞出畫屏推阿姊，笑鄣讀遮紗扇覷狂奴。」《微詞》云：「顧我有懷留半面，見人無計隱殘啼。」《客中》云：「傳去微詞猜薄倖，寄來清淚慰飄零。」《（冬）〔寒〕詞》云：「羅巾書滿歲寒詞，小字紅鈐付所知。暖玉心腸冰雪貌，年年相對早梅時。」《雜題》云：「閑翻繡譜與端相，深纈葡萄淺（睡）〔瑞〕香。阿母慣嗔交頸鳥，只描雙蝶過秋棠。」又「憐香留故枕，祝夢掩空簾。」《京口》云：「霜氣嚴侵被，冰聲勁刺船。」《寓夜》云：「鼠翻書葉響，蟲逗燭花飛。匣劍陪孤憤，歌弦雜怨誹。」《病婦》云：「十載同愁一笑稀，艱難典盡嫁時衣。」又「辛苦不曾因病減，形模全覺隔年非。」《上元竹枝》云：「腰身十七正嬌慵，珠鳳鞋幫一捻紅。不奈小橋春露滑，阿娘扶過石闌東。」《婦病》云：「巉巗骨立艱眠坐，細碎心煩易喜嗔。」又「口味斷來單剩藥，願香酹罷更無財。」又「琉璃調藥自看煎，盡日松濤小榻邊。慵喚侍兒憑響板，鸚哥傳出翠簾前。」「一勺清漿價一金，駐顏難恃紫團參。頭花臂釧看看盡，賣到當年結髮簪。」「嬌癡稚女最關情，新讀毛詩一半生。忍死看他成長去，喘絲親訓兩三聲。」《悲遣》云：「手調薑橘奠夫文，劉令嫺。曾向秋燈讀與君。今日是儂先設奠，一盂新茗薦青芹。」《重過婦家》云：「尊姑相送石屏南，禮稱婦母爲姑。悼死嗟生兩不堪。揮淚萬千丁屬遍，只教珍重視遺男。」《舟中》云：「十載索居成懶癖，一生多累爲柔腸。」《薄暮》云：「逝者命同風翦燭，愁人心碎雨淋鈴。」《悽感》云：「兩月三喪哭不乾，雁行相對雪衣冠。」又「幾處舊家都夢影，一般新鬼塹盤桓。」《箇人》云：「覓箇柔鄉寄此生，風流天付與卿卿。」又「雙臉斷紅初却坐，亂頭粗服總傾城。」又「來夢草香懷昔昔，斷腸書字袖年年。闌干一曲無多地，才着思量便渺然。」《殘粧》云：「豔鬟澤同新沐夜，羞顏赬似未笄年。」《晚興》云：「桃根翦燭纖纖手，碧玉添香瑟瑟衾。」《話舊》云：「時世梳粧濃淡改，兒郎情境淺深知。」《紀言》云：「爲郎憔悴爲郎癡，更怕郎愁不遣知。囑咐寄書人説向，玉兒歡笑似平時。」《何夕》云：「帶縛箜篌歸去早，手拈金縷出來難。」《即事》云：「織女機邊月姊過，晚香心事定如何？畫眉才地兒郎少，擁背恩情姐妹多。手爪互憐新舊似，腰肢難辨影形訛。偶然先占桐花樹，願及么雛並一窠。」又「燭珠紅淚滿銅荷，麝火香中一串歌。綽約肌膚和雪看，娉婷名字喚雲多。」《燈夜》云：「飄揚巾帔喜難禁，索袖教温冷臂金。笑道去年微雪夜，隔街看見到如今。」《春暮》云：「病肺未能疏酒盞，詩腸無奈近香奩。」《無緒》云：「中酒心情銷卧起，釀花天氣亂晴陰。」又「空寄石榴雙葉子，隔簾消息正沉沉。」又「偶憶洛神風度逸，粉箋臨得十三行。」《暝望》云：「酒後笙歌催急拍，城根燈火喚開扉。孤楊傍水疑人立，病葉零風似蝶飛。」《窺處》云：「遞與玉彄犀合子，阿娘當面不教知。」《和韻》云：「鬬茶庭院飼蠶天，薄袖單衫似去年。未接語言當面笑，暫同行坐夙生緣。」又「暗地憶人終靦腆，若爲呈露向君前。」《客興》云：「違俗詩文從嫚駡，寄人書札任沉浮。」《小集》云：「靦腆故嫌移燭影，身輕猶怯下樓聲。」《自遣》云：「有才輕豔終爲累，作計踈狂不近名。」《燒香曲》云：「翦燈几榻寒相守，聽雨房櫳暗最宜。」《獨居》云：「酒後肌添銀粟冷，意中人抵玉梅妍。」《閨秀手書余詩》云：「江令詩才猶剩錦，衛家書格是簪花。」《和韻》云：「看調石黛添眉翠，愛插玫瑰濕鬢烟。殘夜枕函香澤滿，隔年衣袖唾花濺。」《堪歎》云：「著布小憐姿韻在，啼妝孫壽病愁兼。」《感詠》云：「薄命生涯花底活，無聊心膽醉時真。」《有贈》云：「當筵心借調琴語，入户行防觸瑟聲。」《代所思》云：「風波狹路悲團扇，花月空庭泣浣衣。」又「愁病倦挑心字領，慵鬟鬆落睡香花。」《龍山精舍》云：「五夜香煤宜佛卧，六時螺鼓笑僧忙。」《醉游》云：「畫舫簾衣凭雪藕，玉箏絃索露春葱。」《箇人》云：「屏間記曲拈紅豆，窗下臨書染緑蕉。畫出鴛鴦娱獨自，教成鸚鵡伴無聊。」又「白縠單衫玉步摇，香風相引見雲翹。」又「夜視可憐明似月，秋期還願信如潮。」又「桁下衣籠薰荳蔻，鏡前薌澤漬薔薇。」《擬會真》云：「影形看鏡喜，名字揀香呼。」《别業》云：「二頃松篁非負郭，一船書畫便浮家。」《苦冗》云：「伴客茶漿真水厄，欠人書櫝似金逋。」《題尋夢圖》云：「家字鍼神推手爪，幼餐沉水逗肌膚。」又「歌中度意當場笑，舞隙酬言隔座聽。」《生辰曲》云：「繡佛像前嬌下拜，泥金經尾笑簽名。紅蛛縋鏡知添喜，白鴿開籠看放生。」又「單衫覆酒香難浣，低髻圍花暑不蔫。」《晚涼》云：「酒力不禁央侍女，藥方新忌報廚娘。」《歸舟》云：「地主贈行蝦與扇，船丁炊具蚌爲瓢。」又「果實帶生趨曉市，禾苗忍死待秋霖。庸醫入坐攤經訣，宦女離村换語音。」《病遣》云：「妙友清言如上藥，稗官閑讀得奇方。」又「瓶分花影秋無價，藥漬醪香醉有名。」《閑述》云：「買泉供點秋茶緑，僦騎停看晚樹紅。」又「晚葉得風吟暗牖，寒花依月寫空簾。」又「留賓晚食烹初韭，聽妾長齋讀妙蓮。」《夢游》云：「趙姊丰容工泥夜，徐娘情味勝雛年。清歡無睡非茶力，羞頬微赬得酒妍。」又「重臺蓮瓣弓三寸，七出菱花鏡一奩。」《續游》云：「團扇風流何預嫂，緑翹冤抑况無郎。」又「傅母殷勤心勸進，侍兒佻達語含嘲。」又「出浴睡容梳薄鬢，下簾燈影照含羞。」又「餘語未終嗔姊到，豔詞新記昵人鈔。」又「戲掐棗膏添麝火，暗拈瓜子記杯巡。」又「略解管絃羞姊薦，乍回燈影恣人憐。」又「夢回酒渴破漳柑，十月霜輕尚帶酸。生受玉人綿樣手，爲郎勤熨指尖寒。」《金縷曲》云：「界粉淚痕新別姊，卸頭燈影乍羞郎。」《勸駕詞》云：「紅羅小鳳踏青鞵，量窄書生昵此杯。印出淺痕瓜子樣，軟苔香徑等卿來。」「紅窗女伴互推排，只要檀郎笑口開。况是可兒能不愛，盡消癡妒等卿來。」《紀事》云：「繡籠香烟荀令室，華燈髻影子于家。」《友赴春官》云：「才華淡寫宫眉嫵，標格平趨國步妍。」《妝閣》云：「隨意梳頭與著衣，横看側視總相宜。瑶釵巧賽三年葉，黛筆重翻十樣眉。通國針神俱受譜，閑窗繡佛自拈絲。珊珊弱骨驚鴻影，最想回身答拜時。」「憶昔騎羊弄玉年，挽娘衣袂繞娘肩。當初語笑渾閑事，向後思量盡可憐。石竹怯寒秋已瘦，瓊花弄月晚猶妍。忍教悵望重簾外，不報監門不敢前。」「此生幽願可能酬，不敢將情訴蹇修。半晌沉吟曾露齒，一年消受幾回眸。微茫意緒心相印，細膩風光夢借遊。妄想自知端罪過，泥犁甘墮未甘休。」「回首香泉淚一泓，斷腸消息命從輕。燒燈院落更衣影，聽曲簾櫳點屧聲。閒課侍兒抄樂府，可知名士悅傾城。乞分半摺羅襟帶，欲嗅餘香度一生。」《留别》云：「藕花浮紫水拖藍，秋夜河燈浄業庵。此景都疑身是夢，與卿攜手在江南。」「酡顔斜睇散紅瀾，飲興懽悰正未闌。可記鬢邊花落下，半身涼月靠欄杆。」《贈人》云：「看竹賓朋王大令，彈絲弟子李夫人。」《悼詞》云：「膽小定難奔向月，情多誠恐礙生天。」《弔鄰姬》云：「明姿靚服嚴粧乍，垂手亭亭儼圖畫。女伴當窗喚不譍，還疑背面秋千下。嬌癡小妹忽驚啼，懊惱春宵睡似泥。何刻停燈開鈿匣，幾時響屧下樓梯。肌膚到此真冰雪，頳玉峩峩扶不得。素頸何曾著齧痕，却教反縛同心結。紅絲交綰爲誰容，約髻安花次第工。應愛自看粧鏡裏，未須人拜影堂中。千春不改凝酥面，媚眼微舒若流眄。倿娘怨句鬼先知，玉兒豔質人猶羨。萬轉千回負此生，枉將偷嫁占虚名。周郎已誤難重顧，哭殺牆東阮步兵。」《留别》云：「單棲香茗誰娱夜，久客衣裯漸怯秋。」《買妾詞》云：「婕襖鸞絛結束新，還加半臂可兒身。湘裙短露雙鉤小，步出中庭不怕人。」「三三五五鬬輕盈，素手纖腰細品評。某月日時剛十六，女兒親口説年庚。」「尊萱真是美人圖，端相卿卿似也無？人道風前聽一曲，鳳皇音韻不如雛。」

焦虎玉《西園》云：「出户書聲花外遠，隔牆山影雪中明。」林庚泉《偶成》云：「曝背天宜文字飲，素心人似歲寒花。」阮芸臺賞之。

嘗愛誦前人詩「十六吴姬吹鳳管，卷簾燒燭看梅花」，謂不是山癯吐屬。

陳迦陵《寄内》云：「一尊兒女關心酒，獨夜江城報曉鐘。」《社集水繪庵》云：「到日綈袍原我輩，聽來腰鼓此何年。」《無題和阮亭》云：「曾抛彈子打鴛鴦，中表檀奴舊末行。也爲才情憐滿願，只緣文筆識元長。玉苔夜露長廊滑，紅豆春花小簟涼。仿佛兩重門内事，手摇鈴索看梳妝。」「後堂筵散露華滋，無語幽軒獨立時。已倩翾風留粉蝶，却將月鏡照瓊枝。蠟珠慵掃經調瑟，魚鑰佯攏暗賭棋。每聽花冠當曉唤，顫提金縷怕人知。」「誤入蓬山路幾千，當時相識便相憐。緑窗月色空如水，黛帳風痕薄似烟。蛺蝶明知雙宿處，鴛鴦私誓再生前。感恩漫取平原繡，先買紅絲織麗娟。」「白銅鋪裏憶同居，每對瑶華一起予。詠絮才超兄子作，簪花格擅美人書。烏啼北斗三更後，人在東風二月初。猶記粉紅牆下立，細抄難字問相如。」「略彴春蕪去路迢，戟門何處緑楊橋。烹來紅鯉書難得，打起黄鶯夢已消。往事山頭南北路，新愁江口去來潮。重逢庭院應相訝，前度蕭郎有沈腰。」《贈人》云：「名姓璧人詩計吏，文章金粉壓詞曹。」《桐柏淮瀆廟》云：「四瀆躬桓纏虎節，百王薪槱薦犧尊。」《舞陽》云：「田父鋤平樊噲冢，東風吹老霸王城。」《鄴臺詠高齊》云：「仁壽千門包第宅，韓陵片石礱文章。」《讀史雜感》云：「白衣失路逢江鮑，青蓋傷心到愍懷。」又「兩姓君臣鎸鐵券，百年甥舅誓金縢。」又「亂世文章還九命，古來葅醢足通侯。」又「玉河花柳春行炙，鐵嶺牛羊夜合圍。」《紅橋小集》云：「水上管絃三月酒，坐中裙屐六朝人。」《次友韻》云：「新竹放梢牆已過，古苔成蔓屐尤香。」《清明遊萬柳堂》云：「十里燕泥晴上冢，一城餳擔晚吹簫。」《春朝漫興》云：「三月年光消潑火，一春心事惜分釵。」《席上贈琵琶伎》云：「斜抱銀箏不敢前，春山無語蹙冰絃。自從學得南朝曲，紅豆銷魂十四年。」《阮亭紀事》云：「秋風憔悴謝芳姿，瘦盡瓊芳第一枝。總是玉人橋上月，清光還似定情時。」「金鑰銅魚見淚痕，依稀只隔一重門。籠中鸚鵡無他語，只向迴廊説舊恩。」《和呂黍宇紅橋詩》云：「新街細路越城濠，紅粉油竿酒旆挑。更過東頭轉西弄，瓦房低處種櫻桃。」《題阮亭青溪遺事畫册》云：「緑楊風裏繫斜曛，自在烏龍卧簟紋。聞説中門將攏鎖，心情分付與雙文。」「新桐初引月將斜，紅板橋頭第一家。門裏謝娘春睡懶，不知開到玉簪花。」「羅裙窸窣㠶瀟湘，匿笑争窺繡幔旁。六幅笙囊空似水，細聞聲處斷人腸。」《徐竹逸納姬》云：「箇儂妝閣近紅椒，小倚身材門柳條。一事更須驕女伴，上頭五日即花朝。」又《無題》云：「難怪玉蛾消瘦盡，古來命薄爲風流。」

不敢居詩話

後編

（原書缺葉）

〔郭頻迦《題湘湄松風仙館圖》云：「少壯胸懷太慨慷，〔百〕年坐見鬢成霜。神仙縱有非吾好，已遶荒齋種白楊。」《曲籠》云：「曲籠桂枝鉤，盈盈到陌頭。東南初出日，十五不知愁。路滑徐行怯，梯高半上羞。相逢冶游子，亦解眼波流。」《賦得洛陽女兒對門居》云：「深巷横街各枕流，何須大道起朱樓。折花年紀驚初見，鬬草時光記出游。牢合桂叢金鑿鎖，沉吟菱鏡玉搔頭。隔牆定有王昌住，葉葉花花只自愁。」《小雨》云：「轉緑回紅春事休，端居合賦畔牢愁。孤懷黯黯臨當去，小雨愔愔似早秋。展卷聊遮遠望眼，著書易白少年頭。平蕪無際斜陽漏，商略閑身合倚樓。」《寄錢同人》云：「新荷擎雨怯，怪石學雲頽。」《曼生水西感舊圖》云：「何甥謝舅盡豪賢，思舊銘工孰與傳？看到書郎成宅相，故家喬木已蒼然。」「叢篁高柳未荒涼，料得循檐更遶廊。第一人生難忘處，荷衣年紀讀書堂。」《馬湘蘭畫蘭》云：「任俠紅粧最數君，題詩鄭重感斯文。春燈燕子消沉後，誰唱當年白練裙。」《唐陶山修六如居士祠墓》云：「耆舊吳中數沈唐，解元臨老更倀倀。才人從古傷心地，埋骨青山縱酒場。」「中丞去後賸寒雲，數十年來有使君。述祖詩成兼酹酒，一時故鬼唱秋墳。」「三生白骨老參禪，破衲雲山絶可憐。身後是非應一笑，盲翁負鼓説因緣。」「異代風流敢自誇，小桃深隖記停車。驚心兩袖龍鍾淚，二十年前哭落花。」《張明府雲藻見過兼訊吴兼山》云：「清晨慵未起，乾鵲噪檐端。稚子催巾襪，鄰人看長官。貧稀生客過，病怯早秋寒。珍重升堂意，居然見古懽。」「漸覺科名急，其如老大何。相看當日意，回首少年過。問訊登樓客，遥憐斫地歌。風塵倚身手，愁病莫蹉跎。」《秋潮》云：「大地浮沉著此生，年年八月旅魂驚。雲扶海立千檣静，雪擁山來萬鼓鳴。暮雨人歸黄歇浦，西風病起廣陵城。猶嫌未識江潮味，又趁征鴻向越行。」《秋烟》云：「遠岫遥林一抹横，朝霏疑重霧疑輕。山家起早炊初熟，水面寒多畫不成。疎雨似從前夜過，夕陽只在下方明。驛亭征馬溪頭棹，愛傍蕭疏兩鬢生。」《秋寺》云：「招提僻處隱孤村，世外應知佛日温。風定鐘魚傳遠夢，山深竹樹有霜痕。蟲聲滿地僧歸院，松影如潮月到門。四百南朝烟雨裏，蹇驢尋遍又黄昏。」《秋衾》云：「昔昔明釭的的羅，（冰）〔水〕紋簟冷夜如何。象牀宛轉和愁疊，銅輦荒凉待夢過。睡鴨有香留宿火，文鴛無力卧寒波。宵長算只詩人耐，瘦裏山肩坐獨哦。」《秋林》云：「江岸天容分上下，屋檐寒色露人家。」《秋燈》云：「高樓刀尺思千里，寒雨江湖動十年。」《秋鬢》云：「野菊最宜騷客插，寒蟬先替美人愁。」《秋蝶》云：「幾處羅裙虚夜月，有人團扇亦西風。」《留獨游》云：「分同落葉秋先怯，能爲黄花住亦佳。」《示汀鷗》云：「潁士才名老奈何，西風落葉又蹉跎。妻孥見慣親朋諒，只覺年年愧女多。」《重赴勾無》云：「又聽迴帆急鼓催，江山如此客生哀。百年草草隨行路，落日荒荒入酒杯。芋栗園收飢鳥下，烏鴉船聚暮潮來。勞生已是雙蓬鬢，更著清江照一回。」《寫望》云：「瘦盡遥山晚更蒼，一叢深樹雜丹黄。楓人自爲微霜醉，略遣匆匆待夕陽。」「水面無風急始波，山容將暝遠如螺。天公愛作雲林畫，墨點昏鴉也不多。」《晤人》云：「新學漸多憐我獨，故人皆貴訝君遲。」又「何心造物偏窮我，無奈江湖易老人。投筆未能元不武，入貲終愧又緣貧。」《畫荔支》云：「青猿摘後雨晴時，膚雪衫紅入手知。略享虚名多減福，生成小字唤離支。」《素馨》云：「清于抹麗小于釵，澹似山礬瘦似梅。槐葉宵炕花夜合，要留渠向枕函開。」《當湖感舊》云：「有幾故人無奈死，忽看兩鬢可憐生。風從斷雁行邊急，日在昏鴉背上明。」《逼除》云：「少好遠遊今頗倦，歸貪高卧客從嗔。酒人已散心疑老，書賈猶來想未貧。」《寄人》云：「尋常與子難相見，寥落憐渠極不忘。年長方知兒輩樂，歲除也有一時忙。」《集友漁齋》云：「新酒比詩辣，薄陰如水寒。」又「衝雨舟如閑鷺立，入春心似野梅開。」《穀日》云：「雨無疏密常侵夜，夢不分明只爲花。簾外曉煙雙鵲語，酒邊風色一旗斜。」《讀馮玉如詩》云：「同輩少年工學步，入時新様各挑鬟。」《水仙》云：「冬心寒尚抱，春女静無言。」《弔厲樊榭及月上墓》云：「打槳苕溪賦最工，依然禪榻侍春風。馬塍花底詞人老，應悔匆匆嫁小紅。」《雨中即事》云：「回門嬌女兩鬟齊，船小鴛鴦總並棲。扶上岸來鄰姥笑，石榴裙上點春泥。」「雨餘飛雪忽成團，雪裹梅花取次殘。未免又教桃李笑，看他開早受春寒。」《寒食》云：「止酒心情憐薄病，看花伴侣減當年。」《發錢塘》云：「小艇穩浮新水去，遠山澹入暮烟無。」《邵氏園》云：「雨活苔痕都似水，池摇樹影不驚魚。」《風雨》云：「兩鬢教人知老大，一尊隨分慰蹉跎。」《喜晤》

云：「共驚握手顏非昔，差喜當杯量似前。草草文章聊假日，漫漫絲竹且中年。」《水閣》云：「餘墨尋紈扇，新凉愜酒尊。」《長春道院納凉》云：「夢中鶴似車輪大，檻外龍爲鐵笛聲。」《柴門》云：「螢火光陰如雨墮，酒杯顏色似天青。」《查丙塘東望圖》云：「飢烏遶樹烏傷弓，我亦年來作寓公。幾稜山田三畝宅，故人好待不匆匆。」《遡溪》云：「荷葉中開微有路，樹陰四合更無鄰。岸邊花鴨看閑客，雲外流虹似美人。」《即事》云：「未秋燈已含凉意，過雨雲猶作水聲。」《立秋》云：「梧葉只知隨例落，燈檠稍覺與人親。」《露坐》云：「樹杪危巢驚墮鵲，草根微露泣鳴蟲。」《寓樓》云：「湖山正好有新月，詩酒只憐無故人。水面輕鷗還識我，柱心瀋墨欲生塵。」《偶成》云：「菱葉蘋花瑟瑟流，晚凉催放木蘭舟。西風不管紅蕖怨，又作今年一段秋。」《夜游北山》云：「屋後豹聲知是犬，溪邊樹影望如人。」《嵇天眉素春山館圖》云：「名花無色相，寒女有神仙。」《陳默齋壽雪山房圖》云：「天花吹古色，山骨抱冬心。」《飲酒》詩云：「堪笑群兒苦近名，千秋奚啻一杯輕。便傳著作將何用，竟薄英雄似不情。瓜熟驪山秦博士，葩緜漢殿魯諸生。桃源聞有真仙住，酒緑花紅了不争。」「世間豈有訣登真，天路茫茫漫結鄰。新種白榆皆小草，化爲黄鵠失前身。九關虎豹雲中犬，萬里沙蟲劫外人。差喜酒星無恙在，參旗横處見來親。」「公卿未用薄輿臺，呼取同傾酒一杯。試看飛花兼落絮，不登几席便塵埃。今無好事能相賞，古有奇男自此來。我醉已拚人欲殺，最難爾解愛麄材。」又「身世不諧偏獨醒，飢寒而外有奇窮。」又「對客周旋甯作我，與時俛仰不如人。小兒夕共嬋嫣話，燈火宵分一倍親。」《喜丹叔至》云：「意外忽來驚喜雜，客中相見主賓如。貧爲兄弟長離别，老有兒童問起居。」

《消寒雜詩》云：「對客無言渠自去，作詩太苦墨先乾。」《坐雨》云：「草堂客似春星散，水閣寒先積雪消。」《和丹叔》云：「曉色窗櫺遲破白，中年詩筆懶裁紅。」又「窗間雲氣生拳石，燈下花頭落古釵。」《閏花朝》云：「細柳疏花宜帶雨，酒人春社自成圖。 文章笑比黄楊閏，身世憐仍白鳥孤。」《歸自湖上》云：「銷磨孤旅惟沉醉，零落前游有大招。」《薛可庵蓮影圖》云：「多情合賦比紅詩，照影休驚有鬢絲。 湖上鴛鴦三十六，何人看見白頭時？」《寄金文沙女史》云：「即事又添佳話在，此才元合古人看。」《送春》云：「細柳婆娑枯樹賦，微波浩蕩白鷗天。」《題畫》云：「出巢乳燕學飛忙，摇蕩風枝窣地長。 記得玉闌干外見，有人羞斂越羅裳。」「春光已到楝花風，〔淺〕夢濃香見一叢。 記否折花年紀小，買他長袖半邊紅。」《鍾馗省妹圖》云：「疎林欹倒危橋曲，滿紙愁雲寒簌簌。 蹇驢路滑馱不前，風吹〔兩耳半〕邊緑。 終南山人膽滿軀，鬼氣濃入蒼眉鬚。 豈真官爵慕人世，行路猶著朱衣朱。一僮縮項頭如菌，擔壓肩頳行且忍。 看渠驢背雙眼張，似喜前山婿鄉近。 高樓隔霧開房櫳，倚樓小妹顔芙蓉。 女蘿薜荔善窈窕，漆燈一點山榴紅。 金蟾鎖齧倉琅户，紂絶陰天漏絲雨。 坎侯歌罷阿兄歡，山鴞夜作神泣語。」《送默齋赴閩》云：「潮落魚龍安澤國，秋高旗鼓見榕城。」《素君水閣塗粧小影》云：「綺窗盪影三分水，羅帶當風二月寒。 無賴柳枝鬬眉嫵，亂吹濃緑上闌干。」《書魯公乞米帖後》云：「昨者糧盡妻孥愁，勸我作書通交游。 丁甯老僕莫辭苦，已汲井華净洗釜。 歸來入門兩手空，主人宴客高堂中。 寄聲汝主問安否，答書未暇緣匆匆。」《語兒道中》云：「怒雷猶似不平鳴，雨過殘陽又放晴。 早有玄蟬識時節，一絲風裏作秋聲。」《次韻船山太守四十初度》云：「僂指京華近十年，江湖相望各蒼然。故山老我休招隱，平地看君已若仙。四十頭顱今日是，文章卓犖此人偏。也應勝似華陽董，縣吏催租更索錢。」《游戣光同潘紅茶許青士》云：「鐘暝催孤棹，鴉寒戀故林。」《留別湖上諸友》云：「故人好在難成夢，作客無聊易得歸。早臘聞雷驚破柱，寒燈留燄想縫衣。」又「詩思消磨年鬢裏，酒杯狼藉淚痕中。」《百蟲》云：「百蟲何知口銜土，卧穩九淵任風雨。天公玉女笑投壺，豈意人間復有汝。」《寄王延庚侍御》云：「永憶江湖堪送老，驚心故舊亦全稀。」《集長春道院》云：「風心催酒琖，涼意媚秋花。」《夜賦》云：「坐深銷酒力，燈澹抹花光。」《出郊》云：「水際野梅如晉士，病中老衲作唐裝。」《和退菴》云：「小圃種梅亦種菊，野航載花兼載人。先生醉歸谿女笑，摇破一谿青白蘋。」《人日遲友》云：「人來故國閒何闊，春到貧家早亦遲。去歲曾同椒酒會，十年誰續草堂詩。」《穀日》云：「重簾〔卷〕處聞疏雨，蠟照昏時似暮霞。」《石門道中》云：「邨深園樹密，寺古剥牆紅。」《春事》云：「微雨簾櫳疑白曉，薄寒庭院易黃昏。」《山塘》云：「少壯輕分老大悲，扁舟欲放又遲遲。十圍楊柳三篙水，不似當年慘緑時。」「下堂衣袂惜重牽，草草匆匆囑食眠。憑仗阿奴休説與，阻風中酒似從前。」「牽雲曳夢記前因，一送春歸不算春。猶向小紅樓外泊，疏簾如水斷無人。」《示人》云：「賤貧分手易，笑語强顔多。」《山塘感舊圖》云：「冥濛絲雨做春殘，小卷疎簾倚暮寒。乳燕學飛花落去，夕陽紅上舊闌干。」《呈曾都轉》云：「列戟門庭清似水，過江人士望如山。」《汪飲泉昉溪圖》云：「竹西歌吹古揚州，笑我還思跨鶴游。十里珠簾二分月，有人回首故山秋。」《贈方子雲》云：「〔二〕〔三〕月春先盡，隔年人未歸。文章羈旅感，歌吹壯游非。塵易龍文黯，糧難鶴骨肥。新安好江水，孤負釣魚磯。」又「飛黄同輩盡，垂白傍人難。」《康山》云：「頭銜鶩宦豎，腰鼓送餘年。」《贈人》云：「心交文字外，酒病别離中。」《康山聽鶯曲》云：「垂楊作城花作國，飛絮游絲亂如織。春風吹墮海東雲，澹月初黄畫簾白。兩牀絲管曉不收，美人醉困花爲愁。隔花姹姹嬌唤起，頽雲入鏡明波流。翠霧碧煙相掩斂，蛺蜨翩翩燕冉冉。鎖窗了鳥響餘音，流過彈丸金一點。瑶笙入手澀未吹，銀簧呵暖紅口脂。豈知偷得新翻曲，又度鄰牆高樹枝。蕪城萬户春愁重，衾壓濃香怨哀弄。玉鉤斜上草如煙，不醒沉沉萬古夢。」《游惠泉》云：「一畝青山半畝池，吹來凉雨角巾欹。垂楊老愛臨池立，只道風流似昔時。」《夏日田園雜興》云：「形容真似列仙癯，齋禁兼旬肉味無。聽説爛蒸休折項，不知是鴨是胡盧？」「七十衰翁鬢髮斑，乘凉那得片時閑。二蠶今歲無人看，贏得桑陰蓋屋山。」「睡醒飛蚊遶帳鳴，起看月影半窗横。野人最厭閑歌吹，〔只〕許蝦蟇夜打更。」「兒童嬉戲髮披肩，今歲都無上學錢。似聽村夫子長歎，研田隨例有荒年。」《夏日游仙》云：「夜明簾子曲璚鉤，蜜色通犀壓兩頭。偶墮亂螢三四點，不知下界有星流。」「上元無事肯來無？已約麻姑置玉廚。學得人間團扇樣，要他密字寫真珠。」「倦來懶更誦黄庭，步屧空廊藥草馨。睡殺階前雙白鶴，松花如雨不梳翎。」「洗頭才了髮蓬鬆，飭宴群仙太華峰。三十六真朝上帝，一時齊把玉芙蓉。」「白龍皮冷歇鑪烟，小列棋枰賭酒筵。一局便銷三百劫，世間猶道日如年。」《夏日閨詞》云：「綉罷空庭日影移，閒愁不遣侍兒知。水精簾底支頤坐，獨看荷花夜合時。」「蘭湯深注洗頭盆，午夢初回尚掩門。女伴相呼羞不出，枕函紅暈半腮痕。」「爲收緗帙典金釵，狼藉牙籤滿玉臺。

笑唤檀奴須早起，曝衣樓上曝書來。」「寂寂銅鋪浩露零，繩河明白晚天青。侍兒愛問梁清事，織女旁邊第幾星？」「曉凉初啟碧紗幮，懶握犀梳理髮逋。先揭花瓷换新水，雙頭抹麗已開無？」《哭青庵》云：「貧真到骨生何戀，酒不濡唇病已深。」又「向後心情俱怳悼，即今世路益艱辛。」《畫海棠》云：「宿酲容易困豐肌，高燭燒殘恐未宜。露氣正濃風力澹，曉寒時節莫驚伊。」《秋集》云：「萬事無端催兩鬢，一年容易又重陽。多煩公等酬佳節，笑謝山靈恕酒狂。」《題吴應奎讀書樓集》云：「蜀鵑悽戾峽猿哀，細字昏燈一卷開。並世不曾教我見，多生何苦帶愁來。士無知己甯非命，窮到奇時亦損才。多謝諸君爲流布，黄金馬骨重燕臺。」《天長寺坐雨同霽青》云：「天涯聽雨又僧廬，牢落情懷破夢餘。青眼還爲吾子望，白頭未肯酒人疏。江湖寒影催征雁，節物清秋媚老漁。一樣緑窗紅燭底，此時定憶病相如。」《太真出浴圖》云：「不用黄金買侍兒，玉荷葉底見凝脂。華清宫殿蓬山島，一樣梨花帶雨時。」《酒帘》云：「薄寒城郭占風色，微雨人家出杏花。草草長亭人駐馬，翩翩大字墨塗鴉。」《琴囊》云：「中有咸韶聽恐倦，世無夔曠出何遲。」《棋奩》云：「裼裘客到薑芽斂，清簟人閒酒榼并。」《病中》云：「鶴夢凉知天夜旦，雞皮潛换玉肌膚。」《懷穀人先生》云：「詩壇兩浙魯靈光，老愛填詞亦擅場。唱遍康王新樂府，紅橋絲柳半斜陽。」《陳曼生》云：「尺書旁午使交馳，尚戀朋懽欲去遲。六月火雲君莫怨，卸裝正好荔支時。」《許青士》云：「此人未許點朝班，驢券匆匆下第還。一笑憐才元自有，只除紅粉便青山。」《范小湖》云：「驚蛇飛鳥僧懷素，斗酒彘肩劉改之。不宦不昏情味惡，看他閑過少年時。」《袁湘湄》云：「幾曾鍾乳媚閑房，幾見傾身鄣簏旁。學道難成謀食拙，不如依舊著書忙。」《袁笛生》云：「白日飛書夜斫營，丞哉天子獨知名。只憐聽遍伊凉笛，不及連牀夜雨聲。」《張淥卿》云：「兩爲秦贅客天涯，張儉飄零未有家。安得洞庭千樹橘，招他夫婦種胡麻。」《蔣伯生》云：「尻高首下叩頭蟲，談藝依然氣若虹。旗蓋三分吾豈敢，不官不死不英雄。」《金仲蓮》云：「醉倒壚頭晚不醒，累君屯守到天明。年來故舊音塵絶，慚愧紅兒記姓名。」《程沅薌》云：「亭亭玉立出雞群，藹藹詩情態若雲。一種神仙偏小謫，脚靴手版可憐君。」《張墨池》云：「但教有酒得如淮，那肯低頭計吏偕。想見摸魚歌歇後，素馨花滿九雛釵。」《答退庵》云：「風定調刁聞地籟，病餘歌舞謝天魔。」《喜雨》云：「風情高柳得，雲氣外湖濃。」又「凉思新酒命，喜極小詩裁。」《紫雲洞納凉》云：「瀾回大海深深紫，影倒中天閃閃青。卧冷只愁黏薜荔，噓嚴或恐蓄雷霆。」《夜游斷橋出外湖入西泠沿孤山以歸》云：「葑田菱汫太縱横，開處青山忽倒生。可惜水風多薄相，要他摇盪不分明。」「風急生衣漸覺單，回船〔凉露〕篛篷溥。黄皮塔影如人立，老秃虧渠不道寒。」「近如星點遠如烟，夜夜老漁撑釣船。一笑湖光詫坡老，本來非鬼亦非仙。」「瑪瑙坡前葛嶺頭，風回萬木響颼颼。諸天入定群山睡，蟋蟀數聲荒寺秋。」「長年難得舊相識，濁酒先沽老瓦盆。畢竟閑人如我少，僧房山店早關門。」《夜雨》云：「身世舊愁殘酒醒，江湖遠夢一燈摇。」《和姚别峰西泠感舊》云：「明湖只合住西家，門外長堤一道斜。春苑畫圖開蛺蝶，秋宵更漏急蝦蟆。聰明心性工吹葉，嬌小年華記折花。安得成都千斛酒，燒春壚畔足生涯。」「寒碧森森護小軒，兩三家住不成村。問名怕滴銅仙淚，助媚深留獺髓痕。文杏畫梁巢已换，香苔員屐印猶存。玉梅死去緗桃盡，孤負連宵月到門。」

「那得璇宮竊玉清，烏絲闌敝失前盟。從來么鳳難同命，不信雄鳩巧問名。名士傾城殊負負，才人斷養誤卿卿。傷心病榻重逢日，猶望銀河理玉笙。」「重來客鬢滿塵沙，舊日垂楊已暮鴉。怨曲翻成古訣絶，風情好在小人家。畫簾暗想扶頭起，粉壁昏曾點筆斜。自有青衫兩行淚，不關中酒聽琵琶。」《答屠琴隖》云：「别來相見得，病後此身尊。」《畫扇》云：「從來團扇是愁端，誰把幽姿畫與看。同向春風各顛頳，水仙寒殺玉梅酸。」《病榻勘書圖》云：「景純幾欲賦仙游，扶杖居然强下樓。爾雅注來剛一笑，流螢乾死蠹魚愁。」《和丹叔》云：「了了群山分外青，争迎短棹此間停。西湖可似銀河闊，只著中間一客星。」「芙蓉的的滿芳塘，讓與眠鷗占夕陽。散髮關門君信否，只貪一味竹風凉。」「惺然非夢亦非真，誰識婁公夙世因。樹下跏趺頭似雪，卅年行脚是何人？」「載酒連船共拍浮，諸君年少本無愁。客歸夢醒月光上，自起呼燈賦感秋。」「萬壑松濤挾怒飆，病身如葉望秋凋。養生近覺聞根斷，朝聽鐘聲夜聽潮。」《〔桂〕樹復花旋雨》云：「露葉自明無月夜，風簾猶卷已寒天。」《别陳小筠参戎》云：「數語未終排馬去，一燈無燄照雞栖。」《書懷呈穀人先生》云：「一寸燭隨鄉夢短，二分月爲旅人寒。江湖滿地聞新警，鴻雁遥天憶故懽。」又「途窮牢落千秋想，氣短低回一飯心。」《答張老薑》云：「酒酣未減狂奴態，歲暮難爲獨客心。新曲聽翻連瑣玉，故人贈比錯刀金。」《酬劉芙初》云：「偶爾一尊成聚散，落然數語見平生。」《廢畦》云：「桔槔綆斷泉流咽，苜蓿盤開菜把空。」《斷橋》云：「趁墟船小抽帆過，唤渡人閑倚杖遲。拳足鷺多寒意思，空腔柳剩舊風姿。」《寒燭同芙初》云：「簾輕幕重護風侵，對影幢幢惜夜深。雙翦蹴紅呵凍指，一花綴粟抱冬心。高樓刀尺霜同響，餞歲盤筵酒坐斟。苦憶照人沉醉處，海棠庭院正春陰。」《快雪忽晴》云：「一臘正須三見白，今年最好兩頭春。」《淮海仙女祠神弦曲》云：「銖衣夜降嬋娟子，鶴背珊然珮環起。一絲風裏楚魂凉，夢雲不動流霞紫。迢迢秋老紅芙蓉，家在東陵東復東。青溪水淺白石爛，尺書悔托微波通。金泉山中謝家女，水翦雙瞳隔烟語。平明別淚飄寒空，鴛瓦疏疏響殘雨。」《蕭梁公主祠》云：「老公成佛維摩死，一代風流竟如此。漂搖北渚雲旗翻，渺渺神光來帝子。愁雲卷雨開烟鬟，隔江如夢南朝山。青絲白馬幸不見，溧陽十四啼痕斑。邗江女兒識蕭字，曼睩騰光相嫵媚。回眸盼斷隔簾人，偷翦紅綃聚冰淚。淚滴寒江江水淺，歲歲女兒洗啼眼。」《露筋祠》云：「貞魂一絲骨一束，天地爲鑪試寒玉。百年血肉同銷亡，白鳥青蠅究誰酷。叢祠山木飛鼯鼪，白蓮花落棲餘馨。小姑含涕大姑笑，黃河自濁淮流清。紛紛少婦羞遮面，碧紗幮外流螢見。」《繡女祠》云：「裁雲作片雨作絲，春風繡出千花枝。揚州女兒爭乞巧，繡得花枝春已老。楊花李花開旦暮，玉勾斜上草頭露。買絲須繡胥與種，颯颯靈風送歸去。」《英烈夫人廟》云：「天狗舐地使星死，水沸長淮三百里。愁雲毒霧華筵開，美人意氣如虹起。安耶全耶鬬似虎，吾戴吾頭爾何怒。口脂淺澹血痕紅，賊面何曾直我吐。章臺之柳奇松姿，小朝廷乃無男兒。髫童丱女爇香拜，此非舉舉非師師。冬青樹樹髑髏白，精衛飛來尚銜石。女中自有雷海青，江上休然天水碧。」《爐火》云：「十年誰宰相，一夕得陰何。」《寒鐘》云：「犍椎喚起思無端，深擁重衾覺尚單。山寺風霜孤艇夜，粧樓金粉六朝寒。鶯聲花氣尋前夢，蠟照爐熏失舊懽。終擬清凉作行者，不辭掃地過冬殘。」《寒岫》云：「歷歷窗中試眺憑，欲騎瘦馬怯淩兢。獨撑天地支離極，豈是冰霜刻畫能。雲裹老人蒙絮帽，風前玉女見衣棱。雷霆深護龍蛇蟄，對面呼渠恐不膺。」《寒罾》云：「澤腹初堅未可刳，千絲何處覓漁租。曬來屋角斜陽影，畫出江干欲雪圖。傳語鮫人收涕淚，須然犀火照珊瑚。長橋其下澄湫水，赤手能屠事有無？」《寒帆》云：「獵獵風蒲淰淰寒，祝渠無恙我平安。浮沉人海歸何晚，蕭瑟江天畫亦難。空際縣來離別影，客中抽及歲華殘。呼童急打船頭鼓，已到吴江釣雪灘。」《寒鴉》云：「平原盡處暮雲封，疏柳髡時墨點濃。落日歸帆齊閃閃，孤村流水故重重。渡頭冰合争漁艇，牛背風寒讓牧童。苦憶向來征戰地，啄瘡病馬太龍鍾。」《寒雞》云：「便無風雨亦蕭晨，誰肯柴荆剥啄頻。粥粥散隨初出日，膠膠偏唤不眠人。登場爪距淩霜怯，入世雌雄得食馴。一笑老夫忘得失，深缸倒盡甕頭春。」《寒犬》云：「寂歷千村共掩扉，豹聲隔水聽依稀。冰苔有月還花影，深巷無人正雪飛。爲我寄書憐太遠，笑他食客轉能肥。壯心欲臂蒼鷹共，明日天山去打圍。」《寒燈》云：「〔那〕有金蓮蜜炬高，短檠昏澀照牛毛。何人五夜傳無盡，伴我三冬讀太勞。隔院機聲悲杼柚，叢祠篝火戛弓刀。悠揚正作還家夢，自掩重門挂壁牢。」《寒爐》云：「密下重幃厚列茵，更煩良友送烏銀。貍奴閒後同叉手，獸敥微時得直身。豆子一星參古德，芋魁半箇啗何人。天涯苦憶田園樂，品字柴頭坐欠伸。」《寒蔬》云：「百甕何嘗食藉空，天涯長笑庾郎窮。客聞壺項疑爲鴨，詩出虀腸或類蟲。翦韭園丁剛夜雨，登盤菜甲又春風。長鑱託命空山雪，苦少荒畦地十弓。」《寒研》云：「青氊同伴苦寒吟，冷面年來似臼深。湯沐可曾相暖熱，火畊聊遣氣蒸淫。三更尚滴蟾蜍淚，千古難磨冰雪心。到底石交能耐得，又煩秀句答知音。」《寒樵》云：「萬竈炊烟猶待汝，一肩風雪爲人忙。」《芸香》云：「不登秘省甯非福，肯傍書籤定愛才。」《綷板》云：「艱難船上水，顛倒笏横腰。」《篷脚》云：「一峭隨風勢，微生託汝曹。」《柁牙》云：「孤燈船尾見，一綫水痕拖。」《雞缸》云：「入夜奇兵鬭，當場勇爵先。」《雁燈》云：「短檠尋手札，長信久烟煤。離夢隨人遠，春花卜信回。」《山塘》云：「山形隨寺盡，塔影過橋明。」《文君當壚圖》云：「壚畔春風吹玉琴，雍容夫婿自知音。可憐不識錢刀重，也要人間取酒金。」《朱夫人聽秋圖》云：「秋聲不在紙，寒意自難任。重以閨中怨，工爲楚客吟。風霜寡鵠操，天地候蟲心。想見牽蘿屋，蕭然落葉深。」《與夏清和話舊》云：「纖縑織素總能嫺，錦瑟吟成淚點斑。一等人間埋玉恨，草心紅上卧龍山。」《呈蘭畦丈》云：「白髮還朝前侍從，朱衣舊吏半公卿。」《皋亭道中見桃花落盡》云：「行盡香溪不見人，愔愔小雨黯如塵。青衫留得零星淚，來共流鶯哭莫春。」《蕺山書院訪古華太守》云：「雲屋有人來剥啄，鏡天如畫展丫叉。」《姚江有晤》云：「極知到處皆鴻爪，不分而今各白頭。」《續游仙》云：「〔歷歷〕星躔好墓田，似聞弄玉又成烟。簫聲吹徹離鸞曲，腸斷人間沈下賢。」「小别重過阿母家，蛾眉蕭颯鬢絲斜。碧桃開落三千歲，終是瑶臺短命花。」「移得明河作鏡臺，梳成三角髻雲頽。阿環愛話當年事，曾見垂髫覆額來。」「夜半依稀降玉真，尚留紅淚滿羅巾。是誰聽得弓弓屧，雲路原無剗襪人。」「六曲屏風一面偎，沉沉寶篆夢雲香。九華帳外無人見，睡殺桐花小鳳皇。」「亦知鳥爪是真仙，笑擲丹砂尚少年。一種閑人還背癢，不妨使物有神鞭。」「一水盈盈機杼停，斷楂何意接青冥。笑渠略到銀河畔，已被靈臺奏客星。」「霧閣雲窗有小顰，尋常杯杓不濡脣。多應難禁裴郎勸，一琖瓊漿醉一春。」「小劫無端也斷腸，天風吹得玉肌涼。雲籤秘笈都零落，又向龍宮覓禁方。」「病起還爲弱水行，空中微度珮環聲。侍兒扶上青鸞背，玉骨深憐一倍輕。」「耦意齊心亦大難，青天碧海恨漫漫。素娥不是羈孤極，肯許寒篁伴廣寒。」「封詞千萬小心風，不信紛紛謡諑工。到底劉安無道氣，帶他雞犬住雲中。」「瞥然一念十年留，畢竟蓬萊是故邱。人世青山無限好，只能埋玉不埋憂。」「羅浮殘月墮黄昏，縞袂仙人有淚痕。夜半巫陽傳帝勅，春風先返玉梅魂。」《孫閑卿女士木芙蓉》云：「騷人木末意深長，不識江南有拒霜。想見西湖似明鏡，自臨秋水寫紅妝。」《鵲尾》云：「鵲尾鑪香供佛熏，人天杳杳斷知聞。春歸空記花生日，夢短真疑月墮雲。遺恨網蟲留畫扇，傷心簇蜨失羅裙。八關齋罷三生了，自寫東陽懺悔文。」《答退庵》云：「意氣凌人無賴極，男兒作達可憐生。」《鍾馗宴客圖》云：「一鬼軒軒持謁入，百鬼紛紛布几席。滿堂鬼火青幽幽，鬼馬鬼車雁行立。馗乎敬客先趨風，吉莫韡皂緋袍紅。不知此客定誰某，子虚烏有亡是公。山鴞作羹人作鮓，〔彳亍〕夔魖學嫻雅。婪酣大肚能監廚，應是當年肉食者。長筵廣席矜豪奢，軍持亂插山榴花。紙錢百萬供一箸，豈知餓鬼紛如麻。君不見，王家石家皆塵土，不及老馗作鬼主。可憐魚腹有靈均，飢向蛟龍争角黍。」《常潤道中》云：「一生屋不蝸牛負，盡日舟行吠蛤聲。劍賣思畊陽羨水，艣摇心識吕蒙城。」《雨中見新荷》云：「生小愁風不愁水，情人如玉已如烟。」《寇白門小像》云：「腰間寶玦王孫淚，馬上桃花故國春。」《旅中雜感》云：「動地風聲攙鼓吹，壓城水氣冷金銀。」《聞覺生視學河南》云：「往日文章高大曆，衹今河嶽在中州。」《程孟陽山水扇面》云：「風帆阿那挂江干，想見鄉心共客還。畫出秣陵天樣遠，幾株衰柳不多山。」《羅兩峰鬼趣圖》云：「不坐而趨，不袴而襦。前行娖娖，後行跦跦。噫彼藍縷，豈窮之途。豈無妾馬，爾驅爾娛。曰其生前，高冠大車。」又「山阿含睇宜，子夜悲歌苦。采蘭問遺君，幽咽不得語。凄然一絲魂，癡絕相爾汝。月照退紅衫，上有清淚古。」又「月冷魚龍静，天高魑魅長。喜人忽身手，笑爾只尋常。九首飛空捷，連鰲下釣忙。惟應滅燈燭，莫與共争光。」又「一尺桑生面，攬鏡自言好。人間將相才，莫笑此頭腦。」又「彳亍精靈瑟縮寒，九幽風雨極漫漫。人間儘有泥塗辱，地下依然行路難。荷葉淋漓油傘破，楓林慘澹漆燈殘。江湖滿地參人鬼，可許監門畫與看。」《樗園雜詩》云：「夢聞竹外雨，瑟瑟復瀟瀟。醒見牀前月，枝枝葉葉摇。孤懷開小病，萬籟入深宵。早有秋蟲語，空階不自聊。」又「去歲攜奩具，依人住道南。纏綿憐病婦，顛倒夢宜男。疫鬼争新故，眠蠶起再三。書來知好在，解索蜜犀簪。」又又「園荒蟲鳥怪，客久僕僮疑。」又「樹密添山暗，櫺疏受月明。」又「驚蛇争草勢，布穀學書聲。」又「香燈忙鬼節，歌哭各人情。」又「貧知好書貴，野失故人尊。」又「同聲聽吴語，分影坐秋燈。」《夜起》云：「褰簾瘦影追前事，別樹羇雌斷故恩。」《寄家人》云：「作意秋風八月寒，天涯倦眼思漫漫。飄零江北魚鱗損，偃蹇淮南桂樹殘。別後風花真泡影，夢來淚眼是波瀾。清輝莫負閨中月，雖隔山河尚共看。」《燕臺》云：「燕臺詩句柳枝詞，費盡聰明誤盡癡。三月桃花紅釀醋，八蠶緜繭老抽絲。」《翦淞閣》云：「谿田活碧分叢灌，塔寺蒸紅出斷霞。」《木芙蓉》云：「虚幌風泠人斷夢，秋江潮熟雁思鄉。」《墨卿太守重書朝雲墓碑》云：「一聲河滿天涯淚，半偈金剛病裏禪。異代蕭條重弔古，多生文字結深緣。」《弄珠樓即事》云：「野水縱横自亂流，登樓有客話前游。閑鷗頭白無情思，不爲斜陽記許愁。」又「市聲多在水，竹影遠浮山。湖海生空闊，天風想佩環。」又「親人魚鳥换，爲客歲年徂。」《栖心寺》云：「研凹僧眼碧，殿冷佛燈青。」《丹叔病起》云：「鶴骨支離病更輕，喜看扶杖下樓行。關心藥裹思前痛，見面親知慶再生。話久正須兼坐卧，詩成未要苦經營。兩年同脱毘嵐劫，留作他時老弟兄。」《被酒有作》云：「花月荒唐成老境，文章微婉有危詞。」《舟過石門灣放燈正盛》云：「燈火江湖如夢寐，鄉邨風物自華胥。」《孫古雲上冢圖》云：「促席明燈話夜闌，有人西笑問長安。怪他肘後黄金印，肯换西湖一釣竿。」《秀州道中》云：「灣頭新水嫩于草，樹杪流雲明似花。」《春日》云：「短夢易重復，深窗疑雨晴。」《張芑堂石鼓亭》云：「金石一編娱老眼，海山四面護皇墳。」《牡丹正開止酒》云：「未肯當春便憔悴，却緣小病負嬋娟。」《贈程沅薌》云：「不作詞臣應有恨，便爲循吏亦須才。」《小飲》云：「天涯落拓逢今雨，詩味清醇似舊醅。」又「田園竟老徐高士，鄉里終思馬少游。」又「少年時早輸王勃，男子人終識孔融。」《聞絡緯》云：「簾外風霜游子淚，燈前砧杵故園聲。」《見來》云：「見來依約别來難，一杵霜鐘五夜殘。荷葉聲喧通夕雨，〔楓根人〕犯早秋寒。」《獨酌》云：「山川信美登臨懶，親故都疎夢寐頻。秋老鶯啼如怨女，夜凉螢火是單身。」《得家書》云：「熟知門户支持苦，尚爲科名問訊頻。伏櫪馬無千里志，不材木要百年身。」《以當歸龍眼浸酒》云：「蜀使函開無遠志，荔奴骨醉亦承恩。」《寄家人》云：「自知食少恒妨壽，近覺宵長并廢眠。下箸萬錢真乞相，破鐺一飯定枯禪。」《贈人》云：「雁書横塞遠，馬骨出關高。」《寄渌卿》云：「夢回瘦影顔如月，醉後新詞態似雲。秦贅已成江海客，山靈還待洞庭君。」《別人》云：「鑒裁餘子外，感歎此人窮。」又「交情仍弟畜，往事各師資。氣短論文怯，心孤入世疑。」《至日舟中》云：「灘聲喧語笑，山影照團圞。」《三衢道中》云：「淹留半載挂歸帆，駝褐匆匆換葛衫。送老江湖終不悔，贏他萬壑與千巖。」「終須雙槳爲伊迎，但祝長條似舊青。桃葉柳枝都絶世，安排生色畫金屏」《紀遇》云：「餖飣題詩筆，沉吟感遇篇。玉琴三歎息，團扇五流連。鴻鵠同中道，鶯花厄小年。尊前與燈背，聲影總堪憐。」又「歌長欺定子，游倦識文君。」《效玉溪》云：「潮落江寒月半陰，一層燈影一層櫺。未應擁檝歌河激，翻遣當心怨水深。繡被有香閑寂寂，金蟾無鎖鎮沉沉。生平悔詠燕臺句，又累枝孃恨不禁。」《蘭谿》云：「淺痕浮柁直，圓影没鷗深。」《釣臺夜泊》云：「裘茸冷風色，星影亂江流。」《桐廬》云：「艣意忺平水，山容帖斷雲。」《春棹圖》云：「七分柳色三分雨，二月行人過秀州。」

頻迦弟丹叔名鳳，詩才亦雋，不媿雙丁。《題鍾馗畫鬼圖》云：「終南山中鬼淵藪，只有新故無妍醜。屍行肉走各狰獰，略遣老馗飽饞口。老馗畫像人間留，謂渠疾鬼如疾仇。云何點筆妙遊戲，戴草寫此枯髑髏。陰天紂絶此何地，呼鬼來前貌同異。眼光射鬼鬼欲愁，肥瘠恐渠同一視。解衣磅礴意殊快，頰上三毫礫如蠆。揶揄之態狡獪情，恐爾能知不能畫。爾能畫鬼窮陰姦，不能畫此終南山。樓頭小妹拓窗坐，鏡奩自寫雙眉彎。」

衡山聶蓉峰太史《野泊》云：「柝聲來遠戍，人語出寒烟。」《渡河》云：「鴉棲飛雪下，人語晚潮來。」《昌山》云：「亂山横紫翠，老樹出青蒼。」《即目》云：「灘高多露石，山遠半連雲。」《抵家》云：

「無才常歎我知希，翹首師門夙所依。記得去年殘雪後，一肩行李踏泥歸。」「衡陽鄉語漸喧豗，嶽色湘容幾處開。一帶酒樓樟木市，舟人邀客上船來。」《哭人》云：「冷官況味清于水，老病支持厄絶糧。」《寄人》云：「相逢把臂許知心，詩酒論交結契深。此外知心難屈指，世人原只重黄金。」《沙泉》云：「蛙喧新漲水，人話晚村烟。」《送友》云：「天能愁旅客，富不到文人。」《嶽屏》云：「青山樵子徑，黄葉釣人家。」《新晴》云：「古樹回春晚，荒池得水平。」《石灣》云：「水烟深不散，沙路軟無聲。」《途中》云：「暮烟千樹合，落日一帆明。」《題畫》云：「雲深遠岫低，風急暮潮長。不見打魚人，夕陽曬空網。」《岳亭》云：「半嶺樹空山色遠，一樓人坐夕陽深。」《離席》云：「别後故人常入夢，醉中濁酒不知乾。」《踏雪》云：「竹頭平搶地，梅口笑迎人。」《燒田》云：「市門喧醉客，石磴滑行人。」《除夕》云：「病從今日減，詩較去年多。」《抵樊城》云：「隔浦人家低接水，長江帆影遠連天。」《出郊》云：「古廟雨荒桑柘影，小溪水咽桔槔聲。」又「近郭荒田多種菜，隔籬疎柳半藏花。」《蘆林潭》云：「澄潭撒漁網，疎樹見人家。」又「鴉眠千樹月，雁破一溪雲。」《蓮》云：「浪飄殘粉斷雲低，瑟瑟秋陰盪半溪。依約小窗同聽雨，一簾花氣水亭西。」《衝寒圖》云：「積雪半村驕睡鶴，濃雲一夜怯啼鴉。」《過湖南》云：「水深能見底，山好漸知名。」《紫金臺》云：「萬里夕陽沉鳥背，一秋山色上人衣。」《過蔣氏居》云：「泉聲多在竹，山色直通樓。」又「溪聲寒過雨，山影悄生雲。」《邵陵道中》云：「亭長亭短客程遥，濃淡溪山畫裏描。記得當年騎馬路，晚風吹雨過紅橋。」《客舍》云：「石傍竹根争地立，鳥窺簷隙愛人閑。」《晤祁陽游士》云：「唐臺千尺鬱嵯峨，浯水深深碧皺波。如此溪山留不住，催人遠去奈貧何！」《沅江》云：「鷺鷗散雪白迷岸，蒲葦隨風青上船。」《題畫扇》云：「隔浦隱漁村，濃陰覆修竹。何處一舟橫，有人釣寒緑。」《榔栗市》云：「四壁山光圍古寺，一條江影上寒林。」皆清妙可誦之句。

賀竹如作《閩中》詩，有「桃花水漲小船紅」、「夕陽一抹荔支紅」之句，人呼「賀二紅」。

王句生《月湖隄曲》云：「十步垂楊五步寺，泥人鶯燕盡情忙。」《皖江晚泊》云：「遠水流星没，高城倚月明。」《雁》云：「倦旅江湖路，相逢又一回。漂摇供歲晚，辛苦避人猜。」《黄鶴樓》云：「殘雨滄江龍氣冷，驚風絶嶼雁行遲。」《劉園曉起》云：「烟梢新放竹，露影遠沉花。」《新苔》云：「草心紅不遠，水影緑難分。」《江曉》云：「樹暗風欺雀，潮平霧放帆。」《金陵》云：「灰劫尋蕭寺，秋墳拜蔣侯。」《湖漲》云：「芰荷翻槳斷，鷗鷺拍簾浮。」《古從軍行》云：「怒髮從輕車，去家不言别。行行萬里餘，馬踠没深雪。疾驅陰山下，風翻大刀折。萬騎僵無聲，千營火不熱。回首沙塵高，微茫見漢月。將軍朝唱籌，單于夜流血。神機眉色間，欲語睨寶玦。誰道霍嫖姚，生是封侯骨？」《移居》云：「冰霜催去雁，花柳待新鶯。」又「家雞遲祝食，鄰犬借司門。」《建隆寺》云：「客衣驚網鴿，僧飯施池魚。」又「野花分樹色，山雨作溪聲。」《枕上聞蛬》云：「唤回千里夢，催白五更頭。」《詠羊》云：「節毛愁漢使，岩石叱仙翁。」《懷范雨邨》云：「雁聲迴遠夢，人語隔新霜。」《閑居》云：「蟲影弄晴當户織，茶香熏暖注杯醇。」《歲暮》云：「藥香諳火候，衾薄怨天寒。」又「雪餡年送竈，彩蠟户酬神。」《浮山》云：「精孕風雲藏突兀，根蟠江海鎮堅牢。」《驟暖》云：「竹闌翻鴨鬭，花案入蜂吟。」《桃花庵》云：「水净鳥吟樹，天晴蜂聚花。」《泛湖》云：「畫隱屏光烟擁堞，青摇弓影漲通橋。」《東園》云：「雲摇樓度水，鏡隔鳥穿花。」《望雨》云：「目昏雲皺水，心疾電驅輪。」《白秋海棠畫幅》云：「生綃綽約見幽姿，一種秋心付畫師。寫出相思人不解，多因無淚染胭脂。」《蘆花》云：「露笛孤篷外，風漪淺水邊。」《友人夜話》云：「壯短功名氣，貧傷骨肉心。」《暖》云：「雪全消臘意，風欲亂春愁。」《雪意》云：「童眠頭故觸，句澀手難叉。秋蔓蝗遺子，春泥麥養花。」《贈人》云：「春湖短舸風生水，寒寺清鐘月滿龕。」《昉溪秋隱圖》云：「鬢短青衫夢，圖深白嶽秋。」《寄程鎮北》云：「纏綿錦瑟哀春蛹，寥落巾箱感夜螢。」《春晚曲》云：「天際彩雲明暗浦，玉釵辨色琉璃户。轆轤井上愁水寒，柳陰烟澀黄鸝語。」《答人》云：「夜燭煎茶坐，春船潑墨書。」《閑情》云：「芳草緑牽連夜夢，海棠紅盡一春愁。」《河干》云：「帆低迴遠日，潮急上斜風。」《除夕》云：「萬事驚心催夜燭，一年回首擲風梭。」《寄羅茗香》云：「人情看燭短，身世與杯寬。」《湖亭晚眺》云：「野氣含夕陰，樵歌下松嶺。」《晚泊仙女廟》云：「客情渺烟波，蘭茳歇秋緑。驂鸞人已遥，斷碣不堪讀。」《客興》云：「世事相看皆逆旅，心情無那只悲歌。青燈照影人如舊，白髮關愁夢已多。」《贈人》云：「露頂雄談高白社，苦心奇字究玄亭。」《病中》云：「游子途窮悲驥尾，故人心遠隔猪肝。」

朱梓廬扶鸞，一仙降乩，留詩云：「茅茨零亂兩三家，挑菜歸來日未斜。洗脚湖頭春水活，鬢邊脱下碧桃花。」意境清絶。

姚姬傳《贈郭頻伽》詩云：「小别玉顔應未老，巨材深谷且忘年。」

嘗見阮太傅爲人題扇詩劇佳，記其二語云：「陂上冷香姜石帚，岸邊殘月柳屯田。」

石延年「海雲含雨重，江樹帶蟬疎」，何等氣韻。

王平甫詩：「宫殿影摇河漢外，江湖夢斷鼓鐘邊。」爲時所稱。

劉子儀「雨勢宫城闊，秋聲禁樹多。」楊大年「峭帆横渡官橋柳，叠鼓驚飛海岸鷗。」俱不似西崑體。

王明之《有憶》云：「黄金零落大刀頭，玉筯歸期畫到秋。紅錦寄魚風逆浪，紫簫吹鳳月當樓。伯勞知我經春別，香蠟窺人徹夜愁。好去渡江千里夢，滿天梅雨是蘇州。」才藻豔絶。

陳後山詩：「壞牆得雨蝸成字，古屋無人燕作家。」《得家信》云：「深知報消息，不敢問何如。」況味可想。

永叔《題崇徽公主手痕》云：「玉顔自昔爲身累，肉食何嘗與國謀。」晦翁稱爲第一等議論。然其《送李留後》云：「組甲光寒圍夜帳，綵旗風暖看春耕」，亦何嘗不壯麗也。

秦淮海「翡翠側身窺緑酒，蜻蜓偷眼避紅妝。」豔冶，是詞人正角。

周邦彦《上蔡太師》云：「化行禹貢山川外，人在周公禮樂中。」諂媚不足道，而句特莊重。

吴敬夫《題村學堂》云：「闌干苜蓿先生飯，顛倒天吴稚子衣。」

某《送邊帥》云：「前隊貔貅銜曉色，後車鶯燕雜春聲。」行色之盛如見。

「蒼龍觀闕東風裏，黄道星辰北斗邊。月照九衢平似水，胡兒吹笛内門前。」龐佑甫《過汴京》詩也，甚感慨有味。

林景熙《贈家鉉翁》云：「瀕死孤臣雪滿顛，冰氊齧盡偶生全。衣冠萬里風塵老，名節千年日月懸。清唳秋高遼海鶴，古魂春冷蜀山鵑。歸來親舊驚相問，禾黍離離夕照邊。」字字實録。

瞿士衡《過宋故宫》云：「歌舞樓臺壓汴州，可憐蠻觸戰蝸牛。臨書玉枕雕簷静，行酒青衣罽帳愁。卷土自應從亶父，滔天誰復放驩兜。台空樹老寒鴉集，落日荒波江上秋。」

楊仲弘詩如「挾書萬里朝明主，仗劍三年别故鄉。」「窗間夜雨消銀燭，城上春雲壓綵旗。」「空桑説法黄龍聽，貝葉繙經白馬馱。」皆沉雄典貴之句。

「落葉打窗風似雨，孤燈背壁夜如年。」吴敬夫詩也，此情此境，令人黯然。

郭矮梅《詠炭》云：「樵青黎面學崑崙，斫月燒雲樹欲髡。萬竈黑烟灰出劫，一星紅燄火還魂。污身古有仙翁幻，報國今無義士吞。曾似茅齋風雪夜，地爐榾柮暖温温。」又《詠簾》云：「紅影眼花春撲撲，玉鉤心事日懸懸。」

張光弼才思華贍，其詩如：「玉杯行酒聽春雨，銀燭照天生晚霞。」「蛺蜨畫羅宫樣扇，珊瑚小柱教坊箏。」「玉瓶勸酒雙鬟緑，銀甲調箏十指寒。」「新妝匀面猶看鏡，殘夢關心懶下樓。」皆雄麗可喜。

陳叔生詩如其人，《有寄》云：「青銅三百一斗酒，荔子十八誰家娘。」何等俊拔。

卞宜之《贈楊廉夫》云：「仙子珮環新樂府，翰林風月舊文章。」廉夫甚喜之。廉夫《詠楊妃襪》云：「安危豈料關天步，生死猶能繫俗情。」題目雖小，議論甚大，蓋無人不閣筆矣。

黄九烟《春暉園》云：「海國衣裳名士會，醉鄉花月美人天。」陳其年《贈冒巢民》云：「乾坤高士傳，花月輞川圖。」吴薗次《水繪園》云：「狂横白袷春無賴，醉瀉紅珠夜奈何。」

釋雪嶠出筆奇峭，無蔬筍氣。有句云：「惡虎啣柴入荒草，老猿蹴石下危崖。」又一絶云：「簾卷春風散曉鴉，閒情無過是吾家。青山箇箇伸頭看，看我庵中吃苦茶。」又《題壁》云：「孤雲卧此中，萬山拜其下。」

索果亭詩如「春歸空草色，鳥語各花枝」、「白餘樵徑雪，青滿鶴巢松」，清刻有味。談半村詩如「夜月樓臺楊柳笛，春風簾幕鳳凰裙」、「東風無影吹花散，夢雨成陰障月昏」，皆可誦。

某《詠蘆花被》云：「西風吹夢秋無迹，夜月留香雪滿身。」錢振芝「天上有星臨薄命，人間無藥治相思」，爲人傳誦，不如其「無藥可消衰鬢白，有絲難貫淚珠紅」，感時傷遇，凄楚倍之。

釋紺池「亂松殘雪寺，孤磬夕陽山」，漁洋劇賞之。

釋雪庵有絶句云：「看了春燈夢不成，東風吹雪作寒聲。半生客裏無窮恨，告訴梅花説到明。」

孫松坪學士致彌，早歲即以詩名。《秦淮水榭》云：「欸乃聲中酒半消，水天閑話最無聊。不須重數華胥夢，衰柳秋風是六朝。」《歸舟口號》云：「有淚何曾灑路窮，小舟欹側亂流中。科頭白眼傾尊酒，飽看人家使順風。」胸次可想。

梁蕉林相國《春郊》云：「河外人家郭外村，金鞭玉勒走王孫。墅橋東畔迢迢路，芳草斜陽深閉門。」

沈青厓《贈查蓮坡》云：「吟到梅花連月冷，話深爐火入灰微。」許子遜云：「楊柳亂烟春店曉，海棠疎雨小樓寒。」

許子遜《送春八首》駘宕風流，記其二云：「吴兒日暮踏歌回，紈扇痕新袖底開。燕子一雙斜掠地，不隨春去却飛來。」「橋連芳草酒旗青，醉睨當壚倒玉瓶。十里好風吹不住，亂紅飛雨過長亭。」

查松晴有句云：「半偈心香人定後，一牀雲影雁來天。」

符藥林《歸自横塘》云：「浮石迴溪水半篙，緑鱗鱗動散魚苗。歸來滿地夕陽影，知了一聲鳴柳梢。」

某有句云：「長貧知米價，老健識山名。」最是人意中語。

胡象生詩如「愛閑身少累，媚俗骨無能。」「山走白雲西塞雨，霜吹紅葉秣陵秋。」「貧入愁腸偏曲折，秋來詩骨倍嶙峋。」句皆清勁。

錢塘某閨秀有句云：「花憐昨夜雨，茶憶故山泉。」

洪昉思《唐解元墓》云：「頗學吴趨少日狂，逃禪垂老悔詞場。不知他日西陵路，誰弔春風柳七郎。」昉思蹤迹與六如略似，故有感而言。初白老人亦以《長生殿》罣吏議者，《寄秋谷》詩云：「竿木逢場一笑成，酒徒作計太憨生。荆高市上重相見，搖手休呼舊姓名。」某年郭于宮招同人社集，演《長生殿》，初白不赴，以詩答之云：「上客江筵興自酣，風光重説後三三。老夫别有燒香曲，憑向聲聞斷處參。」感慨係之矣。

龔繼武《過金陵》云：「潮回大江白，日落萬山青。」

顧爾立《山行》云：「愛聽松聲入翠微，寺門不掩任雲飛。老僧見客渾無語，笑向岩前自曬衣。」

高雲老人重上長安，有《懷舊詩三十首》，其一云：「江南留得顧梅花，老去詩篇興倍加。猶作梁園舊賓客，西風殘照送昏鴉。」謂顧爾立也。其二云：「古香西席憶徐陵，天上麟兒拜老僧。十七年前曾授記，寸心今托玉壺冰。」謂徐芝仙也。

諸雪堂句云：「回首不堪重問訊，故人零落半山邱。」車荔園句云：「舊游似夢醒難覓，好友如花落漸多。」

徐東癡「寒食清明都已過，墓田撩亂野棠花。」「轉城三面無相識，黄葉隨人過板橋。」皆佳句。又「布穀鳥鳴過麥後，采桑人去在花前。」又《秋柳》云：「爲計使人西去日，不堪流涕北征年。」

宛陵胡孝廉先抱《春游》云：「烟柳半浮郭，樓臺高出城。」《蜀中》云：「水白吞三峽，山青接百蠻。」《荆州懷古》云：「詞賦有靈憐屈宋，英雄無命哭關張。」

湯文正，理學名儒，而詩特俊逸。《送别》云：「關河落照鄉山迴，驛路鳴蟬野樹深。」《題畫》云：

「秋林不厭静，高士自能閑。盡日茅亭下，開窗對遠山。」

仁和符聖幾負才早卒，有《秋聲吟稿》，句如：「草長橋西路，茭枯水上田。」「花寒斜更斂，香潤斷微生。」「鷗寒依葦立，山静見烟生。」「小橋連野水，虚室貯秋寒。」「寒烟栖木末，活水齧城根。」厲樊榭稱其「澄汰衆慮，清思窅冥；水潔松寒，不可近睨」，信然。

舒鋏雲句云：「花如待字紅當路，山不知名緑過江。」葛元肫夫子嘗喜誦之。

潘功甫舍人有句云：「客思倦聞笛，秋聲先到蟲。」

汪竺君比部《玉泉山》云：「萬花香正午，一雨氣如秋。」《静宜園曉直》云：「疎星明馬首，深柳帶蟬聲。」《題徐司寇遺像》云：「書局隨身文獻在，門才鼎足弟兄難。」

顧劍峰最工香奩，記其一絶云：「自揭簾衣落翠鈿，拾來嬌插鬢雲偏。回身暗把郎衫袖，笑指花梢蛺蝶眠。」

錢塘潘撫凝方伯恭辰曾主吾郡講席，所著《紅茶山館詩》。余未得見方伯，嘗自誦其《述懷》云：「濁酒且呼豪士飲，異書聊當美人看。一瓶香水梅初放，十日春城雨正寒。」

孫亮山大令《詠桃浪》云：「休嫌薄命隨流水，别有深情渡美人。」筆意隱秀。

錢石橋《哭友》云：「異姓弟兄難再得，老來情况有誰憐。」

鄭夢白中丞祖琛《和潘紱庭侍讀曾綬楊花》云：「不管情牽與夢牽，迷離身世總無邊。闌干九曲猶餘影，風雨三春不耐眠。漸悟虚空都粉碎，頗思解脱又纏綿。萍踪如許渾難定，點鬢霜痕感綺年。」

伊耐圃觀察湯安《春興》云：「老我半生歡境少，輸人先着宦途多。」又「故交滅後人成舊，老態形時已亦嫌。」觀察有《嘉蔭軒詩集》。蓮龕方伯繼昌，仰山侍郎鍾昌尊人也。

郁晉香有句云：「十年僮僕更新主，千里音書索舊逋。」苦況可想。

嘉定葛鋏生夫子《苦旱》詩云：「天意爲霖晚，人心望澤多。」《苦雨》詩云：「蜈淵秋瞑合，龍氣夜潮多。」押「多」字俱健。又有句云：「好花多在水，秋夢不離山。」

廣西榕樹最大，周笑蓮觀察有詩詠之，記其數語云：「枝復生根根復幹，遇牆成牆岸成岸。縱横起伏憑所之，百萬流蘇絡霄漢。」

周雨蕉大令訪美西安，賞其身材脩嬝，納焉。及洗妝，則滿面瘢痕，甚不愜意，未幾遣還。外間謂其已薦枕席，而蕉力辨其無。徐秋士大令調之云：「疑案浪傳神女賦，定情誤讀碩人詩。」一時傳誦。

汪耐山《僧鞋菊》云：「江葦秋寒遺隻影，社蓮人澹結雙趺。」絶唱也。

張東甫大令之杲，詩才綺麗。《贈人》云：「闌干三面月，茉莉兩鬟風。」

陶雲汀宮保詩近明七子，《盧溝道中望京城》云：「太平一代鞏金甌，龍虎森嚴體勢遒。地接東瀛浮王氣，天臨北斗奠皇州。八方風雨三階應，萬里河山兩戒收。始識帝王乘御地，祥烟葱鬱鳳城頭。」氣象光昌，非如我輩之郊寒島瘦也，然粗豪亦所不免。

劉白溪有句云：「憂患豈真緣識字，飄零未易定歸期。」又「十年舊夢簾前雨，四座春風掌上杯。」

王孝廉贊武爲諸生時，孫文靖士毅督學黔中，極賞其「閒雲似水浮秋去，高樹如人過嶺來」之句。後王宰四川峨嵋，孫適爲總督，王素有心疾，應對上官語言往往失次，每優容之，曰：「此等詩句，令人焉得不愛。昔爲名諸生，今爲本分官，即語無倫次，不足責也。」王後以南部令率鄉勇拒賊，陣没，贈䘏如例。

廣順金鶴皋明府宰歙十年，愛民好士。戊戌夏，投牒告歸，賦《留别》詩云：「卅載酸辛餘白髮，三更魂夢亦青山。」侯青甫廣文和云：「似我故應嘲鷁退，如君豈合立雞群。」又「性有難移非强項，疵無可索但吹毛。」

吾鄉王度和孝廉鼎祚詩似宋人，有句云：「一天明月夜無賴，滿地凉花秋可憐。」

池州桂丹盟觀察超萬《祈雨》詩云：「若果旱龍無滴水，我傾血淚爾爲霖。」悱惻之誠溢於言表，真循吏吐屬。

婺源李松谷茂才振熿，放逸不羈，家貧，以書畫自給，字學諸城相國，稍嫌肉勝於骨。有句云：「流水聽其歸壑去，好山呼不過牆來。」思筆可謂超雋。

婺源齊梅麓太守彦槐，爲汪瑟庵相國入室弟子，少即見重於隨園老人，詩主性靈，時有頹唐率意之處。陳明府溶宰婺，見戴笠者必加扑責，齊作《笠者歎》，風趣獨絶。其詩云：「農夫無笠雨難耕，擔夫無笠暑難行。古人相逢下車揖，今日戴者遭官刑。陳侯惡笠若罔兩，道路見之無不杖。可憐田父夏耘田，赤日燒頭汗流顙。白髮明經收稼還，亦予箠楚塵埃間。腐儒詎敢與官抗，欲對親友慚無顏。飯顆山頭逢杜甫，頭戴笠子日卓午；東坡笠屐亦千古，幸哉未遇陳明府！」梅麓最能獨出新意，不拾牙慧。《湖上》云：「佳人有西子，名宦自東坡。」又「雲扶雙塔直，山抱一湖圓。」又「柳藏鷗外艇，梅補鶴邊亭。」《贈潘榕皋農部》云：「父子投簪天下少，弟兄及第古來難。」《贈董小槎太史》云：「長安着我如秋燕，短鬢憐君亦暮花。」《偶成》云：「舟横在水樵客去，村静無人山鳥啼。」《移居》云：「新安道遠歸非易，陽羨田多買亦難。」《題松江周孝廉看山讀畫樓圖》云：「細思人海忙何事，孤負家山翠作堆。君道九峰抛不得，我抛三十六峰來。」至其《和高青邱梅花詩》云：「萬古詩人傷歲暮，一年花事破天荒。」則又超超元著矣。

海昌陳益齋句云：「古松奇似老名士，初月媚於新嫁娘。」造句特新，用意自别。

劉金門宫保云：昔人謂杜詩長於諷刺，多《小雅》變聲，於頌颺體或不相宜。此非知老杜者也。集中「今代麒麟閣，何人第一功？君王自神武，駕馭必英雄。」「鳳曆軒轅紀，龍飛四十春。八荒開壽域，一氣轉鴻鈞。」「晝漏稀聞高閣報，天顔有喜近臣知。」「今春喜氣滿乾坤，南北東西拱至尊。大曆三年調玉燭，玄元皇帝聖雲孫。」體大聲宏，何嘗不是昌明氣象。

梁茝林《旅寓》云：「縱横鉛槧家人笑，脱略衣冠過客疑。」《真一庵》云：「怪偉丹青吴道子，纖妍翰墨趙王孫。」《慕園雅集》云：「到處栖遲思寄廡，無端塊壘便談兵。」高復堂觀察和云：「蒿目横流隨去住，拊膺碩畫付浮沉。」吴西穀京兆云：「此日禽魚還識客，當年草木盡疑兵。」李石梧督部云：

「重尋鴻雪痕如昨，偶憶鯨波骨尚驚。」潘功甫舍人云：「竊思勇退諸公早，嘗答昇平一疏沉。」

水月僧鏡澄《留吴澹川度歲》云：「留君且住豈無因，比較僧貧君更貧。香積尚餘三斛米，算來喫得到新春。」「新栽梅樹傍簷斜，待到春來便著花。老衲不妨陪一醉，爲君沽酒典袈裟。」

仁和徐寶幢恭儉《西湖櫂歌》云：「錢塘江上大潮多，游客登舟喚奈何。儂自年年弄湖水，生來從不識風波。」

仁和姚古芬伊憲《月餅》云：「舉頭(看)〔望〕明月，把酒問青天。」以蘇對李，天造地設。又《贈葛秋生》云：「名士青衫千日酒，故人紅豆兩家燈。」

朱閑泉《寓齋》云：「樹因驅暑生風葉，蟬已知秋怕雨聲。」

陳雲伯令寶山，有吏能詩，雲伯鐫「寶山詩吏」印章贈之。吏有句云：「晨爨虛時偏晝永，敝裘典後忽春寒。」

「長十八」，草花名。元葛禄《塞上曲》云：「雙鬟小女玉娟娟，自卷氈簾出帳前。忽見一枝長十八，折來簪在帽沿邊。」

金冬心畫臻逸品，題畫尤佳。《老馬》云：「玉轡金韉錦作鞍，嘶風踏月渡桑乾。而今衰草斜陽裏，只作牛羊一例看。」末路才人，言之嗚咽。

周芷卿《集玉溪詩三十六首》，如「刻意傷春復傷別，可堪無酒又無人。」「地下若逢陳後主，人間惟有杜司勳。」「神女生涯原是夢，月蛾孀獨好同遊。」皆天衣無縫。

吴澹川《訪友》云：「別浦流春水，閒門落古花。」《雪霽》云：「凍水逢春活，踈梅入夜香。」《竹溪》云：「馬蹄遲落日，人意倦春風。」《闈後呈徐中丞》云：「無分秋風吹桂樹，浪傳踈雨滴梧桐。」蓋中丞賞其詩句也。

都湘帆《舟暮》云：「漁艇歸時成小市，斷霞明處見孤村。」又「平沙盡處飛孤鶩，遠樹濃邊見一城。」兩「見」字各盡其妙。

言可樵有句云：「池平魚意静，稻熟鳥聲酣。」

華荔生《感懷》云：「春水自深非藉雨，秋雲漸薄不因風。」《冬柳》云：「依依老去風情減，絮絮飛來雪色寒。」

吴船山歌云：「月子彎彎照九州，幾家歡樂幾家愁？　幾家夫婦同羅帳，幾箇飄零在外頭？」音調悲惋，聞之令人動羈旅之感。

郎蘇門太守葆辰《詠葉小鸞眉子硯》云：「仙迹流傳未肯銷，摩挲片石也瓊瑶。　不然銅雀臺前瓦，誰更春深憶二喬。」

嘉善黄退庵凱鈞，霽青太守尊人。《秋郊》云：「未霜高柳尚多態，將雨行雲常逆風。」《對月寄安濤京師》云：「始信人間有離别，不知天上可高寒？」《遺悶》云：「深林聽鳥有新語，僻徑敲門惟故知。」《對菊》云：「風吹客鬢何妨短，霜逼花頭未肯低。」次子子未亦工詩，《長白》云：「新僮馴習如調鶴，舊稿安排似補琴。」《暑夜》云：「桃笙久卧如冰滑，紈扇新題有墨香。」《晨起》云：「荷葉無風摇水鴨，桐花滿樹鬧山蜂。」《小閣》云：「溪邊雲隔前村雨，樹杪帆飛別浦潮。」

烏程張秋水鑑爲阮太傅高弟，余嘗得其《冬青館集》，讀之，無愧作者。《古意》云：「息夢攀銅輦，勞心炙羽笙。長門秋雨夜，不住草蟲鳴。」《寶雲庵》云：「禪室樹深仍度鳥，釣潭秋浄不生鱗。」《西湖秋柳詞》云：「一痕涼月水西東，摇落依然映渚鴻。見説清波門外種，銷魂誰似鮑郎中。」「湖園春半鬬纖腰，十二簾前翠黛描。一夜珠郎偷擫笛，澹烟疏雨段家橋。」「低遮花影泥新涼，清露無聲濕畫廊。比似桃根今老大，秋來誰(懺)〔憾〕水仙王。」「紅船斜繫記春曾，占斷年光苦未勝。重到水天閑話處，一絲涼煞柏花燈。」「嫋嫋鵝黄一兩枝，亂抛風絮在春時。而今司馬朱顔改，羞向秋波照鬢絲。」「芙蓉閣迥露初寒，拂面柔條濕未乾。仿佛羅衣天水碧，夜深還倚玉闌干。」《寶石山》云：「拾果野猿窺石澗，聽經仙鼠拱秋藤。」《蘭亭》云：「古來脩禊人何在，雪後明流酒不如。」《梁溪道中》云：「溪流含宿雨，山骨露秋烟。」《董江都祠》云：「驕王尊讖緯，高第繆天人。」《瀟湘夜雨卷子》云：「秋風木落雁成雙，曾上涔陽萬里江。仿佛懷人清夢斷，暗潮打枕卧篷窗。」《阮師秋江載菊圖》云：「瘦影蕭疎一例寒，秋容晚節入冰紈。最憐鼎鼎多粱肉，不是唐花不與看。」《送春詞》云：「海棠雪厭酴醾早，苦楝風欺楊柳遲。黄四娘家落花日，賀梅子句斷腸時。」《登節署月臺》云：「山郭雨回晴翠抱，海門秋入暮潮寒。」《題西湖櫂歌後》云：「雨後初乘摇碧舟，冶游多愛牡丹秋。千年白石詞名在，西月東風水磨頭。」「苦學新腔賽管弦，蘇家簡簡妙流年。藏鴉門外依稀見，裙襻朝來瘦可憐。」「摒擋歌旗更酒卮，鹿頭船小出花遲。趙斜陽與張春水，都似楊家妹子詩。」「罱泥時節〔水〕羅羅，紅舫銷金半踏歌。一夜漁師譜風笛，青山愁畫馬清波。」《懷人》云：「水樹停秋舫，山花踏石橋。」又「夢來詩卷冷，別後酒杯空。」《紅橋晴泛》云：「霜風吹水晚蕭條，初過紅闌第幾橋。不見鵲華山外客，垂楊如雨下秋潮。」「簫管無聲碧水流，隔湖秋冷木蘭舟。倚虹園裏青松樹，閑與詩人弔白頭。」《宿鈔關》云：「寒雞瓜步雨，獨客廣陵船。」《雨中渡江》云：「六代風花迷建業，三吴烟水自南徐。」《望甘泉山》云：「西風吹缺瓜，秋山窅然緑。蕩槳過芳洲，長謡紫芝曲。」《北湖》云：「良辰不可留，檀槳南軒別。日夕陵陽湖，葦條作秋雪。」《珠湖草堂》云：「沙上半圭田，春苗緑如髮。」《漁梁》云：「漁梁不可尋，杳杳白淙雨。日暮拾魚人，吹燈隔秋浦。」《龜蓮沼》云：「半稜紫荷田，苔衣上茆屋。」《菱麋》云：「開盡白蘋花，夕陽淡無影。」《射鴨船》云：「南鄰采芡歸，船尾挂圓笠。寒閣竹枝弓，芡蘆山雨濕。」《拜王文簡像》云：「畫裏鄉心歷城水，坐中人物治春詞。」《李壯烈伯挽詩》云：「齒髮中年鯨背老，弓刀廿載黨涎寒。」又「生曾百戰愁刀筆，死有孤忠溢鼎鐘。」又「同仇甥館尊弢略，舊活沙民望素旌。」《皐亭看桃花》云：「釧動花飛日暮時，分明得氣草衣詩。有人閑泥臨平水，手撚垂楊照鬢絲。」《挽凌次仲教授》云：「賸有一旌題進士，并無弱女奉遺書。秋燈論史寒潮永，短櫂攜家夜雨疎。」《萬杉寺》云：「晴嵐摇佛面，寒碧在僧衣。」《釣臺》云：「畫眉叫日荒林晚，縮項吹潮野水春。」《秋琴聽雨圖》云：「杏樹初花晚未晴，小樓深巷夢難成。無端觸撥江湖思，愁與春潮一夜生。」《答徐雪廬》云：「卑栖雙鬢改，禪習一心堅。」《別王海村》云：「此去鶯花連社日，記來風雪判丁沽。」

《題擔糞圖》云：「巢居閣迴墨溪斜，聊共棋枰一笑誇。聞道更無封禪稿，且鉏明月種梅花。」《羅漢寺看梅》云：「澗流初夜雨，人立夕陽橋。」《西山懷古》云：「花草晴分脂粉色，管絃朝怨鹿麋群。春歸范蠡林前樹，天老西施舞後雲。」又「大業鱸魚初作貢，元和橘樹又名官。」《題紅蕙聯吟卷》云：「名花特地留孤種，詞客相看半故人。」《湯雨生都督爲夫人畫鴻案圖》云：「將軍妙畫本通靈，紙閣蘆簾舊典型。如此流光忍拋擲，祝君先懺破䙄星。」《夕陽》云：「看盡鶯花三月樹，愁生金粉六朝山。碧雲作意遲來友，暝色催人上別顏。」又「遠道似傷垂老別，清歌重惜少年場。韡紋水罥明霞亂，卵色天烘積翠涼。」又「歌停北里人將別，火入荒陵雨又晴。」又「綺羅易散哀蟬渴，花草無情夢蜨孤。」《通州對月》云：「廊空聞馬語，戍古入笳吟。」《讀梅村集》云：「阿龍殘夢平生感，閣部彈文異代愁。」《清海縣》云：「棗林園税促，驢券客愁牽。」《江陰》云：「霜隼晴欺塔，秋潮夜逼城。」《寓齋》云：「校書日亭午，一雨春風別。游蜂作潮聲，滿地冬青雪。」《史閣部祠》云：「全家留愛將，殘局覆孱王。」《過明顧侯墓》云：「白楊蕭蕭入秋雨，墓門老鴞作鬼語。廣陵城南燐火青，翁仲無言別寒楚。」《棣華圖》云：「卅年姜被讀書雞，尺布聲高意轉迷。誰向江南尋二陸，白頭風雨屋東西。」《高郵》云：「暮雨葵花瘦，秋雲鷲鳥窺。」《謁岱廟》云：「石壇古柏來風雨，畫壁群神奉敦槃。」《胡蝶畫障》云：「殘香戀戀一春留，紅杏花開聽雨樓。説與蜻蜓渾未解，任渠飛上玉搔頭。」《雄關曉發》云：「易水波寒帆腹飽，瓦橋霜凍馬蹄遒。」《潯陽》云：「南歸仍復不還家，兩度春明感歲華。贏得青衫秋淚濕，江聲嗚咽似琵琶。」《昌山道中》云：「電光石火且淹留，瞥眼真成不繫舟。十日宜春臺下住，滿天梅雨似深秋。」《灘行》云：「箐密曉吹山鬼雨，湫深夜上鱷魚風。」又「石似江豚排浪出，人同秋雁帖波行。」又「漁艇雨昏烏鬼集，谿祠月黑竹郎吟。」《山溪》云：「水清漁户少，沙軟蔗田肥。」《章江》云：「鷺拳春水活，花發午峰晴。」《弋陽》云：「水急沉雲碓，農閑掩竹扉。」《鳳園》云：「樓高鵲户直，人淡菊糧貧。」《苦雨》云：「苦竹蔽深鳩婦哭，老魚横飛上鄰屋。」《無門洞》云：「虚牝鑿五丁，窅然自太古。蓑蓑石斛花，春苗飼仙鼠。我來禮金粟，塵劫浩難數。傳是古龍宫，宿雲莽無主。遺蜕不可尋，時作脩羅雨。女蘿誰一攀，騷屑山鬼語。」

漢陽李雲田以篤多才負氣，少時俯視流俗，歷游秦、晉、吴、越、京師、豫章，卒無所遇，乃縱情于緑醽紅粉。其詩天真爛發，而于風懷近體尤擅，婉麗輕華，緑葉成陰，青樓入夢，自名「蕩子」，可慨也夫！《後湖即事》云：「臘氣暖如春，巾衫不厭貧。長堤涵積水，斷瓦宿香塵。苦債非關酒，題詩莫寄人。相逢周小史，放眼已情親。」句如：「雨意濃于酒，花飛减却春。」「各天同夢好，孤枕一身多。」「無計紓家難，相思怯月明。」「名任千秋笑，貧爲百代師。」「天嫌人作達，鬼笑客多愁。」「白髮偏欺我，黄金巧避人。」「高冠驚市卒，短劍愧名流。」「愁來惟仰屋，興到不停杯。」「久賤甘人棄，長貧覺命輕。」「今生分〔與龍蛇〕歲，萬事催成犬馬年。」「酒味臨風吹不斷，愁心如草刈還生。」「天時如此太無序，客子出門胡不歸。」「自分此生長作客，每逢多病倍思鄉。」慷慨悲歌，真欲唾壺敲缺。

王孟穀詩如「浪卷龍吟出，星垂客枕低。」「客程花落後，旅夢醉眠餘。」「風吹大漠黄羊過，天亘長城白草秋。」皆有磊落英多之概。

彭望雲詩如：「貧惟存涕淚，道本在林泉。」「嚴程霜柝急，破廟佛燈寒。」「天與黃花瘦，雲連白雁秋。」「征帆催儉歲，客路逼涼風。」「學廢青燈久，貧遭白眼多。」「石牀雲老閒眠鹿，野樹花香獨聽鶯。」「緑烟茶竈花迷影，紅雨琴簾鳥喚人。」「人當得意何辭醉，（事）〔詩〕到違心總不工。」皆耐人吟諷。

文紡山詩如「酒知心事苦，風戀布衾單。」「花影當杯落，衣香隔坐生。」「暗雲低破屋，落葉亂空林。」「洞中白髮猶知漢，簾外青山不記秦。」頗具疏爽之氣。

汪遯漁《邨居》云：「寂寞江村長夏天，疏林雨後緑娟娟。蘆花艇子銜殘照，喚賣槎頭縮項鯿。」《漢上僧樓答友》云：「疏桐葉落清砧夜，細雨人歸白雁秋。積水空明堪對酒，高天寥闊一登樓。」又「雨中蓑笠夢前朝」，七字亦佳。

李逸韓「溪淺分魚鬣，沙寒散虎蹄。」李序韓「荒徑牛羊夕，寒磯雁鶩秋。」皆不愧家風。二李，雲田子也。

宜興儲玉琴潤書，六雅先生大文哲嗣也。詩有家法。《詠萸花》有「風光才過湔裙會，花信先酬抱甕心」、「香直到根關食性，花能勝葉見春工」之句，膾炙人口。

皖江魯星村瓚。詩寫性情，最爲隨園所賞，記其佳句云：「風竹不留雪，冰池時集鴉。」「落霞濃忽澹，鬬雀墮還飛。」「湖喧歸晚雁，人雜聚江船。」「春田牛背鳥爭落，野店牆頭花亂開。」「斜陽老樹半邊雪，曲港迴橋三折冰。」「烟色緑浮前岸柳，花光紅入半天霞。」「終日水禽荷葉上，隔籬山犬竹陰中。」「城低窗裏見江水，屋小座邊圍菊花。」合數聯讀之，足見一斑矣。

夏芳原《題自畫秋柳》云：「曲江風度異當年，葉葉絲絲劇可憐。最是夕陽蕭寺外，悄無人處咽寒蟬。」

孫楚池侍御，休寧草市人，有《春生閣草》。《渡河》云：「關門凌太華，河浪卷中條。」《七盤嶺》云：「崩雲褒棧斷，瀉雨漢城荒。」《維揚晤藥耕》云：「南國地卑珍薏苡，緑窗人定夢芭蕉。」《江樓小集》云：「是處草青雙屐退，幾人花好故園看。」《咸陽》云：「十帝鼉魚穿漢墓，二川波浪隱秦宮。」《藤花》云：「碧落雲迴檀板曲，鑾姬帳掩紫茸氊。」《春事》云：「梨花影悄秋千外，燕子魂銷夜雨中。」《出門》云：「窗外東風透碧紗，庭前紅杏爛朝霞。艣聲催送江波緑，正是花時客去家。」弟北池《村店》云：「桑柘陰陰一畝塘，柴門風過棗花香。主人勸盡尊中酒，歸路遥山已夕陽。」北池子松坪亦工詩，有「天青低遠樹，草緑帶平沙」、「獨戍江寒吹角早，孤村市遠閉門多」諸句。

孫石樓詩如「遠烟京口樹，殘笛秣陵船。」「新漲緑平岸，夕陽紅過樓。」「高柳岸旁渡，晚鐘雲外龕。」「幾日鶯花消綺夢，一帆風雨送殘春。」「白門舊恨餘山色，南國多情是柳條。」可謂風流跌宕。

元白門《題友人詞後》云：「鳥啼花落客閒愁，重見雲英憶舊游。借得鴛鴦身上線，細穿紅豆譜梁州。」《題净蓮女士畫菊》云：「想應人比黄花瘦，簾卷西風入畫來。」

吴鶴關《題畫》云：「蔆湖一片月，照此湖中樓。樓上有伊人，羅衣風正秋。」詞致脩逸。

朱蘭田《繡球花》云：「十八花飛穀雨收，何曾一破素蛾愁。從今嫁與東風去，箇箇團圞到白頭。」語特新雋。

趙秋屏詩如「晚鐘沿郭寺，細雨集林鴉。」「攀蘿猿叫秋烟重，背嶺人耕夕照寒。」骨韻清絶。

朱蘭田復工五律，純以真氣行乎其間。《初度》云：「老年艱禮數，避客上高樓。每歲當兹日，梅花笑白頭。一尊聊獨酌，吾道自千秋。世事浮雲耳，人生戒遠謀。」又「我家隔江水，遥見鳳皇山。兒女應相望，老夫猶未還。」《小集》云：「會聚良非偶，天涯且歲時。嚼梅蘇病骨，吹雪冷吟髭。故態狂奴笑，高情野鶴知。平生一尊酒，慎勿負前期。」《苦雨》云：「苦雨吟多澀，危樓小一層。遠林飛片葉，衰鬢倚枯藤。欲往又安適？所思今弗能。無端兩行淚，夜夜滴秋燈。」他如《竹西》云：「東風腸斷玉鉤斜，十里春燈隔絳紗。亞字牆高樓影淡，紫簫吹出水紅花。」《送人》云：「我亦金陵舊游客，船頭明月坐吹簫。」《寄家書》云：「傷心五尺烏綾帊，隻字全無淚萬行。」《友人見過》云：「風雪打門來遠客，躊躇晚飯一雙魚。」《山塘》云：「十五女郎雙盪槳，青錢抛與買紅菱。」掉頭天外，無一點塵腐氣繞其筆端。

王櫟門詩如「曲岸横孤艇，虛窗入遠山。」「杯浮花影動，秋散柳烟重。」皆清妙。

魏賞延孝廉詩有奇氣，《易水寒》云：「田光死早，漸離死遲，合以從荆事可爲。光既老，舞陽少，高郎筑聲天下妙。豎子往不返，雙瞳〔一霍筑聲〕短。霍雙瞳，燕臺空。」《羝羊乳》云：「既不能降，又不能死；入虎穴，生虎子，靡哉李陵奚寧爾。羝不能乳，雁不能語；漢臣苦復苦，漢家不負汝。」

彭心蕊《歸颿》云：「此是昇平世，風聲訝似兵。陰房餘鼠竄，衰柳亂蟬鳴。未戰屍流岸，將宵鬼聚營。古來師旅出，雞犬不相驚。」「勁旅才聞出，游魂已不支。捐生憐陸泳，給賊仗周琦。亂荻藏奔馬，昏沙撲積屍。鐃歌誰奏捷，滿目歎流離。」

釋東白詩如「客路孤村晚，僧鐘落日寒。」「邨春飛木葉，漁笛散江烟。」「鳥依廚寄食，雲傍石生衣。」皆可誦。

釋辰山「竹瘦含烟少，亭空受月多」，亦妙。

許鶴坪《渡漢》云：「波影吞三楚，人烟劃二州。」氣勢雄闊。

戴景韓《得從子漢上書》云：「骨肉傷心後，天涯淚暗揮。家貧歸不易，別久事都非。買竹春燒筍，逢花晝典衣。晴川高閣上，誰與對斜暉？」

何竺齋《社日憶燕》云：「記得當年傍母飛，呢喃絮語影相依。如何自解成巢日，零落空山不復歸。」「浮生聚散豈能無，春去秋來亦可娱。長別何堪當老大，再難營壘待新雛。」「空梁寂寞負芳辰，入户穿簾枉費神。三十三年春夢斷，眼前誰慰白頭人。」苦語酸辛，别饒寄託。

林琴庵《南園看桂》云：「壁詩多我輩，鴻雪各天涯。」一往情深。

王櫟門《月湖》云：「昨夜西風散疏柳，一痕低露郭公隄。」風調絶佳。

元白門《題豆花秋柳幀子》云：「凉雨半帘村店酒，夕陽三徑野人家。」清幽似畫。

吾鄉巴蓮舫慰祖《春柳》云：「最銷魂處絲絲雨，聊遣愁時淡淡風。」

吾鄉黄心庵承增《瑶花館即事》云：「流紅未可付春漪，合築香泥葬玉肌。傳得女郎心事出，教人一倍惜花枝。」

周耐士有句云：「麥依欹岸上，松與遠峰高。」

范白舫《漢陽柳枝詞》云：「年年吹緑上枝新，漸弄輕陰漢水濱。洞口桃花無一樹，費他摇曳獨勾春。」「妖韶幾樹弄斜暉，曾送郎行尚未歸。昨夜春風樓上望，水香露影冷侵衣。」

黄縠原《後湖》云：「樹頭飛鳥過，衣上落花香。」《江上》云：「帆影樹邊出，漁燈烟際歸。」

王櫟門《喜李嘯村至》云：「别家臨老慣，異地見花開。」《葉碧田留飲小樓》云：「隔岸山如人蘊藉，遠江樓對水空明。」《贈人》云：「别君猶共卧江船，此後惟牽夢裏緣。忽聽叩門相見喜，挑燈重話已三年。」

閔秋舫詩如「買花償古硯，得畫典春衣。」想見其人。

姚小山《吴門懷古》云：「五人死義酬忠介，一鷺生祠祀豎身。」《舟行》云：「不因世態爲牛後，又逐風帆過馬當。」

唐夢仙《訪舊》一絶，風調翩翩，詩云：「春風開遍女兒花，香徑無人問狹邪。記得第三橋畔路，枇杷門是泰娘家。」

吾鄉方岩夫《釣花軒即事》云：「花開花落幾經秋，牽得新愁又舊愁。山鳥不啼春自老，暗風吹絮上妝樓。」錢塘顧半琴云：「老去吴霜照鬢秋，渡江我亦欲言愁。又揩三月看花眼，燕子來時月滿樓。」黄心庵《酬某校書貽玫瑰花毬》云：「私把花毬贈所歡，買珠辛苦砌來難。請君識取團圞樣，長在流蘇帳裏看。」

黄心庵《粲花詞》云：「嬌喘微蘇一晌偎，炊羹許我托金杯。此番博得紅兒笑，僥倖蒹葭倚玉來。」「强起當筵一曲歌，倚嬌無力抱雲和。坐中我是江南客，淚比青衫濕更多。」「水邊孤嶼雪漫漫，記得花時共倚闌。悔子似卿還似我，自從如豆已含酸。」《贈佩荃女史》云：「豈無膏與沐，顔色爲誰好？不遇擷芳人，焉知是香草。」《贈芳蘋女史》云：「願作錦韉思倍苦，化爲胡蝶夢才甘。」《雨夜憶三珠閣》云：「蕭寺燈殘鐘又動，花關路滑屐難扶。」

楊湘崖《漢上雜題》云：「烏桕門前花滿枝，美人心事月明知。聽他掩抑情無限，猶是雲英未嫁時。」「寶璐星繁絡錦韉，樓西立馬緑楊烟。可憐曲罷春燈落，定子筵前正少年。」

范白舫《後湖》云：「幾叠柔嵐一抹烟，迷濛交映蔚藍天。東風吹緑離亭柳，照影春波亦黯然。」又「霽色雲開山入畫，斜陽暖合草生烟。」《漢上柳枝詞》云：「亭烟驛雨水迢迢，長送征驂逐暮潮。隔岸有山名大别，勸郎休去折柔條。」「舞倦東風日幾回，平塘渡口浪成堆。讓他一覺偷眠好，莫遣流鶯喚醒來。」黄心庵和云：「土蕩臨歧即灞橋，不曾離别亦魂銷。青青慣送朝天客，也向風塵折瘦腰。」「一夜瀟湘水漲寬，枝枝碧玉蘸銀瀾。儘他顧影嬌眉嫵，斜倚紅橋盡日看。」程耕雲《後湖柳枝詞》云：「茶牆酒壁簇成邨，長短杈交白板門。幾日斜風兼細雨，不關送客也銷魂。」「馬蹄踏踏麯塵生，踠地鵝黄畫不成。十里飛花湖上路，東風野館自清明。」「湖麥青青湖草香，酒旗戲鼓劇郎當。

不須更唱黄驄曲，只聽鶯聲已斷腸。」「裊娜晴絲十萬行，遠臨孤驛近横塘。相逢又恐牽離思，陌上游人半異鄉。」心庵和云：「幾抹茶烟野店邊，黄花碧草共芊芊。感人還是春楊柳，獨倚紅橋又一年。」

黄穀原《後湖試茗》云：「後湖新漲緑浮天，夾岸垂楊濕軟烟。一抹春波人照影，遠山青上打魚船。」

程耕雲《天寶庵看罌粟》云：「能令看花飽，休言范叔貧。提壺初地會，負米去年人。一笑誰拈得，三生共話頻。題襟叨附驥，氍毹本庭筠。」「與市離差遠，禪關叩始開。遺囊飢曼倩，指米喜如來。香積僧炊黍，閒庭鶴啄苔。不愁紅藥盡，婪尾汎餘杯。」蓋赴范白舫之招也。常芝仙云：「風雅多情寒范叔，典袍沽酒爲看花。」

潘燕邱《懷伯兄》云：「千金肘後貧依舊，十畝城西日就荒。」

癸丑春日，以《有感四律》、《重有感四律》示饒仙洲；仙洲亦以《感事四首》見示，悲歌慷慨，可碎唾壺。録其二云：「養癰成患任横行，塗炭生民苦戰爭。濟世何人工畫策？不才如我敢談兵。哀鴻集澤天應泣，唳鶴聞聲膽已驚。堵勦並□都未得，城中虚實賊先偵。」「戰塵繚繞失山青，鼓角連天不忍聽。千里轉輸縻帑餉，九重流涕悼生靈。堅城屢破官無恙，守土先逃國有刑。聞説常山能罵賊，專祠特賜慰幽冥。」蒲圻縣周公祥和。

吾鄉胡城東長庚《詠黄葉》云：「書客門前秋樹老，酒人墳上夕陽多。」京師呼爲「胡黄葉」。城東《木雁齋詩》頗有足采。《古豔曲》云：「〔與郎〕拜新月，歡言似蛾眉。彎彎眉似月，如何歡不知？」《箜篌引》云：「酒花著劍劍氣秋，蠻奴手捧仇人頭。」《子夜夏歌》云：「歡言出門去，問歡歡不語。蓮房長青菂，心中從此苦。」《秋歌》云：「明月何皎皎，照我八寶牀。風吹羅帳開，夜深疑是郎。」《冬歌》云：「極目關山雪，征衣寄何許。石碣生口中，銜碑不得語。」《夢中謡》云：「長星欲没東方低，燭龍眠處鳴天雞。仙娥宴歸西海西，醉拗珊瑚鞭怒猊。弱水不波古沙蝕，朝霞照作黄金色。花樓四面曉玲瓏，笑指人間一丸墨。」《抑塞吟》云：「學藝不解刺繡文，有貌不屑倚市門。三歲爲婦嗟食貧，但憑十指勞縫紉。東家女兒羅綺身，調絲弄竹工媚人。」《楊柳枝詞》云：「才見青青大道邊，落花風裏又飛緜。玉郎去後春憔悴，瘦損腰肢只自憐。」「與郎攜手記今朝，同向門前解畫橈。夜坐何人忽吹笛，玉關無夢路迢迢。」《題畫》云：「平生執友最難忘，夢影離情道路長。爲有三分泉石癖，山中猿鶴費思量。」《秋草》云：「淺碧曾霑游子淚，殘香猶戀美人魂。」又「蘆爲雁遲花正好，山如人瘦骨難藏。」《泊六安》云：「不買燕支不畫眉，青裙黄葛短相宜。開船打鼓泊船笑，不識人生有别離。」「日落烟昏江上邨，家家婦孺唤雞豚。此時不管客愁絶，燈火欲來齊閉門。」《秋海棠用秋柳韻》云：「憐伊絶世相思種，許爾生天自在王。」又「情牽楊柳三生業，夢逐鴛鴦一處飛。」又「牡蠣墻陰見小燐，珠簾深隔一層烟。」《哭司馬達夫》云：「一補南陔長寄慨，十年西省未遷官。」《寄陳蔭山舍人》云：「攜酒日過薇省客，閉門時學草團僧。」《戲贈》云：「幻身芳草蝶，慵態晚春蠶。」《夜》云：「納凉簾愛卷，無寐枕嫌低。」《答吴子華》云：「歸心惟計日，客况不宜秋。」《解饞》云：「八跪團臍入市新，延陵公子愛留賓。洛城雨後車聲軟，酌酒槐窗憶遠人。」「倦客天涯興易孤，季鷹秋思在蒓鱸。草泥郭索饒風味，欲乞陳郎百蟹圖。」《抹麗歌辭》云：「燈花忽被風吹去，孀妾怨眠天又曙。」《冬菜》云：「盤餐豪客笑，風味腐儒知。」《不寐聞雁》云：「天涯此日春原早，旅食經年客未歸。」又「風雪去程何太急，稻粱生計未全非。」《不寐》云：「昨宵雨裏尚愁坐，今夜月明何忍眠。」《山館》云：「簾文渾似水，雨氣欲成秋。」《讀金近園紀事詩》云：「身纔出險還疑死，天亦憐才許再生。」《無題》云：「繡被自甘成獨繭，玉容隨分對雙鸞。」又「宵帳窺眠憑絳蠟，午窗啼夢怨黄鶯。」《庭草》云：「濕翠撲簾霏雨潤，低香招蝶落花重。」《闌干》云：「青溪小舫懷人坐，黄鶴高樓聽雨眠。」《簾鉤》云：「複閣晝眠歸燕踏，晴池影動戲魚驚。」《愁》云：「初雨落花春脉脉，孤燈殘夢夜迢迢。」《漫興》云：「柳烟景澹，春老雨聲多。」《風雨有阻》云：「羞澀囊錢應笑我，尋常杯酒亦由天。」《老將》云：「秋草枯時憐馬瘠，暮雲横處看雕過。」《老僕》云：「逸勞人我無歧念，寵辱艱危只一心。稊米易酬吾願足，滄波難量主恩深。」《老妓》云：「五夜淚痕殘燭似，三春心事落花知。」《老儒》云：「書味若飴忘髮白，眼光如豆照燈青。」《梅花》云：「慣經冰雪非今日，曾見乾坤太古時。」《題子華畫蘭石》云：「春風吹雪逗晴痕，冉冉幽香出石根。十二闌干非不好，而今時俗忌當門。」《題燕雲亭司馬畫》云：「山態斷非凡筆到，水紋原學長官清。」《訪菊》云：「疎籬烟暝疑無路，曲徑苔痕似有霜。」

周柳橋五言秀挺，七言亦有可誦者。《絃歌書院》云：「文物追東魯，風烟渺大河。」《陳留》云：「廟土一抔歸冢宰，里名兩字屬中郎。」《西亭》云：「窗明窺月上，竹響受風來。」《野望》云：「一川烟景暮蒼蒼，黍碧桑黄村路長。秋色無多在牛背，牧兒風笛滿斜陽。」《蘭陽道中》云：「村暗人烟白，沙明月色黄。」《懷歸》云：「田園蕪後吾廬在，夢裏梅花雪裏山。」《暮雪》云：「入夜樓台聽灑落，圍牀燈火坐疎慵。」《游大伾》云：「雨洗崖花落，嵐飛澗影開。」又「潭圓摇水月，徑僻落樵雲。」《即事》云：「石榻松風宜午睡，泥爐竹火愛春茶。」《野步》云：「歸雲帶雨忙于馬，偃草含風緑似溪。」《漫興》云：「薄棉乍着强于酒，舊夢重尋隔似年。」《山中雜興》云：「鴉歸谷樹昏，雨霽秋亭北。山寺一聲鐘，滿城墮嵐色。」「獨枕石根眠，松烟又霏夕。相逢竹□□，云是歸山客。」《雲窩》云：「吟聲秋澗水，人影夕陽山。」《香山祠》云：「風流九老去人間，太傅遺踪尚可攀。岸柳日斜溪水緑，酒旗招客認香山。」《潼關城樓》云：「河水當天險，關門扼地雄。樓懸三輔雨，旗滿二陵風。禾黍湮秦漢，烟雲接華嵩。聖人今尚德，不取一丸功。」《太史公祠》云：「大雅西京舊，文章史記存。斯人竟蠶室，百代尚龍門。樹老星河氣，雲荒耕牧村。高墳對秋水，落日滿韓原。」《春眺》云：「人過秀麥風邊緑，雨送流鶯舌底寒。」《讀留侯傳》云：「亡身潛海郡，破産報韓讎。椎落秦皇膽，書持漢帝籌。虚無黄石事，安穩赤松遊。四皓爲誰起，高風可共謀。」《藹亭》云：「晴光圓野樹，麥氣泛春田。竈暖僧雛飯，鐘傳松杪烟。」《蕩陰道中》云：「細雨荷鋤人立岸，斜風欹帽客投村。」《戴家店早行》云：「殘星低曉樹，遠火下山莊。」《二陵》云：「二陵孤驛客西征，望裏關河宿靄中。硤石連山當晉險，茅津有路復秦兵。雲來野店停車處，柳帶鳴鳩喚雨聲。轉愛□□人事好，扶犂晚向嶺田耕。」《渡河》云：「雲峰堆岸闊，雷鼓盪山空。一水劃秦晉，雙橈戰雨風。」《蘇山屬國祠》云：「三尺土移山姓氏，兩楹香繞座衣冠。」

《送別》云：「雁聲黎水斷，秋色禹陵深。」《龍山門》云：「雲山秦晉開雙壁，今古乾坤奠一門。」又「白日鼉鼉驕鬬浪，高秋鸛鶴勁盤風。」《夢中作》云：「小艇晴波添鴨泛，野園深隖報梅開。」《對雪》云：「入暮老松添野色，傍檐小竹試風聲。」《晚晴》云：「流雲歸斷壑，新翠滴空亭。」《紫來亭》云：「夏后河痕銷落日，唐家兵氣蝕殘山。」《冬夜》云：「低星臨户白，寒月逼人明。」《初夏》云：「小蝶繭黄雙戀圃，新苔髮緑細侵簾。」《楚王鎮》云：「客子騎驢穿柳岸，故人呼酒坐花籬。」《江村小景》云：「溪鱗隨網得，山鳥到門多。」《秋宵》云：「北斗星闌當户動，西樓人語隔花聞。」《梁園晤友》云：「十載逢君成白髮，九秋爲客□黄花。」《□廬》云：「晚山明屋角，秋水浸籬根。」《滑臺》云：「沙雲河朔暮，風雪楚邱寒。」《太白樓》云：「暮渚帆檣迷遠樹，清秋鐘鼓静嚴城。」《雨泊蓮花洲》云：「天垂吴塹險，岸泊楚雲深。」《漕河秋泛》云：「濕雲拖水去，斜鳥貼隄飛。」《金陵阻風宿江干古寺》云：「荒江寒月流千劫，破刹殘松夢六朝。」《新橋》云：「夏木清留鶯語滑，山花紅襯馬蹄開。」《采石》云：「青山祠古塞雲宿，木葉江空北雁飛。」《送室人櫬歸》云：「十八年來真一夢，二千里去此孤魂。」《黄花嶺早行》云：「霜迹林愁虎，風聲澗落鴉。」《大觀亭》云：「吴楚千年空巨塹，江天一氣寫深秋。」《宿村舍》云：「殘臘關河悲雨雪，老農燈火話雞豚。」《即事》云：「樽盤夜火邀鄰叟，簫鼓春晴賽土神。」《次南陵》云：「野溪經雪漲，芳草隔年生。」《七夕》云：「纖纖新月迴如鉤，斜挂林梢爲寄愁。 夕館微涼人獨坐，問誰私語笑牽牛？」《西竺寺石塔》云：「天驚泣魑魅，崖劈下雷霆。」《贈別》云：「功名定數愁羅隱，昏嫁催人累向平。」《譙陽芍藥詞》云：「十錢百朵〔爲儂〕愁，半作詩籌半酒籌。 小院午晴春睡足，人從香國夢揚州。」《病起》云：「對鏡搔頭愁落雪，攤書放眼訝生花。」《咸平寺》云：「苔封花隖滑，松折鶴巢欹。」《夏夜》云：「露方泫白那須月，草亦生香可但花。」《浦口》云：「天低雲壓屋，月黑雨連江。」《郊外》云：「去鳥影疑落，到山青欲無。」《晚宿》云：「春帆雲泊長淮水，夜火星明下蔡村。」《大柳驛》云：「雲薄只疎雨，樹高多晚寒。」《金山》云：「絶頂塔窺天影落，四圍窗濺浪花開。」《京口》云：「戍火夜明瓜步樹，潮聲秋挾海門風。」《池陽九日》云：「客路雁鴻楓葉渚，故園兄弟菊花杯。」《留别》云：「久客歸裝還惜别，多愁望眼欲禁春。」《秋感》云：「大地河山全北拱，淮南車甲待西征。」《對菊》云：「淡不如君猶愛影，寒能到此始憐才。」《秀山昭明祠》云：「宫寢六朝餘片石，文章百代壓高樓。」《秋浦城舊址》云：「荒塍綉□□□□，破廟苔碑認六朝。」《楊花》云：「深院畫闌風軟處，板橋江路日斜時。」

吾鄉程也園考功，豪俠之士，交游遍海内，而詩才正自清綺，記其《團扇》一絶云：「誰將尺五鵝溪絹，翦就團團細縷縫。遮日上船花港去，不教人看折芙蓉。」

吾鄉程采山能詩，沈宗伯爲選定《練江集》。《虞山》云：「深岩拂水白，疊石綴苔黄。」《泰伯墓》云：「地下衣冠天子禮，郊邊樵牧讓皇風。」《花朝社》云：「農紙晴燒桑柘雨，村醅暖醱杏桃風。」《孺子亭》云：「生芻一束人如玉，聘幣三加士不俟。」《泣鸞吟》云：「百年中道絶，再世兩情長。」又「設符櫞字驗，病時測卜得「櫞」字，云與木爲緣。生示絜言真。」《浦口》云：「灘聲如送客，山影欲留人。」《舟夜》云：「江潮隨月上，村樹帶星明。」《岳墓》云：「芳草不言亡國事，穠花易落故宫春。」《秋風》云：「閨人團扇歇，客子紵衣單。」《早春見杏花》云：「曉睡未聞深巷賣，閒情先借比鄰看。」《黃山》云：「奇當絕險峰迷路，幻到〔虛無海是雲〕。」《雙峰閣》云：「江渺舟浮葉，窗虛樹入簷。」《丹陽道中》云：「石橋橫斷板，崖樹絡修藤。」《湖上》云：「水光魚在藻，山影鳥啼花。」《舟中寄慨》云：「潮聲定後接灘聲，潮與灘爭兩不平。世路人情經歷盡，大都常在險中行。」《聽雨》云：「酒回江夢遠，詩失旅愁窮。」《曉泊》云：「棉田青過稻，江水白于天。」《〔蟂磯祠〕》云：「思君望不極，江水日空長。夢斷劉郎浦，魂歸蜀帝鄉。滄波〔同赴〕洛，古瑟怨彈湘。風雨蟂如怒，飛甍度客檣。」《姑蘇道中》云：「曲港回看船有屋，橫林斜指市通橋。」《曉過吳江》云：「宿酲消白葦，好句冷丹楓。」《常山》云：「草萍驛古中分色，橘樹林紅半認花。」《草萍驛》云：「寸心原是草，浪迹果如萍。」《古意》云：「昨日一花開，今日一花落。妾貌不如花，郎意知何着？」《小閣》云：「窗破風呼紙，檠污鼠敗燈。」《舟中》云：「硯滴篙頭水，書攤碓口雲。」《〔憶家〕》云：「〔辭〕家十里蓼江湄，寒夜挑燈一下帷。爲問妻兒安穩否？故園風雪到南枝。」《七里灘》云：「蟬驚涼雨定，帆愛夕陽遲。」《桐廬》云：「燈含孤岸樹，月湧隔江潮。」《富陽》云：「窄溪低廟立，新店小橋通。」《雨游虎邱》云：「到門松徑滑，入寺野雲生。」《崑山》云：「鴨游官堰路，燕語社天風。」《桐江舟中》云：「潮痕没牛渡，林翠老禽聲。」《雨》云：「鳥啼山閣曉，花落草堂春。夢憶殘書味，吟留小病身。」《太平道中》云：「野村孤店鳴宵雨，山碓一燈春曉雲。」《善卷洞》云：「飛飛蝙蝠驚人語，楚楚衣裳化蝶身。」《張南華太史招食琴魚》云：「春網詩中薦，宵燈席上陪。」《饒陽》云：「湖海十年傾白墮，鄉關千里夢烏聊。」《宣州道中》云：「卿相幾時乘犢客，丈夫隨地牧豬奴。」《曉發烏衣鎮》云：「星影臨長坂，雞聲出短牆。」《泗州道中》云：「遥聞雞唱不知處，高見月光初曉時。」《揚州》云：「雷塘北望暮雲遮，金粉飄零帝子家。欲覓寶釵耕未得，一彎明月玉鉤斜。」《除夜》云：「世事大都從夢幻，人情只合付癡獃。」《〔舟次〕》云：「攬鏡夢中驚白髮，撥絃醉裏感青衫。」《秋暑》云：「几静瓶花落，庭閒墨藻香。」《丹陽》云：「絲雨吕蒙城，人家水市迎。麥心團扇鬻，羊角小車鳴。酒憶新豐味，詩追仲晦名。潮痕看泥濕，燈火月河生。」《海陵》云：「風聲連草遠，海氣逼天低。」《吴野人墓》云：「布衣海上推尊宿，詩老人間集大成。」《興化夜泊》云：「蛙更喧枕鬧，螢火墮篷明。」《東淘》云：「野橋魚聚火，獨樹月明津。」《〔焦〕山》云：「古鼎尚存周法物，荒廬曾詔漢賢良。」《泊竹家莊》云：「鐘〔催船〕火集，星照樹鴉棲。」《送鄭板橋進士入都》云：「五台山畔柳〔毵毵〕，送遠攀條我尚堪。爲代閨中新婦語，翠眉待畫在江南。」《東林寺》云：「蓮性存雙沼，松聲話六朝。」《祁閶歸舟》云：「一抹山烟新過雨，微生溪縠不因風。」《答曹震亭進士》云：「兩槳巖灘帆曳雨，雙臺古閣客藏星。」

震亭《贈采山》云：「賓客閒吹青玉管，功名耻説鬱輪袍。」又「寒鴉古木詩人宅，孤鶩殘霞水驛船。」又「采藥赤霞毛女谷，掌書碧落老人星。」

饒仙洲《即事》云：「春日種花如買妾，夢中殺賊當從戎。」余劇賞之。

吾鄉楊默山明經鐸《漢陽道中》云：「風前楊柳月中花，輕倩腰支步步斜。小疊春葱雙捲袖，道儂無酒只粗茶。」《寓邸》云：「澆殘壘塊他鄉酒，印合江山舊讀書。」《青蓮》云：「豔絶影摇蒼水玉，風高香落佛頭雲。」《落解獨酌》云：「坐對青燈傾濁酒，人如黃葉落秋風。」《蝶》云：「化羽有人思舊夢，壞裙留影認前生。」《感懷》云：「兩字功名隨分定，半生貧賤受恩多。」《省試舟旋》云：「老女成婚原變例，健兒恃氣亦天真。」《米》云：「器小雞同儉，倉空雀早知。」《油》云：「屯膏遭吏酷，榷月到宵闌。」《醋》云：「獅吼甘常飲，雞栖穩作家。秋風斟橘露，春色滴桃花。」《寒鴉》云：「有限昭陽紅日影，無情□□緑楊隄。」《遺懷》云：「蒙館謀生充大賈，破書坐擁作長城。」《紅薇閣牡丹甚瘦》云：「人自無生趣，花如不食言。」《哭胡城東》云：「壇坫風騷齊楚會，關河車馬短長亭。」又「捧硯孫孤才毁齒，東芻人遠欠登門。」《玉簪》云：「看花容易又深秋，惹起新愁與舊愁。笑指玉搔頭自好，其如搔不到心頭。」《〔繡毬〕》云：「蹴毬初罷步蹁躚，迎面花開箇箇圓。願乞團圞依樣畫，畫中儂意索歡憐。」《感賦》云：「習舞回旋雙袖短，看囊珍重一錢青。」《擬□》云：「兩頭纖纖紫玉簪，半白半黑中人心。腷腷膊膊寒江碪，磊磊落落瓜子金。兩頭纖纖史君子，半白半黑遼東豕。腷腷膊膊文君指，磊磊落落麻姑米。兩頭纖纖一枝藕，半白半黑嫫母醜。腷腷膊膊揚雄口，磊磊落落袁耽手。兩頭纖纖碧鸛雀，半白半黑墁與堊。腷腷膊膊縱六博，磊磊落落千金諾。」《雜擬》云：「五雜組，釵鐶釧，往復還，雁代燕；不得已，姑却扇。五雜組，有車服，往復還，卞和玉；不得已，唐衢哭。五雜組，魚腹陣，往復還，仇人刃；不得已，尾生信。五雜組，千佛經，往復還，勞勞亭；不得已，揩青萍。五雜組，秋千架，往復還，鷹鳩化；不得已，明妃嫁。五雜組，綰印綬，往復還，雲雨手；不得已，公榮酒。五雜組，詩中畫，往復還，百年債；不得已，持五戒。五雜組，黃紫標，往復還，雙丸跳；不得已，尋漁樵。五雜組，長安花，往復還，抛連枷；不得已，魚可叉。五雜組，棼酬接，往復還，言喋喋；不得已，如意帖。」《夏曉郊行》云：「迎風稻穗疊成錦，浥露草香清勝花。客趁曉涼争路早，人尋斷夢倚門斜。」《和人畫梅》云：「看從得意忘言後，寫到無香有韻時。領取高寒存氣骨，略加烘染便肥癡。」《標梅》云：「書羅記譜空成戲，士女臨街怎賣癡。」《富貴浮雲圖》云：「市朝況味如春夢，史傳文章亦世情。」《紀夢》云：「鸞皇鎩羽鶴栖籠，磨蝎生來坐命宫。可怪靈□誰□□，黑甜鄉亦泣途窮。」「人海頭頭路自開，問心豈肯學駑駘。奈披敗絮行荆棘，紂絶陰天倩入來。」《九日寫懷》云：「白衣送酒事原奇，絶處逢生且解頤。我比淵明争穩著，閉門不敢到東籬。」《題畫》云：「古墓寒樵蕭寺路，亂山秋樹夕陽天。暮鴉千點塔鈴語，清磬一聲僧犬眠。」《鮑寄琴招飲》云：「裙屐少年應起舞，籠東軍士苦登場。」《有紀》云：「敢緣痴夢説邯鄲，萬事灰心逼歲殘。造化小兒爲此弄，黑甜鄉裏見屍棺。」《即景》云：「山花雙鬢笑，野菜一肩春。」《偶成》云：「病摇三黨舌，貧蹙一家眉。」又「烹茶煮藥忙雙手，翦竹栽花過一春。顔借酒紅嬌婢笑，髯如雪白幼孫嗔。」《五日有感》云：「肥健人餐糠覈飽，揶揄鬼避勢豪多。」

合肥史半樓臺懋《書興》云：「詩魂先到酒，春夢不離花。」《春歸》云：「寒食江南路，飛花夢裏人。」《〈凭欄〉》云：「〈斷雲〉低似水，新月穩于船。」《秋夕》云：「一燈開夜色，孤雁帶邊聲。」又「房深遲覺曙，病起忽驚秋。」《閑庭》云：「積雨雞棲早，清寒客到稀。」《春陰》云：「麥荒三月雨，花病一春寒。」《春思》云：「雲色兼愁重，楊花壓夢低。醉醒思酒債，閑坐得詩題。」《驛樓送別》云：「龍歸雲氣全遮樹，雨過江聲欲變秋。」《贈人》云：「楓林殘照晚秋天，落拓相逢倍黯然。我賤賣詩君賣畫，西風同上秣陵船。」《夜坐》云：「功名憐短鬢，生計負長鑱。」《即事》云：「糟牀點滴酒如油，飯熟山妻喚不休。好夢覺來搓倦眼，半窗晴日叫春鳩。」《快晴》云：「積雨鳥聲澀，新晴花影明。」《秋晚村居》云：「夜燈窺鼠姊，暮雨聚雞孫。」《大樹》云：「冰霜異代留天地，風雨終宵聚鬼神。」《過故居》云：「石穿生草細，樹老著花稀。」《荒歲》云：「樵多村樹少，米貴市人稀。」《春興》云：「忍飢兒課常從少，多病妻炊不厭遲。」《征途》云：「野園桑葉暗，江店橘花疎。」又「合沓亂山深，時時一引領。古驛夕陽邊，疲驢怯鞭影。」《東友》云：「睡起春貓懶，歸來〔雨燕閑〕。」《〔菊影〕》云：「蟲吟三徑月，人坐一燈秋。」《野寺》云：「壞幢遮夜月，古佛瞰寒燈。」《正月十日作》云：「呼盧門葉總無能，坐起常如退院僧。稚子攔街齊拍手，上元光景賣春燈。」《宿空宅》云：「葉凋孤鳥病，樓靜一燈深。」《夜歸》云：「荒隄犬吠僧呼渡，小閣人眠月上花。」《夜坐》云：「隔簾燈黯澹，過雨月精神。」《上巳日清明》云：「禁火新烟初出巷，採蘭春水遠連天。」《包公祠晚眺》云：「待制祠堂落照餘，澹紅香白遶芙蕖。風前人影傍花立，烟柳拂頭看打魚。」《阻游》云：「細雨空教阻游屐，好花全不爲清明。」《〔日暮〕》云：「松風吹酒面，苔色上棕鞋。」《過村居》云：「霜色明樵徑，山泉響竹根。」《山中早秋》云：「晚花兼雨色，遠樹帶溪聲。」《過三弟墓》云：「棠梨生死路，風雨鶺鴒原。」《過張松谷居》云：「迴風聞寺磬，壞壁見鄰燈。」《〔邨莊夏日〕》云：「雲林野碓晴春麥，燈火湖田夜買秧。」《贈人》云：「閑門流水遠，秋樹夕陽深。」《城東》云：「市橋多起寺，官路半爲田。」《冬郊》云：「垂枝藤子細，出土麥苗青。枯樹暮鴉亂，夕陽荒冢靈。」《九日》云：「老去有詩皆感舊，客中無酒不登高。」《秋郊》云：「晚風棉子白，秋雨稻孫青。」《露坐》云：「癡兒尋墮果，飢鼠鬥空囷。」《送別》云：「鶯啼孤枕夢，花落一春心。」《寄人》云：「白社坐愁三月雨，黄金難買一春晴。」《郊外》云：「雨多花色澹，烟散竹光清。」《早行》云：「雞聲連古戍，江氣帶孤城。」《客夜》云：「牀頭一劍在，欲報恨無恩。」《福嚴寺》云：「鳥歸花外磬，僧夢雨中山。」《冬夜》云：「凍雨不成點，孤燈猶著花。」《秋感》云：「疎燈雙鬢影，夜色一蟲吟。」《山寺》云：「土荒花淺碧，秋老蝶深黄。」《别洪芰塘》云：「鶯聲臨水驛，客路入山雲。」《寄白下故人》云：「疎烟江岸暝，落日寺門秋。」《甘露精舍》云：「雲竇一僧汲，烟崖孤鶴飛。」《倚杖》云：「映松紆竹小溪斜，倚杖臨流立淺沙。　山色陰陰風澹澹，水雲飛去濕桃花。」《浮槎山館》云：「得來無意句偏好，看到將殘花更〔紅〕。」又「矮檐低就樹，細路曲通邨。」《枕上》云：「病心清似水，春睡穩于山。」《即事》云：「篝燈山入夢，夜雨屋連雲。　蜥蜴緣窗出，鼪鼯竄竹聞。」《早發》云：「鳥眠深樹月，人語亂山霜。」《集詩牌》云：「雨扉停竹色，雲館逗茶聲。」《寄蔡石瓢》云：「卧病無僮僕，夜深燈似燐。」《哭董金門》云：「寺僧寄食藏詩稿，山鬼憐才護墓門。」又「孤燈白髮妻稱寡，涼月青松鬼亦貧。　感舊情深常入夢，謀生心苦竟防身。」《月潭菴》云：「佛燈馴夜鴿，潭水產春蛙。」《夢中得句》云：「石徑有苔隨意緑，夕陽無樹不成紅。」《敝廬》云：「螢倦宵征依岸草，鼠飢夜竊到瓶花。」《贈葛香嶺》云：「生涯餘麝墨，俗眼只燕支。」《旅思》云：「背燈鬢影難成睡，入夜春衣始覺單。」又「一村紅杏雨聲寒。」

汪陶邨《詠梅》云：「三更横竹〔吹晴雪〕，半壁張燈蕩水雲。　户鍵英雄豪氣斂，禪參定慧妙香聞。」又「一杖晴光香世界，半春詩句冷生涯。」又「飛去野鴉雲盡白，吠殘山犬月初黄。」又「花氣襲衣渾欲濕，春魂著地悄無聲。」又「殘臘儲來新歲酒，老懷悔盡少年遊。乞齋僧瘦歸山寺，騎馬人孤去驛樓。」又「屏除烟火情彌澹，獨立冰霜骨不凡。」

馬仲良詩「樹深渾欲暝，花近反無香」，下五字妙。

夢得《華山》詩：「靈迹露指爪，殺氣現頭角。丈夫無特達，雖貴猶碌碌」，子厚《水簾》詩：「靈境不可狀，鬼工諒難求。忽如朝玉皇，天冕垂前旒」，骨力傲岸，撑拄全篇。若玉川之「日月黏髭（鬒）〔鬚〕，雲山鎖肺腸」，臨川之「地大山河積，天高日月摶」，又奇句也。

徐仲寅《詠錢》云：「能於禍處翻爲福，解向讐家買得恩。」

黄俞言云：「杯中有聖方中酒，天上無仙不讀書。」下七字妙。

合肥《讀史》詩：「夕陽名士傳，月〔旦黨人〕碑。」《送宋既庭》詩：「運當名士遲霄漢，天遣奇書富草萊。」

顧金粟《自題小像》云：「儒衣僧帽道人鞋，天下青山骨可埋。回首少年豪俠事，五陵裘馬洛陽街。」

梁簡文《内人晝眠》云：「夢笑開嬌靨，眠鬟偃落花。」元帝《閨怨》云：「知人相望否？淚盡夢啼中。」體會得出。

錢翃《芭蕉》云：「冷燭無烟緑蠟乾，芳心猶卷怯春寒。一緘書札藏何事？先被東風暗拆看。」

結有風致。

陳其年有《贈歌者楊枝詞》，其子名「小楊枝」，亦玉人也。邵青門贈詩云：「唱出陳髯絶妙詞，燈前認取小楊枝。天公不斷銷魂種，又值春風二月時。」

顧孝符詩如「曉行江路月，〔人語夜船燈〕。」「流泉激石常飛雨，靈草經寒不斷香。」「今宵對雨娱殘歲，明日逢人説去年。」皆妙。

米元章《瀟湘八景詩》皆工，其《江天暮雪》云：「蓑笠無踪失釣船，寒雲漠漠黯江天。湘妃獨對君山老，鏡裏修眉已皓然。」

明初四傑，高以雄渾，楊以纖穠。季迪詩如「經院葉深秋講散，香臺烏下午齋分。」「門開紅葉林間寺，泉浸青山石上池。」「林下聞鐘諸客散，澗邊汲水一僧歸。」未嘗不雅淡也。孟載詩如「酒邀同伴嘗新熟，花趁初晴賞半開。」「高樓錦瑟花連屋，深巷珠簾柳映橋。」「花無桃李非春色，人有笙歌是太平。」未嘗不坦易也。

王麟洲《石公山觀日没月出歌》云：「初終此輪循復環，但見赤玉已换黄金盤。又疑凌空擁天局，左挽扶桑右若木。不然太湖五百里，日月之行何爲出其裏？長空下山山色空，醉來雙眼迷西東。丈夫慎勿蟻視寰瀛中，六合之外焉可窮。」頗似銕崖輩口吻。

吴雪舫《孤山正氣祠》云：「灌〔木動悲風〕，荒祠枕碧空。中原無故主，天上有遺弓。伏臘衣冠在，君臣涕淚同。西湖歌舞地，不敢哭孤忠。」《紀異》云：「浙水稱天府，吴山實帝畿。風先土穴出，城傍海門飛。赤仄官銅貴，蒼生米市稀。安危由宰執，未敢説兵機。」格調頗高。

雲間蔣大鴻云：「漢宮紈扇妾，今復賣蛾眉。笑問諸年少，容華能幾時？」「賣」字毒甚，勝於「一（陣）〔隊〕夷齊下首陽」矣。

梁元帝「疊鼓隨朱鷺，長簫應紫騮。」「帆隨迎雨燕，鼓逐伺潮雞。」沈約「山光浮水至，春色犯寒來。」何遜「岸花臨水發，江燕繞檣飛。」陰鏗「鶯啼歌扇後，花落舞衫前。」江總「玩竹春前笋，驚花雪後梅。」「函關分地軸，華嶽接天壇。」徐陵「野燎村田黑，江秋荻岸黄。」庾信「樹宿含櫻鳥，花留釀蜜蜂。」「雨歇殘虹斷，雲歸一雁飛。」虞世南「劍寒花不落，弓曉月逾明。」皆六朝風味。

姚武功《縣居》詩：「吏來山鳥散，酒熟野人過。」

袁石公《送陶孝若諭祁門》云：「小吏髭皆皓，鄰齋耳未聰。山鳥呼閑客，奇峰禮上公。」苜蓿寒氈，形容絶倒。

俞坦之「草開當井地，樹折帶巢枝」，李義山「簷冰滴鵝管，屋瓦鏤魚鱗」，未免痕迹。

許用晦「林晚鳥争樹，園春蝶護花」，是其得意句。

周憲王者，明高廟孫也，工詩，有句云：「南浦斷虹收雨去，西風〔新〕雁帶霜來。」

倪文正《題徐岱淵别業》云：「蓄樹勝求佳子弟，擁書權拜小諸侯。」

楊用修《梅花落》云：「梅落復梅開，流光似流水。君心在梅花，妾意憐梅子。」淡雅多風。又《夢中有贈》云：「文藻三閭並，憂懷九辯知。雲爲巫峽賦，雪作郢中詞。茅屋還遺址，蘭臺異昔時。

鴻裁誰獵豔，空自拾江蘺。」

蕭貫少時夢至一宮殿，仙女授衍波箋，曰：「請賦《宮中曉寒》。」貫援筆立成，云：「十二嶢闕隱空綠，金猊噴麝椒壁（複）〔馥〕。渴烏涓涓不相續，轆轤欲轉霏紅玉。百刻香殘隕蓮燭，五龍吐水漫寒漿。生綃佩魚無左璫。紅蘋半瓣出波面，回首觚棱九霞絢。」諸女拱上曰：「子詩有奇語，異日必貴。」後果及第。貫詩似傚昌谷，而仙女喜之，則玉樓之説信已。

謝玄暉《孫權故城》詩：「江海既無波，俯仰流英盼。」「英盼」二字響。

葉臺山《方正學祠》云：「兩朝事往君恩在，十族烟銷詔草成。」黄海岸云：「十族可憐無姓字，三楊終不是功名。」

庾開府「澗底百重花，山根一片雨」，屠赤水謂：非後人可到。

曹石倉先生如「野亭漁並席，〔細浪鳥〕同船」、「水田開四野，松石閉孤僧」諸句，皆超然拔俗。

方正學《題米畫》云：「海嶽庵前覓舊踪，蒼茫烟樹隱南宮。別來幾點青山影，付與寒鷗一笛風。」

呂太常詩「治聾社酒分鄰父，含笑山花付侍兒。」

張乖崖《憶傳逸人》云：「每憶家園樂，名賢共里閭。劇談祛夜瘧，幽夢得鄉書。漸長性情懶，隔年音信疎。終嫌累高節，不敢薦相如。」

遺山詩：「只知灞上真兒戲，誰謂神州遂陸沉。」「四壁舊聞懸磬宅，一囊今有賣書錢。」「劫前寶地三千界，夢裏瓊枝十二樓。」「老來行路先愁遠，貧裏辭家更覺難。」讀之可當金源史案。儲文懿《金源諸陵》詩：「幽蘭一燼雄圖歇，汝水悠悠入墓田。」

謝皋羽《海上曲》：「水花生雲起如葑，神龍下宿藕絲孔。」甚奇。

戚少保南塘《登盤山》云：「朔風村酒不成醉，落日寒鴉無數來。」

王士熙「闌花經雨白，野竹入雲青。」「地幽迷曉樹，花重壓春烟。」何中「潮生灘響盡，海近夜凉歸。」「水香梅落處，沙潤草生時。」張養浩「苔香花覆砌，石潤竹通泉。」黄庚「柳疎鶯占影，花雜蝶分香。」薩都刺「海嶂連雲起，江潮入市流。」陳基「澤國龍分節，邊城虎據關。」倪瓚「借地仍栽竹，巢雲獨傍松。」丁鶴年「捲幔通花氣，移牀避燕泥。」葉(印)(顒)「白石和雲煮，青山帶月耕。」歐陽玄「標名花隖鶯争道，集句桃符鹿守關。」郭奎「花落始知寒食過，雁歸渾是夕陽愁。」江存里「古壘尚存唐歲月，居人猶識漢衣冠。」范德機「山驛蛟眠星滿洞，水鄉雁起月横天。」黄溍「落月正當山缺處，細泉猶作雨來聲。」薩都刺「雲外好山如有約，烟中雜樹不知名。」傅與礪「湘江竹暗連春雨，衡嶽花開隔暮雲。」黄庚「樵斧伐雲春谷暗，漁榔敲月夜溪寒。」張翥「家信十年黄耳犬，鄉心一夜白頭烏。」貢師泰「松徑雨晴添虎迹，竹潭風冷起龍吟。」陳樵「銀色榜題章草字，烏絲闌寫越花名。」張昱「鵑化羽毛猶姓杜，鶴歸華表尚名丁。」梁曾「萬里舟航通鳥道，四時雲雨護龍堆。」余闕「野人籬落通瀠口，賈客帆檣出漢陽。」王逢「三楚樓台餘夢澤，兩京形勢自甘泉。」錢惟善「花信欲闌鶯百囀，麥苗初長雉雙飛。」丁鶴年「衣冠栗里猶存晉，雞犬桃源久絶秦。」律以唐音，自是中晚境界。

楊介夫《送周少宰封秦藩》云：「恩波入渭天潢近，使節臨關華嶽低。銓事暫辭流内外，民風兼問陝東西。」王元美《送瞿學士使周府》云：「太史授圭開赤社，宗盟如帶指黄河。天邊漢節蛟龍擾，雪後梁園鴻雁多。」邊廷實《送丁考功秉憲關中》云：「周禮職方分二陝，漢都形勝説三秦。天浮紫氣函關動，雨洗青蓮華嶽真。」張助甫《贈景府長史》云：「朝廷禮數元王異，賓客文章宋玉多。」氣象輝煌，雅與題稱，佳在無一游移之句。

俞鞠陵「荒村藏遠樹，野火送行舟。」「飛花浮水滿，孤艇就烟栖。」「卧牛斜睨客，倦鳥獨攜雛。」「遠道無書分客夢，青山有約記僧期。」「狂驅遠雁長風急，亂踏鄰園野客頑。」「雲連海氣圍天白，風奪秋聲入樹粗。」猶可伯仲四靈。

賈閬仙以「長江風送客，孤館雨留人」得名，人呼「賈長江」。

金聖歎有「雪霜堆裏聽啼鵑」之句。

張乖崖在成都，一幕僚能詩，有句云：「秋光都似宦情薄，山色不如歸興濃。」公見而薦之。

王世貞《西城宮詞》云：「新傳牌子賜昭容，第一仙班雨露濃。囊裏相公書疏在，莫教香汗濕泥封。」「兩角鴉青雙筯紅，靈〔犀〕一點未曾通。自緣身作延年藥，憔悴春風雨露中。」張元凱《西苑宮詞》云：「夕烽千里照甘泉，一紙降魔勅日邊。亟遣六丁乘羽駕，火輪金甲靖幽燕。」「貯藥金壺百和珍，仙家靈液玉無塵。朱衣擎出高玄殿，先賜分宜白髮臣。」是時青詞競起，帝亦齋居，勿還大内也。

周翠渠官桃州云：「宦情秋夢短，世事海波深。」又有「木蘭溪上浣青衫」之句。

李士實《贈日者》詩：「蕭蕭雙鬢亂秋雲，一日身閒荷聖君。山澤老癯顔不改，封侯須看李將軍。」不必以人廢言也。

讀黄忠端《自輓詩》，肅然掩卷而起。詩曰：「粲粲朝陽霞，峨峨太山石；瑩瑩七尺劍，温温半尺璧。化爲白板宮，宛宛置路側。漢人一顧問，胡人一歎息。蘭膏空自煎，瑚璉空自擲。狐貍踞龍宮，蜉蝣嗷白日。妻子不得知，親朋但酸鼻。寒從孝陵衣，飢從孝陵食。孝陵何凄凄，風雨庇松柏。」

高蟾《宮詞》云：「君恩秋後葉，日日向人疎。」

李子構「月榭管絃鳴曙早，水亭簾幙受寒多」，爲趙承旨所賞，李時年十七耳。

祁李朗徵曜，忠敏從孫，詩境清絶。《玉山道中》云：「籬落翠微間，溪山白雲裏。春曉逐東風，踏花行數里。」「空山曠無人，花開復花墮。白日溪流寒，照我橋上坐。」

袁中郎《西施山》云：「西施山，一片土；不惜金作城，貯此如花女。越王跪進衣，夫人親踏鼓。買死傾城心，教出迷天舞。一舞金閶崩，再舞蘇臺坼。槌山作館娃，舞袖猶嫌窄。舞到夫差愁破時，越兵潛渡越來溪。」出筆尖穎。

上官昭容「石畫裝苔色，風梭織水紋。」張曲江「簷風落鳥毳，窗葉挂蟲絲。」（祖詠）（蘇軾）「稻凉初吠蛤，柳老半書蟲。」常衮「墨潤冰紋繭，香銷蠹字魚。」郎士元「蟲絲粘户網，鼠迹印牀塵。」賈島

「螢從枯樹出，蛩入破階藏。」杜牧「小蓮娃欲語，幽筍稚相攜。」皆唐人纖巧句。

魏鶴山詩「遠鐘入枕報新晴，衾鐵衣棱夢不成。起傍梅花讀周易，一窗明月四簷聲。」真無一點烟火氣也。

趙忠定去國，太學敖陶孫送以詩，有「九原若遇韓忠獻，休説渠家末代孫」之句；侂胄聞之編管嶺南。其中聯云：「狼胡無地歸姬旦，魚腹終天痛屈原。一死固知公所欠，千秋賴有史長存。」

山谷詩：「有人夜半持山去。」奇兀可喜。

區海目《謁曲江祠》云：「一代孤忠在，千秋大雅存。詩才推正始，相業憶開元。曝日陳金鑑，蒙塵涕劍門。更吟羽扇賦，摇落不堪論。」

高棻園詩如「高懷天地闊，古道性情真。」「骨肉知無恙，桑麻賴有年。」「開囊金盡詩盈篋，説劍星寒酒滿斟。」頗可誦。

顧東江《懷忠會館》云：「南去星朝嗟往事，北來閣廟豈公心。」楊仲弘《叠山遺墨》云：「忠臣効死招烏合，烈婦捐生報雉經。」

沈忠愍《答陳鳴埜》云：「勞寄音書知夢在，細籌世路驗歸難。」《紀事》云：「割生獻馘古今無，解道功成萬骨枯。白草黄沙風雨夜，冤魂多少覓頭顱。」公字青霞。

合肥詩：「四海同心推季布，三公流汗對朱游。」

沈篤人《題宋岸舫賀蘭山磨崖圖》云：「少時同學氣如雲，倚馬風流獨數君。二十年來圖畫裏，淡然相對到斜曛。」羅弘載云：「一朝裙屐興翛然，抱膝清吟似偓佺。誰把梅花寫冰骨，却同秋水淡無邊。」「屈原弟子好鬚眉，冰雪爲神玉作姿。七泛洞庭君未倦，瀟湘我亦采江蘺。」

岑嘉州「岸花藏水碓，溪竹映風爐。」寫景閑曠。「野爐風自爇，山碓水能春。」亦佳。

蘇頲「魚貫梁緣馬，猿奔樹息人。」昌黎「舞鏡鸞窺沼，行天馬渡橋。」姚鵠「夜燈明雪牖，春夢閉雲房。」皆倒插句之佳者。

王元之《茶園》云：「採近桐花節，生無穀雨痕。」《釋褐》云：「位卑松在澗，俸薄菜經霜。」范希文《觀潮》云：「長風方破浪，一氣自横秋。」梅聖俞《黔州》云：「巖風來虎嘯，江雨過龍腥。」余安道《廣州》云：「地含春氣早，月映暮潮生。」王介甫《江行》云：「地蟠三楚大，天入五湖低。」蘇子瞻《偶題》云：「酒醒風動竹，夢斷月窺樓。」《緑筠堂》云：「谷鳥驚棋響，山蜂識酒香。」黄魯直《偶成》云：「夢中驚夜雨，醉裏度春寒。」程致道《山居》云：「紙窗先得曙，布被最知秋。」汪彦章《過臨平》云：「麥風能起柁，梅雨不鳴江。」趙紫芝《赴華亭》云：「水程春有雨，海岸曉無山。」《桐柏觀》云：「瀑近春風濕，松多曉日青。」徐文淵《懷友》云：「月生林欲曉，雨過夜如秋。」范致能《醴陵驛》云：「人稀山木壽，土瘦水泉香。」《道中》云：「客愁無錦字，鄉信有燈花。」朱晦庵《梵天觀》云：「讀書清磬外，看雨暮鐘時。」林霽山《新昌》云：「山痕經燒黑，土脉入泉紅。」徐鼎臣《送陳秘監》云：「三朝恩澤馮唐老，萬里鄉關賀監歸。」《夢游》云：「窗前人静偏宜夜，户内春濃不識寒。」王元之《公署》云：「閑拖屐齒防横笋，静拂琴牀有落花。」張乖崖《貽傅逸人》云：「門連酒舍青苔滑，路近沙汀白鳥飛。」又「微風吹雨雁初下，落葉滿階蟲正鳴。」王介甫《金焦》云：「天末海雲横北固，烟中沙岸似西興。」徐仲車《和路朝奉》云：「朝衣脱後常耽睡，野史修成或借書。」范致能《入秭歸界》云：「幽禽不見但聞語，野草無名都著花。」趙紫芝《送人》云：「小雨半畦春種藥，寒燈四壁夜修書。」方巨山《平山堂》云：「非無烟雨無奇語，自有乾坤有此山。」《旅思》云：「兩戒山河饒虎落，五湖烟水欠鴟夷。」林霽山《元日》云：「江湖舊夢衣冠在，天地春風鼓角知。」《栝州》云：「沙鷗欲近如招隱，關樹無多亦厭兵。」何岩叟《感遇》云：「江山有恨留青史，天地無情送白頭。」高菊磵《天衣寺》云：「山向馬頭回禹穴，溪分燕尾入雲門。」沈碧先《即事》云：「經從野店初嘗笋，行盡江村始見梅。」皆宋調之錚錚者。

合肥「櫓柔輕白浪，山妙領黄昏。」「樹痕奔峽口，石氣盪天門。」「草樹封樵徑，魚龍散櫓聲。」「霧密峰全動，帆輕壑半吞。」「問俗浮兵戈，還山狎浪花。」「虎氣凌孤柝，蛩聲駐早秋。」「花凌晴壑秀，鳥逼暮天青。」皆工于鍊字。

宣和間，景靈宫落成，御製有「萊」字韻，鄭達父和云：「殿上神光瞻舜禹，壁間俊氣識伊萊。」

鄭徽士《天目山》詩：「武肅百年鍾霸氣，文忠千古欠留題。」

錢仲文《江行》云：「咫尺愁風雨，匡廬不可登。祇疑雲霧窟，猶有六朝僧。」含蓄有味。

宋某《鴻門行》云：「望夷宫前鹿爲馬，山東鼠竊竊天下。一炬秦關百二重，細人舉玦鴻門中。裂眥壯士盡巵酒，劍花未冷真人走。」

張肖父「寒雁啼雲皆北向，濁河歸漢亦東流。」徐子與「天落黄河蟠廣武，書飛白日走呼韓。」謝茂秦「關開涿鹿雲連樹，路出飛狐雪滿城。」胡仁夫「刁斗風清初禁夜，氈帷月冷盡防秋。」鄭翰卿「霜色半看關樹折，河聲如帶戍樓奔。」又「亂山獨馬嘶殘月，遠磧離鴻叫曙霜。」袁小修「白羽扇中麾屬國，青油幕底拜降王。」邢子愿「風烟不改盧龍塞，客子今過飲馬泉。」皆有悲壯之氣。

諸曁王元章冕，號煮石山農，以燕支作没骨梅花，人争傳之。其《寫懷》詩云：「草肥燕地馬，花老蜀山鵑。冷澹無歸計，蒼苔滿石田。」

嚴維詩「野燒明山郭，寒更出縣樓。」「夜静溪聲近，庭坐月色深。」李嘉祐「野渡花争發，春塘水亂流。」「殘霞晴作雨，濕氣晚生寒。」皆妙。

虞山《過劉諫議祠》云：「千秋流恨成甘露，兩字驚心是北司。」

吴草廬《武侯畫像》云：「含嘯沔陽春，孫曹不敢臣。若無三顧主，何地着斯人？」

張文昌詩「家貧長畏客，身老轉憐兒。」具有人情物理。《晚村》云：「病嫌賓客滿，貧覺子孫多。」則稍谿刻矣。黄星父亦有「身老方知生計拙，家貧漸覺故人疎」之句。

藍明之詩「暮歸山已昏，濯足月在澗。衡門栖鵲定，暗樹流螢亂。妻孥候我至，明燈共蔬飯。佇立松桂凉，疎星隔河漢。」何等閒曠。《曉發江上》云：「殘月低清渚，疎鐘隔翠微」，亦佳。

虞山詩「割肉歸神社，挑燈送佛錢。」

遺山詩「風霜侵晚節，天地入歸心。」静修詩「吾儒關世運，晚節見初心。」唐、宋以來着眼「晚節」二字者幾人？

高明水《桃源》詩「楚國山川周甲子，秦人雞犬漢桑麻。」二句中四國名，如銀鉤鐵畫，不可動搖。其子寓公《病中述志》云：「和陶書甲子，弔屈賦庚寅。」

范石湖「吹開紅紫還吹落，一種東風兩樣心。」余喜誦之。

何大復《擬古》：「聽曲各言好，知音良獨難。」「一心奉光惠，常恐君遺忘。」及《詠懷》「千金買一壺，（底）〔爲〕豫當及早。」「忠信苟不顯，殺身亦何爲。」篤摯之忱，溢于言表。

郭定襄登「人經蠻寨愁蛇蠱，客聚盤江趁虎場。」「澗底泉聲消永日，階前草色換流年。」「石棧夜添蠻雨滑，曉江晴壓〔瘴雲〕低。」頗脱兜鍪氣色。

劉青田「倦鳥冀安巢，風林無静柯。路長羽翼短，日暮當如何！」有老驥伏櫪之意。

盧圭峰「嵐氣滿林晴亦雨，溪聲近驛夜如秋。」「龍出洞雲浮檻白，雞鳴海日射窗紅。」「小橋跨澗村春急，老樹吹花野店香。」黄秋聲「潮來估客船歸市，月上人家水浸（扉）〔空〕。」「山驛水流花落盡，石田雲暖麥抽齊。」皆有可采。

林子羽「山鐘知遠寺，海月憶貧家。」「溪橋寒吐月，驛樹晚藏烟。」「淮邊木落南天盡，江上雲寒北雁飛。」「亂山背水孤城晚，獨樹臨關一葉秋。」不愧閩派之宗。魏時敏「殘曆愁中盡，流年夢裏過。」「野水帆歸雨，秋山燒隔雲。」周如薰「柴門去郭無多路，竹徑臨流自一村。」「百花潭上漁竿在，五柳門前鶴徑荒。」亦不下于林也。

大復《昭烈廟》：「中原無社稷，亂世有君臣。」可謂雄深雅健。

薛文清《沅州》詩：「翼軫衆星朝北極，岷嶓諸嶺接南徐。」何仲默《華州》詩：「天上嶽蓮開一華，雲中關樹引三秦。」李于鱗《黔中》詩：「江嶂忽分三楚斷，海天不盡百蠻開。」《崆峒》詩：「長城雪色當峰盡，大漠春陰入塞多。」王元美《嶺石》詩：「桂嶺風來秋色早，盤江木合瘴烟多。」徐子與《玉女潭》詩：「石鏡月華流桂樹，錦屏秋色散芙蓉。」邊廷實《居庸關》詩：「雄吞巨海山形斷，秀壓中原地脉多。」曹能始《西安》詩：「月明渭水浮三輔，花滿驪山繡七盤。」吴六益《嵩嶽》詩：「三花琪樹仙壇古，六代穹碑少室多。」于風雲氣象之中具磊落英多之致，盛唐而下不足言也。

林初文「獨憐山寺月，相送海門秋。」「無家逢寺好，多病見僧親。」語意可悲。

姜如須《寄吴祭酒》云：「梧桐摧爲薪，蘭蕙化爲枳。中夜坐長歎，皓首思君子。」邵二泉詩云：「歸未得，奈親何，帝里風光夢裏過。三月春寒青草短，五湖天遠白雲多。客囊衣在縫猶密，驛路書來字欲磨。聖主恩深臣分淺，百年心事兩蹉跎。」讀之油然善入。

儲嗣宗「浴鷗開水葉，戲蝶避風絲。」陳文惠「雨網蛛絲斷，風枝鳥夢摇。」纖巧殊絶。青田「淮海風雲連鼓角，湖山花木怨笙歌。」「江湖滿地蛟螭浪，杭稻連天鳥鼠秋。」「高牙畫戟尊方伯，繡段黄封出内朝。」「雄豪割據皆屠狗，功業輿臺盡續貂。」眼底胸中有無限牢騷鬱勃之氣。

王彝《題太白像》：「青天無人代天語，一星西落銀河渚。」傲岸自喜。

閻古古《函谷關》云：「張禄入來人未覺，田文歸去吏猶眠。」

〔沈君〕典《送趙定宇》云：「愧煞虚名成畫虎，愁來吾道繼書麟。」

「黄金小紐茜衫温，袖摺猶存舉案痕。開匣不知雙淚下，滿庭積雪一燈昏。」青藤《憶内》詩也。篤于伉儷如此，不知何以致後妻之冤。

王海岱《漢宫篇》云：「吾道欲興周禮樂，聖朝空老漢文章。」

「虚簷殘漏雨纖纖，枕簟輕寒曉漸添。花落後庭春睡美，呢喃燕子要開簾。」「翡翠簾疎不蔽風，新凉初透碧紗櫳。涓涓玉露團團月，説盡秋情草下蟲。」朝鮮學士趙瑗妻李氏詩也，描寫閨情玲瓏欲活。

王南雲「石鼎夜吟詩筆健，布囊春醉酒錢麤。」汪荔陽「石榻枕泉眠竹影，柴門留月浴金丹。」羽士詩之矯矯者。

劉静修《贈瘍醫》云：「鍊心如石補天缺，鍊心如泥補地裂。白藋正飽丹鳳飢，心能竹石（心）〔亦〕能銕。」恢詭似玉川子。

「愁摧斷柳柳還稀，淚洒殘花花更飛。一寸未忘游子綫，百年難覓老萊衣。」大復《過先墓》詩也，柳子厚夏畦馬醫之痛，殆無以過。

鄭所南「斯世但除君父外，不曾别受一人恩。」張侗初曰：「每中夜誦此語，未嘗不瞿然披衣起也。」陳白沙《病中寫懷》詩：「多病一生長傍母，孤臣萬死敢忘君？」由衷之言，不堪多讀。

阮圓海「月明銀漢三千里，人醉春風十二樓。」梁藥亭「潮聲出海鳥歸樹，月影下山人上樓。」一則豪氣逼人，一則曠懷自若，薰蕕氣味，具眼人爲能辨之。

湯義仍《十詠》有《信陵君飲酒近婦人》一題云：「魏國乃爲累，萬古悲公子。世上無神仙，英雄如是死。」骯髒拉屑，與王弇州所謂「不欲生爲秦虜」者，同一悲痛。

陳無已「寒氣挾霜侵敗絮，賓鴻將子度微明。」與王介甫「荒埭暗雞催月曉，空場老雉挾春驕」、「紫莧淩風怯，蒼苔挾雨驕」，同一鍊字。

楊炯「驄馬鐵連錢，長安俠少年。」儲光羲「朝隨秋雲陰，乃至青松林。」張謂「半額畫雙蛾，盈盈燭下歌。」李賀「春月夜啼鴉，宮簾隔御花。」喻鳧「誤入杏花塵，晴江一看春。」許渾「香徑繞吴宮，千帆落照中。」起調鏗鍧，擲地皆金石聲也。

楊丈默山以梅花畫扇屬題，上有小浦丈六絶句。嗚呼，此故人吉光片羽也。録其四，云：「簷牙高處結冰牙，一枕閒情鶴夢賒。天愛寒梅苦磨折，十分雪釀一分花。」「群葩欲護料應難，多少名花爲雨殘。霜雪豈能凋玉樹，梅花嫌暖不嫌寒。」「東風憐取眼前人，小草閑花總占春。九十韶光太明媚，梅花猶是舊精神。」「春光一老更蒼涼，疏影難留枉斷腸。底事雲烟真飫眼，寒香一點是心香。」

顧蒹塘《謝胡篔谷見惠圖印》云：「我初與君未識面，知君作書工古篆。大書特書不可得，乞得貞珉三兩片。山中白石不直錢，石上却有蛟龍眠。琉璃硯匣冷于水，相對便欲生雲烟。知君自號稱篔谷，胸有渭川千畝竹。生平參透玉版禪，手把昆刀能切玉。世人玉石不能分，何況區區鐘鼎文。只有會稽王内史，廉普太史。俗書猶解換鵝群。虎頭作事更痴絶，拜石人疑成石癖。吟詩往往歌竹枝，寫字時時摹竹節。本是辟疆園中舊主人，不可一日無此君。與之結得來世因，復令介紹通殷勤。胡瑗字，十數個；顧況詩，三十句。書齋陰陰天欲雨，疑有雷公來攫取。不爾君字將愁破壁飛，我詩亦恐凌風去。」

江干字黄竹，一字片石。揚州布衣，耽苦吟，其詩鑿險縋幽，無一淺語。《金陵懷古》云：「江底沉憂餘鐵在，路旁埋骨比金多。」又「後苑寒鴉栖玉樹，深宫戰馬踏金蓮。」又「銅凝古篆無完字，石剥殘碑没戰功。聞道梨園飛燕子，春燈烽火一齊紅。」《燕子磯用袁太史韻》云：「苦海隨波仗忠信，斷山磨壁勒文章。雲含落日孤帆遠，樹老西風六代荒。」又「石壁倒銜孤閣立，山門高枕大江開。烟横亂柳群鴉落，風挾驚濤萬馬來。」又「吴楚千秋征戰地，乾坤終古去來潮。」《西營閒眺》云：「地不山川符朔漠，海爲城郭界中華。風前米舶輕于葉，雪裏鹽車總是花。」又「廢寺烟鐘歸牧馬，破樓更鼓宿殘兵。甘心此輩輕文字，低首人間老太平。」又「十日窮陰關物命，一冬寒色慘天心。」又「僻地官尊貧士賤，凶年屋少亂墳多。」《自題問天小照》云：「慣病形骸山鬼弔，浮生踪迹野人高。」又「不肯抛書思荷鍤，欲將淺土葬離騷。」又「若是文人皆薄命，莫教造物再生才。」又「萬里何年南北路，一抔無數古今墳。」《秋感》云：「殘燈焰短無風亂，落葉聲繁似雨來。」又「人事頻年無定水，天倫終古不周山。」又「仙客有山金作闕，君王過海石爲橋。」又「得官斷不如齊虜，對客空教作楚囚。」又「愁中猿鶴空山路，夢裏鯤鵬大海瀾。」又「西抹東塗無一可，柏梁台是好詞場。」又「深秋簾幕懷人夢，返照河梁送客圖。」又「蕩子笙簫誇北阮，美人脂粉學西施。」又「憶昨他鄉逢七夕，蟪蛄啼徹斷腸枝。」又「四愁詩句五噫歌，樂往非來奈老何。龍女天涯書信少，鮫人水底淚珠多。」又「一徑黃花一壺酒，放他野月上藤蘿。」《送吴滄崖之揚州兼寄羅四兩峰》云：「獨夜荒寒行迹少，殘年饑凍死人多。」又「贏得蓬萊方丈在，神仙到老不他鄉。」又「昨攜行李踏殘更，秃樹荒山旅客驚。野渡鴻孤空見影，秋墳鬼老不知名。」又「我有天涯兄弟在，相煩遥寄别離聲。」《七夕前一日客中》云：「社燕樓臺争小住，秋蟲世界值奇窮。」又「牛女相思逢有日，姮娥終古嫁無人。誰家小院忙瓜果，病婦中厨計米薪。」又「明日空囊歸未得，曝書慚愧腹中貧。」又「十日狂風翻鬼國，一秋洪水漫龍門。英雄磨難文章老，天地蕭條日月昏。」又「人易悲傷如婦女，天教離别到神仙。十年凋敝遼東帽，一片飄零海上氈。」又「昨夜簫聲銀漢水，達官大賈北來船。」他如「六朝人去剩山河」、「君王薄命爲才累」、「七月空江水氣凉」、「萬里秋歸客路中」、「天教我輩不登科」、「脚底紅塵走汝曹」、「一片清霜變二毛」、「袖拂浮雲展不開」、「紅葉秋爲掃地文」、「柴門風雨立秋關」、「十載扁舟范大夫」、「懶作英雄怕轗軻」、「一字憐才萬古情」，皆有意味。又「西風陌上人行少，衰草門前水漫深。不信樓頭事歌舞，紫髯高坐擁黃金。」

少年雋才，近今罕覯，吾鄉後來之秀，首推仇傳桂月波，其詩以隨園爲宗，而旁及蔣、趙，蓋思路新穎，筆力又足以達之，長篇逸趣横生，奇情勃發，獨來獨往，舒卷自如，尤擅勝場。余已録成全帙，此外斷句如：「燈花對雨開長夜，爆竹如雷響萬家。」「奇書到眼能忘病，舊事回頭欲愴神。」「鐘沉古寺星光曙，龍吼空江水氣秋。」「巡更孤雁叫秋月，逆浪老魚吞落星。」「荒臺月上狐貍拜，畫棟雲開蝙蝠飛。」「金人捧劍龍辭匣，石室燒丹鶴看爐。」「一水緑環屋，數峰青上樓。」「蝶迷花底路，人唤柳邊船。」「山氣遠連江樹曉，月華涼照客衣明。」「五更星隕烏聊石，萬古橋横白也樓。」「花枝喧鳥雀，草色引牛羊。」「凉笛催黄葉，孤砧搗白雲。」「雪消石磴苔無色，雷響春山笋有芽。」「身長或比金剛佛，貌醜還如鐵拐仙。」「大江流宇宙，孤月照關河。」「日斜秧馬亂，風定紙鳶高。」「市近漁沽酒，村貧婦賣薪。」「僧耕無税地，佛占有名山。」「鳥銜村店飯，人搨廟門碑。」「不争花富貴，願報竹平安。」「文章壯夫賤，科第世家多。」「身閑長卧病，婦懶短持家。」「江空百川赴，城小萬山包。」「雨餘草長牛羊徑，花落風高燕雀巢。」「紅雨壓溪山影重，緑陰圍屋鳥聲多。」「妖藏古樹驚雷火，鬼哭秋山雜雨聲。」「江上好山無主賣，寺旁廢地有僧耕。」「酒樓混迹神仙客，金屋藏嬌富貴家。」「深柳圍村無犬吠，老槐蔽路有牛眠。」「藏酒未妨留客醉，閉門不肯放春歸。」「爐烟薰佛面，山月照僧衣。」「苦吟詩骨健，多病硯田荒。」「賣珠無小婢，負米有孤僧。」「薦才無狗監，作伴有狸奴。」「臣心本如水，君面要封侯。」「雷響百蟲動，日高孤鳥啼。」「老樹蔽牛村過雨，落花填澗鳥啼烟。」「陂上馬嘶春水緑，江南草長雜花香。」「紅杏在林春意鬧，緑槐夾道晚風凉。」「求人不必三年艾，食我還宜七月瓜。」「五官無恙惟心累，萬事皆酸只夢甜。」「好夢易醒難再得，古人已去不重來。」「一家雞犬神仙福，千里江山夢寐緣。」「年年燕燕鶯鶯恨，處處風風雨雨天。」「日暖雲伸脚，風狂柳折腰。」「一巾寒雨折，雙屐落花埋。」「江山詩夢冷，風月酒杯閒。」「風冷水生骨，石多山露牙。」「客眠孤艇月，人語亂山秋。」「夕陽燒古岸，秋水浸孤城。」「楊柳樓三面，桃花水一村。」「雞啼僧院雨，鼠竊佛燈油。」「一身兼百病，兩字愧千秋。」「青衫于我是閒物，白髮逼人成老翁。」「配藥好調吾病骨，買山甘老此吟身。」「詩句苦將心血换，功名已當水雲看。」「黄葉嬌如新綻柳，白雲閒似退休人。」「一心如此猶難白，雙眼逢人未易青。」「春水池塘芳草緑，寺樓鐘鼓夕陽紅。」「萬樹作秋山欲雨，幾家臨水屋如舟。」「筆間山鬼燈光緑，夢裏仇人劍血紅。」「日斜春社榆錢散，風過田家麥飯香。」「半江楓影漁燈亂，一笛秋風客夢孤。」「古寺燈昏黄葉雨，短篷人語白蘋秋。」「人牽黄犬秋山獵，客跨青牛福地來。」「古井月寒狐拜斗，破菴風悄鬼圍燈。」「書存五代遺黄帝，功冠千秋表素王。」「馬頭落日歸營卒，驢背馱花散醉人。」「春衫典後貧無賴，世業荒餘富有名。」「燈殘草閣春無語，人醉花村夢亦香。」「十里蘆花一船月，西風江上笛聲多。」又「雲裏龍行雨氣腥。」又「亂山秋入白雲鐘。」又「長江六月風，白浪吹上屋。」「颯颯立風前，衣裳冷如水。」「美人掀羅幃，梅花照明月。」「舉手捫星辰，不知青天高。揚颿駕風浪，不知碧海遥。」能剛能柔，亦唐亦宋，有雲霞色，有金石聲。余每讀必曰：「奇才，奇才！」非虚譽也。生平睥睨一切，獨于鄙人慄然意下，故見贈云：「吟壇落落只數子，英雄使君與操耳！」

陶篁村《泊鷗山房詩》以五言律爲第一，七言律絶次之。《宿龍山禪院》云：「梵樓鉤幔坐，凉氣欲生衣。岩黑秋河没，杉鳴夜雨飛。隔村寒犬應，微火一僧歸。願買雲峰住，長年可息機。」《湘湖》云：「龜山遺迹想甘棠，灧灧湘湖百里長。不愛蓴絲愛秋水，桔橰聲裏稻花香。」《春行》云：「溪槎蓑笠撐殘雨，野店雞豚飯落花。」《雲栖》云：「斜日映重岩，秋光在毛竹。燒香人下山，枯僧住寒緑。」《晚入北山》云：「山清寒佛骨，林晚近漁燈。」《寄戴蓬萊》云：「翦燭西窗秋幔雨，送君南浦峭帆風。」《山曉》云：「虎迹深留雪，人烟遠出村。」《出郊》云：「風聲亂流水，秋意在黄花。」《蠟梅》云：「濃分宫様新塗額，碎拾仙家舊點金。」《西溪》云：「青雲滃板扉，出汲女鬟緑。雞犬時一聲，林梢出茅屋。」《自西興歸》云：「十里河清憐酒渴，半塘風起覺寒生。辭秋黄葉隨吟客，帶雨青山入縣城。」《東周青崖》云：「夕陽江上結鷗盟，捩舵歸來别緒生。蟹舍寒燈如夢寐，杏花微雨又清明。魚紅手訂唐三體，蟻緑樽消漢兩京。記取故人櫻筍約，再乘新漲出南城。」《湖上》云：「打飯僧逢三竺路，賣魚船喚裏湖灣。」《哭孫人岳》云：「時事太秦錯，天心非古初。謀生偏得死，何不閉門居。」《湖上傚温飛卿體》云：「看月樓臺依水活，賞花裙屐到春酣。」《泛舟》云：「鶯啼湖上樓，鷺出橋東堰。烟末認魚標，網與浮花卷。」又「荷香去人遠，市火引船明。」《題軒壁》云：「多栽堤樹貪聞鳥，輕掃庭花怕損苔。」《贈胡禹聞》云：「門羅寒雀苔無轍，腹壅枯蟫筆有芒。」《宣城道中》云：「凍旗懸酒屋，晚火出漁灣。」《廣濟禪林》云：「徑轉寒山夜色昏，離離佛火對漁村。松花滿院無人掃，月照江聲到寺門。」《廬州》云：「離愁秦望樹，秋色汝陰船。山溜争魚齗，湖雲入蔗田。」《渡淮》云：「天風吹雨白，雲氣接河黄。」《過震澤》云：「岸葉辭人早，湖秋接艇深。」《游桐城張園》云：「鳥憐花頻倚，廊避石根迴。」《白門雜興》云：「莫愁湖水滑于油，驄尾風吹蘸碧流。誰唱范雲鸚鵡曲，杏花小雨一層樓。」「胭脂痕沁石闌斜，月冷雙桐宿暮鴉。傳與蕪城人不信，迷樓仍唱後庭花。」「桃根桃葉翠鬟齊，渡口無人鳥自啼。聞道小姑猶有廟，畫船輕雨過青溪。」《梁谿》云：「白酒仍鄉味，青山似故人。」《揚州雜興》云：「走馬隋隄問酒牌，斜陽一片舊宮街。春耕不到雷塘路，還有何人拾寶釵？」《高郵道中》云：「市語漸通竹，酒香時到船。」《漂母墳》云：「我亦釣魚人，竹竿冷江色。手翦淮陰蔬，爲君作寒食。」《碧霞禪院》云：「溪光圍定衲，竹氣盎齋廊。風峭懸鈴語，天寒卧佛僵。」《遠眺》云：「人烟生麥秀，帆席落城陰。」《陳琳墓》云：「淋漓詞賦雄河北，板蕩江山憶建安。記室本宜才子作，頭風還索羽書看。」《淮陰懷古》云：「亡歸國士羞人伍，飯起王孫作狗烹。」《盆蘭》云：「因依憐歲久，蘊藉識根深。」《泊丹徒》云：「江雲連嶼白，漁火隔林青。」《采石阻風》云：「山鬼吹漁火，江豚拜浪花。」《瑯琊》云：「杏花紅雨路，僧寺白雲山。」《于耐圃悼亡》云：「眉峰畫隔餘雙管，粉水香寒憶六朝。」《寓紫陽書院》云：「眼底江山歸白下，樽前人物過黄初。」《送汪攸五》云：「生徒揖讓迎師長，山水招尋費俸錢。」《留别》云：「鄉心阻滯成眠少，詩意商量著墨難。」《雄縣除夕》云：「漂泊天涯老布衣，寒城歲盡柝聲稀。每逢節序難爲客，得遇親知便當歸。避債臺高塵事少，祭詩筵罷燭光微。流年背我匆匆去，一榻茶烟坐掩扉。」《元日》云：「塵途禮數貪從簡，野店盤餐雅稱貧。」《武安旅舍》云：「不信牛郎事，經年易合歡。浮橋星渚近，團露客衣單。雁影横漳水，秋聲入賀蘭。南朝庾開府，賦墨幾曾乾。」又「詩境明河水，鄉心識女絲。畫樓誰乞巧，燈火未眠時。」《真定》云：「野塘春漲拖驄尾，板屋人烟上柳條。」《古廟》云：「飯澆寒食社，苔繡夕陽碑。」《望都道中》云：「交影樹横岸，帶聲鴉過村。」《藏經閣》云：「空翠手難拾，妙香心共清。」《市河曲》云：「市中河，濁瀰瀰；一石水，五斗泥；居民飲之甘如飴。」《游查氏園林》云：「沉魚憐月静，老樹得秋深。」又「石氣青扶閣，花光暖撲簾。」《游王氏園林》云：「花低春就屋，橋暗水分郵。」又「竹香圍鳥夢，人影過潭心。」《春雨》云：「窺窗月去憐人瘦，撑屋書多下酒强。」《寄馬湘靈揚州》云：「雷塘草長無螢火，板渚天高有客星。」《寄菊坡》云：「關山兄弟音偏阻，桑梓田園早更蕪。」《過趙北口》云：「野店酒旗融雪暖，離宫花氣入春晴。」《任邱旅舍》云：「山色笑人非拄笏，蠹魚隨我老行縢。」《正月十三日同胡穉威》云：「阮屐蠟成將雪夜，唐花吟到試燈時。」《寒食》云：「簾旌小雨撲吟牋，活火茶鐺不禁烟。 燕趙古稱游俠地，弟兄偏住别離天。」《過居庸》云：「千里鄉心歸雁影，一鞭秋色出關人。」《燕然山》云：「馬蹄秋苜蓿，碑版漢文章。」《别筵》云：「黄葉聲催燕市酒，白蘋風颭楚江燈。」《歲暮書懷》云：「路到升沉交易見，寒來深淺客先知。」《邵松阿昆季過飲》云：「竹木偏宜消夏地，鬚眉多是過江人。」《答友》云：「君家厄閏太艱奇，不作飛雄作伏雌。 腸斷青衫鄉祭酒，春來吟遍落花詩。」《上巳》云：「花光背我紅辭眼，樹色憐人緑到懷。 車馬豈諳修禊事，湖山又負踏青鞋。」《寄鄭蓀揆濟南》云：「嵐翠到窗華不注，雨花聯社佛圖澄。 空齋感舊詩消酒，寒夜論文雪濺燈。」《柬吴漱石》云：「辭迹桑麻三畝宅，論心湖海十年交。」《送張西潭守衡州》云：「拜表自陳黄石學，種花曾賽碧雞靈。」《懷人》絶句云：「衡茅戴逵宅，幾度城西行。 十里烏篷雪，空江送艣聲。」「漢水浮荆楚，滔滔走不平。 詩人陳伯玉，横槊武昌城。」「沽酒蕭娘店，烹魚宋嫂家。 揚州二分月，愁煞斷橋花。」《細雨》云：「一春蘭葉香消畹，幾日苔花緑到簾。」《送人》云：「蒼黄張儉深藏壁，辛苦田文暗出關。」《贈友》云：「江帆細雨聞僧偈，湖柳春風憶釣竿。」《寄周青崖》云：「有酒不能飲，欲澆漂母墳。 有絲不忍着，欲繡平原君。」《寫望》云：「馬蹄新麥軟，鴉背夕陽明。」《憶舊》云：「鬢絲容易度年華，雁影追隨憶水涯。五韻詩牌同刻燭，冷金箋賦繡毬花。」《韜光》云：「客從何方來，懸燈講堂宿。四圍雲滃山，人語在深竹。」《赴淮》云：「帆勢窺城入，河聲挾雨來。」《天寧寺》云：「鶴夢僧廊雨，棋聲竹院風。」《高旻寺》云：「帶雨僧歸黃葉路，放齋鐘度白鷗村。」《贈汪末堂》云：「斜陽蟬一樹，老屋蠹三間。」《甘露寺》云：「江光浮北固，樹色接南徐。古井垂蘿下，寒鐘落照餘。」《泊釣臺下》云：「罨水荒臺石，懸燈獨客舟。江山如舊識，衰病異前遊。人語空岩答，春星淺瀨流。鄉關知不遠，風帽幾回頭。」《龍游》云：「酒旗兼樹色，水碓入灘聲。」《峽江》云：「閒花浮澗出，獨鳥導人行。」《韶石》云：「煉餘媧竈全成赤，鞭剩秦橋未了青。荒裔陰陽開萬象，大江風雨走群靈。」《大廟峽》云：「玉馬驚回瑶洞火，春潮拍盡女墻塵。」《六榕寺》云：「庭空幢影瘦，殿古佛眉殘。」《海珠寺》云：「晚鴉兼嶺色，初日帶潮痕。」《移居》云：「月窗人坐水，風院竹邀秋。」《讀徐素蘅龐蕙纕二女士詩》云：「紅鴛錦織簪花影，青女香吹鬬雪聲。」《柬鄭誠齋學使》云：「溪中靈石連雲劃，海上奇文擁几看。書帶有香原屬鄭，潮陽無士不尊韓。」《聽演長生殿》云：「玉骨潛封蔓草荒，飄零錦袎在何方？傷心只有高驃騎，指點青山語上皇。」「淋鈴秋雨夜纏綿，斜谷鶯聞路幾千。一曲張徽腸欲斷，不勞天寶訴龜年。」《舟行》云：「巴蜀天遥一道通，漁莊西畔酒邨東。禽聲兩岸溪山緑，如此風光在客中。」《再游海珠》云：「深樹隔樓僧語細，寒潮落渚寺門高。吟聯酒社留三笑，佛睡江雲定六鰲。」《寄懷內子》云：「歎我久荒京兆筆，笑君長類太常妻。」《悼病馬》云：「支離瘦骨覆拳毛，伏櫪長吟氣尚豪。不死飢寒終遠到，未知誰是九方皋。」《廣州雜詠》云：「諫草文章唐宰相，樓船弓弩漢將軍。」《長征》云：「風濤江海闊，名姓薜蘿閒。殘夢如新别，秋聲異故山。」《寄梁雲客》云：「月隨孤棹遠，秋入大江深。」《夜坐》云：「簷雨鳴廊急，燈篝護竹深。髮驚將盡臘，書戀未灰心。」《入臘》云：「梅花夢續消寒社，海月風吹浴佛天。」《寓園》云：「雲隨懶散人同住，月照清癯鶴獨行。」《揭陽縣齋》云：「琴亭酒榭俯澄潭，深淺烟嵐鏡面涵。幾點寒鴉一行柳，教人重賦望江南。」《題文與可畫竹》云：「整整斜斜致不群，吴興墨妙可凌雲。分明萬个連昌影，頭白宫人説與君。」《得友人書》云：「蠻方寄食同衰老，秋雨開緘抵晤談。」《衢州》云：「江邊廢壘傳姑蔑，雨底殘山識爛柯。鷗語似敦前度約，灘痕已落舊年波。」《敝裘》云：「客路共嘗辛苦雪，寒山獨擁泬寥秋。」《越王城》云：「湖光封樹古，僧影出雲遲。」《食楊梅》云：「鞭絲帽影飫飛塵，乞得清閑半載身。如許鄉山難息轍，可憐風味又沾唇。攀條重話新鷗事，把酒難逢舊雨人。二十七年湖上路，白楊梅樹已成薪。」又「老去願求栽樹法，貧來肯罷買山謀。」《弔周青崖》云：「天忌文人骨易寒，名山誰共墨千丸。平生一掬知交淚，滴盡陳根不肯乾。」《隆興寺》云：「茶話兼涼雨，鐘聲入暮城。」《蒙山》云：「山根青渡水，橋影白連霜。燈火風林暝，裙釵佛社香。」《馬太守祠》云：「銀蠟夜分燐火碧，土花寒蝕墓碑深。」《天竺》云：「佛髻珠光風幔淺，曇花春雨石牀深。」《西施廟》云：「傾城彼婦世争憐，生長邨墟兩邑傳。擊鼓竟成祈穀社，捧心猶痛沼吴年。香熏小像留雞卜，石冷春苔想翠鈿。聞道美人江上去，不宜重戀越山川。」《七里瀧》云：「山空人語峭，江静艣聲圓。」《游福州西湖》云：「魚游驚怯初來客，鶯語商量欲暮春。」又「飛絮落花經上巳，畫衫鈿扇憶錢塘。」《題張南坪小影》云：「烟光滿憕澹生春，繞徑蒼苔鶴迹新。除却芭蕉無別樹，一叢寒緑照詩人。」《過九龍嶺》云：「夕陽人語少，疊嶂馬蹄高。澗水銜花怯，榕根絡石牢。」《九侯山》云：「平柯留鳥坐，側石讓泉奔。」《弔黄莘田明府》云：「十硯賣完緣易米，一官罷去爲吟詩。」《游鼓山》云：「丹嶂斧深窺剩句，法堂雲黑有降龍。」又「浄土啖浮真舍利，中峰勢壓小琉球。」《寄懷家兄菊坡》云：「雙眼有花依破硯，一貧無地葬先人。」又「未儲擔石終須別，不出門庭始是歸。」又「詩骨豈因車馬頓，禪窗誰共水雲凭。」《春雨》云：「打户怕來招飲札，捲簾自和惜花詩。」《江寺》云：「江總才華嘆寂寥，臺城腸斷紙鳶飄。一鈴常響浮圖頂，猶似聲聲説六朝。」《由瑪瑙寺至葛仙嶺》云：「敢與松杉争老健，愛同猿鶴叙寒温。」《山行》云：「策杖山行路幾叉，眠烟石馬影欹斜。墓門秋樹聲難聽，最是于家與岳家。」《題泊鷗莊》云：「山水清華難作賦，禽魚澹蕩可論交。」

馬相如《揚州旅次》云：「客到幾人曾跨鶴，我來三月不聞鶯。」爲時傳誦。

嶺南三家詩，以元孝爲最，淋漓悲壯，殆由境遇使然；次則翁山，氣韻沉雄，足以相匹；藥亭緜密無間，與陳、屈微有殊焉。梁詩《南園》云：「古樹園秋屋，閒門歇遠峰。避人寒谷鳥，閲世早潮鐘。」「草氣幽成路，霜華凍上衣。」「夕陽帆背動，秋色石林驕。」《送張南士》云：「海日朝懸樹，山雲晚變霞。」「心事餘香草，呻吟託病蟲。」《蒼梧雜詠》云：「風聲衆壑聚，秋色萬山開。」「溪摇山燒斷，雲匝野航孤。」《訪澄上人》云：「藥嶼通孤磬，春潮入小池。」《饒陽道中》云：「山影暗當岸，船燈明過檣。」《秋夜》云：「寺鐘過水廟，霜葉覆沙禽。」《祁陽山庵》云：「簇人岸蠻大，枯竹石螢凉。」《木瀆山館》云：「泉味春蕪緑，山心石竹青。」「屋分松影古，門積蘚花秋。」《漂母祠》云：「母能生國士，天不死王孫。」《鳳陽》云：「天開龍虎地，人識帝王州。」《騎驢》云：「人情重筋力，吾意在馴良。　野曠風吹大，天遥鳥去長。」《贈羅了一》云：「秋雨生寒角，禪燈坐曉鐘。」《入目》云：「新萍魚學戲，殘雪雁知歸。」《韓莊早行》云：「星光連馬眼，冰氣上〔人髭〕。」《旅夜》云：「澀燈吟苦句，斷雨聽幽蟲。」《江村》云：「畫裙巫女拜，香草大夫薰。」《古劍》云：「帝王乘運去，天地贈人來。　正氣愁魑魅，貧交薄貨財。」《紙窗》云：「宿火鑪香聚，高花雪影來。」《墨池》云：「一碧涵天地，波濤立欲飛。　詩心墮空水，脈脈寫江妃。」《秋夜宿陳元孝獨漉堂讀其先大司馬遺集感賦》云：「大節平生事，文章復不刊。　墨痕依舊漬，碧血幾曾乾。」又「草堂燈一點，霜氣迫人寒。」又「竟使神京陷，皇天亦不仁。　衣冠生亂賊，草莽起孤臣。」又「妻子何曾惜，心肝祇爲君。　數行司馬法，百戰水犀軍。」又「君臣千古分，忠孝一家言。」又「至今亡國泪，洒作粤江流。　黑夜時聞哭，悲風不待秋。　海填精衛恨，天墜杞人憂。　一片厓山月，飛來照白頭。」又「往日鳴珂里，孤兒應羽林。　姓名麟閣重，骨肉主恩深。　歎命嗟何適，浮湘欲斷吟。　及門諸弟子，同有伯夷心。」《挽王説作》云：「地闢詞人冢，天沉處士星。　雪封寒瀑斷，松立衆山青。」《挽成容若》云：「樓臺看落日，車蓋歎浮雲。」《亂離》云：「亂離無計存妻子，一月移家住兩鄉。　歸燕亦知尋舊壘，飛蓬終欲轉何方？」《對山》云：「逢僧説瀑冰浮齒，就樹聽蟬葉墜天。」《燈》云：「幾樹雨聲千葉落，十年心迹一時無。」《寒齋》云：「滿階殘葉亂如堆，一月何曾掃一回。　黏壁暗雲愁斷影，帶冰泉水潔生苔。　僧籠病鶴求詩去，客裹紅衫入畫來。　昨夜北風争不住，屋梅新暖一枝開。」《郊望》云：「滄海樹低潮暗上，夕陽烟亂鳥斜飛。」《寄寒塘》云：「閑裝畫卷從人乞，病借醫書要自鈔。」《美人》云：「美人夙慧自人天，九品蓮中一朵蓮。穿得珍珠常念佛，養成鸚鵡會參禪。燈前對影醒通夜，花裏求心悟隔年。堪笑簁簁紅尾鳳，尚傳王母唤修仙。」《懶》云：「明月射簾恒徹夜，落花填巷不知春。」《七夕示幼女》云：「丫角髻行參佛禮，生羅衣寫望仙詞。」《燕中》云：「朔雪飛殘沙路黑，〔邊莎〕併入馬毛青。」《沛中》云：「一代帝王還故里，幾家雞犬入新豐。」《蜀中》云：「陰洞毒雲龍蜕骨，遠山生草麝行香。」《鄴中》云：「漳河流水漫無聲，銅雀空留昔日名。幾片瓦尋文士迹，一行鴉點夕陽城。英雄不護生前短，歌舞難忘死後情。遥望西陵松柏裏，夜來孤月爲誰明。」《隋宫》云：「寂寞河山遺玉璽，繁華天地在迷樓。清江鏡洗長年水，廢苑螢乾昨夜秋。」《滁州店中夜雪》云：「四圍燈暈看全變，一尺階渠積到平。貪暖酒杯香易散，苦寒詩筆力難争。」《明妃》云：「漢月暗隨金雁去，塞雲高擁紫駝來。」《文君》云：「誰家明月能離夜，何處東風不嫁春。」《寄内》云：「一别遂爲河漢隔，雙栖終與鳳凰同。」《館娃宫》云：「游客踏來麋鹿草，美人歸去鳳凰釵。」《寄葉猶龍金吾》云：「天中絲管長留客，屋裏湖山欲贈僧。」《市橋春望》云：「抱日魚龍含雨氣，指天旌旆動星文。」《贈妓》云：「一回相見即成因，合掌蓮花瓣裏人。」又「爲憐豔骨呈金瑣，每厭時名比玉真。」又「豔情偏愛寫幽蘭，一幅瀟湘露氣寒。劍葉未承公子佩，花心先許侍兒看。」又「誰家才子命能當，消受巫雲一朵香。」又「並笑並憐無不可，〔芙蓉〕花發在横塘。」《旅懷》云：「青山笑我不歸去，明月愛人還肯來。」《游仙詞》云：「騎龍鞭到上清居，丫角雙童守玉除。道出姓名全不答，榜來仙令五雷書。」《出京口號》云：「緑旗軍婦撥金槽，紫帳歌舒帶寶刀。一箇腐儒無處立，太行山色照來高。」《金陵雜詠》云：「六朝遺迹草荒涼，野寺踈鐘過景陽。聞道孝陵宫監在，不應晴日上牛羊。」屈詩《清明展墓》云：「蘋蘩無婦采，烏鳥向人啼。」《家居》云：「三遷憂老母，九死愧先臣。」《秣陵》云：「牛首開天闕，龍岡抱帝宫。六朝春草裏，萬井落花中。訪舊烏衣少，聽歌玉樹空。如何亡國恨，只在大江東？」《入秦》云：「慷慨無衣賦，艱虞不世才。」《留别程周量》云：「流落真〔無計〕，依人古所難。自憐因老母，不敢戀長安。骨肉歸相保，關山去正寒。勞君治行李，歧路泣相看。」《許劍亭》云：「故國浮雲暝，荒亭古木春。嗟予猶隱忍，何以報三仁。」《馬陵》云：「天懸句注險，水劃孟門開。」《正氣祠》云：「野月寒難曙，江花慘不春。精魂應殺賊，莫但作星辰。」《恭謁孝陵》云：「白髮陪宫使，青山拂御筵。成靈空想像，拜手玉衣前。」《贈顧云美》云：「有婿忠臣子，大學士瞿公式耜子。初生端水時。兩宫犀帶賜，三歲羽林兒。喪亂孤誰託，艱貞爾獨知。遺民今日少，珍重鬢如絲。」《少小》云：「鶯悲春色去，花笑白頭新。」《白頭》云：「親老難爲客，家貧易掩關。」《溪亭有懷亡友》云：「階庭微葉落，懷袖片雲深。」《江上》云：「日暮北風冷，江波吹似霜。白鷗飛不去，心似愛斜陽。」《江皋》云：「翠微春更濕，烟雨欲無山。」《貢江》云：「一雨水風起，白雲吹滿船。」《浮湘》云：「戍亭涼月上，吹角斷行舟。葭菼風多夕，瀟湘水易秋。」又「水螢當晝亂，山鳥及秋寒。」《漢口》云：「新潮隨月滿，落葉帶螢飛。」《湖中有懷》云：「蘆花三十里，如雪落紛紛。似我愁心亂，風吹不到君。」《陽朔道中》云：「人聲喧野水，鳥影下寒鐘。」《答張君篆》云：「小鳳桐花暖，新蟬柳葉涼。」又「楚辭多越禮，秦女久無香。君有忘憂草，春來好寄將。」《化州道中》云：「野草白成路，山花紅作泥。」《次聞口》云：「夢裏知親病，貧中賴婦賢。」《寄懷内子》云：「淚痕知滿鏡，行處定生苔。」《示弟》云：「世亂詩書廢，家貧骨肉輕。」《貧居》云：「竹影宜明月，松身厭女蘿。」《鷺》云：「前身是漁父，白髮似秋霜。」《寒食》云：「烟火吾方冷，鶯花爾莫春。」《述痛》云：「憶昔先皇帝，元年此戊辰。久無王正月，徒有漢遺臣。」又「雞鳴肅冠服，北面拜威皇。弓劍長如在，陵園不敢忘。」《秋感》云：「風難乾客淚，雪易白人頭。病恐高堂覺，貧憐小婦愁。」《含愁》云：「含愁似烟樹，最是夕陽時。故苑今安在，啼鶯汝可知？花無秦女影，木有越人枝。多少傷春淚，年年寄與誰？」《弔莫烈婦》云：「一絲孀婦命，九鼎美人頭。」《鍾山》云：「蒼蒼輦路但斜暉，月出衣冠事已非。六代松楸辭玉殿，中峰陰雨見龍旂。蠻奴小隊呼鷹過，漢女春魂化燕歸。多少哀笳吹不散，五雲猶繞御牀飛。」《天壽》云：「黍谷晴開燕奥室，榆河春注漢離宫。」《金山口恭謁天下大師墓》云：「護帝飄零海嶠東，龍歸猶識未央宫。風雷豈合疑姬旦，禾黍何當怨狡童。父老争迎靈鷲錫，河山如棄鼎湖弓。傷心陵墓無封樹，秋草離離白露中。」《宣府》云：「天寒鷹隼三關落，日暮牛羊四野來。」《雲州》云：「三年馬首迷春草，八月龍沙怨早霜。」又「事去英雄羞一劍，時來游俠喜三邊。」《紫荆關》云：「萬里悲風隨出塞，三年明月照思鄉。」《邊懷》云：「天寒射獵龍沙苦，日暮笙歌塞女愁。」又「鬢邊一片天山雪，莫遣高樓少婦知。」《重過易水》云：「年年易水弔荆軻，總奏平生變徵歌。上谷悲風吹淚盡，紫荆斜日傍愁多。驊騮老去空知路，鴻鵠高飛亦受羅。好向城西更沽酒，英雄惟有玉顔酡。」《漢口》云：「古屋龍蛇趨夏后，大江烟雨隔娥皇。」《夏口》云：「南國山名愁大別，楚人天性愛離騷。」《浮湘》云：「暮雨忽來神女館，幽蘭多長水仙祠。」《采石題太白祠》云：「才人自古蛟龍得，太白三閭兩水仙。詞賦已同雙日月，精靈還作一山川。江間絶壁丹青出，木末飛樓俎豆懸。千載人稱詩聖好，風流長在少陵前。」又「樂府篇〔篇是〕楚辭，湘纍之後汝爲師。」又「青蓮一去無仙客，金粟重來只醉鄉。」《旅懷》云：「吴下由來多俠烈，我行端不爲鱸魚。」又「亂來身爲高壘健，事往心將寶劍明。」《度嶺》云：「無多骨肉貧猶別，不盡關山老更遊。玉枕頻同新婦夜，紅梅如爲故人秋。」《漢關》云：「青冢易成蘭麝土，紫臺難作苧蘿山。」《舟入新興江》云：「春盡林香猶作瘴，雨餘山氣未成雲。」《墨臺》云：「灤水風悲孤竹里，首陽雲掩采薇臺。」《荆卿》云：「荆卿西去不勝悲，歧路蒼茫欲待誰。匕首豈堪將豎子，地圖何不與漸離？凄涼易水驅車日，倉卒秦王遶殿時。劍術可憐疎未講，精誠空有白虹知。」《七夕詠迴文圖》云：「佳人織錦按河圖，天上璇璣得似無。文字能令琴瑟好，風流悔使蕙蘭孤。牽牛此夕逢天女，白兔他家憶故夫。手爪如君皆巧絶，更誰山上采蘼蕪。」《和嚴藕漁宫允假歸》云：「吴地菰蘆還獨往，漢家鴻鵠已高飛。」又「香草未能忘楚國，桃花那識有秦人。」《和人謁昭烈惠陵》云：「三國新書尊季漢，千秋正朔在成都。園陵寂寞珠邱似，弓劍凄涼玉壘孤。」《望巫山》云：「南國荒淫多夢寐，騷人諷諫有詞章。」《宋玉》云：「風雅再教高弟變，童蒙先拾大夫香。」《菊》云：「孤影甚思名酒勸，白頭徼得好花憐。」《舊京感述》云：「三月風烟愁裏過，六朝花草夢中看。江南哀後無詞賦，塞北歸來有羽翰。」《閏七夕》云：「雙星豈合相憐愛，一月何曾是別離。」《哭顧甯人徵君》云：「一代無人知日月，諸陵有爾即春秋。書生得盡惟哀思，故老難存苦白頭。」《對梅》云：「南國雖無雪，紛紛在鬢絲。梅花吾與汝，同是白頭時。」《民謠》云：「白金乃人肉，黄金乃人膏；使君非豺虎，爲政何腥臊！珠皆淚所成，不用鮫人泣；三斛買蠻娥，餘以求大邑。初捕金五千，再捕金一萬。金盡鬻妻孥，以爲使君飯。」《寒食》云：「烟雨催寒食，江南又暮春。可憐三月草，看盡六朝人。」《天邊》云：「天邊明月迥含霜，夜夜哀笳怨望鄉。一片愁心與鴻雁，秋風吹不到衡陽。」《蜀岡》云：「一片平蕪接海天，江南山色墮樓前。雙雙浮玉天風外，空翠飛來化作烟。」《塞上》云：「行人夜半飯黄羊，不待天明向戰場。一路明駝載兒女，白登山下踏秋霜。」《題惠陽葉氏園》云：「可惜江山事已非，先臣功業在金徽。漢家上有天山月，來照樽前舊錦衣。」《别傅應州》云：「雲州白草接天低，一片邊聲送馬蹄。淚共桑乾流不盡，故人相憶白登西。」陳詩《月夜懷王東邨》云：「詩教流俗怪，癡愛美人扶。」《雨夜懷屈翁山》云：「流螢分夜色，疎竹出秋聲。」《柴關》云：「秋水鷺鷥外，江村禾黍間。」《秋興》云：「夜蟲争客語，螢火共星流。」《七月八日早行》云：「星沉牛女夜，燭照别離人。」《春燈》云：「老眼吾看暈，東風汝亦花。」《秋夜粱藥亭屈翁山王蒲衣過宿獨漉堂讀先大司馬遺集》云：「九原不可作，古道更誰陳。夜燭開遺草，秋齋共故人。星横騎尾氣，霜老枕戈身。一讀投湘賦，泉扉自此春。」《答任（武）〔五〕陵》云：「肝腸違世古，詩卷與人高。」《園扉》云：「世置祥凶物，人應棄死灰。如何文字債，猶到獄中來。」又「傷哉居穢地，不敢禮先人。」《送王蒲衣》云：「新蟬湘子廟，初日海王祠。」《贈劉沛叔》黎太僕美周甥。云：「死生從舅氏，辛苦脱重圍。」《即事》云：「三月鶯聲逢舊雨，二年春色各柴關。」《新霽登樓》云：「新虹映日收殘雨，積水浮天出斷山。」《贈李祁年》云：「老母幸存爲客早，故山雖在欲歸貧。」《宿靈洲山》云：「落日客尋江上寺，出林僧放月中船。」《贈陳將軍》云：「廿年相見在行都，三十魁梧好丈夫。匹馬射潮江上過，雙龍盤劍殿頭趨。詩中琢句占師律，局裏敲棋識陣圖。今日建牙滄海晚，秋霜飛上美髯鬚。」《贈趙意子》云：「抛却儒冠學論兵，田園荒盡不思耕。終年避地青鞋破，一夜憂時白髮生。」又「竹柏從來依本性，英雄何必在成名。」《丙午歲旦漫題》云：「山妻漉酒相娛老，稚子牽衣出拜人。道不偶時聊自放，詩非由命莫教貧。」《送何左王》云：「貧當亂世娛心少，老畏名山入眼遲。」《喜王東郵歸》云：「疎星三五未成行，魚子花開客到鄉。小婦罷啼牛女夜，大家争解駈驢囊。」又「階苔攤席閒眠破，鄰果攀枝遍索嘗。」《姑蘇懷古》云：「寶劍賜來吴命短，美人恩重父仇輕。宮梧葉落隨流出，臺鹿春歸引子行。」《燕台懷古》云：「河渡堅冰通下博，關門沙路是居胥。死求馬骨言終驗，生揕秦胸計已疎。」《咸陽懷古》云：「關門一夜柳條春，今古茫茫草色新。龍虎片雲終王漢，詩書餘火竟燒秦。瑶池西望猶通鳥，渭水東流不待人。最是五陵游俠客，年年磨劍候風塵。」《沛中懷古》云：「輕沙淺草堪調馬，習俗群兒敢説兵。千載英雄同一轍，徐州南是鳳陽城。」《洛陽懷古》云：「嵩室有聲君萬歲，土圭無影日中天。」《蜀中懷古》云：「子規啼罷客天涯，蜀道如天古〔所嗟〕。諸葛威靈存八陣，漢朝終始在三巴。通牛峽路連雲棧，如馬瞿塘走浪花。擬酹昔賢魚水地，海棠開遍酒人家。」《金陵懷古》云：「空勞御輦銷王氣，曾畫長江作帝家。」《隋宮懷古》云：「十年士女河邊骨，一笑君王鏡裏頭。月下虹蜺生水殿，天中絲管在迷樓。」

《送譚天水》云：「官路聽雞行落月，帝城騎馬作閒人。」《歲暮偶成》云：「身同海燕家長寄，目與河魚夜並開。」《鶴》云：「朱門香稻長如昨，明月滄江總爲君。」《塵》云：「最是貴人車馬路，一回過去一層生。」《懷羅浮》云：「雲護藥苗侵臘長，寺分瀑響入房流。」《方蒙章秋酌》云：「蟲當晏歲吟偏苦，酒得高談力盡消。」《石湖精舍》云：「溪多暗響常驚雨，竹有寒聲不待秋。」《秋日西郊》云：「半生歲月看流水，百戰山河見落暉。」《厓門》云：「一春望帝啼荒殿，十載愁人拜古祠。海水有門分上下，江山無地限華夷。」《夜發甘竹灘》云：「一渚暗雲迷斷雁，片帆春雨下江門。」《寄答方楚卿先生》云：「羚羊峽裏憶同船，江水盈盈十五年。漢業不安分鼎地，楚臣難定勝人天。思尊酒客歸鄉井，攀柏孤兒守墓田。三十無成慚父友，報書惟有一潸然。」《西山草堂誌別》云：「生計未知何事好，詩篇惟覺別人多。高城曉角收凉月，歧路西風長白波。」《寄湯惕庵先生》云：「江上二毛生子舍，天中孤月照臣心。」《送別沈方鄴》云：「夫君枉駕相尋久，賤子卑棲出見遲。袖裏故人勞遠字，卷中頻日捧新詩。水成波浪平難得，木有文章病可知。各是天涯同世難，一杯重把定何期。」又「山人散住蘢葱竹，旅食多烹巨勝花。」《柬車陂故人》云：「林岫未忘多病客，鷺鷥閒似少年僧。樓開清沼難爲畫，荔擘紅衣不讓冰。」《贈岑梵則》云：「高柳秋陰籠日薄，小堂寒磬出花遲。」《送魏和公》云：「窮海訪人兵後去，孤身攜劍雪中歸。」《黃鶴樓》云：「鄂渚地形浮浪動，漢陽山色渡江青。」《答梁孚若》云：「身同墜葉猶知本，老對衰楊自怯攀。」《雁》云：「高飛關塞何曾阻，久宿蒹葭漸有霜。」《蝶繭》云：「質無綺麗宜于隱，生有文章不愧飛。」《贛兒受室》云：「萬種未完爲子事，百年過半作翁時。」《送周維念》云：「一江秋水萬山霜，木葉初飛小閣凉。歸客過從初泊舫，病身迎送不離牀。關河別路無杯酒，書札京華少報章。卧寫新詩不成字，故人休訝懶嵇康。」《送李倩爲》云：「計日便爲民父母，多年猶戀老師生。楚江地迴收萍實，燕市歌長散筑聲。」《壽伯母》云：「兩子白頭相孝友，一家全盛見曾玄。」《九日鎮海樓》云：「五嶺北來山到地，九州南盡水連天。將開菊蕊黄如酒，漸近松風響似泉。」《端州道中》云：「白酒未沽江上客，青山如笑鬢邊絲。」《二子廟》云：「清風千載又誰加，古廟荒壇落槿花。欲薦春薇無處采，西山早已屬周家。」《讀史》云：「謗聲易弭怨難除，秦法雖嚴亦甚疎。夜半橋邊呼孺子，人間猶有未燒書。」《夜寒》云：「夜寒猶自擁秋衣，水底星河數雁飛。空得家書無一字，滿械稠疊寄當歸。」《蜂》云：「穿花度葉日紛紛，出自知時處有群。獨佩秋蘭何處獻，慚卿一食不忘君。」《題緑端》云：「似是花磚漬石苔，碧雲何意下崧臺。曹家舊瓦誇銅雀，飛作鴛鴦入夢來。」《石浪庵》云：「櫻桃花落正黄昏，谷鳥驚飛客在門。想得老僧舂米出，竹根深雪屐無痕。」

古體尤數陳、屈，胎息淵懿，允爲漢魏嗣音。翁山《詠懷》云：「碩果不可食，瓊華化爲荼。」又「天邊有匏瓜，流光照我姿。篤志慕陶嬰，苟合非所期。」又「日月鏡萬方，精華在君子。一虛而一盈，以我爲終始。」又「浮雲無歸心，黄河無安流。」《大同》云：「殺氣滿天地，日月難爲光。朝辭白登臺，暮宿青燐旁。」《卧疾行》云：「貞女長苦寒，介士長苦飢。吁嗟蕙蘭草，雨露不相滋。」《孤竹吟》云：「神龍爲蟭螟，白刃莫能傷。大義劫天下，湯武誠不祥。夷齊憂無臣，叩馬空慨慷。白日何昭昭，浮雲復茫茫。吁嗟命之衰，揮涕歸首陽。」《後詠懷》云：「陰陽相代謝，人世悲蜉蝣。命我雲螭駕，逝將登不周。飢餐苕華玉，寒披青鳳裘。井水無大魚，新林無長楸。紛紛彼婦口，乃爲君子羞。鮑焦已槁死，强嬴吞諸侯。傷哉仁義衰，奸雄皆竊鉤。仲尼無斧柯，龜山空夷猶。」又「九州何茫茫，吾獨哀無女。綏綏塗山狐，九尾難與處。服我瓊琚衣，鳴琴臨北渚。湘妃雖目成，自媒非所許。盈盈匏瓜河，蘭蓀媚平楚。懷修追有鰥，褰裳且客與。」又「朝露畏太陽，高梧忌秋霜。嗟爾綺紈子，歡樂焉能長。勢利一浮雲，人命如流光。人鬼互相代，誰能出陰陽。放志以遨遊，行行至太行。車馬屢傾覆，我心終不傷。高鳥淩霄飛，日月在其旁。榮名非所慕，保此歲寒芳。」又「玄黄何絪緼，浮埃閒白雲。含此苕華姿，獨行無與群。天鑒詎孔明，玉石鬱未分。兔絲織爲衣，燕麥持爲飧。凍餒不能語，爲節何艱辛。駑馬食龍芻，一日成騏驎。曜靈不予棄，屋漏垂陽春。」《猛虎詞》云：「朝負角弓出，暮負角弓歸。猛虎何斑斑，欲射憐其兒。惟虎尚有兒，惟人乃無妃。雄刀鳴牀東，雌刀躍牀西。風雨天冥冥，蘭燈慘其輝。徬徨起中夜，恩怨交心脾。牝雞方司晨，令我倒裳衣。裳衣且勿倒，奮發當有時。」《垂老》云：「垂老心多憂，飲酒未嘗旨。上憂憂老親，下憂憂稚子。稚子始匍匐，其一六齡耳。長者及九齡，已赴黄泉矣。次者葬秦淮，下殤以瘡痏。兩女亦孩提，飢寒殊未已。呱呱滿膝前，無錢致餅餌。我生拙經營，甘貧已三紀。采薇成不仁，潔身累妻子。」又「死者日以安，生者日以危。高天何冥冥，人命輕如泥。玄雲一蓊鬱，白日去安歸？長夜路不晨，膠膠勞鳴雞。〔我生慕夷皓，垂老宜調飢。苦節同妻孥，捃拾難自資。〕絮中布襦裙，單複聊隨時。薄饌薦先公，淚下如綆縻。不義而富榮，毋乃辱親爲。」《和友》云：「丈夫不得志，飢寒行中原。斷髮投爐中，爲君鑄龍泉。器成不見御，雌雄各沉淵。登高望四野，亭鄣何連連。」《贈友》云：「落花如美人，翩翩何來遲。仰視雲間星，牽牛光獨微。」《別友》云：「養親無甘毳，從君無驪駒。懷寶而迷邦，前路多憂虞。」又「枯魚日銜索，高樹多驚風。我親已白頭，我行猶轉蓬。」《哭内子王華姜》云：「汝魂毋飛揚，萬里隨悲風。汝父爲國殤，汝兄爲鬼雄。精靈在榆關，庶幾可相從。汝生不識父，死後見形容。桓桓大將軍，苦戰黑山戎。左手挽人頭，右手持雕弓。鬚髯怒盡磔，流血被體紅。黄雲莽平野，陰氣横蒼穹。前有無定河，後有赫連宫。父子驚相持，痛哭何時終。」《陳恭人挽詞》恭人湛氏，前金吾陳恭尹之配。云：「白鵠負其雌，五步一踟躕。終然爲王事，琴瑟成離居。」又「丈夫爲干將，婦人爲莫邪；雌雄中道別，何以報王家。」元孝《詠懷》云：「俛首爲今人，舉體無一宜。有目厭兵革，有耳聞號啼；有腹飽糠覈，有足履禍樞。」又「荷絲織爲衣，禦寒終不温。章句小儒生，安識經與綸？高冠帶金玉，端坐如鬼神。輕車駕肥馬，遊宴無冬春。大盜從西來，擊鐘召群臣。〔空復〕見異類，何以張吾軍。大者爲雞狗，鳴吠從他人；小者爲蛹蠶，衹自營其身。」又「海濱何遥遥，遥遥三千里。一里一千家，家家生荆杞。空房乳狐兔，荒沼游蛇虺。居人去何之？散作他鄉鬼。相逢盡一哭，萬事今如此。人民古所貴，棄之若泥滓。」又「野犬吠行人，深夜聞荒雞。蕩子今何之？有司在門閭。」又「寧飲濁河水，不食古井泉。古井非不清，濁河誠有源。」《雜詩》云：「雁度葭菼夕，月懸江漢秋。離人喟清夜，挾瑟臨高樓。西望赤壁涯，東思滄海流。朱絃感吴聲，磊落不可收。下階重太息，古調今誰酬？哀彼促織蟲，有生亦何求。衣裳非所温，唧唧懷殷憂。」又「商風自西來，白雲起秋色。梧桐下一葉，百卉萋未息。天地方疾威，美者先受抑。捐生故有人，困餒非所恤。豐此百年軀，衹爲螻蟻德。」《贈別屈翁山》云：「畫布作鴻鵠，天下齊張弓。哀哉晚世士，不幸有其心。」又「埋骨置土中，焉辨賢與愚。」又「十夢九見君，不自知其端。」《西樵遲友》云：「朝起望山路，雜花虧蔽之。日暮有來人，而非心所思。」《御琴歌》云：「甲申春，烈皇帝宴坐便殿，鼓翔鳳之琴，中曲絶絃，龍顔不怡良久。未踰月而有煤山之變。其琴流落人間，濟南李家購藏之。屈翁山具述見聞，中座罷酒，各請爲歌。夫物猶如此，哀哉！孤桐何生生嶧陽，天家巧斫含宮商。烈皇宵衣坐璇殿，欲奏南薰和赤縣。朱絲七軫軫七絃，一時迸絶君王前。君王三月騎龍去，神物潛行越淮泗。羅浮道士搜遺弓，五拜親瞻龍鳳字。來歸泣語臨秋浦，白日(晶晶)〔皛皛〕倏飛雨。況乃風高水波立，海隅咫尺非吾土。豹之斑，下人間；鱷之横，出深阻。掩君淚，爲君吟。彼琴者木木有心，四海男兒何至今！」《張穆之畫鷹歌》云：「我有填胸萬古愁，百神不語群仙醉。請君放筆作雙鸞，夜半騎之問天帝。」《送屈翁山之金陵》云：「地何必生山川？天何必生日月？一升一沉使我老，南北東西令人别。洪河之水孤蓬根，不知似我還似君。神州蕭條寰宇黑，英雄失路歸何門？文章事業關千古，興則爲雲降爲雨。雄劍高飛雌劍鳴，夜上空城望牛女。」《贈余鴻客》云：「趙陀朽骨爲黄土，陸賈詩書亦何補。朝臺空有漢家名，浩歎今人不如古。」《贈郭青霞》云：「秦皇漢武爾何人，神仙不在蓬萊島。」《答高固(哉)〔齋〕》云：「前年北謁十三陵，鬢絲如雪鬚髯冰。長安公卿争請乞，小書夜夜篝寒燈。長歌贈别聲聲淚，虎卧龍跳一千字。途窮時暮予何言，忠構身危當日事。」《送徐仲内》云：「四月梅雨來，空山道彌左。城中故人寄尺書，聞君昨發將歸舸。言挾微疾强出送，有姊之喪行未可。背燈中夜不成聲，欲泣欲歌愁絶我。」《東張桐君》云：「醉來不覺和衣卧，小樓未滅看書火。夢回四壁走松濤，空牀聽雨三更坐。」《隴頭流水歌辭》云：「隴頭流水，流離四注；念我勞人，終身霜露。一解 弱水可途，堅冰在須；時無英雄，咄哉丈夫。二解」《黄河謡》云：「口哆聲嗔，招舟孟津；馬飲濁浪，人立濁塵。一解 貴輿賤騎，飛軀逐利；老反山阿，白頭入地。二解」

翁山又有《御書歌序》云：「烈皇帝御書『松風』二大字，布衣臣顧苓奉之草堂，顔曰『松風寢』。臣大均獲拜觀焉，感而作歌。」歌長不録。

洪雪菴桂芬《題仇月波半潭秋水軒集》云：「緑陰深處掩重門，讀罷新詩欲斷魂。俗薄自然青眼少，才高方覺白衣尊。十年香火留仙夢，半世辛酸有淚痕。海上瑶琴誰解領，東風無語月黄昏。」「無限青蓮筆底生，風流雅擅六朝名。論詩豈必分唐宋，造語都能見性情。瘦到黄花秋一夢，清如仙鶴月三更。箏琶洗盡人間響，好聽鈞天樂奏聲。」「生把年華逐水流，壯懷無奈際離憂。情痴每重文園病，世亂同悲宋玉秋。冷雨敲窗春夢碎，東風吹絮落花愁。詞壇我亦張旗鼓，爲爾低頭轉自謀。」《感懷寄月波》云：「工愁兩鬢漸成絲，憔悴揚州杜牧之。顧影不堪增馬齒，新粧羞與畫蛾眉。石闌蕉雨閒調鶴，古壁燈花夜課兒。却有柔情銷未得，酒醒還誦柳郎詞。」又「身世如絲牽傀儡，風塵無路問功名。」又「當場蒼狗浮雲幻，過眼紅羊劫火涼。」又「半榻松風喧午夢，一庭花影畫蒼苔。」《見寄》云：「願持絲五色，繡像拜先生。」

殷味菘《古意》云：「萬古之月無常圓，繁華夢斷心茫然。朝逢酒徒暮劍仙，人生離合皆前緣。抱琴一鼓琴無弦，世態此時真可憐。」《感懷寄月波》云：「父隨仙蛻春歸早，兒墮秋風月不圓。」又「雙槳蕩開嚴瀨月，一簫吹出閶闔春。」又「此生未授封侯骨，後世誰傳老布衣。詩寫長歌消永晝，心隨寸草報春暉。」《紀異》云：「黑雲飛霹靂，白草走風沙。薄暮叫山鬼，秋河浮浪花。」《晚望》云：「亂鴉塗樹墨千點，新月畫天眉一痕。」

饒仙洲《贈月波》云：「有緣覿面倩詩媒，燕許文章大筆裁。險語鬼應愁破膽，亂時天亦妒斯才。效顰偶奏雕蟲技，待價誰爲市駿臺。勿藥竟符占有喜，明珠一顆出仙胎。」時月波病中舉子。仙洲詩近又一變，如：「上燈飛蝙蝠，落日鬧蜻蜓。」「風輕蟲語細，雨足豆苗肥。」「種花緣好色，讀畫當游山。」「山縣官衙豺虎踞，墓田麥飯鬼狐愁。」「民頑最喜官兵敗，國亂還須野史傳。」「荒城寂寞無人迹，節到端陽尚禁煙。」皆骨勁氣遒之句。

葉韻笙《贈月波》云：「留賓北海原同調，説鬼東坡有異才。」

鮑某《妓席》云：「美人顏色才人筆，淪落還須各自憐。」某《詠趙承旨》云：「青史展開堪一笑，大元臣子宋王孫。」皆月波爲余述之。又述《乩仙詩》云：「萬古淚爲知己灑，一生詩讓少年工。」

月波《見懷》云：「空將手澤泣而翁，風木驚心歲月窮。家祭亂來都潦草，山居定後尚飄蓬。圖書搜括衣糧外，兒女流離盜賊中。太息吟壇舊兄弟，頻年奔走困兵戎。」「長物蕭然四壁寬，燈前弔影太孤單。嘔心文字生憂患，過眼雲烟付慨歎。地下有人懷骨肉，天涯無路訴飢寒。苦辛集蓼言終驗，獨守儒風一味酸。」

潘瞿齋表叔，布衣，工詩。《寄懷曹芙裳廣文》云：「闔閭城外聽簫聲，曾共吴艘幾日程。老去憐君還射策，飢來驅我欲談兵。湖山有月無錢買，風雨多懷少雁征。莫更醉遭官長罵，善持手版事公卿。」「白髮三千一冷官，疲驢破帽出長安。詩從亂後方成史，酒爲貧來暫當餐。談笑折衝尊俎易，酣歌博取斗升難。傳家魏武風流在，猶有雄文據一壇。」《水繪園懷古》云：「翩翩公子最風流，手拓名園幾日遊。南渡鶯花争去就，東林文字尚恩仇。酒銷金谷千杯月，氣壓元龍百尺樓。指點當年簫管地，野烟殘照賸沙鷗。」《楊花橋》云：「楊花橋畔浣征衣，春事飄零八九非。賸有蘇臺歌舞在，可能隨我過江飛？」

校勘引用主要書目

疊山集　〔宋〕謝枋得撰，明景泰五年刻本
詩話總龜　〔宋〕阮閱編撰，人民文學出版社一九八七年本
詩人玉屑　〔南宋〕魏慶之編撰，上海古籍出版社一九七八年本
静修集　〔元〕劉因撰，四庫全書本
石倉集　〔明〕曹學佺撰，明末刻本
顧東江集　〔明〕顧清撰，明嘉靖三十八年刻本
湘中草　〔明〕湯傳楹撰，清康熙二十四年刻本
疑雨集　〔明〕王彦泓撰，清宣統元年石印本
懷麓堂詩話校釋　〔明〕李東陽撰，人民文學出版社二〇〇九年本
郊居遺稿　〔明〕沈懋學撰，四庫全書影印本
牧齋有學集　〔清〕錢謙益撰，上海古籍出版社一九九六年本
靈芬館集　〔清〕郭麐撰，清道光十二年刻本
山磬書屋詩集　〔清〕郭鳳撰，清嘉慶十四年刻本

冬青館集〔清〕張鑒撰，清道光二十六年刻本
獨漉堂集〔清〕陳恭尹撰，清康熙五十六年刻本
陳恭尹詩箋校〔清〕陳恭尹撰，廣東人民出版社二〇一五年本
翁山詩略〔清〕屈大均撰，清鈔本
翁山詩外〔清〕屈大均撰，清康熙三十六年刻本
六瑩堂集〔清〕梁佩蘭撰，清康熙四十七年刻本
練江詩鈔〔清〕程之鵕撰，清乾隆十八年刻本
泊鷗山房集〔清〕陶元藻撰，清嘉慶十八年刻本
西青散記〔清〕史震林撰，清乾隆三十二年刻本
華陽散稿〔清〕史震林撰，清乾隆三十二年刻本
浮槎山館詩集〔清〕史臺懋撰，一九二四年排印本
瓶水齋詩集〔清〕舒位撰，上海古籍出版社二〇〇九年本
船山詩草〔清〕張問陶撰，清嘉慶二十年刻本
甌北詩鈔〔清〕趙翼撰，清乾隆刻本
甌北詩話〔清〕趙翼撰，人民文學出版社一九九八年本
西堂詩集〔清〕尤侗撰，清康熙二十四年刻本

蕉林詩集〔清〕梁清標撰，清康熙十七年刻本
閱微草堂筆記〔清〕紀昀撰，中華書局二〇一四年本
瑯嬛仙館詩略〔清〕阮元撰，清嘉慶十三年刻本
國朝詩話〔清〕楊際昌撰，清乾隆二十四年刻本
樊榭山房集〔清〕厲鶚撰，上海古籍出版社二〇一二年本
陳維崧集〔清〕陳維崧撰，上海古籍出版社二〇一〇年本
菜根堂集〔清〕李以篤撰，清光緒九年刻本
西除集〔清〕魏晉封撰，一九二九年石印本
木雁齋詩集〔清〕胡長庚撰，清嘉慶十五年刻本
汪陶村先生詩稿〔清〕汪焯撰，清乾隆鈔本
定山堂集〔清〕龔鼎孳撰，清康熙十五年刻本
片石詩鈔〔清〕江干撰，清嘉慶三年刻本
劉大櫆集〔清〕劉大櫆撰，上海古籍出版社一九九〇年本
隨園詩話〔清〕袁枚撰，人民文學出版社一九八二年本
古詩源〔清〕沈德潛編，中華書局一九八三年本
五朝詩別裁集〔清〕沈德潛編，中華書局一九八三年本

說詩晬語　〔清〕沈德潛撰，人民文學出版社二〇一三年本
帶經堂詩話　〔清〕王士禛撰，人民文學出版社一九八二年本
林蕙堂集　〔清〕吴綺撰，清康熙二十九年刻本
全唐詩　〔清〕曹寅等編，中華書局一九九九年本
楝亭集　〔清〕曹寅撰，清康熙刻本
長離閣集　〔清〕王采薇撰，清嘉慶刻本
蔗尾集　〔清〕鄭方坤撰，清乾隆刻本
養一齋詩話　〔清〕潘德輿撰，中華書局二〇一〇年本
曝書亭集　〔清〕朱彝尊撰，四庫全書本
歙縣志　〔民國〕石國柱等纂修，一九三六年排印本
先秦漢魏晉南北朝詩　逯欽立輯校，中華書局一九八三年本